U0501557

米烛光 著

静默的铁证

长江出版传媒 长江文艺出版社

女检察官林岚的侠骨柔情

我从事导演工作近四十年了,对于各种题材都有涉猎,拍的最多的当属武侠题材,对于侠义精神,有着深厚的情结。在我看来,倾一己之力爱国爱民、匡扶正义、帮扶弱小,是为侠义精神。

在检察官林岚身上,我惊喜地看到了这种现代人身上愈来愈稀缺的特质。现在遇事袖手旁观的多,愿意挺身而出的少,理由各异。有的是怕惹麻烦,有的是精致的利己主义,有的是所谓的"佛系"。人们更喜欢停留在自己的舒适区,在虚拟的网络世界中发泄情感、寻找乐趣,强调"自保"。然而,在我们这个时代,总是有那么一批优秀的中华儿女,胸怀家国天下,肩扛使命担当,勇于撕破黑暗的幕布,让阳光照射进来。检察官林岚,无疑就是那个无惧自身安危与得失,在遭遇挫折和误解之后,依然选择相信正义,维护正义的人。

王维在《少年行四首》中写道:"孰知不向边庭苦,纵死犹闻侠骨香。"热血的侠士,为了家国百姓,披肝沥胆,砥砺前行,他们的故事,最能触动人心。检察官林岚是英雄的后代,她的骨子里也涌动着英雄的热血,为了守一方百姓平安,他们一家人前仆后继,守望公正,无怨无悔。面对血海深仇,林岚从未桎梏其中,她以光明坦荡之心,践行法律应有之义,让真相大白于天下;反观赵睿,疑心生暗鬼,沉沦于仇恨之中,害人害己,最后家破人亡、身陷囹圄。人性的褊狭,最终收获的是恶的果实，而这毒果毁掉的何尝不是作恶者自己的人生呢。

　　故事讲的是跨越二十年的爱恨情仇，作者米烛光的笔触却是清新甚至轻快的，她以年轻人的视角和女性独有的细腻笔触，描述了女检察官办案中的点点滴滴，如何与技术团队通力合作，如何与警方紧密协作，最终突破疑案瓶颈，擒获幕后真凶，故事真实感人又不失幽默俏皮，既讲述了女检察官办案的艰辛，又刻画了真实生活中与家人、同事、朋友相处时柔情的一面，的确是一部耐看的作品。

赖水清

写在"真相"之前

　　初识米烛光,我是有些惊讶的,毕竟国内的刑侦小说,少有女作者,也少有检察官出身,又具备专业技术知识的作者。当我得知米烛光的小说尚未出版,电视剧已经开拍,这对于一个新人来说,更是少见。作为一个制片人,我带着一丝好奇打开了这本书。

　　果不其然,全书是以女主人公的视角展开故事,细腻的女性视角与硬核的技术知识交织在一起,呈现出了刚柔并济的叙事风格,像是有一湾江水,行经平原、穿过高山,在平静中又穿插着跌宕起伏、动人心魄的波澜,拥有改编为剧集的绝好资质。

　　翻至书中的最后一页,不知不觉,一天已经过去了。

　　米烛光本人在检察院工作,是一名非常优秀的一线检察官,同时还在武汉大学攻读刑法学博士学位,在繁重的工作和学业中,她挤出为数不多的业余时间埋头写作,几易其稿,才有了这本《静默的铁证》。

　　作者几年的工夫,都浓缩在了这本长篇小说中。而读者用短短的一天时间就能领略作者心血的结晶,借由作者的笔,去故事的世界里尽情遨游,深入体验一个资深检察官的生活,在蛛丝马迹中寻觅重重迷雾中的真相,我想,这是很难拒绝的诱惑。

　　作者既然有大量的案件侦破经验、深厚的专业学识功底,这本书的专业性自是不用多说。而米烛光作为一个女作者,她的细腻不仅体现在行文风格上,也体现在案件的精细与巧妙之中。故事中人性的恶与善、报复与救赎与这一系列跌宕起伏、波诡云谲的故事编排相得益彰,而且绝不违背常理与科学。

由小说改编而成的网剧《真相》也即将跟大家见面,相信大家能够在文字与画面的双重享受中得到些许感悟。血腥、暴力、黑暗,好像已经成为同类小说常见的标签,但是一本优秀的刑侦小说,势必要脱离这些司空见惯的标签,转而去拥抱真实。这不仅是刑侦小说得以感染人心的基础,也是一位检察官的职业信念所在。

短短几百字,很难说尽此书的优点,也没有必要把全书的精华都"剧透"给读者。

但我相信,读过这本书的人,一定不会后悔翻开这本书。

王小超
知名制片人

目录
CONTENTS

楔子　雪夜沉尸

1982年1月冬夜，大雪，小巷。

青石板路残破不堪，寒风呼啸，路灯昏暗。

一名醉汉穿着油渍斑斑的棉袄，头发也不知道多久没有洗了，踉踉跄跄沿着小巷走到一间瓦房前，费力地从怀里掏出钥匙。他的手冻得有些僵了，酒精麻痹了神经，对了几次锁孔都没有成功。

好不容易开了锁，醉汉有些烦躁，一脚把门踢开，嘴里叫骂着："小杂种，藏哪儿去了？快滚出来给你舅爷爷倒水。"

屋子里静悄悄的，没人答应。

醉汉发出一阵剧烈的咳嗽，颧骨泛起病态的嫣红。

醉汉骂骂咧咧，内容越来越不堪入耳。突然，一双生满冻疮的手，握着一根洋镐把，猛地朝醉汉头上敲去。

醉汉也是命大，他脚下绊到了一个搪瓷盆，一个趔趄，洋镐把失了准头，敲在了他的肩上。

醉汉和那盆里的萝卜一起滚在地上，脆生生的萝卜被他压在身下，粘满了灰土，顿时肮脏不堪。

"金一桐，你他娘的不想活了，敢暗算老子！"醉汉捂着肩膀，目露凶光，瞪着袭击他的少年。

那被叫作金一桐的少年，也不知是怕是怒，浑身抖如筛糠，那洋镐把儿乎握不住了,这第二下迟迟没有打下去。

他衣衫单薄,身形瘦削,脸上伤痕交错,血污斑驳,一双眼睛却格外明亮秀媚。蓬乱的长发下,隐隐透出挺直的鼻梁。好在他脸上的伤口不深,没有毁去这一副好容颜。

醉汉趁机爬起来,从墙角抄起一把扫帚,劈头盖脸朝他打去。

金一桐被扫帚扫到脸上,脸上的伤痕又添了几处,他疼得倒抽一口凉气,用手一摸,染了一手猩红。

他抖得更厉害了,额侧的肤色白得透明,此时都能看清血管剧烈地跳动。他再次举起洋镐把,双眼赤红,咬牙道:"许凯翔,我跟你拼了!"

这许凯翔正当壮年,即便醉酒受了些风寒,力气也大过这身量单薄的少年郎,几记拳脚就把金一桐打得东倒西歪,嘴角淌血。

许凯翔见金一桐死死瞪着自己,目光喷火,像是要把自己吞了下去,更加气不打一处来。他指着金一桐的鼻子骂道:"小王八羔子,敢打你娘舅,看我今天不弄死你。"

金一桐双目充血,上前就要拼命,奈何身板尚弱小,被对方三招两式打翻在地,拿捆柴火的草绳捆住了手脚。

金一桐大骂:"许凯翔,你个王八蛋,你把我锁在这里,要是警察抓住你,你就去坐牢吧。"

许凯翔嘿嘿冷笑道:"老子养了你几个月,一毛钱都没有要到,还挨了你那个黑心叔叔一顿毒打,你还要警察抓老子,老子现在就把你个狼崽子扔回狼窝去。"

许凯翔将金一桐扛起来走到屋外,重重摔在装了牛粪的拖拉机上,摸黑朝城里开去。金一桐手脚都被捆住了,这一下被摔得结结实实,感觉五脏六腑都被震得移了位,胸口气血翻涌,过了好久,一口气才接上来。

他颤声骂道:"许凯翔你个狗东西,你不得好死!"

许凯翔被他骂得心头火起,停下车,从车后面抓起一把牛粪,和着田间的野草握成一团,一把塞到金一桐的嘴里。金一桐被这团腥臭的东西熏得差点背过气去,即便有心叫骂,也无法出声了。

许凯翔见他狼狈的样子，感觉胸中恶气纾解了不少，洋洋得意地骂道："狗崽子，你有本事接着骂啊，刚才不是挺有能耐吗？"金一桐嘴里呜呜作响，拼命挣扎，可是身上捆得结实，哪里挣脱得开，只能死死地盯着许凯翔。许凯翔被盯得发毛，从路边捡起一根木棍，对着金一桐扬了扬，威胁道："小崽子，你再瞪，老子戳瞎你的眼！"金一桐见他目露凶光，手中的木棍在自己眼前乱晃，生怕他真的戳过来，不由得心生惧意，垂头不再看他。

许凯翔见他露怯，心中畅快，笑着骂道："还以为你小子骨头有多硬，也就这么点狠气。你不随你叔，他才是真正的狠角色，自己哥哥的坟头草还没有冒头，就逼死嫂子，霸占家产，赶走侄子。你要恨，就恨他这匹六亲不认的豺狼。你爹妈留下来的财产要是还在，我也祖宗一样供着你。可你现在屁都没有，老子凭什么替金家养种？我呸，老子才不做这赔本儿的买卖，老子也要给他金大钟添回堵。"

许凯翔骂得爽了，重新发动拖拉机，摸着黑朝前开去。

金一桐经过这一番折腾，身上早就汗湿透了，他本就穿得单薄，被夜风一吹，冰冷彻骨，一车的牛粪恶臭难闻，熏得他只欲作呕。可他口中被牛粪和野草塞住，舌头一动就会碰到那团恶心的异物，引得胃里一阵翻滚。他极度难受，心里恨不得就此死去，好略减苦楚。

进城后，许凯翔沿路打听到金大钟的住处，把金一桐从拖拉机上扛下来，像扔破麻袋一样扔到金大钟的门前，朝着大门狠狠踹了两脚，看也不看一眼，转身开车离去。

可怜金一桐水米未进，在拖拉机后面颠簸了一路，又冷又饿。此时天气已是隆冬，地面寒气袭人，他冻得牙齿直打架，感觉挨着地面的半截身子已经木了。虽然他恨金大钟入骨，此时也希望金大钟能快点出来，早点发现自己，免得自己就这样臭气熏天地冻死在大马路上。

老天可能是听到了金一桐内心的祈求，房门真的开了，金大钟骂骂咧咧道："哪个王八蛋这么晚了打我的门？"

他看到门口躺着一个人，不由得一愣，走近一看，咦了一声，显然认出了金一桐。毕竟还是个孩子，求生的欲望压过了仇恨和尊严，金一桐用乞求的目光看着金大钟，希望他能够救自己脱离这绝境。

金大钟的手刚碰到绳子，忽然停住了，他朝四周看了看，无人经过，抓起金一桐的脚，把他移到磨盘的后面，这样即便有人经过，也不会发现他。他最后看了金一桐一眼，那冰冷的眼神，就像在看一个死人。金一桐的心像是沉进了冰窟窿。

大门关上、落下门闩，声音在雪夜里异常清晰。

空荡荡的路上，一片死寂。

鹅毛大雪飘飘洒洒，如同轻盈的仙子，起舞在这天上人间。

不知过了多久，门"吱呀"一声又开了，金大钟探头谨慎地朝四周看了看，确定没人后，推着一辆板车出来了。金大钟走到石磨旁，用手探了探金一桐的鼻息，接着从板车上取下一个麻袋，往尸体上套。快封口时，那脑袋软软地耷拉在一旁，脖子并未僵硬，金大钟低声咒骂道："撞邪了，冻了这么久，这小兔崽子不会还没死透吧?"他又用手探了探金一桐的鼻息，确认没有呼吸后，塞进三块砖头到麻袋里，扎紧袋口，搬上了板车。他推着板车走了约莫一顿饭的时间，到了河边，他将车把一松，车身竖起，车上的麻袋扑通一声翻落河中，转眼就沉了下去，再也看不见了。

金大钟推起板车原路返回，将板车放进院子里，进屋倒头续了个回笼觉。

一夜的大雪，给大地裹上了银装。金大钟推开门，四处白皑皑的一片，板车的车轮印和脚印早就被一夜的积雪掩盖得无影无踪了。

一条鲜活的生命，就这样无声无息地消失了。

第一章　各路大神

　　白色的墙壁上挂着《爱丽丝漫游奇境记》的油画，书架满当当排列着各种侦探小说和刑事案件专业书籍，米色的床头柜上，一只猫头鹰造型的闹钟静静地站立着，脸上露出傻乎乎的笑容。浅蓝的素色窗帘被风吹得飘荡起来，一缕阳光直直地照射在林晓娟的脸上，她用手挡住刺眼的光芒，慢慢地睁开眼睛。

　　天光大亮。

　　林晓娟坐了起来，用五指作梳，拢了拢头发，露出饱满的额头，长而瘦削的脸庞。她的眼尾狭长，目光颇有些神采，眼窝有些微陷，眯上双目时，那几分光彩敛去，现出几条鱼尾纹，便显得有些憔悴。

　　林晓娟疑惑地看了看窗外，愣了一会，猛地翻身抓过床头柜上的闹钟，指针纹丝不动。她不可置信地摇了摇猫头鹰那肥胖的身躯，闹钟顿时散了架，各种零件叮叮当当地落了一地。

　　林晓娟欠着身体把靠在床边的拐杖拿了过来，熟练地靠着拐杖的支撑，坐到轮椅上。不料，轮子怎么也转动不了。她用力摆弄轮椅上的推把，轮子终于有些松动，林晓娟面露喜色，谁知刚一松手，轮椅却突然加速朝前滑去。她用力去扳驻车制动器，不料却失灵了，眼看就要直直地撞上书架。仓皇中林晓娟侧过身子，不想自己撞得太狼狈，谁知轮椅的扶手刚一碰到书架，那书架的挡板瞬间和闹钟一样散了架，书籍如同泥石流一般滚落下来。林晓娟赶紧用手去挡，仍然被书砸了个稀里哗啦。

好不容易缓过劲儿来，林晓娟发出一声尖叫："林岚，你这个小魔星，快给我滚出来。"

屋外一个十二三岁模样的小姑娘，五官精致，肤色红润，梳着两条高高的羊角辫，显得灵动可爱。小姑娘听见林晓娟的叫声，打了一个激灵，她倒退两步，歪着头朝门缝里瞧了瞧，吐了吐舌头，一溜烟地跑下楼。几分钟后，她端着早点，轻轻推开林晓娟的房门，甜甜地笑道："姑姑，今天奶奶煎的鸡蛋特别嫩，您尝尝。"

林晓娟指着一地的狼藉，忍着喷出一口老血的冲动，问道："岚岚，你有没有算过，这是你这个暑假里的第几件杰作？"

林岚歪着头，当真掰着指头算起来："电子手表、电视机、收音机、录音机、画架，再加上今天的三件，一共是八件。"

"你这拆啥毁啥的毛病啥时候能好，你倒是给我还原啊。"林晓娟看着淡定自若的始作俑者，有些抓狂。

林岚小鸡啄米一般连连点头，一双圆溜溜的眼睛水晶葡萄一样亮晶晶的，讨好地望着林晓娟，口里连声应着："一定修好，一定修好。"

林晓娟举起只剩下脑袋的猫头鹰闹钟，开始审问眼前的肇事者："你倒是说说看，你拆它干什么？"

"它报时的声音不够动听，我想看看它里面管发声的是哪个零件，给它改个好听的。"

林晓娟几乎晕倒，她又指了指轮椅问："那你为什么要对我的轮椅下毒手？"

林岚面色忽然有些得意，邀功道："姑姑，我告诉你，我准备把你的轮椅改造成自动的，到时候用起来就方便了。"

林晓娟心想："等到那个时候没被摔死就谢天谢地了。"她将目光瞟向了一片狼藉的书架，还没有等她开口，林岚立马坦白道："我看您每次拿书都挺费劲儿的，我准备把它改造成可以调节升降的书架。"

林晓娟无奈地扶额。

审问看来是没法进行下去了,林岚每次闯祸被抓,都是认罪态度巨好,问起理由来,都是出于好心。只可惜理想很丰满,现实很骨感,每次的尝试背后都是一地鸡毛。对于这样的热血少女,林晓娟也不想挫伤她的积极性,可也不能任由她把自己这儿当作试验田胡作非为。

想到这里,林晓娟故意板起脸,假意恫吓道:"我今天还有事儿,不跟你在这儿磨叽了,回头告诉你妈,让她收拾你。"

林岚顿时蔫了,指甲一个劲儿抠着旁边的墙壁,无辜的墙皮顿时掉了一地。

林晓娟眼看着好端端的一面白墙上留下了坑坑洼洼,心疼不已,朝林岚龇了龇牙道:"行啊,你就使劲儿作,待会儿叫你爸来刷墙。"

林岚赶紧收回正在蹂躏墙壁的魔爪,支支吾吾道:"姑姑,您别……别告状,我爸妈今天好不容易有个能在家休息的周末。"

林晓娟忍住笑道:"不告诉他们也行,限你在我回家前把这儿收拾干净,还有,把这些弄坏的东西都修好。"

林岚一脸难色道:"收拾干净没问题,全部修好可能……那个……"

林晓娟揶揄道:"小坏蛋,修不好你拆什么?"

奶奶何春芝的声音在楼下响起:"岚岚,你坤爷爷刚刚打电话,说他已经到中央公园了,催你快过去。"

林岚如蒙大赦,赶忙答应着,觍着脸对林晓娟道:"姑姑,奶奶找我呢,我得走了。一会儿我'坤爷爷'要教我一套新拳法,不能迟到,我回来保证给你修好。"说完,一溜烟儿下楼去了。

"我信你才有鬼。"看着落荒而逃的林岚,林晓娟哭笑不得。

林岚口中的"坤爷爷"是她爷爷林磊的师弟。早年间,林晓娟因为车祸落下了残疾,这么多年一直单着,所以,何春芝膝下就只有林岚这么一个孙子辈儿的血亲,宝贝得如同自己的眼珠子。何春芝嘱咐林骁勇教林岚一些擒拿、格斗的基本功,一是强身健体,二是考虑她父母一个在反贪局办案,一个在刑警队办案,难免得罪人,让她学些招数,万一遇上点什么事儿,可以防身。

林岚淘气得很，林骁勇管得严了，何春芝就不依，弄得林骁勇没办法放手去教。他后来想了个办法，把这烫手的山芋扔给了贺坤。林磊当年和贺坤一起去抓捕杀人犯，结果林磊牺牲了，贺坤侥幸活着回来，对于林家本来就照顾得很，何春芝也一直敬他重情重义。贺坤和林磊都是何远峰的徒弟，也算得上师出同门，这几层关系，再加上他的年龄辈分摆在那儿，他管得严也好，松也罢，何春芝都不好去干涉。

贺坤虽然 70 多岁了，身体却硬朗得很，他性格爽朗、健谈，极对林岚的脾气。林岚特别喜欢听他讲当年和自家爷爷一起穿街走巷、千里骑行抓坏人的那些故事。这一老一少，一个乐意吹，一个乐意捧，隔着辈儿居然成了忘年交，相当投契。

贺坤除了闲时教林岚几套拳脚，只要得空，就带她爬树凫水，捉鸟捕鱼，饶是林岚精力旺盛，每次也都累得筋疲力尽，回家倒头就睡，倒让林家消停不少。

一开始尹秀萍担心林岚成天疯玩，野了性子，向林骁勇提出，别让她整天练拳脚，好好跟着林晓娟学习油画，养养性子。可林岚根本坐不住，瞅空儿就溜出去找贺坤。贺坤是长辈，教林岚又格外上心，再加上这事儿一开始就是自家老娘的主意，所以林骁勇实在开不了口。林家母子都不吭气，尹秀萍也不好硬管，再加上反贪局的工作忙得很，她终日加班，也顾不上林岚，只得由她去了。

人类的血脉是个神奇的代码，英雄后代的骨血，也往往继承了先辈的勇敢和无畏。林岚从小就喜欢打抱不平，见不得别人欺负弱小，一副侠义心肠。何春芝挺担心她这爱管闲事的脾气，没少唠叨，所以，为了不让奶奶担心，林岚对外面发生的事儿，能瞒就瞒。

光阴飞逝，转眼之间，这个让林家上下头疼的小魔星也长大了，加入了浩浩荡荡的高考大军。

高考当天，林岚拒绝了家里送考，坚持自己骑自行车考试。考英语那天，在路过一个巷口时，忽然听到有人高喊抓贼，她回头一看，一个头发染得黄黄的瘦小伙子，手上紧紧攥着一个女式的黑色漆皮包，撒开腿在路上飞跑。不远处有一个头发散乱的女孩子，满脸的惊慌失措，吃力地追赶。黄毛小贼被路上的砖头绊了一下,把鞋给绊掉了,耽误了一会儿工夫,女孩子喘着气追上了。她拽住了皮包的带子往回扯,那贼飞起一脚踢在了她的手上,女孩子吃痛,放开了手。

那贼看这女孩孤身一人,路边虽有行人,却没人敢上前,于是停下步伐,指着女孩子的鼻子大吼:"你再追,信不信老子打死你!"

小姑娘本来就跑不动了,又碍于小偷凶狠,不敢再追,蹲在地上哭了起来。

林岚看得心头火起,暗骂道:"你个蟊贼偷女生东西也就罢了,还动起手来了,我今天非收拾你不可。"她猛蹬脚踏板,朝着黄毛的脚脖子碾了过去,黄毛惨叫一声,四仰八叉地摔倒在地上,皮包顿时脱了手。

黄毛一看,手肘和掌心都擦破了皮,爬起来恶狠狠地瞪了林岚一眼,握拳就冲她的面庞招呼过去。林岚抬起胳膊,挡住了黄毛的拳头,大喝一声:"好你个小贼,还敢撒野!"黄毛一击不中,一脚把自行车踹翻,紧接着一脚踢向林岚的腹部。林岚一个侧身,虎口卡住黄毛的后腿窝,向后一掀,黄毛重心顿时不稳,再次摔了个结结实实。

黄毛抓起地上的包就要跑,林岚眼疾手快,一把拽住包带,把包给夺了回来。黄毛气得骂骂咧咧,状如疯虎朝林岚扑去,林岚微一侧身,双手顺着黄毛的攻势一推,黄毛收不住脚步,一下摔了个狗啃泥,半天动弹不得。

贼逮住了,看热闹的人渐渐围了过来,不少人嚷嚷着:"送他去派出所。"

黄毛一听,顾不得疼痛,瞅了个空当,一瘸一拐地跑了。

林岚一看手表,时间实在是不早了,顾不上追赶,她把地上的包捡起来递给吓呆了的女孩。女孩子颤抖着声音道谢。

林岚安慰道:"小姐姐,别怕,前面不远就是派出所,你先去那儿报案,我还有事儿,就不陪你了。"她转身扶起自行车,不由得哎哟一声。这倒霉的车不但链条脱了,脚踏板也摔坏了。

林岚只得把车推到那女孩子跟前,焦急地说:"小姐姐,我考试要迟到了,你去派出所时顺便帮我把车捎过去,就说这车是陇江区分局林骁勇的,在他们那儿寄存一下。我考完试一准去取。"

那女孩儿点头道:"你放心,我记住了。"

林岚道了声谢,撒腿就往考场跑去。

林岚气喘吁吁地赶到考场,压着铃声进了教室,一开始就是听力题。

林岚郁闷地发现笔盒瘪了,铅笔的笔尖也不知道什么时候断了,赶紧去削笔,赶着填答题卡,弄了个手忙脚乱。考试开始的时候,她的心还在怦怦跳,前面听力部分好几题都没有听清楚。

那女孩到派出所报案后,讲述了事情经过。派出所的钱所长和林骁勇以前在一个专案组待过,两人挺熟的,他一听女孩儿说车是林骁勇家的,又听她描述了抓小偷的小姑娘的外貌特征,就猜到行侠仗义的一准儿是林骁勇家那个淘气得出了名儿的闺女。

钱所长给林骁勇打了电话,让他来取车。林骁勇刚进门,钱所长就赞不绝口:"林队,我说你这闺女不简单啊,拳脚干净利落,三招两式就把个小贼撂倒了,真是将门虎女,巾帼不让须眉。"

林骁勇忙问:"什么时候的事儿?"

"就今天,一大早。"

林骁勇的脸色顿时有些难看:"今天高考,还给我整这么一出大戏,我这哪是养闺女,是供祖宗!回去得烧炷高香拜她!"

晚饭的时候,林岚还是蔫了吧唧的,最爱吃的糖醋排骨也没怎么动,扒拉了两口米饭就闷闷地回了房间。

林骁勇默念了两声"亲生的,亲生的",压着火儿跟了进去。

"考砸了?"

林岚没精打采道:"凑合。"

"还嘴硬呢,我可是听说,某个人一大早出师未捷,把自个儿的战马都给折了。"

林岚一脸的郁卒。

"不单链条掉了,脚踏板也得重新配,战斗看来挺惨烈啊。"

林岚一把捂住林骁勇的嘴,心虚地朝门外望了望,嘘声道:"老爸,你小点儿声，让奶奶听到了，我这耳朵会被念出一层茧子来。"

林骁勇一把拍开她的爪子，恨铁不成钢道："哟，你还知道怕啊。一个姑娘家家的，高考都能和人打上一架，你这心够大的，咱涵江市这么多考生里头，你排第二，没人敢和你争第一！"

林岚分辩道："我那可不是打架，我那叫见义勇为。"

"得了吧你，还往自个儿脸上贴金呢，你那叫鲁莽。遇事考虑不周全，处理突发情况经验不足。"

"怎么就不周全了？我连战马都让人送派出所去了，完全保存了战斗实力。"

林骁勇正色道："出警讲究统筹布局，安排得当。从事发地点骑自行车到考场是 9 分钟，按你的速度，跑步过去是 20 分钟，最近的派出所跑步路程是 3 分钟。你完全可以先跑到派出所，亮出准考证，找所里面借一辆自行车，或者让民警开车带你去考场，不但时间上宽裕了，也不用跑步消耗体力，考试受到的影响就会小得多。这才叫保存战斗实力。"

林岚一拍脑门道："我怎么没想到呢？老爸，您骂得对，我服气，您罚我吧。"

林骁勇长叹一口气道："算了，不罚了。"

"这么说，您也觉得我做得对？"

"你考砸了，我肯定不乐意。可是，你能为了伸张正义而不计较个人得失，我得给你点个赞，毕竟，人品比分数更重要。"

林岚定定地看着父亲，心中感到异常温暖。

林岚的志愿填报在林家掀起了一场风波。

一切都和何春芝的期盼背道而驰。

师范大学一个没选，C 大的刑事科学技术专业是唯一的选择。

老人浑身颤抖，指着林岚道："从小到大，我哪样没有依着你，可就这么一件事情，你都不依着我。"

"奶奶，我不喜欢读师范。"林岚第一次看到何春芝发这么大的脾气,嘴巴虽硬,心里也有些发怵。

何春芝更难过了。

"不喜欢读师范,你可以和家里商量换个专业,干吗一定要去读什么刑事技术?我就你一个孙女,将来为你天天提心吊胆,这日子还怎么过?你怎么就不听话呢?"

"奶奶,刑事技术专业就是看看现场,写写鉴定报告,有啥可担心的?"林岚有些不以为然。

林骁勇和尹秀萍忙给林岚使眼色,让她不要再说了。

何春芝语气不容转圜:"我不管,只要是和案件打交道,就不行。"

"和案件打交道怎么了?咱们一家人除了您,哪个不是和案件打交道,我姑姑以前是公诉人,我爷爷和我爸爸还是刑警呢,您不也没意见,怎么轮到我就不行。"

老人浑身发抖,面色也有些发白,显然是气得狠了。林骁勇赶忙喝止林岚。

林岚气鼓鼓的,还要申辩,却惊讶地发现泪水从何春芝的眼里涌了出来,沿着脸上纵横的沟壑向下蜿蜒,而且势头越来越汹涌澎湃。

林岚顿时手足无措,慌慌张张道:"奶奶,您怎么哭了?我错了,我认打认罚,您别哭了。"

林骁勇赶紧上前去哄自己的老娘,尹秀萍狠狠瞪了林岚一眼,安慰何春芝道:"妈,您千万别和她一般见识,气坏了身子可不值当。这孩子打小就混,说话也没个轻重,回头我好好收拾她。"

何春芝谁也不理,抹了把眼泪,把自己锁在了房间里,晚饭也不吃,任谁敲门也不出来。

家里的气氛十分紧张。

林岚觉得奶奶这通火发得有些莫名其妙,她不理解何春芝在这件事情上为什么这么固执,心里有些懊悔也有些烦躁。她敲了几遍门,何春芝也没有搭理她,林骁勇和尹秀萍的脸色也都和锅底一样黑,她也不想上赶着找骂。思前想后,她决定去找贺坤吐苦水。

贺坤见林岚这个点跑来找自己,有些意外,听了林岚的抱怨后,他一反常态地沉默了起来。

"坤爷,您也觉得是我错了?"

贺坤的语气有些沉重。

"填志愿这事儿不赖你,你有选择的自由。可是,你得理解你奶奶,她这些年不容易啊,亲人接二连三地出事儿,换了谁都受不了。"

贺坤戒了好久的烟,这会儿特别想抽一根,他在抽屉里翻了翻,找到了之前抽剩下的半包,取出一支点燃了。

氤氲的烟雾里,曾经的兄弟,音容宛在。

1981 年秋,晚。

贺坤轮值夜班,正在百无聊赖的时候,他的搭档兼老大哥林磊来了,手里提着一个保温桶。

"哟,磊哥,这么晚了你咋来了? 有任务安排?"

"什么呀,你嫂子晚上包了饺子,我惦记你这个光棍晚上没人心疼,特地给你送饺子来了。趁着热乎,快吃。"

"哎呀,还是我哥和嫂子心疼我。"贺坤打开保温桶,热腾腾的饺子白雪娃娃一样泡在热汤里,香味儿直往鼻子里面钻。"

"你呀,赶紧讨个媳妇儿,我就不用管你这臭小子了。"

"有哥哥嫂子疼我,还讨啥媳妇儿啊,哈哈。"

饺子馅鲜香可口,饺子皮透着劲道,贺坤狼吞虎咽,一桶饺子很快就见了底,他意犹未尽地抱着保温桶,喝着热汤。

就在这时候,值班室的电话机发出震耳的响声。

林磊见他吃得香甜,说了声"我去",就走过去接起电话。

一个男人慌乱的声音传了过来,夹杂着重重的喘息声:"江北区公安局吗? 我是 1024 列车上的乘警,我们刚才在车厢检查的时候,发现有两名歹徒衣兜里面藏着'五四'手枪,他们击伤了一名旅客和一名乘警,跳窗逃跑了。"

林磊一听也着急了,大声问道:"你有没有看清这两个歹徒朝哪个方向跑了?"

对方答道:"根据目击群众反映,他们逃跑的方向就是你们江北区。"

大晚上的,好多人家都准备入睡了,两名刚作案的持枪歹徒如果潜入了市区,后果不堪设想。

贺坤在一旁也着急地问道:"哥,怎么了?"

"两个歹徒持枪跑到咱们地界了!快,给上面报告,请求支援!"

放下电话后,林磊强迫自己马上冷静下来,他拿出一张牛皮纸,用软毛笔在上面画了一张草图。

江北区的出口和入口,大街小巷的分布,周边的林场、田地、湖泊很快就跃然纸上。

贺坤在一旁赞道:"磊哥,不愧是干过户籍警的,咱江北区的一草一木都搁你肚子里了。"

林磊圈出其中两个入口,一个挨着林场,一个挨着护城河,然后看了贺坤一眼。

两人都是一个师父带出来的,一起搭档办案五年了,早就有了默契。

贺坤道:"我们现在就分头去找。"

林磊摇了摇头:"咱们就两个人,这里还得留个人和支援的同志们接头,不能都走了。"

"那怎么办?时间不等人啊,早一分钟去路口守着,就多一分发现他们的希望。"

"你留下,我先去林场那个入口。"林磊的语气不容置疑。

"剩下的那个入口怎么办?"

"护城河那边晚上有两三家守摊的,人来人往的,灯也亮,他们不一定敢从那儿进。"

"那行,那我去,你留下。我光棍一个,无牵无挂的,我去。"

"你有我路熟?再说了,大部队一会儿就到,你拿上图,带着他们赶来支援我就是。他们有枪,我不会和他们面对面硬扛,无非是跟着他们,沿路用粉笔给你们留下记号。"

贺坤没话说了。他是外地人,林磊是土生土长的本地人,还当过户籍警,要论对道路的熟悉程度,自己的确不如他。

"那你当心点儿,我没来之前,你千万别让他们发现你。"

"放心吧,我肯定等着你。"

一切如林磊所料,歹徒的确是从林场那边的路口进来的,增援的部队也很快来了,林磊沿路留下的记号也让贺坤他们很快找到了歹徒的行踪。可谁都没有料到的是,等他们赶到的时候,刚刚说要等着自己前去支援的兄弟,已经变成了躺在血泊中的一具冰冷的尸体。

歹徒进城后,盯上了一名刚下夜班的女工。他们想抢劫女工的自行车作为逃跑的工具,遭到反抗后就准备掏枪杀害女工,一直躲在暗处的林磊上前夺枪救人,被两名歹徒袭击,子弹击穿了他的额头。临死前,他耗尽最后一丝力气,用手指蘸着自己的鲜血,标记了歹徒逃跑的方向。

贺坤抱着林磊冰冷的尸体,哭了个稀里哗啦。"哥,你说等我的,是我来晚了。要不是给我送饭,你也不会搭上一条命啊,都怨我。"

由于追捕方向准确,民警很快就追上了歹徒,一场枪战后,歹徒被当场击毙,可是林磊却无缘看到这一切了。

追悼会上,何春芝哭得晕了过去,一双儿女哭得惶恐,就连他的师父,出了名的铁汉何远峰也都泣不成声。贺坤双拳紧握,指甲都陷进了肉里,眼泪无声地淌着。

男儿有泪不轻弹,只是未到伤心处。

躺在棺材里面身盖党旗的那个男人,曾是别人最得意的徒弟,最敬重的兄长,最依赖的丈夫,最崇拜的父亲。现在却如风而逝,无论多少眼泪,也唤不醒他了。

对于何春芝来说,这突如其来的噩耗,真的是天都塌了。

往事不堪回首,贺坤重重叹了一口气,语调沉痛地道:"你奶奶是个老师,文文静静的,身体也弱,她为了你爷爷,远嫁到涵江市,这里也没个兄弟姐妹搭把手。你爷爷走后,家里头大大小小的事情都得她自己扛。她怕你爸你姑受委屈,始终没有再嫁。硬是靠她那点工资,省吃俭用的,把他们两个拉扯大,不容易啊。后来你姑因为办案得罪了人,被人报复，出了车祸，落下残疾，你奶奶心如刀割，她担心你姑过不了这个坎，只能打落牙和血吞，反过来开导你姑，陪着你姑挺了过来。所以，即便现在她对你报志愿的事情固执了些，你也要多体谅些你奶奶，别耍性子，有话好好说。你奶奶是个知书达理、深明大义的人，她能理解你的。"

林岚眼眶里浮起了一层雾气，自责、感动、自豪、心痛，好几种情绪交织在一起，在胸口翻涌着。

客厅里供着爷爷的照片，奶奶怕爷爷寂寞，每天都去上香，节假日饭桌上总有一副给爷爷摆上的碗筷，奶奶从未忘记过他。

这种亲人逝去的余悲，并不会随着岁月的流逝而消失，只不过被记挂他的人小心翼翼藏在了心底深处。

涵江市人民检察院地处城市中心地段的玉泉街，是整条街上最醒目的建筑。三座大楼紧密相连，两幢副楼在主楼的两侧依次排开，如雄鹰展翅欲飞。灰色的石质外墙，宽敞的大院，直通大厅的气派台阶搭配在一起，越发显得建筑的整体基调气势磅礴、庄严肃穆。

正中央的主楼上，高高悬挂着的检徽，鲜红与亮金两种对比强烈的色彩交相辉映，显得格外醒目。院内的八列车道有序地排列着几十台警车，默默昭示着这座建筑的特殊身份。

寒来暑往，林岚以优异的成绩毕业了。

今天是技术处遴选的日子，林岚站在检察院开阔的大门口，望着大楼上庄严的检徽，耳边响着风吹树叶的沙沙声，若有所思。

十楼的会议室里，面试工作正在紧张地进行着。候考室里虽然坐着不少人，但大家却不约而同地保持着缄默，有的嘴唇轻轻蠕动，眼睛牢牢盯着某处，似乎默诵着要点；有的假装不经意地打量一起候考的竞争对手，试图从别人的表情中捕捉到对自己有利的信息。

公务员考试成绩再好，也只是进了市院技术处的入选大名单，过不了市里的专业考核，要想留在市级院的技术处一样没门，只能分流到区院去。

林岚坐在候考室靠门口的位置，嘟着小嘴扯着衣服的下摆，好让它更服帖一些，却未能如愿。她不断调整着坐姿，打量着玻璃门中的自己，一身 Office Lady 的行头不但没有给她添半分职场女性的成熟范儿，反倒让她像个偷穿妈妈衣服的高中女孩，满满的不协调感。

"老妈的审美，永远和我擦肩而过。"

她轻轻叹了一口气，合眼靠在座椅上闭目养神。

一张标致的瓜子脸，闭上眼睛的时候，纤眉秀目，颇有点烟雨江南的灵秀温婉，可一睁眼，就风格迥异了。白皙的脸颊映衬得那眼眶里的瞳仁格外黑、格外大，眼白部分又出奇地晶莹水润，眼珠子转动起来分外灵活，一股子灵气似乎要从这对美眸里满溢出来。一头极短的小碎发，配上卷卷的刘海儿，说不出的古灵精怪。

旁边的男孩儿好奇地问林岚："你紧张吗？"

林岚故意拖长声音道："不紧张……才怪。"

看着男孩儿愕然的表情，林岚咯咯笑了起来。

男孩脸红了，小声道："我看你一点都不紧张。"

林岚正儿八经道："其实是紧张的，只不过旁人看不出来罢了。"

俩人正交谈着，里面有人叫名字，男孩儿赶紧进去了。

叫到林岚的时候，候考室剩下的人已经不多了，林岚知道这种偏后的位置是最不讨好的。从心理学上的顺序效应来讲，考官们通常在这个时候已经感到疲乏了，扣分时往往下手重些。为了放松，林岚做了两下深呼吸，这才推门进去。之前一块儿交谈的那个男孩儿正好出来，一张脸上是大写的沮丧。

林岚进门后，瞄了一眼考官席，被一张帅破天际的神颜狠狠震了一下。

肤白如玉，五官实在是过分俊美。浓黑的眉毛如写意派的笔触般飞扬跌宕，欧式的双眼皮下是可媲美星辰的眸子，挺拔的鼻梁，山根微微隆起，下巴扬起的弧度流畅，有种贵族的优雅。这张脸，让林岚联想到了扮演精灵王子的奥兰多·布鲁姆，不对，是奥兰多·布鲁姆的加强版。

她看了看帅哥面前的台位签，上面写着痕迹组组长林远昊。

"这就是未来可能成为我顶头上司的人？可真是帅得没天理。"林岚暗自赞叹。

人事处的苏明主任抬了抬头，透过老花眼镜着意端详了林岚一下，道："笔试面试都第一，相当厉害啊，技术口这几年拿到这么高分数你可是独一份。"

林岚从美色中苏醒过来，朝着苏主任甜甜一笑，道："谢谢您的肯定，还请各位老师多指教。"

她忍不住又朝旁边的帅哥考官瞟了一眼，对方眼皮微抬，林岚觉得那目光仿佛自带了液态氮，她被扫了个透心凉，笑容顿时冻僵在脸上。

林岚定了定神，拿起写着考题的纸条：

"张三杀妻后，进入中心现场时，正确的勘查流程是什么？"

林岚觉得题目不难，心里一松，立马就要作答。

技术处的主任晏清云干咳了一声道："选手准备的时间是三分钟，尽量用满准备时间，答题的点要全面。"

不同于很多男人的悲剧式发际线，这位老同志头发花白却浓密。脸上架着一副金丝边眼镜，镜片后的目光炯炯有神。他穿着一件灰蓝色中山装，几根长寿眉略略垂下来，给整个面庞平添了几分慈祥。

林岚心里咯噔一下，觉得这慈眉善目的老同志是在给自己放水。她脑子转得飞快，拿着笔在纸上列了几个关键词，这才作答："我认为勘查现场正确的程序是一观、二拍、三析、四提。观就是现场观察、尸体观察；拍就是利用拍照方法固定现场和尸体的特征；析就是分析罪犯作案的先后顺序、接触范围和活动轨迹，重现犯罪过程；提就是提取现场和尸体上有价值的痕迹、物证。"

林远昊冷哼了一声："又是个只会背书的。"

林岚有些不爽，可是选拔权在人家手上攥着，也不敢放肆。

晏清云知道自己这位手下爱将在业务上一向标准极高，没人能轻易入他的法眼，于是好意提醒道："还能说得具体一些吗？"

林岚一点就透，暗骂自己辜负了这位老同志的一番苦心，别人明明提醒自己要答全面，自己却只顾着看帅哥，白白交了智商税。她忙补充道："现场主要通过血迹、凶器的分布特征判断作案的行动轨迹；尸体周遭的痕迹、物证要仔细分析，从角度、分布与朝向等综合判断尸体是否发生过位移，确定尸体发现地是否为第一现场；有没有打斗、反抗的痕迹；尸体主要观察衣着特点，位置及姿势需要拍照固定，便于今后和作案人的口供进行对照分析，有伤口的，还要观察创缘的特征。"

林岚答得专业且全面。几名考官的脸上都有赞许之意。

林远昊突然问道："题目中问的是张三杀妻，可你回答的是一般杀人现场的勘查，难道对你而言，所有的杀人现场都是一样的？"

林岚被他问得一愣，不过很快就反应过来了，补充道："观察门窗是否完整，是否存在第三人入侵作案的可能，防止出现冤假错案。"

"夫妻都是长期生活在一起的，和一般的杀人案不同，现场遗留的指纹、血痕、毛发，如何能够区分出是平时共同生活所留还是作案所留？"

"这……"

林岚有些蒙，如何区分？就是导师也不一定能立刻回答出来的问题，她又如何作答？

在一段难堪的静默中，她努力搜索着自己脑海中每一处的知识储备，硬着头皮勉强答道："凶手在生活中的痕迹会与作案痕迹部分重合，却不会完全重合，对痕迹做细节分析，还是能勘查出细微差别的。另外，指纹、血液的新鲜程度也是一个判断依据。"

林远昊并没有给林岚喘息的机会，紧接着道："我再问你，洗手台、淋浴房是否需要重点勘查？"

林岚有些结舌，下意识地重复了林远昊的问题："洗手台？淋浴房？"

"如果凶手是个入侵者，他作案的现场对他而言是个全然陌生的空间，从心理学的角度，他作案后第一反应是尽快离开；夫妻间作案不一样，在熟悉的空间里，凶手有安全感，所以他在这个时候第一反应是洗干净自己身上的血迹。所以，洗手台、浴室、毛巾、洗涤后的衣物，可能都隐藏着真相。"

林远昊说到这里,冷然道:"你的答题时间结束了,下一位。"

华灯初上,政治部的会议室里依旧灯火通明,办公桌上各种档案和资料摞得高高的。

人事部门的负责人苏明主任翻看这一期市院录取人员的面试成绩时,看到林远昊给那个叫林岚的考生打出了这几年来最高的一个分数。他将林岚的档案拿过来认真看了看,在父母一栏看到了尹秀萍的名字,他咦了一声,又看了看后面的父母职业栏。

他拿着档案,向郑明德检察长的办公室走去。

郑明德看了苏明汇报给他的基本情况,有些意外道:"尹秀萍的女儿?那她不就是林磊的孙女和林晓娟的侄女?想当年,林晓娟的案子,还是我亲自公诉的。"

苏明道:"您看,有没有必要去给技术处的晏主任说一声?体现组织的关怀?"

郑明德思索片刻,道:"我亲自给晏清云打电话。"

郑明德在电话里和晏清云简单聊了几句林岚的情况,晏清云的脑海里马上回忆起那个面对林远昊的追问,还能斡旋上几个回合的小姑娘。

当郑明德让晏清云找个厉害的师父给带一带时,晏清云无奈道:"您说的那个丫头我有印象,专业里面最牛的师父毫无疑问就是林远昊了,可就他那脾气,您让他带新人,这真不知道是组织的关怀呢还是组织的考验。"

郑明德哭笑不得,小声骂道:"你个老狐狸,你也好意思在我面前提下属的脾气。平时让你管人,你非说技术人才要有个性,成天护犊子,谁说他们两句你就对谁龇牙。现在就你那儿的几路神仙,有一个好相处的吗?谁惯出来的毛病谁心里清楚。现在给我在这儿撂挑子,没门儿。"

晏清云不服气道:"我只是就事论事,也没说不让他带,我只是打好预防针,免得到时候您埋怨我。"

郑明德撂下一句"自己看着办",就放下电话。

苏明在一旁纳闷道:"他这是答应了还是没答应?"

郑明德笑得莫测高深:"放心吧,老晏的个性你还不知道,进了他技术处的门儿,就算我不打招呼,他都会护犊子护到底。"

"可那林远昊,的确眼高于顶。"

郑明德摆了摆手,把花名册放回到苏主任手中:"咱市院技术处得有三年没招新人了吧,林远昊亲自面试,这丫头还能杀出重围,你呀,把心放肚子里,该干嘛干嘛去。"

苏明恍然大悟。

郑明德将目光投向了远处。

窗外,一棵古槐参天,枝繁叶茂,肃穆庄严中透出一股强大的生命力,几百年来,它始终屹立于此,见证着这一方土地上发生过的善恶美丑、恩怨情仇。

2011 年秋季,涵江市人民检察院门口的古槐换上了金色的华服。这一天是市院新晋公务员报到的日子,一水儿的大姑娘、小伙子在政治部门口排着队,眼神中满是好奇。

负责办手续的老同志抬头看了看手中的花名册道:"林岚,等会儿小李带你到技术处去报到。"

小李一看就在政治部工作有段时间了,言行严肃且谨慎。一路上除了那句"你跟我来",就不再跟林岚搭话。

林岚跟在小李后头,看着她一步一步走得规规矩矩的背影,小声嘀咕道:"技术处那帮未来的同事,不会都是这种严肃款的吧?那将来我的日子可就无聊咯。"

林岚正胡思乱想着,突然听到小李说道:"到了,这一整层楼都是技术处的。"

一面巨大的玻璃门关得紧紧的,房门内外都有密码锁,警示灯一跳一跳,闪着蓝色的幽光。

"他们的房间需要特制的门禁卡才能进入,你等一会儿。"

不一会儿,一个穿着褐色夹克的小伙子刷卡出来了,这个小伙子矮墩墩,白胖胖的,脑袋和脸盘儿都挺大的。因为轮廓不分明,整个脸庞就像个糯米糍似的,再加上细眉细眼,看上去一团喜气。

小李向他介绍道:"大刘,这位是你们的新同事。"

林岚赶紧主动伸出手,开始自我介绍:"我叫林岚,今年22岁,西政大刑事科学技术专业应届毕业生,请多关照。"

大刘见到这么热情的美女,马上堆出了一脸笑,这下更显得喜气了,他伸出胖胖短短的手,和林岚握了握。

"欢迎你的加入,我叫刘锋,痕检组的,比你早来三年。"

小李见他们互相认识了,就不打算接着耗时间了,礼貌地笑了笑,道:"林岚,我手头还有事,就先不陪你了。大刘,我这就算正式交接了啊,带新同事熟悉环境的事儿就拜托你了。"

刘锋笑眯眯道:"你去忙,你去忙。"

刘锋将林岚带到了主任办公室,他敲了敲门,里面却没人答应。他挠了挠头道:"瞧我这记性,今天在九楼有个全市的刑事科学技术研讨会,晏主任他们几个都不在处里。要不,我先带你转转。"

这时刘锋的手机响了起来,磁性的男声清晰可闻:"大刘,你马上把上个月核心期刊的《造痕体与承痕体微量物证同一认定》论文,还有收集的资料压缩一下发给我。这边没有外网,你用单导盒导入内网,用内网邮箱给我发过来。"

刘锋忙应着:"林组长,我马上就去发。"

刘锋不好意思地对林岚说:"我有点儿急事儿,你先到我办公室等等,或者先自己四处随便看看,我忙完再来找你。"

林岚是见识过那位冰山美男林组长的,估计眼前这小胖哥挺怕他的,所以非常善解人意地说:"你去忙,不用担心我,我自己先参观一下。"

刘锋风风火火地走了。

林岚不慌不忙地四处转悠着,司法会计室、视频采集分析室、法医室、文检室、标本室，一应俱全，可惜房门大多锁着，她也进不去。如果看不到里面是什么，那这些不过是挂着门牌的房间罢了，没什么看头。

林岚觉得百无聊赖，正准备去痕迹室看看有没有什么能够帮上大刘的，忽然听到身后有一个年轻的男声不悦地问道："你是谁？怎么进来的？"

林岚一回头，是位样貌清隽的小哥哥，只是面色苍白，身体瘦弱，带着点女气，脑子里不由自主蹦出了"行动处似弱柳扶风"的比喻来。

可惜这位弱柳正瞪着林岚，目光极其不友善。

林岚猜想这位可能是未来的同事，立刻堆出一脸老乡见老乡的亲切笑容，自我介绍道："这位美……帅哥，我叫林岚，是今天刚分到技术处的新人，以后请多关照。"

那人上下打量了一下林岚，嘲讽道："新来的菜鸟，在这儿瞎套什么近乎。"说完，径直地越过林岚，打开标本室的门进去了。

林岚无缘无故被怼，朝着前面那人的背影吐舌挥拳，不料那人突然回头，林岚一向反应灵敏，马上将手改为整理自己的头发，一脸无辜地看着对方。

对方冷笑一声，手若兰花，指了指身后的柜子，鄙夷道："我全都看见了，连这种不入流的小把戏也要，咱们这儿招人的门槛真是越来越低了。"

林岚顺着他手指的方向望去，映入眼帘的是一排亮闪闪的玻璃柜门，顿时尴尬得不行，只能讨好地朝对方笑着。

"我是负责视频和电子数据的，你叫我'逯超人'就好了。"

"超人？哪个超哪个人？"林岚有些蒙。

"Superman 的那个。"

林岚惊得下巴都要掉了，忍不住吐槽道："我见过自恋的，可还真没见过像你这么赤裸裸自恋的。"

"逯超人"冷哼道："那是因为你没见过什么世面。"还没等林岚发飙，他用公事公办的口吻道，"新来的，今天打扫标本室的任务就交给你了。"

"凭什么？"

"逯超人"无视林岚的抗议，自顾自地走到洗手台旁边，拿起拖把和抹布，一股脑儿地塞到林岚手中，傲娇地嘱咐道："每一个角落都要打扫干净，每一个器皿都要擦拭干净，下班之前晏主任会亲自来检查的，你是新人，不要第一天就给主任留个坏印象。"说完，他意味深长地拍了拍林岚的肩膀，头也不回地出了门，留下林岚一个人在原地，呆若木鸡。

"什么情况？一来就给我派活，有没有搞错？"

林岚反应过来，几乎要暴走，可是想到"逯超人"临走时的警告，只得认命地干活。

房间里面瓶瓶罐罐不少，林岚走近一看，吓了一跳。各式各样的玻璃器皿里面，盛放着心、肝、肺、脾脏，还有人的脑子。林岚顿时觉得恶心得不行，一面在心里暗骂"逯超人"不是个东西，给自己挖坑，一面壮着胆子去一一擦拭。

她把脸尽量别在一旁，不去看那些令人生畏的脏器，却不知道自己碰到了哪里，只听到滋滋的电流声响起，接下来，房间里面漆黑一片。

林岚摸索着去开门，却不小心踢到了一个硬物，什么东西应声落地，液体流了一地。

很快，一股福尔马林的味道充斥了整个房间。

林岚脚下一滑，一屁股坐到了地上，左手压住了一个湿哒哒、滑腻腻的物体，她还没来得及去看，就听到一个尖细的女声在耳畔响起：

"哎呦喂，你压住我的肝啦！"

那声音无比凄楚，此时听来，真是令人心惊肉跳。

林岚这一下惊得非同小可，嗖地从地上蹦起来老高。这时旁边一道绿光闪起，一只纤纤玉手从身后伸了过来，软软地搭在了林岚肩上，吓得她差点叫出声来。

林岚迎着光侧脸一看，葱段似的五根粉嫩手指上，嵌着五枚精巧莹润的鲜红指甲，此时被绿光映着，显得格外诡异。一抬头，一张脸被乌黑的长发遮去了大半，仅仅露出一排洁白的牙齿，正冲她龇牙怪笑。

紧挨着这张脸的,是一个白骨森森的骷髅。

"何方妖怪！胆敢在岚女侠面前装神弄鬼！"

林岚一把抓过跟前那不知是人是鬼的怪物,眼看就要完成一个漂亮的过肩摔。不料,女妖尚未被撂倒,骷髅先行落地,摔了个稀里哗啦。

"停、停、停！我是法医组的江旎。"

肩上的女妖连声叫停。

就在此时,门被推开,"哒"的一声后,房间重新恢复了明亮。

"逯超人"站在门口,嘴巴大张,仿佛看到了什么最恐怖的事情。

屋内的画面那叫一个惨不忍睹。

江旎头朝下,臀朝上,四肢如同八爪鱼似的紧紧缠在林岚身上。

她抬起头来,咬牙恨声道:"逯超群,不就是做个卫生吗？你不乐意也就算了,上哪儿找来的美女杀手？砸了我的场子不算,还要摔死我！"

逯超群此时才回过神来,疾步上前把江旎从林岚身上解救下来,嘴里数落着:"你个野丫头,怎么这么虎,我的女神你也下得去手摔？"

那表情无比奴颜婢膝,让林岚瞬间联想到了慈禧老佛爷跟前的李莲英,哪还有之前半点傲娇孔雀的影子。

这人怕不是精神分裂吧！

江旎气喘吁吁地站稳,用五指拢了拢额前披散的秀发,露出一张精致白皙的鹅蛋脸,柳眉杏眼,挺括的鼻梁,涂了浅粉色唇彩的小嘴微微嘟着,真的是艳色逼人,风情万种。

林岚看得发怔,不由得感叹:"那林远昊的颜值已是极品了,再加上这美人,啧啧啧,技术处简直就是个美人窝啊。"

逯超群气势汹汹地质问林岚:"你干吗捣乱,把这儿弄得乱七八糟的,还要伤人？"

林岚暗道不妙,可她打小就是一路闯祸闯过来的,遇事脸皮够厚,心态够强,当下毫不示弱地反咬一口:"谁让你们串通一气装神弄鬼！"

江旎拦住要炸毛的逯超群,俯身将掉在地上的一坨物什拾了起来,托在掌上抛了抛,又掂了掂,慢慢伸到林岚面前,娇滴滴道:"小美人,这你可就冤枉我了,我可没有装神弄鬼,更不会和这小子串通一气,你好好瞧瞧,你刚刚可不就是压着我的肝了。"

林岚看了一眼,生生倒吸了三口凉气。

这如花似玉的大姑娘手中托着的,真的是一副人类的肝脏,还在往下滴水。这肝脏应该是在福尔马林中泡得久了,颜色有些褐中泛白。

林岚这才意识到自己刚才手底下压着的是什么,那湿哒哒、黏糊糊的触感此时格外清晰起来,令她汗毛倒竖。

江旎抿嘴一笑,眼睛弯成一道好看的弧线。

"我听到响声,又闻到了福尔马林的味道,就到标本室来看看。谁知道黑灯瞎火的,我刚打开手机,就看到你压在我的宝贝标本上,还差点碰倒了我的骨骼模型。我好意提醒你,谁知你不光摔坏了我的这些宝贝,还要摔坏我。"

说到这里,傻子都知道整件事儿就是个乌龙,林岚脸皮再厚,也没法儿继续装傻。娇滴滴的大美女险些被自己摔成印度飞饼,林岚心中也愧疚得很,赶忙道歉:"美女姐姐,是我莽撞了,我被这位超人小哥派来做卫生,初到宝地,和你的宝贝们还有些认生。中途断电,我一时慌张,错把仙女看成了妖怪,是我眼拙。"说着,她把脸往江旎跟前一凑,撒娇道,"要不,你就重重拧我几下,出出气。"

江旎扑哧一声笑了,摸了摸林岚滑溜溜的脸蛋,拉长尾音道:"这么有趣的丫头,我哪里舍得打。不过,我的这些宝贝们,个个有灵气得很,就喜欢美女陪它们说话解闷,你往后多陪陪它们,一来二去,就不认生了。"

林岚傻眼了,也不知道这话怎么往下接。

逯超群斜着眼睛看了林岚一眼,说道:"这个月标本室的卫生,你,承包了。"

闹出这么大的动静,刘锋过来看个究竟,一进门就看到标本室一片狼藉,说话都有些不利索了:"这……这些都是你干的?"

林岚苦着脸冲他做了个"丧"的表情。

刘锋吓了一跳,捂着自己的心口道:"我才离开多大一会儿,你就

静默的铁证

整出这么大个烂摊子。这些标本可都是江旎的心肝宝贝,你弄成这样,后果不堪设想。"

林岚翻了个大大的白眼,心想:"一个月都要和这些恶心兮兮的内脏打交道,不但后果不堪设想,这个月的伙食费都节约下来了。"

"哟,怎么都杵在这儿呢?"晏清云不知什么时候过来了。

林岚心虚,赶紧冲着晏主任甜甜一笑,问了一声好,然后快速地拉着刘峰迎了上去,把晏主任的视线挡了个严严实实。

晏清云笑呵呵地伸出手,亲切地和林岚握了握。

"小林啊,咱们又见面了,我代表技术处欢迎你,你可是我们队伍的新鲜血液啊。"

站在晏清云身后的,正是那个帅得没天理的林远昊。

晏清云笑眯眯地向他指了指林岚,介绍道:"这小姑娘就是上次你亲自考核过的那个,西政大科班出身,毕业论文优秀,是个好苗子,你亲自带一带。"

林岚那天回去后,就在网上搜索了一下,这林远昊可不是一般的人物,年纪轻轻,就已经是涵江市痕迹专业的顶尖技术人才。他在鉴定造痕、承痕、人体痕迹、物体痕迹等方面的造诣均达到了相当的高度。不仅在 SCI 上发表了十几篇论文,还担任着涵江市痕迹检验专业委员会委员。真的是金光闪闪的人生。

跟着这样的师父,不但每天秀色可餐,职业生涯更是开挂。

"我不带新人!"

语气坚决、果断、毋庸置疑。

林岚朝声音的源头望去,那张帅脸不但轮廓像雕塑一样,表情也像雕塑一样,半丝涟漪都没有泛起。

"我不新了,我已经在这里蹉跎了一个上午,现在是旧人,旧人。"

晏清云一听乐了,冲林远昊说:"这小姑娘活泼外向,和你这块冰疙瘩正好互补,你带她这事儿就这么定了,不许抗议。这姑娘年龄更小,她才是真正的小林。林组长啊,我以后就不叫你小林了,改叫你大林,原来有一部动画片,不就是《大林和小林》么。"

晏清云自说自话,旁边几个人拼命忍着笑。

林岚偷偷瞟了瞟林远昊的表情,见他嘴角抽了抽,又抽了抽,于是忍不住扑哧一声笑了出来。

晏清云指了指林岚身后,道:"江妮子,你上个月才打申请买的骨骼模型,这么快就散了架,远远没有达到折旧处理的年限,看来,你得自费补上了。"

说完,他乐呵呵地走了。

江旎的脸顿时耷拉了下来,嘟囔了一句:"老狐狸,眼可真尖。"

林岚正猜测着一个骨骼模型得花费多少银子,忽然听到林远昊冷冰冰的声音。

"大刘,带她熟悉基本流程。"

被点到名的刘锋忙不迭地答应着。

林岚正要自觉地跟着大刘走,却被逯超群一把拽住衣袖,他指了指一片狼藉的标本室,冷笑道:"干吗?选择性失忆啊?"

林岚急于脱身,朝他做了个鬼脸,道:"这是你在女神面前表现的机会,我怎好越俎代庖?"

逯超群嘿嘿冷笑道:"自己要上赶着撞枪口,也行,去吧,早死早超生。不过,你放心,这块儿我也给你留着,你要是不拾掇干净了,小爷我就天天阴魂不散地缠着你。"

林岚看了看林远昊远去的背影,自嘲道:"才出狼窝,又入虎口,我怎么这么难啊。"

林岚跟着刘锋到了办公室,刘锋抱来一大摞章程和细则交给林岚,道:"这些是办公守则、保密守则、勘查细则、痕检细则。你赶紧记住了,跟着咱林组长,随时现学现用,出了问题,保管你……"他停了停,朝里间望了望,回头朝林岚做了个抹脖子的动作。

林岚翻了翻这堆成小丘似的材料,一时间有些怔忪。

刘锋估计是和林远昊待久了,被拘束狠了,话匣子一打开就收不住了,在那儿滔滔不绝道:"女孩子学痕迹专业的可不多,我的研究方向是工具痕迹比对,研究生毕业就来这儿工作了。你别看咱们的林组长冷冰冰的,对人挺严厉,其实为人还不错,专业上也是大神级别。他唯一的缺点就是工作太认真了,在他手底下混不了日子。不过,人家有副好皮相,即便是块千年不化的寒冰,依旧桃花不断,你这一来就能跟着他,多少姑娘的芳心要碎成渣渣呐。"

林岚不以为然地撇了撇嘴道:"就这千年不化的冰块脸,桃花还不得冻死一大片?"

两人正说着,江旎进来了,用手指着刘锋道:"好啊,大刘,你们林组长的绯闻你也敢传,不想在痕检组混了吧?"

刘锋朝她连连作揖:"姑奶奶,你小点声,那位在里面呢。"

江旎不再理他,笑眯眯地对林岚说:"小林子,你别听大刘八卦,那都是别人一厢情愿犯花痴呢。你们林组长可是禁欲系的,走的是高冷路线,心中只有工作,其他的全是浮云。"

刘锋愕然道:"小林子?《笑傲江湖》里面的小林子不是练了葵花宝典不男不女吗?人家漂漂亮亮的一个大姑娘家,你怎么能叫她小林子呢?"

江旎理直气壮道:"叫小林多生分,多严肃啊,小林子多亲切,多有辨识度啊。再说了,同名不同人。"

林岚素来心大,根本不会为个称呼着恼,她只想和眼前这美女套套近乎,免得擦一个月的内脏瓶子。所以她一躬身,扮出一副伏低做小的模样,逗趣地朝江旎拱了拱手,道:"多谢美女赐号,可是小的在读书时就已经有诨名儿了,江湖人称岚女侠,美女若不嫌弃,就用这个诨名吧。"

江旎被她顽皮的样子逗得咯咯直笑,好不容易才止住,便也学着林岚的样子拱了拱手。

"那我就恭敬不如从命了,岚女侠,失敬,失敬啊。"

林岚忙见缝插针道:"那和美女家宝贝亲近的事情,能不能容我缓缓?"

江旎把她作揖的手托了起来,笑道:"好说、好说。"

刘锋见她们说得有趣，在旁边呵呵傻笑。

江旖眨着好看的杏眼对刘锋说："大刘，这下你们组可热闹了，得了这么个宝贝，以后可有的瞧了。"

大家正热闹作一团儿，林远昊从里间出来了，他什么也没说，眼风凉凉地朝人声鼎沸处一扫，气温顿时降到冰点，房间里顿时鸦雀无声。刘锋和林岚连忙各就各位，埋头作苦读状，江旖从容不迫地整了整裙摆，袅袅婷婷地走了出去。

林远昊从书架上取了一本书，转身又进了里间。

看他离开了，林岚忍不住心里的好奇，小声问刘锋："他在里面干吗？"

"做实验呢。"

"哦。"

"你不进去帮忙？"

"我可不想早夭，林组长做实验，要求绝对安静，最讨厌有人打扰，遇神杀神，遇佛杀佛。"

林岚吐了吐舌头，道："这人年纪不大，排场不小。"她突然想起了之前的遭遇，又问道，"那个逯超群，号称自己是超人的，到底是个什么人？"

刘锋道："这位是比黑客还要黑客的 IT 专家，业内人送外号'逯超人'。不是盯在屏幕前，就是在倒腾各种电子设备和仪器。除了咱们林组长，咱院里就属他长得帅了。"

林岚不以为然道："这人闭嘴的时候倒还算顺眼，可一张嘴，啧啧啧，整个儿一'暴雨梨花针'。"

刘锋笑道："'暴雨梨花针'？这比喻倒新鲜，看来，你刚才吃过苦头了。"

林岚道："没事儿，被我一记乾坤大挪移，悉数反弹了回去。我再问你，刚才那个娇滴滴的大美女真的是法医？"

刘锋道："你别被她的外表给迷惑了，她叫江旖，春江花月夜的江，旖旎的旖。名字和人一样风情万种，可是解剖起尸体来，那是手起刀落,刀刀到位,飞针走线,针针入肉。无论面对的是什么尸体,她眉头都不带皱一下的。"

林岚扑哧笑道:"大刘,你这口才,不去德云社屈才了。"

刘锋急忙辩解道:"我真没骗你。这江旎模样生得标致,行事做派又是大小姐的范儿,他们那一行好多人都质疑过她的专业水平,可那些怀疑她的人,最后都充分体会了什么叫作以貌取人、愚不可及。"

"此话怎讲?"林岚问道。

"江旎在开颅这项技术上,是出了名的好手。要知道,开颅可是个技术加体力的活儿,连一些男法医都发怵,她却深谙其中三昧,游刃有余。所以他们这一行的人送了她一个外号,叫'江一刀'。"

林岚表情有些神往。

刘锋嘱咐道:"不过,你以后少招惹她?"

"为什么?"林岚不解地问。

"这位姑奶奶,整死人不偿命,特别喜欢恶作剧,让人哭笑不得。所以……"

说到这里,刘锋突然像被踩住了脖子。

林远昊不知什么时候站在了门口,静静地看着他们聊天。

林岚和刘锋两人面面相觑,心虚地低下了头。

林远昊指了指林岚,抛下了一句,明天上午抽考这些规章和细则,答错 1 题,抄 10 遍",然后头也不回地走了。

林岚嘴巴张得老大,不可置信地指着那座小山丘,问刘锋:"他不会来真的吧?"

刘锋缩了缩脖子,咽了口唾沫道:"你可以试试看。"

林岚想起坊间流传的关于这位冰山美男的传闻,不敢不信。

第二天林岚的考试毫无悬念地仆街了。

林岚真心觉得不怪自己,林远昊的考核标准太变态了,各种类型案件的勘查、取证流程,漏一个环节就算自己不合格,这样一来,自己十道题统共只对了两道。

"我手底下不留废物。"林远昊一句话,林岚几乎抄断了手。

林岚好动，也喜欢说话，可是林远昊是个闷葫芦，不苟言笑，林岚不敢招惹他。刘锋每天忙进忙出的，也没多少时间陪林岚逗闷子。

技术处只有林岚和江旒两个女生，于是走得格外近些。

尽管刘锋对江旒的各种轶事说得有鼻子有眼，可是林岚心里始终半信半疑。不过，接下来的一件事情，让她清楚、明白而且肯定地知道了，江旒绝对是自带恶魔体质。

一天中午，林岚吃完饭，和江旒凑一块儿聊天，四下无人，两个人尽显长舌本色。

"听说林远昊那厮去现场只带大刘不带你？我就纳闷了，你一个学痕检的，天天宅在办公室有个啥劲儿？"

林岚觉得这话一下子说到了心坎里，吐槽道："就是，就是，我都快被那厮关傻了，老是嫌我基本功差，以我目前的水平还不到出现场的时候。"

江旒道："没有实战经验怎么行，基本功差怎么了，不经常实践岂不是更差？"

林岚点头如捣蒜。

江旒又道："明天我要去解剖现场做个技术支援，要不，我带你去练个胆儿，见见世面？"

林岚大学里面学的是痕检，对于尸检这件事儿的了解，基本都是源于校友那里的道听途说，并未亲自上阵。所以，江旒一开口，林岚心痒难耐，立马答应了。

第二天一早，林岚找林远昊请假，说要陪江旒去解剖现场。

林远昊没说什么，只是用探究的眼神看了林岚一眼，然后点了点头，算是答应了。林岚心花怒放，哪里还有心思去琢磨林远昊的眼神里面到底有几个意思，屁颠屁颠地就跟着江旒去了。

等到了现场，林岚才彻底傻了眼，明白了什么叫作"自投罗网"。

解剖床上躺着一具高度腐败的女尸，整个解剖室弥漫着一股说不清、道不明的诡异臭味。

江旒津津有味地介绍："这女人是个按摩店的女技师，被一个男顾客长期包养,后来那男的不想要她了,她就开口要一大笔分手费。男的不依,女的就威胁要去告他强奸。这男的也够狠的,晚上一棍子就把这女的给打死了,把尸体塞在大衣柜里面,自己跑了。等被发现的时候,这尸体已经臭了。小林子,你忍着点儿味儿。"

江旎不说还好,她这么细细一说,林岚更觉得难受。

"旎姐,你怎么也不戴副口罩? 这味儿,忒冲了。"

"你知道有多少有价值的信息都在这气味里吗?你先戴上,我要先分辨分辨。"她掏出口罩递给林岚,自己则闭上眼睛,静静地站在那里。

林岚戴上口罩,依然挡不住那味儿往鼻孔里钻。

"你今天运气好,赶上我秀一把绝活。"江旎睁开眼,戴上口罩,她将十指用力相抵,然后松开,姿态优美地给手指做了个舒展,之前好看的指甲油已经除得干干净净,指甲修整得短且圆润。她从容不迫地把一双玉手放进手套里。

女尸的眼睑腐败后有些合不拢,江旎轻轻拉下女尸的眼皮,用哄小孩的语气柔声道:"看不到、看不到,不怕、不怕,一会儿就好。"

那女尸的眼皮失去了弹性,总是遮不住眼球,江旎倒是耐烦得很,反反复复弄了好久才给她完全合上。

手中是一把特制的剃刀,刀片薄而锋利,铜制的手柄已经有了包浆,泛着柔和的光泽。

使刀的手小心翼翼,生怕刮破了皮肉。

对尸体的尊重,何尝不是对逝去的人最大的善意。

女尸的头发剃干净后,露出一枚实在不怎么养眼的光头,头皮上一处凹陷的紫瘢显露了出来。

"帮忙记一下,头皮有外伤,符合钝器击打伤特征。"

江旎朝一旁的笔记本努了努嘴,林岚认命地拿过本子记录起来,忍着胃里长毛的感觉去看江旎手下那颗惨不忍睹的头颅。

江旎用笔在头上画好定位线,拿出开颅锯,沿着定位线用力下压,然后一推,颅骨打开了。林岚清晰地听到了自己心脏怦怦跳动的声音。

"死者硬膜下出血,出血量大,蛛网膜下腔有血肿,符合外力钝器击打的特征。"

林岚硬着头皮,忍着胃里面一波强似一波的翻江倒海。

开颅后,江旎用解剖刀划开尸体,检查食道和胸腹部。

"消化道和胃部有出血,这胃的内容物都变色儿了。"

江旎用钳子将一坨黑乎乎胃内容取了出来,放入装检材的容器里,突然就递到了林岚的面前,嘱咐道:"拿去编个号,我回头做个毒物检测。"

林岚猝不及防,从视觉到嗅觉接连中招,顿时觉得自己被折腾得异常脆弱的小心脏受到了十级惊吓。看着那黏糊糊的一坨,她再也忍不住了,当场就冲到洗手间里吐了个天翻地覆。

接下来几天,林岚见了江旎就绕道走,生怕她又想出什么新花样折腾自己。

几次挨整后,林岚通过深入的研究、细致的观察,得出如下结论:江旎虽眉目如画,顾盼生辉,令人见之忘俗,可是酷爱捉弄他人,并以整人为人生第一要务。

"技术宅"们大多心思单纯,醉心专业,让林岚免去了职场版宫心计的锉磨,全身心投入到知识的海洋中。林岚耳濡目染,渐渐也能够咂摸出技术派幽默的味儿来,后知后觉地开怀一笑。

林远昊办公室的陈设极简,无线的鼠标,无线的键盘,无框的镜架,真是没有一样多余的存在。反观自己的桌面,杂乱无章,花里胡哨。

"思维发达的人会对简洁有着特殊的心理需求,越是头脑简单的人,越是喜欢对自己的空间进行无谓的装饰和填充。"这句话是逯超群上次来痕检组后,临走时抛给林岚的。

林远昊站起身,道:"下午去车祸现场,准备一下。"

林岚四顾无人,于是迟疑地问道:"您是叫……我?"

"除了你我,这屋里还有其他人吗?"

林岚雀跃不已,激动道:"马上到位。"

坐了半年的冷板凳,除了罚抄就是下载各种资料,修改各种文书,终于能够正正规规出趟现场,能不激动吗?

小轿车被撞得后盖翻起,四周都是散落的零件,反光镜碎得不成样子,上面还沾染了鲜红的血迹。

这是公诉处提前介入的一起绑架案。

凶手驾车撞了被害人的车,将人质劫持后逃离现场,技术处的任务是给公诉处的承办人提供专业意见和技术支援。

林岚急于在林远昊面前表现,忙前忙后地拍照,认真地将林远昊口述的重点和一些数据在笔记本上记录下来,还见缝插针地画了一张现场勘查的平面草图。

在勘查现场的林远昊是冷静而细致的,他全神贯注地观察着每一个细小的痕迹,连轮胎缝隙和车底盘都没有放过。

“你说说,从现场发现了什么?”看着忙忙碌碌的林岚,林远昊突然发问。

“地面残存的剥落物,从材质、外观、形状特征可初步判断为车辆的挡板、反光镜碎片。从花纹等痕迹的细节来看,应该是固特异牌子的轮胎。”

“这里呢?”林远昊指了指发动机。

林岚莫名其妙,心想:“关发动机啥事儿?”

“发动机舱内零部件发生了明显位移,转向器在出入轴套时发生了异常运动,说明车辆遭受了强大外力。”

林岚腹诽:“这不是废话吗?碎渣子掉了一地,瞎子也能看出来撞车了,还用得着从发动机这儿捋线索?”

林远昊冷冷看了一眼林岚,道:“你认为观察发动机没用?”

林岚被他看得心里发寒,也不知道自己是哪里露出了马脚,下意识地摸了摸自己的脸庞,心想:“难道是我的表情出卖了我?”嘴里违心应和道:“有用,有用。”

“口是心非,连说真话都不敢,将来还能坚持真理?”林远昊的语气充满了不屑。

泥人也有几分土性,更何况林岚在林远昊面前夹着尾巴久了,本就有些心病,这下被他一激,语气也冲了起来:"您觉得有用,那您自己说说有啥用呗。"

话一出口,她懊丧不已,"得罪了这尊神,岂不是又得坐半年冷板凳。"

谁知林远昊并不着恼,从容道:"仅靠剥落物和车尾部的凹痕符合车辆受撞击后变形的特征就得出事故结论,过于轻率。为了干扰侦查,高明的作案人会伪造事故现场,用外力在车上形成撞击痕迹的方法有很多种,发动机的内在结构变化则难以伪造,只有做由外及内的全面勘查,通过多种痕迹证据印证,才能防止被假象蒙蔽。"

"高手哇。"

林岚一边佩服一边暗骂自己,明明是青铜不懂王者,还在这儿轻狂,真丢人丢到姥姥家了。

"出个现场这么毛糙,你这半年的冷板凳坐得也不冤。"

林岚被他戳穿心事,又慑于他的本事,哪里还敢多嘴,当即凝神静气,老老实实跟在林远昊身后。

林远昊走到几处轮胎痕迹的旁边,拿过相机从不同的角度拍摄,然后在相机显示屏上放大。

"这几处轮胎痕迹里的花纹有什么不一样的地方?"

林岚连忙凑近了仔细看。

"从放大后的痕迹细节来看,右前方的轮胎留下的花纹痕迹要比其他三处清晰许多。从这个花纹的完整性和边缘的清晰度分析,应该是新换上去不久的轮胎。"

林远昊对这个回答显然不太满意。

"你只发现了痕迹间细小的区别,却没有对其中的价值做最大化的挖掘。"他指了指屏幕中几处磨损痕迹明显的花纹,道,"这三个轮胎花纹边缘模糊,花纹70%立体感消失,这种磨损程度至少是行驶4万公里以上了。车胎外侧靠上有磨损,但磨损痕迹与行驶痕迹相逆,应该是轮胎之前没有定时做四轮定位,导致内侧磨损,车主在做了四轮定位后发现了问题,进行了轮胎位置调换。这些痕迹很新鲜,形成时间不超过一周,那么做四轮定位和轮胎调换的时间也不会超过一周。另外,从现场碾压痕迹的深度来看,车身自重应该超过 2.5 吨,结合前后轮胎痕迹之间的长度、宽度综合分析,凶手驾驶的应该是越野车。"

"所以说,调取各修理厂这一周越野车做四轮定位的记录就能追根溯源找到凶手咯。"

"别忘了,轮胎还得是固特异的,右前胎刚刚换过,车辆公里数最少 4 万公里以上的。"

说话的是一男一女,林岚他们聚精会神地勘查,也不知道他们是什么时候来的。

女的穿着检察制服,30 多岁,面色白皙,梳着高高的马尾辫,看上去干练得很。男的 50 岁开外,腰身挺拔,眼神格外犀利,警服上的警衔显示着他的级别是二级警督,也就是正处级。

"赵处、涂队,你们来了。"林远昊主动打招呼。

被称作赵处的女检察官主动和他们握了握手,打量了林岚一番,问道:"这么水灵的妹子,是林组长麾下的? 之前怎么没有见过?"

林岚心想:"我天天猫在办公室里打杂,见过才怪。"脸上却是一脸乖巧,甜甜笑道:"赵处好、涂队好。"

赵云蕾对林远昊笑道:"这丫头不光人长得漂亮,嘴也甜。林组长,咱们院里的帅哥美女都到你们技术处去了,真让人眼馋。"她又对林岚道,"我先自我介绍,我是公诉处的赵云蕾,这位资深帅哥是市局刑侦支队的涂敏,涂大队长。小丫头,你叫什么?"

"我叫林岚,双木林,山风岚。"

"林岚,好名字,听着就大气,我记住了。"

林远昊道:"涂队,附近的监控调取了没有?"

"恰好是个死角。"涂敏有些遗憾地摇了摇头,"不过,你刚才的分析非常有价值,我马上安排他们去排查。"

涂敏走到一旁打电话安排工作去了。

林岚心想,真是个雷厉风行的主儿。

市局那边的技术人员也过来了,和林远昊一起交换勘查后的意见,林岚在一旁津津有味地听着,把重点都记了下来,准备回去好好整理一下。

林远昊扫了一眼低头奋笔疾书的林岚,刻意放慢了语速。

陪着公安的技术人员收集完所有的物证、编上号,已经误了饭点了,林岚的肚子不争气地咕咕叫了起来。她从包里掏出一瓶水喝了两口,安抚了下可怜的胃。

"接着。"

林远昊朝她一扬手,一个圆滚滚的物体抛了过来,她身手敏捷地一把抓住,原来是一只蜜橘。

林岚看到吃的眼睛都亮了,正要道谢,林远昊已经转过身和涂敏他们讨论去了,只留给林岚一个黑漆漆的后脑勺。

林岚朝后脑勺做了个鬼脸,低头欢快地剥开橘子,迫不及待地咬了一口,酸酸甜甜的果汁充盈着口腔,格外美味。她三口两口吃完,胃里不再空虚得难受。

"其实林远昊这厮也不错嘛,都到这个点了,他自己也没吃饭,唯一的橘子还给了我。看来以后要对他好点。"

林岚没找到纸巾,正准备把沾满汁水的手在裤子上擦,却被转身过来的林远昊逮了个正着,她双手僵在原处,擦也不是,不擦也不是。林远昊一脸的嫌弃,从包里拿出一包湿纸巾扔给了林岚,从牙缝里挤出三个字:"脏死了。"

日子一天天过去,案件一件件送来。

这天赵云蕾又来找林远昊和林岚,和她一起过来的是公诉处的付朝阳检察官。赵云蕾的神情有些凝重,黑眼圈也显得她格外憔悴。

"赵处,您这气色可不大好,累着了?"林岚关心地问。

林岚最近听案管的小伙伴们说,公诉处这几个月案件量骤增,还都是些不好处理的硬骨头,每次加班的时候,她都看到公诉那层楼灯火通明,可见他们最近任务吃紧。

"付朝阳手头有件批捕案件,疑点挺多,今天特来请教。"

林远昊道:"赵处长,您是我们市知名的检察业务专家,谈不上请教,咱们共同探讨。"

赵云蕾道了声过奖,将案情娓娓道来。

涵江市的近郊,因为这几年的小龙虾养殖业发展得如火如荼,很多家菜农都承包了鱼塘,养殖小龙虾。刘福贵赶上了这趟发财致富的快车,提早完成了小康的目标。刘福贵是五代单传的独苗,手头挣了钱,于是将旧房变新房,将三轮变四轮。可他心里还是有个遗憾,膝下无子,老刘家的香火眼看就要无以为继。

王麻子是刘福贵同湾子的老乡,素来好赌,因为和刘福贵打小是同学,又是邻居,见他有钱了,隔三岔五就找他借钱。因为借多还少,刘福贵渐渐不再理他。

王麻子前几天又找刘福贵借钱,刘福贵在虾塘忙碌着,没好气道:"我说你这么大个人了,有手有脚的,成天游手好闲,就不能干点正事?你摸摸良心,问我借了多少钱?你今天要借也行,把我之前借你的还我。"

王麻子恼羞成怒,朝虾塘吐了口浓痰,说了句阴损的话:"你死捏着那些钱有个屁用,养个婆娘不下蛋,将来就是个死绝户,再多的钱以后还是别人的!"

刘福贵气得够呛,拿起脚边的鱼叉去打王麻子,王麻子用手去夺鱼叉,却被刘福贵在手上和腿上狠狠打了几记。他长期好吃懒做,本来就不是壮实的刘福贵的对手,对方手里又有鱼叉,王麻子搞不过,只得骂骂咧咧地走了。

这恶毒的话像毒蛇一样钻进了刘福贵的心里,折磨得他几天都睡不好觉。刘福贵的媳妇何翠芬倒是善解人意,她打听到自家男人最近恼火的原因,偷偷去了一趟涵江市阳光天使妇产科医院咨询。十几趟检查做下来,医生建议她做试管婴儿。何翠芬回来和刘福贵交了底,刘福贵也同意尝试,两个人请了两个老乡,许给他们工钱,让他们代管一段时间虾塘,然后收拾铺盖卷,在涵江市阳光天使医院附近租了一套一室一厅,正式驻扎了下来。

功夫不负有心人,大半年以后,胚胎培养成功,何翠芬成功怀上了,后来生了一个大胖小子。

中年得子,刘福贵夫妇守得云开见月明。孩子满月那天,夫妻俩请来了厨艺拿手的师傅,在村里摆了几十桌酒席。

酒席刚结束,婴儿居然不见了。

刚满月的婴儿,当然不会是自己走丢的。

可问题是,谁抱走了婴儿?

夫妻俩急疯了,一面报警,一面发动亲朋好友、街坊四邻到处找。可这婴儿就像是人间蒸发了一样,半点踪迹全无。

倾盆大雨在夜间肆虐着,雷声滚滚,闪电将夜幕无情地撕裂。

有人在村东头发现了一个被溺死的婴儿,正是刘福贵千辛万苦才求来的宝贝疙瘩。

何翠芬看到那小小的尸体时,一口气没有上来,昏了过去。好不容易救醒过来,人却变得疯疯癫癫了。

案件性质恶劣,造成群众恐慌,影响极坏。

涂敏亲自来到现场,他的眉头紧锁,心情格外糟糕,站在一旁的是他的搭档冯伟斌。

婴儿的口鼻中全是淤泥,面色青紫。

"真他娘的下得去手,人渣!"冯伟斌忍不住爆了粗口。

"现场勘查尽可能仔细些,一处都别放过。"雨水太大,有些顺着雨衣的帽檐流入了眼睛,涂敏抹了把脸,继续在现场指挥着。

负责勘查的技术人员汇报道:"雨太大了,现场没有提取到足印。"

涂敏去问法医:"有什么发现?"

"应该是被摁在淤泥里面闷死的。闷死婴儿的地方水位应该比较浅。"

涂敏沉吟了半晌,用不容争辩的语气命令道:"马上找几台抽水泵,把这塘里面的水都抽干。就是挖地三尺,也要把证据找出来!"

案发现场的调度如同行军打仗,既要有清晰的头脑,也要有过人的胆识。

一番联系后,抽水泵被抬过来了,两台抽水泵同时运行。时间在机器的轰鸣声中过去了,熬了一宿,涂敏的眼睛布满了血丝。冯伟斌从兜里掏出一包槟榔递了过去,涂敏往嘴里扔了一颗。

冯伟斌自己也含了一颗,用力嚼了几口,嘴里含含糊糊道:"这牌子,够劲儿。"他又冲着涂敏笑道,"解乏吧?"

涂敏用力捶了捶他的肩膀,表示谢意。

随着水位慢慢降低,靠近岸边的淤泥处露出了一枚残缺的足印,不远处有一个凹陷的浅坑,形状和大小都和婴儿的尸体相仿。冯伟斌大喜,冲着涂敏兴奋地喊道:"涂队,有了!"

涂敏的眉头却皱得更紧了。

"什么情况? 只有半枚!"冯伟斌有些傻眼。

"还是穿着袜子踩上去的,这鉴定条件有些够呛。"涂敏摇了摇头。

"这下怎么办?"

涂敏没有直接回答他,对着后面喊道:"技术队,快来拍照,其他人,继续抽水。"

天色将明,村民们陆陆续续出门了,好奇地围在一旁想看个究竟。

终于,水被抽干了。

"那儿是不是一只鞋?"

技术人员用长杆把鞋子挑上岸,鞋里面灌满了泥,在岸边磕掉泥浆后,是一只前端有补丁的男式解放鞋。

"这鞋挺像咱村王麻子平日里穿的。"

人群里有人小声嘀咕。

涂敏循着声音望去,是个小个子的男人。

"王麻子是谁? 家住哪儿?"冯伟斌瞪着眼问,小个子有些瑟缩。

"老冯,别咋呼,好好问。"涂敏提醒道。

冯伟斌压低声音,尽量摆出一副和蔼可亲的样子:"你刚才说的王麻子是谁? 你能肯定这鞋是他的吗?"

"像,像,王麻子是刘福贵的同学,也是他的邻居。"

"你怎么知道是他的鞋?"

"我也没说一定是的,只是觉着像,我和王麻子也是邻居,有时他把鞋晾在门口,我见过。"

"你叫什么名字?"

"马胜。"

"马胜,既然你和王麻子是邻居,那你带路。"

一行人在马胜的带领下去了王麻子家,他还在屋里鼾声雷动。院子赫然放着另一只解放鞋,散落在地上的还有一套衣裤,都沾满了泥浆。

听到这里,林岚义愤填膺,怒道:"怎么有这种禽兽不如的人,对刚满月的婴儿也下得去手?"她平复了一下情绪,忍不住问,"赵处长,这人也抓了,物证也找到了,动机也证实了,您现在还要咨询啥?"

林远昊眼风扫了林岚一下,林岚意识到自己唐突了,尴尬地说:"是我多嘴了,您继续、继续。"

赵云蕾嗔怪地对林远昊说:"林组长,您别这么严厉,林岚还是个小姑娘呢,有些好奇心也是正常的。"她接着说道,"证明王麻子有罪的证据是有一些,动机也有,不过,不利于指控他犯罪的证据也不少。"

说完,她把卷宗递给了林远昊,林远昊翻了一遍,又递给了林岚。

"你也看一看,然后你先发表一下意见。"

"我先?"

"怎么了? 不让你说话的时候就你话最多,让你说话又不乐意说了?"

林岚闭了嘴,双手接过卷宗,从头到尾细细看了看。她以前也不是没有就案件证据发表过意见,不过一般都是林远昊先说,她再跟在后面谈一下自己的看法,正所谓大树底下好乘凉嘛。可这次林远昊让她先说,她微微有些紧张,生怕说错了,丢了林远昊的脸。

赵云蕾看出了她的顾虑,鼓励道:"傻丫头,你们组长这是想让你好好表现一下呢,你别被他冰冷的假象给迷惑了。"

林岚一瞥林远昊,只见他表情有些不自在,知道赵云蕾没有说错,咧嘴笑了。

"池塘里有婴儿被摁进淤泥的痕迹,婴儿的面色青紫,口鼻周围和颈部都有勒痕,呼吸道和肺部有淤泥,说明婴儿在被溺死前,被人实施了捂鼻、勒颈的行为。如果凶手一开始只是想将婴儿溺死,就没必要多此一举去捂鼻、勒颈。所以,我推断凶手是想把婴儿掐死了,再带去水塘弃尸,不料婴儿之前只是昏迷,途中苏醒过来,所以他在水塘中继续行凶,将其摁进淤泥里,造成婴儿溺亡。"

"和警方的推测一致,涂队他们也是这个意见。"赵云蕾道。

"案发现场附近查获的两枚烟头,提取的 DNA 与王麻子的 DNA 分型不一致。不过,这一块属于开放性空间,其他人路过留下烟头也正常。所以,这虽然是一个疑点,却也不能因此排除王麻子是凶手。"

赵云蕾点了点头道:"的确如此,烟头不能作为排除王麻子嫌疑的依据,可是,王麻子到案后不断喊冤,始终否认杀了婴儿。他妻子也证明,当天下午两个人一直在村西头割猪草,后来就回家一起吃晚饭了,没有作案时间。"

"没有作案时间,这点倒是挺麻烦。"

"不过,有的人认为,王麻子的妻子有可能为了包庇自己的丈夫撒了谎。"

"这也是人之常情,的确有这种可能。不过,还有其他的疑点。"

"哦?说说看。"

"鉴定、物证照片、嫌疑人身体检查照片等资料显示,从王麻子家提取到的衣物和鞋子上面的泥浆和水塘泥浆中的微量元素、植物残留物的成分一致,但是王麻子的手、脚指甲却非常干净,里面却没有提取到同类物质。按理说,如果王麻子是凶手,那么他在水塘里作案后,手指甲和脚趾甲的缝隙里面总会留下些残留物。"

"现场的足印是一枚穿着袜子的足印,既然穿着袜子,脚趾甲里面没有提取到水塘里的残留物,这应该比较正常吧?"

林岚摇头道:"夏天穿的袜子不会太厚,足印的边缘虽然比赤足模糊,脚趾的形状却也隐约可见,更加说明凶手作案时穿的是一双薄袜。

水塘里的泥浆会从袜子的孔洞渗透进去,而且,他把婴儿摁进淤泥,也会在指甲缝隙中留下痕迹。"

"会不会是这王麻子非常警觉,怕被发现,回去后认认真真地把手、脚的指甲缝刷洗干净了?"

"我觉得不可能,如果王麻子是一个这么有反侦查意识的人,为什么对作案时穿的衣裤和鞋子不做任何洗涤或者处理,就那么大咧咧地丢在自己的院子里?"

"是啊,我也觉得这案子破得太容易了些,似乎处处合理,又似乎处处反常。"

"动机、物证都有,可是,辩解、矛盾也客观存在,对吧。"

"就是这个道理。"

"其实,还有一个最大的疑点。"林岚难得表情有些凝重。

"什么疑点?"赵云蕾追问。

"既然现场提取的足印是袜印,那么凶手在作案时穿的那双袜子去哪儿了?现场和王麻子的家里都没有搜到这双袜子,这太奇怪了。"

"是啊,这正是我们和警方都非常疑惑的一个点,我们搜遍了现场和王麻子的家,都没有找到这双袜子。"

"这王麻子会不会是被人栽赃陷害?"

"我们不是没有考虑过这个问题,可如果凶手另有其人,为什么王麻子穿的一只鞋会在现场被发现,另一只也留有现场的淤泥?为什么他的衣裤上也沾有现场的淤泥?"

"他对这一点是怎么解释的?"林岚好奇地问。

"他说,衣服和鞋子是他晾在院子里的,案发那天根本没有穿过,至于上面的淤泥,他也不清楚是哪儿来的。"

从现场照片来看,院子里扫得挺干净的,除了散落一地的衣服和鞋子,堆放在四周的杂物,半个足印和指纹都没有。鉴定里面,也没有任何关于王麻子家院子里的痕迹证据表述。

林岚不解地问:"如果王麻子说的是真的,那这个嫁祸给他的人,去他家拿了衣服鞋子,出去作案后再放回王麻子家里,为什么没有留下任何痕迹？难不成他会飞？"

"虽然没有证据证明凶手另有其人，可是，案件疑点重重，没有形成闭合的证据链，不能得出王麻子就是凶手的唯一性结论，我们不能草率处理。"

"人命关天，赵处，我同意您的看法。"

一直在一旁没吭声的付朝阳重重地叹了口气道："话是这么说，可是，这案子明天就要上会讨论，决定是否批捕了，公安那边刑拘了王麻子，一旦我们以证据存疑不批准逮捕，所有的矛盾和压力都会集中到我们这里，被害人家属的情绪，网络的舆情也都会沸腾起来。"

林远昊道："捕诉一体，责任更大，你的顾虑也没错，可是，从刚才讨论的情况看，案子的确没有达到逮捕条件。"

赵云蕾道："林组长，您的看法与我不谋而合。林岚对物证的分析和判断比我更专业，观察也更细致，她的判断更加坚定了我的看法。"

付朝阳欲言又止，颇有些纠结。

赵云蕾道："你放心，既然是我坚持不批捕的，将来案件的责任就由我来承担，我们不能因为担心压力而制造冤假错案。不过，补充侦查的工作一刻也不能放松。一开始警方就在案发地点发现了王麻子的鞋，直接锁定他是嫌疑人，所以并没有充分排查其他与被害人有矛盾的人。但实际上，如果考虑到栽赃陷害的因素，应当重新调查一下其他人有没有报复刘福贵、陷害王麻子的作案动机和作案条件。另外，我现在更关心的是，从技术的角度，我们接下来还能在证据链的完善方面做些什么拓展工作。"

林岚翻出足印的照片和两份证言。

"我们要确定这个足印究竟是不是凶手留下来的。"

付朝阳道："据村民反映，这是一个闲置的水塘，很少有人去，所以作案人才选择在此处溺死婴儿，这个足印离婴儿被溺的痕迹很近，应该是凶手留下来的。"

"从照片上看，足印周围的泥土移位痕迹很新鲜，足印边缘痕迹细节清晰连贯，说明足印形成的时间距离案发的时间很接近，我同意付朝阳的看法,足印是凶手遗留下来的可能性极大。不过我很奇怪,为什么这个重要的足印没有做鉴定?"

这下轮到赵云蕾叹气了。

"这个足印送检后,技术人员说不具备鉴定条件。理由是特征模糊,脚趾印几乎看不到,而且足印残缺,缺乏充分的检测特征和同一性比对的鉴定条件,无法做出准确的鉴定结论。"

林岚摇了摇头道:"也不一定,主要看是谁做,怎么做了。"

付朝阳和赵云蕾同时问道:"你是说鉴定能做?"

林岚肯定地点了点头,道:"据我所知有两种方法可以采用,一种是立体足迹分析检验系统,就是专门针对这种犯罪现场的立体足迹检验的;一种是模拟现场,采集立体足迹石膏模型,放入立体足迹箱配合软件系统进行测试分析。只不过我们省目前没有而已。"

赵云蕾一下子来了精神:"你赶快给我说说,只要能做,大不了我打申请送到外省做。"

林岚调皮地说:"两种方法,您想听哪一种?"

赵云蕾乐了:"哟,这还卖起关子来了,别皮了,两种一块儿说。"

林岚笑了笑,接着道:"具体方法我就不说了,太枯燥,也不是三两句能说清的,我把原理一说你们就明白了。"

赵云蕾和付朝阳都期待地看着林岚。

"同一认定是刑事技术鉴定专业用语,就是运用科学技术手段来确定受审查的嫌疑客体与待证客体是否同为一人或同为一物。具体到咱们这个案子里,就是通过对比王麻子的足部特征和现场的袜印是否一致,来判断现场足印是否为王麻子所留。之前说的两种鉴定方法,是采取数字建模或者石膏建模的方式,提取现场袜印的立体模型,与同条件形成的嫌疑人自身足迹进行对比,通过足迹中心线、足迹后跟等坐标点,采集脚长、脚宽、起脚角度、落脚角度、全坡陡度、半坡陡度、拇趾陡度等七项指标进行对比,在相应的指标阈值内,就可判定是否具有同一性。"

赵云蕾道:"确实太专业,不过我大致明白了,就是说做个袜印的数字或者实体的模型,然后和王麻子本人的足迹比对,确定是不是王麻子本人的,对吧?"

"对。"

赵云蕾问:"这个鉴定哪里可以做?"

林岚说:"有几处,不过最权威的是北京的专家程远峰,我建议您去找他。"

林远昊道:"不错,这一块,程教授的确是首屈一指的专家,你们去找他,一定会对案件起到决定性作用。"

在赵云蕾的坚持下,公诉方联系了外省专家对足印进行鉴定,结果出来后,这枚现场的足印果然不是王麻子所留。承办人付朝阳以事实不清、证据不足为由,对王麻子一案做出了不批准逮捕的决定,将王麻子释放了。

刘福贵自从儿子被人溺死,老婆何翠芬也得了癔症后,根本就无心管理虾塘。这天早上,他开车准备带何翠芬去复诊,半路上,何翠芬突然指着窗外的一个身影,歇斯底里地大叫起来。刘福贵吓得猛一刹车,他以为老婆犯病了,可是外面的那人听到动静,回过头来,看的人和被看的人都脸色大变。

有杀子之仇的王麻子在光天化日之下和他行走在同一方天地。一时间震惊、愤懑、仇恨种种情绪翻涌上来,他打开车门就往外跑,心中只有一个念头,把这个在心中诅咒过千千万万遍的恶人千刀万剐。

王麻子反应也快,刘福贵还没有下车,他撒腿就跑了。刘福贵追了一段没有追上,听到自己老婆在后面撕心裂肺地大喊大哭,心里还是不放心,又折了回来。

杀人犯居然被放回来了,舆论顿时一片哗然。很快的,人们都知道是检察机关做出了不逮捕决定,所以王麻子才被释放的。

林岚早上吃完早点去上班,还没有到单位门口,就见一大群人密密麻麻地围在检察院门口,一个中年女性坐在地上号啕大哭,几个人在一旁劝她。还有几个人拉着一条横幅,上面写着鲜红的大字——"包庇凶手,天理难容"。

控申处的黎刚处长和老孙、小王正在给他们做思想工作。可是大家的情绪都非常激动，有几个人的手指都要戳到控申处同志的脸上去了。

有人高声叫道："别以为我们是农民就好糊弄，我们可打听清楚了，就是你们公诉处一个姓赵的处长把凶手给放了。"

"是啊，就是那个姓赵的。她没养过儿女吗？怎么把这么坏的人给放了，这让福贵和他媳妇怎么咽得下这口气啊？"

"就是，福贵媳妇好好的人，因为儿子的事都疯癫了，你们检察院怎么能向着坏人啊？"

林岚站在门口，一时有些不知所措，这门被堵住了，自己不知道该怎么进去。有几个和她一样被堵在外面的同事聚在一起，三三两两地聊着。

"哟，这又堵了，唉。这个月第三次了。"

"那两次不能和这次比，这次人太多了，得赶快安抚，不能把事态扩大了。"

人群再次骚动起来，有人喊道："让那个姓赵的处长下来，我们要找她评评理。"

"对啊，对啊，让她下来。"

在一片吵嚷声中，赵云蕾和案件的承办人付朝阳出现了。刘福贵一见付朝阳和赵云蕾，马上冲了上去，但被前来维持秩序的法警给拦住了。

赵云蕾上前两步，对刘福贵说："老乡，你先冷静一下，你对我们的工作有什么不满，有什么要求，可以和我们慢慢反映。"

刘福贵眼里全是血丝，他声音嘶哑地喊着："那个杀了我儿子的凶手，你们说放就放了，你让我们怎么冷静？"

赵云蕾开解道："如果证据充分，我们肯定不会放，可是现在的证据的确存在疑点，就不能不放了。您也希望抓到真凶吧？如果弄错了，岂不是白白便宜了真正的凶手？您想想，是不是这个道理？"

刘福贵现在哪里听得进去，他执拗地说："王麻子就是溺死我儿的真凶,水塘里面的鞋就是他的,村里好多人都晓得他和我有过节,不是他还有哪个?再说了,抓他的时候,他房里搜出的衣服鞋子上面的泥都还没干呢,这些不全是证据?"

旁边的村民和亲友们也都纷纷帮着刘福贵。

"就是,这铁证如山,你们还把人给放了,还有没有天理!"

"把杀人犯放回去,再杀人怎么办?跑了怎么办?"

付朝阳在旁边也劝着:"大家还是散一下吧,有什么话,被害人家属可以到接待室慢慢说,这堵在门口,也解决不了问题啊。"

控申处的黎刚处长也劝道:"大家今天来的目的就是要解决问题,现在这七嘴八舌也说不清楚,这赵处长和承办案件的付检察官也都下来了,大家先散了,让家属去接待室,有什么问题当面问清楚,你们看行不行?"

赵云蕾对刘福贵说:"老乡,你看,咱们待会儿要谈的内容,毕竟也涉及案情,可能不方便在这里公然讲,不然打草惊蛇,将来凶手更不好抓了。"

刘福贵听了赵云蕾一行人的劝,也慢慢冷静了下来。他对乡亲们说:"我先去听听,如果不满意,咱再来。大家都为我们家的事耽误了一上午,我刘福贵在这里谢谢各位父老乡亲了。"说完,他嘱咐几个亲戚把何翠芬带回家,免得她继续待在这里受刺激,自己则准备去和检察官谈谈案子。

大家见苦主都这么说了,赵云蕾和办案的付朝阳也下来了,觉得此行的目的就算完成了,于是慢慢散开,把门给让出来了。几个女人搀起坐在地上哭闹的何翠芬,林岚他们赶紧朝门口走去。

正在这时,何翠芬突然挣脱了搀扶她的人,迅速朝赵云蕾扑去,一把抓向赵云蕾的脸。林岚刚好在旁边,她眼疾手快地去隔挡,何翠芬的手被挡开了,林岚的手背却被何翠芬的指甲挠出四条长长的血印子,血珠子快速渗了出来。

法警赶快把何翠芬拉到一边,何翠芬知道自己闯了祸,把头奋拉在一旁,不吭声了。刘福贵见何翠芬抓伤了人,那个被抓的女孩子手上鲜血淋漓,一时也蒙了。他嘴里不停地说:"这可怎么好? 姑娘,我送你去医院吧,你别和她计较,她是个病人。"

林岚刚才在旁边听着,已经知道他就是那个水塘溺婴案的父亲,心里同情得很,根本没打算和他计较。现在见他白着脸,满眼的惶恐,反过来安慰道:"没事没事,你别紧张。"

赵云蕾见到林岚白净净的手又红又肿,鲜血直流,心疼得不得了,她赶紧让法警拦车把林岚送去医院。

林岚忙道:"不用,不用,只是皮外伤,看着吓人罢了。我让江旎姐给上点药就行了。"

付朝阳诧异地说:"江旎,她……她不是法医吗? 法医不是解剖死人的吗?"

林岚斜着眼看了一眼付朝阳,心想:"你要是当着江旎姐的面这么说,可就死定了。"

林岚对赵云蕾说:"赵处,您去忙吧,您这边已经够头大了,我这点小事儿,自己处理,您就甭管了。"

赵云蕾看了看一脸不知所措的刘福贵,轻轻地叹了口气,对控申处的同志嘱咐道:"黎处长,我这一时走不开,您安排人把林岚送去,给江法医看看伤,要是江法医说严重,就赶紧送医院处理。"

黎刚满口答应了,老孙和小王簇拥着林岚朝技术处走去。

林远昊刚把实验室的操作台收拾干净,迎面就看见控申处的人带着林岚过来了。林远昊有些意外,再一看,林岚的手上全是伤,诧异地问:"这是怎么弄的?"

老孙简单地说了说过程。

林远昊说:"江旎今天早上有个会,不到院里来,我那儿有医药箱,把她交给我吧。你们先去忙,这会儿下面正需要人。"

老孙知道林远昊是个办事非常稳妥的人,于是拜托道:"那就辛苦你了,小林今天也是因公负伤,待会儿要是去医院,把收费单据什么的留好就行。"说完就和小王匆匆离开了。

林远昊把林岚带到办公室,找出医药箱,抬起她的手仔细瞧了瞧,血已经凝固了。林远昊用镊子夹了棉球蘸着纯净水擦去血污,再用碘酒和酒精给伤口消毒。林岚痛得龇牙咧嘴的,不停地倒抽凉气,林远昊没好气地看了她一眼。

　　"现在知道疼了,刚才怎么那么莽撞,轮得上你逞能?"

　　"组长,你是不在现场,不知道情况当时那个紧急啊。那会儿法警都去疏散群众了,没人留意到那个何翠芬,她突然就冲赵处长扑过去了,要不是我这一挡,赵处的脸现在就成这个德行了。"

　　她连说带比画的,碰到了伤口,顿时又疼得脸上的五官缩成一团。

　　林远昊不悦道:"给我消停点。"

　　林岚见他不高兴了,一时大气也不敢出,也不敢喊疼,只能咬牙忍着。

　　林远昊低头专注地上药、包扎,手指修长、灵活。林岚心里暗赞:"这应该是一双艺术家的手啊。"再看他全神贯注的侧脸,好似一尊希腊神话中的男神雕塑,不觉有些看呆了。

　　处理完伤口,林远昊嘱咐道:"你这一周伤口不要沾水,每天到我这里换一次药。还有,忌点口,别整天乱七八糟地乱吃。"

　　林岚见他态度缓和了些,赶紧屁颠屁颠地凑上前去拍马屁。

　　"我说组长,你这包扎技术太赞了,简直媲美外科大夫啊,难道以前专门学过?"

　　林远昊半天没吭气,就在林岚以为他又无视自己,讪讪地准备离开时,林远昊突然说道:"我以前在大学是篮球社团的,给社员们包扎过。"

　　林岚不可思议地看着林远昊,想象不出自己这位冰山一样的组长,居然还加入过篮球社团这种雄性荷尔蒙爆棚的团体。她刚想继续深入八卦这个话题,林远昊却早已转身,只留给她一个背影。

　　林岚下班回到家后,奶奶何春芝被她缠了一手的纱布给惊到了。林岚知道这次瞒不过,只得一五一十地交代了。何春芝用手戳着林岚的脑门,恼恨地怨道:"你忘了对我的保证了,危险的事情不碰。这手就是女孩子的第二张脸,如果留下疤,不就相当于毁容!"

林岚觉得何春芝有些担心过度,不在乎地反驳道:"奶奶,这才多大点事儿啊,您要不要这么夸张?"

何春芝见她完全不打心里去,更着急了,连珠炮似的一顿数落。

林骁勇忙在一旁当和事佬。

"妈,您别气,这孩子打小就是个不省心的,以前是祸害别人,现在换成祸害自个儿了。您看,她半天也不吭气,肯定是知道错了。这孩子大了,说多了也不好,伤自尊心不是?"

何春芝看见林岚耷拉着脑袋,心里有些不忍,扭过头去指责林骁勇管教无方,林骁勇只得强打精神接受他老妈转移的炮火。林岚冲林骁勇扮了个鬼脸,赶忙躲回自己房间里去了。林骁勇看着她落荒而逃的背影,心里暗骂自家闺女是个坑爹货,无可奈何地打起十二分精神,听着何春芝的数落。

刚在房间里坐了一会儿,林岚就接到了赵云蕾的电话,她细细地问了林岚的伤势,嘱咐她好好休息。林岚关心下午的事儿,之前怕打扰她没敢问,这下正好打听打听。

"我后来和刘福贵谈了很久,虽然他坚持王麻子就是凶手,可是他的情绪也平复了许多。"

赵云蕾的嗓音略带点沙哑,林岚感觉她很疲惫,识趣儿地闭了嘴。

放下电话没一会儿,就收到一条来自江旎的微信。

"咱们涵江市检察院在网上被人骂惨了。"

紧跟着发过来一条链接。

林岚点开链接,是一条点击量过十万的帖子。

"水塘溺婴无人管,放虎归山不作为。"里面指名道姓指责赵云蕾。

她上网一搜,网络上铺天盖地都是"溺婴案"的帖子,标题一个比一个劲爆。诸如"放虎归山不作为""涵江市检察院包庇凶手"等。更恶劣的是,还有人把赵云蕾的个人信息给扒了出来,说她至今单身,变态老姑婆一个,所以不能体会别人的丧子之痛,帖子后面还有不少恶毒攻击的评论。

林岚连忙去拨赵云蕾的电话，语音提示对方已关机。

回想起刚才电话里面赵云蕾疲惫的语气，看来她已经知道了网络舆情发酵，她怕自己担心，还是先打来电话安慰自己，这才关机。

林岚赶紧给江旎打电话。

"江旎姐，这消息的传播速度怎么这么快？"

江旎在电话那头嗤了一声："你傻啊，今天早上那么大规模的围堵，旁边多的是人，这人多眼杂，众口悠悠的，到现在才蔓延开来，已经算慢的了。"

"可网上怎么瞎传啊？赵处长可不是放纵凶手，她是为了查找真凶，为了避免一桩冤假错案！"

"这年头的键盘侠不就这样么，他们不能功成名就，却能把功成名就的人骂得身败名裂，体无完肤。"

林岚焦急地问："那，那现在怎么办呢？"

江旎在那头无奈道："还能怎么办？只有尽快找到真凶了，不然咱们涵江市院这口锅还不知道得背到什么时候呢。那赵云蕾估计也得让这些唾沫星子给淹死。"

林岚气愤地说："赵处长什么都没做错，他们凭什么这么不分青红皂白地指责她？难道说，她把无辜的人抓起来，让真凶逍遥法外就对了？"

江旎轻轻地叹了一口气，说："网民并不清楚真相，他们只看到人赃并获，检察机关却把人给放了。现在最吃亏的是，案件还在补充侦查阶段，所以不能在网上把证据都给披露出来，否则就会打草惊蛇，便宜了真凶，所以这口锅，咱检察院背定了。"

林岚撂下电话，情绪降到了冰点。她替赵云蕾感到委屈和不值。

网络的另一端是无数的键盘手，他们被不全面的事实所蛊惑，把碎片当作全部，把谬误当作真相，宣泄着自己的怀疑和不满。而此时此刻，林岚纵然想帮赵云蕾去解释，可她只有一张嘴，而且还得顾及案件保密的纪律。林岚感到了前所未有的无力和迷茫。

晚饭的时候，林岚完全没有胃口，整个人恹恹的。林骁勇料到她一定是遇到了不顺心的事儿,晚饭后,主动拉她出去散步。

父女二人沿着小区一路走到中央花园,草地上几个小孩子兴高采烈地追逐嬉戏,发出一阵阵开心的笑声。林岚被他们的喜悦所感染,心情稍稍地平复了些。

"今天又遇到啥不开心的事啦?"

"没事。"

"你脸上可是写着大大的'有事'。"

"有那么明显吗?"

"你说呢?"

林岚低头不语。

"你从小就性格开朗,不出事,你能蔫成这样?"

"咱们院里的赵处,就是我挺崇拜的那个,被人在网上发帖攻击,还人肉了!"

林骁勇愕然道:"人肉她?为什么?"

林岚忿忿道:"就因为她坚持对一起杀人案件做了不批捕,早上就来了一大群人围攻她,好不容易劝走了,晚上又被人在网上骂。"

林骁勇指了指林岚的手,道:"你这伤是早上帮她的时候弄的?"

林岚苦笑道:"可不是。不过,我只是受了点小伤,她可就惨了。可我就不明白了,她能有什么错?她不就是坚持要对案件严格把关,防止冤假错案么!"

林骁勇的神色突然变得很严肃,道:"有些人就是这样,什么都没弄清楚,也不去调查核实,就人云亦云,跟风造谣,完全不管他们这么做会给别人带来什么样的伤害。"

林岚低着头,用脚踢着路边的石子,石子一路跳跃着越滚越远,最后隐入了路边的草丛。

"赵处长是个女同志,这件事情对她的伤害和压力都是非常大的,你这时候一定要多关心她,让她感受到来自同事的支持和关心。"

林岚沮丧地说:"可我已经联系不上她了,她的手机关机了,我什么忙都帮不上。"

"真正想帮助一个人，总是能找到办法的。"

林岚怔了怔，脸色渐渐开朗，恍然大悟道："是啊，光在这里同情有个鬼用，我现在就去找林远昊，看看还能不能从现场的细节和物证分析上进行突破，找到新的线索。"

看着林岚匆匆而去的背影，林骁勇觉得自己的闺女的确怎么看都可爱。她永远都那么自信和乐观，即便明知前路布满荆棘，也会披荆斩棘，无畏前行。

门铃响起的时候，林远昊正在房间里健身，他以为是爸妈散步回来没有带钥匙，边用毛巾擦汗，边去开门。

门开后，林岚看到的就是穿着背心和运动短裤，衣服汗湿了的大帅哥。充满力量感的肌肉裸露在空气中，汗水顺着锁骨向下蜿蜒流淌，这荷尔蒙爆棚的雄性气息和白天冷峻内敛的气质大相径庭，散发着异样的吸引力。

林岚觉得自己的脸莫名其妙地发烧。

"啪"的一声，大门被用力地关上。

门外的某人险些被撞扁了鼻子，有些讪讪的。

门内的人匆忙套了一件外套，再次打开门，脸上明显有些不自在。

"我……我是为了赵处的事儿来的，今天网上把她骂惨了。"

林远昊朝屋里摆了摆头："进来说吧。"

林岚在沙发上坐下，林远昊打开电视机，给她递了一个橘子和一个遥控器，道："我去冲个澡，你等等。"

想起自己刚才的冒失，林岚就是脸皮再厚，也有些害羞。她蚊子般小声嗯了一声，林远昊匆匆走了。

不一会儿，哗哗的水声响起，林岚觉得自己来的真不是时候，可是来都来了，自己的确也等不到明天，只得硬着头皮等着。

屋漏偏逢连夜雨，这时，门铃突然响了，林岚虽然觉得不妥，却也只能认命地去开门。

一对气质优雅的老夫妻站在门口，看到林岚的时候，两个人一脸的诧异，几乎怀疑自己走错门了。

幸好林岚反应快,赶紧自我介绍:"伯伯、阿姨,我是林组长的下属,我今天晚上冒昧过来,是有件案子上的急事儿要和他商量。"

林映山和吴敏仪也反应了过来,招呼着林岚过来坐下。

林岚第一次来林远昊家,是上次技术处组织聚餐的时候。当时林映山夫妇出去旅游了,所以彼此之间素未谋面。

吴敏仪上下打量着林岚,只觉得这姑娘样貌标致,懂礼貌,整个人洋溢着一股青春阳光的气息,顿时喜欢得不得了。她细细打听林岚的家庭情况。林岚纵然再大方,也被吴敏仪这相看未来儿媳妇的架势给弄得发窘。林映山看出了小姑娘的不自在,连忙干咳了两声,奈何吴敏仪女士热情高涨,全然不顾,林映山只得对小姑娘投去同情的目光。

正在林岚如坐针毡的时候,林远昊洗完澡出来了。他一看客厅里面他老妈的架势,再看看林岚坐立难安的模样,心下了然。

他朝林岚扬了扬下巴道:"你不是有工作要汇报吗,还不抓紧时间?"

林岚如蒙大赦地站了起来。

吴敏仪不乐意了:"有什么工作不能待会儿谈,我和林岚正聊天呢。"

"妈,我们还有公事儿要忙呢,您让爸陪您聊吧。"林远昊说完,朝林岚使了个眼色,朝书房走去。

吴敏仪眼巴巴看着自个儿相中的媳妇被领走了,冲着林映山抱怨道:"这臭小子,整天摆个臭脸,把姑娘们都给吓跑了。今天好不容易领回来一个,话还没说上两句呢,就去商量什么公事,真是气死我了。"

林映山看见她这样着急,忍不住笑道:"欲速则不达,吴敏仪女士,淡定,淡定。"

吴敏仪没好气地朝他翻了个白眼,也只能作罢。

林岚第一次到林远昊的书房,一进门就被整整一面墙的书给惊到了。

房间格外整洁,纤尘不染,一切物品都摆放在最合适的位置,各类书籍分门别类,侧面还贴着序号。

林岚想想自己那凌乱的小狗窝，叹了口气道："真是人比人得死，货比货得扔啊。"

林远昊朝书桌努了努嘴，道："少贫嘴，干活儿！"

林岚老老实实在书桌旁坐下，林远昊打开电脑，从抽屉里拿出几张白纸和铅笔，对林岚说："我们把那天赵处长说的证据进行一次全面的复盘。"

林岚认真地点了点头。

林远昊几笔就在纸上勾勒出王麻子和刘福贵家的方位图，画出了前往溺婴现场的道路，溺亡婴儿的池塘。

"王麻子家挨着刘福贵的家，挺容易潜进他家作案的。"

"不错，那天刘福贵家里来来往往的人确实是多，所以婴儿睡觉的那个房间足迹和指纹杂乱，实在没法确定谁才是真凶。"

"不过，这个池塘是村里唯一一个荒废的池塘，村民平时很少去那里，凶手选择这个地方作案，应该是对村里的情况非常熟悉。"

林远昊又画了一个池塘的现场勘查平面图，现场袜印、丢弃的解放鞋、附近草丛里凌乱散落的烟头。他拿起图纸，慢慢端详着，忽然道："其实这只鞋本身就是个悖论。"

"就是，一只鞋还巴巴地带回家，故意让警察抓自己么？这嫁祸手法太刻意了。"

林远昊点了点头，将画了王麻子家院子的图纸交给林岚。

"你看看，还有没有什么遗漏的？"

"是觉得差点什么，可又说不上来。"

"你先清空脑海里所有的杂念，用本能去引导自己的思维。"

"让我冥想？"林岚觉得有些好笑，也很奇怪林远昊会说出这种话。

"不，是靠职业敏感引导你捕捉你潜意识中认为很重要的证据，行业经验形成的职业敏感，往往非常重要。"

林岚不再玩笑，她端正地坐好，闭上眼，陷入了沉思。

纸上的寥寥几笔勾勒出的图案，渐渐与卷宗里的证据融合在了一起，她似乎置身于真实的现场之中。

王麻子家和刘福贵家相邻,他家后院有根晾衣绳,上面挂着洗干净的毛巾、内裤,被淤泥弄脏的外套、长裤和鞋子杂乱无章地散落在地上,隔壁的一棵枣树,枝叶茂盛,越过了墙头,院子里零星落了几颗熟透的大枣。

　　林岚拿起笔,将脑海中的细节一一勾勒在纸上。

　　"晾衣绳上晒着的毛巾、内裤都在,王麻子说沾了泥的衣裤之前是晾在晒衣架上的,看来不是撒谎。"

　　"如果凶手另有其人,通常而言,他得悄悄拿走王麻子的衣服作案,再悄悄放回来。这样一来,难免在现场留下进出的痕迹。"

　　"可是现场确实没有任何发现,难道凶手是用飞的?或者说他是武侠小说里面的轻功高手?"

　　林远昊淡淡道:"好好说事儿,别瞎扯。"

　　林岚吐了吐舌头,依然贫嘴道:"虽然我的假设夸张了些,可那些电影里面的大盗还不是用飞爪进入博物馆偷盗。一样脚不沾地,不会留下痕迹。"

　　说到这里,她突然僵住了,瞪大眼睛看着林远昊。

　　林远昊一把抓起桌上那张纸,放到眼前仔细看了看,动容道:"原来如此,原来如此。"

　　林岚的脸也因为兴奋泛起了潮红。

　　林远昊拿起车钥匙就往外走,林岚追着问道:"去哪儿?"

　　"去找赵云蕾,让她联系警方抓人,去晚了,我担心那家伙会跑了。"

　　林岚醒过神来,跟着林远昊朝外走去。

　　警方赶往马胜家时,他正在收拾行李,准备连夜跑路。

　　足迹鉴定专家对马胜的足迹和现场遗留的足印做了比对,结果是具有同一性。

　　马胜在看到鉴定结果的时候,整个人抖得像筛糠一样。

　　涂敏有些意外,因为林远昊说,是林岚发现了马胜具备作案条件。

他将林岚拉到一边,有些半信半疑地问道:"听说是你发现真凶的?"

林岚倒也不推辞,大大方方地承认道:"是啊。"

"你怎么发现的?"

"赵处一开始就怀疑凶手另有其人,我们也觉得王麻子是被栽赃陷害的,只是苦于没有发现真凶的痕迹。最后是院子里面的几颗大枣提醒了我。"

"大枣?"

"不错,就是大枣。"

涂敏有些莫名其妙。

"王麻子不只刘福贵一个邻居,他的邻居还有马胜,他们两家挨得更近,只有一墙之隔。既然马胜家枣树上的枣能掉到王麻子家,他也能爬上这棵枣树,用工具把王麻子家晾衣绳上的衣服给取走。因为是隔空取物,当然不会在王麻子家留下痕迹。"

"怪不得那天在案发现场,他一眼就认出是王麻子的鞋。原来他是想误导警方。"

真相被揭露前,一切都扑朔迷离,百转千回。可只要找对了方法,弄清了原委,所有的疑问都会迎刃而解。

涂敏很快就从马胜嘴里撬出了真相。

马胜与刘福贵、王麻子都是邻居,他和两家人的关系都不好。王麻子这个人嘴坏,马胜和他干过几架,结下了仇怨。村民养虾致富那会儿,马胜也加入其中,可全村的小龙虾生意就数刘福贵做得最大,马胜认为刘福贵抢了他不少生意,因此怀恨在心。

刘福贵发达了,把自家老宅进行扩建,马胜觉得刘福贵挡住了自己家的风水,扩建期间和刘福贵理论了好几次,刘福贵都没有搭理他。马胜眼看着刘福贵的房子越修越好,生意也越做越大,自己却日渐寒酸,竟然起了歹心,计划以杀死刘福贵孩子的方式进行报复,再嫁祸给王麻子。

刘福贵给儿子办满月酒那天,村里人都去了他家吃酒。马胜酒席吃到一半,找了个机会溜回家,爬到树上,隔着院墙用鱼叉把王麻子晒在院子里面的衣裤钩了过来，又把王麻子放在屋外的解放鞋穿在脚上。他偷偷溜进刘福贵家，趁人不备把婴儿勒死，用提袋装着尸体，准备丢到水塘里面去，来个人不知鬼不觉。不料婴儿之前只是闭过气去，并未死透，走到水塘的时候，缓过气的婴儿突然发出了哭声，马胜慌慌张张地把婴儿脸朝下摁进塘底溺死。

马胜上岸后，在旁边的草丛里蹲着吸了一支烟。等他慢慢平复下来，他发现鞋只剩一只了，袜子也脏了，这时候下起了暴雨。

马胜跑回家，把袜子脱了下来，扔到路边的排水沟里。他回到家后，把沾了泥污的衣裤和剩下的一只鞋子隔着院墙扔回到王麻子院子里，然后把自己从头到脚洗了个干干净净。王麻子被抓后，他以为这事儿做得神不知鬼不觉，却没想到王麻子居然被放了回来。听那些到检察院上访的村民回来说，检察院怀疑真凶另有其人，马胜慌了，他一天都魂不守舍，晚上收拾行李，准备躲到外地去，不料警察却来得如此之快。

根据马胜的交代，警方找到了被扔到排水沟里的袜子。经鉴定，在袜子里面检测到的微量元素，与水塘中的泥浆和植物碎末成分一致。之前水塘附近的烟头做了 DNA 检测，其中有一枚烟头上的 DNA 和马胜的完全匹配。再加那半枚和马胜足部特征吻合的足印，正可谓是铁证如山了。

开庭那天，赵云蕾和检察官付朝阳一起出庭支持公诉。面对着一桩桩的铁证，马胜当庭认罪。

赵云蕾和付朝阳走出法庭的时候，刘福贵迎了上来，他"扑通"跪到赵云蕾面前，赵云蕾吓了一跳，赶紧把他搀扶起来。

刘福贵哭得稀里哗啦。

"检察官同志，要不是你们，我儿就死得不明不白了，我之前还错怪你们，我就是个糊涂鬼。"

赵云蕾安慰道："我能理解你的丧子之痛，不会怪你的。也希望你今后理解我们检察官坚守这份正义的不容易。"

刘福贵用力地点了点头。

马胜一审被判处死刑,收到判决书的那天,刘福贵和村民到检察院给赵云蕾和付朝阳送去了锦旗。网络上的舆论也很快转了风向,满屏都是对涵江市检察院秉公办案、明察秋毫的赞誉,赵云蕾也被人称作当代女检察官的楷模,网民评价她顶住了巨大的压力,避免了一起冤假错案。

残阳如血,赵云蕾和林岚坐在茶叶市场,泡了一壶浓浓的普洱。赵云蕾偏爱这处市井气息浓郁的市场,简陋的戏台,露天的桌椅,不远处传来的二胡声呜呜咽咽,将这黄昏下的动与静恰到好处地诠释了出来。

林岚关心地问:"赵处,网上的风头过了,案子也真相大白了,您现在心情有没有好一些啊?"

赵云蕾淡淡笑了笑,道:"看了那些个负面的评论,说自己心里一点儿都不委屈不愤怒肯定是假的。咱们公诉人做的是公众关注度高的工作,碰到敏感案件时,保不齐就站在了大是大非的风口浪尖。所以,一旦决定选择这份职业,就要做好接受暴风雨洗礼的心理准备。真遇到事儿,难过一阵也就罢了,沉溺于自伤自怜也没那个必要。"

"赵处,你可真坚强,我就做不到这么云淡风轻的。网上那么多恶毒的话,我到现在想起来心里都堵得慌。"

"那就不去想。生活本来就复杂,现代人的思维也多元化,网络上那么多是是非非,哪有精力去和他们较真。不把这些负面的情绪及时代谢掉,它们就会形成毒素,侵害我们的思想、消磨我们的斗志。我看你朋友圈发的那条信息就挺通透的,怎么这会儿反而看不破了?"

林岚有些意外,问道:"哪一条朋友圈啊?"

赵云蕾打开手机,翻出林岚几天前发的一条信息,指给她看。

"就是这条,'一生都要向前奔跑,如果害怕迷失方向,那就朝着太阳升起的地方'。"

林岚有些不好意思地挠了挠头,赧然道:"这是一时有感而发。"

赵云蕾摸了摸林岚的头,笑道:"保持这种向上的精神和克服困难的勇气就很好啊。遇事不气馁,迎难而上,挖出真相,这一次,你做得非常好。"说到这里,她拉起林岚的手,指着上面已经慢慢淡去的伤痕又道，"手上的疤痕会慢慢愈合，心上的也会，要想成为一个强大的个体，一定要建立起非凡的自我修复能力。"

林岚郑重地点了点头。她不由得想起了自己的姑姑林晓娟。当年她秉公办案，却被当事人记恨，付出了终身残疾的代价。可她现在依然坚强而乐观地生活着，努力工作，业余时间看书、插花、画画，不也是一位具有非凡自我修复能力的坚强女性吗？经历了这场风波，林岚觉得自己也跟着成长了。

赵云蕾的声音将林岚的思绪拉了回来。

"林岚，通过这件事，我越发认识到技术专业知识对于刑事案件审查的重要性。如果没有你们对证据的专业分析和判断，这案子不会推进得这么快，这马胜要是跑了，案件又会变成一桩悬案。你对证据链完整性的认识很独到，知识面也广，我在想，如果你去做公诉人，公诉加上技术，不知道会产生什么样的化学反应！"

林岚没有想到赵云蕾会说出这么一番话来，顿时产生一种知己之情，内心激情澎湃。

"赵处，不瞒您说，我打小的梦想就是亲自办案。我太喜欢案件中的逻辑推理和演绎了，您这个提议太诱人了。"

"哦，那就申请到我们公诉处来，在新的岗位上，你一定会大放异彩。"

赵云蕾的话，在林岚的心里投下了一枚石子。

一天下午，林远昊回到办公室，看到的就是林岚呆呆地坐在电脑前，神游万里的模样。

"又想什么呢？"

"组长，您说是公诉处好，还是咱技术处好啊？"

"怎么突然问这个问题？"

"赵处长最近给我讲了好多办案中的故事，我觉得能够面对面地和犯罪嫌疑人斗智斗勇，真的很了不起。相比而言，咱们做的都是幕后的工作，也枯燥许多。"

林岚天资聪颖，却生性好动，平日里就喜欢各种新鲜的事物，接受能力也快,的确和技术处大部分人不一样。

林远昊沉思了片刻,很认真地说:"在我看来,咱们检察机关的工作,无论台前也好,幕后也罢,最终的目标都是一致的,都是维护公平和正义。技术工作就是要禁得起寂寞,默默在幕后奉献,虽然有时候关键证据是技术人员发现的,可光环还是属于办案一线。技术人员要安于这份寂寞,潜心研究,实现我们自己的价值。"

"你是觉得我不安于本职工作?"林岚有些忐忑地问。

"那倒不是,我个人觉得工作岗位本身没有什么好与不好之分,关键要看个体特征更适合哪个工作内容。"

林岚难得听到林远昊除技术分析的话题外说这么多话,赶紧趁热打铁问道:"组长,您看我更适合哪个工作岗位呢?"

"我不是那种狭隘的人,也没有什么人才垄断的思想,我一向主张人尽其才,物尽其用。虽然你是我的组员,可我觉得,公诉那种富有变化性和个人发挥空间的工作似乎更适合你。"

"组长,您可真是宰相肚里能撑船啊,请受小的一拜。"

林岚作势一拜,林远昊嫌弃地看了她一眼。

"你又开始贫了,整天没个正形。你也别高兴得太早,要想成为公诉人,必须先过司法考试,那可是号称中华第一考,挺难的。而且公诉人审查案件要求细致、严谨,你整天毛毛糙糙的,必须得磨磨性子。"

林岚一下子苦了脸。

"这么麻烦,看来我离梦想有整整一座珠穆朗玛峰的距离啊!"

林远昊无视一旁哀号的林岚,径自走到实验台旁边忙碌去了。

人一旦有了梦想,就要去追逐。

从此林岚经常缠着赵云蕾给她讲案件中遇到的难题。赵云蕾被她的热情所感染,经常给她讲些在办案中如何发现问题,如何破解难题的经历。林岚对她崇拜得不行,更加坚定了去公诉处工作的决心,复习司法考试更努力了。

林岚不是法律专业出身,技术处的工作也不少,两次模拟考试分数不佳,心下不免有些气馁。为此,林远昊和赵云蕾都没少鼓励她,她也挺有毅力,消沉了几天就又充满了干劲儿,连午休时间都放弃了,得空儿就看书、做题,很是努力。

何春芝发现林岚复习司法考试,得知她想去公诉处,极力反对。林岚自从贺坤告诉她何春芝的心病后,也不愿意和她当面硬扛。

最后解开何春芝心结的,居然是林晓娟。

"妈,公诉人就是我的梦想,我现在再也不能在法庭上支持公诉了,林岚就是我梦想的延续,我看到她,就像看到年轻时追梦的自己。"

看到自己无比坚强的小女儿脸上的泪水,何春芝最后还是妥协了。

"司法考试,我终于通过了!"林岚盯着屏幕上的分数,心中百感交集。

趁着内设机构人员轮岗的机会,林岚向技术处表达了自己的想法,向政治部递交了想轮岗到公诉部门的申请。

不过人事上面的事儿手续一向比较复杂,申请递交上去很久,却迟迟没有批下来。

就在林岚以为这事儿石沉大海的时候,事情却有了转机。

这天,林岚刚走到电梯口,就碰到晏清云和赵云蕾两人从电梯间出来。晏清云一见是她,呵呵笑道:"这说曹操,曹操就到啊!"

林岚一副不明所以的样子。

晏清云道:"小林啊,院党组经过讨论,考虑到你有技术专长,又递交了轮岗到公诉工作的申请,还高分通过了司法考试,准备通过你的调动申请,正式把你调到公诉处。"

林岚乐得差点蹦了起来,可毕竟是调动,当着原任领导的面儿,她也不便表现得太高兴,只能强压着心头的兴奋,说着场面话:"谢谢领导对我的支持和信任,我一定好好工作。"

"哼,小家伙还挺会当面一套,背面一套的。心里早就乐开花了吧。"

林岚吐了吐舌头,脸上的笑容无法掩饰。

晏清云笑着对赵云蕾说:"人我就交给你了,回头你们对接一下,有什么需要我们技术处配合的，尽管开口啊。"

林岚带着赵云蕾到会议室，准备好好打听打听。

她泡好茶端给赵云蕾，心花怒放地道："赵处，我申请打了那么久都没有动静，还以为这件事儿黄了，没想到，喜讯突如其来啊。"

赵云蕾笑道："功夫不负有心人，你总算是如愿以偿了。院党组的意思是，要给公诉引进年轻的好苗子，培养复合型人才，你各方面都适合，所以一上会就全票通过了。你赶快交接一下手头的工作，早点过去报到。"

天下无不散的宴席。检察院的内置机构之间轮岗的频率还是很高的，每个人都有机会选择更合适自己的岗位，正所谓是"铁打的营盘，流水的兵"。

林岚离开的那天，公诉处来人迎接，技术处的同事们依依话别，这在机关里面，也是一种特色，蕴含着对同志的尊重和关心。

晏清云当众宣布："小林在咱们这儿表现不错，这几年进步很大，我心里是舍不得她走的。不过，年轻人追求自己的梦想，作为领导，应该支持。今后你到了公诉处，要好好工作，有什么难处就回来，这儿永远是你的'娘家'。"

这几句话听到林岚的耳朵里，心里感到暖暖的。

临别在即，看着那一张张熟悉的面孔，想起这几年在技术处的点点滴滴，只觉得心里酸酸的。

林远昊从兜里拿出一个黑色的长方形盒子，交到林岚手上。

林岚打开一看，是一对定制的放大镜和钢笔。放大镜的柄上刻着"鉴"字，钢笔杆上刻着"法"字。

"鉴定和法律都需要严谨的工作态度，你要将技术和法律融会贯通，成为你未来工作的双翼。鉴也有明察的意思，希望你今后明察秋毫，审慎执法。"

林远昊还是第一次如此语重心长地叮嘱林岚，林岚握紧了手中的盒子，记住了他今天所说的每一个字。

逯超群在一旁调侃道："林组长送礼，这可是破天荒第一次啊，林岚,你回去得供起来,早晚三炷香。"

江旎瞪了他一眼,搂着林岚的肩膀道:"唉,标本室里面的宝贝们,以后该寂寞了。小林子,你走了,我让它们天天托梦给你。"

林岚拱手道:"得,谢了哈,我的大美人。您以后手痒了,就可劲儿折腾逯超人吧,他保证不敢忤逆您的懿旨。"

逯超群正要还嘴,被江旎一记眼刀给止住了。

公诉处的王建波处长用力握了握晏清云的手。

"晏主任,您这儿果然是藏龙卧虎啊,这一个个的嘴上功夫,比咱们这些干公诉的还厉害,我今天可真是开眼了。"

"哪里,哪里,我平时太纵容他们了,让您见笑了。"

"这您就见外了,我得谢谢您忍痛割爱,为咱们公诉输送人才,咱们那儿,缺的就是既懂技术又懂法律的人才,林岚去了,就有希望把这两个领域给打通了。"

静默的铁证

066

晏清云动容道:"王处,您这可是和我想到一块儿去了,现代刑事案件的审查,离不开技术,技术人员要想发挥更大的作用,就得了解法律人的思维,明白办案人员需要的是什么。这样,让两者兼容并蓄,才能把案件办成精品。林岚虽然眼下还稚嫩,可只要您以后多给她锻炼的平台,我相信,假以时日,她一定会成为一名优秀的公诉人。"

王处长看了一旁的赵云蕾一眼,笑道:"能同时得到您和赵处两位不同领域专家的大力推荐,肯定是一名干将。"

林岚被他们夸得不好意思了,脸上有些发红。

赵云蕾将林岚带到了 1107 办公室,办公室里面有四个格子间,座位上都有人。赵云蕾对里面的人招呼道:"大家把手上的活儿停一下,我给你们介绍一位新同事。"

房间里的人好奇地打量着林岚。

"想必大家都听说了,这名年轻的同志就是从技术处调过来的林岚,她技术业务过硬,对咱们公诉的工作很感兴趣,不久前还以优异的成绩通过了司法考试。从今往后,她就是咱们组的一员了。"

林岚客气道:"今后还请大家多关照。"

赵云蕾指着其中一位 50 多岁,剃着小平头,模样酷酷的老同志说:"这位是汪叔,是一位有着 20 多年公诉经验的老同志了。他可是咱们组里面的宝库啊,办过的案子可以写成十几部长篇小说了。"

林岚笑眯眯道:"汪叔真是帅,我以后叫您'帅叔'好了。"

汪海彬笑得嘴都合不拢了。

"这丫头嘴真甜。"

赵云蕾指着一个 20 多岁的,身形有些富态的姑娘说:"这是刘菲儿,你汪叔的助手。"刘菲儿冲林岚友好一笑,林岚看着亲切,也报以微笑。

"这是付朝阳,就不用我介绍了,溺婴案的承办人。他部队转业后就到了我们公诉处,算起来也有 10 多年了,别看是男同志,办案风格挺细腻的。"

最后,赵云蕾指着一位 30 出头、模样干练的女同志说:"这位是李琼,是咱们组里的笔杆子,文书写得好,也善于总结,你以后多向她学习。"

林岚满口答应着。

"你先跟着汪叔。咱们公诉的案件量大,人员精简,用时下流行的话说,就是'案多人少'。所以啊,好钢都得用在刀刃上,每个公诉人都是革命的一块砖,哪里需要哪里搬。为了不拖后腿,你必须尽快熟悉办案流程,快速成长,案件上有什么不懂的,就向大家多请教。汪叔一开始会让你协助办理一些相对简单的案件,以后你慢慢成长了,就要学会挑大梁了,办理疑难、复杂案件。"

汪海彬道:"好了,赵处,人家小丫头今天头一回报到,你别把她给吓着了,让她慢慢适应。"

赵云蕾笑道:"汪叔,你别小瞧这丫头,她胆儿肥着呢,可吓不着她。"

头一个礼拜,汪叔给林岚布置了装订内卷的任务,据说这是最快了解办案流程的方法。在林岚看来,公诉工作到处都透着新鲜。提审、阅卷、讨论案件、出庭支持公诉,每一项工作都大有学问。

周四下午快下班的时候,林岚的电脑蓝屏了,于是打电话给技术处逯超群求救,电话那头的声音懒洋洋的:"谁啊?"

"逯超人,我的电脑坏了,你过来帮我看看吧。"

"切,电脑坏了找网管,找我干吗?我的本职工作是分析电子数据,又不是修电脑。"

求人就得低头,林岚好声好气地哄着:"不用你纡尊降贵地移驾,我拍个照片发给你,你帮我看看呗。"

傲娇的某人从鼻腔里懒洋洋哼唧了一声:"发吧。"

林岚拍了照片,用微信发过去。

"系统崩溃,重新装机。"

林岚感觉自己的内心也要崩溃。

"我上个星期才重装的系统,这才几天啊。"

"上个星期才抢救完的病人,过几天一样可以死翘翘,有什么好大惊小怪的。"说完他就挂了电话。

林岚眼前浮现出逯超群那副欠揍的样子,恨得牙痒痒,可是下午要交审查报告,这时候实在不能得罪这位大爷。

思前想后,林岚只得又拨了过去,依然是那个懒洋洋的声音。

"谁啊?"

林岚没好气道:"逯超人,你怎么每次接电话都问是谁?你不知道手机里面有个功能叫电话簿吗?你就不能动动你那尊贵的手指,存一下我的号码?"

逯超群嗤笑道:"我存那个干什么,那种没用的东西都是你们这些凡人用的。"

林岚一头黑线。

"不存?这么多号码你记得住?"

"我为什么要全记住?我记住我需要记的不就行了?"

"你这是说不需要记我的咯?"

"对啊!怎么你现在才知道?反射弧的确够长。思维如此迟钝的公诉人,我还是第一次见到,我真替你们王处长捏把汗。"

"你还有没有同事情谊了?"

"既然都说是同事了,天天见面,记号码干吗?"

说完,逯超群又把电话给挂了。

林岚气呼呼地直接杀了过去,刚进逯超群的办公室,他的手机又响了,他瞥了一眼号码,嘴角浮起一抹可疑的笑容。

语气温柔,和刚才判若两人。

"江旎,你找我有事?"

江旎在那边说道:"我的电脑开不了机了,你快来帮我看看。"

"好的,好的,我马上来。"

林岚一把拽住正要离开的逯超群,连声诘问:"逯超群,江旎姐不是同事吗,为什么你记得她的电话?还有,我电脑坏了请你帮忙修,你让我去找网管,江旎姐的电脑坏了你就马上亲自去修,你这也太差别待遇了吧?"

逯超群厚颜无耻道:"江旎不一样,江旎是女神。"

林岚被逯超群的肉麻与无耻惊呆了,这是何等的心理素质啊!

"你不是说电话簿是我们这些凡人才用的吗? 你的女神也用电话簿,你怎么不去说她?"

逯超群冷笑道:"江旎是来凡间渡劫的女神,她用电话簿是为了体验你们这些凡人的生活。"

林岚绝倒,鄙夷道:"逯超群,你就是个颜控,一提到江旎姐,你的节操就荡然无存。"

逯超群嘿嘿一笑,伸出了兰花指,朝林岚风骚地摆了摆食指,道:"错,我是女神控。要说颜值,你也有啊,但你是凡人,我就不控。"说完,扔下林岚,自顾自地转身离去。

林岚满肚子火气没处撒,转身对站在一旁津津有味地看热闹的刘锋吐槽。

"这个逯超群,和他说话简直折寿。"

大刘笑道:"也就你敢往他的枪口上撞。他那嘴,横扫千军,杀人于无形，一旦中招，魂飞魄散，永不超生。"

林岚没好气地打断："好了好了，别给我添堵了，我被他气得心口疼。"

林岚没了心情，气呼呼地回到自己的办公室，准备借台电脑去写审查报告。

第二天是周五，一大早，逯超群破天荒地主动到公诉处来找林岚。

看着逯超群一脸狗腿的笑容，林岚产生了一种自己在做梦的错觉。她伸手去探逯超群的额头，却被他一脸嫌弃地拍开。

"岚女侠，我今天要找你帮忙，你帮不帮？"

林岚惊得差点咬到自己的舌头，惊诧地问："你逯超人还有找我帮忙的时候？"

"今天晚上江旎生日，我想给她弄个小仪式，你喊上技术处其他的人参加一下。"

"你的女神过生日，你怎么不去叫人？再说了，你陪女神过生日，我们这些凡人参加不好吧？万一让咱们这些凡人的烟火气息亵渎了你的女神，可如何是好？"

逯超群伸出一根手指："一小时内修好你的电脑。"

林岚故作矜持，摇头道："我也是有气节的人，可不是那么容易收买的。"

逯超群伸出两个手指，进一步割地赔款。

"给你的手机加速。"

"富贵不能淫，威武不能屈。"林岚继续摇头晃脑。

逯超群伸出三个手指，闭上眼睛，狠心道："这三个月之内，你的电子产品出了任何故障，我随叫随到。"

林岚一把揪住逯超群的手指，生怕他反悔，斩钉截铁道："成交！时间、地点、人物，你赶紧报上来，我麻溜地帮你安排好。"

两人击掌成交。

"玛格丽特慢摇吧"不同于都市那些纸醉金迷的夜场，是个雅俗共赏的地方。可以喝酒聊天，欣赏驻场歌手的现场表演，也可以即兴上台自娱自乐一番。这里通常上演的都是小众的电音和爵士,免去了流行与摇滚的喧嚣,成为白领、海归的心仪去处。

江旎穿着一条墨绿色的羊毛裙,越发衬得皮肤雪白。

美人赴约,逯超群的心情格外舒畅。

林远昊今天穿了一身修身的风衣,往那一站,真的玉树临风。

趁着江旎和林远昊去选酒水,心情超好的逯超群偷偷地对林岚道:"小林子,我这技术处第一男神已经心系技术女神了,这第二男神林远昊索性便宜你了。"

林岚差点被刚咽下去的一口"金汤尼"呛死,咳得眼泪都出来了。她好容易止住咳,呵斥道:"逯超人,你可别瞎说,林组长,那……那可曾经是我师父。"

逯超群冷笑道:"怎么就成了师父了,行拜师礼了还是喝徒弟茶了? 再说了,就算是师父,那也是以前的老黄历了,早翻篇了。"

林岚被他堵得说不出话来。

逯超群斜着眼看林岚,挖苦道:"看不出来啊,你这小小年纪,思想还挺封建嘛。其实吧,你们俩样貌登对,性格互补,干脆凑一对儿得了。"

大刘推了逯超群一把。

"你瞎教什么呢,这岚女侠和组长不仅不同频道,简直不同物种,能扯到一块儿去吗? 你追你的女神就好,在这儿乱点哪门子鸳鸯谱!"

林岚指着逯超群还要说,江旎已经回来了,她没听到前面的,只看到林岚要和逯超群发飙,劝道:"我说你们两个成天见面就斗嘴、抬杠的,都快成俩杠精了,公诉处的人加起来都没你俩能掰扯。"

林岚老远看到林远昊也回来了,赶紧转移话题:"江旎姐,你气色可真好,怎么这么会保养啊?"

"因为和死人的交道打多了,所以我更懂得身体健康的可贵。我们寄居在这躯壳内,依靠它才能去感受这世间的一切,有什么道理不去珍惜?"

大刘苦笑道:"江大美女,过生日呢,你提哪门子死人? 你可真是语不惊人死不休啊!"

大家正胡说八道聊得起劲,台上响起了一首爵士风的《Happy Birthday》。

大刘一下来劲儿了,指着林岚嚷嚷道:"岚女侠,这不是你以前老喜欢哼的那首歌吗?"

逯超群一脸意外:"哟,这小炮仗还会这个调调? 看不出来啊。正好,今天江旋生日,这首歌再应景不过了,赶紧的,上去献唱一首。"

林岚也不扭捏,跑到台上找 DJ 要了个话筒,就唱开了。谁知刚唱了两句,酒吧忽然停电了,话筒和音乐都哑了。

服务生给每个桌上和舞台边上点上蜡烛,跳跃的烛光给酒吧增添了浪漫旖旎的气氛。

林岚把话筒插到话筒架上,正准备下来,却看到林远昊走了上来。他扶正台上的 Double Bass,对着林岚极其绅士地略一点头,就用琴弦轻缓地演奏起来,旋律正是那首爵士版的《Happy Birthday》。

琴声悠扬,旋律美妙。

林岚伴着琴声清唱起来。

台下的人没有料到她的英文发音居然如此标准,节奏感也拿捏得极准,加上林远昊用低音提琴将旋律演奏得美轮美奂,一时都沉醉在歌曲中。

两个人的表演引起了旁边一桌人的注意,其中一位正是涵江市红得发紫的海归富豪赵睿的幺女赵安琪。

赵安琪是赵睿和意大利歌剧演员的私生女。混血儿的美貌通常都是惊人的,赵安琪更是其中翘楚。深邃的五官,白皙的肌肤,高挑的身材,完美的头肩比,这样的女孩,走到哪里都是焦点。

赵安琪遗传了母亲极高的音乐天分,被称为天才音乐少女,她 3 岁就开始登台表演,目前就读于茱莉亚音乐学院,主攻大提琴。

赵安琪刚刚回国看望赵睿,顺便悠然地享受假期,今天约了几个朋友在"玛格丽特慢摇吧"小聚。

第一眼看到林远昊时,赵安琪不由得惊叹,国内竟然还有这样贵族气质的男子。丘比特的神箭一箭穿心,哪里还管什么时机和场合。

她从小在国外长大,和母亲一样浪漫多情,敢爱敢恨,既然看上了,自然要高调示爱。她左手拎着一瓶已经开瓶的红酒,右手拿着两只红酒高脚杯,径直朝林远昊走去。来到桌边,把刘锋朝旁边挤了挤。

大刘面红耳赤地站了起来,赵安琪毫不客气地占了他的位置,挨着林远昊坐下。

那边桌上的几个人顿时起哄起来,嘘声一片。

林远昊依然慢慢喝着自己面前的一杯苏打水,仿佛什么都没发生。

赵安琪对于林远昊的冷淡毫不介意,她把两只高脚杯并排放在桌上,将酒瓶举高,葡萄酒散发着琥珀光泽,如同一条红宝石的细流,自半空中慢慢流进杯中。

林岚惊道:"神之水滴。"

赵安琪有些意外,偏头看了她一眼,这微微一走神,酒柱一偏,洒了几滴在杯沿和桌上。她不悦地皱了皱眉,看向林岚的目光有些不友好。林岚知道这波操作不容易,是自己出声让她分心了,于是朝赵安琪抱歉一笑。赵安琪的羽睫微微一颤,轻轻挑了挑眉毛,收回眼神,不再看她。

赵安琪轻轻晃了晃酒杯,红色宝石一样的酒液在杯中荡漾,她将其中一只递给了林远昊,娇声道:"帅哥,一起喝一杯。"

林远昊语气冰冷。

"我晚上从不喝酒。"

赵安琪样貌美艳,林远昊毫不掩饰的拒绝,让她微微发怔。

那边桌上一个嘻哈风格打扮的男子粗鲁地嚷道:"安琪小姐的面子都不给,太没眼色了。这可不是一般的酒,你们知道多少钱一瓶吗?"

赵安琪恼那男子煞风景,不高兴地回头瞪了他一眼,正要说话,忽然听到旁边的林岚说道:"桑娇维塞 Biondi Santi 虽然难得,却也不是什么珍品。这酒贵在黏稠度较高,所以能够完成这波《神之水滴》中的醒酒操作。酒再好,人不对,总不好勉强吧。"

那男人拍桌而起,指着林岚大声吼道:"臭丫头,你怎么敢和安琪小姐这么说话!"边说边朝林岚走来。

林远昊站起来挡在林岚身前，眼风如刀，毫不示弱地望着那人说道："你说话客气点。"

赵安琪拦住那个男子，狐疑地打量了林岚一眼，见她模样长得很是俏丽，刚才的谈吐之间也很有些见识，于是怀疑她和这贵族气息的男子之间关系不寻常。那嘻哈打扮的男子是赵睿派来保护赵安琪的，她不想多事，于是转身离去。

林远昊出声提醒："这位小姐，你的酒忘拿了。"

赵安琪止住脚步，回头微微一笑，宛若百花齐放。

"算我请你们喝的，记住，本小姐叫赵安琪。"

逯超群摸了摸酒瓶上的标签，好奇地问林岚。

"岚女侠，这瓶酒得多少钱？"

林岚答道："市价 3800 元，这里估计得卖 5000 元左右一瓶。"

刘锋啧啧道："5000 多元一瓶的酒就这么送人了，有钱人的世界我真是不懂。"

逯超群有些意外，问林岚道："你对葡萄酒怎么这么精通？"

刘锋插嘴道："以前组长要我们记住各种系列葡萄酒的特性、变质的温度和时间，还考过试。"

"怪不得。"逯超群拿过盛着葡萄酒的杯子喝了一口，又问道，"《神之水滴》又是个什么梗？"

林岚笑道："《神之水滴》是一部日本漫画，里面有一句话，'醒酒就像抽蚕丝一样'，刚才那个美女醒酒的操作就是模仿这部漫画里的主人公的。在这个过程中，葡萄酒会与空气充分接触，将酒的香味散发到极致。这操作对倒酒的技艺要求很高。不过，桑娇维塞 Biondi Santi 属于浓厚型的，酒液黏稠度较高，所以降低了操作上的难度。"

"美女醒酒，意在美男，奈何美男不解风情，白瞎，白瞎。"

林远昊目光冰冷地扫了逯超群一眼，从嘴里吐出两个字——"无聊"。

一场无意中的邂逅，却开启了一段孽缘。

有钱人能够掌握这个世界上更多的资源,包括个人信息。

赵安琪很快就知道了林远昊的工作、家庭信息,并对他展开了轰轰烈烈的追求。

"男追女隔重山,女追男隔层纱。"这一条男女恋爱的不二法门,搁在林远昊身上完全失效。

林岚在案件中遇到技术上的专业问题,经常会回到技术处求教。这天她对一起案件的现场痕迹问题百思不得其解,准备去找林远昊问个究竟。

走到林远昊办公室门口,正要敲门,突然听到里面传出了甜美的女声。

"今天晚上你又没有时间,你算过没有,这是你第几次拒绝我了?连理由都懒得换一下。没关系,我这个人最大的优点就是有耐心,这次不行就下次,下次不行就下下次。"

林远昊的声音有些冰冷:"我想我已经说得够明白了。"隔着门,林岚都能感觉到他的不开心。

林岚有些发蒙:"天啊,傲娇少女和冰山美男?这天大的八卦,怎么好死不死地就被自己撞见了呢。不行,我得赶紧走。"

林岚拔腿正要离开,门突然从里面推开了,林岚避让不及,只得硬着头皮站着。

赵安琪推开门,没想到林岚站在门外,有些意外,不过很快就镇定了下来。她朝林岚略一颔首,算是打过招呼了,接着飘然离去,留下一股甜香弥漫在空中。

林岚嗅了嗅,低声道:"Dior'绿毒'的味道,倒挺适合她。"

林岚正踌躇此时进去找林远昊是否合适,突然被人从后面拍了一下肩膀,惊得大叫起来。肇事者刘锋也被她吓了一大跳。

刘锋声音都有些变调了,结结巴巴地说:"你……你在这……这儿站……站着,干……干什么,怎么不……不进去?"

林岚捂着自己怦怦乱跳的心脏,没好气地说:"你谋财害命啊,大白天装神弄鬼的。"既然弄出了这么大的动静,这时候离开反而着了行迹,林岚没有办法,只能硬着头皮进去。

刘锋不知道林岚怎么这么大的反应,一头雾水地跟了进去,把手上的检材交给了林远昊。

林远昊看上去心情不太好,他皱眉道:"你们俩刚刚在外面干什么呢?叫得那么大声。这里是办公区,不是游乐场,以后注意点。"

两个人答应着,不敢吭声,找了个理由各自遁去。

流言不胫而走。

涵江市首富的闺女看上了林远昊的绯闻传得沸沸扬扬。林远昊的面孔越来越冷,一副生人勿近的样子。

好在技术处最近为了资质评审的事情忙了个底儿掉,没人去八卦这起桃色新闻。

经过大家共同的努力,涵江市检察院技术处的实验室于 2014 年通过了 CNAS 资质评审,这意味着他们的实验室具备了按国际认可的准则开展检测和校准服务的技术能力。

天气转寒,天色有些灰暗。

快下班的时候,汪海彬将一份汇报提纲放到了林岚桌上。

"明天上午有个故意杀人的案件,我和赵处要上检委会汇报,你把这份汇报提纲校对一下。"

"汪叔,您能把我也带去开开眼界吗?检委会可是我们涵江市检察机关最高规格的案件讨论会啊,我还一次都没有去过呢。"

汪海彬很能够理解林岚的心情。

涵江市检察院 400 多号人,参加过检委会讨论的可能不到五分之一,刑检口的年轻人,能够独挑大梁,负责重大疑难案件的毕竟还是少数,能够参加检委会讨论会的机会并不多。

谁不想拥有一次在检委会上崭露头角的机会呢?即便自己不是主角,能够全程旁听,也是一种锻炼。

想到这里,汪海彬道:"好吧,明天的检委会,你来担任会议记录,但你一定要切记,记录一定要既快又准。因为,你记录的汇报人和检委会委员所发表的意见,在检委会委员们的电脑屏幕上会同步显示,如果你记录的意见不准确,就会被当场纠正。"

林岚有些紧张。

汪海彬从文件柜里面拿了一摞卷宗递给了林岚。

"这是明天要讨论的案件的卷宗材料,你结合刚才这份汇报提纲,好好熟悉一下案情和争议焦点。这样明天记录的时候,你才知道大家在说什么。这个工作量不小,你今天晚上能看完吗?"

林岚如获至宝地接了过来,感激道:"汪叔,谢谢您,我晚上加个班,保证完成任务,一定记熟了。"

"好了,别太紧张,晚上也别弄得太晚,不然明天会适得其反。"

林岚点了点头。

夜已深沉,淅淅沥沥下起了雨,雨点砸在窗棂上,啪嗒作响。

屋内的白炽灯照耀着一个瘦小的身影,深咖色的办公桌上静立着的水杯,早已没有了水汽,里面的水想必已经凉透了。

女孩低头翻阅面前的一摞资料,左手方向摊开着两本书,一本是《刑法一本通》,一本是《刑诉法一本通》,书上面圈圈画画,做满了标记。

女孩眉头微微蹙着,嘴唇抿得紧紧的,对窗外的雨声似乎充耳不闻,此时她的脑海中浮现出的是一段段场景,一幅幅画面。

9月份的乡村,家家都在忙着收获,满筐满车的果子和粮食被送到城市里去换钱。方大威、蒋志用拖拉机装了一车精心挑选的蜜橘在村间的小道上行驶,两人兴高采烈地聊着今年的收成,蜜橘在筐篓里颠来颠去,在阳光的映射下,泛着金色的光泽。两个人吹牛吹得正欢,一辆农用收粮车毫不避让地迎面开了过来,把路堵了个大半。

方大威探出头一看,原来是本地有名的刺儿头王川。

他冲着王川喊道:"你车那么大块头,看到我们过来了,就缓一丁点儿再冒头咯,非要硬闯过来,现在路都被挡死了,谁都走不了。"

王川本来就是个一点就着的脾气,哪里受得了方大威如此指责,顿时指着对方的鼻子骂了起来:

"你们两个不长眼的想死吧,对着老子瞎喊啥,你们不晓得滚到后头去!"

方大威和蒋志也不是省事的主儿,平日早就看不惯王川人五人六地耍横,现在见他开口就骂人,推开车门一起下车,指着王川也吼了起来。

"你怕是个螃蟹托生的,咋这样横行霸道,张嘴就喷泥浆子。你往后面退十米就能拐上了堤,就让开了,我们这后面要退三四十米,凭啥非要让我们退?"

王川平时威风惯了,哪里忍得了这种气,推开车门,下来就开始打人,奈何敌众我寡,并没有占到便宜,于是他掏出手机给他那帮兄弟打电话。

"黑三、闷墩,你们快到陈湾堤坝的岔路口这边来,老子在跟别个扯皮。"

蒋志向方大威使了个眼色,方大威赶忙上车,打着了火就往后退。王川听到发动机响,电话都不打了,喊了一声:"你们快点来。"然后就去拦方大威。

蒋志一把扯住王川,不让他上前,眼看着车就要掉头跑了,蒋志撒腿就往自己的车那儿跑。王川怎么肯罢休,紧追几步,一把抓住蒋志,两个人就扭打了起来。方大威下车帮忙将王川按在地上,再回头去开车。

方大威发动拖拉机,蒋志一把甩开王川,攀上拖拉机后面的栏杆,一骨碌翻了上去。王川也不是弱鸡,他快步赶了过去,紧跟着也扒上了车,一把抓住了侧面的栏杆。

方大威听到后面的动静,觉得蒋志应该上车了,他朝后视镜看了看,却发现王川也扒在车的后面。

方大威大喊:"蒋志,你上车没有?"半天却没听到人应声,突然,他觉得车轮好像压着了什么,朝后视镜再看了看,发现王川不见了。他正纳闷呢,就听到蒋志拼命拍打车厢,声嘶力竭地叫道:"大威,大威,快停车,压着人了!"

方大威吓了一跳,赶紧踩了刹车。他下车一看,王川正倒在一摊血泊之中。

方大威抖得不成样子,哆哆嗦嗦地问:"他……他是怎么掉……下去的?"

蒋志面色煞白,一言不发。

林岚看完卷宗材料,已经到了晚上十点多了,雨比之前下得还大,没有一点要停下的迹象。她走到门口,正准备冲进雨里去拦车时,被一只有力的手给拽了回来,她回头一看,一张放大的俊颜映入眼眸。

"林组长,这么晚你怎么还在院里?"

"这话应该我问你吧?"

林岚笑道:"我加班呢,明天要沾汪叔的光,参加检委会呢。"

林远昊没理她这茬,问道:"你的伞呢?"

"我没带伞,早上出门天气还挺好。"

林远昊撇了撇嘴,道:"也是,你从来不看天气预报,更不懂未雨绸缪。"

林岚不在乎道:"可我运气好啊,这个点都能碰到熟人,组长,捎一脚呗。"

这话从她嘴里说出来,一切都那么地理所当然,林远昊有些无奈。

林远昊撑开伞,林岚毫不客气地钻到伞下,跟着他去取车。雨太大了,虽然这伞够大,可林岚的肩膀还是被淋湿了,她下意识地朝林远昊那边躲了躲,整个人都快挨到他身上了。林远昊有些发窘,但他并未将林岚推开,而是不着痕迹地把伞朝她那边挪了挪,任由自己半边身子露在雨水中。

深夜的雨水裹着寒气,刚上车没多久,林岚就接连打了两个喷嚏。林远昊递给她一盒抽纸,随即打开车上的暖气,闷声道:"以后一个人加班别太晚了,女孩子走夜路还是不安全。"

也不知是暖气的作用,还是这突如其来的关心带来的感动,林岚觉得暖暖的,用抽纸吸着衣服上的水,嘴里甜甜地奉承着。林远昊听在耳里格外受用。

林岚打小就是个热络的性格,别人对她好一分,她准得回报十分。她刚开始和林远昊共事的时候,没少挨批,要说心里没有怨气是不可能的,可是后来跟着林远昊本领见长,也明白了他那份严师出高徒的苦心,情感上就与他格外亲近起来。再加上后来共事中产生的那份信任与默契,不知不觉中,林远昊已经成了她最亲厚的人。

她无意中瞥到林远昊的衣袖全湿了,哎呦了一声,抓起一大把抽纸就去擦。

"组长,你遭的水灾比我的还严重,唉,都赖我,都赖我。"

林远昊反应过来,低头一看,脸都黑了。他一把抓住林岚四处闯祸的手道:"停停停。"

林岚低头一看,林远昊的深色毛衣上和车上都毫无幸免地一片雪白纷飞,座板的缝隙里也掉了不少纸屑,这洗衣和洗车的难度可是肉眼可见的。

她忙闪到一旁,把一大团潮湿的纸团捏在手里,使劲地挤压着,尽量让纸团变小,降低存在感。

林远昊鼻子都要气歪了。

过了半晌,林岚小声哼哼道:"那个,衣服我送去干洗,车我也送去洗。"

"打住,这衣服和车我还要的。"

林岚被他这话噎住了,一副偃旗息鼓的模样,可怜巴巴地看了他一眼。

林远昊莫名心软,无奈道:"算了,也没多大的事儿,你自己回去记得洗个热水澡,今天寒气挺重的。"

"没事儿,我皮实着呢,病不了。"林岚见他不气了,立马又生龙活虎起来,笑容灿烂得如同初绽的夏花。

林远昊被她感染,脸上浮起了笑容。

早晨的阳光给涵江市人民检察院的大楼镀上了一层暖金色,耀眼的检徽在大楼中央熠熠闪光。

检委会的案件讨论会在九楼的综合会议室召开。

林岚偷偷地打量着，检察长、分管检察长、各个处室的处长基本上都在，果然如汪海彬所说，每个人的面前都有一台电脑，上面可以看到汇报的提纲和证据。

分管公诉的陶观远检察长宣布："下面进行今天检委会的第一项议题，公诉处汪海彬检察官审查的方大威、蒋志故意杀人案是否改变定性，下面由承办人汇报。"

汪海彬将案情汇报下来，整个事实和脉络还是比较清晰的，案件的争议焦点主要集中在方大威和蒋志的行为如何定性上。

有的人认为，这两个人的行为是间接故意杀人，有的人认为是过失致人死亡，还有的人认为方大威应该认定为过失致人死亡，蒋志应该认定为故意伤害致人死亡。

这几个观点不仅在定性上不同，在量刑上差距也非常大。

汪海彬汇报完了案件的事实证据和分歧之后，会议进入了第二项议程，由检委会委员提问、讨论并发表各自的观点。

最先发表意见的是分管控申、案管和办公室的何副检察长。何检是一位五十多岁的老检察长，汪海彬知道他以前在区政法委做过书记，参与过不少案件的协调，是一位协调经验非常丰富的老领导，现在分管控申的工作，天天和群众的控告申诉打交道。

何检最关注的是案件会不会引起舆论风险，激化社会矛盾，通常他发表观点也会重点围绕着案件风险这一块儿。

果然，何检一开口就说："死者王川的父母在得知案件移送到我们院以后，多次到涵江市人民检察院来上访，我们控申窗口承担了不少压力。被害人家属要求杀人偿命，而且公安机关也认定的是故意杀人，区检察院批捕的罪名也是故意杀人。如果我们院在审查起诉环节改变定性，就必须得改准了，不然将来的矛头就会指向市院。我刚刚听了汇报，三种观点各有各的道理，定故意杀人，我认为也没有明显的错误嘛。咱们市检察院对口的是市中院，根据管辖的规定，中级人民法院通常受理的是有可能判处无期徒刑以上刑罚的案件。所以，一旦全案认定过失致人死亡罪,这个案件就需要转管辖到北岭区人民检察院。如果案件转给了区里面,外界难免会产生市检察院矛盾下移的揣测。这些都是将来潜在的舆情风险。我认为,不可贸然改变定性。"

分管侦查监督处和二审处的马副检察长是刚提拔上来的,科班出身的刑法学博士,他对案件往往有自己的看法。

"我认为二人主观上更多的是想摆脱王川的追赶,因为车速不快,两人以为出不了多大的事儿,因为误判,酿成事故。从这个角度来分析,二人主观上轻信能够避免,主观上属于过失。根据主客观相一致的原则,我同意认定为过失致人死亡罪。"

分管研究室和办公室的刘副检察长首先对马检认为方大威的行为构成过失致人死亡罪的观点表示了赞同,可是接下来的意见又和马检不一样,他认为认定蒋志故意伤害致人死亡更为妥当,理由是,蒋志掰开了王川的手,使他跌下了车。

马检和刘检各为业务和理论方面的专家,他们的观点对于案件的定性起着关键性的作用。可今天这两位的意见也不一致,赵云蕾和汪海彬对视了一眼,估计今天很难形成一致意见。

检察长们的意见发表完了,接着就是各个部门的负责人发表意见了,有的委员发言说:

"这个案件是区检察院批捕的,如果改了定性,多多少少对于批捕的工作有影响,起码会落一个批捕罪名不准确的口实。"

马检有些不悦,语气也变得有些重。

"我们不能为了检察机关不落口实就不分青红皂白地认定重罪。咱们自己都不能坚持依法认定,还怎么去监督别人!"

现场的气氛有些尴尬。

检察院自己逮捕的案件,要由检察院自己来改罪名,本来就是一件挺为难的事情。更何况,这起案件的处理结果还将牵涉舆情风险、接访压力、各个部门的考核及案件质量等方方面面的问题。稍有不慎,就会引起一场不小的风波。

郑检察问王建波:"王处长,你作为今天汇报议题所在处室的领导,你有什么意见?"

王建波心想,有的委员明摆着是对公诉改定性有意见,如果自己驳了回去,不用说这矛头一下子就会对准自己,可是不说吧,案子上的事儿,自己作为部门负责人,肯定得发言。

他想了想,决定把球传给赵云蕾。

赵云蕾是个副处长,又是个年轻的女同志,论资历是晚辈,别人不至于当场对她发难。万一不行,王建波还可以更正或者补充,公诉处总算有个退路。

王建波道:"这起案件从审查,到第一次退查,再到几次讨论会议,赵处长都全程参与了,下面就由赵处长详细阐述一下定罪的理由。"

赵云蕾也没办法,只能硬着头皮上了。她先谦虚了一下,说道:"各位领导从大局出发,从社会效果出发,发表了很多宝贵的意见,高屋建瓴,对我们非常有启发,让我们注意到了一些之前忽略的问题。回去之后,我们会进一步完善相关的工作。"

说到这里,赵云蕾略微停顿了一下,扫视了一下四周,觉得气氛不似刚才那么紧张,心里也松快了些。

她轻轻地咳了咳,接着说道:"关于本案的定性问题,我们处进行了多次讨论。区分间接故意杀人罪和过失致人死亡罪,关键要看行为人主观上对于死亡结果的发生是希望避免,还是放任发生。从承办人刚才汇报的案情和介绍的现有证据来看,方大威和蒋志都提到了一点,那就是案发当时的车速非常慢,可能才二十几码。方大威当时不能确认蒋志是否已经安全上车,所以并没有加速。虽然方大威看到王川扒在车后,可是车速很慢,他主观上以为可以避免危险发生,这种主观心态对于危险的发生是过失而非故意。"

说到这里,赵云蕾顿了顿,她看了看,大家似乎都在认真地听,于是松了一口气。

"至于蒋志,他刚刚跳上车,以为摆脱了王川的追赶,可是没想到王川也跳上了车,并且和他发生了打斗。在车辆还在行驶的状况下,他将王川推下了车。我想强调的是,无论车是否行驶,我们作为一个成年人,将人从高处推下,对其健康造成伤害这一危害后果是应当明知的。"

马副检察长打断了赵云蕾的发言。

"赵处长,依你看,蒋志能够预见到什么程度呢?"

赵云蕾不卑不亢地答道:"在本案中,车辆还在行驶,王川被人从车上推下,肯定会失去平衡,人在落地之后,头部、身体着地的概率都不小,现实中也不乏打斗中将人推倒,导致脑部着地重伤或死亡的例子。此时的蒋志,虽然对于死亡的危害结果,主观上是过失,可是对于故意伤害会给他人身体造成损害的结果,主观上却是故意的。"

马副检察长说道:"既然你说这个时候的车速很慢,那你为什么一定要认定蒋志主观上是故意而不是过失呢?"

赵云蕾道:"毕竟蒋志是从高处将人推下,即便车速很慢,也至少是一个放任的间接故意。而故意伤害致人死亡,行为人的主观对于死亡后果的发生是过失,对于伤害后果的发生是故意,蒋志、方大威的主观认识不同,应当分别定罪。而且,一名嫌疑人被认定故意伤害致人死亡,全案的管辖权依然在我们市检,可以避免矛盾下移等负面猜测。"

赵云蕾一番分析下来,推理严谨,论据充分,思虑周全,不仅林岚佩服得五体投地,大多数参会者的脸上也露出了赞许的神色。

最后的关键时刻到了,现在三种不同的意见都有拥趸者,票数最高的是定两个过失和分别定过失与伤害这两种观点。那么,关键的就是郑检察长的意见了。

按照习惯,一把手的观点要最后发表,避免对其他与会者的发言产生影响。

郑检察长准备发言时,现场的目光都不约而同地投向了他。

林岚心里想:"做一把手可真不容易,大家都这么眼巴巴地瞧着,压力该有多大。"

她正胡思乱想着,郑检察长开始发言了,林岚赶紧收敛心神。

"我们今天讨论了很多关于案件风险的问题,但是作为检察机关,我们最主要的职责还是要立足于公正执法,不能说有这样的困难,那样的风险,就牺牲法律的公正,让案件带病起诉。其实,刚才的案件,认定故意杀人,我个人认为是不恰当的,都认定过失犯罪,显然也不能全面评价蒋志行为的危害性。至于认定上述罪名的理由,几位同志在刚才发表意见时都说得很清楚了,我就不重复了。我同意赵云蕾的观点,对两个人分别定罪。"

说到这里,赵云蕾和王建波互相交换了一下眼神,心中的石头总算是落了地。

郑检发表自己的定罪观点后,又强调了几点。

"案件起诉之前,证据方面公诉这边还要再巩固一下,既然要改罪名,就要改得有理有据,经得起法庭的调查,经得起历史的检验。另外,控申方面要配合公诉部门做好家属的释理说法和安抚工作,在赔偿方面也要多向嫌疑人这边做一下工作,注意法律效果和社会效果的统一,今天的会议就到这里。"

散会后,郑检特地走到赵云蕾身边,夸道:"小赵啊,今天的汇报很不错,条理清晰,有理论,也结合了实际,最重要的是有担当,不和稀泥。这才是一个法律人应有的素质。"

"哪里,我们这都是按照您平时强调的公诉人应有的责任来做的。"

郑检今天心情不错,他指着林岚道:"这个就是从技术处调过来的林岚吧?很不错嘛,第一次上检委会,记录得还挺全面的,不容易啊。"

林岚没料到检察长居然对自己的情况这么了解,还当面给了表扬,不好意思道:"谢谢领导夸奖。"

郑检问:"你在技术处不是跟着林远昊吗?怎么,不喜欢技术工作?"

林岚挠挠头,解释道:"也不是不喜欢技术工作,而是我想成为一名公诉人,一名懂技术的公诉人。"

汪海彬在一旁接话道:"郑检,这丫头在公诉处进步非常快,别看她年纪小,技术方面的业务却很精通,她运用技术知识,在好几起案件中出了不少金点子呢。"

郑检突然问道:"刚才在会上,我让你们继续强化一下这个案件的证据,你从技术的角度跟我谈谈,有些什么途径强化啊?"

林岚丝毫不怯场,略想了想,答道:"车速不快,目前只有两名嫌疑人的说法。一旦翻供,就会影响案件的认定,所以,利用技术手段寻找印证车速的证据就是一个补强证据的途径。"

郑检顿时来了兴致。

"你说说看,是什么技术手段?"

"其实,刹车距离,也就是刹车痕迹的长度与刹车前的速度是有一个换算公式的,当然,还要结合路面的摩擦系数和车辆本身的重量等因素。根据这些计算出刹车前的车速,就能够以客观数据来印证言词证据,说服力显然更大一些。"

"不错啊,林岚,技术知识的确能帮助检察官拓宽证据采集渠道啊!还有没有其他的思路,一块说说。"

林岚想了想,道:"可以做一个侦查实验。测出速度后,找一辆同样的车,模拟一下案发时的场景,亲身经历后的感受和照本宣科肯定是不一样的,对于犯罪嫌疑人的主观心态和被害人所遭遇的危险程度会有一个更加直观的感受。"

郑检对汪海彬道:"林岚刚才的想法启发了我,我有一个想法,今后的检委会,如果涉及技术方面的问题,要通知技术处的技术人员出席检委会的讨论。这样既可以实务办案,促进技术发展,也可以技术知识启发办案思维。"

林岚听到郑检察长的话,脸上浮现出抑制不住的兴奋。技术部门的小伙伴们也有机会参加检委会了,技术人员从此有了更大的用武之地。

林岚回去后迫不及待地向技术处的小伙伴们转达了这个好消息。大家欢天喜地,约好中午一起聚餐。

玉泉街拐角处的串串香是年轻人经常光顾的地方。装修极其简陋,木桌条凳,门口挂着几串红辣椒,典型的不靠外貌、靠材料的"苍蝇馆子"。

服务员把锅底端上来的时候,红红的汤料上漂着两串花椒,青绿的颗粒衬着红色的底油,飘着诱人的香味儿。大家围坐在一起,一边聊天一边等着锅底翻滚。

刘锋朝林岚竖起了大拇指:"技术人员今后能够列席检委会,都是你的功劳,哥哥我大写的服!"

江旋用手捏了捏林岚腮边的肉,笑嘻嘻地说:"咱们这岚女侠小试身手,就让领导们充分意识到技术工作的重要性了。以前有些不长眼的还说咱们部门是检察院的边缘部门,现在该知道自己是井底之蛙了吧!"

林远昊也难得开了金口:"技术加法律,的确是一条值得坚持走下去的路。"

林岚在一片褒奖中,有些陶醉,嘿嘿地傻笑着。

林远昊用筷子敲了敲杯子,道:"差不多行了啊,别得意得找不着北了。"

江旋笑道:"当初你要跟着我学法医,哪用得着看你们组长脸色,更不用天天夹着尾巴做人,早就无法无天了。"

刘锋打趣道:"江大美女,你就别剃头挑子一头热了,咱们岚女侠向往的是成为一名叱咤法庭的公诉人,与辩护人唇枪舌剑,快意江湖,你那什么法医的,太血腥,太枯燥,人家瞧不上。"

江旋一听不干了:"诶,我说大刘,你懂啥啊?什么叫作血腥、枯燥啊?每年的暴力类刑事案件占的比例可是相当可观的,公诉人没有点法医常识,在审查这类案件时,如何判断是不是犯罪事实清楚、证据确实充分啊?"

大刘连忙投降:"对,对,对,是我狭隘了啊,咱江大美女的专业在咱们技术口,必须是头把交椅啊。"

大伙儿看到大刘那夸张的表情都笑了起来。

林岚扭头对逯超群说:"今天上午汇报的案子,待会儿有活儿派给你。"

逯超群斜着眼道:"想使唤我,你得把上次答应我的事儿给圆了。"

林岚有了心病,被他说得害臊,故意岔开话题。

"好了好了,锅都开了,别光顾着聊天了,开吃,开吃。"她说着就拿起一把牛百叶和毛肚串串放到锅里烫了起来。

江旎也不甘示弱,抓了一把牛、羊肉的串串放了进去。大家被美食诱惑着,各自挑选着心仪的食物,一边吃,一边相互打趣,一片欢声笑语。

正吃着,江旎将面前的大麦茶举了起来。

"我提议,咱们敬林岚一杯,自从她去了公诉那边,我是没少听到公诉的人夸她,丫头这是给咱们技术处长脸了。"

大伙儿一听,纷纷举杯,就连林远昊也端起了杯子。

林岚站起来,朝在座的各位作揖道:"你们都是师父和前辈,肯定是我敬你们。感谢大家一直以来的关心和帮助,传道授业解惑,我在这里以茶代酒,敬大家。"说完,将杯子里的茶水一饮而尽。

大刘顿时有些傻眼,望着林岚欲言又止道:"林岚,刚才你去点串儿,我帮你洗了杯子和筷子,你那杯子里面的水我忘记倒了。"

林岚气得推了刘锋一把。

"你故意的吧,我喝的时候你不说,都喝完了你才说!"

大伙儿顿时爆笑成一片。

逯超群摇头晃脑道:"我读大学那会儿,迷上了电脑游戏,上铺的兄弟是足球社的,成天汗流浃背。一天我在宿舍打怪兽打得正起劲儿,我那兄弟进来问了我一声,你这水凉的吧,借我喝一口。我也没在意,就说好。突然他把水喷了一地,问我,你这杯子里面放的什么啊?我这才想起来,我刚刚洗碗,油比较多,就搁了点儿洗洁精泡着,转眼就忘了,被他一顿牛饮了。"

众人好不容易止住了笑,被逯超群这么一说,又笑成了一团,连林远昊的嘴角都直往上翘。林岚见他一向清冷的脸因为吃了辣椒染上暖色,再添上一抹笑容,显得格外温暖雅俊,不禁有些出神。

林远昊一抬眼,正好看到林岚呆呆地盯着自己看,眉梢眼角弥漫出一抹暖色。他轻轻咳了一声,可林岚半点反应也没有。

林远昊没恼,他拿起几串林岚最喜欢的牛肚,放到她碗里,轻声道:"别愣着了,快吃。"

林岚反应过来,自己居然死死盯着林远昊看了半分钟时间,她觉得脸有些发热,拿起牛肚匆匆忙忙地啃着,不料屋漏偏逢连夜雨,被辣椒给呛住了,咳得惊天动地。

逯超群在一旁看得有趣,故意把饮料瓶塞给林远昊。

林远昊倒也淡定,一句话没说,就拧开瓶盖,把林岚面前的杯子斟满了,继续埋头扒拉着自己碗里那几根青菜。

林岚有些不好意思,她低下头喝饮料时,偷偷用眼角瞟了林远昊一眼,见他面色如常,这才松了一口气。

林岚中午吃得太多,到了下午上班的时候,还是觉得腹胀,于是泡了一杯山楂水,用来消消食。她心里记挂着乡村车祸案,端着杯子,抱起案卷就去找逯超群。

林岚把案卷和带过来的照片往逯超群桌上一摊,逯超群朝她翻了个大大的白眼。

现场照片、刹车痕迹细部照片、尸体倒地的照片、肇事的农用车照片等一应俱全。

逯超群懒懒道:"不错,还算齐全。说说看,你想解决什么问题?"

林岚把自己的想法说了一遍。

"照你的意思,是想通过刹车痕迹的长度来计算刹车前的车速?"

林岚嗯了一声,又接着说:"当然,还要结合路面的摩擦系数和车辆本身的重量等因素。"

逯超群指着其中一张轮胎的细部照片道:"这上面粘着的是什么?"

"这些是碎米粒和稻草秆。案发的时候,正好赶上了秋收,农村有些种粮食的老乡,每到这个时节,会把谷子铺上稻草摊在路上,通过往来车辆的外力碾压,使得谷子的外壳脱落,回头再过筛除壳,起到舂米的效果。这些,就是在路上粘上的。"

逯超群摸了摸下巴,道:"那做一个侦查实验,计算出路面摩擦系数后再去计算速度不行吗?"

林岚说:"原理上是这样,可是,那样一来就必须弄清楚,这些稻草和米是在之前的路上粘上的,还是发生事故时的路面就是这样的。如果没有弄清楚,得出的路面摩擦系数就不准确,自然测算出来的速度就不准确了。"

"找证据来印证一下不就结了?"

"找你就是为这事。公安那边调取了这一段路上的监控,不过只是远景探头,只能看清车辆通过,看不清路面的情况,所以我想找你看看有没有什么办法。"

逯超群从林岚手上接过写着"路面监控"的光盘,熟练地放入视频分析仪的光驱中。很快的,屏幕上出现了那台拖拉机肇事的整个过程。逯超群来来回回看了好几遍,有好几处都停了下来,逐帧审看。

"应该没有什么问题。画面很流畅,也拍摄到了足够的时段,路段的标志物也比较清晰。只需要测算出标志物之间的距离,再除以通过这段距离所用的时间就可以了。"

"这么简单?"

"本来没这么简单的,不过,这个视频的基础不错。"

"怎么讲?"

"做视频分析的,其实最不喜欢在这种空旷地测速了。要知道在市区,道路两旁的标志物都是些建筑,分布密集,比乡村道路旁的田地、树木更容易找到对应物,从而取得参数。不过,你这个视频中的农用车路过的是个岔路口,经过的地方又是堤坝,将从岔路口到上堤口的距离一测量就结了。"

"原来如此。"

逯超群指了指农用车的照片,道:"从照片上看,这个车身后面比较高,即便车速不快,摔下去还是很危险的。不过我也支持你找到肇事车辆,在上面进行侦查实验的做法,毕竟现场的感觉最真实。"

"谢了,到底是计算机和视频的专家,厉害厉害,佩服佩服。"

在逯超群的帮助下,林岚很快就测出了刹车前的车速是 29 码,的确很慢。侦查实验也进行得很顺利,案件很快就按照赵云蕾的意见起诉了。

半个月后,汪海彬将一沓出庭预案交到林岚手上。

"明天庭审,你把出庭预案校对一下,顺便看看有什么可以补充的。"

"这不就是上次那个乡村车祸案吗?"

"是啊,明天在法庭上,涉及技术问题的举证任务,就交给你了。"

林岚既紧张又兴奋。举证既能锻炼办案人对证据的归纳能力,也能提高办案人在庭审中的表达能力。

中级人民法院的大楼,进门处有一座獬豸的雕像,林岚一开始以为是麒麟,还诧异怎么放个吉祥物在这里。她这个无知的想法被逯超群知道后,被赏赐了无数个白眼。为此,林岚特地在百度上查了一下,才知道獬豸虽然长相与麒麟接近,额上却有角,全身长着浓密黝黑的毛。这神兽又叫"直辨兽",拥有很高的智慧,懂人言知人性,能辨是非曲直,能识善恶忠奸,发现奸邪的官员,就用角把他触倒,然后吃下肚子,是司法"正大光明""清平公正""光明天下"的象征。

了解这神兽的寓意后,林岚再看到这座雕像,总觉得它双目炯炯有神,仿佛洞悉了这世间的一切罪恶与虚伪。

法庭庄严肃穆,这次林岚终于不再是一个跑龙套的,而是有了自己正经八百的任务。

法庭是没有硝烟的战场,庭审永远充满着变数,你永远不知道你的对手,下一步棋是否会出乎你的意料。

在第一波讯问中,蒋志就否认了自己有伤害王川的故意,他的辩护人赵罡也认为整个事情就是一个意外,提出了无罪辩护。

汪海彬问蒋志:"你说你不是故意的,那你说说看,车还开着,你把人从车上那么推下去,会不会摔伤?"

"我真没想那么多,当时他抓着我的头发,我疼得很,就扯开了他抓我头发的手,我只是想挣脱他,并没有想到他会摔下去,更不知道他会被碾死。我那是那个什么条……什么应?……"蒋志挠了挠头,脸憋得红红的,过了一会儿才蹦出一句,"对了,条件反射,应激反应。不是想害死他。"

蒋志后面的辩解让林岚差点笑喷了,可法庭上哪能笑,她差点憋出了内伤。

汪海彬有些恼火地问:"我是问你有没有想到对方会受伤,不是问你想不想害死他,你听清楚了再回答。"

蒋志欲言又止,最终梗着脖子说道:"没想到。"

"被告人蒋志,公诉人提醒你,在法庭上要如实供述,这关系到你的认罪态度。"

"我说的都是实话。"蒋志依然嘴硬。

汪海彬也没和他在这个问题上继续纠缠,直接结束了讯问。

轮到辩护人赵罡发问的时候,他先问的是方大威。

"你当时开车的速度快吗?"

"我开得很慢,先是因为我怕开快了蒋志赶不上来,后来我从后视镜看到王川扒在后面,就不敢加速了。"

"你知道后面有人为什么不停车呢?"

"我当时犹豫了一下。"

"你为什么犹豫?是不是担心王川找来的人打你,不敢停车?"

汪海彬马上举手示意:"反对,审判长,辩护人用暗示答案的方式进行发问,有诱导发问之嫌。"

审判长轻轻敲了敲法槌。

"辩护人,注意一下你的发问方式。"

赵罡换了一个问题。

"你和蒋志以前与被害人之间有没有矛盾?"

"没有。"

"王川是怎么掉下去的?"

"听蒋志说是他推下去的。"

"那也就是说,你只是听说,并没有亲眼看到啰。"

方大威愣了一下,老老实实答道:"是的,我没亲眼看到。"

赵罡的神情有些得意,他开始问蒋志。

"你认为王川扒车是要干什么?"

"他还能干什么,揍我呗。哦,对了,他还叫了人,到时候他们一起揍我们。"

"那你害怕吗?"

"我很害怕,他这人平时就横得很,落到他手里准没好事。本来是他的车拦了路,他还先骂人,还要叫人来打我们。"

"当时车速快吗?"

"不快。"

"你是故意把他推下车吗?"

"我不是,是他抓我头发,我疼得很,就随手那么一挥。"

"你想过他会掉下去摔死吗?"

"我发誓没有,车也没多高,开得又慢,他掉下去纯属意外。"

听到这儿,不少旁听人员开始窃窃私语。

"这王川不是啥好东西,该!"

"就是,兔子急了还咬人呢,这蒋志被他揉上车,被逼急了才还手,情有可原。"

到了举证环节了,林岚申请出示证据。

"审判长,鉴于讯问阶段,被告人提出的辩解和本案证据存在一定的矛盾,公诉方请求当庭播放现场监控视频,请审判长准许。"

在审判长表示允许后,林岚将光盘放入法庭的播放器。

大屏幕上,只见一辆农用拖拉机上,两个人纠缠在一起,不一会儿其中一个就掉到了车辘辘下面,整个过程非常快,再加上视频拍摄的角度较远,所以看得不是很清楚。

林岚又放入了另一张光盘。

"视频专家采用视频清晰化技术提高了分辨率,我们对画面进行了截图。"

林岚打开截图。只见扒在护栏上的王川揪住蒋志的头发，蒋志奋力反击，扯开了王川的手并反手揪住。王川一只手被蒋志抓住，一只手要抓护杆，身体又倚在护栏上，不好发力，落了下风。蒋志的脚用力蹬了王川抓住护栏的手几下，王川一把抓住了蒋志的脚，拉扯中王川的脚踩空了，慌乱中，他那只手挣脱了蒋志的控制，两只手紧紧抱住了蒋志的脚，身体的整个重量都挂在蒋志的这只脚上，蒋志用力掰开王川的手，王川失去平衡摔下去时，衣服却被拖拉机旁边的挂钩绊了一下，方向发生偏移，摔到了车轮下。

林岚用鼠标点击大屏幕。

"蒋志和王川在车后发生厮打的过程，蒋志只说了前半截儿，却向法庭隐瞒了后面的部分。王川扯住了蒋志的头发不假，可是蒋志已经挣脱了，他在王川已经处于下风，身体悬空的情形下，对试图稳住身体的王川实施了多次攻击，导致王川坠车，虽然王川是因为被挂钩带倒失去平衡摔到车轮下，但是只能证明蒋志对于死亡的后果没有预见，却不能否认其能预见自己的行为对王川可能造成的伤害。因此，蒋志主观上具有伤害的故意，并导致了被害人死亡的后果，构成故意伤害罪。"

事实原原本本地摆在面前。

旁听席上又有人忍不住小声议论起来。

"这就是被告人不对了，王川本来就抓不稳了，他还不依不饶，还拳打脚踢的，太危险了。"

"王川虽然坏，可罪不至死啊，这蒋志太狠了。"

一段视频播放下来，风向已经悄然变化。

审判长问道："对于刚才公诉人的举证，被告人和辩护人是否需要质证？"

蒋志脸色煞白，他紧张得声音有些发抖。

"我不……不懂，我的辩护人替……替我说。"

赵罡万万没有想到公诉方居然将视频分析得如此细致，不但运用技术手段将模糊的影像清晰化了，还截了屏。

"辩护人对技术处理后的视频的完整性、真实性提出质疑，这些截图不符合法律规定的完整性,也不能保证是否存在增删。"

林岚也不着急,从容应对道:"技术处理只是对视频分辨率的改善,丝毫不影响该视频证据的完整性和客观性。经物证鉴定,挂钩上的纤维,和死者王川的衣物纤维具有同一性,恰恰印证了截图中王川被挂钩绊了一下的细节。"

说到这里,林岚将一张王川手部伤痕的图片在屏幕上放大,可以清晰看到王川右手手背上的几处表皮挫伤。

"这几处伤口和地面擦拭造成的表皮挫伤特征是不一样的。王川面朝下摔倒,手掌处有多处表皮挫伤,伤口里面提取到的沙粒和小石子与路面的沙石特征一致,手背处的表皮挫伤中没有提取到沙石,伤口四周存在一定范围的瘀斑,特征更符合外力碾压的伤口特征,印证了视频中蒋志用脚蹬王川手部的细节。"

赵罡虽然觉得大势已去,却还是在苦苦挣扎。

"起诉书指控方大威是过失致人死亡罪,却指控我的当事人是故意伤害致人死亡罪,同一案件,却对被告人进行不同的认定,实在是有失偏颇。从鉴定结论来看,车速当时只有 24 码,拖拉机也不高,这样的速度,这样的高度,跌下车根本就不会有什么危险,蒋志只不过是一时失手,死亡的结果完全是个意外。他和方大威一样都是过失致人死亡,主观上并没有伤害的故意。"

林岚道:"审判长,我们要求播放一段侦查实验的视频。"

大屏幕上,是林岚和侦查人员在肇事的拖拉机上进行侦查实验的过程。

在同样的车速下,一个绑着石头的稻草人,在行驶途中被反复推下车,有时侧摔,有时仰摔,其中几次稻草人身上绑着的石头都摔掉了,整个画面十分直观,让旁观者对于这个速度、这个高度摔倒后的危险性一目了然。

林岚用鼠标将几个稻草人摔倒的截图进行放大,说道:"这个拖拉机虽然不算太高,可是在时速 24 码的情况下,坠车依然存在着很大的危险。更何况,他是在试图保持身体平衡的过程中遭到了蒋志的连续攻击,蒋志此时伤害的故意非常明显。方大威看到王川扒在车后时,并未加速,也没有对王川实施任何会增加其危险的行为,他所应当承担的是没有减速停车的责任。"

庭审结束后,审判长走到汪海彬身边,微笑着说:"老汪,你这新带的徒弟挺厉害啊,把证据分析得丝丝入扣,还特别专业,后起之秀啊!"

汪海彬也很满意,高兴道:"是啊,她还是新人,让她挑大梁,刚开始我心里还有点担心呢。没想到她表现得这么好,有些地方我都不一定能说得那么清楚呢。看来今后的庭审,专业性的问题还是要靠技术证据来解决。"

在接下来的两年里,林岚凭借出色的技术能力,再加上不懈的努力,积累了丰富的办案经验,在引导侦查、审查证据、出庭公诉等工作中都表现优异,形成了自己一套独特的办案方法。她成为了涵江市检察院最年轻的检察官。

第二章　真假古瓶

十月的金秋，涵江市今古传承拍卖中心格外热闹，2016 年度的秋季拍卖会正式拉开了序幕，一件一件的珍品，在台上陆续展出。台下坐着的，不是涵江市的权贵名流，就是收藏行家，尤其是第一排的 VIP 专席上，坐的都是非富即贵的人物。

从专席左手开始，依次坐着电影明星温婉，美籍华人汝窑收藏家苏琦，涵江市商会会长和涵江市收藏协会会长等大腕。

这些人非富即贵，尤其是中间的恒创集团的董事长赵睿，即将奔五的年龄，看上去只有 40 岁出头。他戴着金丝边眼镜，保养得宜的白皙面容上虽然有些鱼尾纹，但他整个人看起来依旧俊朗迷人，染成浅棕色的头发烫了微微的卷，有一种雅痞的感觉。由于常年保持健身习惯，身上一丝赘肉都没有。穿着更是精致、考究，贴身的高定毛料西装搭配法式衬衫，矜贵典雅，口袋里折得规整的丝帕恰到好处地露出边角，意大利纯手工定制的 Geminos 蓝宝石袖扣巧妙地卡住衬衫袖口，折射出幽然的光彩。

在场不少名流都认识赵睿，因为这个人不仅仅是有钱么简单，发生在他身上的每一件事情都能够轻而易举地引起公众话题。

三年前赵睿从海外归来投资房地产项目，就接连中标几块"地王"，显露了极其雄厚的财力，一时间成为涵江市商圈炙手可热的风云人物。除此之外,他还精通文物鉴赏,是涵江市民间收藏协会会长。尤其让他声名远播的是,他斥重金打造了一座精美的地下博物馆,据说收藏了许多价值连城的珍品古玩,坊间传闻,这些古玩的财富总值是个惊人的天文数字。

大家揣测,赵睿这次参拍,被他看中的古玩必会身价倍增。

拍卖师已经在台上站了近 5 个小时,眼见一件件藏品都拍出了好价格,内心颇有些得意。马上就要拍卖最后一件藏品了,这可是今天的压轴大戏。

宋代汝窑鹅颈瓶,是出生于古玩世家的资深藏家秦修文带来的藏品。这件藏品被称为稀世珍宝也不为过,一个类似品相的曾被拍卖到5800 万元,可那已经是几年前的事儿了,如今这个,据说品相比那个还好,价值必然不菲。

拍卖师在台上开始激动地介绍:“汝窑为宋代五大名窑之首,因其烧制时间只有短短二十余年,存世量仅百余件,因而十分珍贵。今天即将拍卖的这件天青釉刻花鹅颈瓶是迄今为止发现的第二件完整的汝窑鹅颈瓶。釉层温润、纯正,视如碧玉,开片密布,器表刻有莲瓣纹,缠枝部分线条流畅,图案讲究,造型古朴,具有北宋中前期汝窑的特征。经专家鉴定,确为北宋宫廷烧制贡御之佳品,保存完好,十分稀有。”

藏品迟迟没有被送上台,拍卖师的脸色有些尴尬。照理说,在他开始介绍时,这件藏品就应该被抬上来,可现在解说词都说完了,鹅颈瓶依然不见踪影。

拍卖师只好硬着头皮继续加词。

“根据现有的文献考证,汝窑瓷器是北宋宫廷专用瓷,也是清宫皇家旧藏。目前存世的汝窑完整器不足百件,是宋代五大名窑中最稀有的瓷器。汝窑瓷器胎质坚硬细腻,呈香灰色;釉色润泽,烧釉时匠人往其中兑入玛瑙末,釉色丰富,其中以天青为贵,粉青为尚,天蓝弥足珍贵。”

加了一大段介绍,直到冷场,古瓶还没有出现,这一下不仅拍卖师觉得不对,参拍人员也发现了异常,会场一片交头接耳,嘈杂不安。

就在这时,从后台上来了一位五十开外西装革履的中年男子,戴着金丝眼镜。人群中有认识他的,道出了他的来历,正是今古传承拍卖公司的负责人贺东。

贺东表情凝重地宣布:"由于发生了意外,今天的拍卖到此结束,给各位造成的不便之处,还请海涵。"

贺东的话音一落,现场一片哗然。

有人高声质问:"什么情况?压轴戏还没开始呢,这就结束了?"

现场正乱作一团时,大明星温婉站了起来,一脸愤然地抗议:"贺总,您这唱的是哪出啊?我可是专门为了这件汝窑,昨天从伦敦坐了十几个小时的飞机赶回来,你居然说不拍就不拍了!我这损失向谁要?"

她这么一说,现场不少人附和起来,场面更乱了。

贺东知道众怒难犯,连忙致歉:"大家先别生气,我回头再向各位解释。"在座的众人顿时炸开了锅,对于贺东宣布拍卖会提前结束且不给理由表示了极大的不满。

赵睿缓缓站了起来,说道:"贺总,您这就不对了。您心里应该清楚,今天在座的一大半人都是冲着这件稀世珍宝来的。现在你说不拍就不拍了,怎么着也得给大伙儿一个解释吧?"

"就是,就是,你得给大伙儿一个交代。"

"今古传承今天这事儿,是要砸招牌的节奏啊。"

"几个意思?不会是闹噱头吧?根本就没有联系到卖家吧?我说你们公司啊,没有那金刚钻别揽这瓷器活儿!"

因为这场拍卖空前盛大,在座的不少记者和外国参拍者,也想知道究竟发生了什么,一时间大家连珠炮似的纷纷向贺东发问。贺东招架不住众人的诘问,急得冒了一脑门子的细汗。他心里有些恼恨赵睿,挑唆得众人来跟他闹,可他知道得罪不起这尊大佛,不愿和他发生正面冲突,只能硬着头皮回答,尽量糊弄。

三十六计走为上计。

说了几句不痛不痒的场面话之后,贺东朝台下团团一揖,歉然道:"请诸位见谅,具体原因我实在不方便说。我能透露的是,拍品现在出了点意外,确实无法参拍了,我实在是不便公开回答诸位的问题。但我保证,古今传承公司于近期内,一定会给大家一个官方的答复。"

他语气诚恳,说完后又向台下众人鞠了个躬,立刻转身离去。

众人没料到贺东脚底抹油,说溜就溜了,虽然生气,却总不能追上去把他抓回来吧。在拍卖行工作人员的耐心劝说下,众人渐渐散去。

好好一场拍卖盛会,落了个鸡飞蛋打,草草收场的结局。

贺东匆匆赶到后厅休息室,警察们已经到了。

带队的是涂敏,紧跟在他身后的是他的搭档冯伟斌,一名有着30多年警龄的老侦查员。

鹅颈瓶的主人秦修文,此刻正瘫坐在沙发上,脸色煞白。

贺东虽然被这场意外弄得心烦意乱,可是看到秦修文这副模样,脸上也露出了同情之色。毕竟是上千万元的稀世珍品啊,突然之间发现被调了包,换作是谁也承受不了这个打击。

涂敏和冯伟斌掏出工作证朝秦修文亮了亮,问道:"秦先生,您先平复一下情绪,我们要请您到分局做个笔录,了解一下事情的经过。"

秦修文有些魂不守舍,他机械地点了点头,过了好久才慢慢地站起身,突然脚步踉跄,扑通一声瘫倒在地上。

"快送到省人民医院!"

在众人的目光中,警车呼啸着朝省人民医院的方向驶去。

估价几千万元的国宝级拍品汝窑鹅颈瓶不翼而飞,这条劲爆的新闻被各大媒体争相报道,成为大家津津乐道的奇闻。

由于涉案物品价值惊人,在社会上影响极大,政法委为此成立了专案组。郑明德检察长参加了动员会后,将会议精神向王建波传达说:"你回去和赵云蕾说一下,让她牵头检察院这边专案组的工作,多挑选精兵强将。上次参加检委会的林岚不错,有技术专业,法律功底也不弱,算她一个。"王建波立即表态,回去就逐件落实了。

办理专案是最能锻炼公诉人能力的机会,大家都心存向往,无奈机会有限,门槛极高,多数人只能止步。林岚没想到参加专案组的好运突然砸到了自己头上,高兴得几乎想要来个原地后空翻。

赵云蕾对林岚说:"下午我要出去开个会,明天一早你来我办公室一趟,我给你介绍一下专案目前的进展。"

林岚雀跃不已,连忙答应着,满脸都是期待。

第二天一上班,林岚就被赵云蕾叫到了办公室,向她介绍专案组人员结构等大致情况,并且告诉她,这起案件不但检察机关提前介入,市局和市检还各自成立专案组,定期召开联席会,赵云蕾和市局的刑侦大队长涂敏分别是两个专案组的负责人。

林岚忙问:"赵处,是什么惊天大盗啊,检、警两家铺开这么大的阵仗?您快给我说说。"

赵云蕾说:"你还真说对了,真是惊天大盗呢,到现在公安那边一点头绪都没有。前段时间报道的今古传承拍卖会上的失窃案,你听说过吗?"

林岚之前听赵云蕾说专案是一起盗窃案,心里就隐隐猜测是前段时间传得沸沸扬扬的古瓶掉包案,这下对上了号,兴奋道:"您说的就是上了报纸头版头条的那个失窃案吧?说是什么名贵汝窑天青釉鹅颈瓶在拍卖会上被发现调包了,山海古玩城的一个老板急火攻心进了医院。"

赵云蕾就着杯沿喝了一口水,看着林岚笑了笑:"看来咱们岚女侠素日里关心的八卦不少嘛。就是那个新闻里面报道的事件,那是一件北宋中期的天青釉刻花鹅颈瓶,国家一级保护文物,由于它保存完整,具有存世的唯一性,堪称国宝。"她顿了一下又说,"这件文物是古董商人秦修文的家传宝贝。秦修文的祖父是一位爱国人士,当年为了不让这件宝贝被外国人买走,倾家荡产找洋人买了下来,将这件珍品留在了国内。"

林岚好奇心顿时爆棚,顾不上赵云蕾的调侃,兴奋得面孔微微发红,紧跟着问道:"真是那个案子啊!还是件这么要紧的国宝!赵处我跟你说,我和汪叔、付朝阳他们还在一起热烈讨论了呢。要知道这拍卖会的安保系统是出了名的好,遍布监控。我就不明白了,窃贼是怎么得手的呢?"

赵云蕾开始详细地介绍前期的侦查经过。古瓶是在拍卖会时发现被调了包,可是调包的具体时间和地点至今无法确定。两周前,秦修文报名参加了今古传承的拍卖会,按照流程,需要到举办方指定的河北省收藏品科技检测中心做鉴定。秦修文为了古瓶的安全,亲自陪同拍卖公司的贺东一行一起去了河北。一周后,鉴定报告出来了,秦修文和拍卖公司的人现场将瓶子做了封存,放进今古传承公司专用的锦盒内。

秦修文后来将古瓶带回家,放进了保险柜。参会那天是从保险柜里面取出古瓶后直接去的拍卖会,从出门到上车一直抱着,没有离身。秦修文到了拍卖会现场,按照流程,拆开封条,准备放入拍卖会的展柜时,发现盒子里面的古瓶已经被调包了。秦修文是独身,独居在碧海山庄,除了钟点工陈阿姨每天上午 10 点到他家做卫生,没有外人进出他的房间。警方调取了拍卖会和秦修文家中的监控录像,没有发现任何异常。现场也没有提取到可疑的指纹和足印,家中和保险柜的门锁也是完好的,所以案件目前完全没有头绪。

林岚听完,有些不解:"赵处,既然是一起去河北省做鉴定的,为什么古瓶不交给拍卖公司保管,而是参拍人自己保管呢?"

"你这个问题提得很好,我们当初也发现了这个问题。后来了解到这种价值太高的拍品,为了防止权责纠纷,现实中一般是参拍人自己保管。"

林岚听说现场毫无头绪,觉得匪夷所思。她之前师从林远昊多年,深知没有毫无破绽的现场,只有被忽略的细节。

"赵处长,我能去现场进行一次复勘么?"林岚决定亲自到现场看一看。

"当然可以,我最欣赏的就是你办案非常注重亲历性。"

下午专案组各自领了任务,林岚跟着汪海彬去了秦修文家,冯伟斌早就到了。秦修文是个老单身汉,一辈子痴迷古玩,平时只有 50 多岁的保姆陈姐照顾他的日常起居。

林岚从来没有见过这么整洁的屋子。

地板上连一根头发丝都没有,红木家具都用核桃油保养过,泛着润润的光泽。桌面上没有任何杂物,陈列着几件藏品的博古架,连犄角旮旯儿都擦拭得纤尘不染。卫生间的瓷砖莹白洁净,空气中飘着一股淡淡的 84 消毒水味道。

这里的主人显然有洁癖。

冯伟斌介绍道:"陈姐,他们是涵江市检察院公诉处的,今天和老秦说好了,过来看看。"

陈姐有些不好意思道:"这里几乎没有客人来过,老秦生活起居也很简单。没什么用来待客的茶点,对不住了。"

冯伟斌道:"没事儿,你甭客气,咱们随便看看。"

汪海彬问:"陈姐,你刚才说这里没来过客人,那么,老秦平时卖古董,没有人来家里看货?"

陈姐摇头道:"有人想看货什么的,他都会引到古玩城的店里去,从没有带回过家里。"

"在被盗的时间前后,你们有没有在家里发现可疑的脚印什么的?"

"上次来这里的警官就问过,可是真没有,这家里我每天上午和傍晚都要收拾一遍,要是有个脚印手印什么的,我肯定会发现。"

她这倒是大实话,这里实在整洁得可怕,而且全天都有人,要是有人闯进来,想要不留下任何痕迹,的确很难。

林岚指着天花板上的摄像头道:"这里有监控,难道没有什么发现?"

冯伟斌道:"缺几天的,听老秦说,是他之前调试的时候不小心删了。"

林岚四处看了看,又仔细检查了门上的锁孔和保险柜的门锁,都是完好的。正如之前警方所说,现场没有留下任何有价值的信息。

这一趟无功而返。

在路上,林岚问冯伟斌:"冯警官,我想看看那个被调包的古瓶赝品。"

"那个应该在市局的物证中心。"

"是在做鉴定吗?"

冯伟斌想了想,答道:"我前两天听市局那边的杨波提了一嘴,好像是想试试看能不能提取到有价值的指纹或者生物样本。"

林岚有些意外,问道:"以前市局物证鉴定中心的负责人不是方工吗?这个杨波我可没有听说过啊。"

冯伟斌叹了口气,道:"方工年纪大了,肝病一直很严重,上个月又住院了,他提出换个清闲一点的岗位养病。这位杨工是刚调过来的,你可能还没来得及认识,没关系,我帮你联系一下。"

冯伟斌说完,拿起电话就开始联系了,约好第二天早晨8点半见面。

汪海彬对林岚说:"我明天早上要去提审,只能你自己去一趟了。"

林岚冲他比了个OK的手势。

第二天一大早,林岚独自一人去了物证中心,刚出电梯,一张痞帅痞帅的脸猝不及防地映入眼帘。双眼狭长,眼角处微微上挑,薄薄的嘴唇,嘴角勾起,露出一副玩世不恭的笑容。这男人双手抱胸,懒洋洋地靠在电梯旁边,林岚看了看他胸前挂着的工作牌,正是杨波。

林岚不施粉黛,素着一张清水脸蛋,穿着也素净,浅色卫衣配着灰蓝色牛仔裤,斜挎着一个满是口袋的灰色帆布包,脚上蹬着一双斜条纹帆布鞋,看上去像个还在读书的大学生。

杨波看她的眼神有些好奇。林岚毫不在意,一双亮晶晶的眼睛直直地回看了过去,也好奇地打量着杨波。

"小姑娘,你就是林检察官?"

"小伙子,你就是杨工?"

杨波脸上的笑纹顿时放大了一倍。

"行啊,有点意思,进来吧。"

二人到了物证存放间,杨波从柜子里拿出一个灰蓝色的长方形锦盒,"这里面就是用来调包的鹅颈瓶赝品,目前只提取到了秦修文和拍卖公司工作人员的指纹。"

林岚从随身的帆布包里拿出勘查手套戴上，又取出 100 倍放大镜，对着古瓶仔仔细细看了一圈，放下古瓶后又对着锦盒仔细端详。

杨波朝她上下打量了一番，问道："你随身还带着这些？"

林岚没吭声，过了一会，她"咦"了一声，问道："你这儿有便携式多波段勘查灯吗？"

杨波眼里掠过一丝惊讶，嘴里依旧调侃道："不错啊，挺专业嘛，还知道多波段勘查灯。"

他转身就从器材柜里取出勘查灯递了过去。林岚接了过来，熟练地打开开关，对着封条的开口处仔细照着。

杨波忍不住插了一句："涂队他们调查过了，这封条到拍卖会场的时候是完好的，一直到上台前准备拍卖的时候才由秦修文亲自打开。"

林岚点了点头道："那就怪了。"

杨波一头雾水："什么怪了？"

林岚放下锦盒，指着开口处微微裸露在外的一处胶印痕迹，道："这个封条的开口处，好像不止一条胶带印。"

杨波不可置信地看了林岚一眼，从她手中拿过勘查灯仔细看了起来。果然，胶印虽然乍看上去没有什么异常，可是在勘查灯的照射下，竟然有三条没有重合的边缘线，只不过挨得极近，所以之前没有被发现。

这封条不仅被动过手脚，而且还不止一次被动过手脚。

这面子丢得有些大，杨波有些懊恼。

"之前光顾着找指纹和生物样本了，再加上工作人员说锦盒送到现场的时候是封好的，我就大意了。"

林岚没说什么，失误摆在那儿，这时候说什么都不太合适。

她把胶带轻轻揭开，第一条胶印的边缘线始终清晰，第二和第三条离尽头三分之一的位置，渐渐重合在一起，她望着那重合的部分，若有所思。

"这里的胶体特征已经有聚沉现象了。"林岚指着第二、第三条胶印的位置轻声道。

"贼还懂得凝胶体加热后稳定性被破坏?"杨波诧异道。

"未必懂原理。不过,用加热的方法撕开封条,撕开之后再对着原来的印记粘上,这种偷梁换柱的事儿,这贼应该没少干。"

杨波语塞,过了一会儿问道:"你怎么发现得这么快?"

"我以前在技术处的时候,和林组长去过盗窃案的现场,当时仓库里面货柜上的封条完好,里面的货品却被盗了,所以被盗了一个多月才发现。林组长当时就觉得,肯定是封条被动了手脚,就对胶痕进行了鉴定,发现了两道胶印。事后证明,封条确实是被窃贼撕开后再粘上去的。这个案子我记忆很深刻,对封条也就格外敏感。"

杨波神色了然道:"你说的林组长,是林远昊吧?"

"是啊。"

"那就难怪了,以前经验交流会的时候,就听他说过,实践是最好的教科书,今天你算是给我上了一课。"杨波认输倒也认得干脆。

他指了指胶印道:"这第二、第三条胶印在尾部重合,说明封条并没有被完全揭开。"

林岚心想,这杨波确实有两把刷子,于是点头道:"这三条胶印形成的原因并不相同。最下面的那条胶印,应该是完全撕开了,边缘和后面两条都不重合。第二条是之后粘上去的,后来被加热撕开过,再进行还原。不出意外的话,这封条应该被撕开过两次。"

杨波思索片刻道:"按照失主秦修文的说法,这锦盒封口后一直放在保险柜里面,如果是被人调了包,那封条也应该只被撕开一次才对,怎么会被撕开两次呢?莫非,他在说谎?"

两人对望一眼,不约而同道:"马上通知涂队。"

省人民医院是涵江市的一所三甲医院,医疗硬件和团队都十分过硬,尤其以心脑血管见长,在全国都享有盛名。无论寒暑,慕名前来看病的患者都排起了长龙。

涂敏和冯伟斌在人群中穿行。因为之前来过不少次,所以两人轻车熟路,径直奔着秦修文所住的心血管内科 57 床而去。

两个人走到了病房的长廊,涂敏想了想,转头叮嘱冯伟斌:"大斌,待会儿我主问,你别吭气。这老秦的心脏才做完搭桥手术,得循循善诱,你那黑包公脸,不说话都能吓着人,万一刺激到他就不好了。"

　　冯伟斌点了点头,瓮声瓮气道:"我心里有数。"

　　病房内,秦修文看见吊的点滴见底儿了,没见着保姆陈阿姨的人,于是欠身去按铃。

　　陈阿姨拎着才做好的野菌汤,刚进门就见到秦修文正在够铃,忙说:"秦先生,您快躺下,小心扯着伤口,我来,我来。"边说边快步上前。

　　等到护士拔完了针,陈阿姨就张罗着盛汤,正忙活着呢,涂敏他们就走进了病房。

　　秦修文一见是涂敏,忙招呼着:"哎呀,涂队,您怎么来了,上次我病得重,都没好好谢谢您。医生说了,那天要不是您果断地把我送到医院,我这种突发的心梗再被折腾,老命估计就交代在那儿了。您可算是我的救命恩人啊。"边说边让陈阿姨去搬椅子、倒水。

　　涂敏挥挥手,推辞道:"老秦啊,你就别忙活了,我们坐一会儿就走。"正说着,余光瞥到桌子上的保温瓶盖子里面的汤,忙道,"哟,这正吃饭呢,要不你先吃。"

　　秦修文连忙摆手。

　　"不妨事,这医生叮嘱我术后饮食清淡些,所以这段日子都是清汤寡水的,这会儿还没胃口呢。再说了,您来肯定是为了我那案子,您不说,我哪吃得下去啊? 天天都记挂着我那鹅颈瓶的下落。"

　　涂敏见他主动挑起话头,也就不再兜圈子了。

　　"老秦啊,我们发现盒子的封条被拆开过,想找你了解一下情况。"

　　秦修文听了一愣,表情极其不自然,慢慢低下了头,半天没吭气。

　　涂敏有着快 30 年的刑侦经验,一看就知道这里面定有隐情。于是他主动开口打破了窘境:"老秦啊,你放心,我们没有别的意思,只是想全面了解一下情况,好早日破案。你也不要对我们有所保留,这样并不利于案件的进展。"

　　秦修文习惯性地从兜里去掏烟,却摸了个空,表情有些尴尬。他干咳两声,从桌上拿起水杯喝了一口。

沉默了半晌,秦修文再次清了清嗓子,小声道:"涂队,我承认在这件事情上面,我确实有所保留,但我真的不是想欺骗你们,我只是觉得这件事情跟案件并没有关系,所以选择了回避。如果因为我的无心之失给你们办案造成了困扰,那我先在这里道个歉。"说完,他欠了欠上身,准备弯腰致歉。

涂敏一把扶住他:"老秦,你歇着,别乱动。你实话实说就行,不要有顾虑。"

秦修文看冯伟斌掏出了笔录纸和笔,犹豫了一瞬,接着似乎下了决心,开始讲述:"那封条的确被动过。原来那张被我撕了,后来我用自己买的封条重新贴了上去。"

冯伟斌看了一眼涂敏,见他纹丝不动,显然不愿意流露出内心的波澜。

只听秦修文继续道:"大概是在拍卖会的前一周,有位范太太到古玩市场来找我。这位女士一身贵气,40多岁,言谈举止十分得体。她说她是慕名而来,有意收藏我手中这件汝窑,但是想先掌眼。我当时婉拒了她,说古瓶已经进入拍卖程序了,依照行规,不能再另寻卖家,不然会毁了我在这一行的名声。其实干咱们这行的,封条什么的就是个形式,毕竟东西还是在我手上,真正约束卖家的,还是靠的一个'信'字。当时这位范太太深表遗憾,又和我聊了一会儿,一听就是对汝窑很有些研究,所以我们谈得比较愉快。中途,她接了个电话,说有人约了她赴一个饭局,便要告辞。我就送她到门口,见她上了一辆林肯的加长车。"

冯伟斌有些意外,忍不住问道:"这就走了?"

涂敏瞅了他一眼,冯伟斌有些赧然,他抓了抓头,接着记录。

秦修文道:"当时的确是走了。那会儿,我正好碰到隔壁做字画的穆老板在停车,他眼毒,一看就知道对方是个有实力的主顾,就向我打听她的来历,我简单说了几句。穆老板就笑话我死板,还说做生意哪能在一棵树上吊死,再说了,拍卖会流拍是经常发生的事儿,而且成交后收取的手续费特别高。到时候这边失了大主顾,那边万一再不成,岂不是两头都没着落。我把他的话听进去了，心里也有些摇摆不定。"

说到这儿，秦修文停了下来，脸上浮现出羞惭之色。

涂敏善于察言观色，知道接下来他就要进入正题了，并未出言催促。

果然，秦修文叹口气道："后来我就按照范太太留下来的名片，拨了电话过去，约好第二天看货。范太太说白天人多眼杂，要约在晚上去古玩城看货，因为我是独身，一个人住，不好意思让她一个女人去我家看货，就同意了。既然要看货，就得启封，为了不让拍卖行的人察觉，第二天，我找到一个打字店，让他们做了一条一模一样的不干胶封条拿了回去。晚上 8 点，我如约开车带着古瓶到古玩城，她果然准时到了。我把她领到店里，当着她的面把封条启开，她拿着古瓶反复看，一直赞不绝口。我当时就开价 9000 万元，她有些犹豫，觉得价格比较高，就还价到 5000 万元，我没有答应。说这顶多算是个起拍价，差得远。她犹豫了很久，最后还是没有成交。临走的时候，她从包里拿出五沓一万元的现金，说叨扰了我半天，这个是看货费。我推辞不要，她说没关系，本来拍卖期间看货就是她提出来的，害我担了违约的风险，这个钱给我是应该的，还说一个大男人不要为了这点小钱拉扯，我就收下了。临走时她说还没有吃晚饭，打听附近哪里有特色小馆。我觉得她性格爽快，本来就存心结交，于是就提出来由我请她吃饭，她答应了。我觉得带着瓶子出去吃饭不方便，再加上山海古玩城里面的安保系统一向非常好，我的店铺就位于监控探头下面，所以我准备吃了饭再回来拿。我就让范太太先去停车场开车，我把店门关了就去找她。她出门后，我就把盒子上面的封条拆下来换上了新的封条，放进了暗门里面的保险柜，然后锁上暗门和店门就离开了。"

"你们最后有没有一起吃饭？"

"一起吃了。"

"大概过了多久你回去拿的古瓶？"

秦修文的神情有些懊恼。

"我和她聊得挺愉快，最后 12 点多才回去。"

"也就是说，这4个多小时里，古瓶一直放在古玩城？"

"是的。"

"会不会就是这段时间被人调了包？"

秦修文语气肯定道："应该不会。这个可能性我不是没有想过。但我事后我也反复想过，可是我认为不可能是这段时间被调了包。"

"哦？你为什么这么肯定？"涂敏饶有兴趣地问。

"古玩城的监控24小时都有人值班，市场晚上也有保安巡逻，任何人晚上要想进来都会被发现，而且我吃完饭回去拿古瓶，门是锁着的，封条也封得好好的。我也正是因为考虑到这期间没有发生任何事，又顾及我在这一行的信誉，这才刻意向你们隐瞒了这一段交易，没想到你们居然从封条上看出了问题。"

涂敏追问道："那这位范太太后来还有没有找过你？"

"起初打了两个电话，主要是谈价格，后来听说她有事出国了。虽然她在电话里面也说过，回来后还要与我联系，但这人都到国外了，变数太多，我也没太当真。再后来，拍卖行开拍在即，事情也多，他们的宣传噱头也够足，眼看着我的这件古瓶成了这一期的热门货，我就一心一意忙拍卖的事情去了，没有再和她联系了。"

"你后来还动过封条没有？"涂敏冷不丁问道。

"没有。"秦修文话一出口，觉得有些不太对，忐忑不安道，"涂队，您这是怀疑我？天地良心，我刚才说的可句句属实，绝对再无隐瞒。"

涂敏斟酌了一下，压着语气道："老秦，既然你说刚才讲的都是实话，那我希望你实话告诉我，你家那监控是你自个儿动的手脚吧？"

秦修文脸色一变，虚汗冒了出来。过了好一会儿，才颤着声音道："是的，我把拿古瓶出去那两天和中间几天的监控都给删掉了，我当时心虚，鬼使神差的，其实，就算我场外交易了，拍卖行也不会找我调监控，可我偏偏自作聪明，为了对外宣称自己没有违约时有底气一些，就把监控删了。"

涂敏见他情绪激动，安慰道："你别想太多，我只是了解一下封条的事儿，你今天也费了半天神，好好歇着吧。如果想起什么，随时打我的电话。"

涂敏起身和冯伟斌离开了病房。

冯伟斌憋了一肚子疑问,一出病房就问涂敏:"涂队,这老小子说的话你信不?"

"应该不是假话,那毕竟是他的传家宝,现在丢了,他心里应该比谁都着急。"

"可就因为他撒了谎,害得咱们绕了多少弯路。"

涂敏抬了抬手,制止了冯伟斌的抱怨。

"已经发生的事儿就算了,现在我关心的是那个范太太的下落,她出现的时间忒巧了些,有些疑团还要问过她才能解开。还有就是,究竟是谁在封条上动了第二次手脚。"

冯伟斌的面孔也变得严肃起来。

当秦修文的笔录复印件送到赵云蕾手中时,全组的人正在加班讨论下一步引导侦查的方向。看完笔录之后,赵云蕾使劲儿地拍了下桌子。

"林岚,还真被你说中了。"

林岚正和刘菲儿在一旁讨论得不亦乐乎呢,被赵云蕾突如其来的一声吓了一跳,一脸不解地看过去。

赵云蕾笑着把笔录放在桌上,大家呼啦啦围了过来,想看看究竟是什么让赵云蕾这么兴奋。

"哟,秦修文还真的动过封条。"刘菲儿啧啧道。

李琼道:"这观察力,完全是女版福尔摩斯啊。"

汪海彬满面笑容地对赵云蕾说:"林岚这丫头,真行。上次和我看了秦修文家的现场后还不死心,非要亲眼看看物证,我恰巧那头要去提审,就让她自己去了。我当时心想,市局那边的技术人员都看过了,不会有什么大发现,可没想到,她还真有重大发现,回来就告诉我封条被动过两次手脚。"

林岚被大家七嘴八舌地表扬,心里美滋滋的,嘴角翘了弧度。

付朝阳看了看笔录，问道："赵处，秦修文的证言里提到他拆过一次封条，和范太太出去吃完饭再次回去拿古瓶时，保险柜和封条并无异样，这样看来，古瓶调包应该和第二次封条被拆有关。"

李琼道："古瓶一直都被秦修文保管着，侦查人员在他家和拍卖场也没有找到任何被盗的痕迹，秦修文刻意隐瞒，会不会是他自己动的手脚？就像那些骗保的案件，作案的人不也说自己是苦主，混淆视听，然后狠狠敲保险公司一大笔？"

刘菲儿道："会不会给范太太看的那个瓶子是已经调过包的？"

汪海彬很快否定了刘菲儿的推论。

"我觉得不可能。秦修文把古瓶给范太太验货，就算范太太看不出来，秦修文自己还看不出来吗？他可是这一行的老手啊。你忘了，在拍卖公司参拍时，不就是他一眼看出来送拍的古瓶是赝品？"

刘菲儿道："照这么说，秦修文自己调包的可能性岂不是最大？"

赵云蕾道："如果说是秦修文自己调的包，那他的犯罪动机是什么？这个古瓶并没有办保险，所以他的目的不会是骗保。秦修文与拍卖公司的合同约定，由于保管人自己的原因造成的损失，拍卖行不会赔偿。古瓶失窃了，秦修文就没法成交赚取利润。这样一来，他最后不但得不到半点好处，相反还要掏出一笔不菲的参拍费。所以我觉得，秦修文自己作案的可能性会非常小。"

这下大家的讨论更热切了。

"会不会是老秦故意拿了个假的给范太太看的，瓶子和盒子都是他复制的？"

"可能性不大，老秦不是说那个范太太也是行家吗？"

"那要是他编出来的呢？我觉得除非有人会隔空取物，不然这老秦很有可能自己在玩仙人跳。"

"你没听到赵处说的，动机、动机，你说他玩仙人跳，可他能从中得到什么好处？"

赵云蕾发现林岚一直没说话，于是拍了拍手。

"大家安静安静，封条的事情是林岚发现的，她对这件事比我们思考得要早，我们也听听林岚怎么说。"

　　林岚咽了一口唾沫，道："我也说不出什么。不过，现在可以肯定的是，瓶子在丢失以前曾在古玩市场存放过。虽然时间不长，秦修文也说当时没有什么异样，可是我觉得还是要到现场看一看，才能排除那里是案发第一现场的可能性。我的想法是，到古玩城全面勘查一下，并且调取市场的监控视频，看看能不能排除人为动手脚的可能。"

　　汪海彬对于林岚的建议非常赞同，他第一个表态："林岚上次的做法就给我们提了一个醒，公诉人办案的亲历性的确非常重要。亲眼看了物证，就看出了一条新的线索，再去古玩城亲眼看看，说不定会有新的发现，我赞成实地勘查。"

　　赵云蕾点了点头道："这个提议很好，我马上和涂队他们联系下一步出现场的工作安排。"

　　周五的晚上，林岚接到赵云蕾的通知，让她第二天早上去山海古玩城。周六一大早，林岚刚进南门，远远就看见赵云蕾、汪海彬、涂敏、冯伟斌还有杨波围在一起和别人说话。林岚小跑了几步上前，只见一个平头的中年男人，穿着深色中式对襟上衣，脖子上挂着一串星月菩提佛珠，手里还拿着一把折扇，正在和涂敏说着什么。

　　杨波看到林岚，冲她比了个赞，林岚回了他一个友好的微笑。

　　赵云蕾向林岚介绍那平头中年男人的身份："这位是山海古玩城市场部的李建军李经理，今天专门协助我们了解古玩城这边的情况的。"

　　李建军向大家客气地点了点头，说："各位请随我来。"

　　一行人跟在李建军后面，边走边听他介绍山海古玩城的情况。

　　"山海古玩城是用老建筑群落改造的，占地 16000 平方米，经营门店 300 多个，古玩、字画、瓷器、玉石那是应有尽有。古玩城整体的风格古朴大气，这个项目是涵江市政府文化建设的重点项目，宗旨就是在古旧建筑还原的基础上，兼顾现代建筑的功能性。所以，修建时基本上保留了其古建筑原来的自然痕迹。"

　　李建军又指了指墙面和屋顶，接着介绍。

"各位请看,这墙体的青砖、屋顶的青灰瓦都原汁原味地留存着;内部的中央空调、通风设施一应俱全,并引进了一套严密的安保系统,除了全覆盖的视频监控探头,每晚还会安排轮班巡查。所以咱们涵江市的古玩商人都选择在这里落户经商,咱们这儿经常出现一铺难求的局面。每逢周末和节假日,九点半门一开,那叫一个人潮涌动、宾客盈门啊,生意非常红火。"

李建军特别能侃,大家听得津津有味。林岚心想:"古玩城这么大,来来往往的人又这么杂,安全再严密,估计也有不少疏漏的地方,等下可要仔细瞧瞧。"

林岚正在想着待会儿从哪些地方入手,耳边听李建军道:"赵检,涂队,我可听说,秦先生的古瓶是在拍卖会上被发现调包的,可现如今为什么要调查古玩城这边儿呢?"

涂队长不愿意过多谈论案情,生怕走漏了风声,赶紧用话岔开了。李建军也是久经风浪的老江湖了,见他不愿意说,连忙转了话题:"我昨天加班加点,层层汇报请示,已经按您的要求把监控室三个月以来的视频,复制了一份交给了冯警官,不知道您那边审核出什么问题没有?"

典型的名为邀功实为抱怨,涂敏什么人什么场面没有见过,当下也说起了客套话。

"李经理,非常感谢古玩城对我们工作的支持。目前从视频来看确实还没有发现什么异样,但是小心驶得万年船嘛。您想想,要是古瓶真是在这儿被盗的,咱们及时亡羊补牢,查漏补缺,对于古玩城的安保,那是有百利而无一害嘛。"

涂敏的话绵里藏针,李建军这人精哪有听不出来的道理,赶紧点头附和道:"那是,那是。"

李建军心里惦记着陈总的嘱咐,琢磨着怎么把这几尊佛早点送走。

昨天晚上,古玩城的陈总把李建军叫到办公室。

"李经理,明天早上七点,你陪着检察院和公安的同志到老秦的店铺去做个勘查,听他们说,还要顺便做个什么见证。"

"陈总,最近因为老秦的古瓶失窃,市场里面本来就流言四起。明天这些人开着警车,穿着制服,往市场里面一站,还不弄得人心惶惶的,影响商户对咱们市场的信心。"

陈总把玩着手上的一串油料满星的小叶紫檀,慢条斯理地说:"我早就想到这一层了,要不怎么特地跟他们约在七点过来。你想想,咱们古玩城九点半才正式营业呢,大部分商户十点多才开门,你把这些人早点送走,应该碰不到什么人。"

陈总一边说,一边将桌上的红木盒子轻轻一按,弹出一根香烟来。李经理赶紧讨好地给他点燃香烟。

陈总惬意地吐了一口烟圈,往皮质躺椅上一靠,瞥见李建军一副欲言又止的样子,于是指了指旁边的椅子。

"坐下说吧,干什么吞吞吐吐的?"

李建军拉过椅子,靠近陈总坐下。

"陈总,您说,老秦那瓶子,不会真在咱们这儿不见的吧?到时候会不会要索赔什么的?"

陈总冷哼一声:"瞧你那点出息,整天怕这怕那的。咱们这儿的安保措施严密得滴水不漏,这些吃公家饭的,无非就是为了交差嘛。"

说完不耐烦地挥了挥手,李经理识趣儿地退了出去。

涂敏见李建军发愣,拍了拍他的肩膀。李建军赶紧把游离的思绪收回来,带着他们往秦修文的店铺走去。

古玩市场挺大,房间也特别多,走到靠东头走道的拐角处,李经理回头对赵云蕾他们说:"这就是老秦的店铺1-39A。"林岚眼尖,看见他脚边有一摞石膏板,刚要提醒,可惜晚了一步。李经理一脚踢了上去,脚下一绊,踉踉跄跄了好几步才扶住墙边,稳住了身形。李经理当众出了丑,恼羞成怒,气得大声嚷嚷。

"这是哪个不长眼的,怎么在过道上乱扔东西呢?"

隔壁店铺里面探出一颗白花花的脑袋,林岚一看,那上面沾了好些白色粉尘,那工人看到李经理,显然吃了一惊,声音都结巴了起来。

"李……李总,对……对不住,今天正在拆吊顶呢,这些建筑垃圾还没来得及扔,没想到您老这么早就来了。"

李建军正要发飙,转念一想,这么多人看着呢,不大妥当,于是强摁住火,用手频频朝那工人模样的年轻人点着。

"下次给我注意点,我这会儿有正事要忙,没工夫搭理你,去去去。"

那年轻工人赶紧闪到隔壁房间里去了。林岚好奇地看了看,只见那隔壁门面的玻璃门上贴满了报纸,看不到里面的情形。

涂队问李经理:"怎么,隔壁在装修呢?"

李建军答道:"可不是,商户重新装修,都开工好几天了。"

林岚想起秦修文笔录里面提到的一个人,于是问道:"这家老板是不是姓穆,卖字画的?"

李经理有些意外,问道:"你连他都认识?他可是半年前才入驻的商户。"

冯伟斌道:"才入驻半年就重新装修,钱多了烧得慌吧?"

李经理说:"甭提了,说是前段时间雨水多了,市场通风不好,所以天花板和墙面发了霉,得重新吊顶、粉刷,就为这个,还和市场扯了皮,说是要索赔呢。"

杨波去看门锁,然后朝林岚努了努嘴,意思是让她也看看。林岚弯着腰去看门锁,没有发现任何外力破坏的痕迹,在放大镜下锁孔通道也很干净,于是朝杨波摇了摇头。杨波用秦修文给的钥匙打开门,给每个人发了一次性的鞋套和手套,特意给林岚递了一双勘查用的纱布手套。

进门后,正中一座佛龛,供奉着关公,左右两边是四张红木雕花柜台,各配两个玻璃立式展柜,标准的古玩市场商铺配置。因为是老式建筑,店铺的内空特别高,天花板做了花纹繁复的石膏吊顶,吊顶中央嵌着格栅,格栅后面是中央空调的通风口。房间西北角有一间暗室,门上挂着一把锁。

杨波检查了暗室的锁,"咦"了一声。他把锁递给林岚,林岚接过来用放大镜一看,发现暗门的锁孔通道有明显金属沙屑堆积的痕迹。

"技术开锁。"林岚一语道破天机。

杨波打了个响指。

打开暗室的门，里面有一张茶几，茶几下面放着一个半米高的保险柜，杨波用秦修文提供的密码打开保险柜。

"保险柜也被动过，锁孔中的叶片和每颗弹子都有拨动的痕迹。秦修文这个保险柜可不简单，采用的是机械锁和电子锁的组合，而且，为了增加密码量，采用了四片式密码盘，打开这种程度的保险柜还是有相当难度的，看来作案的是个开锁高手。"杨波双眼放光地说。

李建军的脸色顿时不好看了。

"这锁看上去都好好的，你不会看错了吧?"李建军嘟囔着。

冯伟斌语气有些不悦:"李经理，您放心，这些痕迹将来咱们公安机关都会出具鉴定意见的，鉴定人是要负法律责任的，不会信口开河。"

李建军有些讪讪的。

涂敏道:"如果锁被动过，那窃贼必定是进入了室内，可他是怎么进来的呢? 视频显示，秦修文陪朋友出去吃饭的那个晚上，这店里面没有任何可疑的人进入。"

"涂队，咱们这古玩城的安保，可是出名的好，从没闹过贼。不是我夸口，别说贼了，连只苍蝇都飞不进来。"

冯伟斌没好气地瞪了他一眼。

气氛变得尴尬起来，谁也没有注意到林岚独自一人出去了。

她来到隔壁店铺门口，敲了敲门。

刚才那个顶着一头白灰的小伙子探出头来，见是林岚，一脸戒备地问道:"干……干吗?"

"我能进去看看吗?"

"不……不能。"

"检察院的。"林岚朝他亮了亮工作证。

小伙子一脸意外，愣了一会儿后，老老实实开了门。

林岚进去后，小伙子有些紧张，不停地搓着手，不安地道:"检察同志,刚刚丢垃圾是我不对,我下次一定改。"

林岚噗嗤笑了:"你当我是检查卫生的呀,也行也行,那个啥,我只是随便看看,你别紧张。"

装修工人正在拆卸石膏吊顶,空调通风口裸露在外面,地面有些白灰和乱七八糟的脚印,屋顶上还有个拆了一半的阁楼。

"就你一个人在这里装修?"

"工程量……量不不不……不大,一个人够……够了。"

墙角堆着拆下来的石膏板,林岚走了过去,蹲下去细细翻看了一会儿,小声嘀咕道:"怎么霉得这么厉害?"

小伙子道:"阁楼上面裂缝的地方渗水,前段时间雨水多,浸到旁边吊顶的石膏板这边,石膏板就发霉了。阁楼也受了潮,老板让我把阁楼拆开晾干,刷一道防水漆,再重新吊个顶。"

谈到自己的专业,小伙子顿时不结巴了。看来他不是真的结巴,只是紧张。

林岚指着阁楼问:"梯子拿来用一下。"

小伙子眼睛睁得老大。

"你要上……上去?"

林岚肯定地点了点头。

小伙子把梯子搬到阁楼边,林岚爬上去朝阁楼里面摸了摸,触手一片潮湿,探头进去看了看,顶部果然有一圈裂缝,还是个比较规整的正方形。她的心脏因为兴奋,剧烈地在胸腔里跳动了起来。

林岚爬下梯子,认真叮嘱小伙子。

"这阁楼和吊顶都是证据,不能碰,你今天休工吧。"

小伙子张大了嘴,一脸的不可置信:"那……那怎么行,老……老板不……不会同……同意的。"他一激动,结巴得更厉害了。

"你放心,不会让你为难的,我会让市场的负责人和你们老板联系的。"

小伙子听她这么说,只能唯唯诺诺地应着。

林岚回到秦修文的店里,汪海彬问:"你去哪儿了,我们准备返程了,正找你呢。"

林岚道:"我想我已经知道这贼是怎么进来的了。"

大家一脸愕然。

林岚对杨波道:"杨工,你陪我上趟屋顶吧。"

物业送来施工梯,杨波和林岚上了屋顶。

站在屋顶上,林岚左手抬着右肘,模仿着时针的移动慢慢调整身体,最后定格到七点钟方向,数着步数走了约莫十来步,然后蹲了下来。

随着几块瓦片被轻轻揭开,四根窄窄的钢条露了出来。钢条上面被贴满了胶带,中间还缠了一个提手,钢条周围的屋顶有明显的凿痕。

杨波吹了声口哨,口气是掩饰不住的兴奋。

"真神了! 你怎么知道这里有猫腻?"

林岚展颜一笑道:"古有凿壁偷光,我以前还纳闷古代的墙怎么这么容易凿穿,现在看来,古人诚不我欺啊。"迎着阳光,这一笑竟是明媚到晃眼。

杨波呆立当场,一时间忘了身在何处。

林岚轻轻一提,那块屋顶就被揭了起来,露出一个四四方方的大洞。

林岚小声催促杨波道:"还愣着干什么? 还不把那贼走过的道儿走上一遍?"

杨波回过神来,尴尬地摸了摸鼻子,沿着那洞口钻了进去。

林岚爬下屋顶,再次回到秦修文的店里,冯伟斌见她独自一人回来,问道:"杨工呢?"

林岚一副老神在在的样子,轻松道:"别着急,一会儿就到。"

众人不明所以,只能等着。

不出一根烟的工夫,屋顶的格栅突然啪的一声开了,一个黑影从空调的通风口掉了下来。

"哎呦我的个娘哦!"李建军挨得最近,吓了一大跳,一屁股跌坐到地上。

大家定睛一看,原来这个黑影是个人,再看,竟然是杨波。

"这……这是怎么回事？你从哪儿冒……冒出来的？"

这下轮到李建军结巴了。

"隔壁。"

"隔……隔壁？这不可能。"

李建军瞠目结舌。

杨波懒得理他，从口袋里掏出一个透明的物证袋，得意地朝林岚晃了晃。

"哟，不错，还有战利品呢。"

林岚对李建军说："李经理，对不住了，我们要讨论案子，您回避一下。"

李建军眼看着杨波犹如神兵天降般进了秦修文的店铺，自己刚才夸下的那番连苍蝇都飞不进的海口成了个大大的笑话。他重重地叹了口气，蔫头蔫脑地出去等着了。

林岚和杨波把前后的发现细述了一遍，窃贼是打洞进入隔壁穆老板的房间后，再从通风口进入风道，到了秦修文的店中。杨波勘查了风道，的确有爬行过的痕迹，大家因为这突破性的进展兴奋异常。

汪海彬和赵云蕾尤其觉得脸上有光，看向林岚的目光多了几分肉麻的慈祥。

林岚从杨波手中拿过物证袋，对着灯光仔细端详。只见袋子里装着的是一片细小的浅绿色的薄片，薄如蝉翼。

"肉眼看不准，从材质来看，应该是聚丙烯或者聚乙烯。"林岚掏出放大镜看了看，接着道，"单向拉伸呈扁丝状，有明显的经纬编织痕迹，难道是编织袋？"

杨波赞许地点了点头。

"我准备明天做个细致的成分分析，好进一步确定究竟是在什么物体上掉下来的，结果一出来，我就通知你们。"

市局的讯问室里，冯伟斌正在对字画店老板穆宇轩展开讯问。

穆宇轩一脸的无辜。

"警察同志，我想你们搞错了，我真的不是贼。"

"就算不是你，那也不排除你和盗贼内外勾结的嫌疑。要不然你房里凿开那么大一个洞，你怎么会一声不吭，还急急忙忙地用装修去掩饰？"

"我都说了几遍了，我装修是因为墙面发霉了，我压根儿就不知道我店里的天花板上有洞。您想想啊，我要是同伙儿，在自己屋里凿开个洞去偷隔壁的东西，还去找古玩城扯皮，让他们赔偿墙面霉变的损失，那不是自己作死吗？"

"你还挺会狡辩。你请的装修工人都知道屋顶有洞，他们会不告诉你原因？你隔壁的秦修文发生那么大的事儿，你就没点疑心，不去报警？"

"你们真的误会我了，前段时间我出差谈一笔生意去了，根本没时间管装修的事情，都是交给工人去全权负责的，我是真不知道别人在我的房顶上凿了个洞。再说这个洞在阁楼后面，我平时也看不见啊。"

"谁能证明你出差了？"

"火车票还在我包里放着呢，你们可以去搜，再说了，那么大个瓶子，我总得放个地方吧，你们可以去我家搜啊。"

"要是被你转移了呢？"

这种被人怀疑又百口莫辩的处境，让穆宇轩觉得十分颓丧。他懊恼地抓着头发，烦躁无比。

讯问室外面，涂敏发出了指令："大斌，我感觉他没说假话，你问问他装修工人的联系方式，就可以收工了。"

冯伟斌依言执行。

公诉处的会议室里面，检警两家的专案组成员碰头，通报案件的进展情况。

冯伟斌道："目前穆宇轩拒不承认参与了盗窃，也没有任何反映古瓶下落的证据，如果再找不到确凿的证据，传唤满了 24 小时就得放人。"

汪海彬道："现在需要分析的是，穆宇轩就是窃贼的可能性究竟有多大。”

涂敏道：“部分同志认为，既然窃贼是从穆宇轩的店里凿洞进入古玩店，事后穆宇轩又忙着装修，说明他难脱干系。”

李琼道：“可是他对以上两点进行了解释呀。”

冯伟斌道：“那些理由太过巧合，难免让人怀疑。”

汪海彬道：“无巧不成书嘛，巧合不是怀疑的理由，有时候恰恰是因为巧合才显得真实。如果他是编的，干吗不选个合情理些的，非得编个这么离奇的理由引人怀疑？而且，他的辩解得到了装修工人的印证，应该不是撒谎。”

大家众说纷纭，一时间谁也不能说服谁。

赵云蕾看着双方僵持不下，而且涉及穆宇轩下一步是否会被执行拘留的问题，觉得必须表明一下自己的观点。

“我们先不忙着争论穆宇轩是否说谎，我们来分析一下。假设窃贼真的是穆宇轩，那么现有的事实和证据之间是否存在无法排除的矛盾。我先谈谈自己的观点，不合适的地方，请大家批评指正。”

会场安静了下来，只听得到赵云蕾的声音。

“第一点，如果真的是穆宇轩窃取了这么昂贵的瓶子，他又是干这一行的，肯定知道价值，为什么不远走高飞，而是等在那里被抓？

“第二点，如果真的是他和盗贼里应外合，在天花板上凿开了这么一个洞，那么他完全可以一声不吭地把洞给封上，静待风声过去就好。

“第三点，穆宇轩的笔录中对于盗窃的手法和细节从未提过。从现有的信息来看，封条上是被动过手脚的，第二次动手脚的那个人应该就是真正的窃贼，同理，能够说出这个细节的，我认为才是真正的窃贼。”

赵云蕾的三条理由的确很难辩驳，大家面面相觑，一时间没人接话。

赵云蕾看林岚在那里咬着笔杆，小脸上一副苦苦思索的表情，问道：“林岚，屋顶凿洞是你发现的，你有什么想法？”

林岚现在心中也没有一个定论，可是赵云蕾问到头上了，也只能回答:"其实我也在纠结,还没有一个明确结论。我只能从勘查的角度来谈一下我心中的疑问。"

林岚在白板上用记号笔画了一幅简单的现场平面草图。

"首先,如果穆宇轩自己作案,那他就在秦修文隔壁,随便哪天关上门,直接从自己的通风口钻过去不就行了,何必又多此一举,在天花板上凿个洞?找准定位点凿洞可是一项技术含量很高的活儿,可见作案的人对于定位的精准性有着非常丰富的经验。还有,无论是掏开暗门的锁还是保险柜的锁,窃贼所运用的开锁技术都非常高明,因此,我判断窃贼是一个职业惯盗,而且智商极高。这样一个高技术、高智商的窃贼得手后,干吗还乖乖待在店里等着落网呢?"

冯伟斌忍不住道:"说不定是他和贼内外勾结,故意让他们借他店里这条道。"

林岚摇了摇头,道:"这就像刚才赵处说的,如果他真的掺和在里头,一定会想办法掩盖这个洞,为什么任由雨水漏到房里?又为何如此高调地一边和市场扯皮,一边大张旗鼓地装修?这明显不符合犯罪心理啊。"

这下冯伟斌彻底没话说了。

涂敏果断道:"大斌,疑点这么多,没理由继续把人扣着,马上放人吧。"

刑侦队的同志们情绪都有些低落,有的人小声嘀咕道:"又白忙活了。"

辛苦了一场,本以为就要接近真相了,可是兜兜转转,居然又返回到了原点。这种心理落差对于参与侦查的人员而言,个中滋味,实在难以言说。

赵云蕾安慰道:"涂队,我个人倒不觉得这一趟是无用功,起码我们对窃贼的作案手段有了基本了解,还发现了真正的第一现场。更何况,我们这次面对的可不是一般的对手,高手对决,任何的进展都是值得肯定的。这就好比大会战,若干个局部战争的胜利叠加起来,最终才会奏响凯歌。"

赵云蕾这番话无疑起到了振奋军心的作用。

涂敏拍了拍冯伟斌的肩膀道:"这才多大点事儿,不就是一时的侦查线索断了吗?接下来,咱们进一步扩大侦查范围,让线索再连起来不就结了!咱们干刑侦的,能够碰到几件疑难复杂的大案,才是运气。既然穆宇轩不是盗走古瓶的人,那就继续查范太太那条线索。"

冯伟斌道:"这条线兄弟们一直在查,可她目前人在美国,说是在处理一些财产问题,月底才会回来。范是夫姓,通过她的车牌号,我们确定了她的本名叫苏琦,美籍华人,非常喜欢收藏古瓷器,尤其是宋代汝窑。去年他的老公范伟在美国因病过世,所以她有回国定居的打算。"

赵云蕾道:"涂队,依我看,这个苏琦是案件的关键线索,还是得继续查下去。不过,目前的证据还不足以确定她为嫌疑人,她的身份是美籍华人,如果进入司法程序,还需要和使领馆那边联系,手续繁复得很,还是以证人的角度先着手调查比较妥当。"

涂敏点头道:"你放心。"

江北区的七星街派出所,一位年轻的民警在给报案人做笔录。报案人是个头发油腻且杂乱的男子,穿着一件很旧的蓝色夹克,胸前散落着几块明显的油渍,肩头破了一大块,破洞边缘的残存布料垂头丧气地耷拉着。夹克的下摆和裤腿上满是尘土,看上去就像在地上滚了一圈。脸上因为愤怒布满了潮红,脖子上的青筋也一突一突的。

这种扯皮打架的鸡毛蒜皮事儿,派出所每天都碰到不少,民警例行公事地问:"说一下你个人的基本情况,还有,今天为什么来报案。"

"我叫李安全,刚刚和贼打了一架,贼跑了,警官,你们去不去抓?"

年轻的民警抬起头,上上下下打量了他一番。

"你说的没头没脑的,让我们怎么抓?好好说明白了。"

李安全烦躁地挠了挠头,开口道:"半个月前我老婆生病住院,我到银行取了5万块钱,到医院去交手术费的时候,钱居然没了。我当时那个感觉啊,觉得天都要塌了,就来你们这儿报了案。可是一直到现在都没有消息。"

民警打断他道:"你说的那个案子不是已经立案了吗?这才半个多月,破案哪有那么快!"

"我不是怪你们破案慢了,你先听我把话说完。"李安全找回被打断的话头,继续道,"今天一大早,我听街坊许大金跟我说,后街的锁匠胡强最近花钱大手大脚,昨天晚上还请了他们几个人去吃宵夜。结账的时候,许大金看见胡强的包里露出好多现钞。胡强欠了一屁股赌债,被赌博公司的人追得满街跑,这个咱们街坊四邻都知道。天下哪里有这么巧的事儿,我前脚刚丢了钱,他后脚就发了财?不是他偷的是谁偷的?我去找他理论,问他是不是偷了我的钱,他当时就翻了脸。我就说既然你说没偷,敢不敢跟我到派出所去对质,说完我就去拉他。谁知他一把推开我,我追了他半条街,还打了一架,他把我的衣服都扯破了,瞅了个机会拔腿就跑了。警官,您想想,要不是他偷的,他跑什么啊?"

民警一听,也怀疑胡强就是小偷,向领导报告后立马出警,谁知胡强已经跑了。

涵江市火车站,人潮涌动。一个20多岁的平头男青年,穿着一身崭新的三叶草运动服,一双耐克新款跑鞋,手上拿着最新款的苹果手机,正在安检。

一名乘警走了过来,拍了拍他的肩膀,说:"同志,您配合我们去一下治安室,我们需要检查一下您的随身物品。"

平头小伙子有些吃惊,辩解道:"我这包里都是些日常用品,没有什么需要检查的啊。"

乘警礼貌地回答:"您不用惊慌,只是例行检查,您后面的乘客也一样要检查的。"

平头小伙子回头,果然看到有两个男人也在接受检查,这才不情愿地跟在乘警后面朝治安室走去。

刚进门,乘警就说:"请出示一下您的身份证。"

身份证上的名字正是胡强。

身后的两个男人去抓胡强的胳膊,他大叫着,奋力反抗,挣扎中,他包里的现金掉了出来,散落了一地。

终究是寡不敌众,胡强很快被身后的男人摁倒在地,铐上了手铐。男人亮明了警察身份,将上衣脱下来,搭在胡强双手上遮住手铐,朝停车场走去。

警车无声无息地朝着七星街派出所奔驰而去。

讯问室里,胡强在审讯椅上显得非常不安分,怨气十足地瞪着对面的民警。民警见多了这种刺头,已经见怪不怪了。

"你的名字?"

胡强懒洋洋地答道:"身份证上面不是写着吗? 明知故问!"

民警有些火了,音调顿时高了几个分贝:"好好说,什么态度,我跟你说,你这样的我见得多了,少给我吊儿郎当的。"

胡强翻了个白眼,不情不愿地说了名字。

"干什么的?"

"锁匠。"

"李安全的钱是不是你偷的?"

胡强如同被马蜂蛰了一下,一下直起背,声音尖利起来:"当然不是,他诬赖我。"

"你包里放着 2 万多元现金,你解释一下,这么多现金,是从哪里来的?"

"修锁挣的。"

"那你怎么不存在银行里?"

胡强用挑衅的目光看了对面的民警一眼,用很不友善的腔调回答:"我就喜欢把现金放在手边,心里觉得踏实。"

微胖的民警提高了嗓门,质问道:"开锁挣的钱都是有整有零,可我们从你包里搜出来的钱都是百元票面的,有两沓用橡皮筋捆着,每一沓的金额都是 1 万元,你怎么解释?"

"我去银行换的。"

"哪个银行换的? 你倒是说说看。"

"街口那家啰。"

民警用笔重重敲了敲桌子边,怒道:"你撒谎,你家街口的那家银行只有自动取款机,根本没有柜台。"

"那就是我记错了,我在很多银行都换过,顺路就换,怎么了?换钱犯法啊?"胡强的口气也强硬起来。

"编,你再接着编。"

胡强像炸了毛的刺猬,大声喊道:"我编什么了?李安全说我偷他的钱,他那是诬陷!就凭我的开锁技术,真要偷,轮得上去偷他那个穷鬼?你们凭什么冤枉我?你们没有证据凭什么乱抓人?警察了不起啊!"

讯问到这个份儿上,强行问下去也不会有什么突破。

民警从胡强的包里除了搜出2万多元的现金,还搜出了一张从涵江市到他老家湖南永州的火车票。他们兵分两路,一拨人给胡强周围的人做调查笔录,一拨人准备去他的出租屋里搜查。

这段时间案件频发,江北区分局警力不够,分局领导决定向市局申请警力和技术支援。杨波接到市局刑侦大队通知,要他帮忙出警做技术勘查工作,他二话不说就赶去了。

胡强住的出租屋,进进出出的人非常杂,杨波带着小马进到房间里面拍照、测量,寻找有价值的证据和线索。

"这偷东西的是惯盗还是偶犯?"杨波随口问了句。

"没查到前科记录,不过他一直不认账,说他的钱不是偷的,是开锁挣的。"

"开锁挣的?他是个锁匠?"

"是啊。"

快收队的时候,杨波眼角扫到墙角的编织袋,在串并案的职业本能驱使之下,他忍不住过去看了看,却意外发现这颜色和材质与他上次在古玩城提取的纤维残留物特征很相似,于是用剪子剪了一截儿放进物证袋。

鉴定的结果很快出来了,两种纤维的成分具有同一性。

涂敏在向市局领导汇报古瓶失窃案进展的时候,接到了杨波的电话,听完杨波的汇报,他还是有些不确定。

嫌疑人是个锁匠,家里查出来的编织袋和现场发现的残留物具有同一性,可是编织袋这东西,满大街都是,凭这个怎么能断定胡强就是那个偷走古瓶的贼呢?

杨波听了涂敏的质问,倒是不慌不忙,解释道:"涂队,这一款编织袋虽然烂,却烂得独特,是有毒废料被回收后制造的,这个厂家正好就在胡强的老家。"

涂敏大喜过望,立刻安排人对胡强这条线索进行深挖。

胡强的老家在湖南永州的一个村庄,在当地派出所的协助下,涂敏和冯伟斌找到了他家。胡强家的条件在当地也只能算作一般,涂敏沿路走来,看到不少人的家里盖了小三层,可是他家还是老式的四间砖房,前后两院,房屋也显得老旧破败。

胡强的父亲胡广水到后山割猪草去还没回来,涂敏他们走到里屋时,胡强的母亲正躺在床上喘成一团,不停地用手捂着胸口。刚入秋,涂敏他们还穿着短袖呢,她却已经盖上被子了,看见穿着制服的几条大汉突然出现在自己家中,更是喘得气都接不上来了。涂敏赶紧安慰了胡强母亲几句,给她倒了杯水,就和冯伟斌他们退到院子里,坐在石墩子上等着胡强的父亲回来。

胡广水一进屋,看见这满院子的人,有些意外。当地的派出所民警和他简要说明来意后,他卸下身上的背篓,把割下来的猪草放在一边晾着,坐到了涂敏对面的石墩上。

胡广水头发花白,常年务农让他身形有些佝偻,他第一次看到这么多吃官饭的人来到他家,紧张得手脚都无处安放。

涂敏安慰道:"老乡,你不用紧张,我们只是来了解一下你儿子胡强最近的情况。"

"这孩子,是不是闯祸了?你们一定多担待些啊,他虽然打小淘气,可还是个孝顺孩子。"

涂敏一听,就知道胡广水是个本分人,言语也放得轻缓些。

"老乡,胡强最近有没有回来过啊？有没有说什么反常的话,或者有什么反常的行为啊？"

胡广水叹了口气,表情有些沉痛,声音也有些颤抖。

"我就猜到了,不年不节的,他突然跑回来,塞给他娘 2 万块钱,说是治病。我这心里就一直悬着,生怕是来路不正的钱啊。"

"老乡,你别着急,慢慢说。"说完,涂队从上衣口袋里拿出一盒烟,抽出来一支递了过去,又用打火机给老人点上。

老人颤巍巍地将烟塞进嘴里,吸了两口,又平复了一会儿,这才开口继续说:"他是个把月前回来的,我说你回来咋的不提前给个信儿,家里好准备点好菜。他说就是回来送个钱,马上就回去的。"说到这里,老人顿了顿,又吸了两口烟,这才下定决心似的,接着讲了起来。

"我跟他说,他一个人出门在外不容易,赚了钱自己攒着娶媳妇用就可以了,家里还能过,不要他的钱。他让我不要管,从包里面拿了两沓钱给了他娘。我吓了一跳,问他这么多钱哪里来的,他说是以前攒的。然后他说从城里给他姐姐带了礼物,就去他姐姐屋里头送礼去了。晚上他回来睡了一觉,第二天一早就走了。我总觉得他这趟回来和以前不一样,所以自他走后,我这心里就一直没安生过,总担心会出事儿。"

涂队问:"他晚上跟你们说了什么没有?"

老人叹了一口气,道:"我和他娘一辈子在这乡里务农,没有什么见识,这孩子有什么事儿都不爱和我们讲。不过,他和他姐姐打小儿就亲,他刚去外地打工时没有钱,都是他姐姐接济的,所以有什么话他一般会和他姐说。"

涂敏从包里拿出一张照片递给了胡广水。

"老乡,你看看,见过这种袋子吗?"

胡广水拿过照片看了一眼,就还给了涂敏。

"见过,今年强娃回来过年,临走时他妈用两个这样的袋子给他装了一些土特产,让他带回涵江市。"

"你们家现在还有这样的袋子吗?"

"有的。"

胡广水配合地完成问话后，按照涂敏的要求，一起去后院取编织袋。涂敏老远就看到了和胡强出租屋里面提取的编织袋一模一样的袋子，他让冯伟斌把存放袋子的地点和袋子一起拍了几张照片，这才将袋子收了起来。

涂敏看着院子里的板栗树，若有所思了一会儿，问道："老乡，你们家这板栗树很有些年头了吧？长得挺高啊。"

冯伟斌把做完的笔录念给胡广水听了一遍，在得到他的确认后，从包里掏出一盒印泥，让胡广水在询问笔录和物证提取笔录上面签字摁手印。

胡广水摁完手印，捡了片叶子正在擦手，听到涂敏这么问，也朝板栗树的方向看了看。

"是啊，两个孩子还小的时候就长在这院子里了，小时候都是我爬上去摘。后来强娃儿大了，他又皮，总是他爬到树上去摘，他手长脚长，灵活得很，一次都没有摔过。"

涂敏站在院子中间，抬头望着那高高的树冠，阳光透过重重叠叠的树叶柔柔地洒落下来，光和影斑驳地印在了他仰起的脸庞上。

涂敏离开时，安慰了老人几句，接下来又让当地派出所的民警带领他们往胡强姐姐家赶去。胡强的姐姐胡芬嫁出去多年了，一大段路都是山路，车开到山脚下，就再也开不过去了。涂敏他们只得下车，一路步行。

涂敏一路走，一路向民警老张打听胡芬家的情况，得知胡芬丈夫是泥瓦匠，长期在外打工，胡芬在家种菜带娃，也是老实人。

冯伟斌忍不住发了句感慨："涂队，你说这一家人老实巴交的，怎么就出了胡强那么刁的人？"

涂敏说："父母气性上弱了，孩子也未见得就会有样学样，你没见过农村那种放养的公鸡，没人驯养，凶着呢。"

冯伟斌听他说得有趣，笑道："涂队，您这比喻倒是生动，看来您是主张儿女要严管啊。"

涂敏不以为然地说："那倒也不是，是该管的要管，得有个底线。这些年来我见多了，农村的一些孩子，尤其这种家中的独子，父母家人打小溺爱，再加上老觉着自己没本事苦了孩子，越发事事顺着。这些家庭中经济条件困难的，一般孩子读完了初中，早早就放出去打工了。通常这一类务工人员，过早失去了进一步读书学道理的机会，到了城里，在城乡差距的心理冲击下，乍一看到那花花世界，感受到那人情冷暖，情绪起伏特别大。再加上父母不在身边，没人规劝，关键时刻一旦把握不住自己，就容易走上犯罪道路。"

冯伟斌和随行的两位民警对于涂敏的这番长篇大论颇为服气，心想，不愧是老刑侦了，这都把案件上升到社会问题上了。

一行人谈谈走走，时间倒也不觉得长，走了两个多小时的山路，再穿过一条土路就到了胡芬的家。老张敲开门，胡芬看见他们，明显有些紧张，表情很不自然。

涂敏也不想跟她兜圈子，坐下后就开门见山地说明了来意："胡芬，你弟弟胡强因为涉嫌盗窃罪被我们抓了，我们来找你了解一下情况。作为证人，你有如实做证的义务，希望你不要说假话，因为做伪证是要负刑事责任的。"

胡芬慌得不行，可还是低着头一声不吭，双手不断绞动着衣摆。

涂敏说："我们既然找到你，肯定是有原因的，你如果真为你弟弟好，还是要配合我们调查，不能让他越错越远。"

胡芬鼓足勇气抬起头，对上涂敏那双敏锐的眼睛，又迅速地低了下去，低声喃喃地说："我……我什么都不知道。他……他什么都没有跟我说。"

涂敏看她这样，知道她肯定有所隐瞒，于是加重了语气。

"你要考虑清楚，故意包庇犯罪分子，帮助他们隐瞒事实和证据也是犯罪，你执意这样做，就不为你的父母家人考虑？"

胡芬哭了起来，抽抽搭搭地说："我弟弟就是给了我 7 万元钱，说是他攒的，让我帮他存起来，这也不犯法吧？"

涂敏问："他哪来的这么多钱？"

胡芬答道："我也不知道啊，我早就出嫁了，他也常年在外面打工，他说是攒的，我也没有多想。"

涂敏反问："你没多想，那你一开始看到我们紧张什么？"

胡芬一言不发，只是摇头。涂敏敏锐地觉察到，她神色之间十分犹豫。涂敏猜她心里有些松动，只是念及亲情，不愿意说，也不能逼得太紧。问话是门技术活，欲速则不达，还是得慢慢来。

涂敏换了个角度打听："听你妈说，你弟弟还给你送礼了？送了什么好东西？"

胡芬脸色顿时煞白，说话都不顺畅了。

"没，没什么，就是一般的东西，不值什么钱。"

涂敏一听来劲儿了，心想："我这儿根本就没提值不值钱呢，你就上赶着撇清，这不是此地无银三百两吗？看来我得诈一诈你。"于是他单刀直入地说："不会是你帮他藏的贼赃吧？！"

胡芬吓得一哆嗦。

"没……没有，哪来的什么贼赃？"

涂敏不松气地追问："那到底送的什么？"

胡芬被涂敏紧咬着不放，乱了阵脚，只得想了想，敷衍道："是给小孩子穿的衣裳，不值什么钱。"

涂敏转头对冯伟斌说："大斌，你陪她去把那件衣服找出来。"

冯伟斌答应着起了身，胡芬在冯伟斌的催促下不情愿地站起来，领他进了里屋。她在衣柜里翻找了半天，才挑出来一件比较新的女童外套递到冯伟斌手中。

冯伟斌把外套交给涂敏。涂敏瞥了一眼，故意把胡芬晾在一边，侧身和冯伟斌交谈。

"你把衣服的照片拍了发给队里的小王。"

冯伟斌很有默契地一边答应着，一边掏出手机煞有介事地拍照。

涂敏接着吩咐："你让他们一会儿把衣服的照片拿出去，查一下哪里有这款衣服卖，再提审一下胡强，问他到底给他姐姐送了什么，如果他说送的是衣服，就仔仔细细地问问是什么衣服，谁穿的，衣服的款式和颜色。"

胡芬嘴唇都哆嗦了起来，眼神闪烁得厉害。涂敏扭头直视着胡芬的双眼，她根本不敢与他对视，目光左右躲闪着，内心显然极其不安。

涂敏冷眼旁观，知道她谎话被戳穿正心里发虚呢，于是补了一句："胡芬，问了你弟弟，马上就会知道你刚才说的话是真是假。我们今天是来调查胡强涉嫌犯罪的事，我一来就告知了你，你有做证的义务。如果你故意讲假话，误导我们侦查，根据法律规定，你将构成伪证罪，如果我们事后查出来，你明知是赃物还帮助胡强藏匿，你将构成包庇罪。"

说到这里，涂敏将冯伟斌记的笔录拿过来塞到胡芬手里。

"若要人不知，除非己莫为。你刚才说的话，我们也都记录了下来，如果你依然坚持刚才的说法，那么看完后没有意见，就在这笔录上签字吧。"

这一串话像几记闷锤一样重重地捶进了胡芬的胸膛，她的心理防线顿时崩溃了，她捂着脸哭了起来，笔录纸从她手中无力地滑落到地面，冯伟斌不动声色地捡了起来。

在场的人谁也没有出声，静静地等着胡芬发泄完。她好一会儿才止住了哭声，用衣袖擦了擦眼泪，目光有些散乱地看了面前的这些人一眼，用有些低哑的声音说："警官，你们相信我，我一开始真的不知道是赃物啊，我弟弟回来说他捡了个花瓶，后来打听到挺值钱，可是他也不知道能卖给谁，他还说现在住的房子是租来的，旁边住的人又杂，他一个打工的放个这样的东西在屋里头太显眼，就说借我的地方。等到天黑后，他就埋在了我屋后头的菜园子里面。我看他偷偷摸摸的，是觉得有些不对头，但我也不敢往坏处想。我不是故意骗你们的，我看见你们穿着制服，才意识到这个事情可能没那么简单，我怕我弟弟坐牢，所以才不敢讲真话。"

涂敏听胡芬提到古瓶的下落，心里一阵激动，赶紧催胡芬带路。他生怕碰坏了古瓶，让胡芬找了几根木柴，和冯伟斌蹲在地上，按照胡芬指的地方慢慢掘开菜地里的土。挖了一阵儿，露出了一截布角，他按捺住内心的欢喜，戴上手套，将旁边的土刨开，把里面沾满了泥土的布包袱取了出来。涂敏赶紧把包袱打开,里面赫然躺着那只价值千万的天青釉汝窑鹅颈瓶。

涂敏亲自和冯伟斌一起到审讯室讯问胡强。他的眼神犀利,仿佛能穿透人的五脏六腑。

"胡强,我们到你老家去调查过了,半个月前你给了你姐和你妈一共9万元现金。你解释一下,你哪来的这么多钱?"

"攒的。"胡强虽然有些慌乱,却依然假装不在乎。

"你这一年可欠下了不少赌债,个把月前还被债主撵得东躲西藏的,突然就发财了?"冯伟斌在一旁瞪大了眼睛问。

胡强有些坐不住了,他选择了沉默。

涂敏往前欠了欠身体,紧盯着胡强的眼睛,胡强勉强和他对视了几秒,就心虚地移开了目光。

涂敏依旧牢牢盯着他,直到他的身体变得十分僵硬和不自然,这才开口:"找你追债的那两家地下赌场咱们都查封了。你连本带息一共欠了他们8万元,可是半个月前你把钱都给还上了。这8万元和你身上搜出来的2万多元,加上你这段时间的花销,还有你拿回老家的9万元一共差不多20万元的现金。你倒是说说看,这半个月你是怎么攒下这20万元的?"

胡强始终不敢与他对视,却依然抵赖着:"不相信我也没办法,反正我没撒谎!"

"你姐姐家菜地里面的瓶子是哪来的?"

胡强显然没料到警方这么快就找到了他埋的东西,脸上的血色慢慢褪去,大颗的汗珠从额头上渗出来,顺着脸庞滑落。他沉默了许久后答道:"我捡的。"

他的声音变得含糊,已经没了底气。

"什么时候,在哪儿捡的?"涂敏步步紧逼。

"个把月以前,在大街上捡的。"胡强朝涂敏翻了个大大的白眼,双腿却不由自主地抖动起来。

涂敏笑了笑,道:"既然是大街上随随便便捡回来的瓶子,你巴巴地拿回老家,还挖个坑埋在你姐家的菜地里面?"

胡强默不作声,把头扭向一旁。

"上千万元的宝贝,怎么就让你给捡着了?你敢说不是你调的包?"冯伟斌耐不住了,大声吼道。

胡强脸上的表情变得丰富起来,一会儿露出绝望的神色,一会儿又愤怒得脸颊微微发红。他大声辩解道:"我不知道什么鹅颈瓶,也不知道你说的什么调包的事情,这就是个一般的瓶子,我就是捡回来的。"

涂敏问:"你到古玩城偷东西那天,带了个编织袋吧?"

胡强如同被人兜头泼了盆冷水,火气一下子就消了,声音慌乱道:"什么编织袋?我不知道你在说什么。"

"这是鉴定意见,你自己看看吧。"

胡强狐疑地接过涂敏从铁窗那头递进来的物证鉴定报告。

涂敏好整以暇地和冯伟斌聊起天来:"这些偷东西的贼可真能耐啊,把古玩城的屋顶凿了个洞,钻到隔壁店里去偷东西。不过,这贼自以为人不知鬼不觉,可还是留下了尾巴。编织袋可不耐磨,稍不留神就会掉下碎屑。"

胡强在一旁支棱着耳朵听得一清二楚,拿报告的手开始发抖。

涂敏突然结束了和冯伟斌的谈话,问起了胡强:"你倒是说说,为什么现场提取到的碎屑和你屋里的编织袋鉴定出来的成分一模一样?"

胡强咽了口口水,道:"这种袋子有啥稀奇的,市场上到处都是。"

涂敏眉毛一扬,道:"还就是稀奇了,这是废料加工的,这家厂已经被迫停产了,就在你们老家!"

"这袋子是我从湖南带回涵江市的,可每年从湖南到涵江市的人多了去了,涵江市有这种袋子的人不少了。再说了,我要是带着这个袋子去偷东西,早把这袋子扔了,还留它干什么。我屋里的袋子是我爹给我装土产的,根本不是偷东西用的。你们不能因为这么个袋子就定我的罪吧?"

涂敏笑道："还真有点小聪明，怎么不用到正道上？你的确从老家带过土产，不过不是一个袋子，而是两个。"他指了指胡强手中的鉴定，道，"还有，鉴定这么重要的证据，你怎么不认真看呢？那上面还有在你家提取到的衣裤，上面提取到的灰土残留物和现场凿洞里的灰土成分也是一致的。你还有什么可抵赖的？"

胡强慌乱地翻着鉴定，面如土色。

冯伟斌在一旁忍不住了，他大声问道："那你倒是说说看，你身上那么多现金到底是哪来的？"

"这钱是别人送给我的。"

"你一会儿说是攒的，一会儿说是送的，你想忽悠谁呢？"

"就是送的，我一开始不想说，才说是攒的。"

"谁会无缘无故送给你这么大一笔钱？"

"我的一个朋友。"

"什么朋友，无缘无故给你这么大一笔钱？"

胡强有些恼羞成怒道："别人有钱愿意送给我，怎么了？老百姓收钱又不犯法。"

几轮交锋下来，涂敏看到胡强已经无法控制自己愤怒的情绪，心里知道火候到了。他拍了拍冯伟斌，暗示他见好就收，自己则放松地往椅背上一靠，双臂交叉放在胸前，脸上露出一丝玩味的笑容，用调侃的语气问道："送你钱的是男人，还是女人？"

胡强被他突如其来的态度转变弄得有些蒙了，一时间弄不清他葫芦里卖的什么药，张口结舌地看着涂敏。

涂敏继续用嘲笑的口吻说道："连送钱的人是男是女都说不清，这么低级的骗术也想到这儿来糊弄人。"

胡强被他那蔑视的眼神、嘲笑的口吻激出了满心的羞愤，他脱口而出："我怎么说不清，是女人送的。"

涂敏摇了摇头，从鼻子里发出一声冷哼，继续用鄙夷的神情看了胡强一眼，那目光仿佛就像在看一只恶心的臭虫。

"就你这样儿的，还说是女人送的。长什么样儿，多大年纪，说得清楚吗？你就信口胡编。"

挑衅的眼神和语气，触痛了胡强，自卑和羞耻感一拥而上，他口不择言地反击："就是女人送的，还是个20多岁，长相漂亮的小姑娘送给我的。她还让我……"

胡强被自己脱口而出的话惊呆了，还剩下的半截话仿佛瞬间卡在了喉咙里，他懊恼地低下了头，死死抿着双唇，任由涂敏再怎么发问，都一言不发。

涂敏不再缠斗，他果断结束了讯问，将胡强还押。

这下不但胡强心神不宁，连冯伟斌也是一头雾水，不明白涂敏为何就这样放胡强回去了。

涂敏大步流星地走出审讯室，回到了刑侦大队办公室。

他在房间里来回踱着步，脑海中将刚才胡强的供述和辩解走马灯似的过了一遍，自言自语道："看来，胡强口中的那个小姑娘一定和这个案子脱不了干系。"

冯伟斌问道："20多岁的小姑娘，这不对啊，秦修文口中的那位范太太是个30多岁的有钱女人，这对不上啊。"

涂敏道："这事儿越来越复杂了。从现有的证据看，要弄明白这里面的弯弯绕，首先得找到这位范太太，就算大海捞针，也要把她给捞出来。"

冯伟斌道："起码目前找到了古瓶，也抓到了偷古瓶的贼，总算是前进了一大步，接下来就是抓幕后的主使者了。"

涂敏点了点头，道："我听说老秦已经出院了，恢复得还不错，你下午通知他到局里来一趟，做个赃物的辨认笔录，顺便办一下发还手续。这么贵重的东西，老放在咱们这儿也不合适。"

冯伟斌答应着去了。

下午一上班，接到通知的秦修文就来了，脸上有掩饰不住的激动，握着涂敏的手一连声儿地道谢。冯伟斌把鹅颈瓶拿过来，放在离他最近的桌子上，调侃道："老秦，托你的福，我这双手也算是抱过几千万元的国宝了，你赶紧的，辨认完了领回去，甭放在我们这儿让我们提心吊胆的,生怕一个失手,啪,几千万元没了。"

秦修文连褶子都笑开了花,拱手道:"为了我这破事儿,让各位费心了。"

他掏出眼镜戴上,俯身仔细看着他那失而复得的宝贝。

不一会儿,他的笑容渐渐冻在脸上,表情古怪,手也抖了起来。

冯伟斌没看到他的表情,见他一个劲儿地发抖,还以为他是乐疯了,打趣道:"老秦,你可稳着点儿,别一激动给摔了。"

秦修文抬起头,脸色发白,声音颤抖道:"这个瓶子是假的。"

涂敏一脸惊诧。

冯伟斌不可置信地问:"老秦,你再仔细看看,不至于啊?"

秦修文将瓶子倒转过来,指着瓶底道:"汝窑在宋代采用的是支烧法,所以底部满釉,能够看到明显的钉痕,而这个没有,是典型的现代工艺仿制的赝品。"

冯伟斌长叹一声:"两个赝品,这叫什么事儿啊!"

在这个迷宫里,侦查人员兜兜转转地绕了一个大弯,此时此刻又回到了原点。

听了涂敏的转述,林岚和赵云蕾心情也随着峰回路转的案情忽上忽下,如同坐过山车一样。

涂敏和赵云蕾讨论了半天,达成了共识。捉贼拿赃,如果找不到真正的鹅颈瓶,仅凭胡强盗窃了一个无法估价的赝品,尚且达不到盗窃罪的立案标准,根本没法定罪。更何况,目前案件这么多事实没有查清,疑点也没有排除,冒冒失失地移送审查起诉,弊大于利。还不如延长侦查羁押期限,尽力完善证据后再移送。

"这两个赝品外观接近吗?会不会是同一个地方做的?"林岚问。

涂敏道:"干过技术的想法就是不一样,杨波昨天告诉我,两次提取到的赝品在外观特征和烧制特点上都十分接近,为了准确判断,准备给古瓶做元素检测。"

"M省收藏协会收藏品科技检测中心的荧光分析目前应该是最权

威的，我以前经常听林组长提起，一个叫黎天的，是个文物鉴定专家，就是这个检测中心的。"

涂敏道："哦，那太好了，林岚你就辛苦一下，和老冯一起到 M 省跑一趟，我让杨工和林组长也一起去，提供专业协助。"

林岚他们赶到火车站的时候，天已近黄昏。

林远昊一身白色的运动装，比平日里的正装多了几分青春活力，他和杨波两个人并列站在一起，都是挺拔的个子，帅气的脸庞，不少女孩儿从他们身边走过，都忍不住放慢步伐多瞅上几眼。

冯伟斌笑道："怪不得现在管姑娘不叫姑娘，叫女汉子，你们看刚才那几个走过路过的大姑娘，打量起小鲜肉的眼神，直勾勾的，那叫一个明目张胆，一点儿都不带害臊的。"

杨波噗嗤一声笑了，对冯伟斌道："老冯，你这是羡慕嫉妒恨吧，怨她们没瞅你这老腊肉。"

冯伟斌笑骂："放屁，我会和你这毛孩子吃飞醋，心里没点数。"

杨波走到林岚身边，搭上她的肩膀，笑道："我拉上林大美女，姑娘们自惭形秽，说不定就不看我了。"

林远昊眉头一皱，伸手正要把林岚拉过来，只见林岚一个小擒拿，就把杨波的手给别到了身后。杨波连声叫唤，林岚这才松了手，嗔道："以后少动手动脚的，小心误伤。"

杨波转动着被扭痛了的胳膊，抱怨道："你这丫头，看着秀秀气气的，怎么这么大手劲儿。"

冯伟斌幸灾乐祸道："林骁勇的闺女你也敢撩，活腻歪了吧。她这身功夫可是你坤爷爷亲手带出来的，想当年贺坤在咱们公安系统，可是出了名的拼命三郎。"

林岚好奇道："冯警官，您认识我爸和坤爷爷？"

冯伟斌道："当然了。别说我了，这小子的爸爸当年也是贺坤老爷子带过的。他可是咱公安系统响当当的汉子，你爷爷林磊，当年更是人人敬仰的英雄，只可惜，我当时刚参加工作，没机会和他共事。"

杨波面色一怔，不再嬉皮笑脸的："原来你是林前辈的孙女，我小

真假古瓶

时候听我爸说过不少他的光辉事迹,失敬了。"

"你爸也是公安系统的?"

"是啊,他以前是禁毒支队的,后来身体不好,转后勤了,不像你爸,一直在一线。"

"我爸身体也不如以前了,可他舍不得刑侦口,我奶奶没少数落他。"

两个人都是公安世家子弟,又都在技术口待过,相当谈得来。杨波的口才好,性格又外向,对林岚又格外有好感,很快两人就打成一片,一直到上了火车都叽叽呱呱聊个没完。

虽然林远昊和林岚更熟悉,可他本来就不爱说话,林岚不理他,他就更沉默了。

冯伟斌是个粗汉,哪里懂得这些小儿女的情怀,上车后和林远昊客套了几句,又玩了一会儿手机,就和周公下棋去了。

林远昊从包里拿了本书看了起来,过了好一会儿,见两人依然聊得兴高采烈,便冷冷地朝林岚问了句:"你是哪个铺?"

林岚见他问,从兜里的皮夹子里翻出车票,原来是上铺。

林远昊不再说话,从林岚手里抽出那张上铺的票,把下铺的票换给她,自己爬到上铺,躺着看起书来。

林岚拿着票,后知后觉地发现林远昊有些不高兴,却不明白他究竟为什么不高兴。她心里有了事儿,和杨波聊得也就没那么起劲儿了。

夜幕降临,车厢里渐渐安静下来。杨波也感觉到了林岚兴致不如之前了,以为她是累了。于是道:"要不,你先歇着吧,明天任务还不少。"

林岚巴不得他这一声,她问杨波道:"你的票是上铺吧?"

"对啊,怎么了?"

"咱俩换吧。"

杨波一脸的莫名其妙:"你可是下铺,确定要换我的上铺?"

"我大学就睡上铺,睡习惯了。"说着,她生怕杨波反悔似的,沿着爬梯手脚麻利地爬了上去。

她躺在铺位上，见对面的林远昊用书挡着脸，看不清他脸上的表情，于是没话找话道："组长，这什么书啊，这么好看？"

过了好一会儿，林远昊才从鼻子里哼了一声，道："封面上有字儿。"

林岚没辙，讨好道："谢谢你把下铺让给我啊。"

"有什么好谢的，你还不是给了别人。"

林岚咕哝道："我换给他还不是想上来和你说说话，不然我干吗吃力不讨好睡什么上铺。"

书总算移开了。

"要说什么？"

林岚第一次从这个角度看林远昊，只觉得他的睫毛好长好长，在眼窝里投下一片阴影。她心想："这就是所谓的睫毛精吧，这么长，和马的睫毛差不多。"想到这里，不由得噗嗤一声笑了出来。

林远昊半天没听到林岚说话，又见她莫名其妙地笑，有些发恼。当即翻过身，留给林岚一个后脑勺。

林岚忙道："组长，我真有话说，那个黎天到底能不能从这两个赝品上面找到线索啊？咱们这一趟不会白跑吧？"

林远昊头也不回，冷冷道："不是你向涂队他们推荐的吗？现在才想这个，是不是太晚了点？"

"我还不是听你之前说过，黎天是文物鉴定这一块儿的专家，所以才推荐的，可这么兴师动众地跑一趟，要是没起到作用，可怎么办？"林岚本来是找话和林远昊说，可说到这里，她却真发起了愁。

林远昊听她的声音越来越小，后来几不可闻，再后来没了声音，以为她睡着了，于是翻过身来，看到的画面就是，某位兴致勃勃要聊天的女侠，此时皱着眉头在想着心事。

"至少能够检测出两件赝品中的釉质成分，确定两个瓶子是不是同一个出处，再顺藤摸瓜找到赝品的制造者。"

"对哦，做这对瓶子的人肯定知道些什么，也算是个关键的证人了，这趟没白跑。"

心里的包袱放下了,林岚不一会儿就进入了梦乡。

第二天一早,列车员来检票,林岚被人从好梦中推醒。她一骨碌爬起来,看到大家都起来了,也不敢偷懒,麻利地收拾好行李,到站后,跟在林远昊后面下了车,直奔向 M 省收藏协会收藏品科技检测中心。

黎天很早就等在检测中心门口,一件黑色的中长外套,瘦瘦高高的。他一看到林远昊,立刻迎了过去,给他来了个大大的拥抱。林远昊看到他似乎也很激动,脸上扬起了笑容。

黎天看到林远昊身后的冯伟斌和杨波一人抱着一个锦盒,问道:"这就是你们提到的鹅颈瓶赝品吧?"

在得到确认后,黎天带路,把大家领进了检测中心。

一番认真的观察后,黎天道:"颜色一看就差很远,不过,这两个赝品的做旧手艺还是很不错的,年代特征、光泽度都模仿得非常好,不是内行一般看不出来。这种工艺很像来自河南一个叫伊川县的地方。我建议你们到那里去调查一下。不过,即便是那里的手艺人,能够仿制到这种程度的应该也没几个,不难找到。"

林岚和冯伟斌等人都面露喜色。

林岚高兴过后,好奇宝宝的本性又显露出来了,问道:"黎老师,为什么您说颜色差得很远?"

黎天道:"这天青釉名字指的就是雨过天晴的颜色,明清时期,宣德、雍正、乾隆等数代帝王都曾招募天下最优秀的工匠,在景德镇建御窑仿制各地的瓷器,其他宋瓷都可以仿到乱真,唯独天青色的汝瓷无法如愿。所以说,再怎么像,颜色上也无法以假乱真,否则,这些人还做什么假货啊,早成大师了。"

杨波感慨道:"怪不得在市场上,汝窑天青釉都是天价成交,原来是物以稀为贵啊。"

林岚也露出向往的神情。

"等真的找到了,我一定要仔仔细细看,饱饱眼福。"

下班后,黎天邀请林远昊一行人去吃当地有名的水席,进门的时候,却碰到了赵安琪。她挽着一个器宇不凡的中年男子,这男子衣着考究，皮肤白皙，正是赵安琪的父亲赵睿。

赵安琪看到林远昊，眼睛一亮，主动打招呼道："林组长，怎么这么巧。"

林远昊见旁边有人，也不宜表现得太过冷淡，于是礼貌地点了点头道："安琪小姐，你好。"

赵安琪看到了林岚，语气中的温度迅速降了几度，问道："她怎么也在？"

林岚道："我们一起出差。"

赵安琪这才注意到林远昊背后的一群人，点了点头算是打过招呼。

赵睿拍了拍她的手背，问道："安琪，这是你朋友？"

赵安琪眼睛里透出的都是欢乐的光芒，娇声道："爹地，我这位朋友是咱们涵江市检察院的技术专家，痕检组的林组长，专业特别牛。"

赵睿的笑声低沉且温柔："我们的小安琪才回国多久，居然交上了检察院的朋友。"他伸出手道，"林组长，幸会，小女不才，还请多多包涵。"

林远昊伸出右手蜻蜓点水地与对方握了握，道："赵先生，很高兴认识您，我还有事，先失陪了。"说完就和黎天他们离开了。

赵睿看着林远昊的背影，若有所思。

赵安琪在一旁撒娇道："爹地，你看他，是不是超级帅？"

赵睿收回视线，用食指戳了戳赵安琪的额头，佯怒道："有多帅？还能比你爹地更帅？"

赵安琪噗嗤笑道："当然没有，爹地第一帅，他排第二。"

赵睿哈哈大笑，拍了拍赵安琪的脑袋，道："这马屁拍得甚是钟意，不过，这小子模样虽然不错，却不解风情，对我的宝贝闺女冷淡得很啊。还有，他旁边那个女的和他是什么关系？"

赵安琪道："我打听过，是他以前的小徒弟，挺不招我喜欢的。"说到这里，小嘴噘了起来。

赵睿道："这种人，和你不在一个层次，犯不着为她吃醋。"

赵安琪仿佛被蜜蜂蜇了一下，不依道："谁吃醋了，就凭她，who

cares。"

赵睿满意地点了点头："这就对了,放心,爹地会帮你的,只要是你喜欢的,爹地都支持。"

赵安琪顿时来了精神,连声问道："怎么帮?怎么帮?"

"要想打动年轻的男人,无非两样法宝,一是美人,二是事业。第一样不用说了,至于这第二样么,公务员一年才多少钱,爹地送家公司给他,作为我家小公主的嫁妆,我就不信他不动心。"

赵安琪撇了撇嘴道："原来是用钱砸啊,那有什么意思。"

赵睿缓缓道："在这个世界上,过程并不重要,结果才是真理。"

赵安琪沉默了。

如果搁在以前,赵睿的提议她是不会同意的,含着金钥匙出生的她本来就有了100分,出众的才华和模样更是让她在情路上所向披靡,可偏偏踢到了林远昊这块铁板,让她首次品味到了求而不得的苦楚。虽然用钱砸这件事儿在她看来俗不可耐,可如果真能让他接受自己,方法真的很重要吗?

那边林远昊和黎天等人入座后,大家的八卦之心熊熊燃起。杨波率先调侃道："林老哥,你平时看起来生人勿近的,原来这么有艳福。就刚才外面那位,极品白富美啊。我看她瞅你那眼神,恨不得黏在你身上了,啧啧啧,深藏不露,深藏不露啊。"

黎天也好奇地问："远昊,那女的和你,真的是?"

林远昊一声不吭。

林岚正要跟着八卦,谁知道冯伟斌抢了先。

冯伟斌是个直肠子,完全不会拐弯,当下对林远昊道："林组长,这女的我不认识,不过她爹我是知道的,涵江市的首富,背景挺复杂的。我觉得像你这种知书达理的斯文人,找媳妇儿还是得找林岚这样的,实惠!模样也不输什么,性格也好,还能干。"

杨波在一旁不干了,扯着冯伟斌道："老冯,这你就不对了,你做媒也该胳膊肘朝内,向着我这公安系统的单身汉啊,怎么净帮人家瞎操心啊。"

冯伟斌道："就你这小子，成天油嘴滑舌的，哪有林组长靠谱，我得替林岚把关，要不然，下次碰到贺老那暴脾气，还不把我给灭了。"

他们这边一顿瞎扯，林岚和林远昊都闹了个大红脸。

黎天在旁边冷眼旁观，觉出点意思了，连忙打岔道："咱们先点菜，再八卦啊，不能饿肚子不是。"

这一顿饭，除了冯伟斌吃得满心欢喜，其他的人都是各怀心事。

几天后，检测结果出来了。

根据釉质成分分析，样品中硅、钾含量高于宋代汝窑的标本含量，铝、钙、锰、铁含量低于宋代汝窑标本含量，两件赝品都和宋汝窑的数据有很大的差距，且两个赝品的检材成分含量几乎一致，这两个赝品应该都是同一出处。

杨波道："看来，作案的人一开始就准备了两个假的鹅颈瓶，胡强只不过是他们的一枚棋子。"

黎天道："做这样两个瓶子还是很需要花一点时间的，估计还花了不少钱。"

冯伟斌道："胡强欠了一屁股债，别说他没这条做仿制品的门路，就是有，也没这闲钱。"

林岚道："从笔录来看，胡强是个锁匠，后来又迷上赌博，和他来往的除了赌徒，就是一些靠劳动吃饭的朋友，这么昂贵的瓶子他很难出手的。而且，整个盗窃安排得这么周详，说明他不光有同伙，这些同伙还不是一般人。"

冯伟斌的电话响了起来，他接完电话，兴奋地对大伙儿说："涂队说，苏琦回国了，她愿意配合我们做笔录。"

林岚大喜过望，道："这下离真相不远了。"

林远昊却道："那倒未必。"

林岚不解道："为什么？"

"如果苏琦真的是同伙，干吗还要回来配合调查？"

林岚犹如被别人兜头泼了一盆冷水。心想："的确，如果苏琦真是同伙，早就远走高飞了，跑回来岂不是自投罗网，可如果她不是同伙，这事儿就更复杂了。"

即便如此，林岚依旧归心似箭，她急于知道苏琦会说些什么，即便她不是共犯，可她的出现，一定与古瓶的失窃有着不可分割的联系。

刑侦支队二楼的会议室里，坐在涂敏对面的是一名 30 多岁的女子，她身穿一件做工考究的丝绒提花斗篷，脚上一双质地柔软的小羊皮高帮靴，皮肤呈现出健康的小麦肤色，两道眉毛格外高挑，双眼狭长妩媚，鼻梁挺直，唇线分明，是个标致洋气的美人。

涂敏客气却直接地问："范太太，据秦修文说，你在拍卖之前找过他，说有意向购买汝窑鹅颈瓶。"

苏琦语调轻柔道："确实有这件事，不过我们在价格上没有谈妥，所以并没有成交。在这之后，我因为要回美国处理事情，所以没有再去找他。再后来，我从朋友那里听说了古瓶被调包的新闻，心里很有些震惊。"

"范太太，你并不是涵江市人，而且常年定居在国外，那么，你是怎么知道秦修文手上有这样一只古瓶呢？"

"涂队长，这您就有所不知了。对于古玩这个圈子来说，很多消息是没有地域障碍的。尤其是天青釉汝窑刻花鹅颈瓶这种珍品，在古玩圈中本来就是备受瞩目的东西。一旦有藏家愿意出手的消息放出来，很快就会在圈子里面传遍。"

"可是时间上为什么这么巧，古瓶刚做完鉴定，你就联系秦修文看这个瓶子呢？"

苏琦眉尾上挑，慢悠悠地说道："涂队长，您这是怀疑我喽。其实，当我知道你们在千方百计找我的时候，就料到你们是有些怀疑我的，不过我并不生气，毕竟这个事情实在是太凑巧了。我事后想来，也是疑问重重。既然我已经涉足其中，就没打算置身事外，为了证明我自身的清白，我会配合你们查清楚这其中的真相。"

说到这里，苏琦不紧不慢地从手提袋里取出一盒女士香烟，托在自己白皙的手掌心上，朝涂敏轻轻摇了摇说："您介意吗？"

涂敏挺有风度地扬了扬右手说："请便。"

苏琦取出一支香烟，接着又取出一只金属防风打火机点燃，用她镶嵌了精致水晶指甲的食指和中指轻轻夹着，姿势优美地移到涂着玫红色唇彩的唇边，轻轻吸了一口，优雅地吐出一个烟圈。她朝涂敏抱歉地笑了笑："不好意思，我自先生过世后，就染上了这个坏毛病，一会儿不抽就觉得难受。"

涂敏做了一个"你随意"的手势。

苏琦又抽了两口，接着讲了起来。

"我上个月在巴黎看画展，碰到了一个熟人，他叫宋白羽，是我先生以前在飞镖俱乐部认识的朋友。他得知我孀居以来一直都郁郁寡欢，就叫了他的妹妹宋白珊陪我在巴黎逛了几天。在交谈中，宋白珊知道了我喜欢收藏古玩，尤其是宋朝的汝窑。她就告诉我涵江市的拍卖行发了一则公告，10月会在涵江市举行一场秋拍，参拍的藏品就有一件是汝窑鹅颈瓶。宋白珊说她哥哥特别喜欢这个鹅颈瓶，可是最近有事走不开，让她代为回国缴纳保证金进行竞买登记。不过，宋白珊在这方面不是很内行，她再三请求我和她一起回国看看。我说既然是参拍的藏品，藏家只怕不会再接受场外交易，一则价格上他会有更高的预期，二则传了出去，于藏家的名声也会有损。宋白珊说没关系，我们只是私下看看，并不会出去乱说，他愿意就谈谈，不愿意就算了，如果能够看到，就让我帮她参谋参谋，看是不是值得投资，最好由我预估一个价格。我很感谢她那段时间一直陪我，况且我正好要回国处理一些财务上的问题，就答应了她。"

涂敏问道："后来你们一起见了秦修文吗？"

苏琦略想了想，缓缓摇头道："见是见到了，不过不是我们，而是我。"

"你是说你一个人去见了秦修文？"涂敏显然对这个答案并不意外，毕竟，秦修文从来没有提起过宋白珊。

"是的。"

"你对她的话有没有过怀疑，买家是她，却让你独自去见秦修文？"

"宋白珊给了我一个合情合理的说法。她告诉我,她已经代表她哥哥报名参加拍卖了,总是要和秦修文对上眼的,如果让他知道她参与竞拍还约他场外交易,彼此都太尴尬。"

"你确定她报名了?"

"这倒是真的,因为她给我看过她参拍的协议。"

涂敏的眉毛向上挑起,意味深长地看了冯伟斌一眼。

苏琦并没有留意到涂敏和冯伟斌之间的互动,继续道:"她说她相信我的眼光,让我帮她把关就行了。

"第二次去的时候,她建议我和秦修文约在晚一点的时间去验货,说晚一点人少,避嫌一些。谈的过程中,我按照事先的约定,发微信告诉她秦修文的报价,她回复了底价,秦修文并没有同意。我就按事先和白珊商量好的,把看货费给了秦修文,再约秦修文吃个饭,看能不能把价格再磨一下。"

涂敏问:"是你提出一起出去吃饭的?"

"是的,我还在微信上给白珊发了位置共享,告诉了她吃饭的地点。吃饭的中途,她还几次问我谈得怎么样,我也都回了。最后,由于双方预期的价格悬殊比较大,终究还是没有谈拢。白珊后来也说不勉强,再去拍卖会试试运气,看能不能低价拍到。我后来因为先夫财产的事情急需处理,就回了美国,没有关注这件事了。直到不久前,我才知道那个汝窑鹅颈瓶被调包了。"

苏琦说完,优雅地将即将燃尽的香烟在烟灰缸中碾熄,淡定地看着涂敏。

涂敏问:"既然宋白珊委托你出面去谈,你为什么还要给宋白珊发位置共享?"

苏琦道:"这也是宋白珊提出来的,她当时说,看完货如果价格合适,她就马上开车赶过去,她说对那边的路不熟,要我开着共享,她好了解路线。不过现在想来,的确有些蹊跷。"

涂敏道:"范太太,我需要提取你的手机作为证据使用,你能配合一下吗?"

苏琦双手俏皮地一摊，耸了耸肩道："尊敬的警官先生，虽然手机是我的私人物品，眼下为了证明我的清白，我愿意提供给你们，但也希望你们对我手机里面的其他内容保密。"

涂敏笑了笑："那是自然，这个你不必担心。"说完，他当着苏琦的面将手机放进物证袋里封存起来，并让苏琦在提取手续上签了字。

苏琦离开后，冯伟斌忍不住问涂敏："涂队，您这就把人给放了？您就这么笃定她不是同伙？"

涂敏说："她既然敢来，要么就不是，要么就是笃定咱们没有证据留下她。况且，我把她的照片混在一堆照片里面给胡强辨认过了，那小子看到她的照片时，连眼皮子都没有抬一下，压根就不认识她。"

"那这条线又断了？"

"那倒不是，她刚才不是说了吗？宋白珊和拍卖会签了协议，这可是一条非常重要的信息，说不定就能抓住这宋白珊的尾巴了。"

说着，他把封好的手机放到冯伟斌手上。

"我有一个预感，这个宋白珊浮出水面，可能就是这起案件的转机。"

一周以后，刑侦大队的会议室里，涂敏召开了古瓶专案组的集中会议，主要梳理最近收集的证据并讨论下一步的侦查方向，同时分配接下来的工作任务。这次会议阵容强大，除了冯伟斌、谢骏、孙涛、王海龙这些刑侦人员，鉴定中心的杨波，检察院公诉部门的赵云蕾和林岚也参加了涂敏主持的会议。

涂敏讲了一下会议的目的："今天把大家召集在一起，主要是把目前取得的证据做个汇总，然后听一下大家对下一步的侦查工作有什么看法。"

杨波道："网络信息部门鉴定了苏琦的手机，宋白珊是不久前才加入到苏琦的手机电话簿中的，苏琦在秦修文吃饭的时候，的确通过微信给宋白珊发过位置共享。因此，宋白珊能够随时了解苏琦和秦修文的行踪，有充分的条件潜入秦修文的店铺，悄悄将古瓶调包。"

冯伟斌道:"我们找了古今传承公司负责登记和接待的工作人员,经过辨认,他们认出了宋白珊,说她很早就来联系过秋拍会的事情。我们复印了宋白珊递交给拍卖公司的身份信息和签订的协议,在人口信息网上进行查询,发现宋白珊提供给拍卖公司的身份信息是假的,不过,听工作人员说,他们当时核对了,那身份信息上面的照片是她本人。另外,我们还查询了拍卖公司的保证金账户,汇款账户并不是本人,而是一个叫作富锦典当行的账户,典当行的老板说,这钱是一位30岁左右的男子给的现金,委托他汇入拍卖公司的保证金账户。我们把胡强的照片给他辨认了,他很确定地说长相不一样,给钱的另有其人。"

涂敏道:"看来这个宋白珊不简单啊,做事滴水不漏,反侦查能力也很强。从作案的手法来看,不是初犯,不是单兵作战,这背后可能是个不一般的犯罪团伙。"

轮到谢骏,他汇报的是大家最关注的问题。

"我和王海龙这两周主要是调查赝品鹅颈瓶的出处。根据专家黎天的建议,我们到了伊川县,打听到当地做仿品的作坊,把赝品的照片给他们辨认。当地人说,这个瓶子的原胚和做旧工艺因为是仿制工艺,接单都比较隐蔽。我们很费了点儿工夫才找到了两家接活儿的人,做原胚的那个人叫陈斌,他一眼就认出了这个照片上的瓶子。据他说,这个鹅颈瓶传世太少,烧制出接近这种颜色的仿品难度大,所以印象特别深刻。我们把胡强的照片给这个作坊的人辨认了,他们说胡强不是委托他们做仿制品的那个人。"

涂敏问:"那他们有没有说定制鹅颈瓶的是什么人?"

谢骏道:"问了,是个30多岁的男人,根据接活儿的陈斌回忆,取货的时候,这个男人开的是一辆黑色的丰田车,外地牌照,用现金付款,两个瓶子一共支付了3万元。这些就是我们这段时间掌握的信息。"

涂敏冷笑道:"做赝品也不亲自出面,一边放烟幕弹,一边在后面遥控指挥,这案子,越来越有意思了。"他指了指其他几个听入迷了的刑侦人员,问道:"你们几个也说说,有些什么想法?"

大伙儿纷纷发言,有的说这个丰田车的信息应该去查找,通过锁定车辆信息来缩小排查范围。有的说,应该查一下宋白珊的出行记录,看看这段时间有没有往返过伊川县和涵江市的情况。还有的说要调查那个典当行的背景,看看他们的老板有没有说实话。

大家热火朝天地讨论着,思想的火花彼此碰撞,提出了很多不错的想法。

涂敏看看讨论得差不多了,于是问赵云蕾:"赵处,我们很想听听您这边的意见。"

赵云蕾道:"大家刚才的想法都非常好,我感觉这整个案件的侦查过程就像在剥洋葱,渐渐地要把最核心的部分剥离出来了。从作案手法来看,这些人交易只用现金,身份采取伪造,所以我感觉车牌号未必真实。根据苏琦的证言,宋白珊似乎经常出入国境,现在她的去向也是一个问题,如果在国外,找起来可就困难了,如果她还在国内,那么得想办法限制她自由出入国境。虽然困难大,可是这些工作还是要做,只不过我们也要有一个穷尽以上方法仍然此路不通的心理准备。毕竟,这次我们面对的可能是一个专业的犯罪团伙,高智商、反侦查能力强是他们的特点,我们也需要从专业角度来思考下一步的侦查方向。"

涂敏道:"我非常同意赵处的说法,对手十分狡猾,咱们没有个金刚钻,估计还真揽不下这瓷器活儿呢。"

他看了看一旁认真记录的林岚,问道:"小林检察官,你每次总是带给我们惊喜,对目前的证据,你有什么好想法?"

林岚见他问到面前,也不客气,把心里的想法和盘托出。

"我觉得吧,偷这么贵重的东西,应该不会找很多帮手,毕竟参与的人越多,越容易暴露。所以,典当行出现的男人和取货的男人有没有可能是同一人?"

谢骏道:"接活儿的两个师傅都说,委托他们做鹅颈瓶的是个30多岁的瘦高个男子,单眼皮,皮肤比较白。"

冯伟斌道:"典当行的老板说的那个男人也是30多岁,比较瘦,脸色很苍白。"

林岚说:"证人所描述的男子特征还是有些接近的,我建议找一下省公安厅刑事侦查局的画像专家,他们对于证人口中面貌特征的把握和判断要比我们这些普通人专业得多。请他们根据证人的描述将具体的嫌疑人样貌画出来,这对后期的抓捕工作帮助非常大。"

谢骏赞同道:"对啊,这可是个好主意!"

涂敏道:"既然是个好主意,这事儿你就抓紧去办,省厅那边我去联系。"说完,他对赵云蕾竖起大拇指,夸道,"赵处,这可是个好苗子啊,您把她加到专案组里可真是独具慧眼。"

赵云蕾忙谦虚道:"哪里,涂队,让林岚跟这个案子,也是让她有机会向你们这些优秀的侦查专家学习。这种难度级别的案子不是谁都有机会参与的,一日实战可抵百日书啊。"

林岚在一旁频频点头道:"是啊,是啊,确实难。自从参与这个案子,我这心啊,每天都像冲浪一样,一会儿低,一会儿高,没个消停。"

在座的最近都被这案件折磨得够呛,没少加班加点,始终悬着一颗心,此刻被林岚这么一说,大家感同身受,都忍不住笑了。

林岚最近忙得四脚朝天,林远昊最近则是惹上了桃花债,一个头两个大。这两人各忙各的,虽然在一个院里,却没有碰上面。

林远昊最近下班总是被赵安琪给堵在门口,他无奈之下,放着自己的车不开,改坐逯超群的车,终于换来几日消停。

赵安琪几次扑了空,知道林远昊是刻意躲着他,不再傻等,林远昊终于能够正常开车上下班了。周末的时候,他刚出家门,就被一个西装革履的男子拦住,他举止十分客气,口气却不容拒绝。

"您就是林远昊组长吧,我们赵董想请您去个地方,规划规划您的前程。"

该来的总是要来的,与其反复纠缠,不如来个快刀斩乱麻,永绝后患。

林远昊没说什么,微微颔首,随着那人去了。那人见他二话不说就跟了过来,虽然恭恭敬敬地给他开了车门,眉梢眼角却流露出了几分鄙夷。

那人开车将他带到一处红墙碧瓦、古色古香的院落,偌大的庭院,林木森森，却没看到人影，林远昊被引进了一间挂着"林间松露"木牌的房间。

迎面是一幅山水，黑白灰三色，几笔线条就勾勒出远山近水，山谷幽静。条案上摆着一盆青翠欲滴的富贵竹，与那画的意境格格不入。桌上陈列着精致的茶具，一旁的矮几上摆放着一只三足的青铜小鼎，这鼎有盖无孔，里面应该是燃了香，烟雾氤氲在鼎足周围，空气中缭绕的香气若有似无，悠远绵柔，越发烘托出一派娴静超脱的意境。

迎着林远昊询问的目光，男子道："赵董还有事，嘱咐我做好服务。"

他轻轻拽了拽墙壁上的丝绦，不远处传来清脆的铃声。

一个模样清秀，打扮得干干净净的十八九岁的少年走了进来，男子对他说："贵客到了，小心伺候着。"然后自行退了出去。

少年恭恭敬敬地朝林远昊鞠了一躬，道："我先给您泡茶。"

说着走到屋角的水缸旁，揭开盖子，用竹筒舀了水，倒进壶里，放到炉子上烧着。然后坐到林远昊对面的凳子上，将一小块方方正正的茶砖放进茶壶里。

林远昊也不吭声，就那样默默地看着他忙前忙后。

少年毕竟年少，房间里面两个大活人一声不吭，的确是一种无形的压力。

他受不了这么干巴巴地坐着，也不敢得罪了贵客，于是率先开口道："先生，这鼎里面点了上好的惠安水沉香，有一股淡淡的蜜香，甜中又透着一股子微微的酸，还有一丝丝凉意，甜而不腻，沁人心脾说的就是这种香的调性。这茶是太姥山的老白茶，虽然不是什么名贵的品种，可是顺滑醇厚，与这香很配，算得上茶禅一味了。"

"说得好。"林远昊赞道。

少年来了劲儿，他指了指青铜小鼎，问道："先生，一般的香炉，都是从上面出香，咱这个却从下面出香，您说这是什么道理？"

"因为这鼎的盖没有孔，想必是这鼎足有孔，通向鼎的内壁，所以香就从下面逸出来了。"

少年愣了一愣，显然这问题他问过多次，一旦真有人答了出来，这话反倒不知道如何接下去了。

过了半晌，他才问道："您怎么知道，您刚才把这鼎拿起来看过？"

林远昊摇了摇头。

"您家里也有这样一只鼎？"

林远昊依旧摇了摇头。

少年的好奇心被大大地勾起，完全忘记了自己是被派来干什么的，继续问道："那您是怎么知道的？"

林远昊淡淡道："我虽然没有见过这鼎，却见过其他的'倒流香'，这鼎的头部和鼎身都没有香，自然也是没有孔的，香自下逸出，自然是下面有孔。除了三只鼎足，还能从哪里打孔通向鼎的内壁，让香有通道可出呢？"

少年愣了一愣，道："被您这么一说，这实在是太简单了。"

"的确很简单。"

"那以前的那些哥哥们怎么都答不上来？"

"太笨了。"

这三个字从林远昊这样一个冷傲高洁的男子口中说出来，那少年更加怔住了。直到水沸腾溅出水壶，浇到火上发出"嗤"的一声，才把他惊醒。

"哎呦。"他惊叫着，急急忙忙拎起烧开的水壶，连声道，"可惜了，可惜了，这水沸腾过了头，错过了最好的温度。"

"没事儿，我不喝茶，这就走了。"

少年再次愣住了。直到林远昊站起了身朝门外走去，他才着急道："赵董还有话要我带给您，'人往高处走，识时务者为俊杰。'另外，还有这些东西。"

他慌慌张张地从抽屉里拿出一本房产证，一把车钥匙还有一枚公司的印章，急急忙忙地捧到林远昊面前。

林远昊看了一眼，那眼神就如同看着一堆垃圾。

"你也带个话给你们赵董，我虽然没选择往高处走，却也不见得和那'倒流香'一样流往低处。还有……"他指了指条案,道,"那盆富贵竹再好,也败了意境,回头给撤了吧。"

少年愣在原地,眼看着林远昊扬长而去。

涂敏召开了证据碰头会议之后,专案组有了新的方向,大家各显神通,铆着劲儿去收集证据。每个人都感受到了一个字——"难"。案件的侦破过程真的是九曲十八弯,进展坎坷。每次将要触及真相时,转眼又扑了个空。不过,他们都坚信,通过不懈的努力,他们离幕后那股神秘的力量越来越近了。

事实证明,赵云蕾的担忧不是没有道理,虽然通过调查走访查到了丰田车的牌号,但这个牌照是个套牌,真正的牌照持有人是一家餐饮店的老板,车则是一辆黑色的尼桑牌轿车。而因为宋白珊提供的身份信息是假的,一时间也无法查到与她相关的任何信息。这两条线索都停滞不前。

再深的低谷,只要执着攀爬,黑暗的前方总会透出一丝光亮。

涂敏为了确定宋白珊的身份,采取了多方位锁定的方法,一面要求冯伟斌和孙涛提审胡强,探探胡强看到宋白珊的照片后的反应,一面将宋白珊的照片投放到信息库进行比对。所有的工作都在有条不紊地向前推进。

冯伟斌和孙涛将胡强提出来的时候,都觉得胡强消瘦了不少,看来他这段时间日子并不好过。根据他们的经验,有些嫌疑人一开始的确顽固,可是在号子里面关上一段时间,思想就会产生一定的变化。

号子里面三教九流什么人都有,出主意的,打听内情的,七嘴八舌的,很容易就把人的心给搅乱了。再加上管教干部定期谈心,还会宣传一些法律知识,嫌疑人也可以借到法律书籍看看,所以进去以后不会是对法律规定一无所知的状态了。这样一来,难免不会对号入座,分析自己究竟会有多大事儿,会坐多久的牢,抵死不认的意义究竟有多大。而人只要一牵扯个人利益,尤其是剥夺人身自由这种大事儿,就会患得患失,不再那么顽固了。

胡强这段时间被关在里面,也和一群牢友混熟了,同监室有个读过大学,肚子里面有些墨水的家伙叫作陆有文,他是因为职务侵占罪被关进来的,还请了个据说挺有名气的律师。大家有什么事情都愿意向他请教,他也有求必应,所以在监室里面混得风生水起,牢友们都叫他"陆师爷"。胡强一开始很是不屑。

"尽吹牛,什么不得了的师爷,真这么牛,怎么跟咱们这些人一样混到牢房里面蹲着了?"

现实总是用他的无情敲打着那些不信邪的人。

"陆师爷"总能出些好主意,得了好处的牢友们自然得巴结他,他走到哪里都众星捧月一般。胡强最后也不得不承认,人如果有本事,坐牢都比旁人坐得体面些。他心里虽然服了气,可他是天生的臭脾气,对着陆有文的时候还是冷冷淡淡的,不愿意上赶着奉承。不过,世事无绝对,很快,他就低头了。

公安机关对胡强宣布逮捕之后,他一直都惶惶不安,不知道对手底牌的感觉的确让人发虚,一个天大的秘密老是一个人憋着,也几乎让他发疯。他眼下真想找个懂行的人问问,可是监狱里面什么资源都是稀缺的,更何况,他一向就是在底层挣扎的人,纵使在外面,也不认识什么像样儿的朋友能够为他出谋划策的,要不然他也不会摊上这么大的一件事儿。想到这儿,他决定放低身段,去向"陆师爷"取经。人真要下定了决心求人,面子是必须抛开的。

胡强晚饭后主动帮"陆师爷"刷碗,还排队帮他打来洗脸的热水,用香皂把"陆师爷"的毛巾搓得香喷喷的。陆有文本来挺瞧不上胡强的,这小子又臭又硬,整天跟个刺儿头似的,依着他的脾气,根本就懒得搭理这种人。可是,他对胡强的案子非常好奇,这号子里面缺这缺那,唯独不缺八卦。谁犯了什么事儿进来的,谁家有背景,谁家有钱,请的律师几斤几两,都不是什么秘密。胡强一进来,大伙儿就传言,他就是前段时间炒得沸沸扬扬的鹅颈瓶调包案的正主儿。这鹅颈瓶陆有文是有所耳闻的,那可是几千万元的宝贝啊,这货怎么有这样的胆识和门路,敢打这种国宝的主意?陆有文心里非常想知道事情的原委,可这胡强成天缩在自己的壳里,根本就不和号子里的人来往,半点消息也没漏。

陆有文了解胡强这种人,一是无利不起早,二是不撞南墙不回头。要想摸他的底,主动发问反而适得其反,得稳住了。所以面对胡强反常的献殷勤的举动,陆有文一个字都没问。洗完脸后,他坐在床沿上拿本书看着守株待兔。果然,胡强觍着脸自己主动过来了。

"'陆师爷',我想请教您一件事儿。"

陆有文的脸上波澜不惊,他把书摊在膝盖上,慢悠悠地说:"谈不上请教,都是落难的兄弟,有话请讲。"

胡强左顾右盼,见四周还有人在,面色有些犹豫。陆有文知道他不想别人听到,于是使了个眼色,其他的人识趣儿地拿着盆子出了监室,到澡堂外面排队去了。

胡强凑近陆有文,问道:"'陆师爷',公安宣布我被逮捕了,您觉着,他们能知道我多少的底细? 我摊上的究竟是多大个事儿?"

陆有文脸上浮现出高深莫测的神情,说道:"那要看你究竟做了多大的事儿啰。"

听话听音,胡强也不是蠢蛋。陆有文这是让他把自己干下的事儿竹筒倒豆子,干干脆脆地讲出来。可是这号子里的江湖比外面的还要凶险,成日里坑蒙拐骗、迎高踩低的事儿多了去了。同一个监室的狱友,表面上称兄道弟,可你真把掏心窝子的话说出来,他说不定转头就把你给卖了。毕竟,谁和谁也不是真的亲兄弟,出卖你换来个立功,尤其是重大立功,算起来要减少好几年的刑期。这种切身的重大利益,远比外面花花世界中的金钱与权势更让人眼热。在这里,一旦轻信了别人,说不定就会落得个万劫不复。

陆有文在这号子里面被人求得多了,对于这帮求人者的心态那是摸得一清二楚。他见胡强闷在一旁,欲言又止、眼神闪烁,就明白了他心里肯定是又想要周郎计,又想要平安符。陆有文心里很是瞧不起这帮肚子里面没货、行事还动辄铤而走险的人,可他一个手无缚鸡之力的文弱书生,在这里如果没有几个靠山和朋友,难免会受欺负,过得憋屈。

凡事都需要利益交换,陆有文通过替人出主意换得安逸度日,在这牢中与一帮三教九流处得相安无事,倒也算得上各取所需。

既然看穿了胡强的想法,陆有文就不客气地当下直接点破。

"你既想让人帮你谋划,却又不肯交底,这事情可就难办了。你心里有所顾忌,觉得咱俩交浅言深,不能全然信我,这我明白。可你这样贸然来找我,必定是有急事,你若不能坦然相告,说一半藏一半,导致我判断错误,出错了主意,那倒不如不问的好。"

胡强听他这么一说,觉得这"陆师爷"心里明镜似的,当真是猴精猴精的,自己这点小九九,放在人家那儿压根儿就摆不上台面。他生怕得罪了这位高人,可是一时间又下不了狠心全盘说出,急得汗都冒出来了。

陆有文看见他额头上密密匝匝的小汗珠子,心里好笑,劝道:"胡老弟,你过虑了。我是短刑犯,再过半年就出去了。我自己在外面也有些身家,将来出去后还是要谋个小生意的,犯不上出卖你结下个仇怨,你大可不必疑神疑鬼。"

胡强觉得这位"陆师爷"简直就是自己肚子里的蛔虫,再加上他说的在情在理,这牢房里面眼下也没有知根知底的人可以请教,只能信他。

胡强决定和盘托出。

"'陆师爷',我前段时间手头紧,恰好接了一笔买卖,受人之托在古玩城偷一个瓶子。我本来怕惹麻烦,可是对方'油钱'许了我20万元,我就答应了。为了不被发现,我就按主家说的去'翻天卯',得手后,真的那个交给了主家,假的那个放进了保险柜。后来,主家又给了我个一模一样的瓶子,让我藏起来,说将来一旦事发了,只要不把他们供出来,咬死偷的就是这个假的,条子也拿我没办法,只要找不到真的,就没法定我的罪。他们还答应我,如果事发了我不供出他们,还会再给我一笔钱。可我什么都没说,条子还是把我给捕了,您给我分析分析,是不是他们把那个主家给抓了?"

陆有文心想:"这糊涂东西是被人当枪使了,竟然为了20万元偷了国宝级的珍玩,够他把牢底给坐穿了。看来他的'上线'可不是个一般角色,且不说这种货出手不是一般的渠道,单凭对方专门给胡强准备了两个假瓶子就够绝的。不过既然现在执行了逮捕,警方那边还是有些证据的。"

陆有文略加思索后对胡强说:"胡老弟,所谓识时务者为俊杰。不论你的主家是否被抓,这个事情不是你能够兜得住的。你辩解归辩解,可总得有个度吧。你说你偷的是个假的,可你用来调包的假瓶子又是哪儿来的呢?仅这一节儿你就说不过去。再说了,无论瓶子真假,你个修锁的锁匠,要那玩意儿干吗?这瓶子就是再值钱,你总得交代出个收货的下家或者渠道才说得过去吧?不然你偷了来就是个废品,出出不去,藏藏不住,谁会信你的话呢?既然不信,警方就会怀疑你撒谎,态度不好。你说是不是这个道理?"

胡强被他每一句话都戳中了要害,那个眼神如刀锋一样的涂队长,每次提审自己的时候也是这么说,看来自己这个谎确实是硬撑着圆,却怎么也难以自圆其说。

胡强心里害怕,紧张地问:"'陆师爷',那您看我这个事儿会坐多久的牢?"

陆有文说:"我听说这个瓶子上千万元了,又是宋朝的汝瓷,存世极少,怎么着也是国家一级文物了。关键是,现在真的瓶子又追不回,不知道去哪儿了,万一是毁了,或者是被倒腾到国外去,导致古瓶追不回来了,那就硬生生要算你一个情节严重了。要是你的那个主家被抓了,一口咬定你才是主谋,不承认是指使你的,再加上司法机关认为你认罪态度不好,估计就得在牢里面待一辈子。"

胡强急了,说道:"他们才是主谋,凭什么要我坐一辈子牢?"

陆有文冷笑道:"凭什么?凭的就是你被人当枪使了,搅和进了一桩天大的祸事,对方可不是一般人。如果警方掌握到证据,我看你还是招供比较好,这样还有可能定你一个从犯,少判几年。"

胡强心如擂鼓,冷汗把背心湿了个透。他做梦都没有想到,一个破瓶子居然能将天捅了个窟窿,搭上自己的一辈子。

冯伟斌和孙涛来提审的时候，正值胡强心里天人交战之时，他一会儿担心指使他的人落网后先供出他，把事儿都推到他头上，一会儿又心存侥幸，对方行踪神秘，计划周全，警方不一定查得到证据。只要没证据，听"陆师爷"说，也有逮捕后放了的。如实交代、抵赖到底，两种念头在他脑子里交替出现，没个消停，搅得他心里冰一阵、火一阵，难受得紧。

胡强坐到审讯椅上，管教民警刚给他左手铐在椅子扶手上，冯伟斌就直接把辨认笔录和附着的 10 张照片递给了胡强，其中就有宋白珊。

"你好好看看，这里面有没有你认识的？"

胡强一眼就瞟到了那个无数次出现在脑海里的面孔，脸一下子变得煞白。他日夜担心的事儿还是发生了，警察们还是摸到了那根隐藏在暗处的瓜藤。

冯伟斌和孙涛一看他的脸色，就知道胡强一定和宋白珊认识，毕竟这里面其他的照片和这起案件没有半点关系。冯伟斌决定诈他一诈。

"胡强，你的同伙都交代了，你还要抵抗到底吗?!"

胡强听到最担心的事情从警察口中说出来，心理防线顿时崩溃了，他耳边仿佛响起了"陆师爷"不带任何感情的声音："估计就得在这儿待一辈子。"他顿时像被抽了骨头，瘫软在椅子上，口中喃喃道："完了，完了，完了。"

冯伟斌乘胜追击："你搞什么鬼？大老爷们儿的，装什么死？诶，我问你话呢!"

胡强完全不理他，用没铐住的那只右手蒙上了眼睛，忽然痛哭流涕起来。

冯伟斌和孙涛面面相觑。冯伟斌俯在孙涛耳边说："涛子，你看着点，我出去给涂队打个电话。"

孙涛点了点头。冯伟斌掏出手机出去，拨通涂敏的电话后，汇报了这边的情况。涂敏果断道："他这是以为同伙到案了，急眼了。这样，你们先稳住他，跟他宣传坦白从宽的政策。我马上过来，争取今天把他的嘴撬开。"

冯伟斌答应着,回到了提讯室。不一会儿,涂敏就赶到了。他拿出一支烟,点燃后递给了胡强。胡强抽了几口,情绪渐渐平复下来。

涂敏劝道:"胡强,你年纪轻轻的,也不愿意把自己这大好年华全搭在牢里面吧? 今天想好没有,坦白从宽,这是你唯一的出路。"

胡强问道:"听刚才的警官说,那女人也被你们抓了么? 她是不是什么都往我身上推?"说到这里,他突然激动起来,急切地分辩道,"警官,你们千万不要相信她说的,那女人狡猾得很,她才是主谋!"

涂敏心里有数,他这是信了冯伟斌的说法,以为宋白珊到案了,把事情推到他身上。于是道:"她态度可比你好,我们不信她,难道信你? 你老实说,你到底把真的瓶子藏到哪里了? 为什么故意拿个假的糊弄我们?"

胡强喊冤道:"真的瓶子我没拿,是那个女的拿走了,她说的话你们真的不能信啊。"

冯伟斌在一旁故意说道:"涂队,我看他这样子,不像是在说谎,他说不定真是被人指使的。"

涂敏假意把眼一瞪,对冯伟斌道:"你怕是被他几滴眼泪蒙蔽了,他说被人指使你就信啊,他无非就是想说他是从犯,从犯按照法律规定可以从轻或者减轻处罚,将来量刑可是要轻很多。他现在知道同伙落网了,就想退而求其次,把责任往别人身上推,这话也信得?"

冯伟斌配合道:"总得给他个机会吧,万一是真的呢?"

胡强抬头仔细打量了冯伟斌一番,这个人五大三粗的,不像是有那么多鬼心眼,而且自己的确是受人指使的,这可是事实啊。想到这里,胡强如同溺水之人抓到了一块浮木,顿时有了希望。

胡强急切地说:"警官,您说得太对了,我是被照片上的女人指使的,不然,我要那么个瓶子干什么啊,警官,我检举,我揭发。"

冯伟斌心里有些好笑,自己和涂敏提审了他好多次,他都没个好态度,这会儿眼看着露馅儿了,倒是一口一个警官,一口一个您,可真够见风使舵的。冯伟斌觉着这人狡猾得很,跟这种没有什么底线、唯利是图的小人打交道要走一步看一步,随时防着他出尔反尔。于是,他指了指胡强手中附着照片的纸,说道:"你先别急,先把程序给走了,你先告诉我,你说的那个指使你的女人是照片中的几号人物?"

胡强指着 7 号说:"就是她,她就是那个指使我到古玩城偷瓶子的女人。"

7 号照片就是宋白珊提供给拍卖行的证件上取下的证件照复印件。冯伟斌心下窃喜,他把笔递给了胡强,指着辨认笔录下方的空格处说:"你把刚才辨认的结果在下面标注一下,盖上手印。"胡强依言照办了,摁上手印后把辨认的这套材料从隔着的铁栏杆中递了回来。孙涛核对无误后放入了材料袋中。

冯伟斌接着问:"你把这个女人指使你盗窃的过程说一下,中间的过程越详细越好。"

胡强说:"是,我详细说。"

据胡强自己交代,他在配钥匙、修锁方面是把好手,到了城里摆个摊儿,又琢磨出开锁的技术,帮忘带钥匙的人开锁,生意很红火。去年他和朋友去了一趟赌场,染上了赌瘾。刚开始还赢钱,到后来就总是输,把这些年攒下的几万块钱都给输光了。为了翻本,他找场子上"放码"的借了本钱,结果又输了,前前后后搭进去 4 万多元。

胡强咬牙切齿道:"这帮赌场'放码'的吸血鬼们心真黑,收我 5 分钱的天息,我一时间筹不到钱还给他们,利滚利 4 万元马上就变成了 8 万元。我还不上钱,赌场老板手下的马仔就到处堵我,逮住了往死里打,逼得我没法摆摊也没法回家,到处逃。"

他的思绪回到了那个糟糕的夜晚,那个改变了他人生轨迹的夜晚。

夜幕降临,涵江市已是万家灯火,胡强一天什么东西都没吃,光顾着逃命了,身上一点钱都没有了。他到金雅咖啡厅的洗手间里面就着自来水管喝了两口水,依然压不住让他一阵阵眩晕的饥饿。出门的时候,他看到路边停着一台捷豹路虎,当时路上也没有什么人。胡强心想,这么好的车,主人的处境肯定很好,里面总会放点钱或者值钱的东西吧。想到这里,他掏出身上工具包里面的开锁工具,左顾右盼确认没人后,用身体挡住车门锁,用开锁工具轻而易举地打开了车门。他在储物格里面翻了一通,找到了几十块的零钱,正准备退出去,无意中,眼角的余光瞥见后座上放着一个格子条纹的旅行袋。打开拉链一看,胡强惊呆了,里面摞着一堆百元票面的现金,一沓一沓整整齐齐地码在一起。

胡强回忆道:"我正想着要不要拿走,突然被人拍了拍肩膀,我顿时吓傻了。"

胡强回头一看,是个挺漂亮的姑娘,穿着卡其色的风衣,脖子上挂着一条钻石项链,在灯光下闪烁着璀璨的光芒。姑娘旁边站着一个30多岁,穿黑色风衣的男人,戴着个墨镜,一脸的煞气。胡强感觉不妙,拔脚就想跑,墨镜男一把将他的胳膊反扭,抵在车门上。姑娘走到车门旁边,弯腰看了看车锁,冲胡强笑了笑。

"我这是欧洲车,车锁不同于亚洲款,安装了特别的防盗装置,你是怎么打开的,居然一点痕迹都没有?"

胡强不作声,墨镜男戴上手套开始搜他的身,打开了他的工具包,从里面搜出了一把特制的开锁工具,放在一起的还有一块写着"配钥匙、修锁"的简陋招牌。姑娘挺有兴趣,朝包里面看了看,说:"原来是个锁匠啊,怪不得这么厉害。"她说完也从包里拿出一双手套,把开锁工具拿在手上仔细端详。过了一会儿,她在墨镜男耳边说了些什么,那个男人就把胡强带进了旁边咖啡厅里的一个包间。

到了包间里面,姑娘对胡强说:"我那包里面有20多万元现金,你偷了这些钱,够得上是数额特别巨大了,可以把牢底坐穿了。"

胡强心里发怵,嘴里却很硬,反问道:"你们是什么人?是警察吗?"

姑娘笑了起来:"你见过警察把贼带进咖啡厅里谈话的吗?"

胡强松了一口气,说:"现在我人在这里,钱在你们那里,凭什么说我偷了你们的钱?"顿了一下,为了壮大声势,他又强调了一句,"警察来了,我也不会承认。"

姑娘乐了,用戴着手套的手拿着从胡强那里搜出来的开锁工具,在他面前晃了晃,说:"你傻啊,工具上有你的指纹,车把手、钱袋子上也有你的指纹,最关键的是,门口的咖啡厅有监控探头,你不认账有用吗?"

胡强心凉了半截,这个姑娘长得漂亮,说话的语气、眼神却透着一股子咄咄逼人,尤其她眼底那丝冷意,就算是笑容也掩盖不了,被她盯着看久了,让人感觉很有些难受。

胡强对冯伟斌说:"那个姑娘问我会不会开保险柜,我说会,她又说听我口音是乡下人,问我会不会爬树。我觉得她问得莫名其妙,心里有些警惕,态度就强硬了些,说你问这个干吗,你管得也太宽了吧。她旁边的男人觉得我说话不客气,就给了我一耳光。"

胡强说到这里停了一下,又要了一根烟。涂敏递过去后,他狠狠地吸了几口,烟头前端猩红的火星随着他的动作急剧地亮了几下。一根烟很快就燃到了尽头,胡强把烟屁股扔在地上,用脚踩熄了火。

他想了想,继续说:"我当时隐隐感觉惹上了不该惹的人,只有先认怂。那姑娘又问了我一遍,我告诉她,市面上的保险柜我基本上都能开,就算是复杂一点的,琢磨一下也能打开。她挺高兴的,就说让我去帮她偷一样东西。我不肯,她就说反正我偷这20万元也够坐牢一辈子的了,我不配合,她就去报警。我说你报警,我就把你逼我偷东西的事儿供出来,可她笑得眼泪都出来了,她反问我,警察怎么可能相信一个小偷而去怀疑她呢。"

胡强终究是妥协了,他自己的把柄攥在别人手上,就像他小时候在乡下放牛,无论多倔的牛,只要是被穿上了鼻环,最后只能乖乖被人牵着鼻子走了。

姑娘看见胡强一副自认倒霉的样子,知道他已经屈服了,既然已经收编,就没有必要再一味地强压了。她换了个表情,和颜悦色地宽慰胡强:"你放心,只要你帮我把那样东西偷到手,我就把包里面的20万元现金送给你。这个买卖还是很划算的,既不用蹲大狱,还能弄到一笔巨款花花,这种生意你不接,可就是个蠢蛋了。"

说完后,姑娘从旅行包里拿出了一半现金递给胡强:"这个算是定金,你拿着吧。"

胡强看着这么多钱,觉得像做梦一样,这一天从谷底到云端,一切都显得那么不真实。

姑娘嘱咐道:"把你的手机号给我,随时等我的电话。"

胡强回去后拿了8万多元还账,总算能够回家,有个落脚的地方了。一个礼拜过去了,一天晚上,他接到了一个陌生手机号发来的短信,约他晚上12点到古玩城碰头。胡强按时赴约,到了古玩城,等了快半个小时,才看到一个黑衣女子走了过来,脸上戴着一副口罩,头上戴着一顶帽子,整个人裹得严严实实。

胡强迎了上去,走近一看,果然是之前那姑娘。姑娘说了声"跟我走",胡强就紧跟在后面。走到靠侧面的外墙边,姑娘从包里拿出一个升缩杆和一把镰刀模样的刀头,吩咐胡强帮忙,将刀头用不干胶牢牢缠在升缩杆上,再将升缩杆完全展开。姑娘将这自制的伸缩刀递给了胡强,带他走到一个柱子后面,她指了指柱子的上方。胡强抬头看到了一个摄像头,只听这姑娘吩咐道:"把摄像头后面的电线割断。"

胡强心想,她对古玩市场外围的环境都这么熟悉,想必是踩过多次点了。于是按照她的吩咐去割电线,这刀口异常锋利,只几下就把电线割断了。那姑娘收起工具,又把胡强领到了古玩城后侧面的墙边,然后又从包里拿出两条攀援绳,套在自己身上,胡强也依样画葫芦套在身上。两人将另一头甩上了屋顶,顺着墙沿爬了上去。上去后,姑娘从兜里掏出一个圆形的表盘模样的物什,先直走了200多步,然后又低头看了看表盘,朝右走了300来步。

胡强偷偷地瞟了一眼,原来是个测步器,心里有些打鼓:"这么专业的设备和计划,看来是个熟门熟路的惯偷了,和他们扯上关系,看来今后很难撇清了。"

胡强想归想,脚下也没停着,跟在那姑娘后面忽左忽右地走着。忽然,姑娘停了下来,弯下腰朝四周打量了一会儿,自言自语道:"西头的歪叉树,东头的尖顶房,是这儿没错了。"她又朝右移了小半步,朝前挪了两步,似乎打定了主意,蹲了下来。姑娘把测步器收了起来,又从包里面拿出两把凿子和两把锤子,将1凿1锤递给胡强后,她将瓦片揭开,用粉笔画了一个60厘米见方的正方形,对胡强说:"沿着画的线凿开,悠着点力气,千万别凿碎了。"胡强点了点头,学着她的样子沿着线开始慢慢凿。瓦片下的屋顶并不坚固,两个人凿了差不多两个小时,屋顶已经松动了。姑娘又掏出一大卷强力胶带和四根钢条,将正方形里面横七竖八地贴了个密密麻麻,把钢条两横两竖交叉固定住,钢条的八端架在了凿出的缺口边缘,将屋顶稳稳架住了。然后又用胶带粘出了一个手提环的形状。

做完这些,姑娘握住那胶带做的手提环,催促胡强:"你快点,继续。"胡强这才明白,她这是要把屋顶凿开后揭开。又过了一个多小时,终于将一整块顶板都凿开了,轻轻一提,屋顶就露出了一个四四方方的大洞。姑娘拿出手电筒朝下面一照,只见底下有个阁楼,里面净是些长长短短的纸盒子。

姑娘脸上露出了满意的笑容,让胡强提着胶带环把屋顶合上,依旧将之前的瓦片盖在上面。做完这些,她掏出手机发了条短信,不一会儿对方就回了过来。她朝着来时相反的方向跑去,用攀援绳下了屋顶,胡强一路紧跟。两人跑了不到一百米的样子,就看见一辆车打着双闪停在路边。胡强定睛一看,正是前段时间见过的那辆路虎。两人一前一后上了车,只见墨镜男坐在驾驶室。他关心地问那姑娘:"顺利吗?"姑娘点了点头,他也不再多说,一踩油门,朝市中心飞驰而去。

三个人到了一个酒店的房间。墨镜男从怀里拿出一张方位图和一个纸盒子,他先打开纸盒子,从里面拿出一个瓶子递给胡强,然后用电筒照着方位图指给胡强看。

"这是个店铺的阁楼,我们要的东西就是一个长成这样的瓶子。"

胡强有些好奇地将瓶子拿在手中颠来倒去地看,看上去也没有什么稀奇的,不过成色很旧。他揣摩着应该是个古董什么的,估计很值钱,不然这些人也不至于为了这么一个瓶子搞这么大的阵仗。

胡强正琢磨着,墨镜男敲了敲图。他赶紧回过神来,认真看手绘地图。

"这个瓶子就放在这间店铺右边紧挨着的店面里面。这个阁楼是店主改造后搭建的,右边连着中央空调的风道,你沿着风道爬过去就到了隔壁,东西就放在店铺这个方位的暗房里,你打开暗门进去,有个保险柜,你打开后不要动别的任何东西,把一个贴着封条的锦盒拿出来就行。"

姑娘从包里掏出一个小型的折叠吹风机,插上电后,墨镜男从包里拿出一个不干胶的封条,贴在纸盒上,用吹风机对着封条的部位吹着,边示范边对胡强吩咐着:"你拿到锦盒后,如果用封条封着,千万不要直接撕开,就用这个吹风机对着封条吹一会儿,发热后你试一试边缘是否发软,如果软了,你就快速把封条揭下来,记得动作要轻,不能把封条撕坏了,要保持封条的完整性。接下来,你再把这个假瓶子放进去,把那个真瓶子拿出来,快速地把封条再封上,记得一定要小心,不要露出痕迹。"说完,他把吹风机递给胡强,拿出一堆不干胶封条,指挥他反反复复操作了几个小时,直到重新贴上去后严丝合缝,他才满意。

接下来,墨镜男又让胡强把方位图里面的位置记熟悉,交给胡强一双薄如蝉翼的手套,材质极具弹性且坚韧,戴上去后丝毫不觉得行动不便,又给了他一双特制的橡胶脚套。

"明天你接到电话通知后就到指定的地点,动手的时候带上这些,不要在现场留下痕迹。"

胡强忐忑不安地接了过来,问道:"那为什么刚才不动手,非得等到明天?"

墨镜男呵斥道:"你少多嘴,照做就行。"

胡强当下不敢再问,不过心里越发觉得这件事情不简单。

第二天晚上9点,胡强果然接到电话。那姑娘约他到古玩城碰头。两人碰面后,又一起到了头一天揭开屋顶的地方。姑娘递给他一个双肩包,示意他把仿制的古瓶装进去背着。胡强摇了摇手,说:"背着这么个东西太麻烦。"说完,他从自己的挎包里拿出一个编织袋,连瓶带盒子放进了编织袋,打了个结绑在了裤带上。姑娘对这么土的袋子很有些看不上,不过也没说什么,拿出锁扣绳拴在胡强穿着的攀援绳背带上,叮嘱道:"我会把绳子在墙体上固定,你得手后就顺着绳子爬出来。如果有人来了,我一拽绳子,你就快跑。"

胡强心里有些紧张,他胡乱点了点头,打开屋顶,从凿开的洞里钻了进去,把阁楼上的纸盒子清理了一下,腾出通道,从末端的通风口钻了进去,一路匍匐前进,终于来到了隔壁的店铺。暗室的锁胡强用开锁工具轻轻松松就打开了,暗室里面果然有一个保险柜。这个保险柜的结构还是有些复杂,胡强试了好久才打开,他按照他们事先叮嘱的,不留痕迹地用加热的方法拆开封条,调完包后,再把真的瓶子放进带来的纸盒子里,用编织袋装了起来。一切顺利,胡强总算舒了口气。他用力拽了拽绳索,觉得很牢固,于是借着绳索的力量爬了出去。

一切出乎意料地顺利。姑娘看到瓶子后面露喜色,拿出来仔仔细细地看了一遍,把编织袋扔给了胡强,自己小心翼翼地把古瓶装进身后的背包里。两人离开屋顶时,路虎车早已停在附近,胡强紧跟在姑娘身后上了车,朝着黑夜远处泛着的微弱光亮奔去。车开了十几分钟后,在一个夜宵摊附近停住了,墨镜男让胡强和他一起下车,那姑娘则换到驾驶室,驾车载着古瓶绝尘而去。墨镜男目送路虎车离去后,在路边招手拦了一辆出租车,让胡强跟着他朝另一个方向驶去。

当天晚上,胡强并没有回出租屋,墨镜男把他带到了一家挺阔气的五星级酒店,定了一间豪华房。在房间里,墨镜男将剩下的 10 万元交给了胡强,并嘱咐他:"这钱,你不要存到自己的名下,免得留下把柄让条子逮你。另外,你这几天先不要出去,也不要和外面的人联系,就在这里等我的信儿,等我说安全了,你再走。前台那边我交了 1 万元,你就在这儿先快活几天,这里桑拿、按摩、美食都有。"

胡强看到这一摞钱,心里就像喝了蜜一样甜。有了这些钱,他可以还完所有的债,还会留下富余,这趟险冒得太值得了。他正陶醉在发财后的喜悦里,墨镜男从包里拿出一个包裹递给他,吩咐道:"你找个安全的地方把它给藏好了。"

胡强伸手去拆那个包裹,看到里面放着的东西时,他吃了一惊,里面赫然放着那个他好不容易弄出来的古瓶。胡强太意外了,这玩意儿不是被那个怪里怪气的丫头给带走了吗? 他们费这么大劲儿弄出来,怎么这会儿又到了他这里? 他隐隐嗅到了阴谋的味道,却绞尽脑汁也想不出来这个阴谋究竟算计了他什么。如果说仅仅是让他背锅,他们离开就好了,又把这个瓶子给他干什么呢?

"这个瓶子就放在你这里,你把它给藏好了,不要和任何人提起它的来历。万一你真的被条子逮住了,你就说偷的就是这个瓶子。我告诉你,这个瓶子是假的,值不了多少钱,所以你判不了几天。你放心,只要你不说,我们到时候还会给你家里一笔钱。"说完,墨镜男起身离开了。

雪白的床单罩着软软的席梦思,胡强如同躺在云朵里。在这种地方过夜,是他以往做梦都不敢期盼的,如今置身其中,他却没有半点享受的心情了。债务的了结,突然到手的横财,似乎都无法驱散那笼罩在他心头的恐惧。整个事情都透着一股子古怪。虽然墨镜男临走给了他一个锦囊妙计的说法,可是,也堵上了他揭发他们的出路。最后那句给家人钱,看似一种许诺,可又何尝不是警告自己,他们对自己知根知底,一旦说出他们,可能自己的家人也要跟着遭殃。无论如何,这件事情都得自己一个人死扛到底了。他感觉有一只来自暗处的无形之手,将他推入了万劫不复的深渊。

冯伟斌问:"后来你还见过这一对男女没有?"

胡强回答:"没有,我在酒店里住了几天,直到他们预缴的钱没有了,也没有再见过他们。我思来想去,决定把手头的钱带到老家去。我把7万元交给了我姐,骗她说是我和别人合伙做生意赚的钱,准备结婚用,怕自己乱花了,让她帮我存着。我姐家有一片菜地,我找我姐要了一把锄头,把瓶子埋了下去。"

"真的瓶子在哪里?"

"我也不知道,那段时间,我非常关心涵江市的新闻。后来,我在网上看见了瓶子被盗的报道,专家说那个瓶子价值千万元,公安正在到处侦查,我才知道闯了大祸。不过,我始终存着一丝侥幸。我没有案底,身边也没有这种倒腾古玩的朋友,不会有人把我和这件事情联想到一起。过了个把月,都没有人来找过我。我觉得这件事情应该是过去了,要不是隔壁的李安全犯浑,硬赖我是小偷,我也不会被带到这里来。这都是命啊!"

涂敏说:"这可不是命不命的问题,当你犯案的那一刻,就注定逃不过法律的追究。好了,今天就问到这里,你把笔录看一下,签个字。如果我们有新的问题要来问你,你要全力配合。"

胡强忙答:"只要我知道的,我一定配合。"

谢骏他们通过调查走访,发现宋白珊在拍卖会结束后就去向不明。他们考虑到苏琦曾经说宋白珊是在国外和她相识的,于是联系了出入境管理处,通过搜索最近几个月从美国入境中国的记录,在入境信息中找到了与宋白珊容貌匹配的护照信息,登记的姓名为廖雨欣,是一个24岁的姑娘。她从小在香港居住,十几岁就去了国外,后来则是香港、大陆、境外频繁出入。从调查到的出行记录来看,廖雨欣有多次出入国境的记录,包括法国、英国、美国、澳大利亚,其中法国最为频繁,最多的时候一年去了6次。发现宋白珊的真实身份,让谢骏他们异常兴奋。看来,这个化名宋白珊的廖雨欣和古瓶被盗一事脱不了干系。

当厚厚的一沓出行记录被移交到赵云蕾手中时,已经是快下班的时候了。赵云蕾拨通了林岚的电话,林岚很快就出现在赵云蕾门口。

"赵处,您找我有事儿吩咐?"

赵云蕾"嗯"了一声,将手中厚厚的一沓资料递了过去。

"这是那位神秘女子的出行记录,她的真名是廖雨欣,是个香港人,小时候被一名叫作宋锦绣的女子收养。这个宋锦绣有个儿子叫宋白羽,也就是苏琦提过的,她亡夫生前在飞镖俱乐部的会友。"

林岚道:"看来这宋白羽是真有其人,还是真名啊。"

赵云蕾说:"是的,涂队他们办理好协助调查的手续后,马上就去香港那边取证。"

林岚大致翻了一下赵云蕾给的资料,惊讶道:"天啊,这坐飞机的频率比我打车的频率还要高,真是个小富婆啊。"

赵云雷佯装生气地用铅笔敲了敲桌面。

"看什么呢?看重点。你带回去好好挖掘挖掘,看能不能找出什么有价值的线索。等我回来,你好好给我分析分析,看看有没有什么发现。"

林岚回到办公室,仔细地翻看那一沓廖雨欣的出行记录。记录显示,廖雨欣去的国家基本都集中在法国、瑞士、荷兰、意大利、日本、美国等。时间基本集中在 5 月底和 11 月底。不过一般都在一周内就回香港了,其中最早的一次,也是最长的一次,发生在 2006 年 6 月,前后在伦敦待了接近 3 个月。

林岚有些意外。2006 年可是 10 年前,廖雨欣那时才 14 岁,这么早就出国,难道是去读书?可要是读书,这时间也太短了些。其他的时间和出行地点看似毫无关联,但是细细推敲起来,却也有些规律,可是这些暗藏的线索究竟指向了哪里,她却百思不得其解。

林岚觉得这些看似混乱的数据背后,应该都有着特定的意义,看数据的人觉得混乱,是因为还不了解数据所代表的是什么。就像美国人塞缪尔·摩尔斯发明的摩尔斯电码,之所以看不懂它,只不过是因为手中缺少一本代码表罢了。

现在手中的这些数据,它们所对应的代码又是什么呢?林岚在纸上用铅笔对这些地点和往返时间画线匹配,希望能够勘破其中的奥妙,却迟迟无法推进。她想了想,准备去请教一下对数据格外敏感的逯超群。

逯超群可不是什么热心肠的主儿,叫得动他的也就只有江旎了。

林岚拖着江旎找到逯超群时,他正在电脑前忙得不亦乐乎。逯超群抬头看到江旎,眼睛一亮,可惜江大美人今天实在太忙,她叮嘱逯超群务必给林岚帮忙,就赶回自己的实验室了。

林岚眼巴巴地看着逯超群将资料上的信息扫描到电脑里转换成数据,再试图通过现有数据进行匹配。林岚心想,这理工科的思维方式就是和文科生不一样。文科思维依靠直觉,偏感性,理工科思维则理性、冷静，以统计数据为基础，依靠逻辑分析。在信息化的今天，理工科思维能更好地认知这个世界。

林岚正想得出神，逯超群的问话打断了她的思路："光有这些数据不行，你还得给我一些辅助性参数。"

林岚一脸愕然："辅助性参数？那是什么鬼？"

"就是将被分析人的年龄、性别、习惯、职业、爱好、财产状况之类的信息，和他的行踪轨迹进行关联和匹配，通过这种电子记录的各种信息结合来识别他的活动情况。对应到你给我的这些材料中，就是根据其他信息与出入境信息结合，分析她每次出行的目的。"

林岚翻了个大大的白眼。

"那你直接说不就得了，非整得那么云山雾罩的。"

逯超群推了推眼镜，不屑地说："我哪里知道你混迹于咱们技术处那么久，居然还是个技术奥特曼。"

林岚被他一句话堵得气结。可是有求于人，也不敢过分耍嘴皮子。她只得顺了顺气，决定先谈正事，面子的事儿嘛，以后再寻摸回来。

林岚想了想说："基于案情的保密，我目前只能说这个人是 A 小姐。从目前掌握的信息来看，A 小姐是个年轻漂亮的女人，还特别有钱。至于职业嘛，她就是个贼。"

"就这些？"

"你还想知道什么？"

"这可是大海捞针替你找证据，不具体些，怎么捞？"

林岚没有办法，只好继续想。

"她应该是个惯盗，很有可能还是个盗窃集团里的贼。她目前涉嫌偷了一个天价的古董花瓶。也就是前段时间网上炒得沸沸扬扬的宋代汝瓷天青釉鹅颈瓶。"

"还有呢？"

"没有了。"

"你再好好想想，比如，你有没有掌握部分她以前出境目的之类的信息？"

林岚拼命地回忆，突然，她猛地一敲脑门，发出清脆的撞击声。逯超群看着都觉得疼，不由得皱了皱眉。

"哈，我想起来了，一个证人提到过，曾经在巴黎看画展的时候碰到过她。"

"你怎么判断出鹅颈瓶是她偷的？"

"因为现在到案的一个贼指证她和另一个男人，也就是 B 先生，他们就是偷瓶子的幕后黑手。"

随着林岚的描述，逯超群在屏幕左侧的方框里依次输入了女孩、富人、窃贼、同伙、古董花瓶、画展、拍卖会，将出入境的时间和地点则列入屏幕右侧的方框里。

逯超群用鼠标点击着左边，说："这个方框里面是有助于我们搜索关联信息的关键词。富裕的窃贼 A 小姐，有不止一名同伙，出境频繁，可对应国际盗窃集团这一条件，鹅颈瓶对应被盗对象为高价值标的物。多名同伙可对应盗窃行为有分工，当然这个分工既有可能是盗窃本身的需要，也有可能是销赃的需要，或者说兼而有之。盗窃本身的需要衍生出来的信息就是，他们盗窃的场所具有严密的防范措施，需要帮手；销赃需要衍生出来的信息就是，存在一个多渠道销赃链条。无论是哪一个，只要参与的人多了，难保不会留下痕迹。"

林岚听得津津有味，不过她也有自己的顾虑："逯超群，这信息匹配与数据关联，的确很有道理，不过尽是些如果、假设的，会不会让推理过程过于开放性了？要知道，我们公诉人审查案件讲究的可是有理有据的。"

逯超群嗤笑了一声："你这思维方式就狭隘了。当辅助性参数有限的时候，如果想通过关联性推理法来缩小查找范围，就只能大开脑洞去联想，毕竟，这些假设出的结论，最终都会和既有的数据结合，搜索出一切可能关联的信息。这些看似毫无章法的数据，最后可能指向几个相对有序的路径，而答案往往就能通过这几个路径去寻觅。"

林岚一向喜欢具有内在逻辑的推理方式，她非常欣赏逯超群对于这些数据的独特见解，她用双手撑着双颊，朝逯超群眨了眨眼。

"好吧,数据达人,那你就继续大胆假设吧,我洗耳恭听。"

逯超群将鼠标移到右边的方框,接着分析。

"一个有钱的女孩子,去了这么多国家,时间上又这么有规律,我们可以有这样几种猜测,第一是购物,第二是旅游,第三是探亲访友,第四嘛,我要先问你一个问题才能说。"

林岚忙说:"你问,你问。"

"这个女孩有没有前科或者被通缉什么的?"

"没有啊,怎么,这个很重要吗?"

"当然重要啦,你想想,常在河边走哪有不湿鞋,如果她和她所在的团伙频繁盗窃,多多少少会留下一些案底或者涉案线索。如果一点都没有,要么他们是低频率、高价值的盗窃团伙,要么这个团伙是一个极其严密的组织,反侦察能力极强,说不定还有些高层关系,内外勾结,所以一直逍遥法外。当然,基于她是个高级的窃贼的假设,我们也可以大胆猜测,她去境外的第四个可能性是去盗窃或者是去销赃。"

林岚不解地问:"那如果真是前三个呢?"

"你慌什么?这不还没有排除第四点嘛!我们先将四个可能都列入搜索范围,无非就是工作量大一些的问题。不过,能够排除掉明显不可能的选项,也的确会提高效率。我们接下来就尝试做一下排除题。从右边的数据来看,出国的时间一般在 5 月底和 11 月底,这几个国家购物的黄金期一般都是圣诞节期间,我直觉购物的可能性不大;至于旅游,一个地方去这么多次,似乎也不太符合一般人的旅游习惯,不过也没有绝对排除的理由,所以这一项姑且保留;至于探访亲友,我觉得更不符合情理,难道她的亲友竟然遍布这么多个国家?就算是吧,还需要在固定时间去拜访?这显然不可能,所以也可以排除。那么现在,我们只有搜索选项二和四了。"

逯超群一番连推理带假设的论证下来,林岚心里已经是非常佩服了。可她心中依然有很多疑问,于是忍不住提问。

"按你说,她到国外和她的盗窃有关,可是按照你刚才的逻辑,销赃和盗窃也不需要固定的时间啊。所以我觉得旅游的那个也可能成立。就比如江旎姐吧，她特别喜欢拍油菜花，所以她每年都会在 3 月份去婺源，去了好多年了，这就是一种情结。可这是基于你对被分析人的信息非常了解，才能做特定搜索啊。否则旅游这么泛泛的信息，搜出来的信息量太大了，起不到什么作用。"

逯超群扶了扶眼镜。

"这种习惯虽然具有个别性，但并非不存在，一旦掌握，因为个体特征非常明显，反而有利于锁定关联信息。之前我并未排除旅游这一项，是因为我们的辅助性参数还没有用完，搜索范围还可以缩小，这一项未必不可用。"

逯超群将鼠标移到了"古董花瓶、拍卖会、画展"下面，并标上了一条醒目的红线。

"你发现规律了没有？"

林岚说："这三样东西的重合部分就是高价值艺术品，也就是这三个数据中的同质数据。从现有证据来看，这个女人不止一次出现在这些地方，我们可以大胆假设她是去捕猎，寻找盗窃的对象。"

逯超群赞赏地看了她一眼，说道："不错嘛，看来技术处的几年也没有白待。"说着，他又开始在电脑上操作。

"我们把艺术品和旅游以及她出行集中的时间段都作为参数进行匹配和推演。首先，将艺术品和旅游匹配，推演出来的新参数就是展会，将艺术品和盗窃、销赃匹配起来，推演出来的新参数就是拍卖会。我们再把艺术展会或拍卖会与之前挑选出来的时间点进行关联搜索，看看符合该地点、该时间段的是否有艺术展会或拍卖会就 ok 了。"

林岚豁然开朗，她觉得今天找逯超群简直是再英明不过的决定。

"天啊，逯超群，怎么办，我发现自己快成为你的脑残粉了。"

逯超群一脸嫌弃的样子。

"好了，别肉麻了，你有这拍马屁的时间，不如用来长长脑子。"

"我脑子怎么了，我脑子好着呢。"

"当然好，你的脑子比我的贵多了。"

"好就是好，和贵不贵有什么关系？"

"当然有关系了,因为你的脑子从来都不用,是崭新的,没用过的当然比用过的要贵。"

逯超群和林岚互怼惯了,大有棋逢对手的感觉。这会儿他看见林岚一脸吃瘪的样子,心情格外舒畅。他和林岚斗嘴,可是脑子和手并没有闲着,他在浏览器上飞快地搜索着,然后指着一排搜索出来的信息给林岚看。

"快看,佳士得在 16 个国家都会定期举办拍卖会,时间就是每年的 5 月底和 11 月底。2006 年 6 月佳士得在伦敦举办了'中国陶瓷工艺专场',以中国瓷器为主,成交额达到了 83 万英镑,从她的记录上看,那一次她也应该去了。敢情你口中那位有钱的小美眉从小就在做专业考察呢,这可就厉害了。"

林岚被逯超群给出的一连串信息炸得头昏脑涨。她拿过鼠标,在电脑上仔仔细细地浏览信息。廖雨欣的出行时间果然都有对应的展会和拍卖会,而且密集出现于和古董瓷器有关的展会和拍卖场。

逯超群说:"我猜测,她这是边摸行情,边找猎物呢。"

林岚却摇了摇头,说出了自己的疑惑:"一个 14 岁的小丫头,她能干啥?肯定得有人带着吧?"

逯超群道:"可不是,签证、护照都得大人帮忙办,她就是有那个能力,也没那个资格自己去办吧?"

林岚脑海中闪过一个假设,脱口而出道:"我之前参加案件讨论的时候听汪叔他们说,盗窃团伙中不乏成年人利用未成年人作为工具实施犯罪的例子,如果 A 小姐是工具,那么她背后一定还有人。我们既然之前就怀疑 A 小姐不是一个人作案,那就让公安方面查一下和她同一时段乘机的人员名单,如果有重合的人,那么这些人就很有可能是她的同伙。"

逯超群表示赞同:"这个想法我给 90 分,我建议,同时期的酒店入住信息也可以查一下,然后再将名单在计算机相关数据中做个匹配搜索就可以了。"

林岚双手一拍,道:"好了,这个就是下一步的方向了,有了电脑的计算功能,再加上大数据,这帮贼就是再厉害,也插翅难逃了!"

第三章　清者自清

云想飞扬房地产公司是恒创集团的全资子公司,这里是恒创集团的太子爷赵冬诚的帝国。二十出头的年纪,金尊玉贵的身家,遗传了父母的超高颜值,却没有遗传到父亲的超高智商。不过,他读书的成绩虽然平平,却也在明尼苏达州的一所学校拿到了金融专业的文凭,算是出国镀了一层金。回国之后,身为太子爷的他自然而然地成为了子公司的老总,赵冬诚这顺风顺水的一生在很多人的眼里就是开挂的一生,难以企及。

总经理办公室里面,赵冬诚盯着这个月的财务报表,面上露出得意的笑容,这个季度的业绩和他手中的股票一样,全线飘红。好事成双,最近他赚得盆满钵满,心里得意得很,月底浩龙湾的工程竞标一旦到手,那更是一块肥肉。

他拨通了项目部的电话:"陈经理,你到我办公室来一下。"

项目部的经理陈景峰是一个精瘦的中年人,碰到需要巴结的人,脸上总是堆着谄媚的笑容,胸脯拍得山响。他酒量好,关系多,又善于应酬,每次有大的项目,都由他来亲自跟进,饭桌上觥筹交错,溜须拍马间,搞定了不少手握大权的大人物。所谓人脉就是钱脉,赵冬诚年纪轻,需要一个经验老到的人给他鞍前马后,特意将陈景峰派去。陈景峰也不负重托,办事得力,颇得赵冬诚的信任。

"陈经理,浩龙湾的项目你跟得怎么样了?"

陈景峰带上门,凑到赵冬诚面前,讨好地说:"小赵总,差不多了,就是规划局那边还要再活动活动,我保证完成任务,您不用太操心。"

赵冬诚正要再问几句,电话不合时宜地响了起来,赵冬诚看了看来电显示,是温婉打来的电话,不由得皱了皱眉。他看了陈景峰一眼,陈景峰识趣儿地退了出去。

赵冬诚接起电话,问:"什么事儿?"

温婉在电话那头就喊了起来:"你说什么事儿?你快半个月没和我联系了,是被那只吊嗓子的狐狸精给迷晕了吧?"

赵冬诚的耳膜被震得一麻,把电话拿得远远的,听见里面温婉还在嚷嚷,不耐烦地挂断了电话。

赵冬诚有些烦躁地在办公室里面来回走了几步,电话又不依不饶地响了起来,一点歇气的意思都没有。赵冬诚恨恨地瞪了一眼电话,一把抓起来又重重摔下,大步走出了办公室。

赵冬诚刚进电梯,手机也响了起来,他掏出手机一看,还是温婉的号码,一把摁了下去,顺便按了关机键。一时间,电梯里面安静了下来,他长舒了一口气,略有些疲惫地靠在电梯间的挡板上。

出了电梯,赵冬诚走到停车场,用遥控钥匙打开了尾号为 658 的红色法拉利。这是他买给温婉的车,她一时生气,忘了开走。赵冬诚一向偏爱这种热烈的颜色,也追求万众瞩目的人生。

温婉是那种艳丽且奔放的女人,是赵冬诚所偏好的。他的新女友崔莹莹也是如此,就像一头娇艳的红狐,妖娆美艳、风情万种。可在赵冬诚看来,女人这种生物,相识之初的种种好处,一旦时过境迁,露出真实的瓢子,就会突然变得毫无魅力可言。温婉起初娇俏活泼的性格,任性撒娇起来都是一种风情,现在却变成了动不动对自己威逼利诱,面目可憎的泼妇,让他倒足了胃口。

一想到温婉,赵冬诚就觉得一阵头疼。他揉了揉太阳穴,闭目半晌,从包里拿出另一部手机,拨通之后,一个娇滴滴的女声从电话里面传来:"你怎么现在才给我打电话啊?"

赵冬诚听到这个声音,火气消了一半,他平复了一下情绪,说:"这几天在忙一个项目,没时间,我现在头疼,去你那儿歇一会儿。"

对面的女人似乎非常善解人意,她体贴地问道:"吃了吗?要不要我去'醉江南'给你点几个爱吃的菜?"

赵冬诚显然对这份关心十分受用,回了一声:"赶紧的,我这就来。"说完,他立刻发动油门离去。

赵冬诚躺在软软的席梦思上,闻着香熏灯里面催人欲睡的香气,享受着崔莹莹轻重适度的按摩,觉得这厢岁月静好。崔莹莹在旁边讨好地说:"你前段时间告诉我的那两只股票涨了,我赚了不少钱,我按你说的价抛了之后不久,果然跌了。没想到你做生意厉害,炒股更厉害。"

赵冬诚心情正好,听崔莹莹这么一奉承,更是飘飘然。他指了指肩膀酸痛的地方,崔莹莹心领神会,马上仔细揉捏。赵冬诚被按压得通身舒坦,懒洋洋地说:"下次告诉你消息,你也按我说的操作,保证你赚钱。"

崔莹莹好奇地问:"亲爱的,你怎么知道得那么准?是不是有内幕啊?"

赵冬诚嗤笑了一声:"这年头,炒股票想赚钱,没内幕可能吗?"

崔莹莹还想追问,赵冬诚摆了摆手:"你先别问了,我今天被烦得厉害,到现在都头疼,我得眯一会儿。"

崔莹莹见他面露倦色,知道这个时候不能没眼力劲儿,忙讨好道:"那我把灯关了,你好好睡一觉。"

一觉醒来,赵冬诚神清气爽,和崔莹莹说了句"晚上等我",就下楼开车去了公司。正在电脑跟前看着股票走势图,忽然一个电话进来了,他看到手机屏幕上闪烁着显示"张旭飞",赶紧接了起来。挂了电话后,赵冬诚在便签条上记下两只股票代码。

接下来的两日,赵冬诚持仓的股票气势如虹,张旭飞发来信息"大胆加仓"。赵冬诚账上有一大笔钱,但那是赵睿从恒创集团拨给他,指明用于浩龙湾项目的。就在他内心极度挣扎的时候,张旭飞建议他用杠杆,这样既可以逮住机会,又可以不去动项目资金。张旭飞最后还撺下一句话:"这样的机会可不是总有的,股市上要想成功,就必须冒险。"

金钱的诱惑总能让人轻易丧失理智。赵冬诚一向觉得赵睿这几年来器重在外面的那个野种远胜于自己,可这个秘密,自己还得守着。不然,这外面的势利眼,加上恒创集团董事会的那帮见风使舵的董事,知道自己不是赵家唯一的继承人,知道赵睿这么多年来苦心栽培的另有其人,自己要风得风、要雨得雨的日子,恐怕也不复存在了。

杠杆一加,每天看着账户上往上猛蹿的数字,赵冬诚欣喜若狂。

人生有时如闹剧,当你以为自己即将抵达巅峰的时候,命运的转盘可能正在偷偷偏移指针。

周末赵冬诚重仓的两只股票被查出因涉嫌财务造假被调查的消息。周一刚开盘,两只股票同时暴跌,双双钉死在跌停板上,连一丝卖出去的机会也没有留给赵冬诚。他按照张旭飞的建议,继续加杠杆补仓,不料,接下来的一轮断崖式下跌更让他的资产急剧缩水。杠杆的悲剧就在于,到了警戒线就会被强行平仓,赵冬诚没有办法,只能挪用浩龙湾项目的资金去力挽狂澜。可是,那两只股票就如同两个无底的黑洞,不到一个月,就将接近2亿的资金吸了个干干净净。

赵冬诚瘫软在真皮老板椅上,万念俱灰。要是让赵睿知道他把公司的这么大一笔钱葬送在股市上,自己继承公司的事儿只怕要黄。

人在绝望中反而更加冷静,赵冬诚思来想去,觉得自己是被人做了一个局。那个做证券的张总出现得太蹊跷,这次自己败得也太蹊跷,于是打电话叫来陈景峰商量。

陈景峰看见赵冬诚一脸菜色,胡碴子冒出来不少,感觉是出了大事。他先给赵冬诚倒了一杯水,然后问道:"小赵总,您找我有什么吩咐?"

赵冬诚问陈景峰:"我记得你有个朋友是开侦探社的?"

陈景峰有些意外,不过马上答道:"是有一个,您找他有事儿?"

赵冬诚一把抓住陈景峰的手腕,咬牙切齿地说:"你马上告诉他,我要调查天华证券的张旭飞。"

陈景峰见他如此急切，连忙答应道："没问题，想查什么，您只管说，我这个朋友做了很多年了，在局子里也有人，很有些手段。"

赵冬诚递给陈景峰一张照片，咬牙说道："你让他给我刨根问底地查，看他最近见了谁，有没有和照片上这个人接触过，都干了些什么，账户上有没有多出一大笔钱什么的，总而言之，能查的都查。"陈景峰见他气急败坏的样子，也没有多问，连忙答应着去了。

几天后，一张 U 盘和一沓资料放到了赵冬诚手中。果然，就在自己认识张旭飞前不久，宋白羽约了张旭飞在一个咖啡厅里会面，临走时，宋白羽将一个银色的拉杆箱交给了他。从资料上看，同日，张旭飞夫妻的 2 张银行卡，以及他父母的 3 张银行卡中共计存入了 500 万元现金。

很显然，张旭飞是被宋白羽收买了，目的就是让他哄骗自己入局，好让自己在股票上跌个大跟斗，从此失去赵睿的信任。赵冬诚也不是吃素的，被下了这么大一个套，他现在连杀人的心都有了。他找人准备把张旭飞绑起来，逼他说出事情的原委，可对方回信，张旭飞早在几天前就拿着钱逃之夭夭了。

两个多亿啊，赵冬诚一想到这里，心里的恨意就不断滋生。他拨通了宋白羽的电话，咬牙切齿地说道："你这个野种，你以为这样算计了我，就能得到老爸的信任？你别做梦了。我的钱也是他的钱，你害我丢了两个亿，你以为你能脱得了身？"

宋白羽不慌不忙道："我算计你？证据呢？你有吗？"

赵冬诚气得肝儿疼，他忿然道："你敢和我当面对质吗？"

宋白羽一向瞧不起这位养尊处优的公子哥儿，他现在就是条落水狗，想当面奚落他一番，于是道："我有什么不敢，你说时间、地点，我随时奉陪。"

涵江市人民检察院会议室里，专案组的讨论会正在进行。

当赵云蕾将林岚和逯超群的发现和思路提出来的时候，大家感到非常惊讶。

汪海彬满脸的不可思议。他由衷地赞叹道:"'技术助力'这句话我平日里总听人提起,可是没想到真这么厉害,就凭出行记录中那些碎片信息,居然能够推演出这么多有价值的侦查线索,可真是让我开了眼界啊!"

付朝阳有些顾虑,试探着表达自己的观点:"林岚他们提出的侦查方向很有道理,就是工作量太大了,看来公安那边得花不少力气,也不知道最终是不是能够通过航空信息和入住信息找到有价值的线索。"

李琼反驳道:"这个案子能有现在的突破已经是意外之喜了,花大力气得到真相,总比毫无头绪强得多吧。"

付朝阳争辩道:"我这不是担心嘛,调查每一次乘机和入住时的全部客人名单,再来排查,不仅涉及工作量的问题,还有个信息保存周期的问题。毕竟,有些信息的查找本身就受时间限制,太久远的估计很难查到了。"

赵云蕾赶紧出来打圆场,她问林岚:"我觉得付朝阳的顾虑也不是没有道理,你们考虑过这些困难没有?"

林岚答道:"我们只需要调取廖雨欣所乘航班的乘客名单以及同日入住酒店的顾客名单,由计算机运算来完成匹配就行了,工作量并不是很大。至于信息保存周期的问题,能查到多远就查多远,实在查不到的,不是还有银行流水吗? 他们在外面住宿、买机票,哪一样不得花钱。只要锁定了和廖雨欣同行人员的身份,就可以通过比对他们的消费记录来判断其他的行程是否一致。"

林岚的回答,打消了大家的顾虑。

赵云蕾联系了涂敏,就眼下的侦查思路和他进行了沟通。涂敏素来执行力极强,他派出的人手很快取得了相应的名单,通过一番比对和筛查,最后锁定一个叫丁帆的男人,他和廖雨欣的行程存在多次重合。

侦查人员将丁帆的照片交给胡强辨认,胡强一眼就认出这个人正是指使他去盗古瓶的墨镜男。此外,丁帆的消费信息显示,三个多月前,他曾在租车行租赁过一台黑色的丰田车,型号和特征与去定制赝品的人所开的车辆特征一致。侦查人员再次出差到河南省伊川县,把丁帆的照片交给制作仿品的陈斌辨认，他们也确认这个丁帆就是定制鹅颈瓶并支付现金的男人。

一系列的进展让整个古瓶案组成员士气大涨，整个侦查方向似乎步入了正轨。

几经辗转，负责宋白羽这条线索摸排的侦查员谢骏掌握了宋白羽在香港最后的住址，有些出乎意料的是，宋白羽居然是真名，他今年27岁，很早就随母亲宋锦绣到了香港。涂敏当机立断前往香港。

可惜的是，涂敏和谢骏抵达香港后，发现宋白羽并不在香港，宋锦绣说话滴水不漏，也问不出个所以然来，只一味推说不知道宋白羽的下落，自己也在四处找他。涂敏怀疑，宋白羽是不是得知丁帆被抓，所以脚底抹油跑了。

在香港警方的协助下，涂敏和谢骏找到了一名叫方子晴的女士，征得她的同意后，约在一家简洁安静的茶餐厅见了面。

方子晴与宋锦绣是教会的会友，颇谈得来，两个人认识有四年多了。据她介绍，宋锦绣祖籍潮汕，小时候家境贫寒，母亲给别人做过保姆，她很早就和母亲到了香港，有一个神秘的情人。

"你为什么觉得他神秘呢？"涂敏及时地捕捉到了对方话中的细节。

方子晴道："她的这位情人我从未见过，也不住香港，对于他的身世背景，锦绣也是讳莫如深。"

谢骏道："香港寸土寸金，宋锦绣目前租住的山顶别墅，租金每个月十多万元，据我们了解，宋锦绣女士并没有工作，花销却这么大，看来她的这位情人，非富即贵啊。"

方子晴微微一笑，道："是啊，锦绣不仅住得好，素日里出手也阔气。不过，她深居简出，不大喜欢与人讲她家里的情况。我虽然和她认识多年，所有的约会和交集都在外面，我虽然知道她住那里，却从未去过她家。"

谢骏有些惊讶，忍不住问道："你们认识这么久，居然从来没有去过她家？"

"锦绣说她喜欢住在不同的环境，这样就能欣赏到不同的景色，所以她经常搬家，一个地方住不了一年。她还经常出国，没有邀请朋友去她家，倒也不太奇怪。再加上我这人素来不喜欢打听别人的事儿，很尊重朋友的隐私，她既然不邀请，我断没有主动要求去的道理。"

"你们可是单向联系，没有共同的朋友？"涂敏突然问。

方子晴愣了片刻道："你这一问，我仔细想想，好像还真是。每次约会都是我们两个，锦绣喜欢清静，我也没多想。"

涂敏若有所思道："也许正是因为你这样的性格，能够安于你们之间的这种交往模式，所以才能够和她相处这么多年吧。"

方子晴一副若有所思的样子。她拿起面前的玻璃杯，抿了一口奶茶道："我不知道你为何这么想。之前香港的警方找到我，说你们有案件需要我协助时，我第一个反应就是宋锦绣的那个情人是不是牵扯到什么事儿了。可现在听你问话的意思，似乎你们怀疑的人还包括宋锦绣。我这几年和她相处，觉得她不太喜欢与人打交道，总想着可能是单亲妈妈的苦衷，并未深想，现在回想起来，她的举止行事的确与旁人不同。"

涂敏提示道："人与人之间但凡相处久了，总会有些什么细节透露彼此的信息吧，你和她在日常的接触中，难道没有留意到什么不寻常的细节？女人之间聊天，多多少少会谈到感情生活，你即便没有接触过她那位神秘的情人，也不至于对他的情况一无所知吧？"

方子晴神色有些踌躇，她犹豫道："即便有，也都是猜测，并没有真凭实据，不知道说出来是否合适。"

涂敏一向的观点是，任何人都不是金刚不坏之身，总有个命门。看到方子晴的踌躇，他直觉有戏，追问道："既然方女士愿意协助我们警方，还请你知无不言，言无不尽。至于真相如何，我们自会查找证据，不会捕风捉影。"

方子晴迟疑片刻，轻叹道："我记得有一次陪锦绣喝茶，她结完账去了趟洗手间，服务生倒水的时候，把她的包碰掉了，掉出一个包裹，右上角用英文斜体写着 Anderew。还有两次听到锦绣打电话，称呼对方为安德鲁,语气亲密,所以我一度猜测,这个安德鲁就是锦绣的情人。"

"安德鲁? 他的情人是外国人吗?"

"那倒不一定,这边华人也有不少取英文名字的。"

涂敏想想也是,又问:"你们从未谈起过这位神秘的情人吗?"

方子晴肯定地道:"从未直接谈起过。不过,锦绣曾经对我抱怨过,说男人都是无情的人,无论女人付出得再多,在他们心里都是利益至上。所以,我觉得她的感情生活并不美满。"

涂敏问:"宋锦绣的儿子宋白羽,你了解多少?"

方子晴苦笑道:"我说了,警官你又要觉得不可思议了。我虽然知道锦绣有孩子,却并未见过,甚至没有听她提起过全名,她只是称呼他'羽儿'。据锦绣说,她这一儿一女常年在国外生活,很少在香港住。"

涂敏惊讶道:"一儿一女? 你是说,她还有一个女儿?"

方子晴道:"是啊,锦绣还有个女儿。不过,我听她说,这个孩子是她收养的。"

涂敏忙问:"她女儿叫什么名字?"

方子晴摇头道:"我也不知道,她似乎不太喜欢提到她的这个女儿,我感觉她更在意她的儿子。"

涂敏接着问:"那这个女儿是姐姐还是妹妹?"

方子晴道:"应该是妹妹,因为我听她说的是小女儿。"

结束了对方子晴的问话后,涂敏在脑子里将获取的信息过了一遍。

宋白羽真的有一个妹妹,那这个妹妹会不会就是化名宋白珊的廖雨欣? 可如果真的是她,宋白珊怎么会是假名呢? 难道说,这个宋白珊是真的,廖雨欣是冒名顶替的? 不管怎么样,宋锦绣之前在自己找她了解情况的时候刻意隐瞒了自己还有个女儿的事实,本身就说明这个女儿的身份有些古怪。

带着这些疑问,涂敏向香港警方再次申请,协助调查宋锦绣多处居住地的知情人。随着调查的深入,涂敏觉得,这个宋锦绣真不简单,居然在香港这个繁华都市中活得像个隐身人一样,从不买房,只租房。涂敏怀疑她是用别人的身份证签的租赁合同,因为她多数时候的住所都无从查证,好不容易查到一两处,地方也是山顶别墅这种私密性极高的高档住宅,再加上她深居简出,见过她的人很少。宋白羽也是常年在国外,每年回来一段时间,出入些高档场所,却也不见什么异常。认识他的人虽然比较多,却都是些聚会往来,获取的信息也很有限。

根据方子晴提供的信息,涂敏和谢骏找到了一家宋锦绣常去的水疗馆,可是并没有在顾客名单中找到她的信息,后来将照片给服务员辨认后,才发现她是用刘秀英的假名登记的。宋锦绣那个神秘的女儿,倒是有人见过,不过据查是宋锦绣收养的,而且很早就送出国了。几天马不停蹄地跑下来,最后到手的有价值的信息实在是寥寥无几。

在香港的调查工作举步维艰,可就在涂敏外出调查的这段时间,涵江市又发生了一起大案。

2017 年 1 月 22 日,年关将至,消防车凄厉的叫声打破了涵江市深夜的寂静,火焰化身最凶残的猛兽,吐着狰狞的黑烟,将坐落在北岭区玉清山的半山花园包裹得密不透风。半山花园是恒创董事长赵睿以开发养老项目为名批下的地皮,可是配套项目却迟迟没有竣工,倒是先把养老院的休闲会所给建起来了。抛开老年人活动中心的名头,其实整个内部就是一座私家庄园,最后基本上成了赵家的"行宫"。山脚下是玉清山养老基地的项目规划部,因为项目一再搁置,规划部的接待中心就临时成了半山花园的员工宿舍。说是员工,实际上也是给赵氏父子服务的,这些员工白天到山上打理卫生,修整园林,晚上都到山下的接待中心住宿。

消防车赶到时,经验丰富的消防员也对火势的猛烈程度和燃烧速度感到惊讶,在整个救援过程中,没有任何人呼救与挣扎,只见昨日还奢华美丽的一座花园,现在却在冲天的火光中静静地燃烧着。

山脚下,围观的群众议论纷纷,记者扛着摄像机,边找角度录制现场,边见缝插针地采访。

一个小个子男人对记者说:"从消防车来之前到现在,一直没听到有人喊救命,也不知道这房子里面有没有人。"

负责保洁的王婶立刻争辩:"怎么没有人,我们小赵总这几天都住在这里!"

小个子男人有些发窘,红着脸争辩道:"那里面怎么一点动静都没有?"

记者们一看就知道这男人并不知晓内情,赶紧绕过他去问王婶。

王婶看到记者伸到跟前的麦克风,却不肯吭声了。

记者正想办法套话,只见一辆宾利车开了过来,后面跟着一辆林肯车。车上下来几个人,走在前面的是赵睿和他的千金赵安琪,记者们立马撇开王婶,一窝蜂地围了上去。

随行的保镖和助理用力分开人群。赵安琪怒斥道:"你们这些狗仔太没道德了,现在都什么时候了,你们只知道抢新闻,却丝毫不顾及当事人的心情。"

记者们却似乎失去了听觉,依然争前恐后地拍照。

正推搡着,几辆警车开了过来,下车的是市公安局一把手肖永华和他的下属。

肖永华天生一张严肃脸,自带生人勿近的气场。记者们看到他过来,立刻停止了围堵,自动散开。随即而至的两辆警车,下来了十余名警察,开始疏散围观的群众。

肖永华向记者们宣布:"市委领导有指示,火灾报道要尊重事实。现在侦查人员要固定证据,走访现场目击证人,请媒体的同志们暂时不要采访。现在火灾还没有得到有效控制,请大家自觉退到安全区域等待,稍后配合侦查人员的取证工作。"

人群渐渐散开,只留下一些知情人员接受民警的询问。

赵睿生气地问王婶:"怎么一个保安都没有看见?人呢,人都去哪儿了?"

王婶缩着脖子,大气也不敢出,过了好一会儿才低头小声答道:"小赵总说快过年了,让保安都收拾行李回家了,说是让他们年后再来。谁知道保安前脚刚走,后脚就……就出事儿了。"

赵睿脸色惨白。

他极力克制住心头的恐惧，声音颤抖着问道："昨晚冬诚真的歇在这儿？"

王婶不敢直视他慑人的目光，低下头，小声说："昨晚小赵总招呼朋友们在这里聚餐，我等到他们散了，准备收拾一下，小赵总说太晚了，他想休息，让我走了。我走的时候，看见小赵总锁上了院子的门。"

赵睿仰起头，从胸腔深处发出一声长叹。

有消防员出来了，赵睿和肖永华等人赶紧围了上去。

"里面情况怎么样？"

"发现了两具尸体，已经……"

他看了看这个涵江市的风云人物，斟酌着说出了后面半截。

"已经罹难了。"

赵睿身形一晃，险些要跌倒了。赵安琪在一旁赶紧扶住，眼眶也有些泛红。她从小生活在国外，对这个同父异母的哥哥感情并不深，仅有的回忆也都不太美好。可父亲是疼爱自己的，她无法忽略赵睿的痛苦。

赵睿稳定了一下情绪，突然觉得有些不对，问道："怎么会是两具？"他狐疑地望着王婶。

王婶支支吾吾地说："那个，那个温……温婉小姐昨晚也住下了。"

赵安琪问道："哪个温婉？该不会是那个……？"说到这里，她轻呼了一声，瞪大眼睛说到，"那个明星！"

王婶点了点头。

本来周围记者的注意力就集中在赵氏父女身上，这一下都听到了，肖永华到来后逐渐变得有序的记者们立刻骚动起来。

"明星温婉，就是那个当红的流量明星啊！"

"这么劲爆的消息，居然让我碰到了！"

他们纷纷举起相机，对现场拍摄着。

事态比预想的还要严重，肖永华眉头紧锁，赶紧指挥随行人员维持秩序。

明星与富豪之子的私情，豪宅夜半大火，这堪比八点档的烂剧情，还不让这些记者们疯狂！肖永华庆幸自己刚才疏散了人群，没有让这爆炸信息立即外泄。可是,温婉的身份敏感,如果里面的尸体真是她,这消息怎么可能捂得住? 现在只能抓紧时间,将一切能够做到的工作赶在前面。

肖永华把消防员拉到一旁,问道:"尸体是在什么位置发现的?"

"火势太猛,我们把梯子直接架到二楼火势较小的书房,进去搜索救援,不一会儿,就在房里面发现了两具烧焦的尸体。因为已经死亡,我们就没有挪动尸体,只是用防火棉盖上了,以防破坏现场。"

肖永华点了点头,消防员转身又冲进了火场。

救火龙奋力地喷洒着,好在别墅离着最茂盛的林木区还有一段距离,没有蔓延成山火,在消防官兵的奋力扑救下,火势渐渐得到了控制。

现场被隔离带围了起来,在不远处搭建的临时休息所,侦查人员逐个向目击证人了解情况。

维修工小蒋回忆:"我昨天去他家修喷泉的出水阀,晚上7点才离开,那时候我还看见小赵总的车停在车库里。"

园丁刘叔说:"我昨晚吃坏了肚子,凌晨去上厕所的时候听到狗不停地叫,上完厕所出来,就发现山上冒了烟,还有火光,我赶紧打了119报火警。"

民警问:"房里面真的有人,怎么会一点动静都没有?"

"也有可能睡着了,或者被浓烟熏晕了,没来得及逃命。"

"不是说听到有狗叫声吗? 狗咋没有被熏晕?"

"可能是狗被关在外面吧。"

"不会吧,他家的狗娇贵着呢,都是和主人一个屋,这么冷的天怎么可能关在外面?"

人们七嘴八舌,言之凿凿地下着定语,仿佛真相就掌握在自己手中。

火灭了。

现场一片狼藉。

现场勘验工作开始了。肖永华亲自在现场指挥,负责现场勘查和录像的技术人员一起进入被大火烧得残破不堪的建筑中,火灾调查员也来到了灾后现场。据消防员说,他们来的时候,院子里的雕花铁门是开着的。技术人员第一时间勘查了铁门的门锁。门锁和大门有很明显的砍击破坏痕迹。院子的空间很大,门锁虽然被浓烟熏黑,但火势并未蔓延到这里,所以不曾因灼烧变形。

经过初步勘查,技术队的曾启帆和火灾调查员一致认为,这不是一般的火灾,而是一起人为的恶性纵火刑事案件。肖永华当即拍板,增派警力,通知涵江市人民检察院派人员提前介入,进行侦查指导。

王处长接到一把手郑明德检察长的电话后,把赵云蕾叫到办公室,商量派谁去提前介入比较合适。

赵云蕾在脑海里把处里的几个人过了一遍,试探着问道:"王处,我心里有个人选,您看看合适不。"

王建波皱眉道:"最近你们怎么搞的,一个两个的都学得和付朝阳一样磨磨叽叽的,说个话都吞吞吐吐的,还有没有半点公诉人的风采了?"

赵云蕾乐了。

"行,痛快地说。林岚到咱们公诉处也有好几年了。我旁观着,她学习能力强,胆大心细,知识面广,思维缜密,是一个综合素质很强的复合型人才,在新近入额的这一批员额检察官里面虽然年龄最小,却是个业务尖子。我琢磨着,应该多给她机会锻炼,好好培养。"

王处长赞同地点了点头。

"林岚在好几个案件中都展现出了技术和法律思维相结合的优势,她这种独特的优势启发了我,其实在证据薄弱的情况下,尤其是在嫌疑人进行幽灵抗辩,或者零口供的案件中,技术和公诉两项技能的叠加,能够产生意想不到的威力,是对付幽灵抗辩和零口供最有力的武器,对于突破案件瓶颈的作用也很大。所以,我这次想让她提前介入。"

赵云蕾和王建波的想法不谋而合,王建波站在宏观的角度,对于林岚的评价甚至更全面、更精准。

赵云蕾说:"林岚以前在技术处做的就是痕检工作,对于现场勘查是再熟悉不过了,如果这次确定派她去,不仅是对她的锻炼,也是公诉与技术结合的一次法律实践。"

王处长一副踌躇满志的样子，坚定地说："是时候让她独立办理大案要案了，这次不但要派她去，而且还要大胆地派，撤去依赖，让她真真正正挑一回大梁。你回去就落实，你们处那个书记员路小艾挺机灵的，人也勤快，配给林岚做助手，案子你盯着些，但是事情让她独立去做。"

赵云蕾对于王处长的安排没有异议，她赶紧安排去了。

林岚和路小艾赶到现场时，扑入眼帘的就是被烈火肆虐后的一幢熏得发黑的建筑，她们出示了工作证，穿过警戒线。

林岚按照王处长给的号码给市局的黄勤队长拨了过去，黄勤马上派了李云鹏出来接她们。

她们进到院子里，黄勤和几个人正在现场忙碌，李云鹏上前为双方做介绍。

"黄队，检察院提前介入的同志来了，这两位是林检察官和她的书记员路小艾。"

黄勤一看，这林检察官不过是个小姑娘，书记员路小艾更是个稚气未脱的黄毛丫头，心里顿时觉得有些不爽。

这王处长可真是越来越倚老卖老了，这么重要的案件，就派了这么两个黄毛丫头来提前介入，真是太不负责任了。他这么想着，当时脸上就有些挂不住了。

人既然派了过来，表面功夫还是要做足。

黄勤脱下手套，礼貌但疏离地和林岚握了握手，客套地说："林检察官，感谢你们对我们工作的支持，这么远赶过来，辛苦了。"

林岚对黄勤的冷淡假装没有察觉，热情地说："不辛苦，都是为了案件需要嘛。黄队长，您要负责全面指挥，肯定分身乏术。要不，您派个人带我们去看看现场吧，我好有个直观的了解。"

黄勤见她一来就直奔主题，态度倒是挺积极的，神色缓和了些。

"不用派人了，他们都忙着呢，我现在也不用指挥，刚才任务都交代下去了，我带你们去吧。"

黄勤说完就在前面引路。

林岚和路小艾紧随其后。

到了门口,黄勤停了下来,正准备叮嘱两人现场勘查的注意事项。但还没等他开口,林岚就从裤兜里拿出手套和鞋套,给自己和路小艾换上。

黄勤对林岚的老练有些意外,不动声色地拿了一个鞋套给自己套上。

进入房间后,林岚边走边说:"黄队长,我们王处对于这次提前介入的任务非常重视,让我过来多看多学,有问题随时向处里汇报。我年纪轻,经验不足,您多包涵。您现在要是方便的话,就给我讲讲勘查工作目前的进展吧。"

黄勤刚刚观察了一下,觉得这姑娘看上去对现场勘查并不陌生,再听了她这番话,觉得她很懂得进退,态度谦逊,干活儿也不拖延,对她印象又好了几分,态度缓和了许多。

他笑了笑说:"林检察官,您太谦虚了。公诉人在抠案件细节,把握证据标准上,可是要比咱们这些干侦查的大老粗要强得多啊。"

林岚忙摆手:"哪里,哪里,破案还是要靠公安老大哥啊。"

彼此谦虚了两句,黄勤开始介绍。

"这半山花园名为养老公寓的休闲会所,实际上是恒创集团董事长赵睿打造的一个私家花园别墅。我们初步判断,房间内发现的尸体,是赵睿的独子赵冬诚和大明星温婉。"

路小艾惊讶道:"涵江市最拉风的富二代和大明星温婉,这么劲爆的新闻,网络上怎么一点动静也没有,只有半山花园失火的消息?"

林岚不好意思地挠了挠头,抱歉地说:"黄队,不好意思,我的这个小助手有一颗八卦的心。"

路小艾在一旁吐了吐舌头。

黄勤笑了笑说:"没关系,温婉毕竟是偶像派明星,小姑娘追个星什么的,挺正常。"他顿了顿,接着说,"为了破案考虑,目前这一消息还没有对外公开,不过也拖不了多久,争取一点时间算一点吧。恒创集团公司旗下有房地产开发、园林建设、融资租赁、进出口贸易等多个项目公司,房地产开发中的休闲度假板块由赵睿的儿子赵冬诚负责。赵睿是本市的纳税大户,又是海外归来的大投资商。这次他的儿子和一个大明星死在家里,影响很大,市里面的领导很重视。"

说话间,黄勤带着林岚她们到了一楼的储藏间。

林岚一进门就看到角落里有一个被烟熏得斑驳的保险柜。

柜门虚掩着,火势似乎并没有太多殃及这里,还可以看到保险柜里面的物品。

几份零散的文件,散落在柜子里。

地面上散落着的纸张,被烟熏得焦黄。

林岚问黄勤:"黄队,这边勘查过了吧?"

黄勤说:"已经拍照固定了,马上要统一进行物证提取的。"

林岚了然地点了点头,戴上手套,把文件拿出来看了看,又放了进去,接着蹲到保险柜前面仔细检查。路小艾拿出本子开始记录。

"柜门侧面有明显撬痕,从柜门左侧的压痕和右侧的撬痕方向来看,符合右手用力的常习性。"林岚边看边口述。

路小艾插嘴道:"看来,这个撬柜子的人不是左撇子喽。"

林岚"嗯"了一声。

林岚用手在柜门前比了一下,说道:"正常人的右手力量要大于左手,所以压力会集中作用于前端。从这些痕迹来看,压力反而集中于后端,可以看出这个人的右手力量虚浮,估计是有伤或者残疾。"

黄勤吃了一惊,这个年轻的检察官从几道撬痕居然能看出这么多道道,可见她对现场勘查相当精通,自己之前应该是误会了王处长。

林岚并未注意到黄勤的神色变化,她埋着头,聚精会神地在痕迹上捕捉蛛丝马迹。

"撬痕呈扁条形,边缘有棱角,工具应该是长条形撬杠而非柱状撬杆。"

黄勤忍不住凑近查看,果然痕迹扁平,横向分布于一侧。

"柜角边缘处留下的撬痕,走向呈斜插入内,压痕与柜角接触面积小,痕迹顶部伴有尖锐划痕,所用工具应该为柱状带尖钩的撬杠。从现有的痕迹特征来看,撬开保险柜应该使用了两种工具。"

"两种?"路小艾问。

林岚抿了抿嘴唇。

"可不是,准备得可真够充分的,看来作案人不是第一次作案,从手法来看,是个有着丰富盗窃经验的惯犯。"

林岚一面说着,一面又去看储藏室的门锁。

"门锁外部倒是没有被破坏的痕迹,不过锁孔内部还需到实验室进一步检查,看是否有外力技术开锁的痕迹。这样才能完全排除技术开锁的可能。"

"都强行撬开了,应该不会存在技术开锁的问题吧?"路小艾迟疑地问。

林岚仿佛看到了以前和林远昊较真的自己,她的嘴角露出笑容。

"不一定哦,万一是作案人故布迷阵干扰侦查呢?所以,还是检查得周密些才好。"

林岚的话很有道理,而且逻辑严密,路小艾无法反驳。她对眼前这个比自己大不了几岁的检察官多了几分佩服。

林岚站起身道:"黄队,我们再去二楼看看吧。"

细致、严谨、有主见。

黄勤一路冷眼旁观,心中那点别扭逐渐烟消云散,态度也不知不觉变得热情。

"尸体在二楼的卧室,技术人员现在都在上面呢,我带你们去看看。"

林岚跟着黄勤的步伐,沿着旋转楼梯向上走,边走边打量着四周。

整个建筑的内部是中空结构,一共两层,二楼有九个房间,中间的一间最大,其余八间呈对称结构依次排开,正中一间应该是主卧室。

林岚特意观察了一下中间的房门,原本气派非凡的双开门,现在破败不堪,隐约残留着皮革和海绵。

她轻轻摇了摇头。

"这种软包的装修,是很多富豪的最爱,看起来奢华,隔音效果也好。可惜,着起火来最是致命,易燃不说,皮革烧着后散发出来的呛鼻浓烟,加上海绵燃烧后产生的苯化合物,很快就会令人窒息。"

黄勤感慨道:"所以说,贵的不见得就是好的。"

与房间门口衔接的过道一直延伸到旋转扶梯处形成了一个回廊。楼梯扶手因为长时间燃烧,上面的木质部分已经烧焦,横七竖八落到了一楼,扶手只剩下裸露在外的、熏得发黑的几根金属杆。回廊的地面上零星散落着海绵的燃烧残留物。

林岚用戴着手套的手轻轻触摸了楼梯扶杆,白色的手套上沾染了黑色的粉末。

"二楼的火势远比一楼严重,越往上走,扶梯烧毁的程度就越严重,说明火源来自二楼。回廊的地面有卧室内的燃烧物,应该是卧室的门窗被打开后,被外面吹进来的风刮到这里来的。"

她从路小艾手中接过笔记本,把观察到的情况简单几笔勾勒了下来,画了一个大致的现场平面草图。

走近主卧室,林岚远远就看到天花板和墙体上有大片的燃烧痕迹,地面上有床垫、棉被燃烧残留物。卧室的窗户开着,窗帘被烧得精光,残骸散落在地面。

林岚刚要进去,迎面两个穿着迷彩服的人走了出来。

黄勤给双方做介绍:"这是涵江市支队火查科的火灾调查专家冯文和赵海,这两位是涵江市检察院公诉处的林检察官和书记员路小艾。"

林岚和对方握了握手,问道:"两位专家辛苦了,火源初步确定了吗?"

冯文说道:"通过对现场的清理和勘查,结合围观群众以及扑救火灾的消防员对现场的描述,我们划定的最初起火区域就在二楼的主卧室。起火点应该就是主卧室的窗帘附近,现场发生了轻微的爆炸,不过,具体的爆炸原因还未查明。"

黄勤、林岚和路小艾异口同声惊道:"轻微的爆炸!"

冯文道:"我们检查了所有的线路、墙体和残留物,排除了失火的可能,从现场燃烧程度的分布特性判断,应该是人为引爆式纵火;从火势猛烈程度、窗帘的烧毁程度、火势蔓延动态分析来看,初步判断现场有助燃剂,引爆物在窗帘附近。只是目前还不能确定是用何种物质引爆的。"

两位火灾调查专家离开后,路小艾好奇地问:"岚姐,还有火灾调查专家?我第一次见。"

林岚道:"火灾调查专家厉害着呢,他们被称为火场福尔摩斯,是能够让火灾废墟说话的人。无论多么大的火灾现场,无论被烧得如何面目全非,他们都能在里面查找到导致火灾的蛛丝马迹,你想想,这对专业性的要求得有多高。"

路小艾望向他们离开的背影,目光中满是敬佩。

林岚走到卧室门前查看门锁,门锁已被大火烧得面目全非,听黄勤说,起火时房门是反锁的。

黄勤朝卧室里面走去,林岚和路小艾紧跟其后。路小艾远远就看见床上并排躺着两具焦黑的尸体,有些发怵,不由自主地停下了脚步。可她看见林岚没事人一样走过去了,也只能硬着头皮跟了过去。

尸体旁站着几个人,其中戴着手套正在弯腰检查尸体的是市局的法医曹晓晖,旁边照相的是刑事科学技术中心的副高级工程师曾启帆,正在做记录的是他的搭档李辉。

黄勤给大伙儿打了个招呼,正要介绍,曹晓晖却先开口了。

"王处这次不错嘛,舍得派岚女侠亲自来了。"

林岚看见熟人也挺高兴。

"曹法医、曾工、李辉,你们先到了啊,辛苦辛苦。"

黄勤有些意外,问道:"原来你们都认识啊?"

曹晓晖看了看黄勤的神情,心下了然,主动介绍道:"黄队,你才从区里调过来,可能对林检察官还不熟悉。别看她年纪不大,可是已经在技术处、公诉处两个部门历练过,专业素养很高,咱们市局技术口的很多人都认识她,就连涂队,也对她赞不绝口。"

涂敏能够夸奖的人，应该是很有两把刷子的。

黄勤道："刚才在楼下已经领教过了，非常细心、专业，王处的确派了一名得力干将啊。"

大家寒暄了几句，就各自继续忙活了起来。

林岚弯下腰，从地上拾起了一小片窗帘残留物。

"怪不得火灾调查专家这么确定起火点就是窗帘。"林岚望着手中的残留物自言自语："这种织物的质地不易燃烧，却几乎被烧得精光。"

林岚隐约嗅到空气中有一丝若有若无的汽油味，可是现场充斥着一股火灾后浓烈的烟火气味，她一时间也不能确定那助燃剂是不是汽油。

地上还散落着些许窗帘的残留物，曾启帆正在做提取、拍照工作。

林岚蹲在地上看曾启帆分拣，发现有一块窗帘的残留物上面粘着一小坨黏糊糊的东西，于是拿起来看了看，又凑到鼻子上闻了闻，有一股类似橡胶燃烧后的气味，同时还夹杂着类似汽油的味道。

"曾工，这些残留物得检测一下成分，尤其是上面粘着的东西，说不定和作案手法有关。"

"放心吧，我回去就交给技术部门做成分分析。"

房间的窗户是推开的。

林岚问道："黄队，这窗户是本来就开着的，还是救火的时候消防队员打开的？"

黄勤道："我问过消防员，他们来的时候，窗户就是开着的。"

林岚走到尸体旁边，两具尸身因为灼烧严重，已经分辨不出面目了，只能从外形上大致判断出是一具男尸和一具女尸，尸身因为被大火灼烧之后蜷曲，一时也判断不出身高。不过从小腿长度来看，应该属于中等偏上的身高。

林岚问："这都烧成这样了，按说已经不具备尸体辨认条件了，身源鉴定的结果也不可能这么快出来，怎么就得出死者身份是赵冬诚和温婉的结论呢？"

曹晓晖说："这只是初步判定，还不是最后结果。家属到现场对尸体做辨认时,因为尸身整体毁损程度严重,无法断定。不过,根据家属提供的线索,赵冬诚最近总是戴着一块欧米伽的新款手表,这块表虽然也被烧毁了,不过从残留物的特征上还是能大致辨认出来。另外,在他身边发现了一块玉佩,赵睿说叫什么人龙合体玉佩,是赵冬诚打小佩戴的,辨识度很高。"

林岚诧异地说:"人龙合体玉佩?"

李辉看见林岚这么惊讶,好奇地问:"怎么了?"

林岚道:"赵冬诚同父异母的妹妹赵安琪有一块人凤合体玉佩,我以前见过。"

这个信息极大地勾起了众人的好奇心,大伙儿纷纷道:

"人龙、人凤,该不会是为了表达人中龙凤吧?"

"既然是子女各有一块,那这身份就更加确认无疑了。"

曾启帆道:"刚才提取的时候,我没注意到上面有龙,就是个人的形状,看上去也不太精致。我还奇怪赵冬诚这么有钱,怎么戴这么个东西。"

林岚道:"这种雕刻题材常见于西周或商朝的古玉,龙的图案抽象且朴拙,隔了 3000 年左右,以现代人的审美来看,觉得图案不精美也很正常。"她又问李辉,"你能把那块玉佩给我看看吗?"

"这有什么问题。"李辉一面说着,一面从物证袋里取了出来,连着物证袋一同递给了林岚,只见袋里放着一块被熏得发黑的物什,上面的花纹依稀可辨。林岚用电筒打着侧光,沿着雕刻线条仔细检视,只见整块玉佩采用的是阴线和镂空相结合的雕刻手法,正面一人肃然而立,头部和两臂分饰三龙,果然是西周时期的人龙合体玉佩。

林岚道:"这块玉的图案不同于赵安琪的那一块,赵安琪的人凤合体玉佩中,人是蹲的姿势,头顶有凤形冠羽,下面的凤凰是站立的姿势。从题材和雕刻手法来看,这块应该是西周时期的,赵安琪那块应该是商代的。这种题材的玉佩,存世完整的不多,怪不得赵睿这么肯定尸体就是他儿子。"

黄勤这下被震到了,他愕然道:"林检察官,你对古玉都这么精通？"

林岚答道："我姑姑的藏书很丰富，我小时候住在她家，蹭了不少书看，其中有些就是关于考古学和古玩的，我囫囵吞枣地看过一些，略微知道些皮毛。"

曹晓辉笑道："黄队长，你别听林检察官在那儿谦虚，她有个外号，叫移动的百科全书。"

黄勤哈哈笑道："这个形容还真贴切。"

曾启帆也打趣道："我们早就对她带来的意外见怪不怪了。"

林岚笑着打岔："我是杂而不专，破案靠的还是你们这样的专业人士。"她又转回刚才的话题，"那我猜，温婉尸体的确认也是根据随身物品的特征了。"

曾启帆说："你猜得很对。温婉尾指上的戒指虽然已经变形，可是拳头的内侧部分避免了高温灼烧，提取后在放大镜下可以看出来是卡地亚的 logo，温婉的经纪人也证明这个戒指她最近一直佩戴着。"

林岚问："有没有提取到死者的手机呢？"

路小艾说："对哦，手机可是现代都市男女的'电子身份证'啊！"

曾启帆说："通过现场勘查，我们并没有发现这两个人的手机，只能根据他们的随身物品初步判断，死者应该是赵冬诚和温婉。当然，回去后我们还要进一步做身源鉴定来进行确认。"

林岚奇道："两个人的手机同时不见，莫非是凶手带走了？要是这样，那这个凶手应该有一定的反侦查能力了。"

黄勤说："我们也是这么想的，从现场这些证据综合分析，这个作案的人的确不是一般人。"

大家没有作声，各自思考着。

林岚蹲在尸体旁边，用戴着手套的手在尸体上小心触碰着。

路小艾隔了半步远，不太敢往那儿瞧。

林岚倒是看得挺仔细，她在本子上记道："尸体呈焦黑样态，四肢踡曲，呈拳斗姿势，表面有明显的皲裂创。男尸的外眼角未形成皱褶，从目前尸表特征来看，极大可能是死后焚尸，后期需重点检查是否具备生活反应。"

林岚起身后，路小艾好奇地凑近看了看，见到本子上的内容吃了一惊，不由得脱口而出："死后焚尸？难道他们不是被烧死的，而是被人杀害的？"

林岚没有直接回答路小艾的问题，她合起本子道："目前尚未对尸体解剖，尸检结果也没出来，所以，我也不能确定。不过，死者先被人杀死，然后再被人放火毁尸灭迹的概率很大。"

曹晓晖赞道："可以啊，岚女侠，发现问题的速度越来越快了，看来江旎这坏丫头当初没少折腾你，法医学基本功挺不错。"

林岚眼前顿时浮现出江旎那张颠倒众生、却一脸坏笑的美丽面孔，她朝曹晓辉耸了耸肩，无奈道："曹法医，您就别打趣我了，就我这三脚猫的法医学知识，还不够您和江旎姐塞牙缝的。你们先忙，我再四处看看。"

这回，黄勤主动提出陪林岚去看其他的地方，林岚也想多了解一下现场情况，也没有客套。

林岚问："黄队，现场还有其他伤亡吗？"

"目前没有发现。"

"那调到现场监控了吗？"

"说来也奇怪，整个半山花园监控视频的硬盘都不见了，一点有价值的视频信息都没有留下来。"

"监控的存储介质不翼而飞，保安放假回家。这么多的巧合凑在一处，未免也太反常了，莫非是熟人作案？"

"这个可能性很大。不过，现场的痕迹太乱了，勘查工作难度太大。"

林岚回想着，刚进来的时候，院子里面火势波及不大的地方的确有几处边缘清晰、特征不同的足迹。

"这么多新鲜的足迹，看来昨天这儿来了不少人？"林岚问。

黄勤答道："根据保洁工王婶的证言，案发当天的下午这儿有个聚会,中途的时候温婉过来了。"

林岚低头喃喃道:"燃烧、高温、高压水枪冲刷,这些都会破坏现场的痕迹;人员进出杂乱,消防员进入房间内救火,这些会让现场的痕迹更加混杂。看来,要想区分出哪些是有价值的痕迹,哪些是干扰性的痕迹,将会是一道费时费脑的难题。"

黄勤赞道:"林检察官,没想到你年纪轻轻,知识结构这么全面,经验也足,可真是不简单。"

路小艾在一旁接道:"那可不,黄队长,咱们林检察官是痕迹专家林远昊的徒弟呢,我听汪叔他们说……"

林岚觉得路小艾这话有些显摆的意思,忙打断了她的话头,接道:"哪里,哪里,黄队您太褒奖我了,我这三脚猫的功夫,和曹工他们这些真正的专家比起来可是差远了。"

路小艾想起林岚临走时再三嘱咐自己到了现场多看少说,切记不可张扬,刚刚一时得意忘形说话忘了分寸,不由得吐了吐舌头。

黄勤很欣赏林岚这种能力强又不外露的个性,说道:"林检察官太谦虚了,涵江市检察院的技术处,那可是在全国都叫得响名号的,不但实验室取得了 CNAS 认证,林远昊和江旎这些人也是技术条线一流的专家。正所谓强将手下无弱兵,你的业务能力差不了。"

林岚听他夸技术处,比自己得了夸奖还要高兴,顿时觉得亲切起来,现场的气氛无形间融洽了许多,沟通起来更加顺畅。

林岚详细地问了黄勤目前现场勘查的进度。她一边认真听着,一边在本子上记着,偶尔穿插着问了几个问题。对于之前的勘查工作了解得差不多了,她又在黄勤的带领下,仔仔细细地把每个房间都看了一遍。

林岚走到一扇窗户前面,伸出头去左顾右盼。

路小艾好奇地问:"岚姐,你在看什么?"

"我在看房屋外墙的建筑结构特征,还有这座房子和周遭建筑的群落关系。"

"看这些能起到什么作用啊?"路小艾有些疑惑不解,她也学着林岚的样子朝窗外张望。

"现场勘查就是要尽可能地将现场所有的细节都顾及到,任何地方都有可能隐藏着真相。"

"细节决定成败!"路小艾双手同时向外递出大拇指,道,"怪不得赵处长让我好好跟岚姐学习,岚姐真棒。"

林岚微微一笑,继续观察着。

这场火灾的确十分惨烈,每个房间都没逃过劫难,破坏得很彻底,很多证据都被大火给湮灭了。林岚又沿着台阶走到一楼的院子,对着铁门上的砍击痕迹观察了很久。她转身问黄勤:"黄队,楼道窗、下水管、防护栏这些攀爬区域有没有提取到指纹或者攀爬痕迹呢?"

黄勤还没有回答,路小艾忍不住问道:"岚姐,门锁被砍坏了,凶手很明显就是从这里破门而入的啊,为什么还要提取攀爬入户的指纹和痕迹呢?"

林岚俯下身子,指着门上的砍痕道:"你们看,这些砍断锁头留下的工具痕迹都分布在门的内侧,这就说明是在出门时砸的锁,而不是在进门时砸的。这些痕迹深浅不一,分布杂乱无章,说明砸锁的人对作案工具的操作并不熟练,导致很多次都砸偏了,砸在了门上。不过,就算是不熟练,砸偏这么多次也不正常。可见当时砸锁的人内心很慌乱,急于出去,所以失了准头。如果是这个人放的火,那就不至于把自己弄得这么狼狈。"

黄勤敏锐地捕捉到了林岚话中的信息,警觉地问:"你的意思是,砸锁的人不一定是放火的人?"

林岚道:"对,而且他们还不是一伙儿的。"

路小艾惊讶得合不拢嘴,感叹道:"天啊,就从这么几道砍击的痕迹中,居然可以分析出这么多有价值的信息。"

林岚道:"我以前在技术处的时候,林组长告诉我,现场任何的痕迹和物证,都是最忠实的目击者,它们虽然只是无言的证人,可只要是洞悉它们表达方式的解语者,就能倾听到案件的真相。"

"我以前以为现场勘查就是拍拍照,收集一下物证什么的,今天算是刷新我的认识了。"路小艾不无感慨地说。

黄勤依然惦记着林岚之前的那个推论，问道："这个凶手有没有可能就混在客人里头，等到夜深人静了才出来作案？作案之后准备逃离现场，却发现门被锁了，火势又太猛，所以砸开门？如果是这样，现场应该还是只有一个人。"

林岚道："如果是这样，有些地方会说不通。如果是宾客作案，他对大门的出口会仔细观察。我记得您说过，到现场后发现主卧室的门是反锁着的。那么，关着的门完全能挡住一阵子火势，不可能立刻封住走道。这个人点火后还能将门反锁，说明当时的情况并不危急，不至于那么慌张地去一楼砸锁。"

黄勤道："所以，你怀疑他们是分别从不同的房间爬进来的？"

林岚点头道："这只是初步怀疑，最后还是要看证据。我刚才观察了一下整个建筑的结构，最便于攀爬的就是靠北边的书房以及挨着火源的次卧室。次卧室的外阳台有栏杆，比书房的飘窗更容易攀爬，距离摄像头更远，和书房比起来，次卧室是偷盗者更佳的进入点。"

路小艾问道："岚姐，消防员也是攀爬进来救火的，他们留下的痕迹也不少，即便提取到攀爬的指纹或者痕迹，也不一定是凶手留下来的啊？"

林岚道："首先消防员是从书房进来的而非次卧室，痕迹不一定重合。第二，即便都是从书房爬进来的，消防队员留下的痕迹和作案人的痕迹发生重合，我们也可以通过收集消防队员的痕迹特征来进行排除。况且，消防队员是架消防梯进来，和普通的攀爬痕迹有明显区别。"

路小艾一拍脑门，恍然大悟道："是啊，调出火警人员的名单，找他们录入一下指纹和足印信息就好了。"

林岚说："贼和凶手恰巧在同一晚从二楼先后攀爬进入半山花园，凶手在主卧杀人放火，贼到一楼去开保险柜，中途发现二楼起火了，仓皇之下准备逃走。可他惧于火势，不敢从来时的通道撤离，这才慌不择路地砸开门锁，从一楼的大门离开。而那个凶手则在放火后从二楼离开，所以两个人并没有碰面。不过，截至目前，这只是一个侦查假说，并不是最后的事实。我们只有收集到足够的证据,才能得出最接近真相的那个结论。而寻找是否存在攀爬痕迹则是弄明白入侵渠道的一个路径。"

黄勤觉得林岚思路开阔,提出的想法也有可操作性,当即表态道:"你的建议很有价值,我马上让他们加大勘查力度。"

黄勤提出要求后,现场勘查人员提着勘查灯,从次卧室开始查找攀爬痕迹。

一番细致的搜寻后,李辉叫了起来:"快来看,这里有发现。"大家聚到跟前,顺着勘查灯的方向,发现次卧外阳台的栏杆上真的有指纹,指纹的方向朝着房间,可见是进入时留下来的。

李辉把勘查灯递给林岚,自己则举起相机从好几个角度拍下了照片。

曾启帆忙从工具箱子里拿出磁性刷、胶带和磁性粉准备提取指纹,然后从裤兜里拿出半盒香烟和打火机,把里面的锡纸取了出来,将磁性粉拿过来倒在锡纸上。

路小艾小声问林岚:"岚姐,他这是要干什么啊?"

"这是将磁性粉加热刷显指纹的方法,一般用于提取先天条件较弱的指纹和印记。我以前在技术处参加培训时听一位老专家说过,但是据说对刷显手法要求挺高,我还没尝试过。"

李辉朝林岚竖起大拇指道:"识货。"

路小艾觉得有趣,噗嗤一声笑了出来。

曾启帆用打火机将锡纸加热了几秒钟,然后拿过磁性刷,快速在指纹部位顺着纹路刷显,不一会儿,一枚清晰的指纹显现了出来。

李辉高兴地嚷:"有了。"然后他麻溜儿地拿起挂在胸前的相机拍照固定了下来。

李辉把胶带递给曾启帆,曾启帆小心翼翼地将胶带覆盖在指纹上,再用物证镊完整地提取了下来,交给李辉放进物证袋里封存了起来。两个人配合默契,整个动作一气呵成,如行云流水一般,很是流畅。

林岚问曾启帆:"书房那边有没有发现?"

曾启帆摇了摇头。

路小艾见林岚站在一旁发呆,轻轻推了她一下,问道:"岚姐,怎么了?"

"我在想,要弄明白另外的人是怎么进来的,看来得费一番周折了。"

作案的究竟几个人,书房的痕迹是根本不存在还是被破坏了,真相究竟如何,现有的证据的确得不出唯一的结论。

勘查完现场,大家分头去忙自己的任务。

林岚回去后向王处长汇报了提前介入的情况,王处长听完后叮嘱道:"小林,这起案件被害人的身份特殊,容易引起外界的关注。刚才新闻处向我反映,目前舆情总的来说不太稳定,网络上有很多猜测。这起案件的影响很大,你要引起高度重视。"

林岚点了点头,说道:"您放心,后期我会随时跟进的,有什么情况都会第一时间向您和赵处长汇报。"

王处长给了她一个鼓励的眼神。

死者身份被传出后,线上和线下的媒体争先恐后地进行了一轮又一轮的报道,掀起了热议。

在社会各界关注下,司法机关的办案压力非同一般。

警方将阳台上提取到的指纹在指纹库里进行比对,最后锁定了一名惯偷,名叫刘栋,很快将其抓获。

经过讯问,刘栋承认案发当晚的确到赵冬诚家中盗窃,从保险柜里偷了一些现金和金条,不过却否认自己参与纵火。林岚推测实施盗窃和纵火的并非同一人得到了证实。根据刘栋的供述,警方查找到了销赃的金条,经过评估,整体盗窃金额达到了 200 万元,案件迅速移送到涵江市人民检察院审查起诉。

案管将案卷材料移交到公诉处后,王处长拿起桌上的座机,拨通了林岚办公室的电话。

接电话的是路小艾。

"小艾,你让林岚到我办公室来一下,我有任务要交给她。"

路小艾放下听筒对坐在对面的林岚说："岚姐,老大召唤,说有任务。"

林岚赶紧停下手里的活儿过去了。

林岚一进门,就看到王处长桌上摆着一摞卷宗,王处长用手指了指,开门见山地说:"嫌疑人叫刘栋,就是纵火案现场的那个贼,因为他否认参与纵火,只承认进屋偷东西,所以公安那边只移送了盗窃罪一个罪名,你把案子拿去仔细看看。"

林岚干干脆脆地答应了,抱起卷宗就走。

看着林岚的背影,王建波的心情很不错。这一批一批的年轻人,就像那田里一茬儿一茬儿的麦苗一样,只要给他们合适的土壤和养分,就能茁壮成长。

林岚捧着一摞卷宗回到办公室,路小艾接了过来放到桌上。

"王处长给的任务就是这个啊?"

她好奇地翻了翻。

"噫,这不就是咱们提前介入的那个案子吗? 这么快就过来了。当时你就推测有两个人,一个谋财一个害命。眼下这个人是以盗窃罪起诉的,那就是谋财的那个咯。"

"正解。咱俩做个分工,我阅卷你摘录。"

"OK,没问题。"

两个人分工协作,时间一会儿就过去了。路小艾准备叫林岚去食堂吃饭的时候,发现她正对着摊开的卷宗发呆。

"岚姐,你怎么了?"

"我觉得有些不对劲。"林岚慢慢抬起头看着路小艾,目光却有些游离。

"怎么了?"

林岚翻到鉴定那一页。

"根据物证鉴定,窗帘和席梦思上均提取到了汽油残留物的成分,说明纵火者是把汽油泼到窗帘和床上再引爆点火的,一旦着点,火势是非常猛烈的。可是为什么会有爆炸的迹象,目前不能确定,因为现场没有提取到任何硫磺类的爆炸残留物。最让我不理解的是,地面提取的窗帘残片附着物上检出了橡胶成分,而且这种含着橡胶成分的残留物还不只一处,席梦思侧面也附着了一些,不知道是什么原因。"

路小艾问:"那就是说,迄今为止,依然没有查明爆炸原因咯?"

林岚没有直接回答路小艾的问题,而是接着说道:"根据刘栋的供述,他是从次卧室攀爬进去的,那时候房间没有起火,他在一楼行窃的过程中,突然就听到一声巨响,像是爆炸的声音。他从一楼出去看,一股浓烟从主卧室涌出来。他吓得没敢上二楼,就从一楼砸门跑了。"

路小艾兴奋道:"岚姐,这说明你之前的判断是正确的。刘栋的目的是行窃,而不是纵火,所以他选择的是距离起火点较近的次卧室而非相对安全的书房,火势逼迫他改变了逃跑的通道,匆忙砸锁从一楼离开,这不都对上了么?"

她看到林岚依然一副疑惑不解的神情,奇怪地问道:"有什么不对吗?"

"都在一栋房子里,行凶的人又是泼汽油,又是引爆的,还要逃离现场,刘栋怎么在爆炸之前什么都没听到?之后什么人也没看到?这太奇怪了。"

路小艾问:"岚姐,我记得你说过,那个门是软包的,隔音很好,听不到声音应该也算正常吧。"

林岚摇了摇头:"你还记得吗?勘查现场那天,我们发现,凶手纵火之后不可能还待在主卧室里面,他反锁房门离开,刘栋不可能发现不了。"

"会不会是刘栋在撒谎?他其实看到或者听到了什么,但是他故意不说?"

"不知道。眼下存在这么多疑问,我要马上去提审刘栋。"

从事案件审查工作的时间越久,林岚越喜欢凡事亲力亲为。她看别人做的笔录,总觉得像是隔着一层纱,只有和嫌疑人面对面交锋,才能通过他们的表情、动作、语言获得最直观的感受,做出最准确的判断。

审讯室里,刘栋看见穿着检察制服的两个女孩子这么年轻,不由得松了一口气。

管教民警把刘栋铐在审讯椅上,路小艾摁了一下同录机的按钮,机器开始工作。

林岚打量了一下刘栋,30 多岁的年纪,面色泛黄,眼窝凹陷泛青,一看就是常年熬夜留下的后遗症。林岚来之前仔细看了刘栋的基本信息和经历,这刘栋是个惯偷,曾经在集市上做了几年小买卖,像这种经历了最底层江湖的人,和三教九流都打过交道,处世最是油滑,一双眼惯会察言观色,看人下菜。

林岚刚要开口问话,刘栋就嬉皮笑脸地开始提要求。

"两位美女检察官,带烟了吗?我关在这儿,好久没闻到烟味了。"

路小艾摆出一副严肃的样子。

"什么美女不美女的,少套近乎。没烟,你见过女检察官抽烟的吗?"

刘栋撇了撇嘴,咕哝道:"不抽烟不知道带一包来啊,你们俩是新手吧?怪不得一点都不上道。"

路小艾红了脸,站起来指着刘栋生气地说:"你胡说什么呢?我跟你说,你……你给我老实点。"

林岚拍了拍路小艾,示意她坐下来。

林岚以前跟着涂敏、老汪、付海洋提审的时候,学到了不少审讯经验,为了这次的提审,她也做了不少的功课。她没理会刘栋的挑衅,在她看来,刘栋做出这副样子,并不意味着他真的对自己即将遭受的处罚毫不在意,佯装不在乎有时候就是嫌疑人自我防御的外壳,掀开这层壳,内里其实脆弱得不堪一击。

"我是你案件的公诉人,今天要向你核实一下案件的事实和经过,希望你如实回答。"林岚说明了来意。

刘栋一副毫无兴趣的样子:"你们所谓的公诉人讯问,只不过是走个过场罢了。"说着,他指了指林岚旁边放着的一摞卷宗,语气轻慢地说,"我说的,公安不都记在那里面了。你照着写一遍,我在上面签个名字不就结了。"

林岚不动声色地瞅了刘栋一眼,问道:"你的右手受过伤?"

刘栋下意识地看了看自己的右手:"以前和人打架留下了后遗症。"

勘查现场的时候,林岚仅凭保险柜的撬痕就判断出作案人的右手力量虚浮,估计是有伤或者残疾,现在看来的确如此。

林岚拿起一张纸念道:"刘栋,老家四川,初中文化程度,今年33岁,18岁开始就因为盗窃罪三次入狱服刑,最后一次释放的时候26岁。后来开了一个乐山烧烤摊,接着结了婚,妻子是你老家一个镇子的青梅竹马。你们婚后育一女,名叫刘小萌,今年5岁。妻子以前是包装厂的临时工,下岗后和你一起经营烧烤摊。在你结婚之后,你再也没有偷过东西,直到这次偷了一回大的。"

念到这里,林岚放下纸,目光直视刘栋,问道:"以上是你的身份信息和经历,对吗?"

刘栋的表情随着林岚念的这些信息,变得越来越沉重。这纸上的内容不多,却高度概括了他人生里的那些试图忘记的耻辱,倍觉珍惜的美好,努力挣扎的曾经。如今,这些被赤裸裸地摊开来,连同撕开的,还有他脸上强撑着的毫不在乎,取而代之的是一种被揭开隐私后的羞怒。

刘栋冷笑一声,挖苦道:"我说这位检察官,你审讯就审讯,你把我个人情况摸这么清楚干什么? 难不成你想写小说啊?"

林岚并不生气,刘栋的反应完全在她的预料之中,她把这张寥寥数语就书写了刘栋半生经历的纸拿起来,翻过来摊在刘栋面前。

"我只是好奇,一个7年都不再偷盗,已经改过自新,靠着自己的双手撑起一个幸福小家庭的男人,究竟是有什么苦衷,会逼得他丢开现在所拥有的一切,铤而走险,重操旧业的?"

刘栋万万没有料到林岚会这么问,自己这样一个劣迹斑斑的人,只有青梅竹马的妻子没有嫌弃自己,以与家人决裂的方式和自己组成家庭,同在这座城市的底层漂泊、打拼。这么多年了,在旁人的眼中,自己就是社会渣滓,再犯了事儿,无非骂一句"狗改不了吃屎"! 哪里有人会关心自己这样做究竟是为了什么？可眼前这个年纪轻轻的检察官，她却看到了自己曾经的努力，觉得自己有苦衷，还问自己为什么。刘栋忽然觉得鼻子有些发酸。

林岚看着刘栋低头不语，也不催促。

审讯室里面一片寂静。

过了好一会儿，刘栋抬起了头。他眼圈有些发红，却不愿意在两个年轻姑娘面前暴露出自己的脆弱和困窘。他努力克制住自己内心的波动，艰难地说："我的女儿萌萌去年年底查出患了白血病，今年我们已经承担不起她的医药费了，没钱治疗就得停。前段时间在医院里，孩子一睡着，我老婆就偷偷地哭，我不能眼睁睁地看着这个家垮了，我是个男人，我得想办法。"

林岚对这个答案有些意外，面前这个男人，此时散发出的痛苦和无奈让她的心情也为之一沉。这种小本生意的家庭，最怕的就是摊上这种大病，高昂的医药费轻而易举就会将一家人拖垮。

路小艾听到这个不幸的消息，顿时有些懊悔自己刚才对刘栋的态度不友好。她悄悄退了出去，在隔壁审讯室找了个提审的男同志借了半包烟，一个火机，返回来递了一支给刘栋。

刘栋接过路小艾从铁窗里递进来的烟，含在嘴里，路小艾隔着铁窗帮他点燃了，他说了句谢谢，大口大口地吸着，仿佛溺水之人骤然离水时对空气的贪婪。

一支烟很快见了底，刘栋把烟头扔在地上，用鞋尖碾熄。他的表情突然出现一丝裂缝，整个人松垮了下来，用手捂着眼睛，哭了起来。

林岚和路小艾相视一眼，动了恻隐之心，静静地等着刘栋宣泄。

哭了一会儿，刘栋的情绪渐渐平静了，他的手被铐住了，没法移动，就低下头去，在衣袖上蹭了蹭眼泪和鼻涕，吸了吸鼻子。

"检察官，你们今天想问什么，我如实讲。"

林岚递给他一张纸巾，问道："你为什么选择去赵冬诚家里行窃？为什么正好是火灾发生的那一天？"

刘栋用纸巾擤了一下鼻子，开始回答。

"半山花园里面住着大富大贵的人家,这在涵江市不是什么秘密。我冒充收垃圾的,去那里踩过几次点,发现那房子虽然大,却不是每天都有人住。有个年轻的公子哥儿有时候会开车过去,我听见有人喊他小赵总。山上有保洁员,也有保安巡逻。我猜想那房子里面应该有不少值钱的东西,但要想神不知鬼不觉地进去,也不容易。就在我犹豫究竟要不要动手的时候,有一天,在下山的地方碰到了一个20多岁的帅小伙,看他的穿着打扮,应该也是个有钱人。他拦住了我,问我是不是道上的。我以为被发现了,就想跑,可他一把扯住我,让我不要慌,说他只是想打听点事儿,如果是想坏我的事儿,直接报警或者通知山上的保安就是了,没必要拦着我。他还塞给我一沓钱,我一看差不多有两千块钱,再想想他说的也有道理。就答应了。我们下山后,他告诉我,山上住着的公子哥儿叫赵冬诚,是涵江市首富赵睿的独子,非常有钱。房间一楼的保险柜里面有份重要的文件,这个帅小伙儿让我把它偷出来,说拿到文件后他会给我10万元作为酬劳。他还对我说,这房子里有的是钱,他只要文件,保险柜和房子里面无论有什么都归我。"

这个说法林岚在卷宗中并没有看到,刘栋此时细细道来,林岚心里明白,今天的供述会有突破。此时既不能毛毛躁躁地问嫌疑人为什么说的与之前的不一样,也不能错过引导嫌疑人尽可能全面供述的良机。

"他让你偷的是个什么文件?"林岚快速捋了捋思路后问道。

"说是个什么标书,我后来偷到手的时候看了一眼,封面上写的是'浩龙湾度假村工程投标书'。"

"他为什么对房间里面的情况这么熟悉?"

刘栋一经提醒立即想起来:"哦,对了,他给了我一张建筑图,上面对半山花园房间的布局标注得一清二楚,他还告诉我,一定不要从主卧室进去,里面住着人,让我从旁边的次卧室爬进去。"

"你当时答应了?"

"答应了。我想反正是要去赵冬诚家里偷东西的,多偷这一样也不算多,更何况我急需钱,就答应了。我怕他诓我,就提出让他先付一半定金,这人倒也爽快,当时就付给了我5万元定金。他嘱咐我22日的晚上去,说那天这房子里面要请客,让我等客人散了再找机会进去,人多现场就乱,这样事后就不容易被人发现我进去的痕迹。"

"这些都是那个人告诉你的?"

"是的,我和他交谈时,觉得他比我更像老手,对赵冬诚家里的情况也熟悉。我当时心里还嘀咕,他怎么不自己去。后来我猜想他可能是赵冬诚家的熟人,所以不方便亲自动手。不然以他的表现来看,他对这一行太了解了。"

"你照他说的做了?"

"是的。"

刘栋点了点头,陷入了回忆。

"22 日晚上,我按事先计划好的,等赵冬诚家里的客人散了之后,在外面守到了晚上十二点多,看到他家的灯全熄了,我才从主卧室隔壁的次卧室翻窗进去。进去后,我按那个小伙子告诉我的,果然在一楼储藏室的壁柜里找到了保险柜。我用撬杠和钢条把柜门撬开后,看到里面有好多金条和现金,我当时正缺钱,就把这些也塞进背包里。我又翻出了几份文件,正在看哪一份是标书,忽然听到砰的一声响,我吓得把文件散了一地。我出去一看,只见二楼靠楼梯的那个房间有浓烟冒了出来,一看就是起火了,而且火势很猛。我慌慌张张地往外跑。可等我再出来一看,火已经烧起来了,把二楼的出口都封死了。我不敢从原路返回,就在一楼找出口,最后是砸锁跑出来的。"

这后面的一番供述倒是和现场的细节严丝合缝。林岚问道:"从你进去到离开这段时间,你有没有听到什么动静?"

刘栋说:"除了那声爆炸声,屋里完全一点动静都没有,屋子里静到可以听到我自己的呼吸,火势起来的时候我也没有听到呼救声。我守在外面的时候,最后熄灯的就是这间房,说明房里是有人的。我在外面等了一个多小时,再没看到亮灯,约莫着房间里面的人都睡熟了,才从侧面的次卧室翻进去。我经过这间房的时候,还特意去拉了一下门把手,发现这房门已经反锁了。"

林岚对刘栋的说法大为意外。

"你的意思是,失火之前门就反锁着?"

"是啊。"

"你能确定吗?会不会是你记错了?"林岚疑惑地问。

刘栋想了想,肯定地道:"没记错,那天晚上的事儿,我事后翻来覆去想过好多遍,保准没错。"

林岚虽然有些意外,还是示意他继续说下去。

刘栋问道:"我能再拿一支烟吗?"

路小艾从烟盒里抽出一支烟,再次递了过去,帮他点燃。

刘栋深深地吸了一口,动作不再像刚才那么迫不及待。

他接着道:"有件事儿后来我一直想不通,即便点火的时候没有动静,可是那人是怎么离开的呢?他如果从大门离开,是必须经过储藏室的,我怎么可能一点察觉都没有?最奇怪的是,当我发现失火了,二楼已经没有出口了,所以我只能从一楼出去,当时院子里面的铁门是锁住的,那么这个人又是怎么离开的呢?"

林岚一直困惑的也是同样的问题,所以,她让刘栋更加仔细地把当时的情形回忆一番,防止有任何疏漏。

刘栋反复地搜索着残存的记忆,却一无所获,他无奈地说:"当时发现起火了,紧接着我就逃走,我整个人都慌慌张张的,可能错过了什么。"

"那你再回忆一下逃跑的细节。"

"我在院子里看见了一个整篱剪,顺手就用来砸开门锁。后来担心被人发现后抓我,我就把整篱剪带在身上当武器。"

林岚脑中霎时闪过一个念头,追问道:"屋子里面安静,那外面呢,外面也没有动静?"

刘栋倒吸一口气,猛然坐直了。

"我想起来了,我去拿整篱剪的时候,好像听到了汽车的引擎声。"

"引擎声?那你看到车没有?"

"等我砸开锁,就穿小路回去了,什么车,什么人也没看到。"

"那,你后来找到那个要标书的男子了吗?"

"自从发生了变故，我再也没有那人的任何消息。"

林岚问："你被年轻男子指使偷标书的事儿在公安局的时候怎么没有说，只承认是进屋偷值钱的东西？"

刘栋的表情有些不自然道："我一直怀疑这个男人和放火的事情有关系，生怕说出来，怀疑我和放火的人是同伙，这场火死了两个人，可是要掉脑袋的，所以我就没有说。"

"那你今天为什么愿意说了？"

"我觉得你们不会冤枉我，我相信你们。"

林岚提审了刘栋，越发感觉这案子复杂，其中另有隐情。

刘栋逃离现场时听到了引擎声，现场应该另有人在。可这驾车的会是谁？和那名神秘男子之间有没有关系？他们会不会就是作案的凶手，纵火之后又是如何离开的主卧室？千头万绪，一时间无从求证。

林岚向赵云蕾汇报后，主动联系了黄勤，把讯问笔录的复印件也交了过去。

黄勤看了林岚送来的笔录，颇有些意外。他们在讯问的时候，刘栋没有提到这名男子，更没有说出现场听到汽车引擎声这样一个关键细节。这么重要的事实，最后却是被这么年轻的检察官问出来的，他在佩服之余也有些汗颜。

黄勤看完笔录后，把火灾专案组的人员组织起来开了个简短的会议，并把这份笔录进行了传阅。

黄勤不高兴地说道："看到没有，这可是人家检察院的小姑娘问出来的，这么重要的情节，你们这些所谓的讯问能手一个都没问出来，丢不丢人？关键还在于有没有用心，用心知道吗？！"

负责讯问的赵刚和李云鹏面面相觑。宋明在一旁打圆场："黄队，这案子太复杂，兄弟们真的是没敢懈怠。"

黄勤也知道大家这段时间是真累，赵刚和李云鹏作为专班主力，更是快一个月都没回家了，天天在局里加班，眼睛熬得通红。黄勤忍了忍，没再继续发火。

"我也知道大伙儿最近辛苦了，尤其是小赵和云鹏，人都熬脱相了。老宋血压高，也一直坚守在这里，这些我都知道。不过，如果工作质量达不到，这段时间就白白辛苦了。所以，接下来我们要打起十二分的精神，力求案件顺利推进。"

赵刚和李云鹏见黄勤主动给他们台阶下，面露感激。

黄勤开始布置接下来的侦查工作。

"即便半山花园的监控无法调取了，可是火灾前后段出现在玉清山附近的车辆，必须进行一次大排查，一辆都不能放过。李云鹏，这一块儿你来负责，时间那么晚了，经过玉清山的车辆应该不多，一旦锁定可疑车辆，就是一个重要的突破点。赵刚，你从参与项目竞标的公司入手，查一下指使刘栋的这个年轻男子的身份。你们分头行动，查到证据后即刻汇总。记住，这次一定要细细排查，举一反三，不要有一丝疏漏。"

大家铆足了劲儿要把面子给挣回来，所以积极性格外的高。

火灾的始作俑者虽未抓到，可是刘栋入室盗窃确实是板上钉钉，根据《刑诉法》的规定，公诉人要就已经查清的事实先起诉。

林岚将案件提交检察官联席会研究讨论后，将刘栋入室盗窃一案起诉到了涵江市中级人民法院。

案子结了，心愿却未了结。

刘栋家的遭遇实在令人同情，林岚一番打听后，得知刘栋的女儿刘小萌在中心医院住院，于是拜托江旎去医院了解刘小萌的治疗情况。江旎的同学贺伟是中心医院心血管科的医师，是个热心人，一口答应了下来。

江旎下班正在收拾东西准备回家，逯超群走了进来，手里拿着两张音乐会的票。

"今天晚上江港路音乐厅有爱乐乐团的交响乐演奏，能赏脸一块儿去吗？我这儿可有两张票。"

江旎拿过票看了看，说道："哟，这还是第一排靠中间的 VIP 席位，厉害呀。"

逯超群谄媚地笑道:"陪女神听音乐,位置差了,怎么拿得出手?"

江旎圆睁双眸,故作惊讶道:"原来是和你去呀,我还以为是给我和林岚的呢。"逯超群左手捂住胸口,右手五指齐张,比画出一副万箭穿心的模样,哀号道:"女神,林岚那丫头只对吃的有兴趣好不好,你怎能如此蹂躏我这一颗虔诚邀约之心啊。"

江旎笑道:"要不要这么夸张,再说了,林岚人不在这儿你还挤对她,不够厚道啊。"

逯超群赶紧换上一副讨好的笑容道:"不挤对、不挤对,晚上赏个脸,行不?"

江旎刚要开口,口袋里的手机响了,刚一接通,手机那头传来贺伟的声音:"江旎,我联系上刘小萌的主治医生了,他叫薛楚峰,我听他说刘小萌目前配型失败,产生移植后免疫排异,情况不乐观。""是吗?这么严重?贺伟,能不能想办法帮我安排和薛楚峰见个面,我的一个同事非常关心刘小萌的病情。"贺伟道:"今晚就可以啊,薛楚峰今天晚上值班,你和你的同事有什么问题,都可以当面问他。"

江旎一听,非常高兴,答应着挂了电话。

她看见逯超群还在旁边,双手一摊,道:"今晚不行了,我要陪林岚去趟医院,你只能找别人去共赏这高大上的音乐会了。"

逯超群还想再劝一劝,却见江旎拿起手机,做了个噤声的动作,只得闭嘴。林岚接到江旎的电话,得知今晚就能和刘小萌的主治医生见面,满口答应马上来找江旎。

逯超群在一旁听得清清楚楚,知道今晚是没戏了,只得悻然离开。

当林岚和江旎赶到中心医院的时候,薛楚峰刚查完房,正在电脑上输入查房记录。江旎向他打了声招呼,简单表明身份,说明来意,大大方方地坐在薛楚峰对面。

薛楚峰下午就听贺伟说了,检察院的同志想了解一下刘小萌的病情,所以他详细地把刘小萌的治疗方案和实时进展介绍了一遍。

刘小萌上次配型之后,效果并不理想,再加上刘栋被抓,赃款被公安机关扣押,目前刘小萌的医药费难以为继。李春兰为女儿医药费的事儿急得团团转,本来是想通过网络募捐去解决医药费的问题,可是刘栋因为盗窃被抓的消息被人在论坛上贴了出来。温婉的不少粉丝在网络上大呼刘栋和温婉之死脱不了干系,刘栋的家人利用老百姓的同情心帮助犯罪分子,一时间舆论鼎沸,捐款的事情就凉了。这样一来,李春兰的经济状况更是雪上加霜。

　　林岚提出想看一眼刘小萌,薛楚峰把林岚和江旎带到病房外面,让她们在隔离区外面透过玻璃窗看了看。病房里都是白血病儿童,林岚看见那些孩子清一色的苍白、瘦弱,薛楚峰指着其中一个光着头,弱不禁风的小姑娘说:"这就是刘小萌,旁边是她妈妈李春兰。"

　　小姑娘瘦得脱了形,病号服松垮垮地穿在身上,此时靠在病床上,有气无力的,显得非常可怜。李春兰在一旁偷偷抹泪,满脸的绝望。

　　薛楚峰说:"这些患儿不能与外界过多接触,因为他们抵抗力太弱,任何一次感染,对于他们来说都是致命的,很容易引起其他器官的衰竭。"

　　林岚看着刘小萌和其他的患儿,本该活蹦乱跳的年龄,却被圈在病房里,病恹恹的没有生气,不光他们的亲人看着难过,自己作为局外人,也觉得心酸。

　　回去的路上,林岚对江旎说:"江旎姐,这些孩子太可怜了,治疗费用对他们的家庭来说也是一个沉重的负担,我觉得社会应该对这些家庭和孩子们多关心,多帮助,帮他们挺过来。"

　　江旎说:"其实,很多爱心人士设立了基金会,医院也有照顾,只不过,离患者需求还有一定的差距,这不是一朝一夕能够解决的。"

　　林岚半天没有说话。她低着头走了好久,才说:"江旎姐,你明天帮我找薛楚峰要一下刘小萌网上捐款的账户吧,我也想捐点钱。"

　　江旎挽起林岚的胳膊,说:"你呀,就是个喜欢管闲事的主儿,我要是不帮你,你心里肯定放不下,与其让你到处打听,还不如我帮你去找薛楚峰要。不过我可提醒你,公诉人和案件当事人要避嫌,你别给自己招来麻烦,好心办坏事。"

　　林岚感激地看了江旎一眼,说:"江旎姐,你放心,我匿名捐款,不会惹麻烦的。"

第二天中午，林岚专门骑车出去了一趟，在 ATM 机上将两万块钱取了出来，又赶去邮局给捐款账户汇款。邮局的工作人员说，汇款必须实名，不能匿名，林岚没有办法，打电话让路小艾带着身份证来邮局一趟。

路小艾赶到邮局后好奇地问："岚姐，你这是给谁汇款，还不能用自己的身份证啊？"

林岚把路小艾拉到一旁，小声说："我汇给刘栋女儿治病用的。将来起诉书上有我的名字呢，我不想让刘栋和他家里人知道我捐过钱。"

路小艾表示理解地点了点头，可她看到汇款单上面的金额，吓了一跳，说："你怎么捐这么多，你工资也没多少啊。"

林岚说："昨天我去医院了，医生说刘小萌的情况很危险，而且他们的住院账户上已经没多少钱了。"

路小艾不再说什么，她默默地拿过汇款单，郑重地填上了自己的名字和身份证号。

林岚下午接到黄勤的电话，听到了一个好消息。

警方对火灾时段案发地附近车辆的排查工作有了重大收获。

一名流浪汉在案发凌晨 2 时许，看到一辆红色的跑车在玉清山脚下出现过，驾车的是一个有着波浪长发的女子，穿着红色外套，半夜戴着墨镜，开车的速度也极快。流浪汉出于好奇特别留意了，不但记下了车的特征，还记下了车牌号的尾数是 658。根据流浪汉的描述，警方调取了监控和车辆登记信息，确定这辆车就是赵冬诚曾经送给温婉的那辆红色法拉利。

既然车是温婉的，DNA 检测后确定死者也是温婉，那么火起之后，驾驶法拉利离开现场的女子又是谁呢？

黄勤派李云鹏去找温婉的经纪人合子了解车的去向。

合子对李云鹏他们说，在温婉出事前的一段时间，她都没有看到温婉开那辆车，案发当天温婉去半山花园的时候，还是她开车送的。合子一直以为温婉的车停在车库里面。因为温婉的死太意外，大家都沉浸在悲痛中,还有一些合同善后的工作要处理,还没顾得上清点温婉的遗产。

李云鹏问:"她自己有车,为什么还找你借车?"

"我当时也问了她,她说派对上有很多熟人,不想开法拉利,因为大家都知道这车是赵冬诚送给她的,赵冬诚在外面劈腿,她怕别人说闲话,这时候了还用变心人的东西。"

"她那天可是去的赵冬诚的聚会,去了不是更招人闲话?"

合子有些恼恨道:"她就是这样,总是一意孤行。我一开始就劝她不要和赵冬诚那样的花心大少谈恋爱,我告诉她,现在事业刚刚步入正轨,演艺圈的竞争又很激烈,演员的流量和关注度其实很脆弱,谈恋爱会掉粉,有了污点会被封杀,劝她洁身自好,远离是非。可她就是听不进去,还是一心想要嫁入豪门。"

"你有温婉家车库的钥匙吗?"

"我没有,但是她妈妈肯定有,我可以帮你们去联系。"

合子联系到了温婉的妈妈,协同警方一起打开车库,里面果然空无一物,那辆法拉利早已不在车库中。

李云鹏回去汇报了工作进展,黄勤认为温婉的车是一条重要的线索,要李云鹏查找车辆的下落。

刘栋在看守所打饭的时候被人塞了一张纸条和一个绒毛玩具上的领结,看完后,他脸色变得煞白,悄悄将纸条嚼碎了吞下。

开庭那天,法院考虑到案件的社会关注度太高,申请旁听的人数太多,安排在上午9时,在涵江市中级人民法院一号法庭公开开庭审理。

赵云蕾和汪海彬坐在旁听席上,放眼望去,乌泱泱一片人头。尽管考虑到舆情,限制了旁听的人数,旁听席上还是座无虚席。

从刘栋被带上法庭的那一刻,林岚敏锐地感觉到他情绪有些反常。这种感觉在她看到刘栋躲闪的目光时,越发强烈。

在林岚宣读起诉书的过程中,刘栋始终低着头,谁也看不清他面部的表情。

当审判长例行讯问刘栋，对于起诉书指控的事实有无异议时，刘栋闭上眼，陷入了沉默。

审判长刚要出言催促。

刘栋突然抬起头，似乎下了很大的决心道："不属实。"

短短三字刚刚落地，林岚心中已是翻滚了几个来回，当庭翻供，看来一场风暴即将来袭。

审判长问："哪些指控不属实？"

刘栋道："起诉书的指控有重大遗漏，我不仅盗窃了赵冬诚家里的财物，还杀死了他和温婉，放火毁尸灭迹。"

刘栋的话音刚落，整个法庭如同一锅沸油中倒进了一瓢冰水，哗的一下炸锅了。

审判长接连敲击了几下法槌，现场都没有安静下来。有的人甚至拿出手机，想拍下这劲爆的瞬间。直到法警全部出动，前来维持法庭秩序，现场才慢慢安静下来。

赵云蕾和汪海彬一脸的不可思议，毕竟，这惊天的反转是谁也没有料到的。赵云蕾甚至在那一瞬间格外后悔，她觉得自己不该把这个案子交给林岚独自办理，这种突变，纵观自己的职业生涯也不曾遇见，年纪轻轻的林岚又能如何应对？

审判长道："下面由公诉人讯问被告人。"

林岚平息了一下情绪，问道："被告人刘栋，今天是法庭对你涉嫌盗窃一案进行审理，希望你如实地回答，不要故意欺瞒。"

刘栋根本不看林岚，目光直视前方，僵硬地答道："我说的都是实话。"

林岚问："你刚才在法庭上说是你杀了赵冬诚和温婉，还放火毁尸灭迹。可是公安机关的办案人员对你进行讯问的过程中，你对此只字未提，上次我提审你的时候，你也并未说过。这些，你如何解释？"

刘栋嘴角抿得紧紧的，双手握拳，整个人都有些颤抖，目光回到了地面，然后又缓缓抬头，木然地看着前方不知何处。他沉默了一会儿，答道："录口供的时候我就说了人是我杀的，可检察官让我撒谎！"

法庭再次哗然。

"检察官教被告人撒谎？不会吧？"

"帮被告人隐瞒罪名有什么好处？发现新的犯罪事实不是大功一件吗？这个被告人是在污蔑吧？"

路小艾被刘栋今天反常的表现惊呆了。

这个为了患病的女儿在提审室里痛哭流涕的男人，这个口口声声保证会配合检察机关弄清真相的刘栋，和眼下在法庭上颠倒黑白诬陷林岚的被告人刘栋真的是同一个人吗？路小艾怎么也弄不明白，人心为什么如此复杂。

由于刘栋家里经济困难，并没有委托律师，所以他的辩护人何超是法庭指派的法律援助律师。何超此时坐在辩护席上，有种被愚弄的感觉。辩护人的天职是帮被告人辩护，让他得以从轻处罚或者无罪释放。可自己的这位当事人却意图为自己加重处罚，并且事先一点风都没有透出来。这叫什么事儿！

审判长李炳泉急于稳定已然失控的庭审局面。

他问刘栋："你说公诉人让你故意隐瞒杀人和放火的事实，这是对公诉人审讯行为不合法的指控。如果你说了谎话，是要承担相应的法律后果的，你清楚吗？"

"我没有说谎。"刘栋声音高亢却依旧空洞。

他用手指向林岚，随即目光却瞥向一边，生硬地说道："这个公诉人以前就和我认识，因为同情我的遭遇，劝我不要承认杀人，还答应要替我隐瞒真相。"

这个说法太荒谬了，别说审判长了，旁听席上的人大多也不信。

审判长李炳泉道："你说公诉人与你以前就认识，谁能证明？"

刘栋道："我的老婆能够证明。另外，她还在我女儿治病期间，通过她助手路小艾的账户汇款了两万元到我老婆的账户上，不信，你们可以去调查。"

这一下，整个法庭彻底沸腾了，连李炳泉都满脸不可思议地看了林岚和路小艾一眼。

路小艾觉得手脚冰凉，嘴唇都有些发白。

旁人看到她这个样子，越发觉得刘栋的说法并非空穴来风。

刘栋的辩护人何超举手发言。审判长予以允许。

"审判长，被告人的说法如果查明属实，那么公诉人与本案有利害关系，按照法律的规定，我有权申请公诉人回避。"

李炳泉侧头与两位审判员小声商议，随后宣布道："根据《刑诉法》第三十条的规定，检察人员的回避应当由检察长决定，鉴于被告人的说法需要时间调查核实，合议庭经过合意，决定休庭，开庭时间另行通知。"

法槌落下，一切已成定局。

林岚心下一片茫然，她抬头一瞥，只见刘栋的目光中闪过一丝歉意，只是一瞬间，他又恢复了之前的空洞与麻木，像行尸走肉一样，在法警的带领下退出了法庭。

刘栋当庭自供杀死两人，还口口声声说是公诉人要自己故意隐瞒，这个消息一时间如同插上了翅膀，飞遍了涵江市的大街小巷，网络上的舆论一波高过一波。死者的家属赵睿更是通过高层领导表示了强烈抗议，要求涵江市人民检察院更换并惩治案件的承办人。

涵江市人民检察院纪检组通过调查，林岚的确通过路小艾往刘栋的妻子李春兰的账户上汇了两万元。倒霉的是，林岚提审那天的录像出了故障，只有图像没有声音，所以没法证明她和刘栋到底说了什么。路小艾虽然愿意帮林岚证明，可是她一来是林岚的书记员，二来汇款的账户用的本来就是她的，她自己都撇不清嫌疑，证词自然就打了折扣。纪检组通过讨论决定，让林岚暂停手中的工作，接受纪检组的约谈。

凭空一口锅就这样毫无预兆地扣在林岚头上了。虽然公诉处的同事们都知道林岚不可能帮刘栋掩饰罪行，可是刘栋在众目睽睽之下一口咬定，舆论又在这几天持续发酵，大家一时间也无法可想，只能私下里替林岚抱屈。

赵云蕾听说林岚被调查了，感觉血液轰地直冲脑门，她冲进了郑明德检察长的办公室。郑明德看到满脸焦急的赵云蕾时，猜到她一准儿是为林岚的事情来讨说法的。郑明德示意赵云蕾坐下,赵云蕾还没落座就急忙开始为林岚抱屈。

"郑检,为什么要让纪检组对林岚进行调查啊?这事儿明摆着就是刘栋在栽赃陷害林岚,警方那边刚刚也回话了,除了刘栋夫妻两个,没有任何人证明林岚和他们一家人以前有过交往,这两个人明显就是在撒谎。"

郑明德道:"你急什么,有话慢慢说,你已经不是当初那个普通的承办人了,你现在的身份是公诉处的副处长,遇到事儿怎么这么沉不住气?"

"您让我怎么沉得住气?火灾案让林岚提前介入是我和王建波处长一致推荐的,因为她在现场勘查方面的专业性是其他公诉人所不具备的。如果没有上一次的提前介入,刘栋的盗窃案就不会给她办理,就不会摊上这么大的麻烦。"

郑明德道:"你的意思,这事儿倒是领导们不对了,林岚就没有一点责任吗?"

赵云蕾倔强地回道:"林岚不过是好心给刘栋的孩子捐了钱,她有什么责任?组织上对这样的好同志要爱护!"

郑明德面色沉了下来,语气中含着责备:"我说赵云蕾,你今天的表现极不成熟,缺乏一个副处长应有的大局意识。组织上调查同志,是对同志的爱护,也是保护。是非曲直,调查清楚不就水落石出了?难道置之不理,任由舆情发酵就是对同志的爱护了?再说了,林岚作为案件的承办检察官,私下与犯罪嫌疑人的家属接触,还发生经济往来,事后又不及时向领导和组织上汇报,这种行为从一开始就将自己立于危墙之下。另外,她工作中不细致,提审了嫌疑人之后没有及时检查同步录音录像,连同录系统出了故障都不知道,捅了这么大的娄子,让整个涵江市检察院都处在了舆论的风口浪尖,还叫一点责任都没有?我看,你作为处长,也有不可推卸的领导责任,没有给你的检察官做好风险防范教育,才有今天这样的事情发生!"

赵云蕾依然替林岚感到委屈,不过也觉得郑明德这话说得有一定道理,林岚之前的举动确实容易给自己招来麻烦,在同录的事情上也存在过失,如果她汇款之前给处里说一声,或者事后检查一下同录的光盘,也就不会陷入眼下的泥潭。

纪检组的会议室内,正在接受约谈的林岚一脸倦色,自己的好心招来了一场大麻烦。她最担心的倒还不是自己,她真正忐忑的是,会不会连累路小艾和江旋她们。所以当纪检组的同志让她说明事情的经过时,她确实有些犹豫。

纪检组的耿主任是个做干部思想工作的老手,他一看林岚欲言又止的神情,就知道她是怕牵连别人,于是苦口婆心地劝道:"林岚同志,现在是组织向你了解情况,如果你现在有顾虑不说,将来就更说不清楚了。你要相信组织,不会冤枉同志。"

林岚想了想,觉得这事儿也瞒不过去,只得把自己同情刘栋,找江旋联系了刘小萌的主治医生薛楚峰,在得知医疗费有缺口时,用自己的钱填补了缺口,为了避嫌,才使用了路小艾的账户汇款的这些过程和细节全部给纪检组的耿主任说了一遍。最后还加了一句:"耿主任,这事情是我没考虑周全,江旋和路小艾都是受我所托,一番好心,要是有什么错都在我,您和组织可千万不要责怪她们。"

耿主任阅人无数,刚接手这件事的时候就对林岚的既往履历做了详细调查,觉得在这件事儿上,她被冤枉的可能性很大。可问题是,除了路小艾,其他人并不能证明林岚和刘栋那天在讯问室里面究竟说了什么。所以截至目前,调查工作并无任何实质性的进展,还不能帮林岚洗刷冤屈,按照规定,目前由她继续办理刘栋的案子不太合适。

在接到纪检组的通知后,由王建波出面,汪海彬将刘栋的盗窃案暂时接过去。汪海彬一听,顿时火大。他气愤地说道:"凭什么,事情还没查清楚呢,就随便把她手上的案子交给别人!"

王建波道:"这是郑检提交检委会讨论后决定的,现在要对林岚是否应当回避进行调查,其间暂停对刘栋案件的审查工作。"

汪海彬一听更气了,道:"您不是公诉部门的负责人吗?就不能帮林岚说说话?被告人一诬告就停止工作,这不是凉了公诉人的心吗?"

王建波道："老汪,你这话就不对了,你怎么知道我没帮忙说话?赵云蕾今天都冲到郑检办公室去给林岚打抱不平了,有用吗?我跟你说,压根儿没用。再说了,这事儿仔细想想,郑检和检委会的决定也没有错。现在外面舆情这么猛烈,都在谴责检察官帮被告人掩盖罪行,那个赵睿也不断对我们检察院施压,这个时候停止林岚的工作,其实是对她的保护。"

汪海彬虽然一肚子气,却也没有办法,只能说道:"那我可把话撂在这儿,我坚信林岚是被冤枉的,真相马上就会水落石出。我就帮她挑挑土,等事情调查清楚了,案子马上还给她。"

王建波道:"你放心吧,调查清楚了,案子还是归她办,我向你保证,行了吧?"

得到了王建波的保证,汪海彬这才不情不愿地把一摞卷宗抱走了。

在食堂吃完午饭,林岚无精打采地待在办公室里,努力回想着究竟是什么地方出了问题。这时桌上的电话响了,林岚接了起来。林远昊具有磁性的声音从电话那头传了过来。

"还好吗?"

听到这声音,林岚的鼻头有些发酸,半天没有言语。

电话那头的林远昊也是一阵沉默,过了半晌才安慰道:"清者自清,别担心。"

林岚轻轻嗯了一声,微微带了些鼻音。

电话那头传来一声叹息:"实在觉得心里委屈,就过来倒倒苦水。"

几分钟后,林岚坐在林远昊的办公室里,手里捧着一杯香气氤氲的Kusmi Tea,空气里散发的是她非常钟情的 Aqua Rosa 的香气。

林岚不太会喝茶,偶尔品品,无非就是爱个新奇。这款花茶是她在江旎处尝过的,逢人就夸赞这茶气息浪漫,和江旎这美人堪称绝配,只可惜这茶实体店里不容易碰到,网上卖的也是真假难辨,咖啡厅里面这种级别的法国花茶价格又贵得离谱,林岚也就放下了猎奇的冲动。没想到,今天居然在林远昊这里喝了。

林远昊见她抱着杯子一脸陶醉的样子,神情比刚进来的时候轻松了许多,这才把心略略放了下来。

他修长的手指轻轻敲击着桌面,眼睛瞟了林岚手中的杯子一眼,问道:"我这茶可不是白喝的,你倒是说说看,这里面都有些什么成分?"

林岚一张小脸皱成苦瓜样儿,抱怨道:"组长大人,我都沦落成这样了,你怎么还惦记着考我?"她嘴里抗议着,眼神却兴趣盎然地望着杯面,低头细细闻着香气,不时浅啜一口,神情格外专注。

"Kusmi Tea 是个有着俄罗斯混血的法国品牌,有着长达 150 年的历史,品种也挺多。你给我泡的这一杯,口感偏酸甜,应该有苹果和莓类浆果的成分。气味属于甜香型的,里面糅合了香草和黑莓的气味,香气比较浓郁。从茶的汤色来看,呈现出玫瑰红色,不过,玫瑰茶的汤色偏淡,没有这么明艳,所以我猜,这是加入了干制的芙蓉。其他的,我实在是判断不出来了,毕竟,这个牌子的花茶,成分很复杂,要想猜全了,我可没有这个本事。"

林天昊脸上浮现出一丝清浅的笑容,赞道:"虽然没有全部猜对,不过也算八九不离十了。"

林岚面露喜色,继而好奇地问:"我究竟猜漏了哪几样,你倒是给我说说呗。"

林天昊从抽屉里拿出两个精致的扁圆金属罐递给林岚,道:"上面有英文和法文的成分标注,自己慢慢看,作为答题奖励,这两罐就送给你了。"

林岚喜笑颜开地接过来,打开盖子嗅了嗅,一股甜香扑鼻而来,沁人心脾。林岚正暗自窃喜得了两罐好茶,恰逢刘锋开完会回来,刚进实验室就看到了,他关心地问:"岚女侠,你还好吧?那事儿不会对你有什么影响吧?"

林岚自嘲地笑了笑道:"没事儿没事儿,迟早会调查清楚的,不就是被纪检组喊去问几句话吗?就当向组织汇报思想了。"

刘锋讶然道:"你被约谈了!"

林远昊给刘锋使了个眼色,刘锋意识到自己嘴太快了,神色有些尴尬。他看到林岚手中拿着的茶叶，转移话题道："林岚你可以啊，组长前段时间到处托人找这个牌子的花果茶，没想到你竟然给找来了，不枉组长栽培你一场啊。"

林远昊面色有些不自然。

林岚偷偷瞄了他一眼，脸上也有些发红。

就在气氛趋向诡异的时候，江旎的声音响了起来："小林子，你放心，我一百二十个挺你。整个事情我再清楚不过了，你那纯属一片好心，只可惜运气不好，做了一回被蛇咬的农夫。"

原来，林岚刚从纪检组出来，江旎也被召唤过去了解情况。她担心林岚受了委屈，一出来就去公诉处找人，谁知林岚不在办公室。江旎刚回来，就在走廊听到了林岚的声音，立马就来声援。

江旎走到林岚身旁，把她的肩膀一搂，道："你放心，事情准会水落石出。"

林远昊之前好不容易让林岚分散了注意力，可眼下这两位硬是把她的注意力又给拽了回来。他淡淡道："不开心的事儿别提了，晚上聚个餐吧，难得咱们痕迹组原班人马都在，看看其他组的今天晚上谁有空，一块儿叫上。"

江旎很快就反应了过来，暗骂自己怎么就当了一回猪队友。明摆着林远昊是想开导林岚，自己却哪壶不开提哪壶。当下马上转移话题，附和道："同意同意，咱们几个好久没聚了。我建议，吃完后也别散席，大家凑在一块儿，玩个'天黑请闭眼'，林岚，你看怎么样？"

林岚最喜欢这种集体游戏，顿时来了精神："我当然赞成，一直想玩儿这个，只是好久没凑齐人了。"

看到林岚有兴趣，江旎朝刘锋挤了挤眼说："我看你今天也不像很忙的样子，晚上我请客，至于上哪儿去吃，约哪些人去吃，怎么去，去了后吃什么，这些就统统交给你去搞定吧。"

大刘满脸无奈，求生欲望极强地挣扎道："江大美女，你就饶了我吧，你明明知道我是最不会安排这些事儿的。"

林远昊道："聚餐既然是我提议的，当然应该由我做东。我看这事儿就让林岚去张罗吧,找美食、串联什么的,她最在行了。"

林远昊既然发了话,林岚不敢马虎,忙答应着去办了。她惦记着安排晚上聚餐的事儿,暂时淡忘了捐款风波带来的不快。

到了下班的点儿,技术处的老少爷们儿,一行人浩浩荡荡地向"红虾馆"赶去。

现在还没到小龙虾上市的季节,不过基围虾还是有的。林岚在大家的一致要求下,总揽了点菜的任务。要了一份铁板蒜蓉基围虾,一份香辣虾的锅仔,一份白灼基围虾,还添了几个特色小炒。

菜陆续上齐后,大家齐刷刷开动起来。

林岚忙介绍:"各位哥哥姐姐,一定要先吃白灼基围虾啊,一来冷了不好吃,二来这个味儿最淡,如果先吃了另外两样虾,就夺了这白灼虾的鲜香。"

听林岚这么一说,有几人停止了向其他盘子进军的态势,转而集中火力向白灼虾进攻。

白灼虾的火候把握得非常好,保留了虾肉独有的鲜美与弹滑,把粉粉薄薄的外壳剥开,露出了白嫩的虾肉,再蘸上特制的料汁儿,入口 Q 弹美味,大伙儿连声称赞。一盘虾迅速见了底。

逯超群知道林岚倒了霉,再加上出发前江旎连叮嘱带威胁,所以今晚格外着调,语言攻击值瞬间下调了99%。他见林岚吃得有趣,笑着问道:"接下来再吃哪个虾?"

林岚看到撤去暴雨梨花针的逯超人,如此一本正经地进行人类正常表达,呈现出一种安静美男子的假象,不由汗毛倒竖,连连摆手道:"你还是现原形吧,你这样端着,我难受。"逯超群正要炸毛,江旎美眸圆睁,一副你敢乱说我就灭了你的神情,逯超群顿时蔫了下来。林岚见他二人眉来眼去暗自好笑,用筷子指着铁板道:"接下来就轮到开吃铁板蒜香虾了,香而不冲,最后再吃香辣虾,整个流程下来,就是一场味觉的盛宴啊!"

何顾被林岚一本正经的胡说八道给笑喷了,用筷子夹起一只蒜蓉基围虾放在碗里,对林远昊说:"谁能相信她是你一手带出来的?整个儿就是一个鬼灵精,跟你哪有半分相像?"

林远昊看了林岚一眼,林岚朝他和何顾调皮地吐了吐舌头,埋头大嚼特嚼起来。林远昊眼底也浮现出一丝笑意。

和熟悉的伙伴们吃吃笑笑,林岚将之前的烦恼抛在了脑后。

饭后找了个咖啡吧,大家进了个小包房,边喝茶消食,边玩起了久违的"天黑请闭眼"。

游戏开始后,大家纷纷猜测谁是杀手。

逯超群一上来就肯定地说杀手是林岚,大家习惯了逯超群的声东击西,反而笃定杀手不是林岚。大家认为他越是这么说,越是为了替真正的杀手掩盖,甚至有可能他自己就是杀手。

林远昊被江旎断定是杀手,理由是逯超群的眼神总是无意中瞥向林远昊。大家知道江旎的观察力一向惊人,于是深信不疑,改变了怀疑的方向,锁定了林远昊。

平民裁决的时候,以多数投票判处林远昊为杀手,裁决后才发现林远昊原来是警察。逯超群的眼神是故意在使坏,就是想干扰江旎的判断。

第二轮投票大家又错杀了何顾,一个无辜的平民。一顿错杀下来,杀手原来是逯超群。逯超群采用了反常规干扰法,让大家被自己的思维定式给错误引导了。

这个游戏不仅考量玩家的智力和心力,还比拼玩家的口才和分析判断能力。逯超群绘声绘色的表演和卓越的口才,加上他对心理学的研究,使得他成功地达到了让众人误判的目的。

一场游戏玩下来,林岚颇受启发。她隐约觉得,也许真正的纵火案元凶正在背后某处黑暗角落,拨弄着整个棋局,企图让人陷入迷踪。

聚会散了,江旎知道林远昊肯定要开解林岚,于是趁着林远昊出去埋单,大声说道:"林岚,你在这儿等下你们林组长啊,我们先走了。"说着给大家使了个眼色,大家心领神会,结着伴儿走得干干净净。等林远昊结完账回来,房间里面只剩下林岚一人。

林远昊道:"我正好有事儿要和你说,这里离你家还不算太远,我们步行过去吧。"

两人走了一段路，都没有出声。就在林岚准备找点话说的时候，林远昊突然说道："我在研究生快毕业的时候，曾经被人诬陷论文抄袭，差点没有拿到硕士学位。"

林岚一惊，道："还有这事儿，是谁这么恶毒，居然这样诬陷一个毕业生？这可是关系到一生的前途啊！"

林远昊道："就是我的同桌，他那段时间特别记恨我。所以弄到了我的论文底稿，在网上卖给了别人，最后反过来诬陷我抄袭。"

林岚问："那后来呢？"

"后来我找到了用我论文的那个人，查出来和他联系的卖家 QQ 号，最后发现是我的同桌把我的论文底稿卖给他，而他则卖给了一个正在准备毕业论文的买家。他先于我交稿，所以我的论文在过审时，被评为抄袭。虽然最后真相大白了，可之前那段时间，学校里都是质疑的目光和言语。所以，我能够体会你眼下的心情。"

林岚知道，林远昊今天煞费苦心安排这么多活动，现在又主动自揭伤疤，都是为了怕自己胡思乱想。林岚感激地看了林远昊一眼，道："组长，谢谢您。我心里好受多了。"

"既然好受多了，咱们就把这事儿从头到尾分析一下。之前你情绪波动，不能冷静思考，现在既然缓了缓，就赶紧好好回想一下，整件事情背后，究竟有什么古怪？"

林岚心有所动，试探地问道："您指的是？"

"这整件事情从头到尾的逻辑都不对，必然有其他因素的介入。"

"确实事有蹊跷。刘栋在接受讯问的时候，言语神情不像作伪。照说我给刘小萌捐钱的行为即便得不到刘栋夫妻的感谢，也不至于让他们构陷我啊！"

"的确不合理。"

"所以说，这里面一定是有人在捣鬼！可这人的目的是什么呢？"

"这就同我们刚才玩的游戏一样，表面最像杀手的那个人，未必是真凶，一些唾手可得的证据，很有可能是故布疑阵。"

林岚用拳头轻轻敲了敲额头，问道："难道您有具体的怀疑对象？"

林远昊神色凝重，微微摇头道："没有。不过，唆使刘栋陷害你的这个人极有可能是与真凶有着密切关系的人，也有可能就是真凶本人。否则，刘栋怎么可能知道先杀人、后放火焚尸这个关键的细节？"

林岚深深吸了一口气，再缓缓地吐出来。她仰头看了看天空，月凉如水。

"我想不明白的是，既然有人想让刘栋担下罪名，直接让他在我提审的时候供罪不就结了？干吗非要多此一举，在法庭上才开始发难呢？其实，刘栋这套漏洞百出的说辞，根本经不起一查，只要调取我们双方的手机联系人、通话簿、聊天软件的信息，很快就能证明我和他以前从无交集。更何况，客观证据和之前的供述都摆在那里，杀人现场，杀人过程，被害人的特征，这么多的细节，如若不是亲手做下的，供述的时候怎么可能全部对得上？就算刘栋现在出头承认了，最后也坐实不了杀人的罪名。这样看来，这幕后的人用了这么多心思，却是项庄舞剑意在沛公。"说到这里，林岚的声音有些冷意。

林远昊颔首道："不错，他的目标，根本就不是刘栋，而是你！"

"可他究竟是想拖延审案的时间，还是想换掉审案的人呢？"

林远昊略加思索道："难道说，你审这个案子，让幕后的人格外担忧？"

林岚皱眉道："我究竟有什么特殊之处，让他如此忌惮，不惜冒着被暴露的风险来对付我呢？要知道，他的举动相当于明确告诉火灾案件专案组，这个幕后真凶正在动手脚，顺着这条藤查下去，就会逮住他！"

林远昊若有所思。

"特殊之处，不错，这是个很好的分析切入点。我觉得，要么是因为你自身专业能力特殊，毕竟你是目前涵江市公诉人中最懂技术的，也许有某个关键的证据，是技术性非常强的人能够获得的；要么就是因为你个人身份的特殊性，有什么有价值的涉案信息或者证据，基于你特定的身份，使得你比其他人更容易发现和取得。"

分析到这一步,即便对手在暗处,目前处于上风,可是林岚感觉自己这一方也掌握了一定的信息量,这第一轮的较量,对手未必是大获全胜。最起码,对方如此狗急跳墙,留下了可供追查的线索。

公安方面对于被告人当庭翻供,检察官被当庭构陷一事也极其重视。

黄勤为了弄明白刘栋为什么在庭上忽然承认自己是杀人犯,决定亲自到看守所提审刘栋。

讯问才刚刚开始,刘栋的情绪就突然崩溃了,他用后脑勺去撞审讯椅的靠背,撞得咚咚作响,嘴里痛苦地喊着:"啊!啊!"

提审室的动静太大了,管教民警赶了过来,看到这失控的场面,一时也有些发愣。他们制止了刘栋自残的行为,解开手铐把他押了出去。

徒劳而返的黄勤不甘心,他觉得明眼人一看就知道刘栋是在庭上胡说八道,可他不明白的是,刘栋自认杀人,又污蔑林岚的理由是什么呢?

林岚主动到纪检组找耿主任。

"耿主任,您上回说,我如果发现了能够证明刘栋诬陷我的证据就来向您反映?"

耿主任忙问:"证据在哪儿?"

林岚道:"就在随案移送的证据里。"

耿主任对林岚的回答十分意外。

"案卷里面怎么会有他诬陷你的证据?"

林岚神色笃定地说道:"的确有。我曾经建议公安机关对刘栋的手机进行数据恢复,里面有刘栋这几年的手机联系人、短信以及聊天记录。你们只要检查一下,就会发现根本没有丝毫与我相关的内容,他说我们以前就认识是在撒谎。"

"如果他辩解是事后删除了呢?又或者他提出是你删除了呢?"耿主任抬了抬眉毛。

林岚早就料到会有此一问,不慌不忙道:"数据恢复除了可以看到现有信息,还能够看到历史增删记录。到底是一开始压根儿就没有,还是最近故意删除的,一目了然。"

耿主任点头道:"你提供的这个信息非常重要,这样,你先回去等通知,我们尽快核实。"

一番调查之后,耿主任组织调查小组对最近收集到的证据和信息进行了讨论。

参与调查的张波发表了自己的看法:"江旎同志能够证明,林岚曾找她联系医生打听刘小萌的病情,如果林岚和他们家的人之前就认识,直接去问李春兰就可以了,何必兜这么大个圈子?况且,林岚是一线办案人员,如果她和李春兰认识,送现金比汇款要安全得多,这么简单的道理她会不懂?为什么还要选择汇款这种容易让人抓住把柄的方式?这说不通嘛!"

负责去医院调查的刘萍也发表了意见:"我觉得张波同志的分析很有道理。我去了医院,问了刘小萌的主治医生薛楚峰。他也能证实林岚那天和江旎去的时候,根本就不知道病房中谁是刘栋的妻子李春兰和女儿刘小萌,是薛楚峰告诉林岚和江旎后,她才对上号的。"

耿主任同意他们的说法,补充道:"你们的分析都合情合理,林岚提供的手机信息恢复的证据也非常有力,目前技术人员检查了这份证据后答复我们,刘栋的手机使用了 4 年,里面无论是既有数据还是恢复的数据删除历史,都没有丝毫与林岚、路小艾有关的信息。如果是熟人,怎么可能 4 年中一点交集都没有,显然这个刘栋在撒谎。"

张波道:"的确如此。我们通过调查,路小艾证明林岚当时的确是去捐款,出于做好事不留名和避嫌的考虑才用的路小艾的身份证。把这些证据联系在一起分析,就能充分证明刘栋在撒谎,林岚和刘栋一家人以前根本就不认识。"

耿主任道:"刘栋这样做,我觉得一定有着某种原因,网络舆情散播得那么快,显然也是有人在推波助澜,宣传部的同志们向我反馈,是有人雇用了大量水军发帖。所以说,这件事情没有那么简单,幕后明显

有人在操控和指挥,目的就是把水搅浑,让我们的同志没有办法正常
审案!"

纪检组的同志们一致同意耿主任的这个观点,林岚是被刘栋诬陷
的,说她帮刘栋掩饰罪行的动机根本就不存在。

耿主任向郑明德检察长汇报了纪检组的调查情况和讨论结果,郑
检马上在林岚回避一事的报告上签批了"调查清楚、决定不予回避"。
郑检同时要求王建波请求公安机关的支援,继续追踪刘栋诬陷一事,查
明是谁在背后恶意操控,干扰办案。

回避调查解除,汪海彬喜笑颜开地把刘栋盗窃的案卷材料给林岚
抱了回去,笑呵呵地说:"林岚,我就知道这事儿没几天就会水落石出,
这下好了,我这把老骨头不用替你挑土了,这案子还是你管到底。"

林岚感动地接过案卷,说道:"汪叔,谢谢您。"

汪海彬一脸欣慰地看着林岚:"傻丫头,谢啥呢,还不赶紧干活
儿去。"

林岚攥紧了手中的卷宗,脚步轻快地离开了。

涵江市的 CBD 是寸土寸金的所在,临近商业区的一栋更是这片豪
宅中的楼王。夜色已深,就在这栋豪宅的房间里,范思哲的奢华被面
外,露出一张苍白而帅气的面孔。面孔的主人似乎被困在梦境织就的
不幸中,紧紧地皱着眉头,眼皮被不安的眼珠牵动,被迫开始不规则的
剧烈抖动。

内心的恐惧是一切灾难的源头,再华美的床具也不能营造一夜
好梦。

在冲天的火光中,一个年轻的声音在苦苦哀求:"救救我! 救
救我!"

陷入噩梦中的男人循着呼救的方向望去,一张既熟悉又模糊的脸
庞,在滚滚浓烟之中忽隐忽现,他努力想看清这呼救的人是谁,可是刚
要靠近,周遭的一切似乎摇晃起来,火光明灭中,走出一个神情怯怯的
小男孩儿。

一样眼窝深陷的双眼皮,还有刀裁一般整齐的眉尾,脸蛋儿漂亮得就像一个天使。

男人一时分辨不出,这究竟是幼时自己的幻影,还是真实存在的男孩儿。男孩儿微仰着头,正用崇拜的、渴望的目光看着他,仿佛看着一个即将引领他走出苦难的神祇。

"爸爸。"

清脆稚嫩的童音拥有冲击波一般的威力,男人立足的空间瞬间粉碎瓦解。天花板和墙壁剧烈地震颤着,所有的线条都扭曲、飞旋起来,胸腔里的心脏从高空中飞速地下坠,他感觉到湿热的液体从胸腔中喷涌出来,带着刺鼻的腥气,墨汁一般的颜色一股脑儿地喷溅到男孩儿的脸上,瞬间燃烧了起来。

喉咙如同被毒液侵蚀、包裹住了,声音要做那誓死冲出牢笼的囚徒,挣扎着劈开了声带的枷锁。

"儿子!"

随着急促的一声呼喊,梦魇中的人条件反射一般,霍然坐直了身体,大汗淋漓地醒了过来。

林岚手上的工作虽然恢复了,可是压力依然还在。赵睿作为被害人的家属持续给检察机关施压,要求严惩凶手,追加起诉刘栋的纵火罪。

一大早,赵睿在赵安琪和诉讼代理人程涛律师的陪同下来到了林岚的办公室,他那气势,一看就是来兴师问罪的。

赵睿一张口就不客气地说:"你就是刘栋案件的承办人吧?我问你,既然刘栋自己都当庭认罪了,为什么你们检察院不对他杀人放火的罪行追加起诉?"

林岚能够理解被害人家属的心情,所以她并未在意赵睿强硬的态度,而是耐心地解释道:"赵董事长,现有证据显示,杀人放火的极有可能另有其人,如果不能确定刘栋是凶手,我就不可能对他追加起诉。"

赵睿面色阴沉得可怕,语气更是不悦。

"你说有证据显示刘栋不是凶手,那你就把证据摆到明面上来,我倒要看看,是真没有,还是有人故意包庇。刘栋自己都承认了,你作为公诉人却不指控他,还和他私下里有金钱的往来。你这分明就是不作为,是放纵凶手! 你这样,和帮凶有什么两样!"

路小艾见赵睿如此嚣张地指责林岚,心头顿时火起,反驳道:"我说你堂堂一个董事长,总要讲道理吧? 怎么能够往别人头上乱扣帽子?!"

赵睿目光狠厉地看向路小艾,悲愤地说道:"讲道理! 那场大火里面死的是我的儿子! 你在这里跟我谈什么讲道理!"

路小艾被他凌厉的眼神吓住了,不自觉地后退了一步。

林岚不露痕迹地挡在路小艾身前,接住了赵睿喷火的目光,镇定地说道:"您先别激动,您的心情我们能够理解。至于我是不是包庇,是不是放纵凶手,自有相关部门监督我。您有意见,可以向我们领导反映,也可以向纪委反映,我们欢迎来自各方面的监督。"

见林岚丝毫不露怯,赵睿向程涛律师使了个眼色。

程涛递上委托材料和律师证,说道:"林检察官,我受赵睿先生的委托,作为被害方的诉讼代理人,申请阅卷,我要求查阅刘栋一案的全部证据。"

林岚拿过材料看了看,说道:"程律师,刘栋盗窃的是死者赵冬诚的财产,赵先生作为被害人的近亲属,有权委托您作为被害方的诉讼代理人。不过,全部证据我们在开庭前都移送给了法院,根据相关规定,你们可以到法院申请查阅刘栋盗窃案的证据材料。"

程涛道:"我们要看的不仅仅是盗窃的证据,还要看林检察官你刚才所说的,判断刘栋不是杀人真凶的证据,还有你没有帮他掩盖罪行的证据。"

林岚道:"刘栋在法庭上自认是杀人放火的真凶,无论是否属实,公安机关都要展开新的调查。也就是说,杀人的事实尚在侦查过程中。按规定,在侦查期间,作为律师是没有阅卷权的。至于我有没有帮刘栋掩盖罪行,那是对我的调查,如果成立,将是另一桩新案,除非我委托您做我的辩护人,否则,您无权查阅。"

程涛没有料到林岚的回答如此不留情面且滴水不漏,一时间竟然找不到理由反驳。

赵睿见程涛一上来就吃了瘪,心里暗骂他没用。

赵安琪本来一直在一旁没有作声,此时见赵睿和程律师落在下风,也忍不住帮腔道:"林岚,你就别在这儿拿规定压我们了,我今天就要你一句准话,我哥的死,到底和刘栋有没有关系?"

林岚看着赵安琪,坦然道:"除了能够证明刘栋火灾当天入室盗窃外,现有的证据,的确证明不了他杀人并纵火,不然,我早就追加起诉了。既然证据达不到证明刘栋是真凶的程度,就不能不问青红皂白地让他顶下罪名,否则,就是帮助真凶逍遥法外!"

赵安琪看着林岚的样子不像作伪,她虽然不喜欢林岚,却也不相信林岚会帮刘栋去掩盖罪行。这倒不是说她对林岚有多么了解和信任,而是她不认为一个有前途的检察官会为了刘栋那样一个人去自毁前程,甚至犯罪,那样的结论实在是太荒谬了。赵安琪觉得,自从赵冬诚过世后,赵睿的种种行为实在是有失冷静,判断力也下降了许多。这么简单的事情,连自己都觉得漏洞百出,他却偏偏深信不疑,还兴师动众地到检察院来兴师问罪,实在是不可理喻。赵安琪只能将一切归因于赵睿受了丧子之痛的打击,性情大变了。

赵安琪想到这儿,反过来劝赵睿道:"爸,我看今天也谈不出什么结果来,证据现在也看不了,不如我们先回去吧。"

赵睿刚刚从程涛的表情就知道,这部分证据看来的确是调阅不了,而这个林岚也不像是三两句话就能唬住的人,当下冷哼一声道:"今天我们先回去,不过,你们必须给我儿子的死一个交代,不然我就是告到中央,也要替我儿子讨回公道!"

说完,赵睿怒气冲冲,头也不回地走出林岚的办公室。赵安琪和程涛见他走了,赶紧跟了出去。

路小艾指着他们离去的背影,气愤地说:"这帮有钱人也太嚣张了,跑到检察院来大呼小叫的,事情也没了解清楚,就随便给人扣帽子,真是过分！岚姐，也亏你一直能忍着。"

林岚叹了口气道："被害人家属这个身份，就好比豆腐掉到灰堆里，吹又不好吹，打又不好打。我不忍着，还能怎样？就当锻炼修养了。"

小艾想想林岚说的的确是事实，她虽有千般气恼，万般委屈，却也无计可施，只能鼓着腮帮，坐到一旁生闷气去了。

接下来的几天，市局的黄勤将刘栋翻供、诬陷的事情查了个一清二楚。他派出的侦查人员通过看守所方面的协助，对刘栋的物品进行了检查，发现他的枕头下面有一个蝴蝶结，这个物品并不在刘栋入所时登记的随身物品清单里面。通过调查，警方发现这个蝴蝶结原本是一只公仔熊脖子上系着的，而这个公仔熊是刘小萌平日里不离手的玩具。根据刘栋同监室的人员反映，开庭的头一天刘栋一晚没睡，一直拿着这只蝴蝶结发呆，整个人变得不安和烦躁。根据回忆，他们之前并没有见过这个蝴蝶结。

这个蝴蝶结出现的时间令人生疑。

黄勤亲自赶往刘小萌所住的医院调取监控，发现就在开庭的头两天，一名叫张芳的保洁员在收拾房间时摘下了公仔熊脖子上的蝴蝶结。黄勤派人找到了张芳，她很快就一五一十地说出了事情的经过。不久前，张芳在下夜班回家的路上被一个男人拦住，男人给了她 1000 元钱，让她把刘小萌随身常用的小物件带一样出来。据张芳回忆，这个男人她之前从未见过，那天晚上光线不好，那个男人又戴着帽子和眼镜，所以张芳没有看清他的相貌。

黄勤推测，刘栋是受人威胁才当庭顶罪、构陷林岚。为了消除刘栋和李春兰的顾虑，黄勤打报告申请对李春兰母女进行证人保护。李春兰没有了顾虑，马上向警方承认，她接到了几通威胁电话，还被人尾随恐吓，迫不得已才按照对方的要求，给刘栋写了一张求救的字条："我们母女性命危在旦夕，为保平安，请按他们说的去做。"事后，还依照对方的要求，把字条用药盒子装着，放在医院门口的共享单车车篓里面，还向警方撒谎说以前就认识林岚。

调查尘埃落定，虽然碍于火灾案尚在侦查过程中，无法将调查取得的证据在网络上公开，但是在市局网安部门的协助下，网络上发帖的水军逐渐减少，舆情也逐渐平复。林岚终于可以安心工作了。

为了查明火灾案的真相，林岚在市局将涉及火灾案的全部证据又细细翻看了一遍。

身源鉴定报告上面显示，男尸的 DNA 分型与赵睿的 DNA 相似度为 99.99%，也就是说二人系父子血亲；女尸经与温婉的父母 DNA 比对，也确认系温婉本人。从尸体检验报告和尸检照片来看，法医对死者的口鼻、呼吸道、肺部组织都做了认真检查。

男尸在检测中，没有发现热作用呼吸道综合征，血液中一氧化碳浓度未发生变化，很明显是死后焚尸。从开颅后的脑内伤情特征来看，男尸生前遭受过钝器击打，真正致死原因系生前被外力重击头部导致的严重颅脑损伤而死亡，死后遭遇焚尸。

女尸有生活反应，口、鼻周围和呼吸道内有炭末沉着，是吸入大量浓烟后窒息死亡。

两名死者的胃内容报告显示，男尸在案发前一天就已经死亡了；女尸则是生前服用了大量三唑仑，从其生前挣扎痕迹不明显来分析，女性被害人在火灾时应该已经陷入了昏迷。

林岚想，一个陷入昏迷，一个早已死亡，这两人在火灾时却睡在一张床上，很显然是有人刻意为之。到底是谁把他们放在一起的呢？这个人会不会就是凶手呢？

带着这个疑问，她又把鉴定报告从头到尾看了一遍，大致理了个脉络。鉴定报告中提到的钝器击打应该是个线索，可以再深入查看一下，如果找到作案的凶器，可能就是案件的突破口。如果运气好，凶器上留下了凶手的痕迹，那案子就破获有望了。

林岚想到这里，给黄勤拨了电话。

"黄队，我是林岚，上次的事情多谢您了，要不是您查出刘栋夫妇是受人胁迫做了伪证，我还得继续背锅呢。"

黄勤在电话那头笑道："林检察官,你这就见外了,查清真相是我们共同的目标,公诉人因为审查我们的案件被人诬陷,我们公安的同志怎么能够袖手旁观呢?"

林岚感激道："黄队,不管怎么说,我还是要谢谢您。另外,我想问问您,纵火案最近有新的进展吗?"

黄勤道："我正要联系你呢,我们又调取了一些新证据?"

林岚欣然道："是吗? 我现在就在市局查看卷宗,我能不能去您那儿看看新证据。"

"当然可以,我在办公室,材料都在我这儿,你尽管来看。"

林岚拿到这些证据的时候,一份叫郑星宇的证人所做的证言引起了她的注意,她对黄勤说："这不对啊!"

"怎么了?"

林岚指着其中一段证言念道："案发当天的聚会我也参加了。照说,我的社交圈子和赵冬诚不在一个级别,可是半年前赵冬诚因为阑尾手术在中心医院住院,我母亲是他的主刀医生,对他很是关照,我们就这样建立了联系,我融入了他的圈子。"

黄勤依然不解,问道："这段话没什么特别啊?"

林岚的表情却像是发现了什么重大的秘密似的,瞪圆了双眸道："按照这个证人的说法,赵冬诚半年前动过一次手术,切除了阑尾。可是尸体解剖那天,我全程在场,我明明记得尸体剖开后,是有阑尾的!"

这下轮到黄勤震惊了,他还没有回过神来,林岚已经拨通了曹明辉的电话,并按下了免提。电话刚一接通,林岚就迫不及待地问道："曹法医,上次那个火灾现场的解剖案例,您还有印象吗?"

"当然有,怎么突然想起来问这个?"

林岚来不及解释,继续问道："您记得当时男尸的阑尾是切除的,还是完整的?"

"我记得这个尸体好像是没有手术史的。"

林岚的声音顿时紧张了起来,催促道："您现在能马上查一下记录吗? 这个非常重要,我在线等您确认结果。"

曹明辉听林岚的语气很是着急，一刻也不敢耽误，赶紧去翻当天的解剖记录。

过了一会儿，他回复道："林岚，我查了一下，解剖记录上写的是，尸体内部器官完整，无手术史。"

林岚放下电话后，她和黄勤均是一脸的不可置信，两人你看着我，我看着你，良久无语。

林岚率先打破了沉默。

"黄队，咱们现在去一趟中心医院吧。"

"你等会儿，我去开个介绍信。"

两人赶到中心医院后，黄勤拿着介绍信到档案科调取了赵冬诚的入院记录，赵冬诚的确在半年前切除过阑尾。

黄勤这下不淡定了，他抓了抓头发，问道："难道说死的不是赵冬诚?"他来回踱了几步，又自我否定道，"不可能啊，DNA 鉴定显示他就是赵睿的亲生儿子啊!"

林岚的心里也是云雾重重，她勉强控制着自己的情绪，想了想说："鉴定有时候也会出错，黄队，要不，您以市局的名义，申请重新鉴定吧。"

让人大跌眼镜的是，法医物证鉴定中心提取检材重新做了 DNA 鉴定，结论依然是火灾现场的男尸和赵睿为亲父子。

林岚和黄勤在曹法医那儿拿到新的鉴定结论后，面面相觑。

"这事儿还真是邪了门了，难不成，这割掉的阑尾还能再长出来不成?"黄勤搓着手嘟囔着。

曹明辉冲他翻了个白眼说："怎么可能!"

黄勤道："那你怎么解释这具尸体的阑尾?"

曹明辉说："我解释不了，但我能够保证，我们的结论肯定是正确的。"

"如果结论没有问题，那会不会是尸体本身有问题?"林岚见他们争执不下，说出了自己心中一直以来的疑问。

黄勤一愣，不解道："尸体能有什么问题?"

林岚道:"我的意思是,死者有可能根本不是赵冬诚!"

黄勤霍地站了起来,捏着手中的报告用力摇晃着,大声道:"怎么可能! 两次鉴定都显示男尸和赵睿的 DNA 相似度是 99.99%啊! 这还能有假?!"

林岚缓缓地摇了摇头,走到了墙壁上贴着的一幅 DNA 图片面前,用手轻轻抚摸着上面绘制的螺旋结构线条,思绪似乎飘到了别处。过了一会儿,她自言自语道:"如果赵睿不止赵冬诚这一个亲生儿子呢?"

黄勤目瞪口呆。

曹明辉啪的猛拍了一下桌面,把黄勤吓了一个激灵。他激动地说:"对啊! 如果赵睿还有另外的一个亲生儿子,这整件事情就能够解释得通了。赵冬诚的母亲早就去世了,确定身源只能和赵睿比对,现有的身源鉴定结论只能证明死者是赵睿的亲生儿子,至于是不是赵冬诚,就要看赵睿是不是只有这一个亲生儿子了!"

这一番大胆的推测彻底颠覆了火灾案之前的思维框架。

黄勤迟疑道:"照你们这么说,赵睿还有一个私生子? 可这事儿也太邪乎了吧? 这个私生子怎么会跑到半山花园去,还和赵冬诚的情人温婉死在一起?"

林岚双手一摊道:"可是除此之外,我实在想象不出还能有什么其他的合理解释。"

"看来,这个问题只有赵睿才能说清楚了,我马上联系他。"既然做了决定,黄勤片刻也不想耽误,起身告辞了。

恒创集团 38 楼会客室,超大的落地窗将涵江市繁华的都市景观尽收眼底。

黄勤和宋明在沙发上坐下后,黄勤直截了当地对赵睿说:"赵董事长,半山花园纵火案有些情况我想要向您了解一下。"

赵睿对于纵火案迟迟没有结论这件事颇为恼火,见黄勤这么问,于是冷淡地说:"该说的,之前我不是都对黄大队长和宋大探长说过了吗? 凶手也都当庭认罪了,可怎么到现在案子还没有破?"

黄勤没去管赵睿甩出来的软钉子,继续问道:"赵董,这破案嘛,总是有个周期的,简单的案子耗时短,复杂的案子耗时长,这些都是正常的。"

赵睿并不想在这里和黄勤多费口舌,他端起茶杯喝了一口水,有些不耐烦地问:"你们今天又想问什么?"

黄勤凑近了些,近到足以看清赵睿脸上的每一个细微的表情,然后单刀直入地问:"除了赵冬诚之外,你还有没有其他的儿子? 我指的是亲生的。"

赵睿面部的肌肉抽搐了一下,端着茶杯的手一颤,大半杯茶水泼了出来,他先是不可思议地看了黄勤一眼,紧接着露出羞恼的神情。这一连串的神情变化都被黄勤毫无遗漏地看在眼里。

赵睿重重放下茶杯,霍地站了起来,大声喝问:"你什么意思?! 你们这些警察,拿着老百姓的纳税钱,不去抓凶手,却跑到我这里来胡乱猜疑,干不出半点正事! 莫不是知道我前段时间向政协反映了你们办案不力,所以你们怀恨在心,公报私仇、打击报复?"

黄勤被他一顿斥责,气得不行,腾地站起来就要和他理论。

宋明眼见赵睿当场翻脸,气急败坏,考虑到他背景不一般,又是被害人的家属,再加上纵火案至今确实没有大的进展,这个时候黄勤一旦和他杠起来,绝对讨不到好。因此,他赶忙站起来打圆场。

"好了好了,赵董您消消气,这案子嘛,我们一直昼夜加班,就是为了早日破案,今天来问您,是因为从尸检的一些细节来看,死者可能不是令公子赵冬诚,我们也是需要核实一下,并没有别的意思。"

赵睿从鼻子里重重哼了一声,冷笑道:"案件需要,我倒是长见识了,办案都办到我的个人隐私上了,我倒不知道你们公安办案还有这种特殊需要! 至于说什么从尸检的细节来看不是我儿冬诚,更是无稽之谈。你们给我的尸检报告,结论明明写的就是赵冬诚,现在却跑来跟我说不是。你们这是想为迟迟不能结案找借口吗?!"

宋明这下也觉得赵睿这强硬的态度格外隔应人,可是他实在不想此时和他闹翻,只得压住火,继续劝道:"赵董,我们既然说是办案需要,自然不会诓您,尸检结论可能有误,也是刚刚发现的新证据。我们今天找您核实，当真是例行公事，还望您配合。”

赵睿不屑道："哦，我倒要听听，你们要我如何配合？承认我赵睿在外面有个私生子？真是好笑了。如果真是这样，我只能告诉你们，这种配合，恕我赵某人爱莫能助了，我就是现在找人去生，也得等到明年才有了。"

黄勤和宋明对视一眼。

黄勤试探着问道："会不会是在不知情的情形下，有了那么一个孩子？"

赵睿气急反笑，他指着黄勤道："那我倒要请教一下黄大队长，这个连我都不知道的私生子，怎么就这么巧跑到了我儿子所住的半山花园，和我儿子的女朋友一起死在了床上，身上还戴着我儿子的信物？"

这个问题也是黄勤之前百思不得其解的，所以他一时间找不到话来反驳。

宋明一看又绷住了，忙转圜道："赵董，您消消气，我们也是为了早日抓到真凶，也没有别的意思，您也忙，我们先告辞了。"

赵睿面无表情地说："好走，不送。"

黄勤窝着一肚子火和宋明一起离开了恒创集团。

两人上了车，黄勤将车门摔得山响，宋明掏出一根烟，给他点着了，慢悠悠道："看来这个赵睿不是个善茬。"

黄勤猛吸了一口烟，道："可不是，句句带刺儿，要不是你拦着我，我刚才非和他翻脸不可。"

宋明道："现在可不是翻脸的时候，不然吃亏的是咱们。不过，这一趟还是有收获的，你问他是不是有私生子的时候，他当时的神色极其不自然，后来的反应又那么大，我总觉得他是在掩饰什么。"

黄勤擂了宋明的肩膀一拳，笑道："你这老家伙，在那儿充好人呢，搞了半天你早看出来了？"

宋明笑道："我这双眼睛，一直盯着他呢，咱这么多年的探长，可不是白干的。"

两个人相视一笑，感觉刚才的气受得倒也值得，起码让赵睿露出了马脚。

黄勤回去后就让宋明去找林岚,告诉她今天调查的情况。

宋明赶到公诉处的时候,林岚不在办公室,路小艾正从柜子里面拖出一个行李箱。

"哟,这都周末了,小丫头提溜着箱子,这是要去干吗啊?你的林检察官呢?"

宋明因为案子和路小艾打过几次交道,对这个性格开朗活泼的小姑娘印象挺好,每次和她说话都是笑眯眯的,每条皱纹都透着和蔼可亲。

宋明办案多年,一肚子的故事,小艾也乐意和他亲近,两人特别谈得来。小艾见他发问,忙吐槽道:"宋大探长,就甭提什么周末了。下周一有个毒品案件开庭,我被岚姐抓去,陪她去勐海县取证。您坐会儿吧,岚姐这会儿去行装处办手续呢,一会儿就回来。"

说到这里,她冲宋明得意地眨了眨眼,拿着出差审批单朝宋明晃了晃道:"不过,因为时间紧,路程远,领导特批我们往返乘飞机,不用苦哈哈地在高铁上折腾了。"

"哟,周一的庭,这时间也太赶了吧?"

"可不是,那个证人本来不愿意来,昨天可能被岚姐的电话催得紧了,态度有些松动,今天改口说,如果检察官能够和他当面说清楚,可以考虑一下。"

宋明笑道:"这勐海县远着呢,又赶上周末,那人怕是故意出难题,让你们知难而退吧?"

小艾小鸡啄米般点头道:"可不是,宋探长,我可找到知音了。我跟岚姐也是这么说的,可她说哪怕有两成把握,也要试试。"

宋明想了想,问道:"这个证人的证言对于案件很重要?"

小艾用两只手托着腮,用力地点了点头。

"你别说,这林检察官也真是够认真的,怪不得我们黄队提起她就夸。你算跟了个好老师了。"

"那倒也是,我跟着她虽然累了些,却也学到不少。"

两人正聊着,林岚进来了,宋明将今天上午向赵睿调查的经过说了一遍,

小艾叹气道:"看来,这个赵睿一点都不配合啊。岚姐,你说咱们最近怎么这么背,手上的案子没一个省心的,一个比一个棘手。"

赵睿的不配合并不让林岚意外。可问题是赵冬诚的母亲早已去世,墓地在国外。没有家属的同意,也不具备提取其 DNA 与火灾现场男尸进行比对的条件,赵安琪和赵冬诚虽然同父但是异母,用她的 DNA 来做比对,无法准确判断出男尸究竟是不是赵冬诚。

林岚道出了心中的疑问:"如果半山花园的男尸真的是赵睿的私生子,他又刻意隐瞒,这个事情就耐人寻味了。"

"难道是怕私生活丑闻曝光?"小艾在一旁接话。

"不对。你想,赵安琪不就是赵睿早年间在国外风流时的私生女吗?对于她的存在,赵睿根本就不避讳。"林岚很快否定了小艾的猜想。

"是啊。而且刘栋法庭上认罪,漏洞百出,一般人都不会信,更何况是他这样见过世面的商人。他却一个劲儿地施压,想让咱们早点结案,这个反应,也不像是被害人亲属的正常反应。"宋明也道出了心里的疑问。

"除非……"

"除非什么?"小艾见林岚半天没有往下说,忍不住催了起来。

"除非他不愿意我们查出真凶!"

小艾惊讶道:"为什么?无论死的是赵冬诚还是他的私生子,都是他的儿子啊,他怎么可能不希望将凶手绳之以法呢?"

宋明朝林岚竖了个大拇指,赞道:"林检察官,你都想到这一层了,不简单啊!"

小艾更迷惑了,她不解地问道:"你们打什么哑谜呢,快告诉我啊。"

林岚道:"如果凶手是赵冬诚,一切就能解释得通了。"

小艾大吃一惊,刚要再问,林岚的手机响了起来。

林岚一看是奶奶何春芝的号码,赶紧接了起来。

"岚岚,今天晚上可别加班了啊,你姑姑今晚过来,要向你当面问点事儿。"

林岚奇怪道:"有什么事儿电话里面不能问,非得巴巴儿的在家当面问啊?"

何春芝那头道:"让你回就回,哪来这么多问题。"说完就挂了电话。

林岚一头雾水,寻思着,看来这是真有事儿啊。

宋明见她有事儿,就提出捎带她一脚,林岚一看到了下班的点儿,答应着就开始收拾东西走人,路小艾只得忍住好奇心,不再追问。

回家后,林岚一进门就看到姑姑林晓娟坐在客厅里和奶奶说着什么,两人一见林岚,就闭口不谈。

林岚心里有些纳闷,嘴里问道:"姑姑,今天有什么事儿啊,这么神秘,还得专程跑过来一趟问我?"

林晓娟神色有些不自然地问道:"前段时间恒创集团赵睿的儿子在火灾中丧身的案件,我听说是你在办?"

林岚有些意外,答道:"是啊,姑姑,您为什么会关心这个案子?"

林晓娟一时有些语塞,面对着自己从小看着长大的小侄女,前尘往事中的那些恩怨情仇,不知从何提起。

何春芝见她们两个半天进入不到主题,心急火燎道:"岚岚我跟你说,那个赵睿不是什么好东西,当年他和你姑姑处过对象。一开始看上去是个体体面面的读书人,文质彬彬的,我还以为是你爷爷在天之灵保佑,让你姑姑找到这么好条件的一个男朋友。可你姑姑一出事儿,他就立马露出了狐狸尾巴。你姑姑刚出车祸那会儿,他就不见人影,后来他一听说你姑姑下半生要坐轮椅,还没等你姑姑出院,就跑到医院提分手,转头就跑到国外去了。这么多年,他音信全无,连句安慰的话都没有留下来,真是个狼心狗肺的东西。"

何春芝骂着骂着,想到了林晓娟当年所受的委屈,眼中忍不住淌下泪来。

林岚听何春芝道出当年往事,没有料到自己的姑姑林晓娟居然和赵睿曾经有过这么一段不堪回首的感情,简直堪比香港 TVB 电视剧里的负心男子苦情女主的俗烂桥段,差点惊掉了下巴。再看林晓娟木然地坐在一旁,对于何春芝的说法既没有打断也没有提出反对,心知奶奶说的都是真的,不由得一阵心酸。原来在自己眼中一向乐观、开朗的姑姑,竟有这样痛苦的一段经历。

何春芝继续道:"岚岚,我叫你回来,一是当面问你这个案子是不是你办的;二是要提醒你,赵睿不是什么好人,你办案的时候可要把眼睛擦亮了,别把这个坏人放过了。"

林岚无奈道:"奶奶,赵睿现在是我所办案件的被害人家属,他儿子是被害人。对他,谈不上放不放过。"

何春芝不依道:"像他这种人,如果不是做了什么伤天害理的事情,别人怎么可能去烧他们家的房子,害他的儿子?所以你把他给盯紧了,准没错!"

林岚能够理解何春芝的心情,不过这里面的逻辑实在牵强,赵睿对林晓娟感情上的背叛是道德问题,不是判断犯罪的标准。即便他真做了什么,也要靠证据去说话,不能轻易下结论。她知道不能和奶奶在这事儿上再理论下去了,赶紧转移话题:"奶奶,我有个案子要到云南取个证据,明天就动身,您的问题,咱们回来再议,回来再议。"

林晓娟也在一旁道:"妈,我只是想知道这案子是不是岚岚办的,然后提醒她一声就好了。至于其他的,都是岚岚的工作,您就不要过问了。"

何春芝见她们这样,虽然嘴里唠叨,也只好作罢。

晚饭后,林岚主动送林晓娟回家。

林岚推着轮椅,柔和的路灯光洒在轮椅的扶手上,马路上不时走过三两行人。

林岚见林晓娟面色平静,轻声问道:"姑姑,我没想到您当年还有过这样一段经历,您当时,心里一定很难过吧!"

林晓娟轻轻叹了口气,道:"被人背叛,说无动于衷肯定是假的。我绝望过,也恨过,但这一切都过去了,我早就从那段不幸中走出来了。

我后来想,早些结束一段错误的感情,离开一个错误的人,未尝不是一种幸运。"

　　"是幸运吗? 那么这份幸运的代价也未免太大了。"林岚黯然地想。

第四章　杀机初现

云南省勐海县,古茶树群星罗棋布,绿油油的茶叶将连绵起伏的群山装扮得一片葱茏,暖洋洋的日头照得人心头舒爽。这本该是一个惬意的周末,可辛晨一大早就接到命令,去协助涵江市人民检察院公诉处的林检察官在勐海县完成一桩特大毒品案的取证工作。第一站去的是勐海县打洛镇的吴索吞家。

警车在高低起伏的土路上颠簸,后座上并排地坐着两个年轻的姑娘。坐在左边的是检察官林岚,她小脸巴掌大,晶莹清澈的双眸灵气逼人,黑漆漆的瞳孔越发衬得她肤白胜雪,举止言谈透着一股子聪明灵动。坐在她旁边的路小艾,圆圆脸庞,齐耳短发,俏皮可爱。

辛晨从反光镜里看了一眼,心想,这哪像检察官和书记员啊,整个儿就是两根水灵灵的"小水葱"。可就这两根"小水葱",居然敢结着伴儿跑到勐海县这么偏远的地方来调取毒贩的证据,这可真叫不知天高地厚了,也不知道她们领导心里是怎么想的。

可惜的是,自己的顶头上司,勐海县公安局禁毒支队的胡大队长,可没她们的领导那么心大。

辛晨连续加了好几个夜班,好不容易盼星星盼月亮等来了这么个囫囵周末,本来以为可以睡到日上三竿,今天一大早却被胡队长的追命连环 Call 从美梦中提溜出来,负责全程陪同这两位祖宗取证。

辛晨刚看到这两根不知打哪儿冒出来的"小水葱"的时候，差点惊掉了下巴，甚至猜想她们是不是借着办案的名义跑来旅游的。

"大小姐，总得给个行程吧？"他懒洋洋地单手叉腰，右手摊开，朝着林岚伸了过来。

林岚瞅着面前的辛晨，从他的眼神中捕捉到了一丝戏谑。

林岚在涵江市检察院摸爬滚打了这几年，哪会看不透辛晨的这点小心思，她也不去解释什么，只是把一张纸拍在了辛晨摊开的手掌上。

辛晨低头看了看，只见纸上面列举了详细的取证清单，还有具体的行程安排，他好不容易合起来的下巴掉得更靠下了。

一天时间，两项取证任务，一个在打洛镇，一个在勐遮镇曼短村，当天晚上就要返程回涵江市，这样算下来还真是时间紧、任务重。

"这俩'小水葱'玩真的？"

辛晨半信半疑地看着她们。

林岚无视辛晨怀疑的目光，使唤起他来丝毫不马虎。

"辛警官，赶紧赶路吧。咱们今天上午就得找到吴索吞，说服他后天到涵江市中级人民法院出庭做证，接下来还要去找一个曾经给他孙女看诊过的医生。取证地点隔得挺远，胡队说你路熟，请你开车带路速度能快些。"

辛晨指着清单上的取证地址，说道："两位尊敬的检察官姑娘同志，医生看诊的地方倒还罢了，这吴索吞住的地方，车可是开不进去的，往返得有五六个小时的山路要走。你们是今晚的飞机返程，不光这条路难走，时间上也赶不及啊！"

路小艾扑哧一声笑了："你这人说话真有趣，检察官就检察官，姑娘就姑娘，哪里来的什么检察官姑娘同志。再说了，咱岚姐是检察官，我可不是，我是书记员。"

辛晨改了口："检察官同志，书记员同志，称呼不是重点，重点是路难走，时间紧。"

"帅哥，放心吧，咱们来之前早就在网上查清楚了，对取证环境有充分的预判，咱们走快些，4个多小时就够了。你看咱这身行头，专门为赶山路准备的。"

辛晨刚才净顾着消化惊讶了,现在听路小艾一提,才留心看了看。好家伙,这俩小姑娘还真的是全副武装,速干衣裤、户外手套、登山鞋。

"就那破山头,连个像样的路都没有,这身装备顶个屁用啊。还想4个多小时走完,开什么玩笑!"辛晨忍不住腹诽。

林岚看见辛晨眼中的不屑,漂亮的杏眼眯了眯。

她略一偏头,下颌微扬,伸出大拇指顶了顶自己的左肩。

"我,女子重装重行徒步华北赛区第一名。"

就在辛晨发愣的当口,她搂过一旁的路小艾。

"她,也不弱,涵江市第五名。来回4个多小时的山路快走,对她而言,不过是初级段数了。"

辛晨的意外指数被再次刷新,半晌无语。

开进山路,就看出辛晨的优势了。他不愧是当地人,对路况相当熟悉,驾着车在山路上七弯八拐地连导航都没开。不过林岚估摸着,就这尚未开发完善的山路,也没啥信号可言。

这次行程匆忙,路小艾还有好多事情没弄明白,这会儿一个劲儿拉着林岚问东问西。

"岚姐,那个吴索吞不是缅甸人吗?后来才搬到云南勐海县的,可他为什么也姓吴啊?你之前不是说缅甸人只有名没有姓吗?"

辛晨一听这"小水葱"开口后秒变"小白",觉得好笑,可嘴刚咧到一半,就听林岚道:"你啊,知其然不知其所以然。这个吴不是姓,是前缀,是对长辈的尊称,相当于大叔、大伯、先生的意思。缅甸人挺在意对他们的称呼,我是尊称这位证人为索吞先生呢。"

"岚姐,你怎么什么都知道,怪不得江旖姐总说你是移动的百科全书。"路小艾笑嘻嘻地搂住了林岚。

林岚轻轻推开了她,笑道:"江旖姐说的话你也敢信,胆儿真肥。"

辛晨心想:"听她们这口气,这丫头挺厉害啊,还是那什么百科全书,看来不能小瞧了。"

车开进一段绿树成荫的道路,空气中混杂着植物和泥土的清香,柔和的阳光穿过树叶细碎地洒进来,如斑驳的网,轻柔地将大地纳入它的怀抱。林岚将头倚在车窗边,和路小艾不时地交谈着,调皮的风从四面八方钻进车窗,拂动着她脸颊边的碎发。

两个多小时的车程后,车停在山脚处。

辛晨拉好手刹,绕到车后,从后备厢里面拿出两根竹竿递给林岚和路小艾。

路小艾不解,淘气地问:"警官帅哥同志,这是干吗?"

辛晨见她学自己之前的语气,心里有些好笑,将手握在嘴边,故作神秘低声道:"这个呀,是赶蛇用的。"

路小艾的笑容顿时出现了无数道裂缝,她不可思议地望着辛晨,问道:"大白天也会出来?"

辛晨促狭地看了路小艾一眼,答道:"这几天挺暖和,20℃左右,湿度也不错,那些黑蛇、白蛇、花花蛇,可不得出来放个风啥的?"

路小艾满脸的生无可恋,不甘心地追问:"真有蛇?"

"嗯。"这下不仅是辛晨,连林岚都冲她肯定地点了点头。

"不骗我?"

两个人再次一同点了点头。

路小艾的脸色有些发白,声音也有些抖,尾音甚至带了些哭腔。

"岚姐,你出门的时候可没交代过这个。"

林岚笑道:"我不是让你穿登山鞋了吗?"

辛晨见路小艾都快哭了,忍不住问道:"你不是参加过那个什么徒步比赛吗,山里有蛇这点常识都不知道?"

林岚冲辛晨翻了翻白眼:"她那是市级赛,赛区都是开发过的景点,只比脚力,不考量野外求生。省级的赛事中才有野外扎营和原始森林徒步。"

路小艾瘪了瘪嘴。

辛晨有些了然,他咂摸了一下林岚的话,回过味儿来,问道:"照你这么说,你经历过野外求生?"

林岚笑了笑,没有回答。

辛晨用询问的目光看向路小艾。

路小艾跺了跺脚道："我哪能跟她比,她可是咱们那儿有名的岚女侠。"

辛晨乐了,当下一拱手。

"不知女侠驾到,失敬失敬。"

林岚顽皮地用单手做了个托举的姿势。

"好说,好说,少侠不必客气。"

两人视线交织,哈哈大笑起来。

气氛发生了微妙的变化。

辛晨拍了拍胸脯道："待会儿我走在前面,你们走在后面,遇到草多的地方,你们就用竹竿敲敲地面。只要不踩到蛇,它们一般也不会主动咬人。"

辛晨又向下打量了一下,说："不过你们这鞋算是穿对了,高帮的,护住了脚脖子。只是……还不够高,待会儿扯些草扎两副绑腿,护住小腿就好啦。"

说完,他从后备厢拿出一副绑腿递了过去。

"我车上现货就一副,你们谁先用?"

林岚一把接了过来,蹲下来就往路小艾腿上绑。路小艾往后躲,刚想推辞,林岚瞪了她一眼说："快着点,别添乱,还要赶路呢!"

路小艾乖顺地由着她给自己绑上,这男式绑腿不合身,绑完都快到大腿了,不过一想到安全问题,路小艾恨不得它能再长一些。

林岚绑完后站起身来,从背包里面拿出一大瓶正红花油,往身上洒了一些,又往手里倒了一些,然后递给路小艾。

"脖子、耳后抹一些,树上有时候也会掉蛇下来。"

路小艾的脸更白了。

"树上还有,还会掉……掉下来? 那……那这个有……有用吗?"

"怎么没用,蛇不喜欢气味芳香浓郁的东西,含酒精的药品都有一定的防蛇效果。你抹完后再往帽子、领子、鞋子上洒点。不过这药效散得快,隔一个小时你得再抹一次。"

林岚瞅了一眼在旁边看热闹的辛晨，说："你也抹点儿。"

辛晨摊了摊手道："遵命。"

做完准备工作，林岚指了指前面的路："麻烦辛警官你开路了，我断后，小艾你走中间，放机灵点，少看风景，多注意脚下。"

路小艾答应着点了点头。

辛晨冷眼旁观着，心里暗暗点头。通常而言，涉及个人安危的当口是最能看人品的。这姑娘，绑腿让给同伴不说，还主动要求断后。她既然有过野外生存的经验，应当知道丛林里面最忌一前一后。可从刚才的分工来看，她也没一味逞蛮勇，不但预防措施做得充分，也懂得把开路的工作交给当地人，只在自己的实力范围内发挥作用，算得上有勇有谋了。

一行三人朝山林中走去。

年轻人之间，只要气场相合，很快就会熟稔起来。

既然熟了，有些话就能敞开说了。

辛晨道出自己心中的疑问："林大美女，我记得上次涵江市禁毒支队的何方队长带人来给吴索吞做过笔录，那么你们的卷宗里面应该会有吴索吞的证人证言，为什么这次你还要来找他出庭做证？"

林岚道："现在不是强调以审判为中心吗？要求事实证据调查在法庭，定罪量刑辩论在法庭，裁判结果形成于法庭。证人出庭做证已经是《刑诉法》的明文规定了。"

辛晨有些不服气道："规定是规定，实践是实践。这证人在庭上，说什么，怎么说，变数太大，万一出庭证言发生改变，不是自找麻烦吗？"

林岚不以为然道："你这样理解就狭隘了。在我看来，让证人出庭做证是最直观的法庭调查方式，可以避免法庭仅采信控方单方面提供的笔录。证人在法庭上接受控辩双方的交叉询问，就其证言的真实与否在法庭上展开辩论，然后由法院居中裁判，这样一来，证人证言经过了控、辩、审三方的当场检验，可信还是可疑都摊在明面上，更有利于去伪存真，让法官做出最符合客观事实的判断。"

辛晨还是不服气，争辩道："那万一证人被收买了，或者临出庭的时候变卦了,在法庭上胡说八道,岂不是把好好的案子给毁了?"

林岚道:"在庭上会胡说八道,在庭下就不会胡说八道? 这在逻辑上不通嘛。我认为,与其担心证人出庭推翻之前的证词,还不如庭前把客观证据固定好。光凭人的上下嘴皮子去判定一个人是否有罪,这事儿本来就不靠谱。古人云,三人成虎,被谎言冤死的事例古往今来还少了?"

林岚说起来一套一套,辛晨听得一愣一愣。

林岚见他不再反驳,给刚才的这番争论下了一个注脚。

"为了避免虚假证言被采信,让证人出庭接受交叉询问,这既是法治的进步,也是避免冤假错案的有效途径。"

路小艾朝辛晨挤了挤眼:"帅哥,岚姐辩论起来是不是完全变了一个人? 我跟你说,她这就是公诉人的职业病,改不了啦。"

"这口才,可以想象出她在法庭上的风采。"说完,辛晨一脸神往。

路小艾光顾着说话,一不留神踩到一块湿泥,差点滑倒。幸好林岚眼疾手快给扶住了,可她还是前仰后合一阵儿狼狈。

两人都被路小艾滑稽的样子逗得哈哈大笑起来。

辛晨很快就发现林岚没说大话。两个姑娘的脚力当真都不弱,说说笑笑的,很快就走到了半山腰草木茂盛处。

路小艾害怕有蛇,拿着竹竿一个劲儿地拨弄草丛。

林岚看不过去了,扯住路小艾乱挥的手。

"我的大小姐,你瞎折腾啥?"

"赶蛇呀。"

林岚用竹竿敲击着地面,给路小艾做示范。

"你用竹竿朝空地敲打就可以啦,犯不上这么虚耗体力。"

"空地哪来的蛇? 蛇不是藏在草丛里吗?"

"蛇没有外耳,它根本就听不到空气中传来的声音。"

"照这么说,蛇都是聋子? 那我敲那儿,它也听不见啊。"

"它们不聋,可它们接受声波的方式略有不同。德国科学家做过一项研究,证明蛇是通过颚骨来感知地面传导的振动和声波,也就是骨传导听觉。竹竿是空心的，在地面敲击的时候，竿内会形成回音，传导至蛇的骨耳内，就会让它认为是很大的声音，会因害怕老远就避开。你这么乱挥一通，虽然通过触觉也会让它们受惊，但过近的惊吓会引发它们攻击，反倒危险。"

路小艾吐了吐舌头，道："我这可真成了打草惊蛇了。"

辛晨觉得林岚的知识面真广，不由得刮目相看。敲击竹竿避蛇是当地的土法子，代代相传，却从没有人说出个所以然。倒是林岚三言两语说得明明白白，让人信服。

辛晨由衷地赞道："美女检察官，你可真是应了那句话，明明可以靠颜值，却偏要靠才华。佩服，佩服。"

谁知林岚一点儿也不领情，反驳道："这话我可不爱听。兰陵王高长恭，你知道吗？根据史书记载，那可是战神级别的人物，可偏偏容貌极美，所以没办法，每次带兵出征都得戴上面目狰狞的面具，不然无法威慑敌军。"

辛晨乐了："照你这么说，长得漂亮倒还吃亏了？"

林岚说："那当然，以貌取人在心理学上是晕轮效应，也就是光环效应，一般人难以避免。你今天早上看我们模样年轻，不也心里打鼓吗？"

辛晨听到前面半截儿还津津有味，听到后面不由得汗颜，他不好意思地挠了挠头，嘿嘿干笑了两声。

三人又走了一段路，一股臭气扑鼻而来，只见不远处的几蓬绿草，间或开着明黄色的小花，味道正是从那个方向传来的。

辛晨眼睛一亮，快步走了过去，摘了一大捧，又顺手在附近捋了几把长草，分成四股，自己留了一股，其他的递给路小艾。

"小艾助理，你帮我拿着，我来扎绑腿。"

路小艾不但没接，还连退两步，一面死死捂住鼻子，一面连连摆手。

"不要，不要，这么臭的草，你把它们摘来做什么？"

辛晨赶紧替草儿们叫屈："什么臭草啊，这个叫'蛇灭门'，又叫'驱蛇草'，把它掺在其他的草里面扎成绑腿，蛇就不敢近身了。"

路小艾半信半疑,转头去看林岚。

林岚朝她点了点头,她这才不情不愿地接了过来。

辛晨看来对草编手艺非常拿手,他脚下赶着路,手里却不停,几乎不用看就能灵巧地编织。

林岚在一旁看得有趣,自己也拿了几根草尝试着编在一起,却怎么也捣鼓不好。

辛晨看她编到后来,手里握着一团乱糟糟的草疙瘩,笑了起来。

"万能的检察官看来也有不能的时候啊。"

林岚自嘲道:"没办法,天生的手比脚还要笨。"

辛晨见她神色坦然,毫不扭捏,心下更生出几分好感。

"我说检察官,你找给吴索吞孙女看诊的医生干吗?"

"他在笔录中提过,他孙女在今年 12 月份在家里被虫咬伤了。"

"这和案子有啥关系?"

"我见他描述的伤口特征,觉得很像某种昆虫留下的,时间距离毒贩葛永健找他买玉石的时间也近。我心里有个大大的疑团,要向这位看诊的医生求证。"

"什么疑团?和昆虫还扯上联系了?"辛晨的好奇心被大大地勾起来了。

林岚不语,笑得有些莫测。

辛晨猛然醒悟自己是在打听案情,在这一行最是犯忌,人家眼下没有点破,是给自己留了面子。于是他马上识趣地闭嘴,暗骂自己怎么好奇心一上来,啥都不顾了,当下不再追问,埋头专心编着绑腿。不多一会儿,半副绑腿就成型了,他又用草搓成绳子,递给林岚,让她绑在腿上。就这样,走走编编,四副绑腿陆续完工,各就各位。

也不知道究竟是哪一种法子起了作用,总之,三个人一路上顺顺利利,直至到了吴索吞家,一条蛇也没有碰上。

三人来到一处山涧边的民舍前,面积虽然不小,外观却有些破旧,门口的晒台上斜放着一个硕大的扁平筲箕,上面晒着许多褐色的细长的普洱茶。一旁的小背篓里面有几把野菜,叶片舒展、根茎饱满,一看就是刚刚采回来的。

辛晨冲屋里叫了声"来人了",不一会儿就有人答应着走了出来。林岚之前和吴索吞为着出庭做证的事儿通过好几次电话,所以,他一开口林岚就对上了号,吴索吞看到林岚却有些意外。

依着他的想法,的确不想跑到那么远的地方去做证,也不愿意当面指证曾经是他客户的葛永健,更怕搅和到什么麻烦里面。可是,两个花朵般的小姑娘居然大老远地跑到这儿来了,这是他没有料到的。

"我怕是去不了,女娃儿的爸妈出去打工了,家里没人照看。"

门框上扒着一个瘦小的身体,两只羊角辫一前一后不对称地绑着,刘海儿细碎凌乱,小脸上亮晶晶的一对眼睛,正好奇地打量着这帮外来的不速之客。

证人需要照看未成年人,且住地偏远,又是唯一在家的监护人,这事儿可难办了。林岚本来准备了一肚子的话,这下全都没了用武之地。

辛晨不一样,他以前在这片儿做过两年管段户籍警,对辖区内的家家户户基本情况那是门儿清。他清了清喉咙,对吴索吞说道:"吴索吞,女娃可以交给隔壁婶子家吗?你以前去瑞丽摆摊,她在隔壁个把月的都寄住过,出庭做证加上来回的时间,充其量花上个两三天,有啥子为难?"

辛晨一语戳破吴索吞的托词,让他有些尴尬,搓着一双大手,喃喃说道:"也不好总麻烦别人吧。"

林岚心下了然,忙道:"您放心,我们会拜托当地公安联系您这儿的村委会,做好对孩子的照看工作,这是公事儿,绝不让您自个儿为难。"

吴索吞见自己用来搪塞的理由都被挡了回来,干脆低下头,不发一言。

林岚拉过凳子,挨着吴索吞坐下,劝道:"老人家,您是我们案件中非常重要的一名证人,能不能开好明天的这个庭,让毒贩子伏法,您的出庭是重要的一环。"

吴索吞道:"公安以前不是给我做过笔录吗,为啥还要去庭上再说一遍?"

林岚耐心解释道:"您出庭,那效果完全不一样啊。这次开庭,社会上关注度很高,庭开得好,不仅能将葛永健这个大毒枭绳之以法,对旁听的人也是一种警示教育,对社会上的那些毒贩也将是一种震慑。这些年被毒品毁掉的家庭不在少数,清缴毒源、铲除毒瘤,光靠我们这些司法人员的力量远远不够,我们非常需要来自每个公民的支持。"

辛晨也在一旁帮腔:"吴索吞,人家两个小姑娘都有勇气和毒贩在庭上周旋,您作为长辈,就不能支持一下?"

看着眼前的小姑娘,一脸的真诚,态度诚恳地劝他出庭指证被告人,为打击毒品犯罪出一份力,吴索吞有些汗颜了。

辛晨见吴索吞面露愧色,知道他心里面是松动了,赶紧在一旁敲边鼓:"吴索吞,人家两个小姑娘不远千里来请您出山,下了飞机后马不停蹄走了半晌山路,就冲着这份诚意,这个面子怕是要给吧。"

索吞有些坐不住了。

辛晨又说:"人家检察官又不是为了自个儿的私事,也是为了铲除毒贩,保一方平安嘛。"

小孙女扒着门框听了半天热闹,见自家爷爷还没答应,忍不住跑了过来,加入了"劝降大军"。

"爷爷,我们老师说,毒品贻害无穷,打击毒贩人人有责。爷爷,您就帮帮哥哥、姐姐们吧。"

吴索吞老脸一红,摸了摸孙女的头。

"我再不答应,倒显得还不如个娃娃咧。"

林岚一看他答应了,高兴得一把搂过小姑娘,猛地亲了一口,又握了握吴索吞的手。

"老人家,谢谢您支持我们的工作。您放心,来回的食宿和交通都由司法部门出,您去了也有专人接待,确保您的安全。"

辛晨在一旁提醒。

"林检察官,你不是还要去医生那儿吗?现在得赶紧动身,不然可赶不上飞机了。"

林岚一看手表,"哟"了一声,赶紧起身,临行时不忘交代。

"吴索吞,您的机票我来的时候已经预订了,下午两点从嘎洒起飞。勐海县公安局会派人送您去机场,到了涵江市也有人接您,明天有专人送您到法庭。我还有任务,所以航班比您的要晚,明天咱们涵江市中级人民法院见。"

林岚告别吴索吞后,和辛晨赶往下一个地点。

同一天的涵江市,天空阴沉得就像一块灰色的幕布,让人心生郁闷。呼啸的北风裹着细小的雪粒敲打着窗户,噼啪作响。路面上的雪水结成薄薄的一层冰,行人走路稍不留神就会滑倒。

由于最近大家手上的案件量实在太大,周末全体都在加班。

处长办公室内,公诉处处长王建波和副处长赵云蕾正在听案情汇报。

检察官付朝阳叙说着案情,他的搭档李琼拣重要的记录下来。正说到关键处,主诉检察官汪海彬匆匆走了进来。

"王处,明天的示范庭可能要改期。"

王建波有些意外地看着汪海彬。

"怎么改?早就通知下去了,13个区检都派了代表来听,公安和司法局也派了代表,你现在说改就改啊?!"

汪海彬见王建波语气不悦,赶紧解释:"我也是刚刚接到二看(涵江市第二看守所,简称二看)的电话,说被告人朱鼎丰今天中午突发心梗,送到泰康医院抢救去了。"

原来是出了意外,王建波觉得自己刚才急躁了。他沉吟片刻,问赵云蕾:"处里还有谁的庭排期是明天?"

赵云蕾翻开工作记录本查了查。

"林岚有个毒品案件的庭,不过开庭时间是明天下午。"

王建波面露犹豫,自言自语道:"这林岚刚独立办案没多久,如果观摩庭换成她的庭,不知道能不能胜任?明天可是全市范围内的观摩示范庭,容不得差错。"

赵云蕾刚要说话,却被汪海彬抢了先:"前段时间,我旁听了林岚的庭审,辩护人不但风格凌厉而且提问刁巧,步步紧逼,她都四两拨千斤地一一化解了。通过那次庭审,我觉得林岚成长了。"

"哦?"

王建波饶有兴趣地侧过身体看着赵云蕾。

"小丫头进步这么快? 你引进的人才的确不错嘛。"

他又转向汪海彬,问道:"你说的是个什么案子啊?"

赵云蕾在一旁笑着答道:"是一起 16 年前的伤害案。当时庭上有 6 名被告人,10 名辩护人,刚开始法庭调查,6 名被告人就全部当庭翻供。林岚倒是不急不躁,开得顺顺当当的。不过……"

王建波正听得高兴,见她话锋要转,忙问:"不过什么?"

赵云蕾答道:"我刚要和您汇报呢,林岚到勐海县出差了,说是要找一个关键证人明天出庭,今天晚上的飞机。把她明天下午的庭调到上午,估计时间上有些赶。"

王建波大手一挥。

"今晚能赶回来就行。开庭功夫在于平时积累,也不差这一天半天的。年轻人嘛,就得多历练,什么都按部就班的,怎么成长?"

赵云蕾本来想着林岚手上案子挺复杂的,突然就给她压上这重的担子,觉得有些冒险。可是王建波已经定了,赵云蕾也不好阻拦,只得点了点头。

王建波见赵云蕾没有异议,就吩咐汪海彬。

"老汪,你通知一下林岚,今晚回来后做好开庭准备。然后把名单和起诉书往宣传处重新报一下,再和法院那边联系一下,让他们通知辩护人和看守所,把下午的庭审挪到上午。"

汪海彬答应着出去了,出门后立刻掏出手机和林岚联系,可语音提示始终重复着:"您拨打的电话不在服务区。"他咕哝了一声:"勐海那边信号这么差?"无奈地摇了摇头,找内勤取了林岚案件的起诉书,打电话给宣传处的同志上报新的名单去了。

付朝阳和李琼汇报完案件,李琼和赵云蕾一起离开了办公室,付朝阳却没跟上去,一个人独自留了下来。

王建波看见付朝阳一副欲言又止的样子,催促道:"磨叽什么呢?有话快说,我这儿一堆事儿呢。"

付朝阳只得开口:"王处,明天的庭我没那么乐观。"

"哦,你觉得林岚不能胜任?"

"我首先声明,这和个人能力绝对没有半点关系。我只是担心。"

王建波见他又停住了,有些不耐烦:"赶紧地说,不行现在去换还来得及。"

付朝阳接着道:"汪主诉说的那个庭我也略知一二,依我看,那起案件和林岚明天要开庭的案件难度应该不在一个水平线上。林岚明天的庭是一起特大毒品案。之前的案子是伤害案件,您也知道,这种案件的证据状况通常都比毒品案件好,而且之前的那个庭,6个被告人都到案了,即便都翻供,也容易找到被告人辩解之间的矛盾,以彼之矛攻彼之盾,各个击破。但林岚办的这个毒品案件,被告人是大毒枭,一直就是零口供,而且只有他一个人到案了,缺乏同案犯的印证,如果明天被告人在庭上完全不配合,效果不一定好。如果林岚第一次公开示范庭就受挫,我怕打击她的积极性。"

付朝阳一口气说完这番话,王建波的脸上逐渐凝重起来。他正要说话,办公桌上的座机响了。王建波一看电话号码,是刑一庭庭长刘浩的办公座机,忙接了起来。

"刘庭长,你周末也在加班啊?"

刘浩没和王建波寒暄,他的声音有些急切。

"王处长,我们这边接到了你们明天示范庭的修改名单了,本来没什么,可是就在刚才,这起案件的承办法官告诉了我一个重要的信息。这案子增加了一个律师,是郭培生。咱们的法官准备通知你们这边的公诉人,让她有个心理准备,可是怎么都打不通她的电话,我想着赶紧知会你一声儿。"

王建波的声音拔高了两度:"怎么突然增加辩护人?还是这个难

缠的郭培生?"

"我们也是刚刚收到被告人家属递交的委托,初步判断,他们之前是想先隐藏实力,当庭再给公诉人一个突然袭击。"

"要真是那样,我们就先取消明天的示范庭。"

对方沉默了一会儿,然后语气有些歉然:"老王,我之所以急急忙忙通知你,是因为还有个突发情况。"

"还有什么突发情况?"

"是这样,人大要对我们法院的工作做一个考察,其中一项就是人大主任带队参加听庭评议,不知怎么的,把时间定在了明天。刚好明天就排了两个庭,一个被告人病了,只能取消,现在就只剩你们更换名单里的这个庭了。"

王建波这下也急眼了。

"好你个刘浩,给我来这手,你怎么不先知会一声,这人大旁听和业务口旁听能一样吗?两院的一把手也必然陪同,这规格一下就上去了。你怎么不替我们检察院考虑考虑,这明天要是庭审失控了怎么办?!"

刘浩的语气也有些急。

"老王,你也不想想,我怎么可能有消息故意不告诉你?人大是来考察我们法院工作的,明天要是开砸了,我们比你们更难下台。我一接到消息就去通知他们暂缓报名单,可谁知道人大那边催得急,联络员已经把你们这边送来的名单报过去了。我听这个案子的承办法官说,郭培生提出要做无罪辩护,你还是赶紧联系公诉人,让她认真准备吧。"

"怎么准备?我的公诉人这会儿还在外面出差呢!"

对面的刘浩显然也被这个消息惊到了:"那你为什么换上这个庭?"

王建波也不知从何说起,叹了口气道:"行了,现在说这个还有什么用,我来想办法吧。"然后把电话给挂断了。

付朝阳在旁边连听带猜明白了个七七八八,插嘴道:"被告人负隅顽抗,律师又是有刑辩第一毒舌之称的郭培生,到时候的场面可不好把控啊。"

王建波气得要冒烟了，指着他的鼻子就嚷嚷开了："你小子现在嘴皮子倒是挺溜啊，早干吗去了？哦，非得等你汇报完了再说，你这磨磨叽叽的毛病，我迟早让你给气死。"

付朝阳耷拉着脑袋不作声。

王建波像赶苍蝇似的，连声催道："你还杵在我这儿干吗，等着看我爆肝呢？还不赶紧的，让汪海彬把林岚给我弄回来准备。"

付朝阳嘴里答应着，脚下一溜烟地跑了。

林岚一行人找到给吴索吞孙女看诊的医生后，详细了解了当时咬伤的特征，并且复印了一些资料。

在返程的路上，林岚要求辛晨停车，说是要下车和路小艾办点事儿。

辛晨以为她们是要去林子里方便，也没在意。

路小艾下车后不解地问："岚姐，咱们办啥事儿啊？"

林岚朝她神秘一笑。

"抓蚂蚁。"

路小艾糊涂了，问道："抓蚂蚁干吗啊？"

"做标本呗。"

路小艾一头雾水，不知道林岚葫芦里卖的什么药，只能跟着她在树林里细细寻找。

树林里蚂蚁还真不少，不过林岚似乎都不满意，她换了几个地方，突然喊道："有了。"然后她从包里掏出镊子，朝地上夹去。

路小艾定睛一看，只见林岚准备去夹的蚂蚁个头特别大，通体红褐色，外形有种凶猛的感觉。她刚想伸手抓一只仔细看看，被林岚轻呵了一声。

"别动，这可不是一般的蚂蚁，凶悍着呢，带着毒刺，扎进肉里可疼了。"

路小艾吓得赶紧缩回手。

林岚小心翼翼地用镊子把红蚂蚁夹起来，又从兜里掏出一个透气的玻璃瓶,把蚂蚁轻轻放了进去。抓了几只后,她才合上盖子,把玻璃瓶小心翼翼地放进包里。

她做完这一切,嘴边噙着笑对路小艾说:"咱俩运气真好,赶在下雨前把事情都给办完了。"

路小艾纳闷了,问道:"你怎么知道要下雨了?"

"你没见它们排成几排,都在往高处急匆匆地赶路吗?它们这是感觉到空气湿度增大了,下面的蚁巢潮湿了,所以才往高处搬家,免得被雨水淹了。"

抓完蚂蚁,林岚和路小艾回到车里。辛晨虽然纳闷她们为什么去了那么久,却也不好意思去问。

车开了不多一会儿,天色暗沉了下来。

辛晨朝车外看了看,嘀咕道:"看来是一场暴雨,我赶紧送你们去机场。"

车开到机场的时候,暴雨已经倾盆而下。

辛晨帮她们把行李拎到干燥处,和她们握手道别:"两位美女,这次行程太紧,下次再来勐海,我带你们四处转转,品尝一下当地特色小吃。"

林岚大大方方地和他握了握手。

"辛警官,这次麻烦你了,下次有机会去涵江市,一定记得和我们联系哦。"

辛晨一拱手,调侃道:"岚女侠,青山不改,绿水长流,咱们后会有期。"

三个人不约而同地哈哈大笑起来。

她们告别了辛晨。林岚和路小艾拖着行李准备去换登机牌。刚走到一半,林岚的手机响了起来。

电话那头是汪海彬急吼吼的声音:"我的小祖宗喂,你总算接电话了,我说你们俩跑哪儿钻草垛子去了,手机一个两个的都打不通。"

"汪叔,还真是钻草垛子去了,我跟您说……"

林岚还没开始讲述今天的经历就被汪海彬打断了。

"你现在什么也别说,先听我说,也甭提问,安安静静听我把话说完。第一,你开庭的时间提前到明天上午了;第二,明天的示范庭改成你的庭了;第三,明天人大主任要带队旁听,两院的一把手都陪同;第四,明天的辩护律师增加了,是郭培生和他的助手严谨,听明白了没?"

林岚被汪海彬抛下的四个爆炸性消息轰得头昏脑涨。

"这都什么跟什么啊?汪叔,您这是逗我玩儿的吧?"

"什么逗你玩儿,赶紧的,收拾铺盖卷儿给我赶回来,晚上加班把案子再捋一捋。"

林岚觉得汪海彬肯定是急糊涂了,连忙提醒他:"汪叔,勐海到涵江市的飞机,途中要在昆明中转,整个行程得 7 个小时,等我到机场都快晚上 12 点了。"

"那就加班,我现在也没辙了,你就辛苦一下吧。哦,对了,你的证人,公安那边会安排人去接,我现在就去落实这事儿,你就放心啊。"

汪海彬说完就挂了电话。

林岚站在当场,感觉一头黑线,直到路小艾用力推了她一下,这才回过神来。

"小艾,赶紧的,去托运行李。"

福无双至、祸不单行。

林岚站在航班信息屏前面,深深体会到了这句话的妙境。

CZ6176 航班晚点!

飞机起飞时间不详!

林岚转告了汪海彬这不幸的消息后,焦灼地在机场来回踱步,等着汪海彬那边汇报的结果。

路小艾也跟着着急,对林岚道:"岚姐,你别转了,转得我心慌。这飞机要是今晚都不能起飞,可怎么办?"

林岚正要开口,手机响了,她低头一看,屏幕上闪烁着的是王建波处长的号码。她刚一接起来,就听到电话那头传来的声音不似平日那般淡定从容。

"林岚,你问了没有,你那边究竟几点能起飞?"

"现在说不好,这边雷雨一直没停,机场工作人员说,要做好明天早上才能到涵江市的心理准备。"

电话那头是一阵沉默,过了一会儿,王建波的声音才重新响起:"你的庭审预案准备好没有?"

"早准备好了,就在大统一办案系统里面。"

"那好,等确定了起飞时间,你第一时间通知我和赵云蕾,我们的手机今晚都不关机。如果天亮才能赶到,你下机后就直接去法庭,制服我让人替你们带过去,就在法院换,你需要什么资料,列一份清单发给赵云蕾,我让她安排人打印好给你送到一号庭!"

通话结束后,林岚连做了几个深呼吸才稍稍平静,她轻轻地拍了拍脸颊,对旁边一脸担忧的路小艾说:"别愁了,愁也没用,既来之,则安之吧。反正现在也只能等着,我去租个充电宝,今晚全得靠手机上网了。你去法院熟悉的书记员那里打听一下郭培生以前都开过哪些庭,我在庭审公开网上搜索一下他之前的庭审,了解一下他的辩护风格。"

涵江市中级人民法院的一号法庭,是重大案件专用法庭,四百多人的席位,此刻座无虚席。

旁听的人陆陆续续坐定了,外面的安检工作也渐渐闲了下来。守在安检通道的几名法警和工作人员瞅着空儿闲聊起来。

工作人员小张好奇地问:"王哥,这一号法庭坐满的时候真不多见,今天是个什么案子啊,这么大阵仗?"

法警小王乜斜着眼,啧啧了两声,语气夸张地说:"这你都不知道,真的假的?"

小张更好奇了,赌咒发誓地说:"真不骗你,我是临时被抽过来帮忙的,我真不知道。"

小王一副老神在在的样子开始爆料:"这可是咱们涵江市涉案数量最大的毒品案了,足足180公斤海洛因。"

小张倒吸了一口凉气:"180公斤,还是海洛因,大毒枭啊!"

小王很满意小张惊讶的反应,得意道:"可不是,我在这儿做法警

10年了,第一次听说这么大数量的海洛因,这得害了多少人啊! 十个脑袋也不够他掉的。"

过了一会儿,他又补充道:"可惜只抓到了一个,其余的都跑了。听说抓他的时候,车上还有枪!"

小张兴奋不已,说:"哇,这么火爆! 等会儿我要想办法进去听听。"

小王从鼻子里哼了一声,打击道:"谁不想听,可里面早就满了。待会儿我轮值,倒是可以听上一段。"

听他们聊得热闹,法警老李也忍不住加入了进来。

"这么大的案子,我都第一次遇到,别说你们了,谁不想亲眼看看啊。今天好多政法口的都来旁听,人大的也来听庭评议。"

小张恍然大悟:"我说呢,怪不得旁听席上那么多穿制服的,连咱们的院长都来了。"

老李说道:"今天的公诉人林检察官,是个年轻的女娃娃,她的庭我听过几次,挺利索。不过,像这种大毒枭,那都是刀口舔血的人物,成天干的是掉脑袋的营生,扎手得很,也不知道这小姑娘今天能不能控好庭。"

小王连忙附和道:"老李,您还别说,我一开始听说她是这个案子的公诉人,也替她悬着心呢。这种示范庭,要是开砸了,那可就……"

说到这里,小王似乎也有些不忍,摇头感叹道:"不容易啊。"

几个人正聊得热火朝天,只见又有两队穿着检察官和公安民警制服的人从两个方向朝安检口走来。

小王打听了一下,走在最前面的检察官是涵江市人民检察院公诉处的副处长赵云蕾,只见她面色白皙,走路风风火火,梳着高高的马尾辫,看上去干练得很。公安那边带队的是涵江市公安局刑事侦查局局长涂敏,腰身挺拔,眼神格外犀利。

这两位碰了面,赵云蕾主动伸出手来和涂敏握了握,涂敏用目光扫了一下赵云蕾旁边的汪海彬、付朝阳、李琼,热情地点了点头,算是打了招呼。

"赵处长,您亲自带组员们来给林检察官助威了啊。"

"涂局,瞧您说的,我自个儿的人,我还能不捧场?别的忙帮不上也就罢了,这精神支持,那是必不可少的。倒是您,最近手头那么多大案,还能亲自带队来,着实不容易啊。"

"诶,您可别说,最近是真忙,不过再忙也不能耽误学习不是。我把这帮小年轻们带来好好瞧瞧,公诉人在庭上是怎么和被告人、律师斗智斗勇的,以后他们就知道收集证据该朝哪使劲了。"

"涂局,您这话说到点子上了,咱们公诉人不怕被告人、律师在庭上发难,就怕案件调取的证据不到位。您这可是带了个好头,我替大伙儿谢谢您。"

说完,赵云蕾俏皮地朝涂敏拱了拱手。大伙儿都笑了。

因为郑明德和人大主任刘毓清还没有到,赵云蕾和涂敏就留在门口等候。涂敏问道:"林丫头已经进去了吗?"

赵云蕾叹了口气,无奈地摇了摇头。

涂敏问道:"怎么了?"

赵云蕾朝他使了个眼色,两人走到一旁。赵云蕾小声道:"这个示范庭是临时换给林岚的,昨天她去勐海出差,飞机晚点了,早上才赶回来。"

涂敏愕然道:"那不是完全没时间准备?"

赵云蕾道:"预案倒是早做好了,可是这车马劳顿的,再加上被告人还突然加上了郭培生做律师,说要做无罪辩护,今天是场硬仗啊。"

涂敏担忧道:"今天可是有人大主任来旁听,就这种情况你们也敢说开就开?这一家伙要是砸了,该留下多坏的印象啊,林岚这丫头怎么这么倒霉!"

赵云蕾正要说明个中缘由,忽见入口处的安全杆扬起,两辆公务车开了进来,其中一辆正是郑明德的,两个人赶忙上前去迎接领导。

法院院长陈雄和刑一庭庭长刘浩安排刘毓清和十几位参加人大听庭评议的人员坐在第二排,郑明德检察长也陪在一边。待他们坐定后,王建波、赵云蕾等检察机关的旁听人员,在第三排依次挨着坐下。

李琼担忧地问旁边的汪海彬："汪叔，你说，今天的庭林岚能 Hold 得住吗？"

汪海彬答道："折腾了一宿没睡，早上才下飞机，能赶得上就很不错了，其他的，别再苛求了。"

李琼朝赵云蕾看去，只见她也是一脸凝重。

中法的书记员李慧走入法庭，开始宣读法庭纪律，全场安静了下来。

宣读完法庭纪律，李慧字正腔圆地通知："请公诉人、辩护人入庭。"

公诉人和辩护人各从法庭两侧的门走了进来，大家的目光多数集中在审判席左边的通道上。

只见一名年轻的女检察官步伐稳健地向公诉席走去。她个子不高，身材纤细，面目姣好却略带憔悴，一双眼睛格外灵动，可惜眼窝泛青，光彩黯淡了不少，一看就是昨晚熬了夜的。她身后紧跟着一名女书记员，也是个年轻的女孩子，模样甜美。从长相来看，似乎和人们心目中威严的公诉人形象有些差距。

另一侧入庭的，是律师郭培生与他的助手严谨。

两个人都是精明强干的样子，人手一台最新款的 MacBook Air，西装口袋里露出的 MontBlanc 白漆镀玫瑰金墨水笔格外醒目。

郭培生一身高定西服，裁剪熨帖，真丝领带配色恰到好处，皮鞋擦得锃亮，头发向后梳得一丝不苟，整个人一副精英派头。他的收费在整个律师圈里面是出了名的贵，旁听席中有些懂行的人不由得揣测，这个被告人想必是砸了大价钱来"保头"。

席间有人窃窃私语。

"哟，怎么是这么个娇滴滴的小姑娘？能镇得住这大毒枭和大律师的加强版组合吗？"

"我看够呛，这个律师看上去贼精贼精的。"

接二连三的意外本来就让赵云蕾等人对今天的庭审不太乐观，这会儿听到旁听席传来的这些质疑，大家心中隐隐觉得，今天这场庭审很有可能是一场血雨腥风的苦战。联想到不久前在网络上被疯狂传播的公诉人在庭上被律师"吊打"的视频，公诉处来参加旁听的几个人不由得替林岚捏了一把汗。

书记员李慧接着宣布。

"请审判长、审判员、人民陪审员入庭……全体起立。"

在书记员宣布全体坐下后，审判长席位上的那位头发花白的老法官将老花镜往上推了推，"砰"的一声敲响法槌。

"涵江市中级人民法院刑事审判第一庭现在开庭。下面，本庭将公开审理由涵江市人民检察院提起公诉的被告人葛永健涉嫌走私、贩卖毒品一案。"

一个剃着平头的壮硕汉子被法警押解着从侧面通道走进法庭，他歪着头，仰着下巴，脸上挂着挑衅的笑容。

庭审开始，程序照例走得中规中矩。

审判长按照法庭审理的流程，宣布了合议庭组成人员及出庭人员名单，核对了被告人的基本情况，告知了被告人的权利义务。

审判长王永洲宣布法庭调查开始后，林岚就拿起起诉书进行宣读。她的音量不大，语速适中，吐字非常清晰。在场的听众感觉每一个字都通过麦克风稳稳当当地传到耳内，声音清脆且不失庄重，无形中让人对她增添了几分信任。念完最后一个字，林岚合上起诉书，目光转向审判席。

"审判长，起诉书宣读完毕。"

审判长王永洲向林岚目光示意，然后身体朝被告人的方向略略前倾，问道："被告人葛永健，起诉书指控你为了牟利，走私、贩卖毒品共计 180 公斤，你对上述指控的事实是否存在异议？"

被告人葛永健用不屑的目光朝公诉席上扫了一眼，语气不满地辩解道："公诉人刚才宣读的起诉书，纯属子虚乌有，所有的指控都是一派胡言！"

被告话音一落，旁听席上一片哗然。

被告在法庭上翻供是常有的事情，可是语气这么强硬，态度这么恶劣的却不多。庭审刚刚开始，就充满了火药味儿，可以想象，在接下来的庭审中，如果公诉人掌控不了庭审的主动权，场面就会要多难看，有多难看。

审判长王永洲当了一辈子的法官，控庭的水平早已炉火纯青，他看了一眼葛永健，神情不怒自威。

"被告人，注意你在法庭上的措辞，你对起诉书的指控有哪些异议，做客观表述就行。"

葛永健知道最后掌握自己命运的就是眼前这个审判长，倒也不敢太过分，他收敛了几分嚣张，辩解道："我就说三点。第一，我是正经的翡翠商人，有自己的公司，也有的是钱，犯不上干这掉脑袋的事儿。第二，那些毒品我也不知道是谁放到我仓库里面的。我仓库里都是翡翠原石，怎么就变成了毒品？第三，公安那帮人是因为抓不到真正的毒贩，为了破案率，才把我这个合法商人硬拉过来顶缸，检察官也不分青红皂白，胡乱起诉，我冤枉啊！"

葛永健既然当庭喊冤了，那么无论他辩解的内容有理也好，荒谬也罢，检法两家的书记员都必须原原本本地记录下来。路小艾见他往林岚身上泼脏水，气得够呛，只能把一肚子火都撒在了键盘上，敲得又重又快。

王永洲在中法干了快 30 年了，凭他的经验，这个葛永健涉及的毒品数量太大，含量也高，如果最后起诉书指控的事实和罪名成立，无论他今天是否当庭认罪，认罪态度好或不好，最后都免不了个死刑收场。当认罪也难逃一死的时候，被告人往往会选择抵死不认。

葛永健之所以舍得花费巨资聘请郭培生，无非就是看中他刑辩经验丰富，希望他能将黑的说成白的，只要让案件产生疑点，就能够疑罪从轻甚至从无，只要能够动摇法官的内心确信，就有一线生机。郭培生既然敢高调地对外宣称要做无罪辩护，自是有备而来。王永洲对林岚的实力相当了解，知道她也是遇强则强，从不怯场。所以，今天的庭审，势必会有一场激烈的交锋。

林岚准备出庭预案的时候,就预料到葛永健今天会将他"零口供"的战略进行到底,辩护方也会以无罪辩护为切入点。虽然对方临时委托郭培生是她无法预见的,不过整体的答辩思路和防守策略却毫无区别。

林岚分析了郭培生以往的庭审风格和辩护套路,发现他偏好将每一项证据都驳得体无完肤,是一个庭审风格激进的辩护人。今天庭审一开场,葛永健就高调喊冤,显然也是他们商量好的策略。为了弱化被告强势对抗调查的负面效果,他们刻意营造出确有冤情的氛围,既能激发出不明真相群众的怀疑和同情,同时又可以干扰法官的内心确信。

对于这种来者不善的开局,林岚预设的方案是,避其锋芒,迂回反击,连消带打,出其不意。毕竟两军交战,一鼓作气,再而衰,三而竭。把他来势汹汹的那股子劲儿先卸下一半,再见招拆招,巧妙回击,比一开始就硬碰硬地交锋更有技术含量。

王永洲听完了葛永健的辩解,转头看向林岚,见她一脸的平静,料想她必是早有准备。他依照程序继续推进庭审,按照法律规定,第一轮的讯问由公诉人发起。

林岚的第一个问题不显山不露水。

"被告葛永健,你说你是翡翠商人,那么你做翡翠行业多久了?"

葛永健不慌不忙地答道:"七八年了。"

林岚的第二个问题依旧问得四平八稳。

"你是做翡翠成品生意,还是原石生意?"

"当然是原石,你刚刚没听到吗?我说这次进的翡翠矿料被调包了!"

林岚没有计较他言语中的挑衅,继续讯问。

"公司叫什么名字,地址在哪儿?"

"叫奇玉春秋,总公司在缅甸,涵江市有分公司。"

"每次进货是你去,还是员工去?"

"我自己去。"

"有员工一起去吗?"

葛永健有些不耐烦了,他反问道:"这些跟案子有什么关系?"

林岚加重了语气。

"当然有关系,被告葛永健,公诉人提醒你,现在是法庭调查,你有如实回答的义务。"

葛永健皱着眉,勉强答道:"我自己一个人去!"

"你公司的货款进出绑定的是哪张银行卡?"

葛永健用挑衅的语气说道:"什么银行的卡都有,哪张方便我就用哪张,有问题吗?"

林岚就像没听到一样,接着追问:"你有几家公司?"

"就这一家。"

"生意怎么样?"

"还行吧。"

"那么,你的公司每年的利润是多少?"

这几个问题问下来,连郭培生也坐不住了,他觉得对面的这个公诉人问话半天进入不了主题,简直就是在浪费时间。他决定给她来一个下马威,掌握庭审的主动权,于是打断了林岚的问话。

"反对,审判长,公诉人一直在问我的当事人一些与本案无关的问题。"

郭培生这么快就沉不住气,正中林岚的下怀。她眉峰微微一挑,针锋相对地反驳:"据调查,葛永健银行卡的流水累计高达 7000 多万元,他的公司账目上却没有对应的明细。要弄清楚这些究竟是什么钱,奇玉春秋的规模和利润怎会与本案无关?"

汪海彬看到这里,提起的心稍稍放了下来,赞道:"林岚真不错,仓促上了战场,却临危不乱,颇有大将之风。"

赵云蕾说:"郭培生现在是偷鸡不成,反蚀把米。他以为公诉人是在扯闲篇,贸然动用了反对权,主动入瓮。不但被当场反击,还凸显了葛永健个人资金的异常。这可真是想挫人的反被挫了,猎鹰的反被鹰啄了眼。"

涂敏朝赵云蕾竖起大拇指,赞道:"一箭双雕、声东击西,这一轮,赢得漂亮!"

台上的王永洲发话了:"辩护人的反对无效,公诉人可以就葛永健资金的真实来源和去向继续发问。"

郭培生吃了亏,有些恼怒。林岚根本就不去看他,继续问道:"葛永健,你的账户上年度流水达到 7000 多万元,这些流水是什么用途?"

葛永健搞明白了林岚问话的目的,警惕了起来,他打定主意,要谨慎应对。

"是买卖玉石用的。"

林岚可没打算让他这么快就蒙混过关,追问道:"卖家是谁?买家是谁?总有个出处吧。"

"不记得了。"

"既然是做玉石生意,你为什么选择龙骨山这么偏僻的地方做仓库?还日夜雇人守着仓库?"

"真正发财的玉石商人,不是看你的货卖得快不快,而是看你的资金够不够雄厚,把值钱的原石囤积下来,才是真正的发财之道。我选龙骨山就是看中那里场地够大,仓储成本又低,雇人守着是因为怕人偷了我值钱的原石。"

"囤积原石?还是值钱的原石?我看未必吧!"

林岚眼神犀利地扫向葛永健,她举起一张现场搜查的照片朝葛永健扬了扬。

"既然仓库是用来放值钱的翡翠原石,为什么周围连个监控都没有?"

"我觉得没有必要,那里挺安全。"

"警方在搜查龙骨山仓库时,发现放在外层包装箱里的都是一些价值不高的原石,装着海洛因的包装箱全堆放在仓库最里层。你不安监控,究竟是因为那里安全,还是怕留下证据?"

葛永健一时有些语塞。

郭培生看见情况不对,马上发动助攻。

"反对!审判长,公诉人试图用毫无根据的推断来误导我的当事人。我很好奇，公诉人凭什么断定这些原石价值不高？玉石行业有句话叫作'神仙难断寸玉'，说的就是原石的价值难以估量。如果原石的价值真那么容易识别，像和氏璧这样的美玉，又何至于历经三朝君王才得以面世？卞和还为此被扣了个欺君的罪名，砍去双脚。所以，我想请问公诉人，这神仙都看不准的事儿，你又是怎么得出结论的？"

郭培生的辩护风格，一向兼具夸张与犀利，说话又喜欢引经据典，属于自带戏剧效果的那种 style，很容易煽动听众的情绪，产生共鸣。果然，法庭下面一阵骚动，不少人频频点头，认为他的论证很有道理。

法庭上控辩激烈，弥漫着硝烟气息，主任刘毓清和人大代表们听得津津有味。

刘毓清瞄了郑明德一眼说："郑检察长，这个律师反应真快，连古人和神仙都给搬出来了，公诉人可是遇到对手了。"

郑明德嘴里说着："不急不急，咱们的公诉人也不弱。"可是他看着林岚那张年轻的脸，心里也有些吃不准接下来的走向。

庭上的王永洲此刻有些踌躇，虽然他觉得郭培生有些咄咄逼人，可是辩护人当庭运用反对权是他们的权利，只要不违背了反对权的使用原则，就没有理由驳回，否则，就会有损法官居中裁判，不偏不倚的形象。他斟酌了一下，问道："公诉人，请你向法庭说明一下，对于这些原石的价值认定，是否有依据？"

郭培生方才的那番话，明显包含着对公诉人的讽刺和挖苦，不少人这会儿眼巴巴地盼着林岚赶紧怼他几句。只见林岚语气不带一丝犹豫，斩钉截铁地说："当然有，不但有人证，还有物证、书证。"她不容置疑的语气引起旁听席上一阵窃窃私语。

李琼这下实在忍不住了，顾不得法庭纪律，转过头悄悄地问汪海彬："汪叔，如果真有这么多证据，郭培生怎么可能一点儿都不知道呢？现在可不比以前，《刑诉法》修改之后，按规定，所有的证据都必须跟着起诉书一并移交法庭，律师看到的证据和公诉人看到的证据是一致的，可没有厚此薄彼之说啊！"

汪海彬低声说："公诉人在法庭上信口开河是大忌，林岚不会这样,她既然说有,那就肯定是有。别着急,慢慢看,肯定留有后手。"

严谨也感到意外,忙压低声音问道:"郭律师,卷宗我们都仔细看过了,这一块哪有公诉人说的那么多证据?"

郭培生神色凌厉,冷冷地说:"虚张声势罢了,我倒要看看,她能拿出什么来!"

精明的猎手,善于抓住每一次出击的时机。

对方既然露出了破绽,郭培生自然不会放过。他立即在庭上发难:"审判长,既然公诉人说有这么多证据,那么我申请法庭现在就启动举证程序。我倒想洗耳恭听,是哪些证据能够证明这些原石的价值!"

郭培生此举的确过于嚣张,有些仗着名气大不讲规矩的意思。堂堂的审判长还坐在这儿,法律也明文规定了,庭审是在审判长的主持下进行的。他此刻自作主张地要求启动举证程序,明显过线了。王永洲皱了皱眉,不悦道:"辩护人,现在是法庭讯问阶段,至于举证,在后续的举证环节自然会启动,希望你遵守庭审纪律。现在是公诉人在讯问被告人,辩方如果要发言,需要先征得法庭的许可,不要随意打断。"

既然被审判长警告了,郭培生也没有嚣张到当庭和审判长起冲突的程度。毕竟,那样做对自己和当事人没半分好处,于是他举手发言:"审判长,我没有任何不尊重法庭的意思。我现在申请对原石价格的问题补充发表一点意见,请审判长允许。"

王永洲见他收敛了一些,语气也缓和了下来。

"法庭准许。不过本席提醒你,现在不是辩论环节,你简要说明观点即可,不要发表具有人身攻击性的言论。"

郭培生道:"审判长,讯问和举证同属于法庭调查环节,即便现在不启动举证程序,为了维护被告人的合法权益,我认为公诉人也很有必要说明一下,她是根据什么判断出这些原石不值钱的,这关系到法庭判定被告人今天当庭的供述是否属实。"

王永洲觉得他既然退而求其次,说得也有几分道理,就不好再驳回一次,只能转而向林岚求证:"公诉人,请简要说明一下你判断的依据,至于证据的展示,可以在举证环节再进行。"

林岚从容地对答:"仓库里面的玉石发货单显示,这批原石的进货价格并不是很高,原石批发商的证言也提到这批原石的确不是什么高级的货色。"林岚说到这里故意停顿了一下。

郭培生以为她已经说完了,马上不依不饶地开始反攻,不过这次他倒是学了乖,没忘了举手再发言:"我想提醒公诉人,你难道没听说过'黄金有价,玉无价'? 更何况,玉石行业有'捡漏'一说,这是特殊行业,靠的是三分眼力,七分运气,进价可不等于将来的卖价。"

林岚心想,我正在这等着你呢,就怕你不接。

"辩护人刚才也提到了'三分眼力',那说明你也承认'眼力'在玉石行业中仍占有一席之地的。玉石交易中虽有'赌石'一说,可是再大胆的赌徒,也要看了自己的底牌才会加注;而这一行的底牌就是'开窗',将玉石的表皮切开,露出部分玉质,从露出的水头、颜色判断玉石的价值。"

还没等林岚说完,葛永健坐不住了,他嚷嚷道:"你少装内行,也有不开窗的。"

王永洲重重敲击了下法槌,喝止葛永健:"被告人,未经法庭允许,不得发言!"葛永健无奈地闭上嘴。

林岚微微一笑,继续说道:"的确,玉石行业也有不'开窗'就'盲赌'的交易方式。"葛永健面上得意的神色还没有挂稳,只听林岚又说道,"不过,'盲赌'都是用于收藏个别品相好的原石,没人会傻到'盲赌'一仓库的低端原石。试问一下,被告人作为一个从事玉石行业七八年的玉石商人,怎么可能连这点基本的商业判断都没有?"

说到这里,林岚眼底含笑,用奚落的口吻做了这段反击的脚注:"难道说他比辩护人口中的神仙还厉害,看准了这些原石会涨?"

一阵奚落的笑声响遍法庭。郭培生紧紧握住手中的笔,任凭笔头的金属边缘深深压进自己的拇指。

刘毓清面露微笑地对郑明德说:"郑检察长,你们的这位公诉人果然不弱啊,年纪轻轻,面对强敌镇定自若、针锋相对,毫不逊色啊!"

郑明德也觉得面上有光,他客气了几句,回头用肯定的眼神朝王建波传递了赞许。李琼在一旁察言观色，高兴地对汪海彬说："汪叔，看到没，领导的意思，目前为止很满意。"

赵云蕾制止道："先别太乐观，郭培生这是轻敌了。如果对面坐着的是一位资深的公诉人，他的表现就不会这么急躁，起码会等对手将手中的牌亮完，然后再给予致命一击。他这是轻敌，又急于将林岚一招击倒，这才不慎落入了林岚精心设计的圈套，被迎头痛击。"

庭上的郭培生此刻也在懊悔。平时他会好好地琢磨一下对方的话里面究竟有几层意思，是否还会留下伏笔。可是，今天坐在对面的检察官太年轻了，刚刚又在庭上露出了那么多的破绽，胜利的召唤极大地刺激了他的肾上腺激素的分泌，让他头脑发热，马失前蹄。

林岚这一番反击大快人心。要不是碍于法庭纪律，李琼刚才险些当场鼓掌叫好。郭培生吃了个瘪，举手示意，还想再辩。王永洲却不想这么早就开始法庭辩论，影响庭审节奏，于是出言制止："公诉人对于玉石价值的问题已经做了说明，法庭也已经记录在案。下面，由公诉人继续讯问被告人。"

紧接着，林岚抛出早已准备好的问题继续盘问葛永健。郭培生几次主动出击都没讨到好，葛永健也收敛了嚣张的气焰，开始谨慎应对。

"你车上搜查出来的枪是不是你的？"

"不是。"

"你的员工证明，这枪是你买的，你怎么解释？"

"缅甸治安不好，我是买过枪防身，却不是这把，我离开缅甸的时候就把枪扔了。"

"侦查人员在你车上搜出了枪，你怎么解释？"

"车是我的，车上的枪就不是我的了，至于是谁放上去的，那得你们去调查啊，总不能让我白白给人陷害吧。"

葛永健现在摆明了是在耍无赖，林岚却不愿和他做无谓的纠缠，她话锋一转，忽然问道："你仓库里面那些还没有拆封的原石是什么时候运回来的？"

葛永健愣了一下，顿了顿才答道："我被抓前的一个礼拜。"

"谁把原石放进仓库的?"

"我和手底下的员工。"

"那些装着海洛因的箱子是什么时候放在你仓库里面的?"

"不知道,以前从来没见过。"

"你被抓前一周还去了仓库放原石,凭空多了这些箱子,你居然说没见过?"

"确实没见过。"

林岚停止了讯问,她盯着葛永健看了好一会儿,这才一字一顿地说道:"你在撒谎。这批海洛因和原石是你之前一起从缅甸运回来的。"

葛永健神色有些不自然,却强自镇定,故作愤怒地辩解道:"根本没有的事,你有证据吗? 你这是在污蔑我!"

"当然有证据,稍后的举证环节公诉人会一一出示。审判长,公诉人讯问完毕。"

这就好比冷不丁地宣布"我有个'王炸'",把所有人的好奇心都给勾起来了,却又没抛出去,在节骨眼上戛然而止,让人弄不明白她葫芦里卖的什么药。最不爽的是郭培生,他正要和葛永健一起质问林岚,可是对方已经宣布讯问完毕,又把球踢到了后面的举证环节,郭培生就失去了当场反驳的机会。

这一环一环的布局,丝丝入扣,当取舍时取舍,该腾挪时腾挪,颇有章法,不容小觑。郭培生现在总算是回过味儿来了,对面坐的根本不是什么没经验的菜鸟,而是杀伐决断的大将。在审判长宣布由辩护人发问的时候,他深吸了一口气,要想扳回局面,接下来辩护人的发问主场,容不得一丝失利。

"葛永健,你做交易一般是用银行转账还是现金交易?"

"都有。不过,很多玉商喜欢现金交易。"

"你有没有用现金购进玉石,卖出后再转账收款的情形?"

"经常这样。"

"你的玉石交易有没有过千万的?"

"有,而且不少。单件玉镯过千万的都有,更别说那些打包出售的好料。"

"你去仓库一般是否会清点货物?"

"清点是仓库保管的事儿,我不管,我只让他们把货放进去。"

"你的车钥匙平时放在哪里?"

"我平时就放在公司的办公桌上,有时放在家里。"

"你放得这么随意,那不是其他人也有可能拿走车钥匙?"

葛永健心里一动,忙应道:"是啊,公司的员工,来谈生意的客户,快递员都可以趁我不注意的时候拿走车钥匙。"

"你有没有离开办公室,不带走车钥匙的时候?"

"经常。而且我还有把备用钥匙放在抽屉里,抽屉没有上锁。"

"你的仓库谁能进去?"

"管钥匙的老孙,送货的,搬运工都能进去。"

"谁知道抽屉里有备用钥匙?"

"公司的人基本上都知道,他们跑业务有时候用车,就在我抽屉里面拿,给我打个电话说一声就可以了。"

郭培生对于葛永健的回答相当满意:"审判长,我问完了。而且我相信通过刚才的发问,我们可以得出以下判断:第一,除了葛永健,不排除有其他人拿过他的车钥匙,把枪放到车上。第二,葛永健虽然过问了发货和仓储的工作,却不负责具体的清点、入库事宜,对于仓库里的海洛因是何时放进去的,不知情是很正常的。"

葛永健在讯问结束的时候抛出这段话,算是对林岚刚才论据的反击。他的意思再明白不过了,钥匙谁都能够拿到,枪不见得是葛永健的,甚至在他刚才的问话里面,有着很明显的引导性发问方式,这很明显是违规的。令人纳闷的是,林岚一次也没有提出反对,任由他一顺儿问了下来。

王永洲见林岚无意反驳,虽然不明就里,却也乐得推进庭审程序,于是,当即宣布法庭进入举证环节。

林岚在举证前,进行了一个简要的归纳:"围绕刚才的讯问和争议的焦点,我首先出具一组证明这批原石价值的证据,包括发货单、银行流水、翡翠原石、毛料的照片以及证人证言,证明这一批原石和毛料只是普通的矿石。"在宣读和出示完这些清单项下的证据后,林岚向合议庭提出申请,"我们根据搜查出来的发货单,找到了当时在缅甸内比都和葛永健交易的玉石原料批发商吴索吞。下面,公诉人申请证人吴索吞出庭做证。"

涂敏对旁边的赵云蕾说:"缅甸商人都给弄过来了?为了这案子,你们还真够下本钱的。"

赵云蕾笑了笑,说:"可不是,林岚可没少折腾你们市局禁毒处的那位何大队长,弄得他前阵儿见着我就抱怨,说为了这案子,腿跑断了,白头发也见长。"

吴索吞被带到了证人席。因为是控方证人,所以第一轮发问的是林岚。

林岚让路小艾将示证系统上的发票图片放大后,问道:"吴索吞,大屏幕上的这些发货单是你开出去的吗?"

吴索吞仔细辨别了一下,答道:"是我开出去的,我向警方提供了发货单的底联。"

路小艾将鼠标轻点,图片切换为仓库的外貌和内部分布,打开的包装箱里面散落着各式原石。林岚问道:"你看看这些原石和毛料,是否有印象?"

"里面有一部分是我卖出去的,还有一部分是隔壁摊位上的玛丹卖出去的。"

"这些石头是谁买走的?"

吴索吞指了指被告席上的葛永健。

"就是这位葛先生,他以前也光顾过我的生意,算是老顾客了。"

"他买的这些原石价值怎么样?"

"都是些便宜货,比起质量,他似乎更在乎重量和体积,尤其喜欢一些不值钱的大料。"

"你们怎么判断这些原石都是便宜货?"

"我们缅甸人天天和翡翠原石打交道,这点眼力还是有的。但凡有赚头的石头,我们都会朝石头最好的部位开一刀,露出里面的瓢,这个就是卖点。那些一般的石头我们就不会开,批发给那些做'赌石'的商人,他们拿回去卖给那些外行人'盲赌'。"

"这些原石收藏起来,增值的可能性大不大?"

"几乎没有,好的早就被筛选出去了,这些基本上就是甩货一级的,有经验的玉石商人都不可能留着这些来增值。"

"在你看来,葛永健算有经验吗?"

"算,他很懂行,每次还价都狠,也说得出这些货的毛病在哪儿。"

"你卖给他的毛料用什么装的?"

"麻袋。"

"有没有用过箱子?"

"没有。"

林岚嘱咐路小艾把图片切换到仓库里放原石的箱子。

"这些箱子是你的吗?"

"不是,我给的是麻袋,不是箱子,这些可能是为了方便运输,后来放进去的。"

"葛永健找你进货的那段时间,你的孙女是不是被虫咬伤了?"

"是的,咬得挺严重,我还带她看了医生。"

林岚最后一个问题很奇怪,大家都不知道她为什么问了这么一个离题万里的问题。

轮到郭培生发问了,他两道目光锁定吴索吞,极有攻击性,语气也十分严厉。

"证人,你做玉石生意多久了?"

"三十年了,我和家人每年一半时间在勐海,一半时间待在缅甸做生意。"

"你做这一行,有没有在玉石的价值上看走过眼?"

"当然有,这个太正常了。"

"2008 年的时候,缅甸公盘展出了 8000 份标石,有 7000 多人参加竞拍,有一块原石仅仅标价 1000 欧元,因为品相不怎么样,7000 多人只有一个人出价，最后花落他家。可是就是这块谁也看不上的石头，最后居然开出了‘墨翠王’，价值顿时翻了几十倍。吴索吞，你既然是老玉商，这个故事你应该听说过吧？”

“我听说过，可是……”

郭培生没让他说完就打断了他，插嘴道：“既然听说过，你就应该知道翡翠赌石，运气的成分太大。葛永健买走的石头，你能确定没有捡漏的可能吗？”

吴索吞觉得郭培生咄咄逼人，有些气愤，可这事儿他的确也不能打包票，只能憋着火答道：“我确定不了。”

郭培生步步紧逼，不给吴索吞思考的机会，继续追问：“既然确定不了，那你之前说这些石头不值钱，根本就是你在胡乱猜测。”

吴索吞有些急了，分辩道：“我没乱猜。”

“那你凭的是什么？”

“就凭我这么多年做玉石生意的经验。”

“那些错过‘墨翠王’的玉商哪一个没有经验，他们不是一样看不准，你的经验难道就比他们高明？”

吴索吞被他问得张口结舌，不知道怎么回答。

郭培生见好就收，当场宣布：“审判长，我的发问暂时到此。我想对法庭强调的是，经验这个东西，只能作为玉石交易市场上的辅助依据，而非定论。玉石的价值具有极大的不确定性，是否有收藏价值在于我的当事人内心判断，与他人的价值估量无关。”

林岚一看吴索吞被郭培生硬生生地带到沟里去了，现在郭培生还想左右整个合议庭的思路，觉得很有必要扭转一下局面。于是她申请向证人吴索吞补充发问。

“吴索吞，缅甸公盘参加竞标的毛料是明料，还是赌石？”

吴索吞刚才被郭培生绕晕了，这会儿林岚一点拨，他顿时明白过来了。

“基本上都是明料或者半明料，或者就是没有皮壳的上等原石，才会参与竞标。”

"刚才辩护人所说的那块'墨翠王'呢?"

"也是开了窗的半明料。"

"这个有什么证明吗?"

"这个玉石行业的很多人都知道,网上也有资料可以查的。"

"买赌石的人也不少,为什么你那么肯定葛永健不是买了收藏的?"

"买带皮壳赌石的商人是不少,可哪一个不是拿着电筒反复照,拿着石头挨个挑? 只有葛永健每次只管压价,然后吩咐我们拣大的装袋,付款就提货。所以我才肯定他不是买回去收藏的,因为他根本就不关心这些石头有没有价值。"

郭培生没有想到林岚对于玉石行业的交易规则毫不外行,这么快就把自己好不容易建立起来的架构推翻了。

他不甘心,又问吴索吞:"图片上的石头这么多,你怎么肯定是你和玛丹卖给葛永健的?"

"公诉人以前也问过我这个问题,我对她解释过。我和玛丹在相邻的两个摊位做生意,为了防止顾客调换原石,也为了区分我们两家的货,我们两家的原石都用记号笔做了标记。就是一个圆圈加一个箭头,为了防止弄混,我们家的箭头朝左,她家的朝右。"

路小艾很有默契地把图片放大了,石头上的标记赫然跃入众人的眼帘。

郭培生眼中闪过一丝挫败。

汪海彬在台下笑了,他对赵云蕾说:"赵处,郭培生还是太小看林岚了,从吴索吞的证言来看,林岚早就知道他是如何辨认出这些原石的。所以,刚才在交叉询问环节,她是故意不去问那个问题的。"

赵云蕾道:"林岚昨晚在候机室把郭培生的庭审风格认真进行了研究,所以才能做到今天这样算无遗策,为郭培生量身定做了一个又一个的坑,让他好不容易爬出来一个,又跌进去一个。"

汪海彬欣慰地说:"遇到变故而不慌乱,还能摒弃杂念,迅速进入备战状态,这才是优秀公诉人应有的心理素质。"

证人退庭后，林岚继续举证。

林岚当庭播放了现场勘查的视频。龙骨山的仓库位置隐蔽，仓库内的东北角放着几排规格一致的木箱。技术人员对现场进行拍照固定后，警察戴着手套，把前排的木箱撬开，只见木箱里套着麻袋，麻袋里面装着大小不一的原石。警察将这些木箱逐一撬开，还拿出一些原石放在地上。撬到后排角落的一个箱子时，里面没有麻袋了，而是放着用泡沫纸包裹得鼓鼓囊囊的东西。泡沫纸打开后，里面是用黄色不干胶缠着的塑料袋，拆开塑料袋，里面是牛皮纸，再里面装着一些白色的粉末。一部分警察将粉末现场进行称量。

林岚让路小艾停止播放，切换到一组木箱的照片，说道："从图片上可以清晰地看到，这些装原石的木箱，在警察撬开之前，边缘都是完整的，没有撬动的痕迹。"林岚将鼠标点击到搜查之前，那个装着海洛因的箱子的图片，她将图片放大，箱子的边缘有很明显的撬痕，箱子底部的附近，有细小的木屑，如果不是刻意放大，很容易被忽略。

她补充说道："这些痕迹说明，装着海洛因的箱子在警察来之前是被打开过的，打开的地点就在仓库里面。"从以上证据来看，门禁这么严，仓库进货后会验货，怎么可能有几箱海洛因被人抬进去却不被人发现？

郭培生举手要求发表质证意见。

"箱子虽然有撬痕，但撬痕不一定是验货导致的，而且验货的地点可以是在仓库之外的任何地方。公诉人对于证据的分析和结论过于片面。"

审判长征询公诉人的意见，问她对辩护人的质证意见是否需要回答。

林岚答道："市局物证鉴定中心针对这些撬痕做了工具痕迹比对，说明是同一工具所致。"

郭培生辩道："撬箱子的工具碰巧一样不无可能，无法得出是在仓库里面撬开的唯一结论，更不能判定我的当事人知道这件事儿。"

林岚移动鼠标,将麻袋和包装箱的照片放大,然后鼠标停在麻袋底部和箱子的底部,用红色的圆圈标记了出来,大家看到红色的圆圈里面有几只蚂蚁的尸体。

只听林岚说道:"箱底和麻袋底部都提取到了这种蚂蚁的尸体,这可不是一般的蚂蚁,这是缅甸细猛蚁。"

旁听席一片沸腾:"缅甸细猛蚁?那是什么鬼?"

刘毓清的好奇心也被勾起来了,他头部前倾,仔细去看大屏幕。

林岚拿起现场勘查笔录扬了扬。

"经现场勘查,装海洛因的箱子和装翡翠原石的麻袋内部和底部都分布了缅甸细猛蚁的尸体,说明海洛因和原石是从缅甸运来的。"

郭培生立刻反击。

"公诉人这是以偏概全,叫缅甸细猛蚁就一定缅甸才有吗?我们涵江市就没有吗?沿途那些城市就没有吗?这就好比洛阳牡丹在全国都能培育,你能说牡丹就一定是来自洛阳?"

林岚并未反驳,而是向王永洲说道:"因为涉及专门的知识领域,公诉人现在申请昆虫学专家魏长青教授出庭,作为专业人士出庭协助质证。"

王永洲点了点头。

"法庭允许,请专家出庭协助质证。"

魏长青教授在法警的引领下朝法庭走来。

此时,赵云蕾坐不住了,她起身走出法庭。

在市局物证中心,市局禁毒支队大队长何方搓着手,焦灼地等在杨波办公室旁边,当他看到杨波拿着盖好章的鉴定书出现的时候,长舒了一口气。手机此时响了起来,何方一看是赵云蕾的手机,赶紧接了起来。

"何队,庭审质证已经白热化了,鉴定报告现在出来没有?"

"赵处,您放心,10分钟后就送到法庭。"

赵云蕾这边也长舒了一口气,她放下电话,返回法庭。

林岚指着屏幕上缅甸细猛蚁的放大图片问道:"魏教授,这种细猛蚁我们涵江市有吗?"

魏长青说:"这种蚁群只分布在云南、缅甸一带,我们北方别说没有这种品种,连普通的细猛蚁也没有。因为,细猛蚁根本适应不了我们北方冬天这种干燥寒冷的气候。"

林岚又拿起一张照片。

"刚才在交叉询问环节,吴索吞就提到,他的孙女年前曾被当地的虫咬伤了,我昨天在勐海医院提取到了她当时的病历,还提取到了当时伤口的照片。现在,我想请魏教授根据这些证据甄别一下,这伤口是什么昆虫咬的?"

法警将照片和病历拿过来,交到魏长青的手中。魏长青从上衣口袋里拿出老花镜戴上,细细辨认了一番,然后肯定地说:"这就是缅甸细猛蚁咬过后形成的表皮伤口特征。"

林岚说道:"审判长,魏教授的回答进一步印证了我刚才的结论,海洛因和原石是从缅甸运来的,而这个地方就是吴索吞做生意的地方。所以,葛永健辩解这些海洛因是被人偷偷放入仓库的说法很明显是在说谎。"

接下来轮到郭培生发问,他出口就充满了火药味儿。

"魏教授,你是学昆虫学的还是学医学的?"

魏长青对他的口气有些反感,但想起林岚之前叮嘱过他,这个律师言辞犀利,切忌动怒。于是他压着火气答道:"当然是学昆虫学的。"

郭培生冷笑一声:"既然是学昆虫学的,那凭什么对昆虫咬伤的创口下结论,这可是病理学范畴。"

魏长青倒不生气了,微微一笑,反唇相讥道:"看来这位律师先生对昆虫学完全是个门外汉,昆虫学本来就包括对昆虫药理和毒性的研究,就像植物学专家会对植物的药理和毒性进行研究一样,最古老也最广为流传的例子就是神农尝百草了。"

饶是郭培生辩术了得,在魏长青的专业领域,也讨不到半分便宜。不过,郭培生的反应也是真快,他马上反驳。

"昆虫种类繁多,蚂蚁种类也不少,你就如此肯定这是缅甸细猛蚁咬的?"

魏长青说:"我三年前在 SCI 期刊上刊登了一篇关于缅甸细猛蚁的论文,林检察官也正是因为这篇论文找到我的。看来律师先生没有读过我这篇论文,那上面列举了许多被缅甸细猛蚁咬过后的症状,还随附了图片,和这张照片上患处的特点是一模一样。"

林岚举手发言。

"我手上正好有魏教授这篇文章,辩护人可以当庭将文章中的图片和吴索吞孙女的伤口照片比对一下。"

魏长青欣赏地看了林岚一眼,心想:"这公诉人真是准备充分啊,连我的论文都带上了。"

当法警把论文交到郭培生手上后,他看了一眼上面的图片,又和大屏幕上吴索吞孙女的照片进行了对比,脸色变得难看起来。不过,涵江第一辩的名号也不是浪得虚名,他马上想到了其中的漏洞,又问魏长青:"魏教授,我记得你刚才回答公诉人提问的时候,提到这缅甸细猛蚁不仅缅甸有,云南也有?"

"是的。"

"那么这缅甸细猛蚁不可能只在吴索吞家附近才有吧?"

"当然不会,缅甸细猛蚁喜欢阴凉潮湿的环境,常见于热带丛林中,只要是缅甸、云南的一带的林木茂盛处,都有分布。"

魏长青回答完,旁听席上响起了窃窃私语。

"是啊,就算是缅甸才有,也不一定都是从同一地点同一批次运来的啊。"

"再说了,云南也有呢。"

郭培生认为自己找到了漏洞,马上火力全开进行反击。

"刚才专家的回答,足以证明公诉人的推论不成立。缅甸不但有细猛蚁,也产毒品,云南也是毒品的集散地,所以包装上有细猛蚁不足为奇。那个偷偷放毒品栽赃的人将毒品运回来的时候一样会沾上细猛蚁尸体。我认为,公诉人的结论是基于想象的主观臆断。不管是什么蚁,它们总是会爬的吧,麻袋和箱子放在一个仓库里面,爬到其他的包装上并不奇怪。凭什么就断定毒品和原石是同一地点、同一批运回来的呢?"

林岚不慌不忙地拿出一个玻璃瓶,瓶子底部趴着几只细猛蚁的尸体。

"这是我昨天从勐海捕捉的缅甸细猛蚁,在飞机上还好好的,可是今天早上我下了飞机后,在室外的低温下,它们很快就死亡了。"

魏长青说:"这很正常,符合缅甸细猛蚁的生物特性,它们在5摄氏度以下挺不过两个小时。早春季节,涵江市和勐海县的温度相差太大,它们根本适应不了这里的低温。"

林岚说:"所以说,这些细猛蚁熬不到仓库就会死。"

旁听席上一片窃窃私语。

"早上才下飞机,昨天还在勐海抓蚂蚁,这公诉人也真够拼的。"

人大代表们的脸上也露出了赞许的表情。

郭培生依然不死心。

"运输的方式不同、条件不同,会影响到被运输物品的实际温度。公诉人如何证明这一批原石在运输途中车内的温度低于5摄氏度呢?"

就在这时,法庭的门开了,禁毒支队的何方拎着一个鼓鼓的塑料袋和一个文件袋进来了。路小艾看见他眼睛一亮,赶紧在纸上写了"已到"两个字递给了林岚。林岚赶紧朝庭下望去,何方和林岚做了一个眼神交流,把鉴定报告交给了法警,法警送到了公诉席上。

林岚翻看了一下,说道:"辩护人这个问题提得很好,公诉人确实没有办法证明。"

这下法庭沸腾了,刘毓清和人大代表们一脸莫名其妙的表情,检察长郑明德更是吃了一惊,他不明白一直奋勇迎战的林岚为何突然示弱。

郭培生也不由得一愣。

王建波看向赵云蕾,只见她表情镇定地朝自己点了点头。

林岚举起手中的鉴定报告。

"审判长,我向法庭申请出示公安机关刚刚送来的两份新证据,是关于现场发现的缅甸细猛蚁死亡时间的报告和衣物附着物的鉴定报告。"

郭培生一惊,他反对道:"审判长,公诉人这是在搞证据突袭,极大地侵犯了被告的辩护权和我作为辩护人的知情权。"

王永洲道:"公诉人,请你说明现在出示的理由以及出示该份证据的必要性。"

林岚道:"审判长,如果是公诉人刻意隐瞒证据,故意拖延到今天庭审才出示,辩护人这么说当然无可厚非。可是这份鉴定的落款时间就是今天,我也是刚刚从法警手上拿到这两份鉴定报告的。之所以现在才拿到,是因为鉴定所涉事项繁多,所需的时间很长等客观困难所导致的。另外这份证据与毒品是否系葛永健运输具有关联性,所以公诉人此时申请出示该证据具有必要性,而且符合法律规定。"

王永洲侧身与另两位合议庭成员做了一个短暂的交流,然后宣布:"根据《刑事诉讼法》的解释第二百二十一条的规定,公诉人申请出示开庭前未移送人民法院的证据,辩护方提出异议的,审判长应当要求公诉人说明理由;理由成立并确有出示必要的,应当准许。公诉人刚才做出的解释于法有据,证据与案件审理相关,本席予以准许。"

林岚道:"根据鉴定,这些分布在箱子和袋子里面的缅甸细猛蚁尸体,最早的死于被提取日前 5 天,最晚的为 47 个小时。有些是在搬运过程中被压死的,有些是冻死的。结合司机李东和工作人员的证言证明的毒品入库时间,这些缅甸细猛蚁早在入库前 6 小时已经全部死亡。"

路小艾切换大屏幕,显示出证言和气温报告。

林岚继续道:"司机李东的证言提到过,因为驾驶疲劳,12 月 7 日凌晨 2 点,他曾在高速公路的服务区停车休息了 3 个小时。我们调取了那个时间段服务区一带的户外气温记录,是零下 3 摄氏度。"

林岚放下手中的报告。

"刚才的法庭讯问中,葛永健辩解,他们在搬运原石到仓库里面的时候,根本没有发现这些装有海洛因的箱子,箱子是后来在他不知情的情形下,被人偷偷搬进去的。辩护人则提出,海洛因箱子里面的缅甸细猛蚁是从装原石的袋子里面爬过去的。我非常好奇,这些死了的细猛蚁是怎么爬到装海洛因的箱子里的? 我想不管是什么昆虫,只要是死了,应该都不会爬。"

旁听席上发出一阵哄笑。郭培生一脸窘迫,面孔微微发红,实在无法去反驳林岚的说法,只得勉强回应:"单凭这个证据就说葛永健知情太武断了。"

林岚继续说道:"独木难成林,辩护人有这些疑问不奇怪,可是我们的证据是有印证的。请大家继续看大屏幕。"

随着路小艾鼠标的移动,屏幕上显示出一组卫星图片的截图。

林岚道:"这组卫星截图显示的是一周前仓库的外部概貌。门口有四名守卫换班日夜轮守,两人一岗,门口还有两条护卫犬。刚才被告人在庭审中辩解,仓库不安监控是因为他觉得没有必要,那里很安全,他显然是在撒谎。况且,如果仓库里面只是那些价值不高的原石,怎么犯得上采取这么严密的看守措施? 另外更何况,在这么严密的守卫下,外人怎么可能绕过这些守卫,将几个大箱子搬进去?"

葛永健的头上渗出了密密麻麻的汗珠。他争辩道:"这仓库有后门,后门可以进去,是有人从后门进入放进去的!"

林岚在屏幕上放大了后门的照片,移到图片右上方、右下方的几处区域,继续放大,只见几张蜘蛛网清晰地投放到屏幕上。

林岚用箭头点了点图片,说道:"这几张蜘蛛网都是完整的,门侧面的灰尘积累得很厚,而且灰尘表面均匀、完整,说明这扇门很久都没有开启过了。"

林岚将封口袋中的布料取样向法庭展示。与此同时,路小艾在大屏幕上播放衣物提取、取样过程的视频。只见鉴定人员从衣服下摆处剪切下来一块带有淡淡的斑痕的布料,然后又将左裤袋翻了过来,镜头特写了其中一处颜色比别处深些的部位后予以裁剪。

林岚接着说道:"这第二份鉴定是对葛永健被抓获时所穿的两件衣物上附着物的鉴定,附着物的提取就来自这几块明显的斑痕处。通过对可疑斑点的鉴定,在衣服下摆的纤维中,检出了附着的植物汁液残留和绒毛残留物，经鉴定，为罂粟的叶片成分和植株刚毛，这说明葛永健接触过毒品原植物。另外，还从他的左裤袋里面检出了火药的成分，与枪支里面弹道提取的火药残留物成分一致。说明这把枪曾经揣在他的裤兜里。"

这两份鉴定一出，正可谓铁证如山，本来就落了下风的辩方这下是彻底没法儿翻身了。

郭培生不可置信地看了看林岚，过了好一会儿才缓过神来。他向法庭申请，要看一看这两份鉴定报告。王永洲让法警上来，将这两份鉴定报告交给了辩方。

在仔细审阅了报告后，郭培生的脸色极其难看，他万万没有想到，今天自己居然会在一个黄毛丫头手上输得如此狼狈。

禁毒队长何方坐在最后一排，他看着郭培生一脸挫败的样子，心里振奋不已，不由得回想起前段时间案件办理过程的艰辛。

因为涉及的毒品数量太大，这起毒品案件备受关注，成为公安部督办案件，收网那天，市局禁毒支队邀请了检察机关提前介入。在毒品提取的现场，林检察官建议技术人员提取了现场发现的十几只蚂蚁尸体，他清楚地记得，她再三要求将这些蚂蚁的尸体放到90%浓度的酒精里面保存，说是这样会最大限度保证这些检材的可鉴定性。后来何方在送检材到技术处时，收取检材的技术人员也称赞他们的提取方式非常专业，很好地保护了检材的完整性。

案件移送到市检后，因为涉及的毒品数量大，葛永健又是零口供，林岚给市局禁毒支队列了一份长长的退查提纲。何方他们为这份退查提纲忙了个人仰马翻，又是派人和林岚一起到缅甸出差找玉石卖家了解情况，又是按照林岚的要求调取葛永健仓库的卫星图像，后来还被林岚拉着去看守所调取葛永健被抓获当天身上穿的那一套衣服。一番补侦下来，何方觉得这林检察官可真能折腾，开出的单子都是要上天入地才能满足的，好不容易案件起诉了。何方那段时间除了这件大案，手上还压着几件大案子，带着兄弟们熬了几个通宵后，和林岚争了几句。

"我说林检察官,前段时间不是补了一堆证据吗? 还不够啊? 我只听说暴力案件需要鉴定衣服的,因为会留下血痕什么的,这毒品案件你要鉴定衣服干吗? 而且现在物证中心忙得不可开交,现在又要做这些鉴定。我跟你说,我就是今天送过去,等到排上队也得个把月,还不一定能检出什么有价值的证据,这不是浪费司法资源吗?"

林岚被他劈头盖脸一顿抱怨,也不生气,不过她态度虽好,原则上却丝毫不让步。

"何队,您别急。我知道前段时间为这个案子把大家伙儿都累坏了。可是,这把枪上面没有提取到葛永健的指纹是客观存在的。您想啊,如果到时候律师辩解这把枪不是葛永健的,是别人放到葛永健车上的怎么办?"

何方这一下更是气不打一处来。

"那又怎么样,法院总不能只听律师的吧? 照你这么说,律师说不是就不是,那还要你们公诉人干什么?"

林岚见何方急了,忙往顺着将话头:"这不是法官听谁的问题,而是证据的疑点和矛盾是否被充分排除的问题。"

"怎么就没充分排除了? 葛永健的员工不是证明过他买枪的事儿吗?"

"是证明了没错,可那员工也说不清枪的特征啊,没法确定在葛永健车上搜出来的枪就是他曾经买的枪,律师还是有很大的辩护空间的。"

"这车是葛永健的,枪也有人见葛永健拿过,收网的时候人枪并获,那么多双眼睛都看着,是从他车上搜出来的,这样你还说不能确定? 你是不是把律师想得太厉害了? 长他人志气,灭自己威风!"

林岚被他一通挤对,险些憋不住火。她忍了忍,深呼吸三次,耐着性子解释。

"公诉人和辩护人不一样,辩方只需要找到控方的一处缝隙就可以进攻,只要证明证据存疑,就会导致疑罪从无,让法官不能形成内心确信。所以公诉人的证据链条必须是无懈可击的,主干证据更不能存在矛盾。我这几天一直在想，葛永健把枪买回来，不可能一直放在车上，他既然是防身用的，很有可能别在腰上或者放进兜里过。鉴定人检查过那把枪，有使用过的痕迹，弹道里面有火药残留。所以我想，如果他曾经把枪放到过衣裤的口袋，说不定就会将火药的残留物也附着在里面，如果真是那样，就不怕他抵赖了。"

何方最后还是被林岚说服了。他没有料到的是，鉴定中心的专家们不仅从裤子口袋里提取到了火药的残留物，还从衣服上提取到了罂粟的残留物，让案件的证据链条达到了几乎完美的程度。这个在他眼里喜欢较劲的林检察官，思考问题不但缜密而且科学，让何方真心佩服。

大势已去，郭培生要求休庭。他的理由是，需要对新的证据做辩护准备，王永洲同意了。

候审室里面，面色惨白的葛永健把身体的重量都倚在椅子上，法警静静地守候在一旁。郭培生向合议庭提出申请，想进去当面和葛永健就是否修改辩护方案谈一谈，王永洲推测，他应该是看到新的证据后要改变之前无罪辩护的策略，他与合议庭经过短暂的讨论，都认为这样做对于接下来的庭审有好处，表示予以准许。

葛永健看到郭培生走进候审室的时候，有气无力地问道："现在是不是完全没有胜算了？"

郭培生的脸色也不好看，低声说："从专业的角度，我建议改变之前的辩护策略，变为罪轻辩护，当庭认罪悔罪，争取保命。"

"罪轻辩护？你之前可不是这么说的。"

"根据之前的证据研判出来的形势不是这样的，我们要顺势而为。"

葛永健咬牙切齿地问："你在耍我吗？我付给你那么多钱，你当初可是给我拍着胸脯保证过的。"

郭培生听出了葛永健话里的责备，脸色也变得非常难看："现在不是意气之争的时候，既然败了，就要将损失减少到最小，再扯别的，没有任何意义。"

葛永健也不是傻子,他知道现在不是和郭培生撕破脸的时候,这个时候不忍下来,倒霉的是自己。他略加思索,抬起头来问了郭培生一个问题:"郭律师,即便我现在全部招供,缴纳全部的罚金,能不能保住性命?"

"数量太大,不容乐观,不过我会尽力而为。"

葛永健的脸一下变得煞白,眼神中满是绝望。他冥思苦想了一会儿,突然下定决心似的猛然抬头,急切地问道:"我记得你说过,如果有立功,可以减刑。最低能减多少?"

郭培生对他的话颇感意外,如果葛永健真的攥着这么一张王牌,为什么一直攥到现在?而且,这张牌是不是有用,在牌没有亮出来之前,他也无法下定论。

郭培生一字一顿地说道:"减多少,要看你检举的罪行有多大,你手上掌握的线索有多少。如果能够查实,一般立功是可以从轻、减轻处罚,如果是能判处有期徒刑以上刑罚的重大立功,可以减轻或者免除处罚,那个幅度可就大了。所以,你现在得告诉我,你手中到底掌握了什么线索?"

听了郭培生的这番话,葛永健的神情变得有些古怪,他喃喃自语:"让我再想想,再想想。"

郭培生有些着急:"你还要想什么?如果有牌,这个时候不亮出来,难道等到牌局结束了再亮?"

葛永健却不再回答郭培生的问题,他眼神闪烁,不知道在想些什么。

正冷场着,书记员李慧进来了,她问郭培生:"郭律师,休庭时间到了,审判长让我来问你,可以开始了吗?"

郭培生看了葛永健一眼,葛永健却始终低着头。郭培生也不再说什么,他已经尽到了提供法律专业服务的义务,后面何去何从,还是得当事人自己决定。想到这里,他不再犹豫,拍了拍葛永健的肩膀,向辩护席走去。

恢复庭审后,法庭进入了辩论环节。

审判长让被告人先自行辩护,再由辩护人发表辩护意见。

葛永健似乎下了决心，说道："我愿意认罪，我承认毒品是我运来的。"

葛永健在铁证面前，终于还是认罪了。这个局面是大家乐于看到的。

可他接下来又说道："公诉人，审判长，我……我要检举，我要立功，我要争取宽大处理。"

法庭上的人一脸诧异。

"什么情况？"

"这是闹的哪一出？"

旁听席一片嘈杂，人声鼎沸，完全不受控制，王永洲无奈地连敲了几遍法槌，法庭才渐渐安静下来。

王永洲耐着性子，严肃地问葛永健："被告人，你为什么现在提出要检举？你检举的内容是否属实？以前有没有向公诉机关和辩护人提出来过？"

葛永健不安地左顾右盼，然后咽了口口水，说道："我以前没有提出来过。我之前怀有侥幸心理，以为自己能够全身而退，可是现在，我想通了，我愿意认罪，也愿意揭发别人的罪行，减轻我的罪过，争取法律对我宽大处理。"

大家心想："什么想通了，你不过是看到公诉人把案子办成了铁案，你的律师没辙了，眼看无罪辩护是没戏了，所以来这一手，也不知道这检举是真是假。"

郭培生这时举手要求发言，王永洲允许了。

"审判长，根据《刑诉法》的解释第二百三十六条规定，被告人在最后陈述中提出新的事实、证据，合议庭认为可能影响正确裁判的，应当恢复法庭调查。我的当事人提出的是检举立功的事实，是重要的量刑情节，符合恢复法庭调查的理由。"

王永洲皱了皱眉头，虽然他也觉得葛永健此举非常突兀，可是法律规定就是法律规定，必须遵守。他当场宣布恢复法庭调查。

可是葛永健接下来的说法更是让人大跌眼镜。

"审判长,我要检举的这个人和这个事儿,太重大了,法庭上这么多人,我怕公开说出来,我和我家人的人身安全得不到保障,我要求休庭,私下对警方说。"

"什么鬼,又要休庭?"

"一个庭审休了两次庭,还是在快结束的时候,今天也是开了眼了。"

"玩的拖延战术吧? 不愿意面对现实,这罪可不轻。"

葛永健隐隐听到下面议论纷纷,也急了,忙争辩道:"审判长,您一定要相信我,我真不是骗人的,如果我说了假话,您就判我扰乱法庭,从重罚我。"

王永洲觉得葛永健的表情不像作伪,他决定征求一下公诉人的意见。

"公诉人,现在被告提出有新的立功线索,要求检举犯罪,你对此有何意见?"

林岚本来冷眼旁观着,毕竟今天的庭审需要达到的目的全部都达到了。在证据面前,葛永健认罪,现在他要检举别人,无非是想量刑上从轻一些,这和公诉人指控犯罪的初衷并无任何违背之处;也是被告人的权利,理应维护。

想到这里,林岚答道:"司法机关有责任保护举报人的安全,我同意休庭,对葛永健检举一事进行核实,如果确有其事,可以启动补充侦查程序。"

王永洲和审判员及人民陪审员商议后,当即宣布休庭,控、辩、审三方到庭后去听葛永健到底要揭发谁。

重新开庭后,大家皆是面色凝重。

王永洲宣布:"鉴于被告人提出了新的立功线索,根据《刑诉法》的解释第二百二十六条规定,审判期间,被告人提出新的立功线索的,人民法院可以建议人民检察院补充侦查,法庭调查到此结束,开庭时间另行通知。现在休庭,被告人退庭还押。"说完,手中的法槌重重敲击了下去。

这已经是今天的第二次休庭了，还是以择日再开作为最后的结果，这下可是把旁听群众的好奇心给彻底点燃了。大家议论纷纷。

"看来这葛永健的检举不是没谱儿的事儿，要不然不会在法庭调查审理之后再启动补充侦查程序。"

"也不知道他要检举什么，说得那么严重，身家性命都得搭上。"

"今天这个庭可真是值回票价了，公诉人把被告逼得连老底儿都给倒出来了，弄了个案中案出来。"

刘毓清和参加听庭评议的人大代表们对郑明德检察长说："这次庭审对我们触动很大，公诉人准备充分，在法庭上论证时逻辑严密，反应敏捷。法官对法庭审理的节奏把握得相当到位，指挥有度，同时也保障了被告的合法权益，是一场教科书级别的庭审啊。"

能得到刘毓清这么高的评价，法院和检察院的人都觉得与有荣焉。

豪华的别墅，装修考究的书房内，墙面贴合的香槟色打底的银色欧式花纹壁纸在壁灯的照射下，哑光的金属亮面花纹折射出神秘的幽光。书桌的背景墙打造出优雅的弧形，上面是一整幅由贝母拼镶为底板，之后在上面用细腻的雕工，精确地雕刻出巨型世界地图，奢华得让人震惊。Tiamantti Luxury 专供的 Asnaghi Interiors 定制家具，将奢华与尊贵展露得淋漓尽致。

Strassle 瑞士真皮办公椅上，英俊男子正坐在上面，面前的 27 英寸哑光曲面广角显示屏上，庭审公开网的网页此时正弹出播放完毕的文本框。

男子侧过身来，露出线条优雅的侧脸，朝着身边站着的男子问道："蔺助理，我上次让你调查的事儿，你查得怎么样了？"

蔺助理毕恭毕敬地回道："我了解到一些，正准备向您汇报。"他翻开手中的文件夹，说道，"这个检察官叫林岚，是涵江市第一批入额，最年轻的员额检察官。她出身于法律世家，爷爷林磊是警察，在一次抓捕任务中因公殉职，生前多次立功；父亲林骁勇子承父业，也做了警察，现在是陇江区分局刑警队大队长；母亲尹秀萍是陇江区检察院反贪局侦

静默的铁证

300

查处处长。由于父母工作忙，她经常和姑姑住在一起，她姑姑林晓娟以前是公诉人，后来因公残疾，至今单身，目前在检察院的档案室工作。业内人士称他们一家是'满门忠烈'！"

电脑椅上的男子从鼻子里发出一声冷哼。"什么满门忠烈，不过是仗着爷爷辈儿一点卖命的功劳，一家子沾光罢了。谁知道那功劳里面几分是真，几分是假。"

蔺助理素来擅长察言观色，凭借他多年的观察，这位主子在人前虽然一副风光月霁的做派，私底下却是阴晴不定的性子，最是心狠手辣。是以他在拿不准对方真正想法的时候，从不多话。

他一声不吭地将文件夹递了过去，毕恭毕敬道："这是全部的资料，请您过目。"

男子轻轻摆了摆手，道："不必了。今晚你去一趟越南，记得找个以前没有入境记录的。"

蔺助理眼皮子跳了一下，却依然不动声色地回答了一声是，然后又轻声问道："看守所那边，您看，是不是也需要安排一下？"

男子从桌上精美的雕花银盒里取出一根雪茄，他的手指白皙，骨节不似一般男子那样粗大，根根匀称且修长，那支雪茄被他轻捏在指端，仿佛被赋予了一股艺术气息。他将雪茄放在鼻尖下，姿态优雅地轻嗅着，露出迷醉的神情。

过了半晌，他才不紧不慢地说："姓葛的事儿轮不到咱们操心。你去找大卫·李，给他带个信，就说有人要动他那摊子买卖，其他的，咱们静观其变好了。"

蔺助理答应着，朝男子恭敬地鞠了个躬，这才离去。

林岚开完庭后，坐着赵云蕾的车一起回了涵江市检察院，路过内勤办公室的时候，看见市局物证鉴定中心的杨波坐在里面。杨波看到林岚，忙和她打了个招呼。

林岚也客气地给他打招呼："杨工，你怎么有空过来？"

杨波说："我手上还有个鉴定要和赵处对接，今天过来和她确认里面的几个细节，没想到你们今天庭审结束得晚，现在都到饭点了。要不，你收留我吃个午饭？"

路小艾在一旁打趣道："怕是有人故意守株待兔到这个点吧？"

杨波冲路小艾一笑，道："不许淘气，你家岚姐哪里像兔子，分明就是一只小山猫。"

路小艾噗的一声笑了出来。

林岚没好气地瞥了一眼路小艾："昨天让你校对的文书和证据摘录完成了吗？"

路小艾吐了吐舌头，低头一溜烟跑了。

杨波微微弯腰，朝林岚凑近了些，笑道："不会生气了吧？我就开个玩笑。"

林岚下意识地往后退了退，抱歉道："我这两周加班看视频，熬夜熬惨了，好不容易今天中午可以补个眠，实在不想出去吃了，要不就请你吃个食堂好不好？"

杨波说："行啊，讨饭吃的人哪里还有资格挑肥拣瘦？"

林岚说："你别挤对我，我改天叫上江旎她们一起，请你们吃顿好的。"

杨波本想制造个独处的机会，眼见没戏，只得自嘲一笑。

林岚见他没有反对，拍了拍他的肩膀道："我去拿饭卡，你等我。"

杨波无奈地看着她的背影，摸了摸鼻子。

随后上来的赵云蕾看到这一幕，冲杨波笑道："杨工啊，你说你和林岚在专业上这么志趣相投，怎么就擦不出火花呢？看来还是得在生活上投其所好，争取早日变革命友谊为两情相悦。"

杨波面上有些赧然。自从前段时间自己露出了对林岚的好感，她就特别注意不和自己单独相处。这会儿被赵云蕾一语道破，他也有些不好意思。

赵云蕾见他有些发窘，鼓励道："别泄气，这丫头不还名花无主嘛，你就再加把劲儿，我看好你哦。"

杨波无奈地摇头道："完全使不上劲儿。"

赵云蕾看他这样儿，有些好笑。她一看四下无人，做出一副苦恼的样子说道："林岚周六约了江旎去科技馆,听说那个地方不好叫车哦。"

杨波大喜,感激地朝她拱了拱手道："赵处,多谢了,回头请您吃饭。"

赵云蕾笑道："等你们成了,别忘了谢我这月老就行,你到我那儿坐着等吧。"说着,将杨波让到了自己的办公室。

林岚从办公室抽屉里面取出饭卡,路小艾忙凑到跟前："我说岚姐,人家杨大帅哥等了你大半天,你就真的请他吃食堂啊?"

林岚刮了刮她的鼻子尖。

"你这个八卦精,又瞎说什么呢,人家是来找赵处讨论鉴定的,和我有什么关系?"

路小艾一副恨铁不成钢的样子。

"你有没有搞错,他要是为这事儿,不会和赵处先约好时间啊,还非得空跑一趟挨到这个点?再说了,他从头至尾这目光都在你那儿,显然不是为了公事。我说岚姐,你是真不知道,假不知道啊?"

林岚瞟了路小艾一眼："我懒得理你,你那点推理功夫,全用在八卦上了。成天跟个居委会大妈似的,尽给人乱点鸳鸯谱。你有这工夫,快去装订卷宗吧,马上就要案件评查了。"

路小艾泄了气,这林岚什么都好,就是对个人问题太不上心,成天除了办案就是钻研业务,唯一的业务爱好就是看动漫,就没见她对异性上心过。其实杨波阳光帅气,又是一枚暖男,两人工作话题也多,可是这么多年了,林岚对杨波一点也不来电,让旁边的人看着干着急。

路小艾指了指林岚办公桌上的小收纳柜,问道："岚姐,今天开完庭,怎么没见你往里面摆新手办啊?"

林岚拉开抽屉,里面整整齐齐放着十几个手办,最多的就是犬夜叉系列,杀生丸、珊瑚、桔梗、戈薇一字排开。其中几个杀生丸的树脂手办,五官服饰无一不精细,是限量版,可以看出藏主对于这个角色的偏爱。

林岚满眼欢喜地看了看她的这些宝贝,用手轻轻摩挲了一回,这才轻轻合上抽屉。她冲路小艾眨了眨眼道："今天这个庭审难度系数没有过8,所以我没有放。"

路小艾说:"都这样了还没有过8,你这标准也太严格了吧?"

林岚说:"真没有。这个案件拼的是细心和全面,只要在织补证据链条的时候舍得花时间,就能赢。至于被告人的庭审对抗技巧、心理素质、证据的复杂程度都只能算中等。虽然郭培生的确不弱,可是他太小看这个案子了,审查也不细致,所以并未提升庭审抗辩的难度。我给这次庭审的最后评分是7分。"

"这么低?"路小艾还想争辩,林岚忙打断了她:"好了,回头咱们再好好回顾总结,毕竟,这案子还留了后手呢,指不定整个开完了,分数就上去了。我们快出去吧,杨波还等着呢。"

路小艾这才想起来,"哎哟"了一声,赶紧拉着林岚往外走去。

林岚、路小艾和杨波边吃边聊,时间倒也过得挺快。杨波见林岚神色间的确有些疲惫,没好意思多加逗留,吃完饭就告辞了。

下午一上班,林岚就向赵云蕾和王建波详细汇报了今天上午休庭期间葛永健的举报内容。

"葛永健举报的是涵江市的一个地下钱庄,他的毒资都是通过这个地下钱庄洗白的。据他说,这个钱庄背景很深,神通广大,能够通过境外给犯罪分子洗钱,其中还牵涉到国际犯罪集团。不过实质性的内容他目前还不肯说,他要律师和我们谈判,开出的条件是保住脑袋。"

听了林岚的汇报,王建波和赵云蕾神色凝重。

王建波道:"如果线索属实,不但能够揪出地下钱庄,还能顺藤摸瓜查获国际犯罪集团,从规定来看,够得上重大立功了,再加上他愿意认罪认罚,想保住脑袋,倒也不是完全没有可能。不过,这个承诺不能轻易做出,要看看他究竟会倒出来些什么。"

王建波看到林岚似乎还有话要说,于是示意她继续讲。

"王处,您还记得吗?前段时间破获的一起贪污案提供了一条重要的犯罪线索,也是关于地下钱庄的。当时我将这条线索移交给了市局,线索移交函还是您签批的。"

王建波也回想了起来,他问道:"莫非,这两条线索之间有牵连?"

"这条线索里的地下钱庄所用的洗钱模式和葛永健举报的非常接近。不过，贪污案中的嫌疑人举报更具体一些。他不但说出了地下钱庄是利用空壳公司通过对外贸易、离岸信托来洗钱，洗钱范围涉及到毒品和走私，还明确提到了涉案人员是一个叫大卫·李的美籍华人，有个叫杰夫的手下，另外，他还提到一个叫宋锦绣的香港女人，她的情人是咱们涵江市的一个神秘富豪，也是地下钱庄的洗钱大户之一。而且，这个宋锦绣有个儿子叫宋白羽，古瓶失窃案中有重大嫌疑的廖雨欣对外用过宋白珊这个名字，她曾对苏琦说，她是宋白羽的妹妹。"

王建波听林岚说完，看了赵云蕾一眼，神色凝重道："这两下里串起来，水可真深啊。你们之前的讨论不就是怀疑这古瓶案件是团伙作案吗？这下可算是露出端倪了！"他沉吟了一会儿，叮嘱道："这种事情，不能打草惊蛇。我去向郑检汇报一下，让他和市局的领导好好议一下，这事儿得从长计议，稳妥地进行，千万不能走漏了风声。"

赵云蕾提醒到："既然别人举报在前，市局那边已经掌握了部分地下钱庄的线索，那么葛永健不交代一点猛料出来，这个立功只怕是难以成立。"

林岚倒是没有想到这一层，她佩服地看了赵云蕾一眼，论起法律功底和经验，赵处果然是公诉处的 NO.1。

赵云蕾接着说道："运输、贩卖 180 公斤的海洛因再加上非法持有枪支两项罪名，数罪并罚，如果没有重大立功减档，仅靠认罪认罚，具结书上的量刑建议就不能免去葛永健死刑立即执行。这样一来，谈判的砝码可就减了不少。"

果然，认罪认罚工作推进得并不顺利。

葛永健在没有得到检、法两家保命的承诺之前，不愿将自己掌握的情况全部交底，这场博弈在被告人充满着试探、不安的氛围中进行着。

周六一大早，杨波就给林岚打电话："岚女侠，今天我有空，要不要我做你和江旎的司机啊？"

电话那头林岚似乎兴致缺缺："你消息挺灵通啊，怎么知道我和江旎约了今天出去啊？不过江旎今天放我鸽子了，技术处下周要召开全市研讨会，他们周末全处加班。所以我准备在家做一天米虫，哪儿也不去了。"

杨波说："这样啊。不过你看今天天气这么好，我劝你还是别闷在家里了。我听说科技城今天有动漫展，不但有大型 Cosplay 秀，还有不少限量版的手办出售，要不要一起去看看？"

一听到动漫手办，林岚顿时来了兴致："这主意不错哇！我上次在别人那里看到一组犬夜叉的限量版，是我以前没有见过的，正好去淘淘，说不定能够淘到。"

"好啊，我马上去接你，你等着。"

展会因为设在周末，会场上人头攒动，随处可见 Cosplay 打扮的帅哥靓妹。

林岚没有淘到她心仪的犬夜叉套系，不过血拼到了一套火影忍者，做工也很是精细，她拿在手上把玩着，一路上爱不释手，雀跃不已。

杨波去取车，林岚在路边等着。

林岚的手机响了，她一看是刑一庭的办公号码，赶紧接了起来，电话里传出王永洲的声音。

"林检察官，你们那边确认了葛永健的立功是否属实后，就通知我重新安排庭审日期。"

林岚说："王庭长，那个估计不是一时半会儿的事儿，我这边得信了就马上通知您，大周末的您怎么还在加班啊？"

"最近案子太多，没办法。"

林岚正要说话，忽然听到杨波大叫一声："闪开！"

一抬头，一辆越野车飞快地冲了过来。

林岚本能地一个侧翻去避让，包带却被车上的反光镜带了一下，身体瞬间失去了平衡。她感到脚下被什么绊了一下，整个人仰面重重地摔了下去，后脑勺撞在了路沿上，眼前一黑，失去了知觉。

王永洲拿着嘟嘟忙音的电话，一脸惊诧。

杨波飞快地冲了过来，第一反应就是去看车牌，只见车牌被遮挡住了。

看着躺在地上昏迷不醒的林岚，杨波颤抖地托起她的头，却触摸到一片温热的黏腻，顿时感觉心脏都要蹦出胸腔了。他抱起林岚回到自己的车旁，把她放进车里，踩着油门就朝着最近的医院飞驰而去。

何春芝赶到医院的时候，林岚已经被送进了观察室，林骁勇和尹秀萍守在外面，细问杨波事情的经过。

王建波带着人赶到医院的时候，林岚还在观察室里昏迷着。他安慰了林岚的家人几句，转身问杨波："到底是怎么回事儿？"

杨波只好把事故的经过又说了一遍。

王建波沉吟了一会儿，道："故意遮着车牌，看来这不是一般的交通事故，是有人刻意为之啊。"

他回头问赵云蕾："你怎么看？"

赵云蕾皱着眉头道："接二连三地出事儿，不排除是有人狗急跳墙，蓄意报复。"

何春芝听见自己的宝贝孙女是被人报复出的事，顿时急了，她不好怪尹秀萍，只能用力捶着林骁勇的胸膛，哭着埋怨："我当初就不同意她去办案，说有危险，你们偏不听，她要是有个好歹，我和你们没完。"

尹秀萍看了看王建波他们，觉得十分尴尬，却又不好说什么，只能和林骁勇一起轻声安慰老母亲。

王建波的手机此时在裤兜里面震动了起来。他走到一旁，接起电话，只听到电话那头刘浩的声音格外急促："老王，刚刚看守所来电说，葛永健在看守所里面和人斗殴出了意外，送到医院没有抢救过来，已经宣布死亡了。"

王建波觉得汗毛都竖起来了。

"死了？！"

王建波拿着电话半天不语，他看向赵云蕾，一脸的不可思议。

杨波口袋里的电话震动了起来，他拿起来一看，是江旎打过来的。

江旎刚刚加班整理完研讨会需要的材料，准备和林岚聊两句，让她原谅自己半道儿爽约，没有陪她去看动漫展，可是林岚的电话怎么都打不通。她知道是杨波陪林岚去的,于是又给杨波打电话。

电话好不容易接通了,当江旎听到杨波说林岚出了车祸昏迷不醒后,她顿时感到双腿发软,撂下电话就朝隔壁的办公室跑去。

实验室的门关着,通常这个时候,林远昊最讨厌被人打扰。江旎现在顾不上那些,她一把推开门。正在记录实验数据的刘锋一脸惊诧地看着失态的江旎,突如其来的打断让林远昊眉头紧锁。

江旎声调都变了,颤抖着说:"杨波刚才打电话过来,说林岚,林岚她出车祸了,在中心医院抢救,到现在都还没醒。"

林远昊的身体不受控制地一震,手中的试管掉在了地上,"啪"的一声摔了个粉碎,在这个封闭且安静的空间里,发出了刺耳的响声。

被打破的不只是宁静,还有林远昊一直以来的克制。在接近一分钟的时间里,他就那样呆立在原地,定定地看着江旎,似乎无法消化她带来的消息。

他猛地醒悟过来,"快去医院!"然后撇下众人,匆匆地朝电梯走去。

走到一半,他又折了回来,不顾江旎和刘锋诧异的目光,径直跑回办公室,再出来时,手中多了一把车钥匙。

刘锋和江旎第一次看见失去了冷静与克制的林远昊。

刘锋主动接过开车的任务,一路上,林远昊嘴唇紧抿,脸朝窗外,大家虽然看不到他的面部表情,可是都能感觉到车内超低的气压,谁也不敢出声。好不容易到了医院,林远昊打开车门,第一个冲了进去,到了急诊室,他一眼看到杨波,几步走了过去,问道:"她现在怎么样?"

杨波觉得周遭的气压莫名低了下来,他来不及细想,答道:"不知道,到现在都还没醒。现在还在观察室里,医生正在给她做检查。"

"你当时不是和她在一起吗?她怎么伤到的?"

杨波愧然道:"我当时去开车,刚出来就看到一辆车朝她撞了过去,本来林岚已经避开了,可是不知怎么的被带倒了,倒地的时候后脑着地,摔得挺重。"

江旎在一旁低声惊呼:"后脑着地?"

林远昊的脸色有些发白。

江旎愤愤道:"是什么人撞的!"

杨波道:"现在不清楚,不过我们刚才分析,对方应该是故意的。"

现场的气氛顿时变得凝重起来。

林岚在观察室里昏迷了好久,她感觉整个人好像浮在空中。隐隐约约,她看到客厅里爷爷穿着警服的遗像,还有书房里面奶奶不让碰的奖章,姑姑林晓娟坐在轮椅上落寞的背影。奶奶小声啜泣的声音在耳边响起:"我们家已经付出这么多代价了,我实在不想你也出事。"

无数的画面闪现着,回忆如汹涌的波涛冲击着她的大脑,脑袋深处的某一个点更加痛了,睫毛微微地颤抖了起来。

宝贝女儿躺在观察室里,守在门口的尹秀萍和林骁勇不时对视一眼,除了担忧也有愧疚。像他们这种政法之家的组合,大家都各自忙碌,相处模式没有其他家庭那么细腻,更多的是一种精神上的相互理解和共同目标追求中的共鸣。

两人扪心自问,近日里关心孩子的确太少,这孩子向来就是报喜不报忧,因为素来皮实,也没太担心她,所以都不知道她最近经历了一些什么,也没能及时提个醒。

不过话说回来,这段时间林骁勇同样忙得焦头烂额。

黔山市公安 110 接到一起报案,报警人是个登山的小伙子,电话里声音紧张得发颤。

3 月 10 日,谢志俊和赵翔早上相约爬山,大小伙子喜欢猎奇,尽挑没人走的野道。爬到一半儿的时候,闻到一股腐臭味儿,两人循着气味看去,发现了几个黑色塑料袋,有一个不知道被什么动物给撕咬开了,隐隐约约露出森森白骨。

赵翔大骂:"谁这么缺德,把过期的臭肉给扔这儿!"他一时脚贱,上去踢了一脚,袋子里的东西滚落了一地,冷不防露出一只手来,把他惊得连退两步,跌坐在地上。

110接警中心迅速将报警信息交到了辖区分局,警方立刻组织警力前往现场,法医提取了尸块,经过拼合及特征分析,确定死者为一名40多岁的中年女性。肺部组织检验,发现有肺气肿和肺泡破裂现象,肺部黏膜下伴有点状出血,死因系机械窒息而死亡。

警方在周围进行多方调查、布控,最终锁定凶手是典当行老板王大志,从他新搬的租住地搜查出了还没来得及销毁的砍刀和钢锯,并从上面遗留的组织残屑中查出了死者的DNA。

命案告破。只是这王大志狡猾得很,到案后,不肯承认自己的杀人罪行,辩解说妻子是自缢而死。至于没有声张妻子自杀的理由,是因为害怕招来警察,自己是吸毒的人,会被送去戒毒所强戒,为了不让妻子死亡的事情被人发现,这才碎尸抛尸。

王大志的辩解理由虽然不符合常理,可是凶手作案时没有任何目击证人,这种被称为"一对一"的杀人案件,证据通常格外薄弱,再加上尸体被切割得太碎,抛尸地点太多,所以大部分的尸块无法找到了,没有足够的尸表特征来确定尸体检验报告中的机械性窒息死亡究竟是外力勒死还是自缢身亡。

天网恢恢,疏而不漏。

在对王大志的指纹进行入库比对时,黔山市警方发现他竟是网上被通缉多年的逃犯,原名李大峰,22年前涵江市金大钟一家的灭门惨案,现场的凶器上留下的指纹,就是他的。黔山市警方在与涵江市公安局联系后,确定有此悬案未结。因为林骁勇是当年参与了此案的侦查员,所以涵江市局领导指定林骁勇与黔山市警方对接,协作调查此案。

林骁勇接到协查任务后,考虑到涵江市的案件涉及三人死亡,为主罪,所以向领导汇报,将两起杀人案并案处理。在获得上级批准后,林骁勇亲自带队前往黔山市将李大峰押解回涵江市接受调查。今天他刚到涵江市第二看守所办完转押手续,就听到林岚受伤的消息,心急火燎地赶往市中心医院。

父女二人这段时间各自忙碌,连面儿都没碰到,再见面时却隔着观察室的大门。林岚躺在里面生死未卜,林骁勇焦急地守在病房外,心急如焚,为了安抚何春芝,林骁勇不得不强撑着,说些宽慰的话。

好在老天心存眷顾,悲剧并没有再次降临在这承受了太多不幸的一家人身上。

在急诊室外经历了两个小时的揪心等待后,林岚终于苏醒了过来。医生宣布只是轻微的脑震荡,没有危险,也不会留下后遗症,大家这才松了一口气。一直站得僵直的林远昊肩膀往下一塌,轻轻靠在身后的墙壁上,一缕头发软软地耷拉在额前,神情说不出的疲惫。江旎盯着他看了半天,若有所悟。

陷害、意外接踵而至,不由得让人联想到,这是有人在千方百计地阻挠林岚办案。

林岚之前发生的种种,并没有告知奶奶何春芝,因为怕她担心。可是这次车祸后,大家在病房外的种种猜测,使得她再也不相信林岚和林骁勇口中保证的所谓安全了。在她看来,她唯一的孙女正面临着危险,更可怕的是,没有一个人能够说清楚,这幕后操控者究竟躲在哪一个阴暗的角落,朝外放着冷枪。

何春芝的做法非常直接,林岚出院后,她死活不肯让她再回业务部门上班,她口口声声要去找林岚的领导谈谈,申请调岗到综合部门。

林岚又是撒娇又是保证的,奶奶就是不肯。她自己实在没有办法,搬出了爸爸、妈妈和姑姑,一起给奶奶做思想工作。

何春芝看着面前的三个说客,摇头叹气道:"你们少用那些大道理压我,我难道不懂得?就算我愿效仿那满门忠烈的佘太君,也得给老林家留个后人不是。"

林岚听到这话有些动气,说话便没了分寸,顶撞道:"您这不是咒我爸和我姑吗?就算我死了,他们就不算林家的后人了?"

何春芝气得发抖,食指哆哆嗦嗦指着林岚的鼻子,骂道:"你个没良心的丫头,这是戳我心窝子呢!那是上一辈儿的,你这一辈儿的除了你,老林家还剩下谁!"那眼泪就如同开了闸门一样,哗哗不止。

林骁勇和林晓娟在林岚话刚出口时就吓了一跳。林骁勇一把将林岚扯到身后，狠狠瞪了她一眼，上前扶住何春芝摇摇欲坠的身子，道："妈，您别和这没轻没重的小东西一般见识，我回头狠狠批评她！"

何春芝显然是伤心极了，她颓然坐在沙发上，挣脱林骁勇扶着她的双手，心灰意冷道："这就是我从小疼到大的孩子，一个两个的都不让我省心，都给我出去。"

林骁勇还要再劝，林晓娟赶紧朝他使了使眼色，林骁勇顿时会意，拉着一脸悔意的林岚赶紧出去了。

林晓娟搂住何春芝柔声劝慰，何春芝过了许久才止住了泪水。

林晓娟拿过一个橘子，慢慢地剥开，轻轻地放在何春芝手中。见到何春芝心情平静些了，才开口道："妈，其实我知道您担心咱们，特别是当年我车祸的事儿，让您揪心了。不然，您这次也不会对林岚这事儿这么大的反应。"

何春芝看了看坐在轮椅上的林晓娟，抬起手无限怜爱地抚了抚林晓娟的头，眼眶又湿润了。

"还是我闺女体贴，不像那个疯丫头，处处顶心顶肺的，也不知随了谁。"

林晓娟撒娇地将头靠在何春芝的肩头，轻声笑道："她从小就那样，聪明、好动，见天儿地闯祸，可您还不是疼她疼到骨子里。小时候她每次闯完祸我哥要揍她，您都护着，惯得她越发地胆儿大。"

何春芝拍了林晓娟的手一下，嗔怪道："照你这么说，都怨我？"

"哪儿的话，要我说，要不是您，这孩子怎么出落得这么古灵精怪，哦，不对，是聪明伶俐。"

林晓娟及时改口，何春芝还是狠狠瞪了她一眼。过了一会儿，她叹了口气道："要说聪明，这孩子倒真聪明，打小学啥都快。可我不明白，她干吗要干这份吃力不讨好的工作？收入不高还动不动就加班，一个女孩子家家的，成天看守所、案发现场到处跑，吃苦受累不说，搞不好还会被案件当事人误解。她如果听我的，找一份大学老师的工作，收入高，还有寒暑假，出了研究成果还能成名成家，不比她现在这样强多了？我有时候真不知道她是聪明还是傻！"

林晓娟知道何春芝为了林岚当初换专业和选工作的事情一直耿耿于怀，心里始终没有解开这个结。于是她笑着开解道："妈，这孩子大了，就有了自个儿的主意，处对象、找工作的事儿，家人只能建议，还真不能包办代替。我看林岚也是真爱她的那份工作，路既然是她自己选的，咱们只能支持她，哪儿能给她打退堂鼓呢。"

"要是万一，万一……"何春芝说到这儿，看了看林晓娟的腿，也不知道该怎么说下去。

林晓娟倒不在意，她比任何人都知道何春芝的痛，因为那痛苦的根源之一就是自己，也只有自己能够解开何春芝的心结。

"妈，您想过没有，爸当年心里虽然有遗憾，却也无怨无悔。作为家人，抛下您，抛下我们，他有太多的不舍，可是作为一名警察，面对歹徒冲上去，他无愧于自己的职责。我也一样，当年我虽然因为工作的关系，被骆福生报复，失去了双腿，可是我从未后悔过在法庭上对骆建国的指控。即使时光倒流，让我再次坐在法庭上，我依然会履行一名公诉人的职责，因为，这份职业对我而言，有着超乎寻常的意义。"

"超乎寻常的意义？"何春芝慢慢咀嚼着林晓娟的这句话，"岚岚应该也是这样想的吧？她是真的喜欢这份工作，那么好动的孩子，当初为了通过司法考试，经常一坐就是一整天，现在总是加班，也没听她有半句抱怨。"

"妈，您这话就说对了，岚岚这孩子，自从到了检察院，人是越来越有那么一股子劲了，我几次碰到他们领导，大家都夸她是个好苗子，有前途呢。"

"我也知道她争气，可我还是担心她，一个女孩子家的，成天和罪犯打交道。"

林晓娟听她口气有些松动，趁热打铁道："妈，您就放心吧，林岚这孩子机灵着呢，经过这一次，她也懂得防备的。这段时间，就让我哥多接送她，准保没事儿，再说了，她那身功夫也不是白练的，吃不了亏。"

何春芝虽然仍旧不放心，却也明白再怎么反对，林岚也不会放弃自己喜欢的工作，毕竟孩子大了，有自己的主见，只能同意她回去上班。

林岚上班后的第一件事情，就是找何队了解葛永健在监狱意外死亡的原因。

据何队说，葛永健和同监室的人发生冲突，先是互相推搡，后来发展到几个人围殴他一个，最后导致其死亡。这些参与者和挑头的人事后都接受了讯问，可他们口径一致，都说是葛永健挑衅在先，动手也在先，他们人多，分寸没有掌握好，失手打死的。

林岚和何队都不相信监室里面这些人的说法，不过证据如此，一时之间也查不出个所以然来。两人怀疑葛永健所要举报的人应该就是设计取他性命的人。可他在生前并未明确说出那人是谁，她建议警方从贪污案嫌疑人之前举报的线索入手，追踪幕后的操控者。

林晓娟在林岚出车祸后，更加关心这个自己从小看到大的侄女儿，下班后她到超市买了些肋排，准备晚上到林骁勇家给林岚做她最爱吃的糖醋排骨。

林晓娟在结账的时候，轮椅卡到了，一时进退不得。旁边几个人帮忙把轮椅抬了起来，她才脱困，可是又带翻了购物篮，食材撒了满地。旁边一位老汉帮林晓娟拾了起来，重新放进购物篮，林晓娟连声道谢。她正要接过购物篮，这老汉一抬头，却让林晓娟看到了一张不知在噩梦中出现过多少次的面孔。

眼前这人穿着灰色夹克，头发雪白，身形微微有些佝偻，因为苍老，他的样貌已经和多年前相去甚远。可林晓娟仍从这已然老去的面孔中认出，他就是曾经开车撞她，改变了她半生命运的骆福生。

骆福生此时也认出了林晓娟，他看到林晓娟坐在轮椅上，目光直直地看着自己，胸口如遭重锤，一时动弹不得。两人僵持良久，林晓娟慢慢地回过神来，从骆福生手中一把夺过购物篮，递给收银员，结账后，把食材放进袋子，转动轮椅头也不回地离开。

骆福生呆呆地看着林晓娟离去的背影，面上的表情满是懊悔。

自从在超市遇到林晓娟后，骆福生一直寝食难安，他眼前总是浮现出林晓娟坐在轮椅上的身影。通过多方打听，骆福生得知林晓娟因为当年的车祸落下残疾,而且单身至今。在服刑的那几年,骆福生在管教干部的教育下,懂了些法律,认识到林晓娟当年判处骆建国死刑并没有错,是他自己恨错了林晓娟,一心把她作为报复的对象。在随后的岁月中,骆福生的良心受到了深深的谴责。当年的事情,有些内幕回头想来,疑窦丛生,他觉得自己是被人利用了,有些隐情他决定亲自告诉林晓娟,希望她能查清真相。

林晓娟晚上下班回来,刚到楼下就碰到了骆福生。

骆福生给林晓娟深深鞠了一躬,道:"林检察官,当年是我错了,我向你忏悔。"

林晓娟看了他半晌,慢慢闭上眼睛,脸上浮现出痛苦的神色。过了好一会儿,她剧烈起伏的胸膛才平复下来,长叹一口气。她转动轮椅绕开骆福生,向前"走"去。

骆福生扑通一声跪了下来,大声喊道:"我是个罪人,是我毁了你的一生,我给你磕头赔罪。"

林晓娟停了下来,她没有回头,只是语气疲惫地说:"都过去了,你走吧,以后别再来了。我受了你的头,腿也长不回来,你坐了牢,受到了应有的惩罚,也够了。"

骆福生爬了起来,他快步追上林晓娟,急切地说道:"林检察官,我今天来除了赔罪,还要告诉你一个当年的秘密,我知道自己的错太大,对你造成的伤害太大,我本就没脸再来见你,乞求原谅。"

骆福生抹了把脸,接着道:"当年庭审之后,我就担心儿子难逃一死。当天晚上,我在门边发现一封信,信上说,因为我儿子的认罪态度不好得罪了你,所以你把我儿子的罪定得特别重。后来我儿子被判了死刑,我又收到一封信,说是你向法院的人强烈要求判我儿子死刑的。所以,我当时恨你入骨,就连续几天守在你单位门口,可是一直没有找到下手的机会。终于有一天,我在你单位门口听到你男朋友在传达室打电话约你,通过他和你的对话得知你那天下午要去提审。我到看守所给我儿子送过衣物,知道路,所以我骗同事说我要去拖货,提前开车到必经之路上守着,果然看到你和另外一个检察官骑着自行车经过。

然后……然后我就一时上头，犯下了大错。"

说到这里，骆福生用颤抖的手将几封发黄的信交到林晓娟手中。

林晓娟下意识地用手接住骆福生递过来的东西，薄薄的信封，放在手上却似有千斤重。

"作案后我回家收拾东西，正挣扎着是去自首还是一走了之。可是又有人把一封信塞到我住处的门缝里，我拉开门追出去看，却只看到个人影，没追上人。对方以我家人为威胁，不让我对外说信的事儿，还把我的家庭情况都写在上面。我当时很害怕，不仅仅因为对方对我的一切都了如指掌，还因为当时我刚刚撞了人他就知道，好像我的一举一动都在他的掌握之中。他在暗我在明，我连他是谁都不知道，至于他到底想干什么，我更是一无所知。为了不连累家人，我选择了逃跑，也是为了家人，我把这个秘密一直隐瞒到今天。"

林晓娟问道："那你今天为什么要告诉我，你不怕他报复你家人了？"

"我老伴前年去世了，我在这世上孤家寡人一个了，没了牵挂。这些信我这么多年一直都藏着没扔，我今天交给你，希望能帮你找回当年躲在背后害你的那个人。我觉得，有人利用我来报复你，借刀杀人。我有罪，他也有罪！"

骆福生走后，林晓娟呆坐在原地，一动不动。她对骆福生道出的真相感到震惊，究竟是谁对自己当年的行踪如此了解，又这么处心积虑地想害自己？

林晓娟用钥匙打开门的时候，天已擦黑。她没有马上开灯，而是将那沓可能记录着可怕真相的信纸扔在茶几上，然后远远地躲开，静静地蜷缩在客厅的一角，带着惊惧的眼神死死盯着它们，仿佛有什么食人的怪兽要从里面随时冲出来一样。屋子里格外安静，只听到座钟的指针嘀嗒嘀嗒响着。

林磊牺牲后，何春芝含辛茹苦将一双儿女拉扯大，大儿子林骁勇子承父业，女儿林晓娟司法学校毕业后分配到了陇江区检察院第二科室工作，从事公诉工作。24 岁那年，林晓娟认识了在文物研究所工作的赵睿,赵睿比林晓娟大一岁,相貌非常俊美,待人处事彬彬有礼,性格温和。他家在上海,父母都是当地有身份有地位的人,他又是名校毕业的研究生,刚分配到研究所上班,颇受重用。即便林晓娟是自己亲生的女儿,何春芝私下里也常感叹,这个赵睿哪方面都比自家闺女强,自己闺女能处上这么好一个对象,定是自己老伴在天之灵的保佑。对于这对恋人,外人有羡慕的,也有眼热酸上两句的,说不知道这赵睿究竟看上了林晓娟什么。

旁人的嫉妒也好,祝福也好,终究是闲话罢了,只要当事人不往心里去,又有什么关系?林晓娟和赵睿一个为人潇洒开阔,一个待人斯文有礼,虽然不像其他情侣一样终日里蜜里调油,一年多处下来,倒也情感日笃。

1994 年,春节刚过,涵江市气候渐渐转暖,春光明媚。林晓娟和她的搭档蒋建辉骑着自行车去看守所提审。虽然踩了好半天的上坡路,两个人都气喘吁吁的,制服的后背也湿透了,可是一路上说说笑笑的,倒不觉得很累。

迎面起了风,尘土扬了起来,蒋建辉接连打了两个喷嚏。林晓娟开起了玩笑:"蒋科长,我听别人说,打喷嚏说明是有人在想您呢。您昨天刚出差回来,今天忙了大半天,也没见您给嫂子打电话,嫂子开始想您了吧?"

蒋建辉嘴皮子上的事儿哪里服过输,反过来打趣林晓娟道:"娟子啊,这打喷嚏的讲究深着呢。打一个喷嚏是有人想,打两个是有人骂。今天中午你家的赵帅哥打电话约你晚上去看电影,你说要陪我来提审赶不回去,我这会儿打喷嚏,该不会是你家赵帅哥在背后骂我吧?"

林晓娟被他说得脸都红了,忙辩解道:"怎么就成我家的了?再说了,人家赵老师不是那种人,他可是文化人,特别通情达理。"

蒋建辉一听更来劲儿了:"哎哟,还说不是你家的,都这么护着了。行行行,你家赵老师浑身上下没缺点,完人,行了吧。"刚说完,又打了一个喷嚏。

林晓娟脸更红了,赶忙转移话题:"蒋科长,打三个喷嚏是个啥说法?"

蒋建辉故作惊讶地瞅了林晓娟一眼,大惊小怪道:"这你都不知道?"

林晓娟一愣道:"真不知道。"

蒋建辉用夸张的语气说道:"你这个傻丫头,打三个喷嚏就是感冒了啊,得吃药。"说完,哈哈大笑起来。

林晓娟也撑不住了,笑得气都喘不过来,自行车在路上歪歪扭扭,划出蜿蜒的弧线。

天有不测风云,刚刚还是艳阳高照,眼看着一大片乌云就黑压压地沉了下来。两人担心淋湿包里面的材料,赶紧加快速度踩了起来,准备到附近的废弃岗亭里面躲雨,等这趟雨过去了再继续赶路。

倒霉的是,林晓娟的自行车突然踩不动了,她低头一看,车胎不知怎么的瘪了。蒋建辉下车帮忙捣鼓这辆罢工的自行车,想法子让它恢复启动,可检查了一阵儿,发现是车胎压到了路边的一块碎玻璃,尖锐的一头深深扎进了轮胎。蒋建辉拍了拍手上的土,站了起来。

"这下没辙了,车胎被扎破了,我手头上没有工具,现在只剩下一辆自行车了,带车就带不了你,带你就带不了车。这马上就要下雨了,要不,我先骑我的车到看守所,借一套工具过来,你把这车推到岗亭那边先去避雨。"

林晓娟正要答应,忽然看见不远处有一辆货车朝这边开过来。

林晓娟眼前一亮,指着车对蒋建辉说:"蒋科长,那边有辆车,要不我问问司机能不能帮忙捎咱们一程?反正也就几百米的事儿。"

蒋建辉点了点头说:"也好。"说完就去准备拦车。

林晓娟忙说:"我去吧,女同志说几句好话,容易商量。"

蒋建辉觉得林晓娟言之有理,就回头去扶倒在地上的车,林晓娟则朝着那辆货车走了过去。林晓娟朝驾驶室的方向摇了摇手,货车放慢了速度,她觉得有戏,脸上露出了笑容,快步迎了过去。走近后,她突然发现这车上的人很眼熟,正在回想,这辆货车却突然加速,疯了一样冲过来。林晓娟来不及避让,只觉得身体被一个巨物猛烈撞击了一下,五脏六腑好似碎了一般,下肢也传来一阵剧痛。林晓娟的身体高高飞起,接下来又像一个破败的风筝一样坠落到路边,整个人失去了知觉。

蒋建辉眼睁睁目睹了这一切,整个人都惊呆了。

肇事司机一点停车的意思都没有,轰了一脚油门,飞速地逃走了。蒋建辉反应过来,飞奔过去的时候,货车已经在他的嘶吼声中越逃越远。蒋建辉眼看追不上这肇事的货车,忙转头去查看林晓娟的伤情。他看到血从林晓娟腿部的伤口里汩汩流出,瞬间染红了林晓娟的裤子和袜子,她额头上的血也沿着头发淌了下来,伤情看起来严重极了。

林晓娟在蒋建辉的呼喊声中慢慢睁开了眼,她强撑着说出了"骆福生"三个字后,就彻底晕死了过去,双眼紧闭,一动不动。

刚才还在说说笑笑的姑娘,现在浑身是血地躺在地上,了无生气,蒋建辉又是担心又是难过,一颗心都提到了嗓子眼。此时,黄豆大的雨点砸了下来,蒋建辉急了,他怕雨水淋到伤口引起感染,赶紧抱起已经成了血人的林晓娟朝着不远处的废弃岗亭跑去。等到跑近了,才看到岗亭上了锁,他猛地踹开岗亭的门,扯下制服铺在地上,把林晓娟扶着平躺在上面。他快速起身,只穿着个背心就冲到了雨里,一口气跑到自行车旁边,踩着车拼命地朝看守所赶去。

当林骁勇陪着寡母何春芝赶到医院的时候,尹秀萍在接孩子的路上也听到信儿,来不及送林岚回家,拉着她一块儿赶到了医院。

蒋建辉坐在手术室外的长椅上,旁边围着检察院的一群领导和同事。蒋建辉一脸的狼狈,白色的背心上全是雨水、血水和泥点子,制服裤子也被擦破了。他疯踩了一路,赶到看守所借了一辆车,让司机把人送到了医院。

何春芝看见蒋建辉一身的血,知道情况凶险,双腿顿时软了。林骁勇和尹秀萍赶紧扶着何春芝坐下,何春芝无力地靠在林骁勇身上,眼泪无声地流了下来。十几年前,她送走了丈夫,好不容易把孩子们拉扯大,现在小女儿也即将有了好归宿,心头的创口慢慢地结了痂。可是,这从天而降的祸事,顿时把她心头的疤再次撕扯开来,新伤旧创血肉模糊,一起往外汩汩冒着血液。老天爷何其残忍,将痛失至亲的恐惧一再加之于她的身上。

手术室外的时间每一分钟都是煎熬,大家都盯着手术灯,心中暗暗为林晓娟祈祷着。这么好的女孩子,工作上积极主动,生活中热心开朗,怎么就摊上这么倒霉的事儿呢?

5个多小时的手术后,林晓娟的性命虽然抢救回来了,可是双腿粉碎性骨折,后半生只能坐轮椅。这结果对一个正值妙龄的女孩儿而言,简直比死还难受。

蒋建辉听到这个噩耗后心里如同油煎一样,不久前和他一起外出去提审的时候还活蹦乱跳的林晓娟,现在却半死不活地躺在手术台上,下半生还要被困在轮椅上。内疚、后悔折磨着他。早知道就自己去拦车了,他宁愿此时躺在里面的是自己。

林晓娟在剧痛中缓缓醒来。她无法接受自己突然失去双腿的事实,开始绝食。她本来就失血过多,又动了一场极大的手术,身体格外虚弱,医生怕她撑不下去,只得给她打营养针,她却强行拔去了针头。最后没有办法,医生给她打了镇静剂,这才沉沉睡去。她蒙蒙眬眬醒过来的时候,听到哥哥林骁勇和母亲何春芝在旁边说话。

"妈,您回去吧,您再这样熬着,身体迟早要拖垮的。"

"你妹妹这个样子,你让我怎么放心回去?我一个人躺在家里净做噩梦,我还梦见你爸怪我,怎么没把闺女照顾好,让她遭了这么大的罪。"说完,她抽泣起来。

"妈,梦里的事儿怎么做得准呢?咱爸不可能怨您,您别胡思乱想了,快回去歇一会儿,有我在这儿呢。"

"我不回去,还是你回去吧,我知道前段时间你辖区里面发生了命案,你这几天熬夜抓人,眼窝子都凹下去了。你赶紧回去补个觉,我在这儿守着娟子,这孩子打小就没了爹,现在又碰上这么个事儿,我恨不得替她才好。"

林晓娟的泪水涌了出来,她懊恼着,事情发生到现在,她只顾着自己难受,自己发泄后心里是觉得畅快些了,可是却忘记了最痛的人是亲娘,受累的是家人。自己这么歇斯底里、要死要活的,让妈妈怎么经受得住,家里人怎么省得了心?

她含泪喊了一声妈,何春芝和林骁勇都是一惊,赶紧围了过来。何春芝握着林晓娟的手,看见女儿泪流满面,顿时急了。

"怎么了,娟子,你是哪儿疼吗? 哪儿疼你跟妈说啊。"

林骁勇也慌了神,赶忙张罗着叫医生护士。

林晓娟忙喊住林骁勇:"哥,你别叫,我不是疼,只是心里难过。"她看着何春芝憔悴的面容,还有这几天鬓边添的几根白发,心底涌起了心疼和愧疚。

"妈,是我不好,我不懂事,这几天让您担心了。"

何春芝心疼得如同刀绞一般,她一把抱住林晓娟,母女俩哭作一团。林骁勇站在一旁,眼眶也红了。

林晓娟在医院住了一段时间后,心情渐渐平静了下来。一天早上,她被玻璃窗外透过来的光亮照醒了。窗外有棵梧桐树,茂盛的枝叶替她挡去了不少阳光,鸟儿叽叽喳喳地跳跃在窗边的枝条间,啄食着小虫。

林晓娟呆呆地看了好久,摸了摸自己的腿,心想:"那些自由自在,想去哪儿抬腿就走的时光可是一去不复返了。"

正想着,忽见那鸟儿捉了虫儿,并未立刻便吃,而是飞走了,林晓娟猜想着它是回去喂自己的小宝宝。林晓娟想到自己的母亲,她那样操劳辛苦了十几年,在爸爸去世后坚强地撑起整个家,抚养着自己和哥哥,怎好再让她痛苦流泪?

命运有时候就是一只残忍的无形之手,它蹂躏着不幸者的命运,看他们在自己的指缝里苦苦挣扎,你若屈服了,它就把你拂到尘土里,任凭你悲哀地死去。

就在这个阳光明媚的早晨,林晓娟做出了决定,她不想被命运轻易地摆弄,她决定往后的日子无论多难,都要尽力过好,不再让自己的母亲那样伤心,也不允许自己在绝望中沉沦。

福无双至,祸不单行,还有一件不幸的事情即将发生在这不幸的姑娘身上。

刚住院的那几天，林晓娟就隐隐感觉到了不对。虽然哥哥和妈妈都说她的男朋友赵睿不巧出差了，所以这几天没有到医院看望林晓娟，可是林晓娟心里清楚，这么大的事儿，别说出差了，就是出国了，只要不是一个人的心意生了变化，刻意回避，作为正牌的男友，怎么可能照面都不打一个？

春节发生的入户抢劫案，板材巷"春江鱼庄"的老板金大钟一家惨遭灭门，涵江市公安系统的民警们都忙得脚不沾地。外面人心惶惶，全区的警力都集中起来去破案。林骁勇实在抽不出时间，只能拜托尹秀萍到医院照顾林晓娟。

林晓娟这天精神好些，尹秀萍帮林晓娟垫了两个枕头，让她斜靠着，然后就开始削苹果。尹秀萍心里很是佩服自己这个小姑子，出了偌大的事儿，那个赵睿以出差为由，一次都没来过，自己这个旁人想着都觉得寒心，可她这小姑子硬是一声也没问。既然林晓娟不提，虽然大家心里气愤，可是谁也不敢提。

"娟子，你哥让我跟你说，他这段时间忙，实在不得空儿，不能来陪你，你有什么需要就跟我说，有什么话也跟我说，别闷在心里。"

"嫂子，我现在好多了，你让我哥别担心。还有，他那个案子现在进展得怎么样了？"

"唉，别提了，过了年上班第一天就发生那么大的事儿。公安局上上下下全都加班，元宵节的晚上都没有放回来过节，全都分派在加强巡逻和破案上了。我问他，他什么也不说，只说是凶手没有落网，得保密。"

"嫂子，你也要嘱咐我哥注意身体啊，别累出病来，他本来胃就不好。"

"唉，他那个人啊，你还不知道，忙起来就啥也不顾了。不过最近啊，还真是不太平。那个邹勇你还记得吧？他媳妇儿马春丽前两天从乡下过来找你大哥，说是邹勇出去揽活儿，到现在一点消息也没有。你哥让她在当地派出所报了失踪案，现在正托人四处打听。"

林晓娟有些惊讶,忙问:"就是我爸当年帮忙作证的那个邹勇？他失踪了？那我哥打听出来什么消息没有？"

尹秀萍摇了摇头,说:"听调查这事儿的人说,邹勇失踪那天,一起做搬运的同伴曾看到他和一个面生的女人谈了几句话,回来就说要出去接个活儿,捞点外快。可打那以后,他就如同凭空消失了一般,一点线索都查不到。马春丽在城里等了一个礼拜,因为担心家里的老小,就拜托你哥继续打听,自己先回乡下了。"

两个人你一句我一句地聊着天,时间很快就过去了。林晓娟有些犯困,尹秀萍把床摇下去,扶着林晓娟躺平,又帮她掖了掖被子,一直守到她睡着了才离开。

林晓娟的猜测并非空穴来风,情侣之间相处极其微妙,其中的冷暖浓淡,彼此皆有感觉。如今一方突逢大难,一方袖手旁观,这样的感情哪里还谈得上天长地久。

赵睿周末中午过来的时候,林晓娟正在吃午饭。

林骁勇正好今天有点空,他把何春芝炖好的骨头汤放在保温瓶里面带过来了,一勺一勺地喂着林晓娟。赵睿礼貌地敲了敲门,林骁勇回头一看是赵睿,脸色顿时要多难看就有多难看。

赵睿打了招呼后,拎着一袋水果杵在那里,也不说话。

林晓娟心里隐隐有些预感,她轻声对林骁勇说道:"哥,我吃饱了,我想让赵老师推我到花园里面转转。"

林骁勇瓮声瓮气地应了一声,拿起保温瓶到开水房去冲洗了。

赵睿看到病床边的轮椅时,神情有些不自然。林晓娟让他把轮椅推到床边,扶自己上去。赵睿看到林晓娟双腿无力地耷拉着,眼神十分复杂。林晓娟看到后觉得心里一刺,轻轻说了句:"推我到下面的喷泉边晒晒太阳吧。"

两个人一路无语,到了喷泉旁边,赵睿把轮椅推到喷泉的长椅旁,保持一段距离,在林晓娟旁边坐了下来。他从包里拿出一张纸,递给了林晓娟。林晓娟低头一看,原来是出国深造的一份审批文件,上面写着赵睿的名字。林晓娟看完后什么也没说,就把文件还给了他。

林晓娟如此冷静，显然超出了赵睿的预料，他的表情有些意外。林晓娟始终不开口，赵睿在一旁有些尴尬，只得说道："这种外派出国深造的机会很难得，我们研究所今年也只有一个名额。我想争取一下，没想到批下来了。"

说到这里，赵睿看了看林晓娟的脸色，发现她连眼皮都没有抬一下，就好像他是个无关的人，在说一件和她完全无关的事情。他不自在地干咳了一声，继续说道："我本来是想和你商量来着，可你出了这档子事儿，我也不好开口了。可眼看着出国的时间就要到了，我想着，就算时机再不合适也得和你说一声，要不然走了招呼都不打，就更不合适了。"

林晓娟终于开口了，她看都不看赵睿一眼，盯着对面的喷泉，说道："你也不用铺垫什么了，还有什么话，就这次一起说了吧，我也累得很，说完了，我还要休息一会儿。"

赵睿解释道："我知道我的决定有些不太妥当，毕竟，你现在是正需要人照顾的时候。可是，这个机会太难得了，我真的不想错过，所以我想征求一下你的意见，同意我去美国深造。"

林晓娟深深吸了一口气，按下内心的翻滚，波澜不惊地看着赵睿，冷冷地道："这么明媚的阳光，这么美丽的喷泉池，你连说一句真话的勇气都没有吗？"

迎着林晓娟坦然的目光，没有预料中的哭闹和狼狈，赵睿觉得自己就像个小丑一般，准备用来分手的那些理由和说辞，在林晓娟的直白和坦诚面前，显得那么蹩脚，竟不好意思说出口。

他霍地站了起来，烦躁地来回踱了两步，恨恨地说："不错，我就是想提出分手，你骂我薄情也好，虚伪也罢，我都不在乎。我追求我的事业和理想，又有什么错？"

林晓娟嗤笑了一声，面上的神色有些鄙夷。

"我何曾说过你错了，你现在这样激动，不过是心虚罢了。其实，你有什么好羞恼的？咱们的交往也不算很久，也没有正式谈婚论嫁，我出事以后，从未有过要赖着你一生的念头。虽然你此时就提，显得是心急了些,但那又如何?"

林晓娟虽然没有半句重话,却直接揭开了赵睿的那层虚伪面皮,他白皙的脸庞此时通红,憋了半天,才接着说道:"我们毕竟相交了一年多,你眼下遭了难,我临走之前有什么可以帮你做的,只要你说,我一定尽力为你办到。"

林晓娟头也不抬,独自将轮椅转向喷泉另一侧,背对着赵睿。她出神地看着阳光照射着的喷泉,此时有一道弯弯的彩虹笼罩在上面。

"多美的彩虹啊。"林晓娟喃喃低语着。

赵睿摸不着头脑,他不明白林晓娟此时怎么还有心情欣赏风景,她从容地坐在那里,整个人无比地放松,哪里像是刚被抛弃的女人。过了好久,林晓娟扭过头来,朝赵睿微微一笑,脸上洒满阳光。

"我想了想,你还真能帮我一个忙。"

赵睿上前两步,将手搭在轮椅的扶手处,居高临下地问:"你说吧,只要是我力所能及的,一定不推脱。"

林晓娟语调轻柔地说:"多美的春光啊,拜托你赶快离开这里,越快越好。因为,你这张虚伪的面孔,让我觉得恶心。"

赵睿面皮发红,他扭过身子,愤然离去。

没多久,林骁勇找了过来,他正要发问,林晓娟把食指放在嘴唇上,做了个嘘声的手势,他只得将满肚子的疑问压下。林晓娟道:"哥,你看看,春天多美啊,你先走吧,我想一个人坐坐。"

整整一个下午,林晓娟一动不动地看着前方,太阳慢慢沉下去了,夕阳将她在地上的影子拉得长长的。她孤独地坐在轮椅上,两行眼泪挂在苍白的面庞上。

一个月后,一架前往美国的飞机起飞了,赵睿坐在客舱里,踌躇满志地俯瞰着涵江市,越来越小的涵江市,终于消失在他的视野中。

此时的林晓娟,正在医院里满头大汗地进行康复锻炼。她一次次摔倒,又一次次倔强地爬起来。她希望奇迹能够出现,能够重新回到她热爱的公诉岗位。可惜,现实往往是残酷的,奇迹并不会因为你是善良的人,就一定会降临在你的身上。最终,她还是无法恢复行走,领导考虑到她的身体情况,为了照顾她,将她调到了档案室工作。她想要成为一名优秀公诉人的梦想,因为这场意外而止步。

骆福生潜逃了 3 年,终于落网。

遭遇车祸之前,林晓娟起诉了一起抢劫案。涉案的犯罪团伙在各省流窜作案,手段十分残忍。

他们结伙在人烟稀少的僻巷,看见有孤身行走的路人就从后面偷袭,两人负责捂嘴抬肩,两人负责抬脚。待人悬空后,抬肩的那头放手,被劫持的人就后脑勺落地,人事不知,打劫者再去洗劫被害人随身携带的财物。后脑是人体格外脆弱的一个部位,这么一摔可不是闹着玩的,那些不幸被袭击的被害人有的昏迷不醒,最后变成了傻子,还有的因为颅脑严重损伤而死亡。

林晓娟和她的检察官向处里面汇报后,经过讨论,大家一致认为这帮人应该严惩,尤其是主犯骆建国。

由于这起案件在社会上的影响极其恶劣,为了震慑罪犯,杜绝效仿,最后法院决定对这个犯罪团伙进行公审公判。开庭那天,旁听的群众听了这群人的罪行,无不义愤填膺。林晓娟在法庭上对骆建国及其团伙进行了指控。最后,法院判处了首要分子骆建国死刑立即执行。

据骆福生交代,骆建国是其独子,那天听完庭,他听到有人议论,说公诉人指控有力,所以这批人必将受到严惩,这个主犯必死无疑。法院公开宣判那天,当法官宣布判处骆建国死刑后,骆福生无法接受这个结果,产生了报复的念头。他好几次在检察院附近候着,可是一直没有找到下手的机会。

案发那天,骆福生无意中听到了林晓娟的男朋友赵睿在检察院附近打电话,偷听到林晓娟下午要去陇江区看守所提审,所以就开车去找。后来他在路上碰到了林晓娟,就萌生了开车撞人的想法。本来骆福生还有些犹豫,毕竟报复检察院的办案人员可不是闹着玩的,而且这林晓娟见过他,将来可是会指认自己的。可是他眼前浮起了林晓娟在法庭上指控他儿子骆建国的场景,又想到了审判长宣布判处骆建国死刑的那一刻,他脑袋一热,踩着油门转动方向盘冲向了林晓娟。

骆福生被判了刑,可是林晓娟始终弄不明白,她所接触过的骆福生并不是一个做事冲动的人,骆建国的罪有多重,他一开始就知道,他身上背负着几条人命,判死刑是必然的。如果他接受不了这个结果,之前来检察院找她的时候,就不会那么平静。他这强烈的恨意,怎么会憋到法院宣布死刑之后几个月才爆发?

可是人心隔肚皮,这世上最难揣测的就是人心,林晓娟虽然不解,却也没有答案。

林晓娟蜷缩在角落里,静静地回忆着不堪的往事,突然,她的手机响了起来,在这寂静的空间里显得特别刺耳,把林晓娟惊得浑身一震。

林骁勇的声音响了起来。

"晓娟,家里等着你的排骨呢,不会跑到养猪场去杀猪现取了吧?"接下来响起的是林骁勇和林岚的笑声。

此时听到哥哥的声音,委屈、悲愤等情绪一股脑儿地涌了上来,她感到全身脱力,声音颤抖、带着哭腔地喊了声:"哥。"

林骁勇觉得林晓娟的声音不对,忙关切地问:"怎么了?出什么事儿了?"

林晓娟说完事情的始末,林骁勇二话不说,抓起外套就往外冲。尹秀萍进来,看见他匆匆忙忙往外跑,忙叫住了他:"这刚回来,又要去哪儿?吃饭不在,妈待会儿又该不高兴了。"

林骁勇欲言又止,最后憋出一句:"晓娟那儿可能有事儿,你在妈面前给我们打个掩护。"然后顾不上身后一脸疑问的林岚和尹秀萍,开门离去。

林骁勇敲开门的时候,屋子里漆黑一片。他开了灯,看着自家妹子满脸的憔悴,一阵心疼。他安慰地拍了拍林晓娟的肩膀,问道:"信里写了些什么?"

林晓娟朝茶几的方向努了努嘴,有气无力地道:"放在那儿呢,我想等你来了再看。"

林骁勇不再言语,他走到茶几边,打开了台灯,然后拿起信件,轻轻递给了林晓娟。

林晓娟看着林骁勇充满鼓励的目光,慢慢接过信,她迎着灯光,打开这些信。突然,她神情大变,不可置信地将这些信拿近了些,细细端详,慢慢脸色变得煞白,拿着信纸的手剧烈地抖动了起来。

林骁勇觉得不对,想从她手中接过信,她却一把拨开自己伸过去的手,推着轮椅急急忙忙朝书房赶去,神色慌张,沿路碰倒了椅子和画架,却浑然未觉。

林晓娟将书房抽屉里的东西全倒在地上,也不管疼不疼,从轮椅上扑倒在地,埋头一顿翻找,面对一地的狼藉,她的神情变得有些懊恼。林骁勇抓住她的手问道:"晓娟,你怎么了? 你到底要找什么?"

"信,我找信!"

"信不是在你手上吗?"林骁勇被她张皇失措的神情给吓住了。

"不是这些信,是赵睿,赵睿当年写给我的信。"林晓娟面色潮红,眼睛里隐隐泛起了血丝。

"你找他的信干什么,你们不是早就……"说到这里,林骁勇惊觉了,他的声调也高了起来,"难道这信是他写的?!"

林晓娟先是点了点头,然后又摇了摇头。

林骁勇被她给弄糊涂了,焦急地问:"到底怎么回事?"

"这字太熟悉了,可是,我们分手后,我把他所有的书信都给烧了,现在连个比对的残存件都找不出来。"林晓娟的声音无比沮丧。

难道那个想要害自己的人竟是赵睿? 可是他的目的是什么呢? 难道当年那一段满目疮痍的感情不仅是结果不堪,目的和过程都充斥着阴谋的味道? 如果真的是他,那么处心积虑经营的阴谋究竟是为了什么? 林晓娟只觉得心惊肉跳,背后和手心冷汗津津。

这可怕的猜测究竟是真相,还是记忆偏差造成的一场虚惊?

林骁勇的心里波涛汹涌,多年从警的直觉告诉他,这事儿很有可能是真的。

"小娟,这事儿你先别对人说,免得打草惊蛇,我先去查。"

林晓娟一言不发,一片死寂。

林骁勇不放心，双手扶她坐回轮椅上，整了整她乱成一团的头发，又嘱咐道："你也别多想，先稳住，等我的信儿。"

　　林晓娟仰起头，定定地看着林骁勇，过了一会儿，才低声"嗯"了一声。

　　林骁勇见她答应了，这才放心。他这个妹妹的脾气他最清楚了，她只要这会儿答应等他的调查结果，就不会再钻牛角尖。他安顿林晓娟喝了杯牛奶睡下，这才离开。

　　在路上，林骁勇拼命回想当年林晓娟出事前后的情形。一向显得温文尔雅、体贴周到的赵睿，在得知小娟车祸后半点悲痛都没有表现出来，反而急急忙忙地提出分手，远走异国。因为这事儿太堵心，当年一家人在小娟出院后绝口不提此事，现在回想起来，的确处处透着诡异。林骁勇仔细回想着，当年审判骆福生时，公诉人在庭上宣读了不少证言，虽然内容记不清了，但在他的印象中隐约有赵睿的证言，主要是印证骆福生听到他在门口打电话的事实。既然当初警方给赵睿做了笔录，那么笔录上肯定会有赵睿的签字，把这个和骆福生提供的信件上的字迹一比对，不就水落石出了？

　　想到这里，林骁勇拨通了蒋建辉的电话："老蒋，我是林骁勇，我有急事儿找你，老地方见，我等你。"

　　蒋建辉赶到南城巷的大排档时，林骁勇已经点好了酒菜。

　　蒋建辉看着一桌的酒菜，不由得诧异起来，问道："怎么还点上酒了？我开着车呢。"

　　"陪我喝点儿，我也开了车，待会儿叫俩代驾。"

　　眼见林骁勇情绪不对，蒋建辉试探着问道："怎么了这是？是被上司训了还是被你老娘骂了？"

　　林骁勇没好气道："你就不能想我点儿好？"

　　蒋建辉坐下来，一边自己动手拆开一次性餐具，一边笑道："那你干吗耷拉着个脸拉我喝酒？"

　　"是小娟的事儿。"林骁勇闷声道。

　　蒋建辉闻言一愣。

这么多年了,当年林晓娟陪自己提审搭上了两条腿,这件事蒋建辉一直都放不下,他心里总觉得对不起林晓娟。此时他听到林晓娟有事儿,顿时紧张起来,问道:"小娟怎么了?"

"她当年车祸那事儿,可能没那么简单,也许另有内情。"

蒋建辉斟酒的手定在了半空中,愕然问道:"那凶手不都判刑了吗? 还有什么内情?"

林骁勇没有直接回答他的问题,而是问道:"你能不能帮我一个忙,问一下当年的公诉人,调取一下当年的内卷?"

蒋建辉警觉道:"要调内卷,难道你发现什么了?"

林骁勇点头道:"我当年旁听了庭审,我记得庭上宣读了赵睿的证言,不过有没有给他做笔录我不能确定。你能不能去档案室帮我核实一下,当年的证人名单里面到底有没有他?"

蒋建辉对林骁勇的要求有些意外,不解地问:"赵睿不就是小娟当年的男朋友吗? 怎么啦? 难道你怀疑他?! 不能吧,那小子当年做的事儿虽然挺不是东西的,可毕竟是个读书人,长得文文弱弱的……"他看到林骁勇神情悲愤,举起酒杯一饮而尽,将后面的话硬生生地给咽了回去,迟疑道:"还真是他?"

林骁勇把酒杯重重放到桌上,把手一挥,道:"你先别问,我以后再告诉你。"

蒋建辉不再追问,他拿起面前的酒杯,一饮而尽,豪迈道:"大勇,只要是小娟的事儿,你尽管开口,是我当年亏欠她。咱俩这么好,我一直把小娟当妹妹,可我没有保护好她,让她落下了一辈子的残疾。如果她的受伤另有隐情,那么帮她查清当年的真相,我责无旁贷。"

林骁勇拍了拍蒋建辉的肩膀道:"当年的事儿,我们一家人绝没有半分埋怨你的意思,小娟也常说你不应当背负这个心理包袱,你永远是我最好的哥们儿,小娟最好的战友。"

蒋建辉握住林骁勇放在自己肩上的手,用力地点了点头。

虽然真相对于已经造成的伤害于事无补,可至少能够给受害者一个交待。

当蒋建辉告诉林骁勇证人名单上有赵睿的名字时,林骁勇就决定调取赵睿当年的那份笔录,看看上面签字的笔迹是否与信封里的一致。他和林晓娟商量后,决定先到当地派出所报案,通过司法途径调取证据。

与此同时,林骁勇接到指示,尽快将李大峰一案移送到区检察院起诉。

林骁勇先从档案室调取了板材巷灭门案的案卷材料,又到物证室领取了当年的物证。陈旧的塑料袋里面装着一把带柄的尖刀,上面的血迹早已干涸,只剩下暗褐色的痕迹,不仔细看还以为是锈渍。

林骁勇还记得,他们当年在现场提取了尖刀后,将刀上和现场各处提取的血迹,送到技术队鉴定,血迹检测出金大钟父子是 AB 型,张丽霞是 B 型,现场和刀上提取的血痕也只发现了 AB 型和 B 型,提供不了有价值的线索。不过,好在从刀柄上提取到了指纹,在指纹库中通过比对,与有过几次盗窃前科的李大峰吻合上了。要不是这样,这个李大峰化名王大志潜逃这么多年,还真拿他没办法了。

林骁勇讯问了李大峰多次,可这个家伙狡猾得很,根本就不认账。局里面经过讨论,虽然对于李大峰在黔山市杀妻一案的证据现状在认识上有一定分歧,不过,大家都认为,当年的灭门案,李大峰既有作案动机,又有现场铁证,怎么也赖不掉。至于他在黔山市杀害他媳妇儿的事儿,即便他辩解人不是他杀的,可他的辩解并不合理,又有他碎尸的证据,两起案件一并认定,没有无罪风险,于是都同意移送区检起诉。区检收到案卷后,因为属于可能判处无期徒刑以上刑罚的案件,按照管辖规定,报送到了涵江市人民检察院审查起诉。

案子分到了林岚手上,她瞟了一眼卷宗,看见封面上移送单位是陇江区分局,立卷人居然是林骁勇,讶然道:"这是我爸承办的案子?"

路小艾闻言赶紧凑了过来。"哟,真的是诶。"

林岚翻了翻起诉意见书,上面写着:"犯罪嫌疑人李大峰,曾用名王大志,男,50 岁,汉族,涵江市人,户籍所在地涵江市陇江区古树村第三生产队,租住地黔山市,典当行经营业主,1994 年入室抢劫,杀害三人后潜逃,后被网上通缉。2017 年在黔山市因故意杀人被捕。"

"原来是这个案子啊,我之前听我爸提过一嘴,前段时间他出差就是把这个嫌疑人从异地转押回来。说这案子是上面点名要他办的。"

"点办的? 看来又是疑难杂症!"路小艾嘟起了小嘴。

"那也不光是这个原因。我听我爸说,这案子之所以交给他,是因为当年这起灭门案他参加过侦查。虽然当年参加的人不少,不过时间太长,那些人退休的退休,转岗的转岗,就我爸一直在刑侦口待着。"

林岚接着看了看案卷,突然疑惑道:"不对啊,这案子是 23 年前的,根据相关规定,岂不是已经过了 20 年的追诉时效了?"

路小艾一听过了追诉期,赶紧拿过诉讼文书一通翻找,当她看到 94 年的立案决定书后,不由得舒了一口气,道:"岚姐你看,这案子早就立案了。我就说嘛,灭门惨案,这在当年可是惊天大案,公安机关怎么可能不立案。根据我国《刑法》第八十八条的规定,'在检察院、公安机关、国家安全机关立案侦查或者在法院受理案件后,逃避侦查或者审判的,不受追诉期限的限制。'所以,这案子压根儿不存在什么追诉时效的问题。"

林岚却摇了摇头道:"小艾呀小艾,法条是背得挺溜的,不过还是不够熟悉。"

路小艾一脸的不服气,她翻出《中华人民共和国刑法》,指着八十八条道:"你看看,一字不差,这还叫不够熟悉?"

林岚指着起诉意见书上面的时间,道:"你看看这里是什么?"

"1994 年入室抢劫啊? 没毛病啊?"

林岚皱了皱眉道:"你品,你细细品。"

小艾也急了,争辩道:"岚姐,我刚刚不是说了吗? 不受时效限制。虽然 1994 年距今有 23 年,可不受限制就意味着可以大于 20 年,不过期!"

林岚无奈地摇了摇头,道:"你法条背得是没错,可你背的是 1997 年修订以后的《刑法》第八十八条,这是 1994 年的案件,当时的追诉时效遵循的是未修订以前的《刑法》，也就是 1979 年《刑法》第七十七条的规定，'在人民法院、人民检察院、公安机关采取强制措施以后，逃避侦查或者审判的，不受追诉期限的限制。'从规定上来看，对于无限期追诉的规定，过去的规定明显比 1997 年《刑法》要严格，根据从旧兼从轻的原则，显然要沿用之前的。"

路小艾吃了一惊，赶紧拿出手机百度了一下 1979 年《刑法》的第七十七条，果然如林岚所说，要求是"采取强制措施以后"，可是李大峰杀人后就跑了，当年没有被采取过什么强制措施。

路小艾有些焦灼起来。

"那怎么办？他杀了这么多人，难道把他放了不成？"

"那倒不至于，无论是 1979《刑法》还是 1997《刑法》，都规定了，'如果 20 年以后认为必须追诉的，须报请最高人民检察院核准。'所以，我们现在的当务之急，就是对是否必须追诉进行审查，符合条件就呈报最高检审查决定是否核准追诉。"

讨论完追诉期限的事情，林岚拿起卷宗继续审查。她看了看尸块的细节照片，对路小艾说道："小艾，你在审查报告中记录一下，现场尸块上的蛆虫，从放大后的照片来看，是急钩亚麻蝇的幼虫，从图片上的昆虫外形推测，属于 3 龄幼虫初期。"

路小艾飞快地敲击着键盘，将林岚所说的关键点在物证照片下面的证据分析部分进行了标注。

林岚又把报案的谢志俊和赵翔的笔录从头到尾细细看了一遍，又说道："小艾，你查一下黔山市 3 月 1 日至 10 日期间的天气状况。"

路小艾在手机上很快查到了。

"岚姐，这 10 天的平均温度是 24～32℃，6 天降雨，3 天阴天，1 天是晴天。"

林岚拿过路小艾手中的手机，按照气温的升降，用笔在白纸上画了一个曲线图。

"在这个温度下，急钩亚麻蝇的幼虫成长到 2 龄需要 2 天，成长到 3 龄需要 2～3 天，前蛹期大概需要 3 天，蛹期可以延长到 9 天至 10 天。

所以,我初步推测,死者的死亡时间大概在 10 天前。"

路小艾半信半疑地问:"凭这个虫子就能推测出死亡时间?靠不靠谱啊?"

林岚也斜着眼道:"什么叫作就凭虫子?这可是一门专业,叫作法医昆虫学,英文全称是 Forensic entomology,是应用昆虫及其他自然科学的理论与技术,研究并解决司法实践中有关昆虫问题的一门科学。"

"法医昆虫学,还有这个专业门类?真的假的?"

"当然是真的。根据昆虫学知识可以对尸体的死亡时间、死亡地点、死亡原因及其他事实真相进行分析判断,这可不是今天才有的事儿,古人都用过。你不是喜欢追剧吗?《大宋提刑官》里面不也有根据苍蝇断案的场景吗?说明昆虫学知识很早就在办案中发挥作用了。"

一提到电视剧,路小艾顿时来劲儿了。

"是啊是啊,你这么一提醒,我马上就想起来了,《大宋提刑官》里面的确有,不过我当时害怕,快进跳过去了,所以印象不深刻。"

林岚无奈地摇了摇头,接着道:"3 月份正好是黔山市的雨季,温度高,再加上空气和地面的湿度很高,所以尸块腐败程度也比一般环境下较高。如果不是这些幼虫作为判断辅助,还真不好推测出准确的死亡时间。"

林岚阅卷后开始口述证据的要点。

"根据证人的证言和此时化名王大志的李大峰的供述,被害人陈欣因为怀疑王大志有外遇,二人多次发生争执,出事前两天,两个人大吵了一架,王大志说这次吵完后估计陈欣想不开了,所以上吊自杀。王大志因为担心警方发现自己是吸毒者,陷入麻烦而碎尸,辩解理由明显不符合常理。根据抓获及破案经过记载,警方是通过失踪人口报案的筛查和调查走访,确定了死者的身份是典当行的老板娘陈欣,锁定了嫌疑人是她的丈夫王大志,也就是负案潜逃的李大峰。根据房东证言和保证金转款记录,李大峰搬家的时间就在尸体被发现的前 10 天,这和急钩亚麻蝇侧面证明的死亡时间高度吻合。警方在李大峰新的租住地将其抓获,从他房间里面搜查出了砍刀和钢锯。从刑事科学技术中心出具的物证鉴定报告来看,砍刀的刀刃豁口和钢锯的齿缝均检出了死者陈欣的 DNA,刀把的缝隙中查出了李大峰的 DNA 分型,李大峰的血型为 O 型,死者陈欣的血型为 A 型。从抓获时的照片上看,李大峰的右手虎口上有伤,这和他供述的、曾在碎尸的时候不小心伤到了手这一细节相吻合。"

林岚娓娓道来,路小艾记录得毫不费劲儿,两人配合默契。林岚从头到尾检查了一遍,修改和完善后,接着分析板材巷灭门案的证据。

"1994 年春节,李大峰因为在金大钟的饭馆里扒窃被殴打,因此怀恨在心。他得知金大钟家里有大量现金后,连夜潜入其家中,意欲行窃,被发现后杀人灭口。那时候 DNA 鉴定还不普遍,从物证鉴定报告来看,技术队只做了血型鉴定,金大钟父子是 AB 型血,张丽霞是 B 型血,现场滴落状血痕中也只检出了这两种血型。现场遗留的刀柄上提取到了李大峰的血指纹,指纹血迹是 B 型,刀刃上只提取到了血型为 AB 型的血痕。从尸检报告来看,三名死者的创口特征都显示作案的是同一把刀。"

路小艾不解地问:"岚姐,一把刀杀死三个人,为什么刀刃只检出了一种血型?金大钟和他儿子的血型虽然一致,可是和他老婆张丽霞的血型不一致啊,怎么着也得检出两种血型才对啊。"

林岚打了个响指赞道:"好问题,首先,创口特征一致并不意味着凶器一定就是同一把刀,也可以是两把甚至几把一模一样的刀。第二,即便凶器真的只是一把刀,那么,这把刀捅刺了三个人,最后留在刀上的血液如果量大,完全可以覆盖之前的血液的,以当时的鉴定条件,只鉴定出一种血型,并不奇怪。"

路小艾显然对第一个假设更感兴趣,迫不及待地问道:"不止一把刀?怎么会?他一个人杀人,带那么多刀干吗?再说了,谁没事杀人的中途还换刀啊?"

"如果现场不止一个人呢?"林岚抛出的假设一个比一个大胆。

"难道还有同伙?不可能啊,那李大峰从来没提过他有同伙。"

"他连自己到过现场都不承认,怎么还会提同伙的事儿?"

林岚一语道破天机,路小艾目瞪口呆。

23 年前的那一起灭门案,难道还有帮凶?那么这个帮凶是谁?现场为什么没有留下他的丝毫痕迹?

两人聊得正嗨,路小艾觉得口渴了,准备起身喝水,突然看到赵云蕾笑眯眯地站在门口。

"赵处,您什么时候来的?怎么也不进来?"

赵云蕾道:"我路过这儿,听你们聊得有趣,又不忍心打断你们,就想捡个耳朵呗。"

林岚笑着将赵云蕾让进房间,客客气气地请她坐下。

"别停啊,你们接着说,我正听得起劲儿呢。你们这种边探讨边记录的工作方法很好,我也参加一个。"

"您这么说,那咱们就继续了啊。"

"继续,继续。"赵云蕾在椅子上调整了一个最舒服的坐姿,饶有兴趣地看着她们。

"2017 年的碎尸案,从现有证据来看,分尸工具是从嫌疑人新的租住地找到的,分尸工具上查到了死者和凶手的 DNA 混合分型,如果不是'一对一'的杀人案件,还真算得上证据确凿的铁案了。"

"那现在算什么?"小艾问。

林岚道:"现在证据虽然不少,却都只能证明李大峰碎尸,不能证明他杀人。"

路小艾撇了撇嘴道:"要是这样还不能起诉他杀害了陈欣,那这案子办得可真够糟心的!"

"李大峰这着棋走得相当狡猾,他如果辩解自己和碎尸案毫不相干,反倒好办了,分尸工具上的组织碎屑就足以戳穿他的谎言。可他的高明之处就在于巧妙地运用了避重就轻的辩术,先承认有碎尸行为,再把陈欣的死因辩解为自杀,不但给法医出了个难题,也给我们出了个难题。"

"妻子和自己吵架自杀了,丈夫的正常反应是悲痛,如果说因为害怕被送去强制戒毒而去肢解自己妻子的尸体、抛尸,我觉得这个理由没人会相信吧?"

林岚俏皮地打了一个响指,道:"不错,这个理由本来又牵强又蹩脚,可眼下有个现成的理由,估计很多人会相信。"

"什么理由?"路小艾忍不住问道。

"李大峰是被通缉的杀人犯啊! 为了避免以前的罪行暴露,害怕警察调查而极力掩盖妻子死亡的事实,是多么真实的碎尸抛尸理由!"

路小艾张口结舌,这理由的确难以驳斥,她不甘心地问:"岚姐,难道你真的认为陈欣不是李大峰杀的? 你相信李大峰关于陈欣自杀的辩解?"

林岚道:"我只相信证据。尸检报告根据肺部组织出血点等特征判断出李欣系因机械性窒息而死亡。问题是造成机械性窒息的原因不仅是掐死、勒死,还包括李大峰所说的这种自缢身亡。"

"岚姐,你以前不是说过,还可以根据颈部勒痕来判断自杀与他杀吗?"

林岚双眼微眯:"可问题就在于,尸块中压根儿就没有发现颈部。"

路小艾倒抽一口凉气,双目圆睁道:"没有颈部?!"

林岚指着尸检报告道:"收集到的尸块组织不全,下落不明的部分就包括头部和颈部,没有这些,根本确定不了导致陈欣窒息的真正原因。"

路小艾像泄了气的皮球,表情恹恹的。过了一会儿,她又想起了什么,整个人弹坐起来,道:"工具是肢解尸体用的,这只不过是李大峰的一面之词,说不定,说不定他是用刀或者锯子弄伤过李欣呢? 这样至少有个伤害罪吧!"

林岚用指尖点了点卷宗中的物证照片和鉴定。

"从刀凹陷处的放大图片来看,缺口凹陷处有组织碎屑,通过鉴定,这些组织碎屑的 DNA 分型与死者陈欣的 DNA 分型一致。根据我的观察,这些碎屑中还夹杂着一些微小的骨屑,从尸检照片来看,尸块表面光滑完整,并没有呈现出生活反应的伤口,说明没有发现生前伤。即便尸体组织目前部分残缺,但我们基本可以判断这把刀不是用于伤人的,而是用来碎尸的。"

"为什么不可能是凶手持刀砍伤死者的头部和颈部呢?毕竟这一部分的尸体组织至今没有找到,不能绝对排除啊。"路小艾继续提问。

"如果是头部、颈部遭受砍击,头骨较软,不太可能在刀上形成豁口,颈部就更不用说了。而且,如果砍击头部,刀上通常会留下毛发或者毛囊组织。如果是颈部,伤害手段要么是砍击,要么是割喉。砍击的话,颈部的组织特征容易区分,我就不展开说了;至于割喉,颈部血管多,出血量大,胸、肺部会有积血或凝血块,尸表和内脏会呈现明显的贫血貌。图片中的肺组织和内脏部分的尸块并没有这些迹象,所以割喉也可以排除。再说了,真要是砍了,直接砍死好了,何必再去勒死或者捂死被害人,岂不是多此一举?"

这下连赵云蕾都听得入神了。

林岚拿起卷宗继续说道,"从卷宗里的材料来看,李大峰在第一次笔录中并未提起陈欣自杀的事儿,可就在被告知鉴定结论的第二天,他就通过看守所的管教干部向检察机关提出辩解,说陈欣是上吊自杀的。"

赵云蕾顿时生出了警觉。

"你的意思是李大峰的翻供和他知道了鉴定的内容有关系?"

林岚露出肯定的神情。

"时间上的巧合并非毫无缘由。要么就是李大峰本人对法医学有一定的了解,要么就是他的背后有高人在指点他。否则,一般人不可能提出这么专业的辩解。"林岚翻到卷宗的供述部分,接着说道,"根据李大峰后来的辩解,发现陈欣的时候,她已经在二楼的阳光房上吊自杀了。那里原来挂了个吊环,后来没有用了,陈欣就在那个废弃的吊环那里穿了根绳索上吊了。"

赵云蕾道:"他对陈欣自杀的描述倒是挺详细啊。"

林岚道:"通常而言,如果是谎言,犯罪嫌疑人说得越多,描述得越详细,和现场客观证据之间的矛盾之处就会越多。所以,我想去现场一趟,看看能不能找到更多的矛盾点。"

"你是想用现场勘查的细节与李大峰辩解之间的矛盾来揭穿他?"

林岚调皮地笑道:"正有此意。"

赵云蕾最喜欢林岚的地方就是她不但技术知识丰富,实践运用还灵活不死板,既有很强的侦查意识,又有清晰的证据框架,所以在引导侦查的工作中总是能发挥作用。经过这几年的成长,林岚对于证据的通盘考虑越发周详。

赵云蕾问道:"看来你是早有打算了,说说看,接下来要做哪些具体的证据补强工作?"

林岚想了想,说:"我想先完成黔山市的那一笔补证工作。毕竟,现在距离案发时间还不算太久,补证空间更大。除了刚才说到的现场复勘,我还想做一些物证的补充鉴定,比如,针对李大峰的辩解,对吊环做一个灰尘减层鉴定。"

赵云蕾问:"灰尘减层? 就是你之前在乡村车祸案中用到的技术?"

林岚点了点头道:"那个吊环长期闲置,如果陈欣真的在那里上吊,那么吊环内圈朝上那一面的灰尘面将不再完整,会有减层的痕迹,否则,那上面的灰尘表面应该是完整的。"

路小艾问:"上次车祸案我听说岚姐还做了侦查实验,不知道这次有没有?"

林岚道:"我得测出这个吊环的承重能力,看它是否承担得起一个成人濒死前的挣扎。所以侦查实验必须得做。"

"要是承重能力足够呢?"路小艾问。

林岚道:"即便是承重能力够了,那么衔接吊环和房顶的螺丝接口,一定会有新鲜的磨损痕迹。"

赵云蕾和路小艾赞同地点了点头。

林岚指着物证照片中的一堆绳索道:"根据李大峰的交代,公安人员提取到了图中的绳索,绳索并未打结,李大峰的解释是,他取下绳索之后把结给解开了。如果陈欣果真用了这条绳子上吊,绳索和吊环连接的地方势必会有磨损的痕迹,绳索和陈欣脖子接触的地方也会留下表皮组织。通过检测绳索表面的纤维结构是否平整,有没有出现多处缺损,绳索上是否能提取到死者的生物样本,可以进一步证明李大峰究竟有没有撒谎。"

就在赵云蕾和路小艾听得津津有味的时候,林岚提出了一个新的想法。

"我还想尝试一次讯勘同步。"

"讯勘同步?"两个人同时问道,都是一脸的不解。

"就是现场勘查和讯问工作同步进行。这个李大峰太狡猾,每次找到新的证据,他就会冒出新的辩解。异地勘查费时费力,我觉得与其被他牵着鼻子走,倒不如就耗上半天在现场待着,他辩解什么,我们就核实什么,一一记录下来,将他的辩解和现场细节之间的矛盾充分揭示出来。"

"你的鬼点子总是层出不穷,不过我喜欢。就这么说定了,讯问的工作我来,咱们尝试一把讯勘同步。"

林岚和林骁勇商量后,决定由警方派出一名技术人员一同前往黔山市复勘现场。市局非常重视这起案件,增派杨波作为技术支援,和分局、检察院的同志同往。黔山市警方也派原来参与该案初期侦查的警员季翔进行协助。

林骁勇一行到达现场后,季翔早就等在楼下,他热情地和林骁勇等人打过招呼,就带着他们上楼去看案发现场。

林岚拨通赵云蕾的电话后说道:"赵处,我们到了。"

赵云蕾坐在李大峰的对面,戴着蓝牙耳机,轻轻"嗯"了一声。

房间上贴着封条,季翔撕开封条,用钥匙打开房门,现场依然保持着勘查照片中的原貌。由于房间长时间封闭着,里面弥漫着一股奇怪的味道。林岚细细分辨这杂糅着各种气息的味道,然后,她按下了手机的扬声器,轻声与赵云蕾连线:"赵处,现场有醋酸、化学洗剂和血腥味儿。"

赵云蕾心领神会,问道:"李大峰,你回忆一下,你是在什么地方,怎么分解尸体的？尸块又是怎么处理的？"

这些问题李大峰已经被反复问过多次了，所以他此时神情有些麻木。

"我是在家里的厕所分尸的，冲了一些肉块到下水道里，可是一会儿就堵住了，我没办法，连夜把尸块装进黑色垃圾袋里面扔了。我车上驮着尸块，心里不踏实，没敢扔太远，又怕别人认出陈欣，就把锯下来的头拖到江边，绑着石头，抛到了江里面。"

"你在厕所里碎尸后，怎么处理的现场血迹，味道怎么盖住？"

"我用洁厕净清洗了整个洗手间，可是血腥味还是很大，我就买了几瓶醋，用浇花的喷壶装了，反复喷了几次，又用花洒冲洗了一遍，味道就不明显了。"

听到这里，林骁勇用手指着林岚，用口型说了句"狗鼻子。"

杨波没绷住，噗嗤一声笑了出来。

赵云蕾假意赞道："看来你还算是个老实人，讲的都是实话。"

李大峰的身体明显有些放松，可就在这时，赵云蕾突然目光炯炯，单刀直入地问道："你怎么杀的陈欣？"

李大峰一愣，眼神下意识地躲开了。

"不是我杀的，我说过好几次了，我发现我老婆的时候，她已经上吊自杀了，就在阳光房里面，赤着脚，人在半空吊着。"

"用什么上吊的？"

"吊环。"

"你确定？"

"我确定，那个吊环是房东以前给他孩子挂秋千的。我嫌碍事儿，把秋千拆了，吊环就留在上面了。"

"她为什么会赤着脚？"

李大峰迟疑了一下，"她在家一般都穿睡衣和拖鞋，可能上吊的时候鞋挣脱掉了。"

"哦？你当时看见鞋掉哪儿了？"赵云蕾没给他思考的时间，追问道。

"就在她脚边。"

就在他们激烈交锋的当口，林岚和杨波极有默契地去了阳光房，其他人紧随其后。杨波踩在工具梯上去看那吊环，发现内部灰尘完整，于是双手交叉，朝林岚比了个大大的叉，林岚当即会意。杨波掏出软尺测量，林岚就在下面一面帮他扯着软尺一面四顾观察。

吊环位于阳光房正中间，这里是二楼的内空最高处，软尺显示吊环距离地面 2m，吊环的直径 11cm。

林岚一边将现场照片和测量出来的数据发给赵云蕾，一边疑惑沉吟道："这个内空怎么这么矮？"

季翔刚要解释，林骁勇先说了："这你就不懂了吧？这种坡屋顶结构，2.1m 以下的面积都是送的，不计总价，租金也比同面积的房子便宜。"说到这里，他又提醒林岚，"你待会儿计算距离的时候可要记住，上吊光有吊环可不行，还得有个绳套，将来计算的时候得把绳套长度扣除掉。"

季翔一开始觉得复勘意义不大，可是不到一会儿的工夫，他就发现这几个人无论是办案经验，还是专业性都相当厉害，目光中多了几分敬佩。

杨波站在扶梯上朝林骁勇竖着大拇指说："林队，您想得可真周到，林岚这细致劲儿随您。"

林骁勇乐了，他在路上就看出这小伙子对他家闺女上心了，可惜自己家的宝贝疙瘩完全没进入状态。这小子倒机灵，走上亲友团路线了。

林岚根本没发现她老爸此时的八卦心思，她举起手够了够吊环，突然对着手机道："赵处，您问问他，陈欣这么矮，是怎么把绳子穿过吊环的。"

赵云蕾照问后，李大峰吃惊地看了赵云蕾一眼，明显有些慌张，过了一会儿才答道："我家阳光房里有个小矮凳，我发现我老婆尸体的时候，小矮凳倒在一边，她应该是踩着那个小矮凳去上吊的。"

"这个小矮凳现在在哪儿？"

"应该还在阳光房里面。"

林岚忙用目光四处寻找,果然在阳光房的角落里看到一把小矮凳,林岚走近一看,上面布满了灰尘,一看就是很久没有用过了。

林岚又对着手机道:"您问他,尸体的脚大概离地面多高?"

赵云蕾依言问了,李大峰一副努力回忆的样子,用手比画道:"大概这么高,嗯,40～50公分吧。"

林岚的唇边浮出一丝笑容。

杨波明白林岚的用意,笑着指了指她:"你耍诈。"

季翔好奇地问道:"怎么了?"

林岚道:"陈欣的身高是1.58米,虽然比我矮一点,可我既然能够轻松触碰到这个吊环,她顶多够一下也能把绳索穿过去。假话毕竟是假话,李大峰心里是虚的,却又自作聪明,一听赵处问他陈欣那么矮怎么够得着,就开始狡辩陈欣是踩着凳子上吊的,还信口胡诌,说发现尸体的时候,脚离开地面四五十公分。这下就更加破绽百出了。"

杨波用勘查灯一寸都不放过地照了一遍,凳子上灰尘面完整,也没有发现任何指纹和印记。他对小矮凳拍照固定后就开始测量,高度为33cm。

成年女性的头围在45～55cm,对应的头部最宽处的直径为14.3～17.5cm。所以绳索的直径不会小于这个数字。

林骁勇也在一帮补道:"我看过不少自缢现场,绳套的直径通常不小于20cm这个长度,人在自杀的时候,怎么可能把圈弄得刚刚一钻,紧紧巴巴的呢?肯定得稍微大一点。你们想想,谁临了还给自个儿找不痛快?折腾进出几遭,还不得放弃了。"

季翔此时也抬头看了看吊环,恍然大悟。

林岚走进卧房,看到床上放着一个拆开的网购快递包装盒,她拿起盒子看了看,里面有一张购物清单,写着女式大衣和半高靴,落款时间是案发前两天。

林骁勇过来看了看,不解道:"夏天买个什么大衣和靴子?"

林岚走到卧室的衣帽间,找到了一件和清单上同样品牌的崭新的大衣,商标已经剪掉了。她又去鞋柜里寻找,果然找到了一双新靴子,用戴着手套的手将靴子掂在手上反复看着。

林岚道："这个包裹也许能够帮我们证明陈欣不是自杀的。"

杨波好奇地问："包裹怎么证明？"

林岚道："这个清单显示的下单时间是案发前两天，你们想啊，一个女人和老公大吵一架，购物发泄一下是正常的，可如果吵到要寻死的地步了，再去下单买衣服、鞋子，可就有些说不过去了。就算她真有那个心情，也会买一身能让自己穿得漂漂亮亮去死的衣服。可是，她却在反季促销时买了一件大半年后才有机会穿的大衣和靴子。这说明这个女人不但不想死，而且，她想活着的心思不比我们之中任何一个人少半分！"

杨波道："如果下单之后因为种种原因心情恶化呢？"

林岚道："我看过陈欣的手机信息恢复记录，网购物流短信显示她收到包裹的时间就是案发当天。而且，刚才我特意看了她买的衣服和鞋子，衣服上的商标已经剪掉了，鞋子底部的标签也撕掉了，鞋子底部有一层灰，这说明她当天不仅收了包裹，还试穿了衣服和鞋子，非常满意，所以剪掉了商标，撕去了标签。一个女人试穿了衣服和鞋子，满意地收了货，心情会坏到哪儿去？"

林骁勇看着女儿有条不紊地分析案情，自豪感油然而生，赞道："林检察官的逻辑推理相当缜密嘛。"

林岚调皮地对林骁勇说："林大队长，我代表检察机关，感谢您及时调取了死者陈欣的购物记录和网银流水，为我们准确判断提供了铁证。"

林骁勇刮了一下林岚的鼻子，道："林大检察官亲自下达的补证任务，我当然要完成啰。"

杨波和季翔看着父女俩有趣的样子，笑了起来。

虽然林岚隐隐觉得1994年发生的灭门案没表面上那么简单，可是现有证据一致指向李大峰。检察官联席会议讨论之后，多数检察官认为，李大峰和金大钟案发前发生冲突，现场凶器上留有李大峰的指纹，案发后李大峰改名换姓长期潜逃,即便没有口供,现有证据也能形成证据链。更何况,李大峰在 2017 年又行凶杀人,虽然也进行了辩解,可是漏洞百出,不足以采信。最后形成的多数意见是一并起诉。虽然林岚提出李大峰杀人时可能会有帮凶,但毕竟没有确切的证据,没法指控。联席会认为,将来如果真的查到了有帮凶,可以追加起诉。

开庭的那天,李大峰坐在候审室里,他低垂的头抵着手铐,两只手想去抓自己的头发,却只摸到粗硬的发桩,他恼火地挠了两下头皮。

起诉书所罗列的罪状中任何一笔都够李大峰掉脑袋的。

自打被关起来后,李大峰的情人连个口信都没有给他捎过,他的老娘也早就和他断绝了来往。在看守所里,他连个送日用品、打生活费的人都没有,日子实在难过。因为吸毒花销太大,他的存款早就所剩无几,请不了什么大牌律师,目前委托的这个律师,从接到委托到现在,统共就见过他一面,主要就是劝他认罪,这让李大峰十分窝火。

上次在黔山市关押期间,还有人偷偷带信给他,说机械性窒息死亡分不清自杀、他杀,要他一口咬死陈欣是自杀的,他依言照办,果然整得黔山市警方人仰马翻。可谁料到,自己都跑了这么多年,留了胡子,胖了 40 多斤,样貌变化到亲妈见了都不一定认得出来,却毁在了当年无意中留下的一枚指纹上。他内心一直求神告佛,希望上次的帮手再次出现,可是直到他坐在法院的候审室里,奇迹也没有再次降临。

审判长一宣布开庭,李大峰就当庭装疯卖傻,不管是杀人还是碎尸,来了个统统不认。这种耍无赖的做法,连李大峰的辩护人都傻了眼。

林岚问:"你今天的供述为什么和以前的都不一样?"

李大峰道:"那都是公安和你们逼我签的,我根本就不知道上面写的什么,我压根儿就不认识字。"

林岚道:"李大峰,我提醒你,讯问的过程和签字的过程都是有同步录音录像的,这你可抵赖不了。再说了,你可是有驾照的人,你不识字,交规考试怎么通过的?"

李大峰一下子语塞,不知道如何反驳,隐隐听到旁听席里传来了几声奚落的笑声。

林岚道："我希望你不要抱侥幸心理，你以往供述中提到的那些细节，分尸工具上检测出你的 DNA，都能证明你碎尸，你想把一切都推得干干净净，是不可能的。"

李大峰眼珠子转了转，分辩道："就算这样，我也没杀人，我老婆是自己上吊的。"

"按照你最后一次的供述，你发现陈欣自杀的时候，她吊在阳光房里，上吊的绳索就挂在阳光房的吊环上，当时她光着脚，悬在半空中，鞋子就在脚边，她是踩着矮凳上吊的，所以她的脚离地面有 40 多公分。你现在依然坚持这个说法吗？"

"当然，这就是事实。"

"你还画了一张图证明你所说的，是不是这张图？"

法警将图纸交给李大峰辨认了一下，李大峰点头认可了："对，这就是我画的那张图，要不是我亲眼所见，我怎么可能记得这么清楚，这更说明我根本就没有杀人。"

林岚却突然转了方向，冷不丁问道："二十多年前，你为什么要杀死金大钟一家？"

李大峰如同被针刺了一下，全身一抖，大声分辩道："我没有，我和金大钟一家无冤无仇，我杀他们干什么？"

"当年金大钟的伙计们证明，你到金大钟的餐馆行窃，因为被发现后遭到金大钟指使的殴打，你当时就扬言报复，这就是你所说的无冤无仇？"

"我也不可能为这点小事就去杀他全家啊！"

"既然不是你杀的，为什么刀上有你的指纹？"

"没错，那把刀的确是我的，不过我之前弄丢了，我也不知道为什么它成了杀人凶器。说不定……说不定是捡走的人拿它杀了人。"

"既然你没有杀人，那你跑什么？你这一跑就是二十多年，一次都没有回过家，和老家的亲友一个都不联系。"

李大峰此时露出了怨毒的表情。

"我没跑,我只是离开了这个该死的地方,我在涵江市没有亲人,没有朋友,就连我妈都像躲瘟神一样躲着我,嫌弃我。这个地方对我来说根本不是什么故乡,我也谈不上有家,我在这里有的只是噩梦!"

林岚一直观察着李大峰。此时,她看着李大峰毫无保留的怨恨神色,心下微微触动。庭审进行了这么久,林岚觉得李大峰只有在说出这段话的瞬间,他整个人才是真实的。刚才他抱怨的每一个字都是他发自肺腑的呐喊,经由牙缝中迸发出来,带着恨与怨,字字千钧地砸在法庭坚硬的地面上。

她继续问道:"既然生养你的地方不是家,那么黔山市总该是你的家吧? 你和陈欣也算得上患难夫妻了,虽然一直没有孩子,可是这么多年你们一路相互扶持走过来,她可是你真正意义上的亲人,你出轨是你理亏,妻子自杀你理应愧疚,要不是有什么重大的原因,怎么可能做出碎尸这么残忍的事情? 你之前所说的因为担心被强制戒毒而碎尸根本就不合情理。"

李大峰沉默了。

林岚并没有给李大峰喘息的时间,她火力全开,继续刚才的攻势。

"就是这样一个与你朝夕相处二十多年的人,最后在你的手下变成了一摊血肉。你做出这么残忍的事情,却满口谎言,给出了一个最荒谬的理由!"

"我没有,我没撒谎!"李大峰的情绪激动起来。

"要想计算出上吊的人脚离开地面的距离,就用阳光房的高度减去吊环的直径再减去上吊绳套的直径,最后再扣除死者的身高。根据我们到现场测量的结果,也就是 200-11-158-20=11cm。上吊时人因为感到窒息,在求生的本能下会拼命挣扎,这个时候,人的脚尖会尽全力去够地面。陈欣的鞋码是 36 码,脚绷直了有 23cm,远远大于 11cm,挣扎的时候很轻易就会踩到地面,所以自杀根本就不可能成功,更不可能悬在空中,脚还离开地面 40 多 cm!"

李大峰的额头开始淌冷汗。

林岚又道:"你说陈欣在吊环上自杀,可吊环内部的灰尘完整,绳索上的纤维结构平滑、完整,没有磨损痕迹,也未提取到死者的表皮组织等生物样本,说明陈欣根本就没有用这根绳索在吊环上自杀,你不是说谎是什么?"

李大峰的面孔煞白,脚和手都开始发抖。他感觉自己是一条咬了钩的鱼,虽然拼命挣扎,那钩却入肉更深,摆脱不得。

问到这个分上,林岚觉得效果已经达到了。她不再纠缠碎尸案,迅速将阵地转移到了灭门案上。

"审判长,鉴于李大峰对1994年的灭门案始终否认,在刚才法庭讯问环节,依然矢口否认,公诉人申请直接出示证据。"

在得到审判长的许可后,林岚当庭出示了一张图片,正是当年遗留在案发现场的尖刀。

"这就是当年在金大钟家里提取的尖刀,虽然年代久远,可是细部放大后依然可以清楚看到,刀柄上有一枚血指纹,警方就是通过它锁定了李大峰!虽然李大峰刚才当庭辩解,说这把刀是他遗失的,之后被人捡去行凶,所以刀上面有他的指纹不奇怪。可他的辩解却有着一个天大的漏洞。"林岚盯着李大峰问,"你为什么会留下一枚带血的指纹呢?这枚指纹上的血迹的血型还和张丽霞的血型一致,你敢说你不是杀人凶手!"

一个又一个的谎言被戳破,李大峰崩溃了,他歇斯底里地大叫起来:"我没有杀他们一家,我没有,我只杀了张丽霞一个人,你们相信我,相信我,我真的没有杀他们一家。"

林岚心中一直的怀疑此时被李大峰直接叫破,她问出了一直盘桓在心里的另一个疑问。

"那陈欣呢?你杀陈欣是不是因为她要揭发你以前杀人的事情?!"

李大峰这会儿不再抵赖了,他抱住头号啕大哭了起来:"是,是的!她说要去派出所告发我,她一开始其实并不知道我以前做了什么,只是知道我这些年躲躲藏藏,应该是有见不得人的事儿。可是有一次我吃完麻果,和她吵架的时候说漏了嘴,闹离婚那段时间,她就拿这个威胁我。我一时着急,就掐死了她。我有案底,公安如果发现陈欣死了,我以前的事情就藏不住了。我想反正是个死,不如赌一把,把这件事儿给瞒下来。所以……所以我才去碎尸、抛尸。"

他说到这里,擦了擦满脸的眼泪鼻涕,突然急切地朝公诉席和审判席作揖,带着乞求的语气道:"可我没杀金大钟全家,我是被人当枪使了,还背了锅,你们相信我,一定要相信我。我真的只杀了张丽霞一个,真的只杀了她一个。"

李大峰哭得瘫软在地上,对于死亡的恐惧瞬间抽空了他浑身的力量,眼看这庭审是无法再继续下去了。审判长无奈之下,只能宣布休庭,让他平复情绪。

法警把李大峰押解到候审室,整个走廊都回荡着他绝望的哭声。

过了差不多一个多小时,李大峰才渐渐止住了哭声。

再次回到法庭后,李大峰当庭供述了当年杀死金大钟的经过。

李大峰当年是板材巷出了名的"钳工",在监狱三进三出,俗称"三进宫"。十八岁到二十八岁的花样年华,他却整日泡在号子里,整个人就像泥潭里的烂树枝一样,散发着腐烂的气息。每次刑满释放出来,不光板材巷的老老少少见了他都绕道走,就连自个儿家的父母亲戚都不待见他。

那天初八,到了下午三四点,头晚赌了个通宵的李大峰却还赖在自家的床上。他刚醒来不久,想着昨晚那糟糕的赌运,心里就一阵儿烦躁。

李大峰的老娘端了把破椅子,边坐在院子门旁择菜叶子,边切齿地骂着:"别人家都是养儿防老,我倒好,养了个不争气的混账,丢尽了先人的脸。不光半点指望不上,还连累我一把年纪天天被街坊四邻戳脊梁骨。早知道还不如养条狗。"

李大峰昨晚出去和人赌钱输了个精光,本想赖在家里吃完晚饭再出去转转,可他老娘越骂越是不堪,一股子邪火从五脏六腑直蹿上脑门,太阳穴旁血管的剧烈跳动扯得他半边头都是疼的。家里待不住了,他从床上起来,草草洗漱了一下,就裹上半个月前从衣服铺子里顺来的袄子冲进院子。经过他老娘旁边时，他朝地上恶狠狠地吐了口浓痰，将门重重地关上，震得老木门一阵颤抖呻吟，连带着老旧的墙面扑簌簌地跌落了一地的石灰片。

李大峰气愤愤地骑上自行车，在他老娘震耳欲聋的吼声中离开了家，出门找清静去了。

李大峰踩了半天车，直到天擦黑了他也没有想到究竟可以去哪儿，出门走得太急，连个住店的钱都没有。他翻了半天裤兜，凑出几张零票子在街角的铺子里买了两个烧饼和一碗稀饭，勉勉强强安抚了一下自己饿到发疼的胃。初八的晚上，大街上依然到处都是人，多数都是携家带口的，相互照应着，李大峰一时间竟无从下手，没捞到半星儿油水。烧饼稀饭也不经饿，他晃了半天，又饿了起来。饥火加上怒火，烧得他浑身发毛。

李大峰将车骑回板材巷的"春江鱼庄"旁边，坐在台阶上歇脚。到了初八，很多餐馆已经开始营业了，里面飘出的阵阵酒菜香闹得李大峰的肚子更饿了。大过年的，又是吃饭的点儿，食客进进出出的，看上去一个个都是满面红光，衣着体面，李大峰的表情焦躁起来。

盗亦有道，干扒手这行也有这行的规矩。店铺春节开张的第一天，按规矩是不能在铺子里面下手的，否则就是不给店主人面子。

李大峰听说过这家店的老板金大钟，知道他不是个善茬。此时他穷途末路、饥寒交迫，就不肯守着这规矩了。李大峰朝店里张望，看见一个喝得东歪西倒的食客，晃晃悠悠地走到前台那里结账。他假装进饭馆找人，慢慢挨了过去，那客人付了账，把钱包揣在裤兜里，露出个边角来。李大峰脱下外套，假装在里面翻找着什么，暗地里却借着外套的掩护，用食指和中指捏住了钱包的一角。他正要得手，后衣领却被人猛地一扯，脚下趔趄了几步才站稳。李大峰回头一看，认出扯他领子的人是春江鱼庄里跑堂的伙计。

那伙计大骂："你小子下爪子也不挑个地方，敢跑到这儿来偷东西。"

李大峰急于脱身，反手就把那伙计的手给扭到背后，嘴里嚷嚷着：

"敢赖你爷爷,你爷爷我是来吃饭的,你嘴里不干不净说啥呢!"

李大峰别的不行,打架还是可以的,那伙计眼看就要吃亏,大声吆喝店里的人来帮忙。李大峰眼看不妙,推开那伙计撒腿就跑,却被看热闹的人堵住了去路,终究是晚了一步。

店里的伙计个个身强力壮的,不一会儿就把李大峰摁倒在地。金大钟听到争吵后出来了,他怕影响生意,使了个眼色,四五个伙计把李大峰扭了出去,拖到后街的巷子里。

一进巷子,金大钟就吩咐伙计:"把这个不讲规矩的下三滥给我往死里打。"

一个伙计怕出事儿,犹豫地问道:"老板,万一打坏了不好吧,要不送到局子里去?"

金大钟啐了一口。

"你懂个屁,他还没有得手,送到局子里面,警察能关得了他? 他敢在我这儿动手,就要打得他不敢再来。"

李大峰一听,用力挣扎,叫道:"姓金的,得饶人处且饶人。做买卖的不得罪跑江湖的,做生意开铺子的,你在明,我在暗,你今天打了我,就是坏了道上的规矩。"

金大钟从鼻子里哼了一声,不屑道:"你小子挑老子过年开张的第一天,跑到我堂子里面动手,还跟你讲哪门子的规矩! 你这不知天高地厚的东西,还敢威胁我,什么在明在暗,老子天天都在店里头等着你。"

金大钟看见伙计们都站在一边干瞪眼,心里有气,骂道:"都愣着干什么,给我打。"

说完,金大钟首当其冲,飞起就是一脚,踢在李大峰身上。伙计们见老板亲自动手了,只好围了上去,对李大峰一顿暴揍。

李大峰好不容易挣脱了他们的控制,瞅了个空儿跑了,等到后面没人追了,在街角找了个墙角蹲了下来。他刚才只顾着逃命,这会儿停下来,只觉得脑袋上火烧火燎的,用手一摸,竟然沾了一手血。他正要破口大骂,却牵动了伤处,疼得嘶的一声,原来嘴角也破了。他撸起袖管和裤管,又撩起上衣,只见身上各处被踢打得青紫。他口中恨恨地骂道:"这帮龟孙子,都欺负老子,老子不就是没投好胎么,你们这帮王八羔子就一起来作践我,我今天发誓要干票大的,等老子有钱了,看你们谁还敢惹我!"

突然一只手拍到他的肩头:"大哥,想不想发财?"

李大峰一惊,肩膀一卸闪开了那只搭在自己肩膀上的手,回头看见一个男人,戴着个围脖遮住大半边脸,只露出两道浓浓的剑眉和一双狭长秀气的眼睛,依稀看得出他皮肤白皙,年纪很轻。

"你谁啊你?没事儿寻老子开心,别看老子现在倒霉了,揍扁你一个雏儿绰绰有余。"

那年轻人没有作声,只是把一包烟和打火机塞到李大峰手里,他低头一看,是市面上最贵的红塔山,警觉地问:"你这是干吗?"

年轻人没有直接回答他的问题,压低声音说:"板材巷尽头倒数第二间的红顶房子就是'春江鱼庄'老板金大钟的家,我知道他晚上都是把流水放到卧室的铁皮箱子里面收着,里面最少有三四万现金。"

李大峰有些意外,继而狐疑道:"你怎么知道的?再说了,这么一块大肥肉,你会平白无故送给我?"

年轻人道:"他家门上有锁,我开不了。再说了,一个人怎么偷?连个望风把门的都没有。"

李大峰想了想,道:"你这是一口吞不下,找帮手来了?"

对方点了点头。

李大峰突然变了脸色,一把抓住对方,恶狠狠地问道:"你怎么知道我能开锁?你到底是谁?"说着就要去扯开那人脸上的围脖。

年轻人挣扎了几下没能挣脱,紧紧捂着围脖,急切地嚷道:"板材巷这里谁不知道你是个'三进宫'的惯偷!再说了,我刚才看到你被金大钟他们打了,这才想拉你入伙,你要是不愿意去就算了,我再去找别人。"

他这么一说,李大峰倒是有七八分信了。他松开了手,问道:"听你这话儿,你是打算叫上我两个人干?你这个连锁都开不了的雏儿,老子凭什么跟你一起干这一票?再说了,你蒙着个脸,鬼鬼祟祟的,谁知道你打的什么主意？"

年轻人整了整被扯松了的围脖，冷冷地说道："可我有那放钱箱子的钥匙，那箱子在卧室里，就算你能开锁，那动静也大，难免吵醒人，有了钥匙，你拿钱还是方便些吧？再说了，事成之后你六我四，你占大头。我虽然没经验，可是这放钱的位置，取钱的钥匙都是我提供的，进屋之后，我多多少少也能帮上些忙，一起行事，你也不用担心我事后出卖你。这笔买卖，怎么算你也不吃亏吧？"

李大峰其实也没打算真的就自己去，毕竟这种事情求的是财，总不至于钱还没到手就反水吧？那不是逼着别人告发自己。

他还是不放心，又问道："你怎么会有钥匙的？"

年轻人冷哼一声，不耐烦道："我们不过是结伴求财，我也不见得事事都要告诉你，你要是不放心，就当今天没有遇到我。"

李大峰岂能白白放过这笔大买卖，当即问道："你打算什么时候动手？"

"择日不如撞日，就在今天晚上。"说完，年轻人从包里掏出一把尖刀递给李大峰，叮嘱道，"这个给你防身。"

李大峰吓了一跳，问道："偷就偷，拿这个干什么？"

对方不屑道："怕了？"

李大峰怎能忍受被个雏儿瞧不起，把刀揣在衣服里，大声道："老子怕个屁，老子还不如你个刚出来混的？今天晚上偷不到就硬抢，只要能弄到钱，怎样都行！"

对方的眼神里透出一丝兴奋，把金大钟家里的情形和接下来的安排详详细细地对李大峰说了一遍。金大钟的老婆张丽霞喜欢打牌，每天睡得晚，过年家里进进出出的，门关得不严，可以找机会偷偷溜进去。

李大峰疑道："能溜进去还开什么锁？"

年轻人道："他们家铁门晚上会从里面上锁，开锁是为了出去。待会儿到了金大钟家，院子里有煤垛子，我们进去后就藏在煤垛子背后，等金大钟他们睡着了就动手。"

两个人按照计划顺利地进去了。守到一点多钟，两个人躲在煤垛子背后,眼瞅着门上了锁,屋子里熄了灯,没了声音。李大峰掏开铁门的锁,虚掩着铁门,刚准备和这年轻人去卧室动手,没想到张丽霞披着个外套到院子里换煤,两下里碰了个正着。

张丽霞冷不丁看到院子里有人,本能地开口要喊,李大峰被惊得汗毛一炸,一把上前捂住她的嘴,掏出尖刀就朝她的胸口捅了一刀。刀刚拔出,血一下子喷了出来。张丽霞软软地倒在地上,浑身抽搐,血流了一地。

李大峰顿时双腿发软,可是多年做贼的本能在此时异常活跃了起来,慌慌张张间,他依然扯下了张丽霞脖子上一条明晃晃的金链子和耳朵上的一对金耳环,又去撸她手上的金戒指,完事儿后刚准备溜之大吉。小伙子一把拽住他,低声喝道:"你跑什么?屋里的钱不要了?"

李大峰一把甩开他的手,骂道:"你他娘的想钱想疯了吧,都死人了,还不跑路。"

说完,李大峰推开铁门,夺路而逃。

李大峰仗着路熟,七弯八拐跑回了家。他老娘早就熄灯睡下了,他慌慌张张地开门,进屋换下了沾血的衣服,才想起自己那辆破车忘在金大钟家附近了。他低声咒骂道:"怎么把车给忘在那儿了,我算是倒了血霉了,这下真留不得了。"他胡乱收拾了一下行李,跑到他老娘的房里,从她的抽屉里翻出些零散钞票,连夜出了门。走了两步,他看到巷子口张文的家门口停了一辆摩托车,于是用铁丝掏开车锁。他怕惊动了人,一直推出去百把米远,才敢发动摩托车,蹬着脚踏,一溜烟骑了离去。

第二天上午,伙计去金大钟家找他时,发现金大钟老婆张丽霞被人杀死在院子里,金大钟和他儿子金展鹏则被人杀死在卧室里,凶器是一把尖刀,血淋淋地扔在床上。

警方将尖刀提取后,从上面提取到一枚血指印,经过比对,与有过多次前科的李大峰指纹特征一致,又在金家附近找到了一辆李大峰骑过的自行车。警察赶到李大峰家里,却早已人去楼空,只提取到了他换下的血衣。

交代完了当年的作案经过，李大峰开始为自己辩解："检察官、法官大人，金大钟的家是蒙面人带我去的，刀也是他给我的。我跑的时候，那人还留在金大钟家里，所以，金大钟和他儿子肯定是他杀的。"

林岚问道："那你为什么杀害陈欣呢？"

李大峰低下了头，过了一会，说道："我偷了隔壁的摩托车，跑到黔山市，变卖了摩托车和金首饰，换了1万多元现金，后来还买了个假身份证，托关系上了户口，化名王大志，在县里面做起了典当的生意。后来娶了陈欣，我们的生意越做越大，收入多了起来。可就在前几年，我在医院附近碰到一个老家的人，虽然并未打上照面，可是我心虚，连夜搬家，从此以后，我变得疑神疑鬼，只要看到背影像老家的人，就几天不敢出门。我把生意丢给了陈欣，只敢在外面租房，不敢买房，生怕过去的事情被发现了。时间长了，陈欣颇有些怨言，我们开始吵架，吵得越来越频繁。接下来，我学会了吸毒，和同样吸毒的徐丽越走越近。我染上毒瘾的事儿被陈欣发现了，她还在我的手机里面发现了我和徐丽的聊天记录，和我大闹了几场。她知道我杀人后，我们的关系更差了，我提出离婚，她就威胁我，说我要是不戒毒，不和徐丽一刀两断，她就去公安机关告发我，我脑子一热，就把她给掐死了。"

李大峰说完了这些，整个人仿佛虚脱了一般，无力地靠在被告席上。

被告人的当庭供述不同于以往的供述，为了确认，审判长问道："被告人，你刚才的供述是否属实？法庭注意到你今天的供述和以往的不同，以哪次为准？"

李大峰长叹一口气，道："我今天的交代句句属实，我知道我这次死定了，我没有别的心愿，我是被人害了，才走到今天这一步，我只求你们揪出那个魔鬼，他不但利用了我，最后还陷害我，自己却逍遥法外，他要是不被揪出来，我死不瞑目。"

李大峰杀人案的庭审不仅在铁证的面前峰回路转，由零口供变成了全口供，最后还爆出了一记猛料，当年的灭门案另有帮凶。这次不仅是涵江市人民检察院,整个涵江市司法机关都知道了有个擅长技术证据提取和分析的公诉人,对技术证据运用得炉火纯青,让犯罪分子无所遁形。

为了找出当年的神秘蒙面男子,检、警两家在一起进行了深入的研究。这次的方向十分明确,毕竟是 20 多年前的案子了,找证人、做摸排,如果没有针对性,很难取得重大进展。眼下,利用技术手段对既往的物证和痕迹进一步挖掘,似乎才是正确的途径。

来自检、警两家的技术骨干组成了技术专家组,曹晓辉牵头,林远昊、江旎、林岚、杨波组成了强大的技术智囊团队,路小艾担任记录员。

大家聚在一起,对当年的现场和物证逐一进行分析。面对着一堆图片和照片,几位技术大咖各抒己见,讨论得热火朝天,不过大家的关注点倒是一致,那就是要对当年在刀上留下的血痕做进一步的鉴定。当年的技术只能检测出血型,这就有很多的局限性。如果再补充进行 DNA 的检测,说不定会有新的发现。

会议休息的空隙中,路小艾在走廊好奇地问林岚:"岚姐,20 多年前的血液还能进行重新鉴定吗?"

林岚肯定地道:"当然可以。"

路小艾又惊又喜地问:"真的可以? 那血液不会过期什么的? 我以前看过一个介绍辛普森案件的专题片,说是用于检验的血样可能受到污染,所以不能作为证据使用。我们现在复检,会不会面临同样的问题啊?"

林岚被路小艾一本正经的表情逗乐了。

"血源污染和时间长短是两码事儿。污染通常是提取方法和保管方式不正确导致的。辛普森案之所以无罪,是在物证提取和鉴定的方法、程序上出现了问题,美国的专家在现场和物证上的血液中都检测到了防腐剂(EDTA)的成分,所以怀疑是警方在提取血液后栽赃陷害,倒不完全是血样污染的问题。再说了,DNA 检测自从有了 PCR 技术,陈年血迹的检测就不成问题了。因为 PCR 技术和早期的 DNA 指纹图技术不一样,以前的技术对检验样本的新鲜程度有一定的要求,同时需要大量样本,PCR 技术却只需极其微量的血量就能完成检测,最重要的是,即便检材因为腐败导致 DNA 降解,也能通过 PCR 技术完成检测。"

江旎从洗手间出来,经过二人身旁,面带微笑,饶有兴趣地听林岚对路小艾解释 PCR 技术。

路小艾感叹道:"没想到现在的技术这么发达了。"

江旎扑哧一声笑了,刮了一下路小艾的鼻子。

"小可爱,这可不是什么现在才有的技术,PCR 全称是聚合酶链式反应,它的原理就是把细胞中的 DNA 片段扩增 1000 万倍。早在 1984 年美国的穆里斯教授就发明了这项技术,由于这项技术意义非凡,他还因此获得了诺贝尔奖。"

路小艾不好意思地挠了挠头。

"原来这么早就有了? 看来是我孤陋寡闻了。不过,江旎姐是法医,懂得这些也就罢了,岚姐怎么也知道啊,她以前不是学痕迹学的吗?"

江旎笑道:"想当年,岚女侠在我们技术处可是人见人爱,花见花开,车见车爆胎,每个组她都吃得开,师父多了,本事也就见长了。"

路小艾艳羡道:"怪不得,岚姐好福气啊。"

林岚看到路小艾一脸向往的样子,哭笑不得道:"你居然还羡慕,想当年,我可是被这些师父们三天一小考,五天一大考,最后给折磨得差点患上考试恐惧综合症,真不知道你在这里羡慕个什么劲儿。"

"还要考试,要不要这么狠哪?"路小艾有些不可置信地咋舌。

她见江旎一副确实如此的神情,再看看林岚一脸苦笑,讶然道:"还真考啊。"表情顿时换成了满脸同情。

江旎看到路小艾面部表情变换得那叫一个五彩斑斓,忍不住哈哈笑了起来。

林岚一向对路小艾的后知后觉免疫了,摆摆手道:"好了好了,休息得差不多了,赶快进去开会吧。"

讨论再度开始,林岚将所有的现场照片进行了扫描,此时在投影仪上逐一放大进行观察。

杨波和林远昊对现场勘查的经验最丰富,大家都期待着他们有新的发现。

当年的技术虽然落后,可是好在现场的照片拍得十分全面,基本上完美再现了当年的情景。

杨波道:"从照片上看,门闩被破坏,大门处一把扫帚倒在地上。从参考测量的标尺来看,院子里面摞着的煤垛宽约 2 米,高约 1.2 米,煤堆的挡板上有大片喷溅式血迹,女尸周围的地面有一摊血迹,院子到内屋的路上有零星滴落状血迹。大部分却被擦拭痕迹所覆盖,现场没有留下任何足迹。这现场一看就被人清理过。"

林岚下意识地转头看了看林远昊。

林远昊指着煤垛道:"如果李大峰的交代属实,那么,他和那名蒙面男子躲在煤垛后面那么久,鞋底不可能不沾上煤渣。可是从照片和当年的现场勘查记录来看,现场不但没有发现被鞋底带出来的煤渣,连足迹也没提取到。所以,我同意杨波的推断,这个现场是被人为处理过的,不过,这个人对现场的清理却是有选择性的。"

杨波沉吟道:"不错,张丽霞身边的这摊血,他就没有动过,而且,他这么费尽心机地清理现场,为何又把作案凶器这么重要的物证给落下呢?"

"他是故意留下的。刀柄上的指印,可以将警方的注意力顺理成章地引到李大峰身上。"林远昊的语气淡然却笃定。

画面切换到里屋,床上有一具男童尸体,床单上血迹斑斑,紧挨床的墙面有喷溅状血点。台灯、杯子的碎片散落地面,一些碎片也染上了血污,离床不远处,一具成年男尸体匍匐在地上,尸身周围有一摊血迹,手紧紧攥着床单一角,床单被撕破了一道长长的口子,半截耷拉着。看到这里,大家都心领神会,现场一定发生过激烈的搏斗。

地板也被血染红了,一把染血的尖刀扔在床上,地面也有清扫过的痕迹。

林岚道:"关于这个同伙,还真不是李大峰无中生有的幽灵抗辩。屋内和屋外死者的创口特征虽然是同一作案凶器,可呈现出来的手法、力度却截然不同。"

路小艾突然想起林岚刚拿到案子的时候和她之间的讨论，忍不住插嘴道："岚姐，我记得当初刚拿到案子的时候，你就提出过现场不止一把刀，李大峰另有同伙的假设。"

曹晓辉惊讶道："你居然早有怀疑?"

林岚道："是提出过有这种可能性。"

林远昊朝她赞许地一笑，语气轻柔地道："是因为那枚完整的血指纹吧?"

林岚莫名有些感动。林远昊永远都是那个最懂自己的人，这种浑然天成的默契和心灵上的契合，是她在任何人身上都未曾体会到的。

男女之间的相互爱慕，在破土发芽的初期，虽然朦胧到当事人自己都未能察觉，却总能被他们的情敌轻易地捕获。

他们之间这种微妙的互动尽收杨波的眼中，杨波的目光疑惑地在二人的脸上扫了个来回，忽然有所领悟，自嘲一笑。

林远昊这样清心寡欲的人，居然也会如此温柔地注视着另一个人。上次林岚出车祸时，素来镇定的林远昊慌了手脚，明显就是关心则乱。

动了心的人，满心满眼都是对方，哪里还能做到云淡风轻呢?

路小艾可没洞察到这电光火石间的甜蜜和失落，她急着探知谜底，忍不住催问道："岚姐，林组长说的完整的指纹是什么意思?"

林岚回过神来，不好意思地朝小艾笑了笑，接着道："那枚检测出 B 型血的指印太完整了，李大峰是 O 型血，金大钟父子是 AB 型血，所以，那枚指纹应该是李大峰捅张丽霞那一刀之后留下来的。如果李大峰杀了张丽霞之后再进屋去杀害金大钟父子，这枚指纹不可能如此完整，多多少少会遭到破坏，所以我之前产生了怀疑。"

曹晓辉问："所以，你相信李大峰的说法，金大钟父子是他的同伙杀的?"

林岚点头。

路小艾问："如果不是李大峰杀的，为什么留有他指纹的刀上沾了 AB 型的血?"

林岚道:"如果凶手杀死金大钟父子后,戴着手套去拿李大峰留在现场的刀,再用刀刃沾上金大钟父子的血,就能造成留有李大峰指纹的刀上沾三个被害人血迹的假象。"

曹晓辉点头道:"张丽霞的死因是当胸一刀,金大钟和金展鹏则是身中数刀,刀刀皆是冲着要害部位,感觉这凶手和金大钟父子有着莫大的仇恨。李大峰没有道理如此仇恨金大钟,虽然他被金大钟找人围殴了,在院子里杀害张丽霞的时候,应该是他怒火的峰值,却也只捅了一刀。他杀了一人,愤怒应该消减不少,按照通常的犯罪心理,不会再对金大钟父子下这么重的手,所以,我同意你的推断。不过,仅凭血型来做判断还是有失准确,做一次 DNA 检测还是有必要的。"

曹晓峰联系证据档案室调取了当年灭门案的凶器,拿回实验室进行检测。

结论刚出来,曹晓峰还没来得及出鉴定报告,林岚就拖着林骁勇找上门来了。

曹晓峰调侃道:"这点踩得这么准? 你们俩在我身上安监控了?"

林岚扑哧一声笑了,林骁勇捶了曹晓峰一拳。

"你小子,皮痒痒了,拿我这老头儿打趣。"

林岚笑嘻嘻道:"是我拉着老爸过来的。"

林骁勇斜了林岚一眼:"这个沉不住气的丫头,这几天总惦记着这事儿,坐立不安的,没个消停。"

林岚顾不上和她爸抬杠,着急忙火地只管追着曹晓峰问:"曹法医,听您刚才的意思,结果出来了?"

曹晓峰用手比了一个"OK"的手势,只见林岚眼中骤然一亮,一脸期待。

曹晓峰道:"我从刀身、以前留存的血样棉签上提取了样本,进行 PCR 检测,发现两处血样中有 Y 及 Alu 重复序列,还有一份发现只有 Alu 重复序列,没有 Y。"

林骁勇见林岚听得入神,忍不住问道:"他这说的都哪跟哪儿,你听得这么得劲儿？"

林岚笑道："曹法医的意思是说，有两份血样是男性的，有一份是女性的。"

林骁勇奇道："你从哪儿听出来的？"

"曹法医用的鉴定方法是体外 DNA 扩增技术，他对血痕标本进行性别鉴定，产生两种重复序列的是男性，产生一种的是女性。不过，能够做到对几十年前的血痕准确鉴定，还是要借助灵敏、可靠的 PCR 技术。"

曹晓峰道："刀上的确检测到了三种不同的 DNA，我将这些与金大钟一家三口的 DNA 进行了比对，完全吻合。从检测的结果来看，刀刃上测出了金大钟、金展鹏和张丽霞的 DNA 混合分型，刀柄上的血指印，检测出的 DNA 是张丽霞的。"

林岚道："这么说，张丽霞的血的确被其他被害人的血覆盖了。"

曹晓峰点了点头。

从曹晓峰那儿出来后，林骁勇感觉林岚情绪有些低落，于是问道："结果没出来的时候，天天在家念叨，这结果出来了，怎么还是一脸的不高兴啊？"

"其实，这件事我有错。"

"哦？"

"我一开始有过怀疑，可是却没有申请对当年的物证进行补充鉴定。虽然说当时李大峰没有开口，证据也没有往这上面反映，可我还是没有做到对所有的疑点进行查证，差点就让真相蒙尘。"

"照你这么说，我也有错，我压根儿就没看出来。既然咱爷俩都有错，那就将功补过，把那个逍遥法外的凶手给逮回来。你不是老强调办案的亲历性么，我马上要去板材巷调查走访，要不要一起？"

林岚问："那儿不是早就拆迁了吗？"

"是拆迁了没错，可我这段时间调查了一下，那些拆迁户很多都是就近还建的，还有几家老铺子也在附近找了门面经营，值得去一趟。"

车开到板材巷后，林骁勇找到以前的住户，以拉家常的方式打探消息，几个老街坊知道金大钟以前开了个饭馆儿，生意不错，不过为人的确不够厚道，得罪的人不少。还有一两家开铺子的，隐约听坊间传闻他这开饭馆的钱来得有些伤阴骘，是逼死嫂嫂、侄儿后霸占了亡兄的财产。

这样一来，事情倒是更复杂了。凶杀案，无非就是为财、为情、为仇，从案件现有的证据来看，仇杀的可能性更大，不过这仇人多了，反倒加大了排查的难度。

林骁勇和林岚走访了几家，虽说打探到一些陈年往事，可是仅凭这些，根本无法找到那个神秘的男子。

两人又分头找了几户人家了解情况。林岚问完一位老大爷，刚刚出门，就听到哭声，她循声望去，只见一个 3 岁的小女孩独自一人在巷子里哭。林岚赶紧跑了过去，哄着小姑娘，可是小姑娘不停地哭，旁边也没见着她的家人。林岚好不容易哄得好些了，可是小姑娘只知道喊妈妈，也说不清自己到底住哪儿。

林岚没办法，只能把小女孩抱着去找林骁勇。林骁勇见她手里抱着个女娃娃，愕然道："一会儿工夫你就捡回来一孩子，这效率也够高了。"

林岚抱着鼻涕眼泪糊了一脸的小姑娘，哭笑不得道："老爸，现在先别逗我，快给出出主意。"

林骁勇四处看了看，没人在找孩子，估计这孩子是和家人走散了。

"你顺着巷子左拐过去两个路口，就有一个派出所。我刚刚接到个紧急任务，要赶回队里。这巷子太窄，车开不进去，你把孩子先送到派出所，让他们赶紧想办法联系上孩子的家属。"林骁勇说完就急急忙忙开车走了。

林岚抱着这个软软糯糯、眼泪汪汪的小宝贝，脑袋都大了。她暗暗嘀咕着老爸不讲义气，把这烫手的山芋丢给自己一个人跑了。

林岚沿着林骁勇交代的路线，果然找到了一个派出所。林岚说明来意后，大家围着小女孩端详，管段户籍警小王道："这不是卖豆腐的老李家的孙女吗？他们家也太马虎了吧，这么小的孩子都给弄丢了，万一遇到坏人可怎么办。"

副所长钟涛道:"小王,你赶紧把孩子给老李送过去,他们这会儿可能急坏了。"

几个记者在巷子这边参访非遗文化传承人,恰好拍到了这一幕,他们要采访林岚。林岚连忙摇手道:"任何人遇到这种事儿都会这么做的,真不用采我。"说完她就一溜烟走了。

不料,当天晚上的新闻报道了这件事儿,还播了一段林岚抱着小女孩边走边哄,送到派出所的画面,包括那句"任何人遇到这种事儿都会这么做的"。

记者还在旁边总结道:"据我们了解,这位热心助人的检察官今天是在附近调查取证的,她不仅对工作认真负责,办案途中还不忘助人为乐,做好事不留名,不愧为人民的检察官。"

装修豪华的别墅里,男子盯着屏幕上播放的新闻,面部的线条逐渐扭曲,他咬牙切齿地说了句"阴魂不散!",紧跟着就把遥控器狠狠地摔在了地上。

过了一会儿,他从抽屉里拿出一部老式的平板手机,按下号码后,过了好久对方才接通。

"我最近遇上点麻烦,你给我弄两份护照,我要带人出去避一避。"

对方压低声音道:"一个月后交货。"

"我等不了那么久,我要加急的。"

"那每本加 30 万元。"

"没问题,还是老规矩,我发密钥给你。"

对方挂了电话。

男子将手机卡从卡槽里取了出来,用剪刀剪碎了,紧紧握在手中。

他走出房间,穿过雅致的走廊,推开一扇雕花的黄花梨木门,里面是意大利风格的浴室家具和美标进口洁具。他来到一个纯黑色的抽水马桶前,将拳头翻转朝下,摊开掌心,碎片轻巧地漂浮在水面上,他拨弄了一下华丽的金属手柄,碎片在漩涡中转瞬消失了踪迹。

自从热心助人被采访后,林岚接连几天上班,大家都乐呵呵地给她打招呼："你好啊,人民的检察官。"弄得林岚怪不好意思的。

不过,内网通知,马上要进行案件评查,业务部门顿时忙了个底朝天。

林岚和路小艾一起在办公室整理卷宗,忙得不亦乐乎。林岚清点时发现,路小艾把半山花园火灾案的一份鉴定报告复印件夹到了盗窃案的卷宗里。

林岚对路小艾说道："小艾,火灾案还没有正式移送呢,把这份提前介入环节取得的证据放在盗窃案里面不太合适,还是先拿出来吧。"

路小艾答应着,把鉴定抽了出来,结果不小心碰倒了一旁的水杯,水全泼到了鉴定结果上。路小艾"啊"了一声,手忙脚乱地扯过几张卫生纸铺在鉴定结果上吸水。

林岚看路小艾一脸的慌张,一边用纸巾夹在鉴定的页面之间,一边安慰道："别急,法医那儿有冰箱,我放进去,明天就会恢复到和之前一样,不会皱,也不会留下痕迹。"

"冰箱?"路小艾以为自己耳朵听错了。

"对啊,要想干了之后不发皱,就得放进冰箱。"

"为什么?"

"就是纤维的脱水原理啊。潮湿的纸变得干燥就是一个脱水的过程。分布在一张纸上的若干纤维长度不一,脱水的速度不同,先干燥的部分收缩,就回去拉扯依然湿润的部分,导致纤维的变形,结果就是纸张的表面凹凸不平,形成褶皱。可是在冰箱的冷冻状态下,纤维会经历一个均匀的整体脱水过程,伸缩比例趋于一致,避免了纤维因为收缩不均而变形,自然就不会产生褶皱咯。"

路小艾一听还有这种操作,顿时好奇心爆棚。

"居然这么神奇,我一定要试试。岚姐,这跑腿就不用你了,我去就行了。"

路小艾注意力全在鉴定上了,完全没看路,刚一出门就撞上了一堵迎面而来的肉墙,随着一大一小两声"啊",两份鉴定同时掉在了地上,跌了个四仰八叉。

路小艾急眼了，好不容易找到让鉴定保持原貌的法子，这下却半路杀出个程咬金，让这份鉴定的毁坏程度雪上加霜，顿时一股火起，嚷嚷道："你这人怎么不看路啊?!"

对面的小伙子没想到这么萌萌的长相的小丫头居然这么凶，一时有些愣住了，嗫嚅道："这个……不是你先撞上来的吗？我闪都闪不及。"

林岚一看，原来是跟曹晓辉一个队里的赵勇敢，赶忙过来制止了还要继续发飙的路小艾，然后弯下腰去捡掉在地上的两份鉴定报告。林岚一看上面的字就明白了，原来赵勇敢是帮曹晓峰送灭门案件中的尖刀血迹物证鉴定的，那天她只是知道了结果，可是报告还没制作出来。林岚正要合拢鉴定报告，无意中瞟了眼路小艾掉在地上的那份鉴定报告，顿时呆立当场。

两份报告，两段对 STR 分型的表述，如同两道惊雷，把林岚劈得外焦里嫩，呆若木鸡。

路小艾以为鉴定被毁损严重，眼泪都要出来了，指着赵勇敢颤声道："都怪你，都怪你，肯定是给我弄坏了，这下连岚姐都吓着了。"

赵勇敢尴尬地站在那儿，不知道怎么办才好。

林岚回过神来，忙说："别冤枉人家，鉴定没事儿。"她转头又对赵勇敢说，"不好意思了，小艾是个急性子，你多包涵。鉴定我收下了，你回去告诉曹法医一声，说我有急事要找他商量。"

赵勇敢连忙说："没关系，没关系，是我不好，走路急了些。对不住了。您交代的事儿，我马上回去告诉曹法医。"

赵勇敢走后，林岚来不及和路小艾解释，就一脸凝重地拿着两份鉴定朝江旎的办公室跑去。

江旎看到匆匆忙忙赶来的林岚，好奇地问道："怎么了？瞧把你给急的，一脑门子的汗。"

林岚一面喘着气，一面将两份鉴定拍到江旎的桌上，用手指着两处序列号道："你……你看。"

江�顺着林岚的手指,仔细看了看两处序列号,有些莫名其妙道:"不就是有亲缘关系的序列号吗,值得你这么大惊小怪的?"

林岚来不及解释,直接翻到两份鉴定的开头部分指给江旎看。

江旎瞟了一眼,讶然道:"哟,这金大钟和火灾案男尸 DNA 的 STR 分型怎么这么相似啊?这种相似度怎么着也是一个家族之内才会有的亲缘关系吧。"

林岚忙用手又指到下面,提醒道:"还有这里,你看。"

江旎难得一本正经地看了看:"金大钟和赵睿的 STR 分型更接近!这是怎么回事?"

林岚气息不稳地说:"你也觉得他们之间有亲缘关系?"

江旎撇了撇嘴道:"虽然是各自单独的检测,但是就这上面的数据来看,基本错不了,你要是想保证万无一失,把这三个人的 DNA 做一次亲缘鉴定不就 OK 了。不过,之前新闻里说半山花园火灾烧死的是恒创集团董事长赵睿的继承人赵冬诚,他们和这八竿子打不着的金大钟怎么会扯上关系?"

"火灾现场那个不一定是赵冬诚。"林岚小声道。

江旎不解道:"什么意思?"

林岚道:"证人提供的一个细节和尸体解剖对不上,我们怀疑赵睿另有私生子,可他否认了。"

"哦,我明白了,你是想通过金大钟这条线查清死者的身份。可你干吗要绕这么个大圈?没有别的途径么?"

林岚苦笑道:"火灾现场的尸体火化了,赵冬诚的亲生母亲很早就过世了,赵安琪和赵冬诚也不是同父同母的兄妹,赵睿又不承认自己有私生子,条条路不通,我只能另辟蹊径了。"

江旎同情地看了林岚一眼。"的确棘手。不过,法医不见得会把所有的过程和细节都写进鉴定报告,却通常会记录在解剖现场笔记中,你可以去查查。"

"查了,曹法医他们确实记了。可工作笔记毕竟和尸体本身或者尸检照片不一样,法律效力有限,算不上铁证。"林岚有些沮丧,轻轻叹了口气。

江旎道:"也是,的确有些打折扣。"江旎皱了皱她好看的眉毛,接着说道,"不过话说回来,赵睿这反应挺反常的,尸体不是赵冬诚是好事儿啊,说明他儿子有可能尚在人世。哪有父亲听到儿子没死还这么排斥的?"

林岚丢给江旎一个深有同感的眼神。

"我也是这么想的,赵睿极力否认私生子的事儿,如果不是真不知情,那他就是在刻意隐瞒死者的身份。不过,即便那死者不是赵冬诚,根据 DNA 检测,也是他的亲生儿子。一个儿子死了,一个儿子下落不明,做老子的却刻意隐瞒真相,这里面文章大着呢。"

江旎把玩着自己的发尾,不嫌事大地补了一句:"现在再加上一个有亲缘关系的金大钟,这里面的弯弯绕,可有你头疼的了。"

林岚无奈地揉了揉太阳穴,朝着江旎长长叹了一口气。

为了保证结果的精准,林岚打了电话给曹晓峰,让他专门对这三个人的 DNA 做个亲缘关系的比对。

林岚最近累得够呛,几乎没有准点下班的时候,她收拾完东西才感到饿了,抬头看看窗外,天色已黑。林岚拿起手机,看到朋友圈里面有人发了一张鳝鱼面的照片,立马被勾起了馋虫,她准备犒劳一下最近辛苦到不行的自己,到富锦路的"李姐面馆"去吃鳝鱼面。

林岚打开手机导航,骑着自行车就奔富锦路去了。她拐过最后一个路口,忽然看到前面远远围着一群人,还依稀听到了争吵声。走近一看,原来是个姑娘指着一名女子叫骂,林岚觉得这个侧影很熟悉,忍不住多看了两眼,没想到那姑娘竟是赵安琪。

只听赵安琪冲对面的女人喊道:"你这个狐狸精,以后离我爸远点,少对他死缠烂打。"

被骂的女人之前一直低头隐忍,此时显然是被这句话刺激到了,冷哼道:"居然骂我是狐狸精,那你妈算什么?你又算什么名正言顺的大小姐!"

林岚一听,心道不好,这女人这么说,不是正戳了赵安琪的痛处么。

只听啪的一声脆响,赵安琪已经给了对方一巴掌。

旁边围观的人起哄道:"打人了,打人了。"

林岚把车放到一边,拨开看热闹的人群,一把拉住赵安琪。

赵安琪扭头一看是林岚,觉得面子上更加挂不住了,嚷道:"谁让你管闲事了,快给我让开。"说完又要上前去扯那女子,却挣脱不开林岚的手。

林岚在赵安琪耳边低声警告:"有什么事儿非得在这儿让人看热闹,想上今日头条啊。"

赵安琪这才留意到四周不少人举着手机在拍,顿时又羞又气,当下一跺脚,转身上了车,发动车子离开了。

林岚回头对那女子说:"你也快走吧,这儿人太多。"

那女子抬起头瞥了林岚一眼,低声说了声谢谢。

那女子之前一直低着头,这下抬起头来,酒红色波浪卷发下掩着的一张极具风致的面庞露出来。一双标准的桃花眼,眼角上挑,眼周虽然有几丝细小的鱼尾纹,却依然美得动人心魄。丰润的唇峰上面是略带鹰钩的鼻子,鼻梁左侧有一点黑痣,不仅没有削弱她的美貌,还在妩媚中透出几分俏皮,令人难忘。林岚看清那女子的长相后,吃了一惊。

这不就是宋锦绣吗?虽然她只在涂敏那儿看过一次她的照片,却印象深刻。

宋锦绣见面前这个女孩子目不转睛地盯着自己看,直觉此地不宜久留,马上转身走了。

林岚不知她此行的底细,也不好冒冒失失地上前阻拦,只能推车远远跟着,一边打电话通知涂敏这个意外的发现。

涂敏接到电话后,马上通知了冯伟斌,反复叮嘱他一定把人给盯紧了。

第二天,冯伟斌就向涂敏汇报了一连串劲爆的信息。

冯伟斌带着谢骏、王海龙在宋锦绣入住的酒店外盯了一宿。第二天一大早,宋锦绣戴着墨镜和口罩打车出门了。三人开车一路尾随,发现她的目的地居然是恒创集团,她口口声声要见赵睿,却被保安拦在外

静默的铁证

368

面不让进。宋锦绣显得很烦躁，她在门口拨了几通电话，语气显得很激动，最后保安也接到了电话，放她进去了。

冯伟斌三人在外面等了差不多一顿饭的工夫，才看到宋锦绣出来，她在路边拦了一辆车，冯伟斌怕赵睿这边有异动，于是继续在恒创集团门口守着，让王海龙和谢骏赶紧开车跟了上去。与此同时，一辆停在恒创集团楼下的商务车也跟了上去，不远不近地跟着宋锦绣乘坐的那辆出租车。王海龙不敢跟得太近，他故意打了一下方向盘，走到另一条道上，从反光镜观察着后面。

出租车后来停在了不远处的一家奥特莱斯店，宋锦绣机灵得很，在几家店里买东西消磨了一段时间，最后趁着上洗手间甩掉了从商务车上下来的男子。王海龙和谢骏跟着已经易装的宋锦绣，她出门后又拦了一辆车，绝尘而去。

不过，这次她去的地方居然是派出所。王海龙和谢骏面面相觑，不知道宋锦绣究竟是唱的哪一出。

两人在派出所外面等了一个多小时宋锦绣才出来，谢骏让王海龙继续跟着，自己则去派出所打听她刚才在里面干什么。

谢骏亮出身份并说明了来意，接待他的丁所长一听刚才来的女人居然和涵江市的重大案件有关联，半点不敢马虎，马上就派人去了解情况。

不一会儿，一个年轻的民警过来了。

丁所长问："小祁，刚才你接待了一个叫宋锦绣的女人？"

小祁连忙点头道："是啊，她是来报失踪案的。"

"失踪案？"

这个答案有些出乎谢骏的意料。

小祁不明白丁所长旁边这个人为何如此大惊小怪，可他见丁所长没有言语，估计不是外人，就接着道："嗯，她儿子失踪了，她来报案。"

谢骏侧身急切地问道："丁所长，能把宋锦绣的报案笔录给我看一下吗？"

丁所长面露难色道："都是自己人，不过程序还是要走的，你得拿单位介绍信和调取证据函过来。"

谢骏知道程序上必须得这么走,于是赶紧向冯伟斌汇报,冯伟斌接到谢骏的电话后,即刻安排人去送手续,自己则赶快返程。

涂敏听完冯伟斌的汇报,用手敲击着桌沿,过了半晌才吭气:"你去通知咱们局里古瓶案专案组的成员来开个会,大家一起对最近新收集到的证据做个研判。"

冯伟斌问:"谢骏和王海龙需要撤回来吗?"

冯伟斌这个人有时候虽然莽撞了些,可毕竟与涂敏合作多年,对他的工作习惯和想法非常熟悉,很多事儿沟通起来不费劲儿。

涂敏点点头道:"派两个人去把他们换回来。"

冯伟斌正要去通知,突然想到了什么,停住了脚步,问道:"涂队,检察院那边你看要不要也一起?"

"你提醒得好!"涂敏伸出手指朝半空中划了个半弧,"赶紧通知赵处。"说到这儿,他想了想,加了一句,"把林岚那丫头也给我叫上。"

冯伟斌笑着答应了,赶紧去布置开会的事宜。

赵云蕾、林岚和谢骏几乎是同时赶到市局,半道儿碰上后,谢骏就把这两天查到的新情况简单说了说。

林岚这几天冥思苦想,却始终不得要领,谢骏的寥寥数语让她心里瞬间生出一种百川归海的感觉。

三个人赶到会议室的时候,人差不多都到齐了。涂敏起身相迎,大家坐定后,涂敏没有多客套,直奔主题:"古瓶案最近在大家的努力下有了一些进展,我今天把大家召集起来,主要的想法是把最近收集到的证据捋一捋,同时请检察院的同志们也为我们献言献策,明晰下一步该如何继续完善证据链,挖出幕后的黑手。"

林岚坐下后,眼睛扫视了一下在座的人,若有所思,她刚想说点什么,回头看到赵云蕾纹丝不动地坐在那儿一言不发,还是忍了回去。

涂敏眼尖,看到林岚在那儿欲言又止,于是问道:"林检察官,有什么好的建议吗?"

林岚看了一眼赵云蕾,见她微微颔首,这才说道:"涂队,我刚才听谢警官说了他们今天跟踪宋锦绣的经过，觉得古瓶案在部分目标人物和证据上和黄队负责的'1·22火灾案'有交集，能不能把黄队也请来参加会议，把这两个案子的交集都找出来？"

林岚的提议，在座的很多人感到意外，赵云蕾表情依旧平静，涂敏并未问个究竟，而是直接打电话邀请黄勤过来参会。

黄勤的办公室就在楼下，此时他正眉头紧锁，冥思苦想着案件下一步如何突破，接到涂敏让他参加古瓶专案组的会议，虽然有些意外，可他知道涂敏办事老练，叫上自己必然是有他的道理，于是没有多问，带上李云鹏就匆匆赶去。

赵云蕾得知涂敏从香港取回了新的证据，和林岚一起去了趟市局。

涂敏将快递单、证人证言、身份信息和宋锦绣、宋白羽的出行记录递给了赵云蕾和林岚。

林岚看了宋锦绣和她闺密的证言，又看了看快递单的信息，其中有几条信息中寄件人的英文名字是 Andrew King，翻译过来就是安德鲁·金。这个寄件人有个中国的姓氏，林岚心里格外留意了一下。两个人看完证据之后，和涂敏的看法一样，宋锦绣和宋白羽与古瓶失踪案一定有着某种关联，而这个宋白羽应该就是之前介绍苏琦和宋白珊认识的人。至于这个宋白珊是否就是廖雨欣，还需要进一步确认。

黄勤和李云鹏赶到会议室，涂敏做了个请的手势，他们瞅着两个空位就坐了上去，涂敏示意谢骏开始汇报。

谢骏道："涂队和我去香港找过宋白羽，当时宋锦绣就说他下落不明，结合宋锦绣这次从香港跑到涵江市来报失踪来看，在这件事儿上她确实没撒谎。我们通过证人方子晴了解到，宋锦绣并未结婚，平日里低调、神秘、深居简出，虽然没有工作，吃穿用度却是有钱人的做派。据方子晴说，宋锦绣有一个身份不明的富豪情人，应该是叫安德鲁。宋锦绣没有结婚，却有两个孩子。除了宋白羽之外，还有一个养女，关于这个养女，方子晴所提供的信息量非常少，不过，她提供了一个比较重要的信息，就是这个养女很早就去了国外，我们查了香港登记的信息，这个养女就是廖雨欣。通过方子晴提供的线索,我们查询到收件人是宋锦绣、寄件人是安德鲁的快递记录,可是并没有找到。我们又调查宋锦绣所收到的发件地址为涵江市的快递记录,倒是找到了好几件,寄件人并非同一人,寄件地址却都是涵江市市民之家服务大厅附近的快递柜。"

赵云蕾问:"快递公司的工作人员那边有没有问出什么?"

谢骏道:"我们调取了快递单的有关信息,找到了当时负责寄件的快递员,可都说是快递柜寄件,没见过本人。不过,快递员的确见过包裹的右上角写了英文名字,并且根据回忆,把这个英文名字写在纸上交给了我们。"

谢骏说到这里,用鼠标点开一张图片,放大后,清晰入目的是英文 Andrew King。

林岚突然想到了一件事儿,惊得几乎喊出声来,她赶紧深吸了一口气,极力稳住一颗扑通乱跳的心,慢慢平复了情绪,以免打断谢骏的汇报。

只听谢骏继续说道:"这上面写的英文名字就是安德鲁,说明方子晴的证言是真实的。我们去快递公司查了快递单上寄件人的手机号,发现寄件人每次和快递员联系所使用的手机号码都不一样。从通讯公司调取的通话清单来看,这几个手机号的通话记录干净得不正常,只有机主和快递员的通话痕迹,经过核实,这些电话卡绑定的身份证都是冒用的,是为了寄快递办理的一次性电话卡。寄件人的反侦查能力很强,目前我们没有充分的线索确定其真实身份。"

赵云蕾道:"对方在每一个细节上都处理得如此谨慎,确实是反侦查的高手。"

谢骏点头道:"林检察官之前移送的线索显示,宋锦绣除了和古瓶案件有关联,还牵扯到涵江市的地下钱庄,这整件事情的确不简单。宋锦绣是我们侦查中的重要目标人物。我们只是苦于证据不足没有对其采取相应的强制措施,再加上她居住在香港,调查工作推进困难。不过,这次林检察官发现了宋锦绣来内地的踪迹,听到了赵安琪说宋锦绣勾引赵睿,及时联系了涂队,涂队马上安排我们跟踪宋锦绣,这样才发现了宋锦绣的一些踪迹。从我们目前掌握的情况来看,宋锦绣的这个神秘情人指向了赵睿。"

说到这里,谢骏感激地看了林岚一眼,却发现林岚低着头,正出神地想着什么。

谢骏有些尴尬地收回目光,干咳一声,继续道:"涂队让我们把宋锦绣给盯紧了。我们盯了她两天,发现她到了恒创集团门口,却被保安挡住了,由此可见,赵睿并不想见她。她后来还是上去了,出来的时候却直接去派出所报案,说她儿子宋白羽失踪了,虽然笔录现在还没拿回来,不过,从她的前后行为分析,她找赵睿的原因多半和宋白羽的失踪有关。"

黄勤听到这里,脸上的神色也变得惊疑不定,他看了林岚一眼,见她也是心事重重的样子,正要发问,会议室的门被推开了,王海龙走了进来。

涂敏从他手上接过一沓材料,道:"好了,这会儿新证据也回来了。大家传阅一下吧。咱们先宾客后主人,检察院的同志们先看。"

王海龙将材料递给赵云蕾。

黄勤听到有新的证据,不好打岔,只得压住满腹的疑问,静待赵云蕾和林岚查看王海龙带来的新证据。

宋锦绣的报案笔录里提到,她最后一次与宋白羽打电话的时候,宋白羽还在涵江市,说过几天就回香港。宋锦绣还提供了一张宋白羽和她的微信聊天截图。林岚拿起打印的截图看了看,上面有一张醒目的图片,是宋白羽发给宋锦绣的,紧挨着图片下面的对话内容是"静候佳音"。

"这照片上宋白羽站的地方是半山花园啊!"林岚下意识地看了黄勤一眼,黄勤听了这话也是一脸愕然。林岚举着这张截图,不可思议道,"这微信聊天记录显示的时间,正好就是火灾发生的头一天啊!"

黄勤这下彻底坐不住了,他推开椅子,不顾众人诧异的目光,快步走到林岚身旁,拿起截图一看,只见照片中一个年轻男子站在半山花园的山顶,朝着旭日初升的方向比了一个 V 的手势。

黄勤看着照片中那张洋溢着志得意满笑容的俊脸，只觉得这几天心中苦苦寻求的答案，此时正呼之欲出。

大家传阅了证据后，不少人忍不住交头接耳起来。

"宋白羽怎么会出现在半山花园？"

"还正好在那一天之后失联。"

"这是巧合还是阴谋？"

"宋白羽会不会就是杀死赵冬诚和温婉的凶手？"

"如果宋锦绣和赵睿是情人，这宋白羽和赵睿之间有没有关系？会不会是他的私生子？"

"这个宋白羽看上去和赵冬诚年纪差不多，要真是私生子，那这个宋锦绣和赵睿可是老情人了。"

"要真是同父异母的兄弟，为了争财产兄弟相残，倒也说得通了。"

揣测、疑虑、甚至略带八卦的气息逐渐在会议室中弥漫开来。

一桩扑朔迷离的千万古瓶调包案中重要的目标人物居然和涵江市目前炒得沸沸扬扬的半山花园纵火案发生了关联。

两桩涵江市的特大刑事案件！

两起网络聚焦的话题案件！

这两枚重磅炸弹产生的叠加效应可远远不止是两倍。黄勤似乎看到局长肖永华那凝重得可以夹死苍蝇的眉头，严厉得如同刀锋一样的眼神。

"好了，都安静。在下面嘀嘀咕咕算什么，有什么观点，摆到台面上来讲。"涂敏的语气有些严厉。

大家顿时噤声，面面相觑。

场面一时尴尬起来，王海龙出言打破了僵局。

"不管怎么说，宋白羽出现的时间和地点都太巧了，说明他和纵火案脱不了干系。我建议对他上网追逃，等他落网后找两个讯问能手取到他的口供。"

"拿不到他的口供了。"林岚轻轻地叹了口气。

王海龙有些蒙，诧异问道："怎么就拿不到了？"

"都火化了，还怎么做口供。"

"火……火化？"

这下别说王海龙，不清楚半山花园火灾案底细的人都有些发愣。

林岚有些意兴阑珊地看着黄勤。

"黄队，这事儿还是由您来说吧。"

黄勤此时内心也是翻江倒海，可看到大家的目光都齐刷刷地盯着自己，只得说道："这事儿最早其实是林检察官发现的端倪。她在审卷的时候，发现一份证言提到赵冬诚不久前做过阑尾手术，尸体解剖的时候林检察官在场，在她的印象中，火灾现场男尸的脏器完整，无手术史，这一点后来得到了法医的印证。我们当时怀疑火灾现场的尸体不是赵冬诚，可男尸的 DNA 检测显示与赵睿是亲生父子关系，所以林检察官推测赵睿另有一个私生子。这件事儿我找赵睿本人核实过，他一口就否认了。赵冬诚的生母早逝，我们无法取到她的 DNA 和火灾中的男尸做亲缘比对，也就没办法得出男尸不是赵冬诚的关键性证据。我这几天正发愁呢，你们就给我送解药来了。"

王海龙有些不服气，忍不住问道："那也不能肯定烧死的就是宋白羽啊？"

王海龙这话虽然是朝着黄勤问的，可是大家心里都明白，他这是对之前林岚说法的质疑。王海龙是刑侦队里面出了名的倔脾气，一旦他对案件中的某个问题产生疑问，除非你能说服他，不然他非得和你争论到底。王海龙的血压高，一激动起来连眼珠子都发红，嗓门儿又大，再加上他天生是个黑面皮，不熟悉的人看到他这样会认为他是在暴怒。涂敏担心赵云蕾和林岚误会，当下压着嗓子咳了一声，谢骏也在桌子下面踢了王海龙一脚。可王海龙的倔脾气上来，摆到台面上制止都不一定收得住性子，哪里还会管什么暗示。

黄勤也知道王海龙的脾气，眼看着气氛不对，正准备回应，只见林岚抿了抿嘴唇，不紧不慢地说道："到赵冬诚家里偷标书的刘栋在供述中曾经提到过，委托他偷东西的男子那几天总是在半山花园附近晃悠，火灾事件后再也没和他联系过，尾款也没有付，从此不见踪影。这个人花了这么大的工夫去指使刘栋偷标书,为什么后来却不出现了呢?"

王海龙不以为然道:"半山花园发生了恶性纵火杀人案,这个委托刘栋盗窃的人担心惹上人命官司,跑路了也很正常。"

"我也曾经这么想过。"林岚又拿起那张截图道,"可这张截图告诉我们,宋白羽在火灾的头一天也出现在半山花园,随后也神秘消失。他应该就是委托刘栋去盗窃标书的那个人。他既然要在半山花园杀人放火,就不会安排刘栋在同一天去那里偷标书。"

黄勤在一旁帮着敲边鼓。

"没错,傻子才会在自己杀人的时候给自己找个目击证人。"

王海龙反问:"要是委托刘栋盗窃的不是宋白羽呢?"

林岚道:"黄队找过赵睿,说火灾中的尸体有可能不是赵冬诚。赵睿的反应很奇怪,他不但极力否认自己有私生子,还四处反映我们司法故意拖延办案时间,放任真凶,要求我们尽快结案。DNA 检测证明死者就是赵睿的亲生儿子,那么,能够让一个父亲不惜一切隐瞒死亡真相的原因只有一个,那就是掩盖另一个亲生儿子是凶手的事实!如果不是赵冬诚杀害的宋白羽,我实在想象不出,赵睿有什么理由去掩盖真相,包庇真凶。"

林岚不急不缓慢慢道来,逻辑严密,很具说服力。

李云鹏也开始帮林岚说话。

"林检察官提审刘栋的时候,刘栋供述发生火灾的时候听到了车辆引擎声,我们顺着这个线索查了案发当时半山花园附近的人和车,有个流浪汉证明一名女子开着法拉利在那个时间出现过。顺着这条线,我们到视频大队调取了火灾案件案发前后的城市监控。那个时间段路上的车不多,所以,我在一个废旧的停车场找到了案发当晚出现在现场附近的那辆法拉利,停在一个废弃的停车场的角落里。车子的牌照已经被人摘掉了,不过,我们通过车架和发动机上的编号,已经核实了这就是被害人温婉的车。"

黄勤补充道:"我们让技术人员勘查了这辆车,车锁没有破坏的痕迹,座板调节杆的痕迹是新近形成的,案发前座位有过调整,驾车的是一名身材高大的男子。"说完,他示意李云鹏继续汇报。

李云鹏道:"我们通过走访温婉的亲友,得知赵冬诚除了温婉之外还有一个情人,两个人为这事半个月前闹了一场,温婉一气之下把车还给了赵冬诚。工人也证实,这辆法拉利案发头晚还停在半山花园的车库里。我们还在停车场旁边的垃圾桶里找到了一顶被丢弃的波浪卷假发。因为这是个废弃的停车场,很久没有人来清理了,所以这顶假发被保留了下来。我们专案组经过讨论,认为当晚开车离开山顶,被流浪汉看到的那个卷发红衣女子,极大概率是男子假扮的,而这个假扮女子,开着温婉的车深夜离开半山花园的人,很有可能就是杀人纵火的真凶。"

王海龙一拍大腿,道:"能够不破坏车锁开走温婉的车,这个真凶定然是赵冬诚无疑了! 车是温婉不久前还给她的,钥匙当然也在他手上。"他一脸兴奋的样子,完全忘记了自己刚才还在为不服气林岚的推理而对她吹胡子瞪眼。

林岚见他临阵倒戈,自毁长城,却毫无芥蒂,一片坦然,心想:"这王海龙全心全意为了案子,虽然态度冲了些,却是对事不对人,光明磊落,倒是条真性情的好汉。"

林岚问道:"假发中提取到了真发吗?"

李云鹏没反应过来,茫然问道:"什么真发?"

"就是真正的属于人类的头发啊。一个成年人每天会正常脱落40~100根头发,如果碰到外力,比如梳头、脱帽、包括摘掉假发,头发还会非正常脱落。所以,这顶假发中极大概率会提取到脱落的真发,通过对真发毛囊的检测,就可以获得这个男扮女装的嫌疑人的 DNA。"

林岚话音刚落,涂敏用力一拍冯伟斌的肩膀,把冯伟斌那壮硕的身板拍得朝旁边一歪:"老伙计,我之前跟你说什么来着,这丫头行啊,真行!"

黄勤忙对李云鹏说:"你赶紧安排人到物证室,把假发领出来交给鉴定中心,让技术人员仔细检测一下。"

林岚道:"如果提取到了符合检测条件的毛囊,要同时和火灾案中的男尸、赵睿的 DNA 进行比对。另外,还要提取宋锦绣的血样进行 DNA 比对。"

话说到这个分上,大伙儿基本清楚林岚的思路了。

如果杀人纵火后驾车逃离现场的那个人真的是赵冬诚,被烧死在现场的是宋白羽,那么从假发里面提取到的生物样本的 DNA 就应该和赵睿的高度吻合,和火灾现场的男尸具有亲缘关系,和宋锦绣的 DNA 不匹配,而宋锦绣的 DNA 则会和火灾现场男尸的 DNA 高度吻合。

黄勤问道:"赵睿的 DNA 比对容易,上次火灾案给尸体做亲缘鉴定的时候已经提取了,可是宋锦绣毕竟不是嫌疑人,如果她拒绝,我们又不能强行对她抽血取样,这倒是有些棘手。"

林岚倒是一副胸有成竹的样子:"这个您放心,您只要对她说,是要检测她和半山花园案件受害者之间是否具有亲缘关系,她一定会同意的。事情紧急,刻不容缓。"

黄勤醒悟过来,道:"对啊,关系自己儿子的下落,她不可能不配合。"

涂敏看着讨论得差不多了,总结道:"今天会议的效果非常好,很多线索都从四面八方胜利会师,真相呼之欲出,检察院的同志们给我们拓宽了思路,解决了大问题,黄队长也提供给我们很多重要的证据和线索,我在此表示衷心的感谢。下一步的工作任务重得很,该鉴定的鉴定,该通缉的通缉,每一项都得加紧进行,耽误不得。会后谢骏拟一个详细的工作方案,保证每一项工作都对应到具体的责任人。散会。"

大家依次散去。

会议室留下涂敏一个人陪着赵云蕾和林岚。

林岚对赵云蕾和涂敏说道:"我刚才还有一个发现,因为目前没有确切的证据支撑,还涉及到其他的案件,所以刚才会上没敢贸然说出来。"

涂敏和赵云蕾见她说得慎重,知道林岚这个发现应该不简单,赶忙问道:"什么发现?"

"谢骏刚才出示的快递单上标注的英文是 Andrew King，这个 King 翻译过来应该是中国的姓氏金，如果寄件人是赵睿，证据在这一点上就存在着矛盾。可从目前的证据来看，这个特意标注在快递单上的英文姓名应该是宋锦绣私底下对赵睿的称呼，方子晴的证言也印证了这一点。如果英文名字是真实的，姓氏也应该是真实的。"

赵云蕾道："可是赵睿并不姓金啊？"

林岚道："事实上，他还真的有可能就姓金。"

"这从何谈起？"涂敏忍不住问。

"我无意中发现赵睿、赵冬诚和死者金大钟的 STR 分型相近，具有亲缘关系。所以，赵睿和 23 年前被灭门的金家关系一定不简单，快递上的姓氏金，并非子虚乌有，反倒是大有文章。"

李大峰杀妻碎尸案的庭审太有影响力了，涂敏早听局里的年轻人绘声绘色地说过好几遍，所以对里面的几个关键人物和证据耳熟能详。他此时听到林岚说赵睿父子居然和当年灭门案中的金大钟有亲缘关系，其震惊程度丝毫不亚于林岚当初从鉴定上看到两组数据时的反应。

赵云蕾随即疑惑地问道："这件事儿我怎么完全不知道？"

林岚连忙解释道："我也是刚发现金大钟和赵冬诚两人的 DNA 检测 STR 分型极其接近。因为正式的亲缘鉴定没有出来，我也拿不准。那天晚上我碰到了宋锦绣，触发了这之后一系列的线索，才对整件事儿有了个大致的轮廓。因为事关重大，我也等不到鉴定出来了，就先向二位领导汇报了。"

赵云蕾嗔怪道："你可真沉得住气，这么重要的事情，捂到现在才说。就算正式的鉴定没出来，你把假设告诉我们，即便错了，我们还能打你板子不成？你天天把大胆假设、小心求证挂在嘴边，敢情都是说给自己听的，就不相信我们这些老古董能够跟上你的新思维？"

涂敏见赵云蕾真有些不高兴，赶忙出来打圆场。

"在这儿论得上老古董的，可只有我啊，你们俩搁我这儿都是小年轻。林岚这事儿是有汇报不及时之过，可她希望弄准了再汇报，免得一惊一乍扰乱了侦查方向，也不算大错。"说到这儿，他又转向林岚说，

"不过,你瞒谁也不该瞒着你们赵处,她可是你正儿八经的伯乐。"

赵云蕾一开口,林岚就意识到自己在这件事儿上确实处理欠妥。古瓶专案在检察院这边定盘子的不是她林岚,她上面有赵云蕾,赵云蕾上面还有其他领导。检察院在这块儿规定得清清楚楚,上下级机关是领导与被领导的关系。所以,在检察院的内部,检察官独立办案不等于独自办案,在案件中发现问题,必须及时汇报,这是规矩。不讲规矩就是不守本分,自己这是犯了办案的大忌。

她见涂敏帮她搭梯子下台,赶紧拱手谢道:"涂队,您就是我的亲人。"接着她又冲赵云蕾作了个揖道,"赵处,这事儿是我错了,回去认打认罚,绝无二话。"

赵云蕾见林岚面有愧色,心里早就原谅她了。可她担心林岚不长记性今后吃亏,不愿就此轻轻揭过,于是正色道:"这事儿往小了说是你疏忽了,往大了说就是你的团队意识和协作精神不强。专案不同于普通案件,不能单打独斗,更不能搞什么个人英雄主义。发现了新线索,有了好的想法一定要及时报告、讨论。早一分钟说,都有可能争取到突破案件的机会,晚一分钟说,都有可能贻误战机,不能藏着掖着,记住了吗?"

林岚正惭愧不已,认真听训,一听到赵云蕾问自己,忙不迭地保证道:"记住了,记住了。今后只要是我有了新的发现,一定马上汇报,绝不拖延。"

赵云蕾见她说得真诚,知道她是把自己的话听进去了,欣慰地点了点头。

接下来相继解锁的证据愈发证明了林岚的推测。

火灾中的男尸和宋锦绣的 DNA 相似度高达 99.99%,是亲生的母子无疑了。假发中提取到了三根人类真发,有两根毛囊完整,经鉴定,毛囊中提取的 DNA 与赵睿的 DNA 相似度高达 99.99%,与火灾男尸的 DNA 相近但不一致,与宋锦绣的 DNA 不匹配,说明火灾当天凌晨驾车离开半山花园的人正是赵冬诚。

黄勤再次提审了刘栋,让他对 12 张登记照进行辨认,刘栋一眼认出夹杂在其中的宋白羽就是指使他到赵冬诚家盗取标书的年轻男子。

火灾中丧生的男子终于确定了身份。

正在阳台修剪花枝的宋锦绣无意中朝外面看了一眼，发现涂敏和冯伟斌正朝着酒店走过来，心里顿时生出一种不祥的预感。

女人总是有一种莫名的直觉，越聪明的女人，这种直觉往往越准。宋锦绣就是如此，她总是能很敏锐地嗅到危险的气息，并凭此躲过了无数次的灾祸，被赵睿称为福星。可这次，她却无比痛恨这该死的直觉，她清晰地感受到自己的心脏猛地抽了一下，双手不自觉地开始发抖，一个错手，把那支已经微微绽放的百合花苞咔嚓剪了下来。白色的花苞重重地摔在地上，两片花瓣狼狈地裂开，仿佛一对折断的翅膀耷拉在两旁。

宋锦绣盯着地面，在保持这个低头发呆的姿势一段时间后，她突然感觉后脑的左下部血管猛烈地跳动起来。她下意识地找住那个痛点，手指用力地按了下去，疼痛感却丝毫没有减轻。耳朵里如同有一只昆虫在奋力挣脱死境，翅膀扇动的嗡嗡声大到让她惊恐，可她的耳朵里似乎伸出了触须，穿透过那杂乱的声音，清晰地接收到了门外由远及近的脚步声、刺耳的门铃声。

宋锦绣无法分辨出这些声音究竟是真实存在着的，还是她灵魂出窍后的幻听。

门铃大作，一声紧似一声。

宋锦绣如同梦游一般，面无表情，机械地挪步、抬手、拉门。

一张苍白如鬼魅的面庞猛地出现在涂敏和冯伟斌的眼前，眼神空洞，神情憔悴。几日前还妖媚风流的女子，此刻却风采全无，仿佛老了十岁。

宋锦绣的眼睛虽然看着门外的人，目光却没了焦距，她浑身都在发抖，费了好大的力气才从唇缝里挤出来两个字："是他？"

涂敏点了点头，将手中的鉴定报告递了过去。宋锦绣就像看到了什么洪水猛兽一般，踉跄着后退了几步，扶着墙壁慢慢蹲了下去。她捂着脸庞低声啜泣起来，不一会儿就喘作一团。涂敏朝冯伟斌使了个眼色,一起上前搀扶着宋锦绣站了起来,正准备让她靠坐在附近的椅子上,不料她身子一软,晕厥了过去。

涂敏和冯伟斌将她送到医院,一直守在病房外,直到宋锦绣醒来。

管床医生听到面前的两位警官准备给宋锦绣做笔录,反复叮嘱道:"她精神不太稳定,你们问话的时候尽量不要刺激到她。"

冯伟斌道:"医生您放心,咱们都是老公安了,晓得分寸的。"

医生再次朝他们打量了一番,点了点头,放行前又嘱咐了句:"万一病人情绪失控,记得按床头的呼叫铃。"

两人答应着走进病房,只见宋锦绣躺在病床上,脸色惨白。

涂敏道:"我们有些问题要向你核实,希望你配合。"

宋锦绣看了涂敏一眼,问道:"我也有个问题。"

"那你先问吧。"

"是谁最先发现火灾里面死的是我的儿子?"

宋锦绣从始至终都没有看过鉴定,却对宋白羽已死心中透亮,的确不是一般的女人。她这么直言不讳,倒是省去了涂敏他们问话时的顾虑。

涂敏和冯伟斌对视了一眼,答道:"是一位女检察官在审查时发现的,有些解剖特征显示出死者有可能不是赵冬诚。"

"你说的女检察官,是那天给我和赵安琪劝架的女孩子吧?"

"你怎么知道的?!"冯伟斌在一旁惊讶地问。

宋锦绣轻嗤道:"这么多年,为了隐瞒我和赵睿的这层关系,我很少和外面的人打交道,没几个人知道我是他的情人。我和赵安琪吵架的那晚,一个女孩儿替我解了围,也听到了我和赵睿有瓜葛。她身上有一种干你们这一行的独特气质。你们之前去香港找过我,根本就没朝这方面打听,我到大陆的这几天,你们也没找过我。可就在我碰到她后没多久,你们就来找我提取血样。所以,这个发现秘密的人,不是她又会是谁?"

宋锦绣有些虚弱,说了这些话,呼吸再次急促起来。慢慢平复下来后,她接着道:"不过,你们动不了赵睿,你们手中没有足够的证据。"

涂敏道："如果你愿意指证他,不就有证据了。"

宋锦绣冷哼一声道："赵睿可不是什么人都能对付得了的。不过,你们发现了我儿子被杀的真相,羽儿不用继续做那不明不白的替死鬼,也算是为我做了一桩好事。如果你们真想扳倒赵睿,就把那个女孩儿叫来,作为回报,我会给她一些提示。至于她究竟有没有和赵睿斗一斗的分量,我还得亲自掂量掂量。"

说完,宋锦绣将头侧到一边,不再搭理涂敏和冯伟斌。

涂敏心里明白,目前没有任何证据能够证明宋锦绣有罪。她现在的身份是被害人的近亲属,是证人,而且还是个病人。这就如同豆腐掉进灰堆里,吹又不好吹,打又不好打,完全没辙。他于是什么也没问,说了声告辞,就带着冯伟斌走出了病房。

冯伟斌出来后,不满地抱怨道："这女人,真够狂的。"

涂敏沉吟片刻道："有本事的人,通常都有几分傲气。她刚知道儿子的噩耗,言语偏激些也属正常。我本来担心她什么都不说,既然她现在主动提出见林岚,说明有开口的希望。除了在办的两起案件,我现在怀疑在林岚身上发生的一系列事情,都和赵睿有关。"

"这从何说起?"冯伟斌脑子一时有些转不过弯来。

"赵处告诉我,林岚办火灾案时,嫌疑人刘栋被人收买,当庭诬陷林岚,导致她被纪检组调查。林岚当时把这条线索秘密移交,外界并不知情。所以那段时间她安然无事。不久后的庭审,毒枭葛永健想检举地下钱庄换取立功表现,可他还没有来得及交代就被人打死了,同一天,林岚也出了车祸。这些事儿当初零零散散,让人摸不着头绪,可现在看来,赵睿就是那个既害怕火灾案真相水落石出,又不希望地下钱庄曝光的人。接二连三伸向林岚的黑手应该就是他。"

冯伟斌脸上露出生气的表情道："那咱们还等什么,我这就去把他给逮起来。"

涂敏抬手制止道："现在还不能动手。这些证据只不过是将怀疑聚焦到了赵睿身上,只要宋锦绣不开口,葛永健、宋白羽已经死无对证,廖雨欣没有到案,赵冬诚下落不明,大卫·李目前还没落网。所以,地下钱庄、走私文物、窝藏赵冬诚的这些犯罪行为是否真的是赵睿所为，还没有明确的证据，也不是收网的最佳时机。"

"那就让他这么逍遥法外？"冯伟斌不甘心地问。

"宋锦绣是个关键的突破口。她跟了赵睿这么多年，连孩子都有了，两个人之间的关系却始终瞒得严严实实，连个联系方式都弄得那么隐蔽。按理说，赵睿的妻子早就过世了，他们两个在一起，不存在任何阻碍。而且，从他不避讳有私生女的事儿来看，他也不在意外界是否给他一个风流的定义。我推测，他们二人之间，一定不是情人这么简单，还有一层合作关系，所以赵睿才要把宋锦绣藏在暗处，不让她和外界接触。"

"按你这想法，宋锦绣是赵睿犯罪的帮凶？"

涂敏未置可否。

冯伟斌又问："那我就不明白了，既然宋锦绣这么重要，正宫娘娘也不在了，干吗不给个名分？如果真的不中意她，为什么又一直不另娶？宋锦绣为什么心甘情愿就这么没名没分地藏着？就算是为了宋白羽，也要争一争啊。赵睿名下的恒创集团，资产可观得很呐！"

"这样死心塌地的马前卒，怎么能够让她轻易暴露？不过，赵睿的安抚工作应该是做了不少，给了宋锦绣一些承诺。否则，他这么风流，怎么可能这么多年都单着？"

"那倒也是，除了赵安琪那个很少出现的母亲，再没听说他有什么情人了。"

"宋锦绣和赵睿无论是在感情上还是利益上都有着很深的纠葛。要不是宋白羽的死，他们之间的同盟也不会出现裂痕。接下来，只要林岚能够打开宋锦绣的心防，案子就会有转机。不过，这样一来，林岚更加会成为幕后黑手的攻击目标，我们务必要确保她接下来的人身安全。"涂敏脸上露出担忧的神色。

"你放心，我让王海龙带上几个办事靠谱的兄弟们，这段时间保护她。"冯伟斌拍着胸脯保证。

涂敏摇头道："你还能让人 24 小时跟着她不成，那不影响人家工作生活吗?"他想了想,叮嘱冯伟斌道,"我听说林岚她爸林骁勇是老刑警了,你去给他也透个风,让他最近看好这丫头,千万别让她独自外出。"

冯伟斌答应着去了。

第五章 亡者归来

赵云蕾陪着林岚来到医院的时候,宋锦绣正在房间里挂着点滴,林岚见到她微微一怔,曾经灿若芙蓉的面庞,短短几日,血色竟褪得干干净净。

两人出示了工作证后,宋锦绣非常认真地端详了林岚一阵儿,轻轻道:"是个聪明样子。"她望着赵云蕾问,"我能和这位林检察官单独谈谈吗?"

虽然办案纪律必须是两个人做笔录,可赵云蕾也并非拘泥之人,将欲取之,必先予之,只要能从宋锦绣口中套出有价值的线索,笔录可以以后再补。赵云蕾临走前看了林岚一眼,林岚回她一个请放心的眼神。

宋锦绣指了指床尾道:"帮我把床摇起来些吧,我要坐一坐。"

林岚找到摇柄,病床伴随着机械的摩擦声,颤颤巍巍地倾斜起来,宋锦绣用手撑着身体,慢慢寻找舒服的位置,林岚帮她用枕头垫住了脊背和脖颈,她朝林岚微微一笑,脸颊边隐隐现出梨涡。这么近的距离,林岚能够清晰地看到她的面容,皮肤苍白却依然光洁细腻,睫毛根根分明,在眼睑上如羽扇般铺开,越发衬托着那中间包裹着的瞳孔乌黑。

"当真是个美人啊!"林岚心中赞叹道。

"我对你印象太深刻了,长得这么好看又英气勃勃的姑娘,真的是让人过目不忘。"

房间里只剩下两人，宋锦绣整个人柔和了许多。

林岚在来之前就听涂敏说了这个女人不简单，打定主意要多听少说，所以当下只是嘴角轻轻一弯，并没有接话。

"我听说，是你第一个发现火灾中丧生的那个人不是赵冬诚。"

林岚道："算是碰巧吧，其实也不是我一个人发现的，没有当时参与解剖的法医，我也不能确定。"

"小小年纪，不怯场、不贪功，思维缜密，说话还滴水不漏，再磨炼个几年，会是个人物。"

"你过奖了。"林岚语调依旧平淡。

"我从来不轻易夸人。"

"你把我单独留下来，不会只是想夸我吧？"

宋锦绣慢慢收回停留在林岚身上的目光，幽幽道："当然不是，不过，你若想从我这儿要到赵睿的实锤猛料，得让我看看，你究竟把整个事情猜到了什么程度。"

林岚冲宋锦绣笑了笑："我怎么知道你不是趁机打探案情？"

"我的儿子死了，我争了一辈子，比了一辈子的那个女人，她的儿子却好好地活在这世上，到了今时今日，还有什么事情值得我费心思打听？"

林岚不得不承认，宋锦绣说得一点儿没错。目前，不会有人比她更清楚内幕，而她也没有理由再去保护赵睿。

"好吧，那我就直说了。前段时间那桩扑朔迷离的古瓶失窃案，想必就是赵睿和你的杰作了。指使胡强调包的廖雨欣，据我们调查，从小就跟着丁帆在国外参加各种拍卖会和展会，还化名宋白珊，对外自称是宋白羽的妹妹，想来，就是你那个从小就送往国外的养女吧？宋白羽应该被你保护得很好，显示他直接参与作案的证据目前并不算多。他学历高、帅而多金，身上没有任何污点，便于出入上流社会，去接触那些有购买实力的人，也容易打听到奇珍古玩的消息。你们既是赵睿的亲人，也是他的心腹。不过，光有你们还不行，偷东西毕竟是个技术活。丁帆应该就是技术核心了，廖雨欣的手段也应该是来自于他的传授吧？毕竟,你和赵睿这么多年,根本没有尽到抚养和照顾廖雨欣的职责。你们纠集在一起,按照赵睿的指令,在香港和境外完成盗窃、走私、销赃这一系列的行为,再通过大卫·李将黑钱变为合法收入。赵睿再用这些钱在国内投资房地产,建立合法的商业帝国,成为涵江市的新贵。这一切本来都非常顺利而且完美。"

宋锦绣居然给林岚鼓起掌来,她满不在乎,仿佛林岚说的是别人的故事,和她毫无关系。

"不错,有点意思,你比我想象的还要有趣。不过,如此顺利且完美的故事,为什么没有一个 Happy Ending 呢?"

林岚面上流露出一丝不忍,她迟疑了一下,接着说道:"因为这个故事里面的人,都生活在现实中,都会有人类共同的弱点。"

宋锦绣柳眉微挑,敛去了面上的戏谑,正色问:"此话怎讲?"

"你对赵睿的期望,远不只一张长期饭票这么简单,你对他的期待是爱情。"

宋锦绣的神情突然变得凄苦,眼神中也流露出绝望的神色。她勉强笑着,装作毫不在意的样子说道:"你小小年纪,懂得什么?不过瞎猜罢了。"

林岚暗自庆幸,昨天涂敏和赵云蕾为了今天她和宋锦绣的见面,可是煞费苦心地辅导了她半宿,将宋锦绣的性格和经历分析了个透透彻彻,为的就是今天林岚能将宋锦绣的口供一举拿下。

林岚镇定地答道:"是不是瞎猜,你自己心里最清楚。这么多年,你帮赵睿创造的财富是个惊人的数字,可你依然忍辱负重,不但没名没分地跟着他,还刻意隐藏行踪,不和外界接触,就连和他见面都如此隐蔽,如果不是因为爱,我想象不出有什么值得你做出这么大的让步。"

这番话显然说到了宋锦绣的痛处。

郎骑竹马来,绕床弄青梅。

单纯的年龄,至美的情爱。曾经的赵睿,是宋锦绣夜半辗转时分最甜蜜、最苦涩的念想,也是魂牵梦萦中那个遥不可及的少年。分分合合,好不容易再续前缘,宋锦绣发过誓,只要能和赵睿永远在一起,她什么都不会去计较。不过，凡事皆有例外，宋白羽就是这个例外。

林岚看到宋锦绣的眼神渐渐透出迷茫，她整个人透出一股浓郁的悲伤气息，显得有些脆弱。

林岚接着道："宋白羽失踪后，你关心则乱，冒着你们之间关系曝光的危险，来到涵江市向赵睿打听宋白羽的下落，赵睿的回答显然不能让你满意，不然你也不会从他那儿出来后就直接去报警。不过你很聪明，一定没有和他撕破脸，否则，你不可能有报警的机会。警方找你提取血样用来和火灾中的尸体进行亲缘鉴定时，你肯定猜到了用途，所以很快就答应了。"

宋锦绣听到这里，脸上呈现出痛苦的神色。在无数个绝望的夜晚，当思念和孤独啃噬着她的心时，是那张酷似赵睿的面庞给了她坚持下去的勇气，这个同样俊美聪明的孩子，血管里流动着他们共同的血液。宋锦绣将自己一生中所羡慕的、憧憬的一切，都给了这个孩子，让他延续了自己的生命，见证着自己的爱情。可就是这样弥足珍贵的寄托，却无声无息地在一场大火中化为灰烬。这场大火摧毁了宋锦绣的一切，连一丝躲避和还手的机会都不曾留给她，最可怕的是，这场灾难过后，她并没有在赵睿身上看到同样的伤痛和绝望。他们之间的爱情，从来都不是对等的。

林岚继续道："宋白羽和赵冬诚对于彼此的身份应该早就知道了吧？他们之间的矛盾，应该也不是一两天了。"

宋锦绣的眼睛里闪现出仇恨的光芒。

宋锦绣挪了挪身体，轻轻说道："你比我想象的还要聪明，居然猜得八九不离十，怪不得赵睿一直想除掉你。"

林岚心里一颤，面上却不动声色。她知道，在接近猎物的时候，任何的轻举妄动都会打草惊蛇。

宋锦绣讶异道："你倒真沉得住气，事关自身生死，都能忍住不问。难道你就不想知道，他接下来会怎么对付你？"

"如果没有猜错，我之前的车祸就是拜他所赐吧？不过，比起这些，我更在意如何将他背后的犯罪集团一网打尽。"

宋锦绣看到林岚对于自己的生死如此置之度外，倒也有些佩服。

"好吧，那你得耐心些，我要讲讲我们之间的故事，毕竟，这些秘密放在我心里太久了，我得把他们倒出来，你是个不错的对象。"

"你尽管说好了，我还算是个不错的听众。"

"我和赵睿算是青梅竹马了，我母亲宋彩莲是他家的保姆。在他家工作得久了，我们知道了赵睿并不是那家的亲生儿子，是从收容所抱回来的。他的养父母对他的学业要求很高，看他看得紧，所以他身边没有什么朋友。那时候，我经常去他家打包剩下的饭菜，碰到过他几次，渐渐熟了起来。后来，我高中和他同一所学校，他并不嫌弃我，也没有告诉同学们我们两家之间的关系，让我免去了尴尬。我很感激他，两个人的关系也处得不错。为了和他在一起，我拼命用功，就是为了能够和他考到同一所大学。可这世上有些事情，不是说努力就一定能够成功的。我虽然没有考上他所在的那所学校，可两所学校挨得很近，也算一种安慰。他读的是考古系，我读的是计算机系，那一年，我读大一，他快毕业了，我们偷食了禁果，有了孩子。这件事后来被他的父母知道了，他们不同意我把孩子生下来，说会毁了赵睿的前途，逼我去外面的诊所堕胎。

"那段时间，我根本见不到赵睿，他被父母送到了外地亲戚家。我经过检查，凝血常规的结果不好，不适合堕胎。我母亲拼死护我，最后，他父母妥协了，代价是我办理了休学手续，随着我母亲回到潮汕老家生孩子，永远不出现在他们面前。"

宋锦绣指了指桌上的水杯，林岚会意，端起来放到她手中，宋锦绣喝了两口，把杯子递还给林岚。

"我们在一起的时候，他对我还是很好的，只是，他总是心事重重，我怎么也走不进他的心里。"

说到这里，她停了下来，问林岚道："你谈过恋爱吗？"

林岚被她问得措手不及，只得老老实实答道："相过亲，但是还没有谈过恋爱。"

谈到这段感情，宋锦绣的笑容温暖了许多，声调都柔和起来。

"这么聪明美丽的姑娘,居然没有谈过恋爱,倒真是怪事。想来你方才对我大谈爱情,也是经人指点,拾人牙慧吧。你如果恋爱过,就会知道,情侣之间,如果心中有彼此,自然是心意相通的。相反的,哪怕你再爱对方,或者对方再爱你,只要是单相思,总是会觉得疏离。"

她这么一说,林岚不知怎么接话才好,好在宋锦绣并未继续这个话题,她接着之前的故事讲了下去。

"到了老家,我以为和赵睿今生再也不会相见了,没想到,他后来找我了。他说要弥补我和羽儿。我们在一起待了一段时间,他说当地人嘴碎,对羽儿的成长不好,就出钱找了蛇头,让我和母亲带着羽儿去了香港。他说会去找我们的,让我放心。"

说到这里,宋锦绣问道:"有烟么?突然想吸一支。"

林岚提醒道:"这里是病房,不能吸烟。"她想了想,从包里掏出一把软糖,试探着问道,"要不,用这个代替?"

宋锦绣看着她手里五颜六色的糖果,不禁有些好笑。她拿了两颗红色的过来,白皙的手掌衬托着红色的糖果,格外美丽。她感慨道:"生活挺苦,是得来点甜。"

她含了一颗在嘴里,慢慢眯上了眼睛。她吃得很慢很慢,林岚这种糖罐子无法想象,一颗糖竟然可以吃得如此优雅,想起自己动辄秒速消灭一把糖果的行径,不禁有些汗颜。

"赵睿喜欢漂亮的女人,我平常不碰甜食,因为糖分是美貌的杀手。我已经忘了甜是什么滋味,原来这么美好。"说到这里,她自嘲地笑了笑,"其实,留住美貌又如何,有几人能够做到弱水三千,但取一瓢饮?"

宋锦绣这样美丽的女人,笼罩在一片轻轻的哀愁中,很容易引起人的同情。她虽然是嫌疑对象,林岚却没法对她生出恶感,她静静地等着她品尝糖果,没流露出丝毫的不耐烦。

过了一会儿,宋锦绣接着讲述她自己的故事。

"刚到香港的时候,我们还保持着联系。可是突然有一天我联系不上他了。我之前因为怀孕中断了学业,没有文凭,在香港找不到正经的工作，母亲生了一场大病，花了很多钱。后来的日子过得很苦。我在展会厅做清洁工。一次展会上，我碰到了他。他已经结婚了，妻子美丽、高贵。拍卖会后他来找我，说他送我们去香港后不久就去了国外，所以这么多年没和我联系。要是换作以前，我不会再和他纠缠了，毕竟，他有了别的女人，我有我的骄傲。可对当时生活拮据的我来说，自尊心这种东西太奢侈了。即便我输得起，我的孩子也输不起，他的人生为什么注定要下一盘必输的棋局？

"在我的妥协下，我们再续前缘。从此，我和儿子有了自己的房子，自己的财产。我做了我能做的一切事情，我学习仪态、化妆、色彩、茶道、插花、外语，我要比他的正牌夫人更美、更有气质；我学习计算机和财务，能给他的事业带来更大的帮助。为了捍卫我和我儿子的地位，我甚至不惜为他铤而走险，连羽儿都被拉下水。我帮他累积巨大的资本，创建庞大的商业帝国。他的妻子过世了，我以为老天垂怜，我和儿子能够光明正大地站在他身旁。可是，年复一年，我始终没有等到那个承诺，只等到他一个又一个的谎言。有的人，因为出身好，什么都不用做，也能成为他唯一的妻子；而我，做尽了一切，却依然是颗弃子，这一切多么可笑。"

说到可笑，宋锦绣真的开始笑了，仿佛说了一件极其可笑的事儿，笑到眼泪都出来了，湿润了脸颊。在一旁看着她的林岚却觉得这笑比哭还难过百倍。

好不容易止住了笑，却听她说道："今天就谈到这儿吧，我也累了。"

"可我想听的，不仅仅是故事。"林岚轻叹道。

"那你想听什么？"

"赵睿犯罪的证据，古瓶的下落，火灾案背后的真相。"

宋锦绣一言不发。

林岚反问道："难道你不想为宋白羽讨回公道？"

宋锦绣并未马上回答这个问题。她坐直了上身，用手拢了拢有些散乱的长发，按了按床头的呼叫铃。护士不一会儿就走了进来，帮宋锦绣拔去针,林岚这才注意到,点滴瓶中的液体已经见底。护士用棉签压住针眼,宋锦绣用拇指轻轻按着。

护士走了出去,房间又恢复了沉静。

宋锦绣脸上浮现出一种古怪的笑容,她用轻到几不可闻的声音道:"我们家的人,都护犊子得很。害死羽儿的人,一个都逃不掉。无论他是谁,无论我要付出什么代价。"

她如此平静地谈论着复仇,林岚却有种头皮发麻的感觉。她丝毫不怀疑宋锦绣此刻的决心。

她仿佛刚刚与魔鬼签下了契约,要以自己为祭,讨回血债。

"你要的证据,我都会交给你,不过你能不能拿得到,就看你的本事了。"

林岚问:"那你什么时候给我?"

宋锦绣面露倦色道:"过几天吧,羽儿的后事需要处理,他总得有块写着自己名字的碑不是。"

她面色哀伤,忽然叹了一口气道:"要是我将来有个好歹,看着我帮你一场,你到我坟前上炷香吧。"说着,她从柜子里取出一个便携式的折叠键盘塞给林岚。

"这个也不值钱,送给你做个纪念。"

林岚正要推辞,宋锦绣却闭上眼睛,将头扭向一边,不再说话。她拿着键盘有些尴尬,宋锦绣此刻情绪化得很,她觉得还是以后找机会退给她。

林岚回去后,把今天和宋锦绣的对话向赵云蕾和涂敏他们做了汇报。

涂敏道:"既然她答应交出证据,咱们就再等一等。为防万一,得牢牢看紧啰。赵睿那边也得盯着,他要是得了信儿,就会狗急跳墙。我们既要顾着宋锦绣的安全,也得撒下网,不能让他跑了。"

冯伟斌道:"这样会不会太冒险?毕竟人放在外面,随时会跑。"

赵云蕾道:"现有的证据,还不足以对赵睿采取强制措施。这几个人的身份也特殊,宋锦绣是香港居民,赵睿是美籍华人,归国投资的华侨。证据尚不确凿就贸然采取行动,将来会非常被动。"

大家商量了一阵儿,还是决定以静制动,见机行事。

世事终无常,百密也有疏。

午休的时候,林岚刚趴在桌上眯了一会儿,就听到"咚咚"的敲门声,她拉开门就看到赵云蕾站在门口,急急忙忙地对她说:"你赶紧和我出去一趟。"

林岚应了一声,抓起桌上的包和手机,就跟着赵云蕾往外走。她边走边问:"赵处,究竟发生什么事儿了,怎么这么急啊?"

"涂队打电话过来,说宋锦绣不见了。"

林岚刚醒,还有些发蒙。

"什么叫不见了? 老冯他们不是派人守在医院吗?"

"她滑头得很,趁着抽血的空儿溜了。"

"她不是要报仇吗? 怎么会跑? 该不会是去找赵睿了吧?"

"涂敏他们也是这么想的,他们先赶过去找人了,我们也去看看。"

赵云蕾和林岚坐上车,朝恒创集团赶去。

眼看着恒创集团就在一步之遥,林岚的手机响了一声。她心念一动,掏出手机看了看,是一个陌生号码发过来的短信。

林岚点开一看,只见上面写着:"我终究还是无法亲眼见证他的毁灭。不过,我的承诺依然有效,证人、证据我都会交给你。邮件收到后,通过测试就能打开。如果你连这最基本的考验都通过不了,就不用妄想和他们斗了,我在地狱里也会嘲笑你。"

林岚惊道:"赵处,宋锦绣怕是要出事儿!"

耳边突然响起路人的惊呼,赵云蕾下意识地急踩刹车,还没停稳,一个物体从高处狠狠地砸在了车上,随着"砰"的一声巨响,车身剧烈震动,鲜血溅满了前挡风玻璃。林岚只觉得浑身的血液都朝脑部涌去,耳朵嗡嗡作响,她的嘴唇瞬间变得煞白。坐在驾驶室的赵云蕾脸色也没好到哪儿去,她握着方向盘一动不动,呆若木鸡。

宋锦绣在恒创集团跳楼自杀,昭示了她和赵睿的决裂。

为避免赵睿狗急跳墙,侦查工作紧锣密鼓地展开。刑侦支队按程序上报,将赵冬诚列为纵火案的通缉犯,上网追逃。

警方给赵睿做了询问笔录,不过他什么也不承认,一口咬定宋锦绣因情感纠纷和自己发生争吵,受了刺激后神经不太正常,所以才跑到自己的公司来跳楼自杀。令人意外的是,赵睿自从被谈话之后,丝毫没有流露出要逃跑的迹象,他照常维系着恒创集团的运营,甚至还主动取消了几场国外的会议,老老实实待在国内。

事出反常必有妖。

赵睿越是这样,涂敏越是叮嘱侦查员将他的行踪监控得密不透风。

宋锦绣自杀之后,林岚的情绪极度低迷,她无数次刷新自己的邮箱,并未发现来自宋锦绣的邮件。她脑海中出现各种各样的猜测,比如宋锦绣发错邮箱了,最后关头宋锦绣反悔了,邮件被赵睿拦截了。这些猜测弄得她心烦意乱。当林岚第 N 次刷新邮箱时,依然一无所获,她只要有空就打开手机,看看有没有新的邮件提醒,然后一次又一次地失望。

午休的时候,赵云蕾经过林岚的办公室,看着眼睛发红的林岚,实在是不忍心。她开口劝道:"林岚,别老是盯着手机看,让眼睛休息一会儿。"

林岚嘴里答应着,却依旧保持着之前的姿势,一动不动。

赵云蕾无奈地摇了摇头,叹了口气走了。

路小艾看着林岚这样子,心里也难受,劝道:"岚姐,你这不吃不睡地盯着,也不是个事儿啊,那宋锦绣说不定是骗你的,压根儿就没打算把证据交给你,她之前不也说了,不忍心毁了赵睿。"

林岚执拗地摇了摇头:"那天下午我和她谈了很多,她虽然对赵睿依然有感情,可是对儿子的爱早就占了上风,我相信她会把证据交给我的,她一定会给宋白羽一个交代。"

路小艾道:"就算她之前没打算骗你,可现在人都死了,还怎么发邮件啊?你就别再折磨自己了。"

林岚欲言又止,最后还是嘴唇紧抿,一言不发。

路小艾见林岚如此执着于邮件的事儿，整天失魂落魄的，也不知道如何安慰才好。她拨通了林远昊的电话，希望林远昊来开导一下林岚。

林远昊接到电话，听清楚了路小艾的意思后，反倒安慰起路小艾来。

"你别太担心，现在谁劝她都没用。如今，重要的证据下落不明，她又眼睁睁地看着证人摔死在自己眼前，血溅当场，这种工作上的挫折和情感上的冲击同时发生，对任何人来说都是一场梦魇。她现在的执着，反倒是一种宣泄的渠道，只有努力查明真相，才能够让她的内心恢复平静。"

路小艾听林远昊这么说，也只得作罢。

就在林岚苦等邮件的时候，几个关键的人物先后出现在涵江市。

布控在恒创集团周围的警员发现了廖雨欣的踪迹。这廖雨欣的确身手了得，反追踪能力也超强，抓捕的过程异常艰难。好在那天冯伟斌和王海龙都在，成功将其抓捕归案。

廖雨欣到案后，不肯承认自己指使胡强盗窃的事实，也不肯说出古瓶的下落，却试图从侦查人员的口中打听宋锦绣的死因以及宋白羽的下落。

第二个来到涵江市的是丁帆。

他买通了短期服刑犯段波，让他带话给胡强，以五百万元的安家费作为交换，让胡强揽下全部罪行。

胡强自从知道鹅颈瓶的价值后，肠子都悔青了。自己如果坐一辈子的牢，再多钱又有什么用。思来想去，胡强向监狱的管教干部举报了段波，监狱方面将这个线索马上移交给了市局刑侦支队，涂敏他们顺藤摸瓜，掌握到丁帆的动向，很快就将他抓捕归案。

两个重要人物先后到案，让林岚心中重新燃起了希望。宋锦绣临终短信中承诺交出证人已经兑现，虽然林岚不知道她为何如此笃定廖雨欣和丁帆会来到涵江市，不过，她既然连这都能办到，那么邮件也一定会发出来。

廖雨欣和丁帆都不肯招供，从出行记录来看，古瓶被盗后，他们没

静默的铁证

有新的出境记录。这么贵重的物品，委托其他人带出境的可能性很小，警方推测古瓶目前应该还在国内。

审讯室里，涂敏打量着对面的丁帆。对方的眼神非常冷静，甚至可以用冷漠来形容，嘴唇紧闭，嘴角下撇，带着一丝轻蔑。涂敏观察他时，他毫不露怯，同样也观察着涂敏。两个人就像是狭路相逢的两只猛兽，静静地对峙着，搜寻着对手的破绽。

从调查所掌握的信息来看，丁帆是个孤儿，从小寄养在大伯家，性格有些桀骜不驯，和大伯一家相处得不是很好。技高毕业后，他到了部队，成为一名铁道兵，在机械营待了好几年，因为擅自离岗被部队开除了。

回到地方后，丁帆做过几年五金批发生意，后来又做了两年建筑工程，紧接着就在生意场上销声匿迹了。有人听说他到香港淘金去了，从香港回来后的丁帆变得有车有房有存款，还经常出国，不过人却变得孤僻了。他很少与人来往，总是待在房间里面鼓捣一些零件和仪器，要不就是泡在电脑跟前一整天。在亲友眼中，他就是一个低调而神秘的富豪，没干啥正经事儿却从不差钱，他的侄儿甚至一度怀疑他的那些钱是通过贩毒赚来的。

涂敏凭借自己多年的侦查经验判断，这家伙要比胡强难对付得多。

果然，当涂敏要求他如实交代自己有哪些犯罪事实的时候，他毫不在意地笑了笑，接下来说了一番让冯伟斌很是恼火的话。

"既然我折在了你们手上，就任凭你们发落，你们有多少证据，就判我多重的刑好了，我不在乎。"

冯伟斌瞪着眼呵斥道："丁帆，你要搞清楚，我们办案是讲证据的。你别搞得一副好像我们要冤枉你的样子，你做了什么，难道你心里不明白？"

涂敏皱了皱眉头。在他看来，冯伟斌这种一上来就撕破脸的讯问方式，吓唬吓唬那些没有经验的小毛贼还是可以的，可要想对付丁帆这种见过大世面，心理素质又好的国际大盗，就显得有些糙了。

涂敏问丁帆："你是怎么认识廖雨欣的？"

丁帆连眼皮都没有抬一下，懒懒地说："我从来没有听说过这个人。"

冯伟斌看见他一副打死不认账的模样更气了，他正要开口狠狠讥讽两句，涂敏用手势制止了冯伟斌喷薄欲出的攻势。

涂敏用一种胸有成竹的姿态对丁帆说："2006年，你和廖雨欣看到拍卖会上成交的那件天价瓷器的时候，应该就对古瓷感兴趣了；2007年5月，你和廖雨欣参加了佳士得拍卖会，当晚入住香港九龙区的酒店，就住在门对门的两间房；2008年12月，你们再度出行，这次乘坐的是同一个航班，你们俩的座位连在一起，晚上分别入住香港浅水湾酒店隔着一层的两个房间。就这样，你还依然坚持你不认识廖雨欣吗？"

丁帆嘴角扬起露出一丝戏谑的笑容，身体前倾，眼神挑衅地看着涂敏说："搞了半天，你们说的是小珊哪，我只知道小珊，从来不认识什么廖雨欣，我们是出去玩，我压根就不知道你们说的拍卖啊，瓷器啊什么的，你们把我俩的行踪查得这么清楚，可真是够费心的。"

丁帆这种赤裸裸的轻蔑态度，激得涂敏心里也升腾起来一股怒火，可他马上就暗自警觉，一旦自己被对方激得失去冷静，对方就达到目的了。所以他深吸了一口气，将那股怒气强压了下去。

他继续问道："你说的小珊是不是宋白珊？"

丁帆懒洋洋地向后一靠，拖长了尾音答道："是。"

"那么，你说说看，你是怎么认识宋白珊的？"

丁帆嗤笑了一声。

"认识就认识了呗，还管怎么认识的？"

冯伟斌是个炮仗脾气，他实在是忍不住了，一拍桌子，指着丁帆的鼻子就吼了起来："你这什么态度？你要搞清楚状况，现在是对你进行审讯，你要端正你的态度！就你犯下的事儿，不好好交代，这辈子就甭想出去了！"

丁帆不屑一顾地看了看暴跳如雷的冯伟斌，拖长声音，不紧不慢地回击。

"你这是在威胁我吗？没用的。你们今天一来，我就把话摊开来说了,你们有多大的本事,就办多大的案子。只要你的证据够了,哪怕是想要我的脑袋都没关系,我告诉你,我这条命,我根本就不在乎,你有本事就尽管拿去,甭在这儿给我吆五喝六的,我告诉你们,我就不吃这一套!"

冯伟斌被他这一串儿不软不硬的钉子戳得肝疼,遇到这种天塌下来都满不在乎的狠主,再凌厉的讯问攻势都无济于事。

就在他们两个人你一言我一语的当口,涂敏仔细观察着丁帆,发现他的狠绝的确不是嘴上说说而已,他和色厉内荏的胡强不同,他是真的把生死置之度外,对于将来面临怎样的处罚,他全然不在意。

涂敏可没有时间去生气。好不容易才逮到丁帆这条大鱼,眼看就要撕开幕后那张神秘的大网,说什么他也不会让丁帆变成攥在手里的一枚死棋。核心的问题既然一时半会问不出来,那就改变策略,零敲碎打,总会从他这儿套出点有价值的信息。

打定了主意,涂敏更加稳如磐石,他轻轻咳了一声,瞄了冯伟斌一眼。多年共事的默契让冯伟斌顿时明白,他这是另有打算,暗示自己憋着点儿火呢。

涂敏放慢了语调,接着问:"你认识宋白珊的哥哥宋白羽吗?"

"见过两次面,不熟。"

"在哪儿见的?"

"不记得了。"

"什么时候见的?"

丁帆装模作样地想了一下。

"好像也不记得了。"

涂敏心里盘算着,越是关键性的人和事,嫌疑人越是会刻意回避,宋白羽毫无疑问和古瓶案有一定关系。苏琦上次提到,她认识宋白珊就是通过她的哥哥宋白羽牵的线。

涂敏尽量忽略丁帆那令人不快的语气和态度,审讯有时候就是一场心理博弈,谁能够从头到尾保持冷静,谁就更掌握胜算。任何不必要的心绪波动,都是破绽。他语调平静地问:"根据陶瓷作坊老板的辨认,你就是委托他做了两个高仿鹅颈瓶的客户,这个你总不会否认吧?"

丁帆几次试图激怒涂敏都没有成功,涂敏仍然按照自己的路数对他穷追不舍,对手的镇定和老练显然也让丁帆意识到了危险,他的坐姿逐渐紧绷,身体下意识地前倾。

涂敏现在问的这个问题,是典型的封闭式发问,除了胡搅蛮缠,并没有多少逃避的空间。可此时如果胡搅蛮缠,就是一种拙劣的掩饰,这比默认的结果还要糟糕。

丁帆表面上纹丝不动,仿佛是为了放松一下脖子,活动了一下颈椎,继而身体微微向右倾斜,调整了一下坐姿。他的这些细小的动作让涂敏心里有了底。

人在试图掩盖内心紧张的时候,身体总是会有些下意识的反应。有的人是越紧张的时候话越多,有的人则是一言不发,有的人是故作轻松,有的人是恐惧外露。只有经受过专门训练的人,才能做到收敛自己这些无意识的言行。否则,即便是丁帆这样意志坚定的人,也会无意中暴露他内在的情绪波动。

涂敏故意轻蔑地说:"怎么? 这样就编不下去了? 还以为你有多深的道行,看来也不过如此嘛。"

丁帆的脸因为愤怒腾的一下红了,用力地咬了咬牙,外耳廓随着他咬牙的姿势扯动着。他瞪了一眼涂敏,眼神中闪过一道凶光。

涂敏没打算给他重新冷静下来的机会,用讽刺的语气紧接着问道:"你不会告诉我,你连锁匠胡强也不认识吧?"

丁帆紧抿着嘴唇,一言不发。涂敏根本不管他,继续自说自话。

"在我们国家,犯罪嫌疑人根本就没有沉默权一说。你不回答,只说明了你在心虚。我不妨实话告诉你,即便你在本案中是零口供,可根据我国《刑事诉讼法》第五十三条的规定,没有被告人的供述,证据确实、充分的,可以认定被告人有罪和处以刑罚。你不说,让胡强一个人去说,等于你自己放弃了辩解的机会,那样一来,你会甘心吗?"

丁帆虽然恼恨涂敏之前的挑衅,可他也清楚涂敏眼前这番话说的是事实。胡强这个软骨头，也不知道他究竟在里面交代了一些什么。他本来就不是自己这条线上的，谈不上任何交情，为了自保，肯定什么都会往自己和宋白珊身上推。自己如果一味不配合，显然无法从警方的口中套出他们究竟掌握了多少筹码，也给了胡强推脱的机会。还不如先说些不打紧的，假装配合警方，打消他们的防备，趁机也摸摸他们的底。

想到这里，丁帆的态度明显缓和了下来，说道："我认识胡强，也陪他去过一趟古玩城，不过我只是帮他望风，他是偷了个瓶子，至于他偷的是什么瓶子，我没仔细看，也没问，后来我们就各走各的了。"

涂敏见他满嘴假话，倒也不急不躁，顺着他的话问道："既然你是帮他去望风，宋白珊跟着你们一起去又是干什么？"

丁帆顿时警觉地说："谁说她去了？我跟你说这是胡强栽赃。这些都和小珊没有关系，她什么都不知道。"

既然丁帆开始接招，不再一味地耍无赖，涂敏趁势打起了十二分精神展开审讯，一番鏖战下来，双方各有所获。

可是只要话题涉及廖雨欣和古瓶的藏匿地点，丁帆要么刻意回避，要么就用谎话搪塞，躲无可躲的时候就故意装傻说不记得了。

一来二去，丁帆也渐渐摸到了一些底，胡强这个蠢货果然把该说不该说的都给倒了出来，好在警方目前虽然有所怀疑，但是并没有确切掌握到这背后有哪些人参与了。在博弈中，他发现对手确实不简单，自己这边策划得如此周详，行动如此谨慎，胡强对于很多事情也并不清楚，警方居然还能掌握这么多信息。他现在只盼望不要牵扯宋白珊，自己能够扛下来的就扛下来。

涂敏他们离开审讯室的时候，冯伟斌不解地问："涂队，这丁帆的态度，后面怎么变软乎了？"

涂敏高深莫测地一笑："交换呗！"

冯伟斌完全摸不着头脑，一脸疑问地看着涂敏，说："没明白。"

"其实简单得很，就是我故意起了个头，让他意识到他不说，只会便宜胡强，由得胡强把责任往他和廖雨欣身上推。我还暗示他，我们手上有的是证据。他是个聪明人，而且明显护着廖雨欣，即便不为他自己，为了廖雨欣着想，他也得摸摸咱们这边的底。可咱这底也不是白让人摸的，他不掏出点东西，就没法儿往下谈。所以，他只能先虚与委蛇，配合咱们一下。但不管怎么样，这一问一答，一来二去的，怎么可能做到把每句话都给说囫囵了？总是会带出一些真话来的。"

冯伟斌恍然大悟，笑道："你不就是拐着弯套他话呗。不过，这种弯弯绕的活儿，我可干不了，还是你行啊！"

两个人对视一眼，哈哈地笑了起来。

在期盼、不甘、疑惑等情绪糅杂中，时间艰涩地流逝。

路小艾想拉林岚出去散散心，磨破了嘴皮子，才让林岚同意下班后两个人一块儿去看电影。到了金茂电影城，两个人兵分两路去排队，路小艾去买奶茶，林岚则拿着手机，将短信中的验证码输入取票机，票刚出来，就听到手机发出收到邮件的提示音。林岚低头一看，是一封来自 J＊/#/＊/X_ghost_2017 的邮件链接，主题是"Mail from the hell"。

要是搁在以往，这种陌生且乱序的链接，林岚肯定会当作木马，可她现在脑海中的第一个反应就是"终于等到了"。

路小艾拿着奶茶过来，看见林岚表情严肃地看着手机，好奇地凑过去看了一眼。林岚点开链接后，在漫天蓝色火焰的背景下，慢慢弹出一行血红的斜粗体文字，字的底端流淌着鲜红的血液：

"我用鲜血祭奠烽火，召唤王的诸侯。"

路小艾急眼了，嚷嚷道："岚姐，你手机中木马了，这些奇奇怪怪的链接不能点！"

林岚还没来得及回答，紧跟着 flash 短动画之后，渐进滑入一个新的链接条，林岚再次点击，一行列着日记扫描件、比特币钱包私钥、资金类目的清单跃入眼帘。林岚忍住内心的激动，去点清单中的文字。

一次、二次……屏幕竟然一点反应也没有！

一股莫名的不安袭来，林岚下意识地用手机截屏，咔嚓声响的同时，这封邮件神奇地自动销毁了。

路小艾在一旁目瞪口呆,喃喃道:"岚姐,你的手机完蛋了!"

林岚面色沉着道:"完不了,这是宋锦绣发的邮件。"

路小艾吓了一跳。

"岚姐,你怎么了?你别吓我!宋锦绣都死了一个多礼拜了,她怎么给你发邮件?除非……"

路小艾突然想起了什么,大惊失色道:"不会吧,刚刚邮件写着'Mail from the hell',而且还凭空消失了,天啊,我的汗毛都竖起来了!"

"停。"林岚伸出食指轻轻摆动,"路小艾,你别自己吓唬自己了,这只是邮件的定时发送和自毁功能而已,根本不是什么灵异事件。"

"定时发送?还自毁?"路小艾瞠目结舌。

林岚心里有事儿,没工夫和她细细解释,说道:"我先不跟你说了,我有急事儿现在要出去一趟。"她把手中的电影票塞到路小艾手中,"今天委屈你自己一个人看了,我回头好好补偿你。"

路小艾立在原地,一脸不解地看着林岚转身匆匆离去。

林岚坐在车上,思绪万千。

宋锦绣不愧是计算机专业出身的,精心设计了延迟发送且具有自毁功能的邮件,还好刚才及时截了屏,不然可就白瞎了。不过,这封邮件并没有给出什么实质内容,更像是一条线索和警告,宋锦绣临终前提到的测试应该还在后面。

林岚掏出手机看了看刚刚保存下来的截图,内容虽然不多,信息量却不少。

"我用鲜血祭奠烽火,召唤王的诸侯。"林岚反复咀嚼着这句话里的意思。

宋锦绣的死的确让这个案件中非常关键的两个人物——廖雨欣和丁帆都出现了。她在恒创集团顶楼纵身一跃,简直就是爆炸性的新闻,有效地向外界传递了信号。但令人费解的是,宋锦绣的自杀摆明了涵江市这边是出事儿了,这些人没有选择藏起来或者远走高飞,反倒飞蛾扑火一般赶到涵江市来,这又是为了什么呢?

林岚咬着嘴唇,皱着眉头,出神地想着这里面的缘由。

"难道是因为宋锦绣抚养过廖雨欣一段时间,两人之间有亲情,所以廖雨欣专程过来探个究竟?"

林岚很快就推翻了自己的这个想法。

廖雨欣来了涵江市之后,压根儿就没有关心宋锦绣跳楼的原因,只是急切地打听宋白羽的下落,相比起来,宋白羽在她心目中重要得多。廖雨欣一来就被抓,明摆着涵江市这边的公安是撒下了网,来一个逮一个,这丁帆为什么还要不顾死活地跑过来?他落网后,一直拼命死扛,不遗余力地帮廖雨欣撇清,压根不关心宋锦绣的事儿,显然和宋锦绣也没什么感情。就这么两个对宋锦绣毫不在意的人,宋锦绣哪来的自信那么肯定自己的死会令他们不顾一切地自投罗网?这整件事,的确耐人寻味。

林岚看着堵成长龙的街道,觉得这会儿回家太耽误时间,好在江旋家就在附近,于是让司机将车开到不远处的临江苑小区。

小区门禁挺严,林岚只得电话通知江旋下来接她。

"江旋姐,江湖救急,赶快到小区门口接我一下,我要到你家去用一下电脑。"

不一会儿,江大美女袅袅婷婷地来到门口岗亭处,披着一头湿漉漉的秀发站在那里,散发着一股洗发香波的气息,显然是正洗着头就被林岚给提溜出来了。

"江旋姐,真是不好意思,都下班了还来麻烦你。"

"小林子,你搞什么呀,害得我护发素都没来得及上就赶出来了?"

"姐,事情紧急,我要用会儿电脑,咱俩边走边说。"

到了电梯前,江旋已经听了个大概,她按了上楼键,吐槽道:"这个宋锦绣也太难搞了吧,兜了这么大一个圈子发了封邮件,就只是为了表功?"

"应该不是,既然给了我附件清单,证据就不会不给,只不过不会让我轻易拿到手罢了,这应该就是她之前所说的测试吧。"

像是为了印证林岚的推断正确似的,就在此时,手机再次响起提示音,屏幕显示,又收到了一封来自 J * /#/ * /X_ghost_2017 的邮件。

有了之前的经验,林岚不敢马虎,她赶紧点开一看,是个压缩文件包,手机显示文件太大,无法下载。

林岚抬头再看电梯,脸色骤变,指着电梯结结巴巴地对江旎说:"江旎姐,这……这电梯坏……坏了?"

江旎一看,电梯的数字显示变成了一条直线,不由得吞了一口口水:"我去,见了鬼了,刚刚下来的时候明明还是好好的。"

"你家在几楼?"

"31楼。"

"这么高!"

江旎嘿嘿一笑,不好意思道:"这不是临江吗,楼层高视野好。"

林岚绝倒。

迟则生变,林岚当机立断,将文件保存到手机中转站,可是刚刚点击了下载,屏幕上跳出一个弹窗。

"你已中木马,稍后将自动清除可疑文件。"

林岚"呀"了一声,江旎凑过去一看。

"我天,太坑了吧!"

两人紧张地看着手机屏幕上的进度条,目前显示下载进度还不到1/5,随着弹窗的出现,已经停止了下载。

关闭弹窗?不关闭弹窗?

会清除?还是假象?

自毁功能……敲诈木马……流氓弹窗……文件中转站。

林岚的心里如同油煎火烤一般。电光火石之间,各种从逯超群那里听到的电脑术语和知识如同飞车穿梭般在脑海急急掠过。

"江旎姐,快接通逯超群的微信视频通话。"

江旎依言迅速拨了过去,屏幕上是逯超群惊喜的面孔。

"女神居然主动和我视频,有何吩咐?"

"快帮帮林岚。"

林岚将自己手中的手机屏幕举起给逯超群看。

"流氓弹窗?"

林岚把头探过去,急忙问道:"逯超人,十万火急,正在下载的是一份关键证据,可能对方设置了阻碍,现在我是关闭弹窗,还是不关闭?这个文件会不会自动删除?"

逯超群嗤笑一声:"现在不是会不会自动删除的问题,是你根本没得选。你不关闭,文件就不能下载,这和删除了有啥区别?我要是你,现在、立刻、马上就点击关闭。"

林岚被逯超群点醒,赶紧关闭了弹窗,同时惊出了一身冷汗。如果自己刚刚的犹豫不决导致超时,邮件启动自毁程序,宋锦绣真该嘲笑自己愚蠢!明明有前车之鉴,自己还是被一个流氓弹窗给误导了。

弹窗关闭后,进度条恢复到下载状态,不过速度奇慢。

"林岚,电梯一时半会儿好不了,咱们要不先爬上去吧,这下载看来不是一会儿的事儿。"

"千万别。"逯超群的声音从手机中传出,"楼梯间是信号最差的地方,我建议你们还是等到下载完成了再上去。"

林岚感激地瞥了屏幕中的逯超群一眼。她悬着心看着进度条一点一点缓慢前进,心里默默祈祷着千万不要出岔子。好不容易,下载完毕,林岚舒了一口气,拉着江旎朝楼梯间跑去。

当两人气喘吁吁地爬到 31 楼后,江旎打开门,有气无力地指了指书房,林岚冲进去打开电脑,迅速登录邮箱,打开文件中转站,谢天谢地,一个 RAR 的压缩文件包安然无恙地躺在那里。

林岚将压缩包下载到桌面,点击鼠标的左键,文件并未如期打开,而是弹出了提示输入密码的文本框。此时,林岚几乎可以肯定这个文件里面装着的就是附件清单中的那些内容,马上就可以触摸到赵睿背后团伙的秘密。可是,通往这个真相的大门上,还挂着锁,要想解开这道锁,必须破译这个密码。

邮箱的提示音再次响起。林岚点开后,文本框里赫然写着"破解三重密码,方能完成挑战"。

林岚觉得宋锦绣真是喜欢折磨别人,她无法可想,只得再次求助逯超群。

"逯超人，文件保存下来了，不过需要输入密码才能打开，根据对方的邮件提示，文件一共设置了三重密码。我记得你那里有暴力解密的软件，能不能破解？"

江旎在一旁不解道："暴力解密是什么？"

女神亲自提问，逯超群赶紧打起十二分精神进行解答。

"暴力解密就是解密方法中最常用到的穷举攻击法。原理很简单，就是用一个不知疲倦的计算软件生成各种排列组合的密码进行登录，直到试出正确的那个。这个就和白血病人找骨髓配型一样。"

"那还等什么，赶紧用啊。"江旎催道。

逯超群有些无奈地摊了摊手。

"这发邮件的人挖空心思，想来设置的不会是什么简单密码，设置三重密码更是增加了解密的难度。暴力解密方法有个缺陷，对于设置了复杂密码的 RAR 文件不起作用。"

"为什么，不是智能配型吗？"

"破译密码之所以能够实现，是因为明文中有冗余度。穷举攻击解密法在原理上是可行的，可当秘钥足够长并有字母以外的字符组合的情形下，势必会衍生出庞大的排列组合，这样一来，受计算时间和存储空间所限，这种方法就失灵了。"

江旎被逯超群这套专业论述给弄晕了，嗔怒道："说人话！"

逯超群赶紧赔着笑脸更正。

"咱技术处没有那么大内存的电脑，也没那么久的时间可以去耗。这就好比咱人类原理上可以坐飞船逃离银河系去往别的星球，可咱没那么长的寿命。"

林岚问道："如果暴力解密不行，难道就没有别的办法了？"

逯超群见林岚还是不死心，耸了耸肩道："你先发给我吧，我用解密软件先试试，明早你到我办公室，咱们再想想有没有其他办法。"

林岚大喜，连声道谢。

林岚整宿辗转难眠。她一会儿梦到宋锦绣满脸是血地朝她冷笑，一会儿梦到自己输错了密码,电脑崩溃了。她睁开眼的时候,天还没亮,只觉得鼻子完全堵住了,眼睛轻轻一转都扯得眼窝胀痛,嗓子就像被火燎了一样,咽口唾沫都疼。她挣扎着起来找水喝,却一阵头晕目眩,差点摔了一跤。

林岚摸到客厅,跑到药箱里翻了半天,找到了体温计,叼在嘴里量了量,39.4 度。她不敢大意,翻出两粒感冒药吞了下去,随后有气无力地摸回卧室,靠着枕头蒙蒙眬眬又睡了过去。

在手机闹铃执着的提醒声中,林岚再次醒来,这回她感觉头更疼了,于是又量了一次体温,半点没退。她记挂着密码的事情,决定还是先去院里找一趟逯超群,再请假去医院。她背着包正要出门,就被尹秀萍喊住了。

"岚岚,你的脸色怎么这么差?"尹秀萍伸手探了探林岚的额头,惊道,"好烫啊,赶紧的,妈带你去医院。"

"妈,我先去单位处理点急事儿,回头就去医院挂吊瓶。"

尹秀萍急了:"你这孩子,发着高烧呢,有什么事也不差这一会儿。"

林岚心里惦记着密码的事儿,哪里肯依,她一面嘴里搪塞着,一面打开门就要往外溜,急得尹秀萍一把扯住她。林岚好说歹说,再三保证上午一定去医院,尹秀萍只得让步。不过她还是不放心,开车载着林岚去了单位。

林岚到了食堂,草草扒了两口早餐就去找逯超群。她一推开门,就看到逯超群坐在电脑前,顶着俩重重的黑眼圈,一看就是熬夜了。逯超群见林岚进来,并没有吭声,神情有些沮丧。

林岚心里一沉,试探着问道:"是复杂密码?"

"岂止复杂,还设置了多重加密,真够纠结的。"逯超群坐在旋转椅上,身体朝后靠着,皱着眉头抱怨起来,"这么龟毛,是个女人吧?"

林岚没有作声,算是默认了。

逯超群低声嘀咕道:"女人就是麻烦。"过了一会儿,他又问,"你对这个女人了解吗?能不能获取到她以前使用密码的规律和习惯?"

林岚愁眉苦脸地说："我只见过她两次，谈过一次话，算不上了解，而且也没法再去了解。"

逯超群有些诧异："你这是什么意思？"

"她已经死了。"

逯超群呆了一瞬，耸肩道："那我就爱莫能助了，你再去问问市局网安那边，看看他们有没有什么办法。"

林岚心想，你都搞不定，市局那边估计也够呛。"就没有别的办法吗？"她不甘心地问。

"我昨晚试过了穷举攻击和统计分析攻击，统统无效。本来我还想着可以试一试社会工程攻击，可人都死了，这招看来也歇菜。"

社会工程攻击算不上一门科学，不过却是"人类硬件漏洞"，如果宋锦绣还在，大可以通过各种方式对她进行心理影响，或者在与她交流的过程中通过对她的行为、语言中的细节捕捉来尝试取得密码。不过，对于一个死去的人，社会工程攻击毫无用武之地。

林岚垂头丧气地坐在一旁，脸色十分不好。

逯超群感觉房间内的气压都低了许多。他轻咳了一声，问道："她之前有没有给过你什么提示？"

"她自杀前和我谈了很久。"

"你说，这个女人会不会一早就有计划，那次交谈会不会就是她自导自演安排的一次社会工程攻击场景？"

"有道理，你快接着说。"

"这女人既然要发这封邮件给你，让你破解，就不可能不留下任何线索。你好好回忆一下，那次谈话她有没有给过你什么和密码有关的暗示或者物品？"

林岚试图回想，脑袋却沉重得很，像一团糨糊。

证据摆在手边却用不了，宋锦绣临终前的短信就像一道诅咒，睁着血红的眼冷冷地旁观着林岚的这场挫败。

林岚拖着虚弱的身体回到办公室，向赵云蕾请了个假，拿着就诊卡和病历，没精打采地朝电梯走去。电梯门刚开，迎面碰到了江旋和林远昊。江旎一眼就看出了林岚脸色不好,关切地问道:"病了?"

"没事儿,就……有点发烧。"

江旎伸手探了探,惊叫道:"哟!这么烫!"

林远昊皱着眉头瞄了林岚一眼,语气不悦地说:"发烧还不去医院?"

"正要去。"

"我今天没开车,组长,您开车送送林岚吧,她烧得厉害。"江旎在一旁好心安排。

"我用打车软件叫一个就行。"

"我的车钥匙刚才扔在何顾那儿了,你和我一起去取一下。"林远昊的语气不容拒绝。

林岚"哦"了一声,老老实实跟在林远昊身后走进了何顾的办公室。

何顾看到林岚,微笑道:"巧了,我正要找你呢,你姑姑托人给了我几份文检检材,你帮我带回去交给她。"

"我姑姑?她怎么会有文检检材在您这里?"

"她也没说具体的,只是说有一封二十多年前的信件和一份签名的影印件,让我帮忙看看是不是同一个人的笔迹。我说影印件不好下结论,她说只是让我帮忙看看,不用出鉴定。我之前还纳闷怎么没让你给看呢,后来我猜,应该是你最近案子太多,她不愿让你受累。"

林岚满心狐疑地接过档案袋,将里面的材料取出来看了看,顿时愣住了。影印件上面的签名赫然是"赵睿",她接着翻了下去,信件中的内容更是让她震惊。

一封上面写着:"你儿子的认罪态度不好,得罪了那个姓林的检察官,她在法庭故意夸大你儿子的过错,还要求严惩不贷,所以你儿子才被判了死刑。"落款是"一个打抱不平的旁观者"。

另一封上面写着:"你干得好,把那个女人撞倒了,也为你儿子讨回了公道。不过,你如果把我的好心相告出卖给警察,你就等着遭报应吧。我建议你赶快远走高飞,牢饭不好吃,不要犯糊涂,连累家人。"下面还列了几个人的姓名、工作单位、住址。

从字迹的特征分析,这张影印件上赵睿的签名和信笺上的字迹格外相似。

从信笺中记载的内容来看,讲的就是林晓娟当年被报复发生车祸的事儿。

这是怎么回事?!

林岚只觉得一股凉意从背后升起。

赵睿竟和姑姑当年的车祸有关!奶奶不是说他们之前是情侣吗?影印件上赵睿的签名又来自哪里?

一个又一个的疑问接踵而至,搅得林岚头疼。

林远昊见林岚脸色越发不好,以为是发烧的原因,他从何顾那儿拿回自己的车钥匙,催促道:"别耽搁了,赶紧去医院。"

林岚胡乱将文件塞进档案袋,下楼、上车,一路神思恍惚。她始终想不明白究竟发生了什么,这么重要的事情,林晓娟为什么要瞒着自己。

林远昊见林岚一路闷声不吭,以为她是病了难受,于是加大油门,朝医院飞驰而去。

排队取药后,林远昊将林岚领到注射室,找个空位坐了下来。林岚实在头晕得难受,不一会儿就睡着了,头无力地耷拉在一边。林远昊见她这个姿势实在难受,轻轻托住她的头靠在自己的肩膀上。

点滴挂完了,林远昊招呼护士过来拔针,林岚蒙蒙眬眬醒来,发现自己居然靠在林远昊的肩膀上睡着了,脸腾地一下红透了。她急忙坐正身体,表情有些局促。

林远昊若无其事地站起来,嘱咐了句:"东西别拿掉了。"然后就目不斜视地走出了注射室。

林岚低着头跟在他后面走到医院大门口,林远昊去取车,林岚待他走远了,用手握住自己滚烫的脸,在原地转着圈,用脚跺着地面,低声道:"我怎么就靠在他身上睡着了呢?"

就在这时,她不小心撞到了一个人,抬头一看,原来是谢骏。

谢骏看到林岚有些意外,眼风一扫,就看到了林岚手背上的医用胶布,问道:"林检察官,你这是刚打完针?"

林岚不好意思道:"一点小感冒,没事儿。你来医院是?"

"哦,我来取宋锦绣的死亡证明复印件的。"说完,谢骏把手中的一张纸朝林岚扬了扬,"宋锦绣跳楼后,是被送到这家医院抢救的,不过她被送来的时候已经没有生命体征了。"

林岚突然想起那天两人在病房道别时的最后场景,宋锦绣最后提到一句,要自己在她坟前给她上炷香,于是问道:"她……下葬了吗?"

"涂队上周亲自找廖雨欣签了同意火化的证明,现在她被安葬在岷萧山墓地。"

"这么快就连墓地都选好了?岷萧山的墓地可不便宜啊,她两个孩子一个死了,一个关起来了,那后事是谁张罗的?"

谢骏脸上浮出一丝古怪的神色,他朝四下看了看,然后把林岚拉到一边。

"我跟你说,这个女人真够绝的。这墓地居然是她自己托人买的,我查了时间,就是在她来涵江市的第一天,看来她来的时候就没打算活着回去。不过,更让人毛骨悚然的是,她买的是连着的三块墓地,听那个卖墓地的人说,她是给她一家三口买的。我当时汗毛都竖起来了,我这心里还嘀咕着,难道她一早就料到宋白羽凶多吉少?还打算和他死在一处?我心里好奇,还有一个空位是留给谁的呢?廖雨欣还是赵睿?"

林岚只觉得太阳穴突突地跳动着,心跳得像擂鼓一样。

三块墓地!三重密码!这之间有什么关联吗?

她内心有着隐隐的猜测,却觉得太过疯狂,不敢确定。

谢骏见林岚一副魂不守舍的样子,以为自己的话把她给吓着了,颇有些歉意地说:"林检察官,你别害怕,这人死如灯灭……"

林岚完全没有注意谢骏在说什么,她打断了他的话头,目光炯炯地看着谢骏恳求道:"谢警官,那个墓地你知道在哪吗?我现在急需去一趟,那里很有可能有赵睿犯罪的重要线索!"

谢骏看林岚如此着急,连忙答应道:"我知道地方,现在就送你过去。"

他们下了台阶,王海龙的车就停在门口,看到谢骏带着林岚一起过来,觉得有些意外,问道:"林检察官,你怎么在这儿啊?"

谢骏来不及解释,对王海龙说:"快,去岷萧山墓地。"

车刚开出医院,林远昊就打电话过来了,他在电话里问道:"你去哪儿了,我怎么没看到你?"

林岚抱歉道:"组长,我现在和谢警官他们去一趟墓地,事发突然,我回头再给您解释。"

电话那头的林远昊发出一声几不可闻的叹息,他无奈道:"你路上注意安全,有什么事赶紧给我打电话。"

"嗯。"林岚答应着收了线,心里因为林远昊的关心而感到温暖。

谢骏好奇地问:"林检察官,墓地那会有什么线索?"

林岚道:"我现在也不能肯定,要去现场看了才知道,麻烦你们二位了。"

王海龙道:"瞧你说的,太见外了吧,为了咱们的案子,你忙出忙进的,我们感激都来不及,怎么算是添麻烦呢。"

岷萧山墓地靠近郊区,单程就有2个小时的车程。车行至一半,黑压压的云越来越低,天暗了下来,林岚胸闷得厉害,她摇下玻璃,让新鲜空气透了进来。天边响起轰隆隆的雷声,倾盆大雨哗啦啦地倾泻下来。林岚急忙摇起玻璃,衣服还是被溅湿了半边。雨刮无力地甩动着瓢泼般的雨水,雨太大了,能见度很差,王海龙放慢了速度,睁大眼睛谨慎地开着。

到了墓地的入口,车不能上山,王海龙只能把车停在一旁。还好警车上有备用雨衣,三个人套上雨衣,朝山上走去。七弯八拐地走了20多分钟,才来到了一组三排连着的墓地旁,两块墓碑赫然入目。一块碑文刻着"宋锦绣之墓",没有照片,没有其他的措辞与点缀,素寡寡地立在那儿,透着一股子悲凉。另一块碑文刻着"爱子宋白羽之墓,英年早逝,母泣血而立"。墓碑的左上角嵌着一张黑白照片,一个戴着学士帽的帅哥灿烂地笑着。旁边的一块墓地的碑文上没有刻字，孤零零地立在一旁。

王海龙擦了一把脸上的雨水，冲谢骏竖了个大拇指："骏子，我算是服了你了，这墓地连着墓地，长得都一个样，亏得你怎么找到的。"

林岚放眼望去，只见墓碑林立，密密麻麻的一片，的确难以区分。

谢骏把王海龙的手拍到一边，从鼻子里哼了一声道："这墓地都有号码的好不好，和活人的小区一样，分几区几号的，不然怎么找得到。"

林岚低头细看，果然每个墓穴的底座上面都标记着号码，她心中大喜，赶紧蹲下身去，只见这三个墓穴的编号分别是 C-08-516、C-08-518、C-08-520。也不知是冻着了还是激动了，林岚手有些发抖，她掏出手机拍了照，又用微信把这三个号码给逯超群发了过去。接着她又发过去一行字："试试这三组号码是不是密码。"

过了一会儿，逯超群回复过来了——

"不是。"

林岚顿时愣住了。

她不甘心地绕着墓碑走了好几圈，细细地查看着，生怕遗漏了任何一点小小的蛛丝马迹。可是过了许久，她却依然没有任何新的发现，她颓然地蹲在墓碑旁，眼神中一片迷茫。

王海龙和谢骏见林岚围着墓碑前后转悠了半天后，变得魂不守舍，小脸煞白，不由得面面相觑。

王海龙小声对谢骏说："什么情况？她这是怎么了，怎么跟着了魔似的？"

谢骏生怕林岚听到不高兴，忙用胳膊肘拐了王海龙一下，王海龙吃痛，抚着胸口"哎哟"了一声。

林岚闻声猛地抬头，只觉得头晕目眩，眼前一黑，栽倒在地。

谢骏和王海龙吓了一大跳，手忙脚乱地扶起林岚，喊了几声也没有反应，谢骏赶紧把林岚背了起来，朝停车的方向疾步奔去。

涂敏听到谢骏在电话里语气慌乱地说了事情的经过，低吼了一声：

"胡闹。"他放下电话就赶到医院。

林远昊见雨越下越大,放心不下,打电话问林岚忙完没有,没想到接电话的人却是谢骏。他听谢骏说林岚晕倒了,急忙按照他说的地址,朝医院赶去。

林远昊到达的时候,涂敏正站在走廊上训斥谢骏。

"我说你小子,平时看上去挺稳重的,今天这整的叫什么事?把个高烧病人拖到墓地去找什么证据,还下着那么大的雨。现在好了,都烧成肺炎了,你叫我说你什么好?!"

说完,他又瞪了站在一旁的王海龙一眼。

"你也是,白比他多吃几年米了,也不知道劝着点。"

王海龙挠了挠脑袋,闷声道:"我不知道林检察官病得这么厉害,她只说有点感冒,我一路上光顾着开车去了,也没注意。"

涂敏准备再训几句,扭头看到林远昊过来,于是住了嘴。

林远昊眉头微皱,问道:"烧成了肺炎?"

涂敏点了点头:"是啊,刚拍了片子,说是肺部有感染,现在正在输液室的临时病床,等办好住院手续,就转病房。"

"要住院?那通知她家里人没有?"

涂敏朝病房努了努嘴,无奈地摇了摇头:"小丫头主意大着呢。打了个电话回去,说是单位临时有事儿要出趟急差,赵云蕾那边,也不让我们通知。两边都给瞒下了。"

林远昊没说什么,朝输液室走去,一进门,不由得气不打一处来。那个把一群人闹得人仰马翻的始作俑者正躺在床上,眼睛望着天花板骨碌碌转着,不知道又在琢磨什么。

林远昊走到床边,双臂交叉俯视着她。林岚正在冥思苦想,突然一张面带怒容的俊脸撞入视线,不由得吓了一跳,再一看是林远昊,顿时自觉理亏,下意识地往被子里缩了缩,说话都结巴了起来。

"组……组长,我……我当时太急了,就没……没等您。"

"既然病着,就不该逞能,干吗非得那么十万火急地赶过去?"

"好不容易发现了点线索,就忍不住想要亲眼瞧一瞧,不然心里不

亡者归来

415

安。"林岚嗫嚅着道。

林远昊沉着脸问道:"你把自己折腾成这样,证据就能找到了吗?"

林岚因为密码的事儿连番受挫,本来就觉得窝火,被林远昊这么一怼,觉得既委屈又憋屈,忍不住回嘴道:"我试试还不行吗?"

林远昊脸色更难看了,他冷哼一声道:"就为了这没把握的事儿,你连身体都不顾了?"

林岚想也没想就回道:"您自己以前工作的时候不也经常废寝忘食,不顾身体吗? 这怎么这么轮到我就不对了? 这不是双标吗?"

林远昊显然是被气到了,他冷笑一声,自嘲道:"也是,现在你也不归我管了,我说的话自然是不必再听了。"

跟在后面进来的涂敏眼看两人要谈崩,赶忙出来打圆场。

"林组长一听你晕倒了,马上就赶来看你,他批评你,还不是担心你的身体。"他又转而劝林远昊,"林组长,这丫头估计是烧糊涂了,看在她生病的分上,你先别和她计较,等她病好了,我和你一起好好批评她。"

林岚心里后悔不已。以前她从不曾这么顶撞林远昊,说来说去,林远昊的责备都是出于关心。她咬着下唇偷偷看了林远昊一眼,见他一副心灰意冷的样子,心里顿时慌了,拖着哭腔央求道:"组长,我错了,您为我跑前跑后的累了一天,我还没良心地抢白您一通,我这脑袋真是让门板给夹了。"一面道歉,一边猛地咳嗽起来。林远昊果然不再绷着脸,面露担忧。

涂敏好笑地看了她一眼,心想这丫头还真是戏精,这林远昊算是遇到克星了。

林岚见自己的小把戏被识破,不好意思地朝涂敏做了个鬼脸。

林远昊没有说话,起身倒了一杯温水递给林岚,这一页算是翻过去了。

涂敏见他俩和好了,对林岚说道:"今晚是我当值,我马上就得赶回分局去,你既然没有通知家里,我待会就让谢骏留这儿守着,你好有个照应。"

林岚还未来得及推辞，就听到林远昊对涂敏道："涂队，不用麻烦了，我晚上留这照顾她，您让大伙儿回去休息吧。"

刑侦支队最近的确忙得很，林远昊素来是个办事沉稳妥帖的人，有他守在这里，涂敏再放心不过了。他嘱咐林岚好好休息，带着王海龙和谢骏匆匆赶回分局去了。

涂敏他们走了，林岚更没了顾忌，对着林远昊叽叽呱呱地絮叨起来："组长，我刚才撞了邪，说了那些个不识好歹的话，我再次向您郑重道歉。下午那会我去墓地是想找到破解密码的线索，逯超人试了我发给他的密码，还是不行。可我觉得，宋锦绣买的三个墓地的三个号码和她设置的三重密码一定有联系。"

"好了，别想了，点滴挂完了就安心睡一觉。一天往医院跑了两趟，还不消停会儿。"

林岚向来对林远昊是言听计从，今天头一遭顶了嘴心中后悔不已，哪里还敢再违拗他的意思，当下乖乖地闭目养神，不一会儿就蒙眬睡去了。恍惚中，她又回到了那天和宋锦绣告别的场景。

"这个就送你留个念想吧。"

"这种便携式的，哪有机械键盘手感好，也就是好看罢了。"在走廊上，林岚把便携式的折叠键盘顺手塞进背包里。

"留个念想吧，念想、念想……"那声音忽远忽近，幻化作幽灵盘旋着，张开黑洞一般的嘴，黑洞的中央是急速飞旋的旋涡。林岚的身体完全不受控制，被一股强大的气流裹挟着前行，眼看就要被吸进去了。她绝望地呼救："组长，救我。"林远昊竟然真的出现了，他手中握着一把寒光泠泠的长剑，朝黑洞的中央用力刺去，黑洞中却探出无数的鸟嘴，细长如尖刺一样的喙，朝林岚手背狠狠啄去。

"不要！"

林岚大叫着，从床上腾地一下坐起来，把正在拔针的小护士吓了一哆嗦，手一抖，针头又扎进了肉里。

"哎哟，疼！"

林远昊一把按住她的手："干吗呢？拔针你乱动什么？"

小护士被吓蒙了,林远昊果断地把针头拔了出来,从推车的托盘上拿了两根棉签,按在针孔上。

"做噩梦了吧?大呼小叫的。"

林岚瘪了瘪嘴,委屈地投诉道:"组长,我刚刚梦到您和黑洞打架,结果我被妖鸟给啄了。"

林远昊一头黑线,哭笑不得。

"我有时候真想拿探针测一测,你这脑袋里面究竟装了些什么乱七八糟的东西。"

林岚赧然道:"刚才梦里的场景太真实、太恐怖了,我梦到了那天见宋锦绣的情形,她还送给我……"说到这里,她的声音戛然而止,如同被施了定身法一样,呆愣着一动不动。

林远昊有些紧张地摸了摸她的头,感觉体温下降了一些,可他还是不放心,关切地问道:"你怎么了,是哪儿不舒服吗?"

林岚一把抓住林远昊的手,语气急切。

"组长,我现在立刻要回办公室取个东西,是宋锦绣临死前送给我的一个键盘,您能和我一起去吗?我怀疑这个键盘里面有密码的线索。"

林远昊不悦地挣脱林岚的手,微愠道:"我说你今天是打定主意要折腾到底了是吧?就不能安静会儿?"

林岚扯住林远昊的衣袖,轻轻摇晃道:"求求您了,这次保证不是狼来了。我有预感,谜底即将揭晓。"

看着她祈求的目光,林远昊觉得心中柔软的某处被轻轻戳中了,再也说不出拒绝的话来。林远昊把扯住他衣袖的小手挪开,所触之处一片冰凉,心脏有些抽紧。他脱下外套披到林岚身上,柔声道:"那好歹多穿些吧,外面冷。"

林岚觉得此时的林远昊不再是那个高冷的林组长,而是一个亲切的邻家哥哥,让她感受到如春风拂面般的温暖。他本就生得俊美,往常一副冷冰冰生人勿近的表情倒还罢了,一旦蜕去冰冷的外壳,嘘寒问暖起来,这杀伤力瞬间呈几何级增长。林岚被他关切的目光注视着,顿觉难以招架,节节败退。

面对此情此景,脑子里兀地冒出一句极度不恰当的描述:"最难消受美人恩。"

林岚被自己这荒唐的想法吓了一跳,她啪的一拍脑门儿,不料用力过猛,把自己拍得一阵发晕。她揉了揉痛处,疼得龇牙咧嘴,狼狈中偷瞄了林远昊一眼,他正满脸问号地看着自己。

为了掩饰内心的尴尬,林岚裹紧衣服,慌慌张张地站了起来,故作镇定道:"咱们这就出发吧。"

涵江市检察院公诉处办公室内,四只眼睛同时瞪着一个折叠键盘。

林远昊道:"按键有比较明显的磨损痕迹,使用过相当长的一段时间,她送你一个旧键盘,的确很可疑。"

林岚一手托腮,一手将键盘翻来覆去。

"这个键盘这么轻薄、小巧,不像能够藏下什么东西啊? 难道,宋锦绣把密码写在纸上,藏到了里面?"

林远昊不置可否。

林岚拿起梅花起子把键盘全部拆开了,里面空空如也,也没发现什么特别之处。

林岚沮丧地瘫在椅子上,喃喃自语道:"就知道宋锦绣不会这么便宜我,她不把我折腾得死去活来,是不会善罢甘休的。"

林远昊把按键板拿起来仔细看了看,用手将坐姿难看的林岚拉了起来,指着上面的按键道:"你快看,这个键盘好像和咱们平时用的不太一样,字母键旁边多了一些符号。"

林岚赶忙拿过来一看,果然,按键的字母上方有一些像偏旁部首一样的符号。林岚用手机拍了一张图片,在淘宝图片搜索中进行搜索,很快,出现了一长条的同类商品。原来这种是台湾的仓颉文注音键盘。

林岚有些纳闷道:"宋锦绣常居香港,为什么会用台湾的仓颉文注音键盘呢? 其中有什么特殊的意义吗?"

林远昊道:"这键盘大有蹊跷。虽然一部分按键磨损得比较明显,可有一部分按键却很新。"

林岚用手指轻轻点击着字母上面的注音符号,慢慢合上双眼。

键盘发出轻微的咔哒声。

以前林远昊思考问题的时候,林岚不了解他的习惯,每次打扰到他,都会被他冷若寒冰的目光吓到噤声。久而久之,林岚也学会了他那种老僧入定般的思考模式。林远昊对于这种进入深层睡眠般的思考状态再熟悉不过了,当下闭目养神,不发一言。

房间里一片寂静,敲击键盘的声音如同钟表的走针一样规律。

"这特殊的键盘难道和密码的创设有关? 不同的输入法之间可进行不同的转化? 可宋锦绣转化的内容是什么呢? 逯超群说想尝试社会工程攻击,我们无法对死者进行言行细节的捕捉,可如果死者留下其生前习惯的线索,是不是可以作为社会工程攻击的素材呢? 她留给我的键盘,是不是线索呢? 林远昊说键盘是用过的,可是部分按键又是新的,说明输入的内容具有固定性。"

林岚猛地睁开眼,停止了手上的动作。

"固定的内容,那不就是密码么? 好聪明的女人,用个专门的键盘输入密码,不但可以避免别人从笔记本电脑的按键上获取证据,还能利用旁人的忽略将键盘随时转移和销毁。看来,这几个磨损明显的按键,就是密码的组合了。"林岚兴奋地说完,从抽屉里取出放大镜,仔细地观察着每一个按键。

林远昊在一旁默默注视着。

林岚在全神贯注寻找证据的时候,周身都散发着耀眼的光芒。林远昊当初手把手教导的淘气姑娘,如今已成长为能和他并肩战斗的战友了。

实务案例的洗礼,让林岚更好地做到了理论联系实际。对于跨领域学科的触类旁通,促使她能更好地挖掘出技术专业的优势。林远昊当初同意她离开时看似潇洒,其实私下里也曾担心她会荒废专业,不能适应新的领域。所以林岚每一次回来讨教,他都是倾囊相授,细心点拨。现在看来,她不但在新的领域适应得很好,还做到了融会贯通,举一反三。

"2、3、4、7、8、u、i、a、j、k，外加一个回车键。"林岚顺着键盘依次念了出来，随即挫败地摇了摇头，"不行不行，这么多字符，排列组合是个多么庞大的集合啊。如果弄不清这些字符的规律，还是破解不了啊。"

她抱着头，眉头紧锁，一脸的不甘。

林远昊想了想，提醒林岚道："这么一长串的字符，作为密码记忆起来是很不方便的，需要有个能够产生记忆联想的对象。宋锦绣之所以选择台湾的仓颉文注音键盘，说明这个联想的对象和台湾注音对应的文字有某种关联。"

"某种关联？"林岚喃喃自语着，有些出神。她突然想到了什么，迅速拿起手机搜索起来，她显然找到了需要的东西，双眸变得亮晶晶的。

林岚迫不及待地拨通逯超群的电话："逯超人，你现在在在哪？"

逯超群懒洋洋地回答道："当然是在办公室加班啰。"

"太好了，逯超人，你在之前发的三组字符串前面加上 ji32k7au4a83，看看能不能破解。"

接下来的等待，每一秒似乎都有一个世纪那么长，林岚紧张得几乎都要屏住呼吸了。

终于，电话那头传来了逯超群同样兴奋的声音："神了，解开了，你怎么拿到密码的？"

"啊，解开了，解开了，组长，我解开了！"林岚一把抱住林远昊，高兴得又叫又跳，她一时忘情，丝毫没注意自己的动作太过亲昵。

林远昊也被她的喜悦所感染，嘴角上翘，扶住她柔声道："好了，别蹦了，小心头晕。"

"咱们去找逯超人！"

林岚拉着林远昊就往外跑。

两个人来到逯超群办公室的时候，他正在将解密后的压缩文件解压到桌面。林岚迫不及待地点开文件夹，里面的二级文件夹的文件名果然和之前清单所列的一样。

她片刻也不敢耽误，赶紧打电话通知涂敏和赵云蕾，告诉他们这一重大进展。

"林检察官,你可真是立了大功啊。"涂敏的声音中有掩饰不住的兴奋。

"我这就把解密后的文件传给您。"

忙完手中的活儿,林岚还没有起身的意思,点开文件慢慢浏览。林远昊一把按住她手中的鼠标,阻止道:"都几点了,你肺部感染这会还发着烧呢,再继续熬夜,小命不要了?"

林岚一副可怜兮兮的样子,恳求道:"这个不看完,我今天铁定睡不着,您就成全我吧。"

"不行!"林远昊的口气不容置疑。

在一旁看热闹的逯超群也插嘴道:"总共3个G的文件,你要看完,今晚甭睡了,正好,直接和那个什么跳楼的女人去谈谈观后感。"

林远昊听他说得刻薄,回了他一记眼刀。逯超群举手做出一副投降的样子,把脸别到一边,努力降低存在感。

林岚看着面色不悦的林远昊,不敢拂了他的意,却也不肯就此放弃。

林远昊见她僵在那里,小脸苍白,只得放缓语气道:"涂队他们晚上会看的,用不着你拼命。你先老实回医院等着,明天一早我开车送你到逯超群这儿来,保证不耽误事儿。。"

逯超群几时见过林远昊如此柔情似水的样子,顿觉一阵恶寒,浑身都不自在。他一把从林岚手中拿过鼠标,麻利地点了关机键,故意大声道:"太晚了,太晚了,我也要回去睡觉喽,身体是革命的本钱,林组长,我蹭一下你的车啊。"

林岚心知无望,只得作罢。

在车上,逯超群问林岚:"诶,你是怎么弄到前半截密码的?"

林岚从副驾驶室扭过头,抱着座椅靠背道:"你还记得吗?有一次咱们讨论过密码大规模泄露事件,当时你就提到了台湾地区和大陆的密码设置规律不同,还给我推送了一篇微信文章。"

"是有这么回事。"说到这里,逯超群一副恍然大悟的样子,"原来,你发给我的就是'我的密码'的台湾注音拼写!"

林岚竖起大拇指道:"逯超人,不愧是 IT 高手,这么快就 get 到了关键。"

一声轻咳从驾驶室传来:"你拉着我折腾了大半宿,就不打算给我说说?"

林岚这才后知后觉,自己把林远昊给冷落了。她立马满脸堆笑,冲着林远昊谄媚地说道:"您瞧我这记性,怎么把您给忘了,我一定是烧糊涂了。"她见林远昊依旧面无表情,不免有些尴尬,不知道怎么往下说了。

林岚正在搜肠刮肚找些讨好的话,只听林远昊道:"刚才和别人说得眉飞色舞的,想来已经不糊涂了。"

逯超群觉得林远昊今天反常得很。他坐直身体,朝林远昊头上的后视镜瞄了一眼,发现他竟然有些不高兴。

逯超群目光惊疑不定地朝林远昊和林岚两人之间扫了个来回,然后若有所思。

一时间谁都没有开口说话,气氛越发尴尬起来。

林岚赶紧打破僵局,将原委细细道来。

"台湾输入汉字的方法和我们不同,我们用的是五笔和全拼,他们用的是注音符号输入法。密码泄露事件发生后,技术人员做了一次数据分析,我们大陆这边许多人用生日作为密码,所以破解者利用这一规律盗取了不少人的资料和信息。可是台湾那边被破解的最多的密码居然是一组非常复杂的字符串,就是'ji32k7au4a83'。之所以这么复杂的密码组合会登上密码泄露的榜首,是因为这个解码对应的文字是'我的密码'!"

"原来如此,说破了也不难嘛。"逯超群在一旁悻悻然道。

"哦。"林远昊冷然地蹦出一个字,继续一言不发。

林远昊一旦启动他的冰山模式,真的是方圆百里没有活口。

林岚最怕他这样,赶忙拍马屁道:"这么简单的推理,我实在不敢在您老人家面前显摆,所以才没说。"

"我又不是什么 IT 高手，怎么会觉得这个推理简单。像我这样的老人家，自然是跟不上你们这些年轻人的思路的。"

林岚这下彻底傻眼了。心想："林组长这是怎么了，之前开玩笑叫他老人家都好好的，现在怎么突然变成这样？而且听他这口气，居然、难道、不会是在闹别扭吧?!"

逯超群这下总算是明白了，林远昊这棵千年老铁树竟然要开花了，可惜碰到林岚这个不解风情的傻妞，估计这情路坎坷，将来有他好受的。

他见林岚丈二和尚摸不着头脑的样子，翻了一个大大的白眼，打着哈哈道："你比我大几岁啊，就占我便宜叫我年轻人。"为了调和气氛，逯超群又转移话题，问林岚，"对了，之前的三组字符串你是从哪儿弄来的?"

"这个嘛。"林岚一听他提到这个，玩心顿起，她坏坏一笑，然后掏出手机，打开相册，递到逯超群面前。

逯超群仔细一看，顿时哀号起来："小林子，你有没有搞错，居然是墓地号码，你大晚上的给我看这个，我恨你……"

林岚好不容易整到逯超群一次，心下得意非常，没心没肺地哈哈大笑起来。

林远昊看见她开怀大笑的样子，眉眼也不自觉地柔和起来。

一大早，林岚的电话就撒着欢儿地响着，林岚睡眼惺忪地拿过手机，电话那头谢骏的声音有些沙哑。

"林检察官，我代表刑侦大队古瓶案专案组向你表示崇高的敬意。"

林岚被他郑重其事的语气吓了一跳，一时不知道怎么说才好。

谢骏在那头继续激动道："宋锦绣的邮件里面有价值的东西太多了，你昨天带病坚持去墓地，竟然是去找文件密码的，我可真是服了。你怎么想到的，怪不得涂队总夸你是最懂侦查的检察官?"

谢骏极大地勾起了林岚的好奇心，她忙问道："里面的证据能够锁定赵睿吗？"

"放心吧，他跑不了。"

谢骏挂断电话后，林岚这才发现林远昊没在病房里。

她急于亲眼看到邮件的内容，哪里还待得住？可昨天自己擅自行动和林远昊闹得不愉快，今天实在不敢再次不告而别了，她赶紧拨通了林远昊的电话，准备知会他一声。

她这里刚拨通，就听到外面的走廊上传来了手机铃声，林远昊提着早点走了进来。

林岚说明缘由后，林远昊将早点放到林岚手上，说道："我开车送你，你在车上吃。"

林岚朝他粲然一笑。

她赶到逯超群办公室的时候，这位 IT 高手早就端坐在电脑前，好整以暇地看着门口。

"果然，有人急不可耐地赶来了。"

逯超群笑嘻嘻地把光盘拿在手上，讨价还价起来："你这光盘里的宝贝，生生折腾了我好几天，可有什么好处？"

林岚有些好笑，回怼道："逯超人，你身为公职人员，却公然索贿，还威胁办案人员，你这罪名可不轻啊。"

逯超群一脸嫌弃："切，干了几天公诉，嘴皮子越来越厉害，人也越来越小气。"

林岚笑着把光盘夺到手中，朝逯超群扬了扬："好了，两顿 T 骨牛排，外加一箱汇源果汁，行了吧？"

逯超群打了个响指："成交。"

林岚拿着光盘回到自己的办公室，路小艾惊讶地问："岚姐，我今早刚听赵处说你住院了，还约好中午一起去看你的，你怎么过来上班了？"

林岚道："密码破解了，我们最后拿到了证据。"

路小艾忍不住发出一声欢呼。

林岚顾不上和她一起开心，走到电脑前将光盘放了进去。

路小艾知道她急于了解文件的内容,识趣地不再打扰,到一边忙自己的去了。

打开文件后,林岚完全明白谢骏早上为何那样激动了,邮件里面的内容实在称得上是触目惊心了。资金类目 Excel 的清单中,不但资金流水金额巨大,令人咋舌,明细的内容更是超出了林岚的想象。明细栏中标注了各种古董和珠宝的名称,成交的币种更是五花八门,甚至有比特币、以太币和稳定币,资金流向的接收方信息显示,接收方多为香港和维京群岛等离岸金融中心。这些线索不仅有利于查证赵睿涉案的事实,也给将来打击地下钱庄打下了坚实的基础。比特币钱包私钥的文件里面是一组 12 位的字符串,包括了各种大小写、数字和特殊符号,是典型的随机字符组合。林岚暗自咋舌,如果宋锦绣不提供这组私钥,用今天的技术破解 12 位的随机字符,差不多需要两个世纪那么久。

林岚点开日记扫描件,里面是宋锦绣多年来的日记扫描 PDF文档。

人生其实短暂,重要的事情记录下来,也不过尔尔。

1986 年 5 月 2 日

天啊,我恋爱了!

他太完美了,英俊、家境好、成绩好。我理解不了,他这么完美的人为什么总是怀着仇恨,我不知道如何去安慰他。妈妈让我离他远一点,像他这种家庭出身的孩子,根本就瞧不起保姆家的孩子。

1986 年 6 月 27 日

谁说我都不信,我只信他。妈妈告诉我一个秘密,他是被领养的。怪不得他说过他不属于这里。

在这里只有我能够理解他。

1988 年 8 月 31 日

我就要和他在一个城市读书了,我太兴奋了。在那里,没有任何人能够打扰我们,我的母亲不能,他的父母也不能,这就是所谓的鞭长莫及吧。我们终于自由了,可以在同一个城市毫无顾忌地相爱,不用担心四周监视、拷问的目光,我今晚怎么也睡不着,我太兴奋了,我太兴奋了。

1988 年 12 月 22 日

晚上他从梦中惊醒,不停喊着冷,喊着救命,整个人被汗水湿透了。我从他的眼睛里看到了惊恐。他说伤害过他的人都会付出代价。我想知道在他身上究竟发生过什么,可无论我怎么问,他都不愿意告诉我。恋人之间,也有不可言说的秘密吗?

1989 年 1 月 2 日

今天的计算机编程课上,我出尽了风头。我用 BASIC 语言做出来的模型图惊呆了所有人。老师说,以我的天赋,加上努力,将来会成为这个领域的人才。是真的吗? 如果是真的,他的父母应该不会反对我们了吧。天啊,我的心里为什么满满的都是他? 我没有了自己,我的世界全围着他一个人转了。我现在只想早点放学,我要去找他,和他分享我的快乐。

1989 年 5 月 11 日

那个满脸横肉的女医生一脸鄙夷地告诉我,我怀孕了。我该怎么办? 马上就要参加竞赛了,我怎么去? 我毁了自己,也会毁了他。我若是去坦白,他会怎么样? 和我一样陷入不安和惶恐吗? 我不能毁了完美的他。可我怎么办,怎么瞒得住!

1989 年 7 月 18 日

他的父母终究还是知道了,这个暑假就像炼狱一样。我被拷问,被围攻,被他们污蔑成一个没脸没皮、处心积虑勾引他们儿子的坏女人。我可怜又懦弱的母亲,战战兢兢地和我一起接受炮轰。他们不是高贵的人吗? 不是知识分子吗? 嘴里怎么能够喷射出那样浸满毒汁的利箭,把我伤得体无完肤? 我求他们,我母亲求他们,他那样尊贵的一个人也求他们,都没用! 他们的心像铁石一样。

1989 年 7 月 22 日

他的父母趁他不在,拉我去医院堕胎。我母亲如同一个濒死的母狼,亮出了她的獠牙,谁都看得出来,她是豁出去拼命了。一个他们瞧不起的人,拼起命来,他们也害怕了,他们的脸上出现了恐惧,这么多天了,我才知道他们的表情除了高高在上的鄙视还有恐惧。

1989 年 8 月 28 日

母亲收拾了行李,让我跟她一起逃走,我们要回潮汕老家。

书是读不成了,我也不想毁了他,我只能走,走得远远的,再也不回来。

1992 年 12 月 9 日

时至今日,我早已心如死灰。可就在我已经认命了的今天,老天爷给我开了这么大的一个玩笑。这个连我做梦都不敢梦到的人,想一下都觉得奢侈的人,竟然出现在我眼前。他比以前更让人移不开眼了,褪去了青涩,穿着考究,好像整个人都散发着光芒,那么瞩目。

他看到我什么也没说,就像一个陌生人,也许他记不起来了,我的记忆如此刻骨铭心,可他早已把我忘记了。

1992 年 12 月 10 日

天都没亮就有人敲门,是他,他闯了进来。

我觉得心脏都要爆裂了。他说他是来认我们的,不想让别人发现,昨天才故意装作不认识我。他现在独立了,在涵江市上班,有自己的收入,不用再依靠家里,今后会照顾我和孩子,他心里一直是有我们的。

老天爷,我谢谢你。

1994 年 2 月 3 日

今天是小年,他在我家吃的团圆饭。

他说等他将来认祖归宗,再让羽儿改和他姓。

晚上他喝了不少酒,给我讲了他的身世,我才知道,他的父母是被人害死的,他也差点被仇家害死,他说他要复仇,要我帮忙。

我虽然害怕,可我还是答应了,这个团圆饭,让我觉得我们才是一家人,一家人的事儿,怎么能够袖手旁观。

1994 年 2 月 4 日

我安顿好羽儿,到镇上去买火车票。到了涵江市,我按他说的地点找到那个叫邹勇的人,说有个活儿,是去龙湾窑口帮人搬砖,下午就去。因为没几天就过年了,10 天 300 元,先付一半。邹勇看到钱立刻答应了。

我回去后在出租屋里等了一晚上他都没有回来,我很担心,一宿都没有睡着。

1994 年 2 月 5 日

他终于回来了,外套却不见了,冻得厉害。他洗了个澡,就说不放心羽儿和外婆在家,要带我去买火车票。我问他报仇了吗,他让我不要多问。

要不是为了羽儿,我真舍不得离开他。

1994 年 2 月 19 日

他又来看我了,这次有了大安排。他说找到了几个"跑海船"的,要我和我妈带上羽儿去香港,免得在这里被人指指点点,说羽儿是野种。

我妈说那"跑海船"的都是些偷渡客,外面有人叫他们"蛇头",偷渡很危险。他说不怕,那些都是有经验的人,而且还没过正月十五,查得也松。他给了我很多现金,让我们带去香港换成港币。我很担心,我听说这偷渡过去的人,是回不来的,这边的人想过去也难。我问他是不是不要我了。他笑了,说就算他不要我了,难道连儿子都不要。

他说他会想办法尽快来看我们的,他给了我一个电话,让我过去安顿下来就通知他。

1998 年 12 月 31 日

今天又收到了一大笔钱。最近他总给我和羽儿汇钱,我们的生活越来越好了。羽儿何时才能认祖归宗?这个问题我试探着问过几次,他却总没个准话。他说不希望我们的关系暴露,说是为了我和羽儿的安全考虑。我知道那个女人也给他生了一个儿子,我隐隐觉得不应该相信他的话,可我不愿意多想了,我现在不相信他,又能相信谁呢?

1999 年 3 月 18 日

他让我和羽儿去美国,为了办绿卡,要我和一个美国人领结婚证。我不愿意,我知道以他的身份,即便将来他真的和妻子离婚,也不可能找一个有过婚史的女人做妻子。我们第一次发生了争吵,他两个月都没有理我,我屈服了。在和一个叫茉莉亚·张的女人联系上之后,按照他们的安排,我和羽儿就要去美国了。

1999 年 9 月 5 日

我渐渐适应了美国的生活,为了打发无聊的日子,我重新学习了计算机课程。我在这里除了他谁也不认识,这么多年来,我渐渐习惯了孤独。他有自己的家庭,我不能去打扰他,我只能和羽儿相依为命。幸好,我还有羽儿。

2002 年 6 月 9 日

我不喜欢待在美国,那里总是能够听到和她太太有关的消息,让我烦躁。我回到了香港。他领来一个小姑娘,名字叫廖雨欣,他让我帮忙照顾她的起居。一个叫丁帆的小伙子总来我这里把雨欣带走,她有时候膝盖和胳膊肘会有擦伤,我问她怎么弄伤的,她也不说。雨欣是个倔强的孩子,有她和羽儿做个伴也好,羽儿太孤单了。

2005 年 9 月 8 日

我越来越不喜欢这个古怪的女孩儿了,她的目光总是让我感到不舒服,可她和羽儿在一起的时候,却变成另外一个人,乖巧又黏人。羽儿也愿意和她亲近,我不希望让他们接触太多,我总觉得雨欣和丁帆藏着一个巨大的秘密,一个见不得光的秘密,我不希望羽儿受到牵连。

2006 年 5 月 31 日

为什么,他居然会和一群贼混在一起?他不是很有钱吗?为什么会这样?

2006 年 6 月 9 日

雨欣这么小,居然是他们中的一员。我觉得从来没有了解过这个孩子。丁帆带着雨欣去了英国,他们要去看什么展览,我感觉这和他做的那些事情有关,我很担心,羽儿不能没有爸爸。

2006 年 11 月 20 日

他让我帮他,我学的计算机专业居然派上了用场。他说他不相信别人,我又自学了财务,帮他打理账目。

2010 年 12 月 4 日

廖雨欣总是来找羽儿,我实在烦得很,她牵扯的事儿太复杂。羽儿大了,有了自己的想法,我怎么说都没有用。他那个高贵的夫人是个短命的美人儿。她去世后,羽儿总觉得不甘心,其实我也不甘心。羽儿和那个娇生惯养的大小姐生下的公子哥儿不一样,羽儿才是更合适的继承人。

2013 年 8 月 17 日

羽儿和他的那个儿子现在水火不容,可是他总是向着那个孩子。他说不能让我正式过门亏欠了我,所以没有再娶。可我总觉得,那个女人在他心里的分量更重一些,虽然他从来不说。我现在有很多钱,可我比以前更孤单了。我不能随便和人往来,不敢用真名,不敢对别人提起他,我觉得自己彻底失去了自由。

2016 年 10 月 19 日

最近的事情动静闹得实在太大,我现在也担心,说不定哪天会暴露出来。其实现在他已经很有钱了,有什么必要继续这样做下去?而我等了这么久,做了这么多,为什么我们越离越远?他总是怪羽儿太喜欢争,可若不是他偏心,羽儿不会变成今天这样。

2017 年 1 月 22 日

我今天总是心惊肉跳的,不知道为什么。他总是夸我的直觉很准,难道有什么事情要发生了?快过年了,羽儿为什么没有一点音信？所有的人都没有一点他的消息。他也不接我的电话，他到底去了哪儿？

林岚从这些文字里，看到了一个陷入爱情泥沼的女人兜兜转转的一生。本来是个灰姑娘逆袭考进高等学府，在专业上展露天赋的励志故事，却因为痴爱错付，毁了一生，不仅成了受人操纵的犯罪工具，最后还落了个母死子亡的悲惨结局。

快下班的时候，林远昊的手机振动起来，他看到屏幕上跳动的是赵安琪的号码，皱了皱眉头，没有接。最近赵安琪总是来找他，林远昊虽然已经明确表示两个人的确不合适，可是赵安琪并不气馁，依然我行我素。林远昊几番拒绝无效之后，索性连她的电话也不接了。

林远昊继续着手头的工作，手机执拗地振了很久，终于安静了下来。过了一会儿，座机又响了起来，林远昊以为又是赵安琪的追命连环CALL，面露不悦，再一看来电显示是路小艾的号码，连忙接了起来。

路小艾在电话那头压低声音偷偷告状："林组长，岚姐今天在电脑跟前看了一天的证据，到现在都还没有去医院，她最听您的话了，您给劝劝吧。"

林远昊轻叹道："我马上来。"

林岚正在整理邮件里面包含资金往来的明细，突然觉得周围的空气莫名凝重了起来。她一抬头，只见林远昊站在门口冷冷看着自己，条件反射地站了起来，赔笑道："您来了。"她见路小艾故意左顾右盼，一副与我无关的表情，心头雪亮，朝她龇了龇牙。

路小艾手脚麻利地关上电脑，抓起自己的包，说了声"再见"就溜之大吉。

林岚故意道："组长，我正要去找您请教问题呢，这么巧您就来了，快请坐，快请坐。"

林远昊早就把这小狐狸的习惯摸得一清二楚，根本就不上她的当。"少给我在这儿打马虎眼，今天的针挂了吗？"

林岚不敢撒谎,老老实实地回答:"没有。"

"关机、走人。"

林远昊半句废话没有,酷酷地扬了扬下巴。某人顿时蔫了,老老实实关了电脑,收拾东西。

林远昊开车带着林岚刚出院门,就看到门口停着赵安琪那辆招眼的敞篷跑车。看到林远昊的车出来,赵安琪推开车门下了车,挡在了林远昊的车头前,然后步伐婀娜地走到驾驶室旁。她看到副驾驶室的林岚时,口气不免带了些酸溜溜的味道。

"我说林大组长怎么不接电话呢,原来是佳人有约啊。"

下班时间人来人往,大家好奇地朝这边张望。林远昊推开车门,将赵安琪拉到一边,沉声不悦道:"你找我就是为了怼人?"

赵安琪见他不高兴了,立刻放软了语气:"当然不是,我是约你去参观个有趣的地方。"

"没空。"

"和她在一起就有空?"赵安琪挑衅地看了副驾驶的林岚一眼。

"我送她去医院挂针。"

"她都那么大人了,你把她送到医院再陪我去不就行了,难道挂个针还要全程陪着?好不容易我爸今天不在家,我准备带你去参观一下我家的地下博物馆,平日里我爸可不轻易放人进去。"

林岚听到地下博物馆,心里咯噔一下,她将头探出车窗道:"组长,挺难得的机会,要不我先陪您和安琪小姐去参观,完了再去医院。"她一面说着,一面冲林远昊用力眨了眨眼。

林远昊脸上露出了踌躇的神色。

赵安琪朝林岚不高兴道:"谁邀请你了?"

林远昊面色一沉道:"我压根儿没想去。"说完,扭头就走。

赵安琪急忙拉住他,软声哄道:"好了好了,你别生气,带上她就是了。"

林岚也央求道:"去吧,就一会儿,误不了事,我向护士长打听过了,晚上有人值班,一样能挂针。"

林远昊对赵安琪闷声道:"你带路吧,我在后面跟着。"

赵安琪得了他的准话,满面春风地开车去了。

林远昊上了车,车门被他大力地合上,四周的玻璃窗都跟着瑟瑟发抖起来。他半天没有说话,车厢里安静得让人尴尬。林岚最怕他这样,于是小心翼翼地保证道:"我只是去看看,不久待。我实在是想知道,古瓶会不会就藏在那儿。"

林远昊依旧一声不吭。林岚没有办法,只得反复自我批评。

她自说自话了半天,林远昊却渐渐变得有些心不在焉。林岚看到不远处绿灯变成了红灯,急忙提醒道:"红灯!"

林远昊一个急刹车,林岚还没来得及稳住身形,就听到林远昊在耳边用几不可闻的声音说了句:"我没生气,我只是担心你。"

林岚有些愕然,她转脸一看,只见林远昊正用担忧的眼神看着自己,突然间有种节节败退、溃不成军的感觉。

她满心愧疚,为了让林远昊安心,她细细分析起来:"赵安琪不是个有心计的人。她既然一开始没打算让我去,只邀请了你,这次参观就不会是赵睿布下的陷阱。赵睿热衷收藏,建造了一家私人博物馆的事儿在涵江市并不是什么新闻。其实,我们一直怀疑古瓶没有离开涵江市,如果真是这样,地下博物馆就是最好的藏匿地点,只是苦于没到收网的时候,没法求证。最近我心里一直担心,宋锦绣的死会让赵睿心生警觉,转移赃物。所以,我想趁这次难得的机会去看个究竟。"

林远昊和林岚共事多年,对她的脾气秉性很了解,一旦她下决心做一件事,就不会半途而废。事已至此,多说无益,他跟着那辆刻意压低速度的跑车,朝前方驶去。

赵安琪带着他们来到一处欧式风格的别墅区,接待室里面摆放的是工艺精湛的 Asnaghi Interiors 定制家具,无论是手工雕刻的工艺还是上漆都格外精细考究,彰显出这里的主人不凡的身份。林岚出神地看着家具上的雕花,暗自点头。赵安琪见她脸上露出赞叹的神色,心下有些得意,语气中不由得带了几分傲慢。

"这可是意大利 Brianza 地区生产的家具,你以前没见过吧?"

林岚微微一笑，没有接话。

林远昊对林岚轻声道："Tiamantti Luxury 专供的 Asnaghi Interiors 定制家具，巴洛克风格，采用的是古老的木工工艺，搭配织工最好的真丝和鹅绒。他们家的产品，都有品牌编码火痕，你可记住了？"

林岚朝林远昊微微一笑，点了点头。

赵安琪本想在林岚面前刷个优越感的，却被猝不及防撒了一包狗粮，脸色变得难看起来。林岚看见这位大小姐拉长了脸，想着一会儿还要深探虎穴，不能得罪了引路人，赶紧出面打圆场。

"安琪小姐这里果然是格调非凡，让我大开眼界。"

林远昊用恨铁不成钢的眼神瞪了林岚一眼，林岚顿时蔫了，闭嘴不语。

赵安琪见林岚在林远昊那里吃了瘪，心里好受了些。她提议道："我们去收藏馆那边看看吧，那里可比这儿有趣多了。"

别墅里面配置了电梯，赵安琪领着他们搭乘电梯到了地下一层，赫然入目的是一座古典建筑，这种心理和视觉冲击就连一向自控力极佳的林远昊脸上都有些动容。

以电梯门为中线，汉白玉雕花扶栏朝两旁延伸开来，正中立着一扇构图为太极八卦的大门。赵安琪站在门侧，墙上的液晶屏显示人脸扫描通过，太极图案 180 度旋转后，大门徐徐开启。门内是庞大的拱券结构，主厅与垂花门相对，门庭之外树立着双阙，一派浓郁的西汉木构建筑风格。

这里和接待室的风格形成了鲜明的对比。

林岚和林远昊跟在赵安琪身后走了进去，林岚打量着这里的布局，心里不由得暗暗吃惊。中国的丧葬思想讲究"事死如生"。所以墓穴被打造成另一个世界栖居的家园。从这里面摆放的舞俑和各种明器来看，这哪是什么地下博物馆，分明就是一座西汉陵寝的微缩改造版。

林岚忍不住问道："这里很少住人吧？"

赵安琪有些意外，反问道："你怎么知道？"

赵安琪这么说，答案很明显了，林岚没有说什么。

赵安琪还要再问，林远昊适时打断道："安琪小姐，你这儿有喝的吗？赶了这么久的路，有些口渴。"

　　赵安琪见林远昊主动和自己说话，笑着答道："这里有我爹地收藏的极品红酒，我这就去给你拿。"

　　赵安琪前脚刚走，林远昊低声问道："有什么发现？"

　　林岚答道："地下建筑是仿造西汉陵寝的结构布局的，因为没有棺椁，整个儿看上去就是个微缩的'大朝正殿'，没半点'离宫别馆'的意思，当初修建的时候，工人们只会当作仿造汉代的宫殿建筑风格修建的私人收藏博物馆。"

　　"那你怎么判断出是陵寝的？"

　　"这里有仪卫俑、舞俑和明器，应该是后期搬进来的。从风格上分析，仿造的是西汉诸侯王的墓葬礼制，不过这里空间有限，所以，至多算是个简化版。"

　　正说着，赵安琪左手拎着一瓶红酒，右手拎着一个提盒，步态优雅地走了进来。

　　林岚早年间被林远昊逼着学习了好长一段时间的葡萄酒分类，所以一见瓶子上的商标，就认出来是罗曼尼·康帝干红。这款葡萄酒产自勃艮第最好的 LaTache 特级葡萄园，口感最是复杂多变，价格也是不菲。

　　林岚痞笑着瞄了林远昊一眼，心想："林大组长果然魅力无边，安琪小姐为了讨他欢心，可真舍得下本啊。"

　　林远昊看她一副隔岸观火的样子，轻咳一声将脸侧到一旁。

　　赵安琪把手里的东西放在木架上，将开瓶器、醒酒器、高酒杯依次从提盒里拿出来。林远昊很绅士地主动拿过开瓶器起出软木塞，然后举高酒瓶，让酒液慢慢流入醒酒器中。这瓶拉塔希的年份是 1990 年，酒液黏稠度很高，林远昊很容易就让酒液形成一条细细的水柱，他的姿势优雅，神情专注。赵安琪看着他，一时有些出神。

　　没过多久，浓郁厚重的酒香就散发了出来，林岚深吸了口空气中弥漫的酒香，由衷夸道："好酒、好酒。"

赵安琪朝林岚撇了撇嘴道："便宜你了。这可是1990年的拉塔希，经过专家品鉴，品质仅次于1978年的。这种酒的特点是黑皮诺单宁含量少，口感细腻有层次，你待会儿喝了就知道的确是好酒了。"

林岚笑道："那可真要多谢安琪小姐了。"

赵安琪皱了皱鼻子道："谢我干什么，你是沾了你师父的光。"她特意将师父两个字说得格外响亮。

赵安琪正要问问林远昊是否喜欢，只见他拿着软木塞，缓缓在指间旋转，不知发现了什么，正看得出神，于是好奇地问："这木塞怎么了？"

林远昊微微挑眉，答道："我在想，果然是品质越好的葡萄酒，软木塞越长。"

赵安琪得到了林远昊的肯定，笑靥如花，整张脸越发明媚动人。

"你喜欢就好，反正醒酒也得一段时间，我先带你看看我爹地的收藏。"

收藏室的藏品之丰，让林岚叹为观止。

这里不仅有古籍善本、古铜镜、漆器和碑帖，颇有些年代的金银玉器，还有几幅宋代的名人书画、奇石印章和十来件品相相当不错的青花、粉彩。赵安琪拣其中几样特别得意的古董介绍了几句，不过她一开口，林岚就知道她对古玩这行并不精通，这番介绍想来也是听别人说过多次，耳熟能详，此时依样学舌地转述出来，却并未道出其中的妙处。

赵安琪介绍了半天，口干舌燥，见林远昊神色淡淡的，似乎没多大的兴趣，不由得意兴阑珊。还是林岚提了句："酒该醒好了吧。"算是给她解了围。

三人回到醒酒处，林岚主动给三个杯子斟了1/3，这才轻握住自己面前那杯的杯脚，轻轻摇晃后倾斜45度，欣赏着酒液清浅明亮的色泽。她赞了声"真美"。举杯慢慢品啜，一股果香和紫罗兰的香气愉悦着味蕾，口感柔和且丝滑，令她陶醉不已。

林远昊将酒杯一把夺了过来，语气不悦道："你最近在挂消炎针，怎么还敢喝酒？"

气氛顿时尴尬起来。赵安琪噘着嘴,闷头大口喝酒,林岚看她如此牛嚼牡丹的喝法,心疼得不行。她的舌尖还停留着适才的绝妙口感,可对着林远昊的那张冰块脸,林岚实在不敢把杯子拿回来继续喝,只得叹了口气,无奈地咂着嘴。

一个不能喝,一个没心思喝,一个赌气喝,好好的一瓶佳酿,最后大半都进了赵安琪的肚子,红云飞上了她娇俏的脸庞,更显得艳若桃李。

林岚察觉手机振动了一下,低头一看,却是林远昊发过来一条微信,她心里惊讶,面上却不动声色地看着。

"这里应该另有密室,我离开一下,你拖住她。"

林岚还没有反应过来,就听到林远昊问道:"洗手间在哪儿?我去一下。"

赵安琪忙说:"我带你去。"

林远昊挑眉问道:"怕我拿了你家宝贝?"

他这么一说,赵安琪反倒不好意思了,她指了指外面道:"出门向右,然后直行,左手边有个安全出口的标记,顺着走过去就能看到。"

林远昊出去后,气氛比刚才还要冷。林岚心里腹诽道:"找密室我去也行啊,人家大小姐心心念念惦记着要吃唐僧肉呢,要想拖住她,美男计多好使啊,现在把我撂这儿陪她,算怎么回事儿。"

再怎么抱怨,交下的任务还是要完成的,林岚硬着头皮,山南海北地和赵安琪乱扯一通,赵安琪流露出不耐烦的神情。

林岚正在搜肠刮肚地想着怎么把谈话继续下去,感觉手机振动了一下,她低头一看,林远昊又发来一条微信消息。

"西汉墓室的结构有什么特点?"

林岚对赵安琪说了声抱歉,中断了这万分尴尬的聊天,拿起手机回复了过去。

"西汉陵墓是异穴合葬,用于夫妻合葬。两墓方向相同,平等并列。哦,对了,有个北洞山汉墓,在墓道的一侧还另辟了附属墓室,这里的布局,和北洞山汉墓挺像。"

"你还记得大致的布局特点吗?"

"我手机里有北洞山汉墓的结构图,马上发给你。"

图片转发后,那边再也没了动静。

林岚为了投其所好,只得拣了些林远昊的喜好来聊,这下赵安琪有了些兴趣,不时还听几句,问得格外详细。可是林大组长除了工作,值得一提的喜好实在是寥寥无几,眼看着热聊就要变成尬聊,林岚心里暗暗着急,却又无计可施。

地宫的另一侧,林远昊正在根据林岚发过来的北洞山汉墓建筑透视图来确定方位,他走到了主建筑的另一侧,按照图中所示,这里应该就是附属墓室了。这里有一间主室和一间耳室,他从主室走到耳室,默默数着地砖的块数,然后又从主室向另一侧走了十来步,最后停了下来。他打量着四周,不时地用手摸摸这里,拍拍那里,却一无所获。

他眉头紧锁,喃喃自语道:"按说应该就在这附近啊?"

他仔细打量着周遭的墙壁和地面,连每一块地砖都没有放过,忽然,他的目光停留在了一处地面上,他快走几步,蹲下身来细细查看。

林远昊离开的时间太久了,赵安琪觉得不对,起身要去寻人,林岚正要去拦,这时外面有人进来了。

来人正是赵睿,他看到林岚在这儿却毫不意外,冲着赵安琪冷冷道:"家里来了贵客,你怎么也不事先说一声?要是招待不周,岂不是让人笑话。"

赵睿突然进来,赵安琪也吓了一跳。这里严禁外人进入,自己不打招呼就贸然带人过来,显然是犯了赵睿的大忌,她自觉理亏,低头不语。

主人不说话,自己这个不速之客更不知道说什么了。正僵持着,林远昊回来了。他神色有些匆忙,却依旧不失礼貌地朝赵睿打了招呼:"赵总,是安琪小姐好意带我们见识您的收藏,可惜我们两个都是门外汉,让安琪小姐见笑了。"

"哦,是吗?"赵睿转过身,表情客套得有些虚假,"那定是我这不成材的闺女解说得不好,既然我来了,一定陪两位尽兴。"

"林检察官抱恙在身,我还要带着她去医院,今天就不麻烦赵总了,改天再来上门叨扰。"说完,他越过赵睿,拉起林岚的手就往外走。

赵睿的反应也快,他疾走几步拦住了二人的去路,语气相当不客气地说:"林大组长刚刚把我这弹丸之地寻摸了个遍,连我那点压箱底的秘密都窥探了去,现在这么急着离开,是想去找警察抓我吗?"

赵安琪被赵睿的话惊得目瞪口呆。怎么就成了警察要抓赵睿了?而且听他的意思,林远昊还把这儿给搜了一遍,莫非他们今天来这儿是另有所图,自己则是引狼入室?可是不对啊,林远昊和林岚都是检察院的人,他们不但不是坏人,还是负责抓坏人的,自己的父亲是坏人吗?

就在赵安琪的脑子乱成一坨糨糊的时候,她看到赵睿从衣兜里掏出一把枪,将乌黑的枪口对准了林远昊。

赵安琪本能地上前去拦,林岚却比她快了一步,两人一前一后,挡在了林远昊的身前。

赵睿一把推开赵安琪,呵斥道:"你这个亲疏不分的东西,想帮着外人害死我吗?"

赵安琪何曾见过赵睿如此声色俱厉的样子,当场就吓得呆住了。

赵睿继续对她厉声道:"如果你不想眼睁睁看着我死在这两个人手里,就给我老实待着!"说着,他用枪指着林远昊,押着他们离开了这间房,到了主体建筑的另一侧,他走到角落里,用力一踩,一块地砖凹陷了下去,原本是墙壁的位置居然向两边移动,一间耳室露了出来。

这里纵深很长,约莫走了十几米,赵睿朝着里面喊了几声,不一会儿,从里面走出来一个睡眼惺忪的人。林岚和不放心跟来的赵安琪在看到这个人后,惊得下巴都要掉下来了。

"赵冬诚?"

"哥哥?"

两个人不约而同地惊叫起来。

赵睿闻到赵冬诚一身的酒气,不耐烦地说:"都快死到临头了,你还在喝酒!"

赵冬诚突然看到这么多人闯了进来,赵睿手中还拿着枪,吓了一大跳,酒精都从毛孔中随着汗液涌了出来。赵睿催促道:"你杵在那儿干什么,快拿绳子把这两个人绑起来!"

赵冬诚这才反应过来,他跑进内室,不一会儿,拿着绳子出来把林远昊和林岚严严实实绑了起来,把他们的手机也给搜了出来,扔到一边。赵冬诚毕竟酒后虚浮,这番折腾下来,整个人累得不行,他喘着粗气,一屁股跌坐在地上。

赵睿捡起被扔在地上的手机,关机之后取出里面的电话卡,用力折断。

赵安琪看到死而复生的赵冬诚后,面色惨白,她虽然不清楚事情的来龙去脉,可赵睿如此煞费苦心地将赵冬诚藏在这里,那么火灾案定有隐情。她瘫坐在地上,像个没有生气的木偶一样木然看着眼前发生的一切,心乱如麻。

赵睿从随身的背包里拿出一本护照、几份资料和两沓美金,塞到一个腰包里,递给赵冬诚。

"这是我让人做的新身份,本来今晚咱们就能平安离开了,没想到半路上杀出这两个人来,你先走吧。"

赵冬诚没有伸手去接,急道:"爸,你不和我一起走?"

赵睿将腰包塞进赵冬诚的手中,说道:"最近警察那边盯得太紧,咱们一起走太打眼。"

赵冬诚一时反应不过来,有些发怔。赵睿一把抱住他,在他耳边说道:"你去找杰夫,让他马上带你离开,账号和密码都在腰包的夹层里。你离开之后,永远不要再回来了。"他在赵冬诚背上用力摩挲了几下,然后一把将他推向门口的方向,低声催促道,"快走!"

赵冬诚听到赵睿这样交代,知道他这是准备丢卒保车,拖住这里的人,让自己先走。想到这一去恐怕与赵睿永无相见之日了,赵冬诚不由得悲从中来。他跪在地上,给赵睿磕了三个头,抹了把眼泪,系上腰包就走。经过赵安琪身边时,他嘴张了又张,最后挤出来一句:"帮我照顾好爸。"然后一扭头,快步朝外走去。

赵冬诚走后,赵睿不顾赵安琪的阻拦,把林岚和林远昊先后拖进耳室。赵安琪急忙跟了进去,站在林远昊身边。

房间的风格与外面的风格迥异,洁白的地砖铺了个满房,砖面上烧制着黑色的曼陀罗图案,立体、精致、栩栩如生,画风却非常诡异。玻璃展柜里,各种奇珍、古玩琳琅满目,那个让涵江市警方苦苦追寻了数月的鹅颈瓶赫然在列。

林岚道:"果然是你指使人盗走了鹅颈瓶。"

赵睿没有理她,而是从墙角的酒柜里拿出一瓶红酒,起开之后,慢慢倒进醒酒器中,酒香四溢,充斥了整个房间。他又从酒柜里拿出一只勃艮第的酒杯,放在醒酒器的旁边,接着将枪放到面前的欧式风格黄铜拉丝的矮几上,金属的碰撞声隐隐透出一股冷酷的意味。

赵睿问林远昊:"我这个耳室这么隐蔽,我很好奇,林大组长是怎么找到的?"

林远昊微微一笑道:"那要感谢安琪小姐请我们喝了瓶上好的LaTache。"

赵睿一副"那又如何"的表情。

林远昊道:"这瓶 LaTache 的软木塞潮湿且富有弹性,丝毫没有干裂的迹象,酒的口感微凉且丝毫没有变质,这说明什么?"

最后一句他侧过头,显然是冲着林岚发问的。林岚正听得入神,忽然看到林远昊面带微笑地看着自己,不由得心里一松,接着他刚才的问题答道:"酒液边缘和木塞底部通常有一定距离,长期直立摆放,瓶塞会干燥甚至开裂。只有将摆放的方式换成卧式或者倒悬式,才能最大限度保持软木塞的潮湿度和弹性。另外,要想葡萄酒保持最宜人的温度和口感避免变质,必须经过专业的恒温储存。"

赵安琪忍不住插嘴道:"如果这酒是我为了招待你们,昨天从外面拿进来放着,也不会变质啊。"

林岚指着墙壁上面的恒温恒湿空调器道:"高档葡萄酒的最佳储存温度是 10~15 摄氏度。你们这个地宫,虽然有恒温恒湿空调器,可这里藏品丰富,所以取了漆器、木器和字画适宜温度的一个均值,也就是空调器上显示的 20℃。10℃ 以内的口感差异,如果是一般人可能没什么感觉,可是对于林组长这种长期钻研葡萄酒的人来说,还是能够很快甄别出来的。"

林远昊接着道:"要想在 20℃ 的环境中,保持葡萄酒的最佳口感和温度,这座地宫里必然有个专业的葡萄酒储存柜。可我们一路走来,并没看到葡萄酒储存柜。除非,它放在某个我们没有经过的地方。"

两个人一问一答,旁若无人,那种默契浑然一体,谁也融不进去。

赵睿瞄了角落里的葡萄酒储藏柜一眼,端起面前的酒杯,轻啜了一口,问道:"就算你猜到了有暗室,可又是怎么找到的呢?"

"北洞山汉墓。"

"你还懂这个?"赵睿颇有些意外。

"我不懂,可是有人懂。"林远昊看向林岚,眼神满含骄傲。

赵睿显然有些不相信,嗤笑道:"就她?"

"对,就是她!青出于蓝而胜于蓝。"林远昊的语气不容置疑。

赵睿有些烦躁,他用力地掰了掰手指,问道:"就算你们知道北洞山汉墓,这机关这么隐蔽,你怎么发现的?"

此刻的林远昊特别有耐心,有问必答。

"知道了附属墓室的结构特点后,找到这里倒也不难。我循着地图找到附属墓室的所在,找到了主室,却只发现了一间耳室。西汉建筑讲究对称性,所以等距离的另一侧应该就是另一间耳室所在处。至于这机关嘛,"林远昊说到这里,嘴角浮起一丝轻蔑的笑容,反问道,"你这地砖全都做了勾缝,单单剩下一块不勾缝,联想到这块地砖是机关并不难吧?"

赵睿本来认为自己这密室和机关设计得天衣无缝,此刻却被林远昊说得好像小儿科一样,事实上,它也的确是在很短的时间内就给破解了。

赵睿站了起来,他慢悠悠地整理着衬衣上的袖口,动作优雅,像个准备出门赴宴的绅士。赵安琪屏住呼吸,目光紧紧地盯着赵睿的一举一动,只见他拿起枪瞄准林远昊,森然道:"发现了又怎么样,你以为,你们还有机会活着把这些秘密带出去吗?"

赵安琪想去阻拦,可她身形刚动,赵睿蓦地回身,一把抓住她的胳膊,不顾她的哭喊和央求,将她拽出了密室,带到了另外一间耳室。

他夺过赵安琪的手机,怒喝道:"你给我在这儿好好待着。"

赵安琪哭道:"爹地,你不能杀他们,杀了他们,你也跑不掉的。"

赵睿道:"跑不跑得掉,那是将来的事,不杀了他们,现在就跑不掉!"

赵睿转身离开,任凭赵安琪如何声嘶力竭地喊叫,他都没有回头,果断地关上了房门。这里的隔音效果相当好,不仔细听,根本就听不到里面的声音。

赵睿离开的这段时间,林岚试图脱离困境。

她对林远昊说:"我想办法挪过去,打碎醒酒器,把绳子割断。"

林远昊轻叹道:"别折腾,少说话,这里有监控,而且是和手机绑定的那种,赵睿应该就是从监控里看到我进了密室,这才赶回来的。"

林岚抬头张望,果然在天花板的一侧看到了监控探头。林远昊背对着摄像头,用口型对林岚说了句"拖住他"。

林岚知道他肯定是另有安排,虽然满心疑问,但碍于这房里有监控,也只能忍着。

赵睿独自一人返回,林岚和林远昊倒也不奇怪,料定他是嫌赵安琪碍事,将她安置在别处了,想来他也不会把自己的亲生女儿怎么样。

林岚一心想要拖延时间,干扰赵睿的心绪:"我很好奇,你和金大钟是什么关系?"

赵睿愣了一下,他上上下下仔细地打量着林岚,仿佛第一次见到这个女孩,然后皱着眉头道:"我第一次看到你,就预感到你是一个大麻烦,上次没撞死你,还真是可惜啊。"

林远昊怒道:"上次派人袭击林岚的果然是你,你为什么对一个女孩子下这种毒手?"

"想杀就杀,哪有为什么。"

林岚冷笑道:"你不过是担心我查出你和地下钱庄之间的勾连罢了,那葛永健的死想必也和你脱不了关系。"

赵睿狞笑道:"葛永健敢反咬大卫·李,本来就是自己找死,哪里用得着我动手。至于我和地下钱庄之间的事儿,等你到了地下,直接去问葛永健吧。"

乌洞洞的枪口,扑通乱跳的心。

越是生死攸关,命悬一线的时刻,大脑的思维越是出奇地活跃。

林晓娟送给何顾鉴定的材料,宋锦绣的日记,高度相似的 DNA,这些证据纷纷涌入脑海,如同一张张的拼图,各就各位,嵌合在了它们应在的位置。

她愕然问道:"你和金大钟是什么关系?"

赵睿上前用枪口死死抵住林岚的太阳穴,口气变得越发凶狠起来:"我还真是小瞧了你,你知道的还真不少。心里面揣着这么多的疑问,挺难受的吧?可我偏偏就不告诉你,让你到死都做个糊涂鬼!"

手指已经扣住了扳机。

林远昊挣扎着就地一滚,用尽全身的力量朝赵睿腿上撞去。赵睿没有防备,被他撞得一偏,子弹打在了旁边的柜子角上,玻璃碎了一地。

赵睿一击不中,还差点毁了柜中的珍藏,心中恼恨,朝着林远昊一脚踹去。林岚想都没想就朝赵睿的攻势迎去,心窝上硬生生挨了一记。赵睿这一脚用力甚大,林岚额头的冷汗涔涔而下。林远昊见她脸色发白,知道她这一下挨得不轻,可此时实在不宜激怒赵睿,只得将满腔怒火强行压下。

林岚见他满眼痛惜,挣扎着安慰道:"我皮实,没事儿。今天恐怕要连累你死在这里,我这祸可是闯大了。"说到后来,眼眶微微发红。

赵睿见他俩你侬我侬,不但没有半点感动,反而露出了残忍的笑容,对两人说道:"这小子的确是你害死的,他本来可以有泼天的富贵,却为了你这么个臭丫头,选择跟我作对。林远昊,你还记得当初是怎么回绝我的吗?我告诉你,你现在就和那'倒流香'一样,只能匍匐在我面前,等死。你不是在意她吗,那我就先在你面前杀了她,再割断你的动脉,关在这密室里,让你的血慢慢流干,让你在悔恨、恐惧中慢慢死去。"

赵睿的声音里充满了快意,面部表情也越发狰狞。林岚心中一片冰凉，她丝毫不怀疑这疯子会兑现他说的话。

枪口移向了林岚。

林岚眼中满是痛悔，相较于自己的生死，她更在意的是林远昊终究是被自己连累了。

她急于转移赵睿的注意力，强忍住胸口的疼痛，冲赵睿喊道："你和我姑姑有什么深仇大恨？你为什么要指使骆福生害他？你害得她一生都坐在轮椅上，亏欠她许多，就不该给个说法？"

"我亏欠她？"

赵睿仿佛听到一件特别可笑的事儿，仰头大笑起来，到最后连泪花都泛出来了。他好不容易止住了笑声，用手揉着额头，弯腰俯视着林岚，咬牙切齿道："你们林家可是欠着我们金家三条人命，我不过是废了林晓娟的一双腿，到底是谁欠谁，这笔账你不会算不清吧？"

"你胡说什么，我们林家何时欠过金家人命？"

赵睿给出如此荒诞的理由，林岚实在不能接受。

赵睿悠悠道："敢做不敢认么？也好，我就给你讲个故事，让你明白，你那所谓的英雄爷爷，当年是怎么欠下三条人命的。其实，这些秘密我一个人守了这么些年，也没趣得很。我那些高明的手段，说给你们两个听听，你们倒也够格当这个听众。"

说到这里，赵睿坐了下来，跷起了二郎腿，然后从兜里掏出一根雪茄点燃，当真讲起故事来了。

1981 年，在大礼堂的颁奖台上，会议主持人激动地宣布立功人员的名单，参加颁奖的领导与英模们一一握手。二等功的勋章挂在涵江市江北区公安局刑警队副大队长林磊的胸前，他手里捧着奖状，台下负责宣传的同志给他拍照留念。表彰结束后，林磊回到分局，刚进门，桌上的电话就响了。林磊拿起电话，话筒里响起了何远峰锣鼓般响亮的声音。

"小子，金胖子鲜鱼馆的二楼雅座，没忘吧？"

林磊暗自好笑，自己马上奔四的人了，能这么大大咧咧叫自己小子的人,除了远在乡下的老子娘,也就剩下这个师父何远峰了。今天是他老人家退休的日子,光荣离开了公安队伍。大家伙儿约好了今晚给他饯行。

"瞧您说的,我哪敢忘啊,正准备出发呢。"

"那就好,不许迟到,不然罚酒!"

还没等林磊接话儿,话筒里就响起了嘟嘟的忙音。林磊无可奈何地苦笑,这个师父,一辈子就是个急脾气,风风火火的。

放下电话,林磊看了看表,已经到了下班的点。他赶紧收拾收拾桌面,把材料放进档案柜里,给对面的老李打了声招呼就出发了。他到院子里面取了自行车,骑到附近的商店花血本买了两瓶泸州大曲,两听50支装的铁罐红双喜,搁在车篓里面,一路叮叮哐哐地朝金胖子鲜鱼馆骑去。

酒席上全是公安系统的熟人,大多是与何远峰风里雨里一起走过十几二十年的老交情。大家推杯换盏,一会儿夸着老何的当年勇,一会儿羡慕他带的徒弟也是个顶个儿的棒,尤其是林磊,刚刚还立了大功。几个老兄弟感慨何远峰就要光荣退休了,从此打拳遛狗是常态,再也不用风餐露宿,加班加点了。酒过三巡,大家一起门前清,结束了战斗。酒足还差饭饱,可是这米饭催了几遍也没有上来,林磊便自告奋勇去催。林磊出门喊了几声服务员也没有看见人,正在奇怪,突然听到楼下有人在争吵,林磊循着声儿找过去看了个究竟,哪知不看则已,一看顿时酒惊醒了大半。

一个30多岁的瘦高个儿的汉子拽着一个肥胖的男子,手中握着一把亮晃晃的刀,刀尖抵着那胖子的脖子。这瘦高汉子皮肤黝黑,高高的颧骨因为激动泛着不正常的潮红,一双眼瞪得老大,布满血丝,口里叫着"还钱"。那胖子吓得有些傻了,连求饶都忘了,喉咙里发出嘶嘶的粗喘。两人旁边散落着十几张钞票,围观的人只是劝解,畏于那汉子手中的尖刀,并没有一个人敢上前解救。

林磊向旁边的人一打听,原来被挟持的胖子是这家餐馆的老板金大路,持刀的汉子叫邹勇,是专门给附近餐馆送野生江鲶的,赚得几个辛苦钱。金胖子鲜鱼馆拖欠了邹勇大半年的鱼账没有结，邹勇找了金大路几次，都被他赖了过去。这眼看就要过年了，邹勇一家老小都在老家眼巴巴地盼着他带钱回去，老的等钱看病抓药，小的娃娃等钱交学费。邹勇今天好不容易堵住了金大路，可他又推脱手头紧，就是不给，被催得急了，就混赖邹勇上两次送的鱼不新鲜，砸了餐馆的牌子，不倒找他赔钱就不错了。邹勇哪里肯依，于是两个人吵了起来，金大路抄起扫帚，把邹勇像叫花子一样地往外赶，邹勇脑子一热，跑到厨房取了厨子杀鱼的尖刀藏在身后，又折身冲了出来。他偷偷走到金大路身后，猛地把他扯过来，将刀架在他的脖子上，逼他还钱。金大路性命掌握在别人手里，怎能不怕？他一迭声地催伙计们去柜子里拿钱交给邹勇，可是金大路的老婆刚好把这几天的流水拿出去存了，眼下店里的现钱不够货款。伙计们把当天收的饭钱悉数拿了出来，却不敢上前，将钱扔在邹勇脚边，也不知道接下来该怎么办。

林磊听了众人七嘴八舌的讲述，对事情的来龙去脉差不多清楚了。他见多了这种欺负老百姓的奸商，也知道这贩鱼的不是被逼急了也不会走到这一步。他上前两步，掏出兜里的工作证，朝邹勇亮了亮，大声道："兄弟，我是警察，你别冲动，听我一句劝，把刀放下来。持刀劫持人质，这可是重罪啊！要是再闹出人命，就得掉脑袋！你没了小命，家里的老父老母、媳妇、娃娃怎么办？现在回头还来得及。"

林磊长相英武，说话态度真诚又直击要害，邹勇如遭当头棒喝，拾回了一点点理智。他脸上潮红消退，面色有些发白，持刀的手开始发抖。

林磊见他这样，心里有了数，以他多年从警经验判断，犯罪分子在大多数时候都是被一时的邪火冲昏了头脑，待那股子劲儿过去了，往往都是悔不当初。所以，眼下是解救人质的最佳时机。

金大路被劫持后，神经始终绷得紧紧的，注意力全在脖子上的肉和刀锋这块儿。这会儿隐隐感觉脖子上的刀尖离得远了些，拽着自己的力道也有些松动，在求生本能的驱使下，他猛地挣脱邹勇的右手就想跑。

448

林磊暗叫糟糕。

警方和挟持者谈判的时候，最忌讳人质自作主张挣扎反抗，这容易刺激到挟持者本来就高度紧张的神经，做出过激的反射性举动。眼下，金大路还没有脱离邹勇的控制，稍有闪失就会大大不妙。

只见邹勇双目圆瞪，大喊一声："你还敢跑！"一个箭步上前，就把行动迟钝的金大路给拽了回去。林磊受距离所限根本来不及施救，结果就是金大路依然被邹勇用刀架住了脖子。

正所谓刀剑无眼，这一番折腾，刀锋划开了金大路胖出褶皱的脖子，鲜血顿时涌了出来。金大路脖子上生疼，又看见血滴在衣服上，受了惊吓，杀猪般地大叫起来。

"杀人了啊，杀人了啊！卖鱼的杀人了啊！"

邹勇本来见到血就有些心慌，这下被金大路叫得更是心烦意乱，于是狠狠揍了他几拳。金大路挨打后蔫了，不再乱嚷。邹勇看了看手上的血迹，又看了看围在金胖子鲜鱼馆门口看热闹的人群，眼神里透出绝望。

这张胖脸沾满汗水，挂满了恐惧。可这一个多月来，就在这同一张脸上，始终挂着一副高高在上、贪得无厌的神情，折磨得邹勇无法安睡。邹勇被逼到了这一步，没拿到钱，还要去坐牢，金大路却能够继续当他的老板，继续克扣在他手下讨营生的穷苦人。正是这样的不公和反差，让邹勇铤而走险。

邹勇手上发力，大声叫喊："都见血了，后悔也迟了，不如同归于尽，省得这混蛋活在世上继续害人。"一面说着，一面横过刀柄，就要朝金大路的脖子上抹去。

林磊心下着急，大声喝止："先别急！这血只是表皮伤，连轻伤都不算，你现在收手还来得及。我帮你向法官求情，你将来在监狱里面表现好，还能减刑，提前释放出来和家人团聚，现在可千万不要犯糊涂啊。"

邹勇看见林磊的样子不像是在诳自己，又定住神朝金老板脖子上看了一眼，果然伤口不深，血也渐渐止住了，语气软了些，试探着问道：

"这位警察兄弟，我信你，我就问你一句，你给我个准话，我现在放了他，你能保证法官不关我一辈子？"

林磊觉得有门儿，赶紧说："判刑是法官的事儿，我打不了包票，不过我保证去法官那儿帮你做证，说你主动悔罪，主动放弃犯罪，这些都是可以从轻处罚的。"

邹勇想了想，忽然又有些激动："可我的鱼账没有结，一家老小都要喝西北风，我再被逮进去，他们怎么活啊？！都是这个黑心的家伙给害的。"一边说，一边号啕哭了起来。刀锋挨着金大路的脖子擦来擦去，把金大路吓得险些瘫软在地上，连眼睛都不敢睁开了，额头上的汗沿着脸庞一个劲儿往下滴。

林磊见他情绪反复，连忙又下了一剂猛药。

"你别担心，天无绝人之路，只要你放了人，我们会帮你把钱要回来的，你家里的情况，我们也会向当地政府反映，尽量帮助你的家人渡过难关。"

邹勇的面色慢慢缓和了下来，他慢慢把刀移开，刀尖朝下，朝林磊递了过去。他刚刚松开拽着金大路的手，只见金大路面色惨白，如同一摊稀泥一样瘫软在地上，不省人事。

林磊接过刀别在身后，用手铐把邹勇反铐在旁边的电线杆上，就蹲下来查看金大路的情况。只见他双眼紧闭，满头大汗，嘴唇酱紫，心道"坏了"。林磊一抬头，正好看到了出来寻他的何远峰等人，连忙高喊："师父，这人就要不行了，快叫救护车。"

何远峰他们见林磊出去这么久不见人，四处找人，刚下楼就见到这场面，片刻都不敢耽误，赶紧到店里打电话叫救护车。当救护车赶到的时候，金大路已经没有了呼吸，送到医院后不久就因为心梗死亡了。

围观的邻里和路人一见出了事儿，四下里散了个干干净净。有些是怕得罪金家，有些是不愿意惹麻烦，警察找了一圈，除了几个店里的伙计外，没人愿意做证。可是人的劣根性就是如此，仗义执言的没有，背后传谣的却不少。再加上金家的人刻意引导，坊间一时间流言四起，说金大路是碍着了别家的生意，被派来闹事的人当街活活打死的。知情的怕事不语,不明真相的不嫌事大,整件事情被传了个面目全非,金家人天天到公安局门口去声讨,要严惩凶手,血债血偿。

眼看邹勇就要被判重刑,最后,还是林磊不惧流言,出面做证,证明是金大路有错在先,欠下邹勇的鱼账,邹勇才绑了他要钱。后来在自己的劝说下,邹勇已生悔意,准备放人的时候,金大路病发倒地。通过解剖,法医得出结论,金大路的死因并不是邹勇的那几下拳头,他本身就患有严重的冠心病,当天是受了刺激才引发心梗而死亡。

综合上述原因,虽然法院认定金大路的死亡还是由邹勇的暴力行为而引起,但是考虑到金大路有过错,本身的病情也是死亡的原因之一,再加上邹勇经警方劝诫,主动放人,有悔过之心,最后法院以抢劫罪判处邹勇有期徒刑十二年。邹勇在乡下的老婆到监狱探视后,了解到前因后果,便领着儿子邹九胜找到林磊,让儿子给他磕了一个头。林磊慌忙把孩子扶起来,临走时还贴补了他们一些钱,母子二人千恩万谢地走了。

于是,各种版本的谣言悄悄流传起来,大体上的意思就是,凶手是因为局子里面有人,所以被轻判了。林磊的妻子何春芝十分担心,可是林磊觉得身正不怕影子斜,并不在意。谣言传一阵儿也就冷下去了。

不久后的一个新闻让这逐渐冷却的事件再次沸腾起来,金家又出事了。

金大路死后,金胖子鲜鱼馆没了主心骨,再加上金胖子鲜鱼馆恶意克扣鱼贩货款的名声传了出去,邹勇的悲惨下场也让小贩们不愿给鲜鱼馆赊账,鱼贩子们兔死狐悲,都不愿意把上等的好鱼送到鲜鱼馆。最要命的是,这鱼馆门口死了人,大家觉得晦气,也不愿来这儿吃饭,以前门庭若市的鱼馆如今门可罗雀,眼看就要倒闭了。

金大路的媳妇曾茹年轻的时候是个美人儿,金大路对外吝啬尖刻,待自己这个美貌媳妇儿却是如珠如宝,捧上了天。曾茹一天都不曾工作过,生了个儿子金一桐,打小也是请保姆带着,如今长到13岁,样貌酷似曾茹,长得玉雪一般,人又聪明,打小喜欢画画。曾茹学着城里知识分子的做派,给他请了家庭教师教他画画,这孩子悟性极高,不但画得有模有样,成绩也好。旁人都说,这金大路沾了钱的光,猪八戒窝里养出个文曲星来。

曾茹有些任性,也喜欢钻牛角尖。金大路出事那天她出去存钱了,没看到事发过程。回来后听了好些个流言,总觉得自己老公死得冤,凶手处理得太轻了,心里一直郁结,经常在家咒骂林磊和邹勇。曾茹平日里不事生产,不懂经营,金胖子鲜鱼馆的生意一落千丈。金大路的弟弟金大钟认为金胖子鲜鱼馆是金家的产业,想要收回去自己经营,曾茹不依,与他狠狠闹了几场,吃了不少苦头,于是每天在家里淌眼泪,寻死觅活。金一桐害怕母亲出事儿,天天守在家里,学也不上了,画也不画了。这孩子的性子硬得很,家里出了这天大的事儿,除了金大路下葬那天他哭了一场,其余的时候一滴泪也没流。13岁的男孩子,个子高挑,可毕竟身板瘦弱,每次金大钟来闹事,他护着母亲和叔叔理论,很挨了些拳脚,也不见他哼一声。

以前金大路在的时候,金大钟忌惮他大哥,对这个嫂子十分忍让,对侄儿也是赞不绝口。可是现在金大路死了,他如何会将他们孤儿寡母看在眼里。几番闹腾下来,金大钟撕开了脸面,对曾茹母子非打即骂。那些伙计们以前受过金大路的苛待,曾茹母子素来也看不起他们,所以,此时也并不为曾茹母子出头,眼看着这金胖子鲜鱼馆就要改弦更张了。

风水轮流转,好日子突然就变成了坏日子。一天夜里,曾茹辗转反侧,心中郁结难解。她回想起最近发生的事,只觉得苍天不公,世道艰难,人情淡薄,竟生出了弃世的念头。她看了看睡在小房间里的金一桐,俊秀的脸蛋白皙得近乎透明,长长的睫毛让女孩子都羡慕,以往的金尊玉贵,越发衬托出当下的困顿窘迫。自己死后,这孩子一个人,如何应付得了这虎狼般的亲戚,又如何去承受世人的白眼?她呆坐了许久,最后反锁了门窗,扭开了厨房煤气罐的阀门。

金胖子鲜鱼馆一楼的后院是住家的地方,典型的商住两用。收废品的吴三以前总喜欢在门口坐坐,收一些瓶瓶罐罐,现在鲜鱼馆虽然大不如前,他这习惯一时也改不了。当晚他刚到鲜鱼馆,就闻到一股浓烈的煤气味,他拍了半天门没有人应声,担心出事,从路边搬了块大石头就去砸门。

隔壁左右的邻居被砸门声吵醒,披着衣服在门口问道:"怎么了,出什么事儿了?"

吴三这时已经用衣袖捂着口鼻从房里冲出来,大声叫道:"煤气漏了,大家快帮忙把人给抬出来。"

众人这才醒过神来,七手八脚地过来帮忙,把昏迷不醒的母子二人送到医院抢救。好在金一桐的房间离厨房较远,抢救及时,保住了性命,曾茹却因为一氧化碳中毒过深,经抢救无效而死亡。短短几个月,金家连失两条人命,哪里还有人敢来金胖子鲜鱼馆吃饭,只得关门大吉。金一桐成了孤儿,没人照顾,曾茹的表哥许凯翔出面,主动将他领回了乡下。

故事本该就此打住,可叹这金一桐命中的劫难并未就此过去。

曾家人丁单薄,曾茹的母亲早亡,父亲身体不好,有严重的哮喘。为了给女儿找个靠得住的女婿,防止女儿在自己死后受苦,曾茹的父亲做主,把她下嫁给了厨子金大路。金大路也争气,当了几年厨子后,攒钱开了一家饭馆,因为烧得一手好菜,生意越来越好,还添了个大胖小子。眼看女儿下半辈子有了依靠,曾茹的父亲在外孙五岁那年,蹬腿闭眼,放心去了。

曾茹幼时家境贫寒,没少遭亲戚们的白眼。她虽生得标致,却连一身像样的衣服都没有,总是穿着她娘留下的旧衣裳,常被亲戚家的女孩们笑话。曾茹心眼小爱记仇,所以,生活富裕后,那些前来打秋风的亲戚都在她这里碰了钉子,她还说了不少尖刻的话,扬言与这些人老死不相往来。

曾茹的表哥许凯翔以前和曾茹闹过两次不愉快,说是反目成仇也不为过。他这次领回金一桐没安什么好心,只不过想扣着这个小财神爷,贪图金大路的遗产。可两下里一交手,许凯翔完全不是心狠手辣的金大钟的对手。金大钟收买了几个混混,把前来要钱的许凯翔打得躺在床上一个月不能下地。

金大钟买通了店里的两个伙计，证明金胖子鲜鱼馆是自己和金大路凑钱合开的，还伪造了几张借条，最后如愿以偿霸占了哥嫂的财产。金大钟到板材巷那头租了个旺铺，把餐馆换了个名字重新开张。

许凯翔竹篮打水一场空，挨了顿毒打不说，还摊上金一桐这么个拖油瓶，真的是赔了夫人又折兵。他对金一桐是横竖看不顺眼，动辄打骂。金一桐从小金凤凰般被捧着长大，现在却是处处白眼，顿顿糟糠，憋屈得不行。有一次他实在忍不住还了手，这许凯翔竟然把他大冬天的扔到金大钟家门口。金大钟发现后不但不管，任凭金一桐在雪夜里冻死，还将他的尸体放到麻袋里，搁进几块砖头，沉到河里，毁尸灭迹。

林岚小时候听奶奶说过邹勇这事儿，改过自新后的邹勇林岚小时候也见过两面，有些印象。之前宋锦绣的日记里面也曾提到过邹勇，林岚却未曾把这两人想到一处，此时听赵睿往事重提，如同醍醐灌顶一般，顿时心头雪亮。

林岚的声音因为激动而颤抖："你就是金一桐！所以，你才会这么恨林家，这么恨金大钟！"

赵睿冷冷看了她一眼，哼了一声道："不错，我没有死，我来索命了。"

赵睿把雪茄摁熄在烟缸里，端起面前的酒杯一饮而尽，葡萄酒入口微凉，让他想起那个晚上，刻骨的寒意从骨髓深处向四肢百骸蔓延。

早些年的那些经历，他从未对人说过，午夜梦回，一次次在噩梦中经历着那彻骨的寒冷，仿佛被放逐到地狱的孤魂野鬼，永世无法超生。

金一桐在门外早就冻得冰砖一样了，金大钟在麻袋里放了砖头，他随着重量沉到河里，周身反倒暖和一些。他没了呼吸，又被扎在袋子里，所以口鼻并未进水。待他缓了过来，在求生的欲望支配下开始奋力挣扎，捆住他手脚的草绳居然松了，那麻袋口本就扎得不紧，金一桐一阵折腾，很快就散开了，他刚一脱困，本能地手脚齐划，游到了岸边。他浑身都湿透了，本来非冻死不可，所幸那日有雪无风，总算好挨一些。他从地上抄起两捧雪团，将手脚一阵揉搓，然后朝着金胖子鲜鱼馆的方向狂奔而去。

金胖子鲜鱼馆接连出了人命，再加上一些人添油加醋，传得非常邪乎，一时间没人接手，一切都还保持着原貌。金一桐见大门锁着，熟门熟路地从后面的院墙翻了进去。昔日喧闹的鲜鱼馆，如今冷冷清清，桌椅上面落满了灰尘，处处都透着衰败。金一桐悲从中来，鼻头一酸，眼泪淌了下来。他到二楼的房里翻出了几件旧衣裳，换了一身干的，在床上用被子捂着头，沉沉睡了过去。

金一桐再次睁开眼睛的时候，窗外漆黑一片，又飘起了大雪，原来他经此大难，体力消耗殆尽，已将整个白天睡了过去。他又饿又渴，头痛欲裂，跑到厨房翻了半天，一开始只找到几个发了芽的烂土豆，后来翻箱倒柜，找到了四盒肉罐头。金一桐如获至宝，他烧了一壶开水，就着几碗热水将两盒肉罐头囫囵咽了下去。他这一番折腾下来，出了一身汗，困意涌了上来，他继续上楼躺着，没一会儿又睡了过去。

再次醒转来的时候，金一桐发现自己浑身透湿，被褥也湿了一大片，他口中发苦，却不知自己昨晚寒邪入体，回来后一夜高烧，相当于是在鬼门关走了一遭。他又换了一身干衣服，心里惦记着吃食，跑到厨房里将剩下的两盒肉罐头吃了，又翻出几个鸡蛋，用开水煮了，小心翼翼地揣在兜里，独自坐在凳子上想着心事。

他最恨的是许凯翔和金大钟，他们加在他身上的种种痛楚，那种死亡的恐惧，始终啃噬着他的心脏。

他出门扒上一辆卡车，偷偷跑回许凯翔家里，弄坏了拖拉机的刹车，在许凯翔出车祸后，他用石板砸了他的头。以往在他眼中那么强悍可怖的人，脑袋被砸开的时候，也不过同西瓜一样脆弱，金一桐看到血的时候，居然有些兴奋。最有趣的是，那些抹杀他被害印迹的大雪，同样也抹去了他作恶的痕迹。他本想去找金大钟报仇，可他家人来人往，不好下手，思前想后，只好作罢。

金一桐迫切地想要离开涵江市。可他身无分文，实在没法可想，最后，他决定去火车站碰碰运气。

金一桐以前听说过，如果偷偷上了火车，可以逃票。即便被发现了，被人赶下车就是，反正父母已经不在人世了，自己也是死过一次的人，未来再坏又能坏到哪儿去？打定主意之后，金一桐收拾了几件衣服塞到书包里，匆匆忙忙出发了。

　　火车站的人比金一桐想象中要多得多，他好不容易才挤了进去，可是进站的地方有人检票，根本没办法混进去。他傻傻地站着，不知道过了多久，一个穿着制服的女人过来问道："你还是个学生吧，你怎么一个人在这儿？你爸爸妈妈呢？"

　　金一桐哭了起来，眼泪哗哗的，把那女乘务员吓了一跳。

　　女乘务员看见这么俊俏的少年哭得这么伤心，心生同情，语气格外亲切地问道："你不会是和家里人走散了吧？这里人多，又复杂，你一个人待在这儿太危险了。你家住哪儿？我让人送你回去。"

　　金一桐撒谎道："阿姨，我和爸爸妈妈走散了，他们上火车了。"

　　女乘务员惊诧道："不可能吧，你爸妈没见着你能够安心上火车？"

　　金一桐赶紧改口道："我和他们一起进去了，后来我的弹珠掉了，我偷偷折回来找弹珠，可就一会儿的工夫，再也找不到他们了。"

　　女乘务员信以为真，批评道："你这孩子也太调皮了，这种地方也敢乱跑，你爸妈找不着人，肯定急得要死，我带你进去找他们。"

　　金一桐破涕为笑，顺从地跟在女乘务员后面进了站台。走到人群密集处，金一桐假装看到了家人，大喊着"爸、妈"就往人群里钻去。不少人听到喊声，都好奇地回头张望，女乘务员一时也分不清究竟谁是这孩子的父母。金一桐跑得很快，女乘务员想着这孩子可能是见着父母太激动了，再说这么大的孩子也不会认错父母，于是转身忙自己的去了。

　　金一桐好不容易混了进来，一颗心怦怦乱跳，又是紧张又是兴奋。他看到火车上写着到上海，也顾不上自己在上海举目无亲，跟在别人后面上了火车。他靠着几枚鸡蛋充饥，一路挺到了上海，检票的时候依然用和父母走散了的说辞，顺利出了站。

　　八十年代的大上海，比涵江市不知道洋气多少，马路上跑着毛毛虫一样的公交车，还有可以上下行人的天桥，金一桐觉得哪儿都新鲜。他漫无目的地走着,直到看见路边一块某某区福利院的招牌才停下了脚步。

金一桐模样长得好,知书达理,又会画画,年纪在福利院也算大的,很快就得到了福利院齐院长的信任,让他平时管着福利院的一帮小朋友。

金一桐来后不久,恰逢一对当地颇有些地位的商人夫妇到福利院收养孩子。这对夫妇本来准备领养一个 6 岁以内的小孩,可是看到金一桐出色的外形和得体的举止,觉得甚合心意。就这样,金一桐重新过上了锦衣玉食的生活,也有了新的名字赵睿,吃穿用度更胜往日。不过,养父母终究比不上血肉至亲,再加上金一桐不是小孩子了,养父母对他还是有些防备,日常相处起来总有些隔阂。金一桐实在不愿意再去过那提心吊胆的生活,所以一味地顺着养父母的意思,慢慢赢得了他们的欢心。

直到那年夏天的邂逅,他的生活才发生了改变。

青葱般的少女,美丽的面容,即便穿着最简朴的衣裳,仍然散发着夺目的光芒。一场地位悬殊的初恋,在压抑中渗透着甜蜜,给了春情萌动的少男少女最致命的诱惑。

宋锦绣怀孕之后,养父母给了赵睿两个选择,扫地出门或者追求爱情。

赵睿有过挣扎,最终还是屈服了。他尝到了背弃道德带来的甜头,养父母的原谅,优越的物质条件,世人眼中羡慕的天之骄子,金饭碗,一切都得偿所愿。

每当在噩梦中惊醒,被仇恨啃噬着心脏时,或者戴着面具在家中扮演最完美的儿子时,他会想起那个认真倾听,真挚关心着自己的女孩。可是,人一旦尝到了用良知交换利益的甜头,心肠就会逐渐变得冷硬起来。再次见到宋锦绣的时候,感情虽然还在,却早已被终日充斥在胸臆中的算计和谋划稀释得剩不下几分了。

在利用宋锦绣骗出邹勇后,赵睿果断地取了他的性命,也沉溺于复仇后的快感。

一个曾经走投无路的亡魂，用最周密的计划和天之骄子的身份，操控着仇人的生死，事后轻轻松松地置身事外，赵睿觉得世间没有什么事比这更刺激、更痛快了。

借刀杀人，故布迷阵。他一步一步实现着自己的复仇计划。

失去理智的骆福生，满心贪念的李大峰，都是他手中复仇的尖刀，也是他陷阱中的困兽；仇人的鲜血，让他畅快的同时，也催生了他新的欲望。

一旦体验了那种能够主宰他人生死、高高在上恍若神祇的感觉，赵睿不愿再受制于任何人，他想拥有富可敌国的财富和至高无上的地位，他要强大到能够恣意去伤害别人而不是被人伤害。

他同时建立了黑白两个帝国，他把自己比作赫尔墨斯，既是商业之神也是盗贼之神，黑色的产业链输送着源源不断的巨额利润，成就了他在商界的呼风唤雨。

如果不是赵冬诚，他的造神之梦或许还会走得更远。

林岚之前虽然猜测了个八九不离十，可是亲耳听到赵睿承认杀了这么多人，还是觉得惊心动魄。

故事结束了，可罪恶还在继续。

空气中充满了杀机。

"只要你们都死了，就宋锦绣知道的那点事儿，警察奈何不了我。盗窃、走私我从来都不直接参与，他们撑破天就只能找到我收赃的证据，弄不死我的。你们死了，之前的那些事儿就石沉大海了。"

面对生死，没有人会无所畏惧，只是为了心中的信念，压制住恐惧罢了。

林岚强自镇定道："你杀了这么多人，涂队他们一定会找到证据的。"

赵睿将枪口对着林岚的脑袋，力气大到将她的头顶得偏向一侧，林远昊的心悬到了空中。

"找不到尸体，那帮警察凭什么给我定罪？"赵睿露出得意的笑容。

林岚眉头紧锁,看来赵睿为了脱罪,还是花了不少气力去研究定罪方面的知识。他如果抱定灭口的决心,这次恐怕真的会凶多吉少。自己死了倒还罢了,连累了林远昊可怎么办?如果不是自己,终日只和实验打交道的林远昊,怎么会陷入这样危险的局面之中?

林岚肠子都悔青了,早知道会这样,就该在来之前通知一下涂敏,来个里应外合。都怪自己,一听到能够来地下博物馆,就心急了,所以只算到了赵安琪不会对林远昊不利,却忽略了这种地方必然会安装监控。她抬头望了望林远昊,只见他正担忧地望着自己,不禁鼻头发酸,险些落下泪来。

就在这千钧一发之际,涂敏的声音突然在房间里响起。

"哦,我倒想知道,我们为什么不能给你定罪?"

赵睿大惊,林岚大喜。

林远昊看到涂敏双手空空,刚刚放下的心再次提了起来。

赵睿的枪口马上对准了涂敏,厉声道:"把枪交出来。"

"我没带武器。"涂敏摊开双手,又脱掉外衣,扔掉手机,果然身无一物。

手机上的监控画面,房外空无一人,赵睿冷笑道:"单枪匹马,赤手空拳就敢进来,不过多个送死的罢了。"

"千里送人头,还要你敢收啊。"涂敏满不在乎地说。

林岚心想:"涂队侦查经验老到,他既然能够找到这里,一定不会毫无防备。即便他真的是一个人过来的,这个空城计自己也得配合他唱完,尽量拖延时间的。"

一念至此,林岚反问赵睿道:"谁说没有尸体?尸体不就在这地宫里面吗?"

这话无异于平地惊雷,在场的人都惊诧不已。

赵睿心中虽然惊疑不定,却又担心林岚是故意诈他,他鼻子里重重哼了一声,并未接话。

林岚心中暗喜,继续试探道:"你一直那么关注玉龙湾那块地,你的两个儿子也因为那块地的投标闹得不可开交,警方早就觉得不对头了。"

说到这里，她别有深意地看了一眼涂敏。

涂敏心领神会。

昨晚他才和林岚通了话，讲了最近关于玉龙湾的一些新发现，她此刻特意提起，想必接下来的话题一定和昨天的通话内容有关。

涂敏不着痕迹地接着林岚的话头："你从前的顶头上司，宋元时期瓷器烧制方法课题研究组的组长褚寅，想来不会忘记吧？"

赵睿眼神闪烁。

涂敏继续道："褚寅在玉龙湾有一个私人窑口，是个烧制瓷器样品、研究古瓷烧制方法的地方。你回国后，好几次联系他，想买那个窑口，他都不肯见你，因为他无法原谅你当年对他的背叛。你当年承蒙他的赏识和栽培，被推荐出国进修，没想到，你刚到国外站稳脚跟，就不顾他的劝阻辞去了研究所的工作。接下来，和你那身世显赫的夫人结婚后定居国外，转而从商。你公派出国却滞留不回，害得推荐你的褚寅挨了处分，旁人常常以此为例说他识人不明，他郁闷多年难以释怀。"

这边林岚察言观色，接着道："去年这窑口所在的地块被政府划为开发用地，年底开始由政府挂牌转让。你对这块地表现出了极大的兴趣，不惜代价想标到这块地，你的两个儿子为了投你所好，也在暗地里较上了劲。你说，你到底中意的是这块地，还是这个窑口呢？"

林岚故意拉长了尾音，特意强调"窑口"两个字。

听她说到这里，赵睿的脸上露出了怒容，极力辩解道："我在意的当然是地，一个破窑口，顶多是年轻时的回忆罢了，值得我花这么大功夫吗？"

林岚并未理他，自顾自地往下说："你口中的这个破窑口，经警方的调查，是你在研究所工作时的古瓷研究基地。你顶头上司兼导师褚寅告诉我们，你年轻的时候非常敬业，总在窑口研究到深夜。在你出国那一年的春节，你连家都没怎么回，好几天都住在那里，研究如何烧制色泽完美的瓷器。一个这么热爱专业的学生，出国后马上就弃学从商，让他格外受打击。"说完，林岚啧啧摇头。

赵睿刚要发作,林岚突然大声道:"邹勇消失的那个春节,就是你烧瓷的那个春节,你说这是巧合呢,还是另有关联?"

赵睿的脸色变得极其难看。

林远昊看到赵睿的神情,知道林岚的推理直中靶心。他重申林岚之前的话题,语气笃定地说:"你以为做得周密,其实尸体藏在这地宫里面,早就不是什么秘密了!"

赵睿强装镇定道:"少胡说八道了,这里哪有什么尸体?!"眼神却下意识地朝某处扫去。

林岚敏锐地发现他目光所及之处,是洁白的地砖,上面还烧制着精美的黑色曼陀罗图案。她的脑海中立刻浮现出褚寅交给警方的一幅设计手稿图,上面绘制的正是曼陀罗的花卉图样。

林岚心里冒出一个大胆到近似疯狂的猜想,以至于她几乎想否定这个荒诞的念头。可是当她看到赵睿那近乎失控的眼神,慢慢举枪的右手,她的后脊梁升腾出一股寒意。

自己都能猜到涂敏留了后手,赵睿这个老狐狸一旦冷静下来,自然也能想到这一层,如果不爆出点猛料绊住他,他即刻就要动手了!

她顾不得细细推敲自己的猜想是否正确,脱口而出道:"组长,我记得您以前说过,骨瓷之所以能够达到薄如纸、白如玉、声如磬、光如镜,完全取决于它独特的烧制过程和材料中添加的独特成分。"

林远昊虽然不知道林岚为什么突然提起这个,但他看到赵睿的嘴角抽搐了两下,心领神会地颔首道:"不错,骨瓷的成分除了一般瓷器中的陶土,还有含磷酸钙成分的动物骨灰,并且要经过二次烧制。"

"成形后的骨瓷要以 1250℃ 的高温对胎体进行缔烧。"

就在所有人都不明白林岚为什么突然提起这个时,她的声音突然变得快速而高亢。

"尸体焚化炉的温度是 600~1100℃,骨瓷烧制的温度足以将尸骨煅烧成骨粉,你将骨粉添加到烧制地砖的原料中,地砖就铺在这地宫里!"

所有的人都被这听起来无比疯狂的指控给惊呆了。

赵睿脖子上的青筋根根暴起,如同蜿蜒的蚯蚓爬满了颈脖,他狠狠咬着牙槽,腮帮子牵着面部的轮廓上下起伏着。

"笑话,既然都已经挫骨扬灰了,还能证明什么?"

赵睿没有否认!

林岚心中对他厌恶到了极点,反倒冷静了下来。

她挪了挪被绑得酸痛的身体,淡淡道:"你听说过恐龙化石吧,距今上亿年了,科学家们依然从里面提取到了恐龙的 DNA。这说明什么? 说明 DNA 的基础永远稳定,所以,把地砖提取回去,让法医做个 DNA 的鉴定,就能找到骨灰的主人。"

赵睿仰头狂笑了一通,然后冲着现场的人用讥讽的口气说:"你们没机会了,一起到阎王殿里报到吧!"

赵睿将枪口对着涂敏,手指还没来得及扣动扳机,涂敏闪身一躲,然后冲上去抢枪,紧接着就听到"砰""砰"的两声枪响和一声哀号。

林岚心里冰凉一片,可她定睛一看,涂敏好端端地站在原地,倒是赵睿被子弹击中了手腕,手中的枪也掉在了地上。

涂敏飞起一脚将枪朝门口踢去,赵睿看到门口站着的人,顿时面色灰败,捧着受伤的那只手,颓然地坐在地上。

林岚循着赵睿的目光看去,只见王海龙和谢骏站在门口,王海龙手上还握着一把枪。

王海龙弯腰捡起赵睿的枪插在后腰,然后上前利落地将赵睿铐住,涂敏和谢骏则上前去解开林岚和林远昊身上的绳索。

林岚看了看赵睿,踮起脚在涂敏耳边小声说:"涂队,赵冬诚跑了,他还有假护照。"

涂敏给了她个安慰的眼神,俯身在林岚耳边同样小声道:"放心吧,丫头,黄队已经派人去逮他了,他跑不了。"

被王海龙制住的赵睿不甘心地问:"我刚看了监控,外面明明没有人,你们是怎么进来的?"

"你看到的是回放的历史视频,当然没有人。"谢骏冷冷道。

赵睿顿时明白他们是对绑定的视频设备动了手脚,他长叹一声,嘴唇紧抿,低头不语。

林远昊活动了一下被绑得麻木的手腕,对着林岚小声说道:"恐龙都被你拉进来了,你这信口胡诌的本事,可是越来越长进了。"

林岚心虚地吐了吐舌头,并未接腔。

涂敏兴致勃勃地对王海龙说:"去,把这地砖撬了,给我带两块回去。"

王海龙答应着去了,他蹲下去敲了敲又摸了摸,只觉得洁白的地砖映衬着黑色的花卉图案,立体、精致、栩栩如生,觉得撬了挺可惜的。

他扭头问涂敏:"头儿,这么漂亮的地砖,撬下来可就毁了,你要拿回去干啥啊?"

"提取 DNA。"

"啥?!"

"这个疯子把他杀的人烧成灰做成了地砖,我要把地砖拿回去检测 DNA。"

王海龙如同被火烫到一般,飞快地缩回摸了地砖的手,觉得有些瘆人。

林远昊看好戏一样,对林岚撇撇嘴道:"这下牛皮吹爆了吧。"

林岚不好意思地拉了拉正在兴奋指挥工作的涂敏的衣角,尴尬地干咳了两声。

"涂队,这地砖里面检测不出 DNA。"

"检测不出来,什么意思?"

"我刚才是骗赵睿的,骨灰根本就无法检测出 DNA,能检测出 DNA 的是有机物,骨灰是无机物。"

"诶,我说你这丫头,装神弄鬼的,连我都一起骗了啊。"

涂敏作势要去敲林岚的脑袋,林岚吐了吐舌头,闪到一旁,大伙儿哈哈大笑起来,只剩下赵睿面如死灰。

增援的警察赶来,将赵睿押上了警车,赵安琪也被带回去做笔录了。

警车离开后,涂敏等人留了下来,陪同技术人员勘查现场,同时还要起获现场的赃物。

林岚好奇地问涂敏："涂队，你们怎么来得这么及时，简直就是神兵天降啊？"

涂敏纳闷地看了林远昊一眼，问道："你给我们发短信的事儿没告诉她？"

林岚好奇地问林远昊："您什么时候发的短信？怎么我不知道？"

"就在我发现密室的时候，当时里面睡着一个人，我在报纸上见过赵冬诚的照片，认了出来。房间里的信号被屏蔽了，我出来后避开摄像头给涂队发了条短信，刚准备带你离开，没想到赵睿来得这么快。"

林岚指了指天花板，笑道："现在这监控是多好的证据啊，赵睿的手机上还有远控绑定，立马就能看回放呢。"

王海龙问道："林检察官，那个地砖上的花儿是个啥子讲究？这赵睿用骨灰烧了地砖，干什么又弄些个花在上面？"

林岚道："这花叫曼陀罗。传说中，曼陀罗花总是盛开在刑场附近，它们仿佛冷静的旁观者一般，记录着生命逐渐消失的每一个瞬间，被称为诅咒之花。据说，没有一个找到曼陀罗花的人能够安然离开。黑色曼陀罗的花语是不可预知的黑暗、死亡。当年金大钟一家死后，骨灰也是赵睿领走的，我猜测，这些骨灰也烧制到了这地砖里。这里，实际上就是赵睿给自己布置的陵寝，他将仇人杀死不算，还要踩在脚下践踏，这份心思，实在是歹毒。"

王海龙饶是身经百战，这会儿也被赵睿的变态行径给惊到了。当初还是一位知识分子小青年的赵睿，为了复仇，居然精心策划了一连串的凶案，最后还用这么惊悚的方式处理了尸体，简直令人不寒而栗。

现场的清点工作持续了好几个小时，面对一屋子价值连城的古董和各式藏品，所有参与清点工作的人员都目瞪口呆。林岚第一次在现场经历如此大规模的赃物清点和扣押过程，兴奋地跑前跑后，东看西瞧的，不亦乐乎。最后要不是林远昊强拉着她去了医院，她恨不得一直待在现场。

关键的节点打通,幕后的主犯落网,接下来的侦查工作势如破竹,一路高歌猛进。黄勤抓到了赵冬诚,顺带还逮住了和赵冬诚接头的杰夫,杰夫倒是痛快,很快就交代出了大卫·李收买看守所的人打死葛永健的事儿,还供出了与地下钱庄联系紧密的几十个空壳公司。警方按照他提供的线索,一路深挖背后的犯罪集团。

黄勤去医院看林岚时,看到林远昊也在,他有些意外,朝两人意味深长地一笑。看到两人表情有些尴尬,黄勤赶紧转移话题。他先是关心了一下林岚的病情和伤势,最后免不了聊到眼下正在侦办的案件进展。从他提审赵冬诚的情况来看,还算顺利。

赵冬诚承认了自己杀人的事实。宋白羽是聚会之前来找赵冬诚摊牌的。他之前设计了赵冬诚,让他在股票上亏了一大笔钱,还在他面前洋洋得意地显摆,就是算定了赵冬诚不敢让赵睿知道他亏钱的事儿。赵冬诚一时冲动,从后备厢里拿出一根棒球棍狠狠打了宋白羽的头部,宋白羽当场就断了气。赵冬诚杀了人,慌张得不得了,可是派对马上就要开始了,来不及通知取消,为了防止有人发现,他把尸体藏到了车库。为了方便转移尸体,他打发走保安,还将监控设备的硬盘砸碎了埋在后山的树丛里,然后返回半山花园。

派对上,赵冬诚始终心神不定,中途温婉跑了过来,还一直赖着不走,逼着赵冬诚和崔莹莹分手,否则就要给她一大笔分手费。赵冬诚哪有心思和她周旋,表面上假意答应,其实是想打发她走。温婉见他心不在焉的,知道他虚情假意,当不得真,非要赵冬诚当面给崔莹莹打电话,赵冬诚没有答应。

那帮红男绿女开派对是为了找乐子,眼见两人气氛不对,于是一哄而散了。温婉留下来和赵冬诚理论。赵冬诚喝多了酒,温婉跑到车库想取回之前赵冬诚送给她的跑车,却阴差阳错看到了宋白羽的尸体。温婉也是合该有此一劫,她见了尸体虽然害怕,却没有马上报警,反而认为自己拿住了赵冬诚的把柄,可以从此降服住赵冬诚,嫁入豪门。赵冬诚求温婉保密,她却提出要做赵家名正言顺的大少奶奶,还逼赵冬诚写下了婚前财产赠与的保证书。赵冬诚假意答应,趁机在温婉喝的酒里掺了药,等她睡着了把保证书撕毁,把尸体转移,然后放火。

黄勤转述完赵冬诚的供述后,有些懊恼地说:"我反复问赵冬诚那小子,他究竟是用什么方法去点的火,又是从哪里离开的现场,可他坚持说就是在主卧室里面点的火,从主卧室的窗户爬出去,他这说法和现场勘查的细节以及刘栋的供述都有矛盾,一听就不是真话。"

林岚道:"从目前的证据分析,点火的时候赵冬诚应该是不在房间里面的,可是我一直没有弄明白,他究竟是如何做到人不在房里却能点燃引爆物的。鉴定显示,现场的窗帘残片附着的燃烧残留物有橡胶成分,席梦思侧面也附着了一些,我总觉得,刘栋在现场听到的爆炸声,应该和这些橡胶残留物有关。"

林远昊慢慢削着苹果,若有所思。

林岚瞟了一眼林远昊,心想自己怎么这么糊涂,要论起现场勘查的专业程度,谁能比得过林远昊。想到这儿,她急忙问道:"组长,您有何高见?"

林远昊把削好的苹果放到她手上,缓缓道:"我觉得这个问题你们最后得从赵睿身上找答案。"

黄勤奇道:"这是什么道理?"

林远昊道:"宋白羽是赵冬诚杀的,火却不一定是他放的。要想做到人不在房间里面又能引燃爆炸物,用投掷点火或者电子遥控点火都能做到。至于林岚所描述的橡胶附着物,让我想起来了国外的一个案件,我推测应该就是助燃用的氢气球,只要现场有汽油、酒精等易燃物质,纵火犯在楼下隔空引爆氢气球就能引发一场火灾。投掷点火准头不好控制,电子遥控点火的可能性更大。不过,能想出这样高明的作案手法,更像是赵睿的风格。"

黄勤和林岚面面相觑,之前苦思而不得其解的问题,林远昊居然轻轻松松几句话就给解决了。

黄勤佩服地竖起大拇指,赞道:"电子遥控点火,林组长,实在是高明啊。"

林岚一脸崇拜地看着林远昊,盯得他有些尴尬。他低低咳了一声,见林岚还是目不转睛地看着自己,抬起手碰了碰她拿着苹果的手,催促道:"快吃吧。"林岚回过神来,看到黄勤在一旁看好戏的样子,面皮发红,低头大口啃着苹果。黄勤得了高人指点,实在不好意思继续待下去当电灯泡,起身道了声告辞,春风满面地走了。

黄勤回去后就派人去搜查打火器的下落,最后果然在赵睿私家车的储物盒里面找到了。当他把电子遥控打火器放到赵睿面前时,赵睿仿佛又回到了那个疯狂而痛苦的夜晚。

赵冬诚在电话里的声音抖得凌乱且模糊,赵睿听他语无伦次地说了半天,大致听清了他是在说:"救救我,我杀人了,我在半山花园。"

赵睿没有知会任何人,他从书房的暗格里拿了一个背包,穿了一件冲锋衣,戴了一顶棒球帽就出发了。他将帽檐压得很低,走出很远后,才在路边拦了一辆出租车,在距离半山花园很远的时候他就下了车,用现金付了款,步行走完了余下的路。

当他看到车后备厢里被弯曲成奇怪姿势的尸体居然是宋白羽的时候,感觉浑身的血液都凝固了。他不可置信地看着赵冬诚,发了狂一般地把他痛揍了一顿,最后,赵冬诚死死抱住赵睿的腿,发出了绝望的哭声。赵睿蹬开了赵冬诚,看着狼狈倒地,被他揍得鼻青脸肿、血迹斑斑的儿子,又看了看车后备厢里蜷曲着的另一个儿子,心中无比的悲凉,却也无比清晰地认识到一个现实的问题,现在就算把赵冬诚打死也于事无补,既然已经失去了一个儿子,那么剩下的这一个,无论如何也得保下来。

赵睿从背包里将准备好的手套和鞋套拿了出来,和赵冬诚一起换上后进了屋内。看着床上昏睡的温婉,听着赵冬诚絮絮叨叨、颠三倒四地说着事情经过,赵睿心里有了谋算。

两个人一起将宋白羽抬到了床上,和温婉并排躺在一起。赵睿去洗手间里打了一盆温水,选了一条最洁白最柔软的毛巾,轻轻擦拭着宋白羽额头的血渍。他的动作轻柔,仿佛宋白羽此刻只是睡熟了,稍微用力就会将他惊醒。接着,他在盆子里涤净了血迹,换了一盆清水,将宋白羽已经僵硬的手指一根根擦拭干净,掸去他身上的灰土。这才坐在床沿边,出神地看着这张酷似自己的脸。

这是赵睿的第一个孩子,赵睿对他有着一份特殊的感情。虽然终日忙于商业版图的扩张,聚少离多,可是他小时候第一次喊父亲的样子,仍是那么清晰。

过了好一会儿,赵睿才站了起来,拉起赵冬诚下了楼,他让赵冬诚扶着管子,从汽车的油箱里抽出汽油放进塑料桶里,路过客厅时,他在五彩缤纷的气球墙那里驻足了片刻,然后拽着线把它们扯了下来,和汽油桶一起带上了楼。

赵睿把汽油泼在窗帘和床上。赵冬诚见他这样,吓得面无人色,抓住赵睿泼汽油的手,颤声道:"爸,你这是要烧死温婉吗?要是被人发现了怎么办?"

赵睿狠狠挣脱被赵冬诚抓住的手,厉声道:"闭嘴! 她不死,你就得死! 记住,从今天起,你就是个死人了,你死在这场大火里了!"

赵冬诚被赵睿凶狠的目光和话里的内容吓得肝胆俱裂,他抓住头发,蹲在地上,抖作一团。

赵睿没去理他,他把氢气球绑在窗帘上,再将窗户推开。在做完这一切后,他双手抱胸,仔细回想还有什么没有注意到的细节,突然,他的目光落在了床上,他从宋白羽和温婉身上搜出了手机,放进带来的背包里,又从赵冬诚脖子上取下那块自小佩戴的玉佩,摘下他的腕表,都戴在了宋白羽的身上。

他对着宋白羽轻轻喊了声"羽儿",一咬牙拉着赵冬诚出了门,将门反锁了。

下楼后,他问赵冬诚:"羽儿和温婉有没有开车过来?"

赵冬诚想了想,答道:"没有,但是温婉以前开的车停在我的车库里。"

赵睿道:"你不能开自己的车,那样太打眼,你去开温婉的车。"说着,他从背包里面拿出一顶假发和一件红色的羽绒服让赵冬诚换上,然后把换下的衣服放进背包里,又从里面拿出一个遥控器模样的盒子,苦笑道:"没想到这个玩意儿今天居然派上了用场。"

赵睿让赵冬诚把车开到主卧楼下,赵睿拿出遥控器对准气球所在的方向,红色的光点映射在气球上,闪烁着妖异的光芒。他闭上眼,过了一会儿才按了下去,只听到砰的一声,一团火光从窗口喷出,房间里顿时火光一片。

赵冬诚被惊呆了,仿佛置身于噩梦之中,被鬼魅缠身,无法醒来。

赵睿喝道:"快走!"

赵冬诚本能地踩下油门,赵睿则卧倒在后座椅上,从外面看来,只有一名红衣女子在一片火光中,驾车离开了半山花园。

在检、警双方的共同努力下,赵睿的全部犯罪事实终于水落石出。

赵睿虽然娶了有钱的老婆,却不满足于附庸的地位。为了在上流社会扬眉吐气,他暗地里经营着走私文物的勾当,后来又培养了自己的盗窃团伙,廖雨欣和丁帆则是其中的骨干成员。他们专门挑昂贵的珠宝和古董下手,得手后再由赵睿通过地下钱庄将非法所得洗白,又以开发商的身份建立了恒创集团,摇身一变成了正当商人。

宋白羽为了争宠,成为了赵睿黑色产业链的一员。赵冬诚在知道自己还有一个同父异母的哥哥后,担心这个深得赵睿器重的长子会和自己争夺继承权,两人明争暗斗、势同水火,直至兄弟相残。

廖雨欣心中一直痴恋宋白羽,无奈遭到赵睿和宋锦绣的反对,宋白羽也不愿意为了这件事失去赵睿的信任,所以廖雨欣只能将这份感情藏在心里。她对外以妹妹的身份和宋白羽出双入对,接触上流社会,获取有价值的信息。宋白羽失踪后,廖雨欣一直心神不宁,可是鹅颈瓶被盗后,警方查得很紧,她不敢违背赵睿的命令私自去涵江市,只能寄希望于宋锦绣到涵江市打探宋白羽的下落。

宋锦绣在恒创集团跳楼的消息传出来后,廖雨欣的第一个反应就是宋白羽出事了,不然宋锦绣不会抛下宋白羽去自杀。她心急如焚,不顾一切地跑到涵江市,结果自投罗网。丁帆为了救她,也跟了过来。

警方告知廖雨欣,宋白羽是被赵冬诚杀死的,放火焚尸的是赵睿。廖雨欣为了给宋白羽报仇,主动揭发赵睿父子,还交代了他们参与洗钱的犯罪事实。为了挖出幕后的黑色产业链,廖雨欣提出愿意戴罪立功,配合警方捣毁地下钱庄。一直暗恋廖雨欣的丁帆也要求加入,和廖雨欣一起完成任务,争取减轻处罚的机会。

涂敏向上级请示,递交了部署周密的行动方案,策划了打入犯罪团伙内部的"捕蛇行动"。

廖雨欣和丁帆成了警方打入犯罪集团心脏的两支利箭,配合警方将跨国盗窃集团、走私集团、地下钱庄一网打尽。

执行收网任务的那天,为了保护廖雨欣,丁帆被境外杀手击中,抢救后虽然保住了性命,但是摘除了左肾。境外杀手被涂敏当场擒获,这人就是之前受赵睿雇用,企图杀害林岚的外籍杀手。

丁帆和廖雨欣因为戴罪立功,减少了刑期。两人服刑期间,两地传书、安心改造,后来还举办了监狱婚礼,成为一段佳话。

赵睿和赵冬诚被判处了死刑,一年后,最高人民法院予以核准。在即将执行的前夜,赵睿提出要见林晓娟一面。

林岚推着轮椅,将林晓娟送进会见室,狱警将戴着手铐脚镣的赵睿带了进来,他的头发被剃得短短的,虽然不复以往意气风发的样子,倒比在外面的时候长得胖了些。

林晓娟转头轻轻地对林岚说:"岚岚,你先出去吧。"

林岚出去后,赵睿先开口:"我没想到,你们姓林的还真敢来见我。"

"为什么不敢?我们林家并没有任何亏欠你的地方。"

赵睿恶狠狠道:"没亏欠?!我落到今天这个地步,全是拜你们林家所赐。就因为你爸当年没有及时击毙那个绑匪,我爸才会发病。也是因为你爸的包庇,绑匪被轻判,我妈才会想不开去自杀。我才会变成孤儿,被虐待,大冬天的被人扔进河里。那河水冰冷刺骨,我一辈子都忘不掉,哈哈,应该说想忘也忘不掉。一到变天的时候,我全身的骨头都会像针扎一样痛,就像回到了那个恐怖的夜晚,浑身泡在冰冷的水里。每到这个时候,我就会恨你爸,我所有的苦难,都是拜他这个所谓的英雄所赐!"

林晓娟之前听林岚说了一些赵睿家变后经历的变故,此时听他亲口道来,也有些不忍。她耐着性子对赵睿说道:"虽然你小时候被人伤害,遭遇令人同情,却也不该去伤害无辜,甚至杀害别人,你做的那些事,和魔鬼有什么区别。"

赵睿冷笑道:"无辜?我报复的人里面,哪有什么无辜的?老天爷留下我一条命,就是来找你们讨债的,林磊死了,我报不了仇,找你报仇也是一样。所以,你也没什么无辜的。"

林晓娟克制不住内心的愤怒,她盯着这个心理严重扭曲的人说道:"劝说劫匪放弃犯罪,难道不是当时最稳妥的做法吗?击毙劫匪,你父亲就不会被惊吓发病吗?绑匪轻判真的就是你妈自杀的原因吗?其实,这些问题你怎么可能想不通?你只不过是被仇恨蒙蔽了心,又想为自己的怨恨找到一个出口,所以故意不去想罢了。"

赵睿语气嘲讽地说:"你当然这么想,当年家破人亡的是我,又不是你。"林晓娟激动道:"当年,我还在读书,父亲就因公殉职,被歹徒害死。"说到这里,林晓娟向前摊开双手,露出耷拉在轮椅上的双腿,接着道,"接下来,拜你所赐,我在这轮椅上一坐就是十几年。我难道没有经历和你一样的不幸?"

赵睿不为所动。

林晓娟平复了一下情绪,继续说道:"即便如此,我从未想报复谁,包括你。我依然努力地拥抱生活,去爱身边的人。我现在想去哪儿,可以推着轮椅去,我依然有事业,有爱我的家人,虽然我单身、残疾,可这些丝毫不影响我爱这个世界。倒是你,把仇恨、贪婪始终背负在身上,甚至遗传给了下一代。你的孩子们为了利益而相互仇恨,不惜骨肉相残,年纪轻轻就走向了不归路。可你看看林岚,爷爷殉职,姑姑被人报复,她也险些被你派来的杀手害死,她何曾让内心掺杂了丝毫的仇恨?她那么阳光,有勇气,有热情,对生活充满了爱。这就是执迷于仇恨和放下仇恨对下一辈的不同影响。最后,爱战胜了恨,正义打败了罪恶,这才是生活。"

林晓娟说完了这番话,一刻也不想和这偏执的人再待下去,她急切地想离开这个地方,曾经的恋人,如今的恶魔,这种强烈的反差让她感到压抑。

林晓娟走后，赵睿深深地感受到疲倦和空虚。他这一生，大半时间都在算计着、仇恨着，从来没有片刻的轻松。他每次杀人后都会兴奋，可是接下来就是无尽的空虚，即便是巨大的财富，也填补不了心中的空洞。他的心冷了，仇人的血并不能驱走他内心的寒冷，他的心如同透风的筛子，一直都是冷的，怎么也暖不过来。

他依稀记得当初有个笑容灿烂的女孩子，一脸认真地对他说："我的梦想就是成为一名优秀的公诉人，去秉公执法、伸张正义。"而他，轻而易举地夺去了这个女孩子的梦想，让她再也无法走向公诉席。

林晓娟刚才侃侃而谈的样子，让赵睿意识到如果不是当年的车祸，她现在应该是一个非常优秀的公诉人了。为什么在知道所有的不幸是源自报复时，她没有露出自己所期待的绝望表情呢？她虽然愤怒，却没有被这种愤怒所控制，她的灵魂依然是自由的。不像自己，在怀揣着仇恨的那一刻起，他就用灵魂和魔鬼做了交易，他的灵魂一直被禁锢在地狱里，只剩下躯壳在这人间游走。那么，半生的处心积虑、步步为营的报复算成功了吗？为了仇恨搭上了自己、宋锦绣和两个儿子，真的值得吗？

这个问题，赵睿似乎找不到答案了，也许，是他自己不愿意找到答案吧。

结案的那天，大家聚在一起，涂敏感慨道："最终还不是邪不胜正。这说明天网恢恢，疏而不漏。"

大家会心一笑，这一路走来，真的是苦辣酸甜，品者自知。

偌大的别墅，如今空空荡荡。

赵安琪在财产处理委托书上签下了自己的名字，面无表情地交给了律师。从此以后，赵睿名下的任何财产，都与她无关了，她无法做到在使用这些财富的时候，不去想上面是否沾有鲜血和罪恶。

自己眼中无所不能、玉树临风的父亲，居然是一个杀人的恶魔。世间没有比这更疯狂，更让人崩溃的事了。赵安琪无法继续留在涵江市，眼睁睁看着自己的父兄都被执行死刑，他们犯下的罪恶，也让她羞于开口替他们分辩。未来如何，她实在不敢去想，她只想带着一颗赎罪的心，去帮助那些需要帮助的人，以抵减父兄犯下的罪恶，也让自己的内心获得安宁。

临行前，赵安琪提出要和林远昊、林岚告别，林岚识相地给了赵安琪和林远昊独处的机会。

赵安琪看着眼前的这个男人，他并非如外表那般冷漠。她始终记得，在地宫里，这么一个清冷的男人，居然也会心甘情愿地与另一名女子共同赴死，甚至连一丝的犹豫都没有。那时她就明白了，拥有这份深情的人终究不是自己。

赵安琪释然地笑了笑，她认真地对林远昊说："林组长，你很好，只是什么都不表露出来而已。不过，有时候，在乎一个人，是要明明白白地告诉她的。"

林远昊摸了摸下巴，道："聪明人，不说也能懂"。

赵安琪耸了耸肩，轻轻吐了一口气道："友情提示而已。我要走了，我要好好看看这世界，帮助那些需要帮助的人。"说完，她唤着林岚的名字。林岚微笑着走了过来，调侃道："天才少女，这么快就聊完了？"

赵安琪看着她灿烂的笑容，若有所悟。她真挚地说："我祝福你们，能实现自己的理想。"

突如其来的善意，让林岚有些意外，她礼貌地道了声谢，脸上的笑容更加灿烂。

赵安琪朝两人潇洒地挥了挥手，头也不回地走向登机口。

目送着赵安琪离去的背影，林岚感慨万千。罪恶的曼陀罗花丛里，终究还是绽开了一朵百合花。

林远昊站在她的身旁，一如既往的云淡风轻，只是眼神中多了几分暖意。

在接下来的日子里，林岚将继续和那些志同道合的战友们一起，聆听静默的铁证所道出的真相，让罪恶无所遁形。

（第一部终）

图书在版编目（CIP）数据

静默的铁证 / 米烛光著. -- 武汉：长江文艺出版
社，2021.10
　　ISBN 978-7-5702-2179-0

　　Ⅰ. ①静… Ⅱ. ①米… Ⅲ. ①长篇小说－中国－当代
Ⅳ. ①I247.5

中国版本图书馆 CIP 数据核字(2021)第 105530 号

静默的铁证
JINGMO DE TIEZHENG

—————————————————————————————————————

策划编辑：戴　奎
责任编辑：胡金媛　　　　　　　　　责任校对：毛　娟
封面设计：abook studio/小一　　　　责任印制：邱　莉　　王光兴

出版：长江出版传媒　长江文艺出版社
地址：武汉市雄楚大街 268 号　　　　邮编：430070
发行：长江文艺出版社
http://www.cjlap.com
印刷：武汉中科兴业印务有限公司

—————————————————————————————————————

开本：880 毫米×1230 毫米　　1/32　印张：15.125　　插页：1 页
版次：2021 年 10 月第 1 版　　　　2021 年 10 月第 1 次印刷
字数：408 千字

—————————————————————————————————————

定价：45.00 元

—————————————————————————————————————